DEIRDRE PURCELL

Heimkehr nach Béara

Buch

Zwanzig Jahre lang hat Francey Sullivan sehnsuchtsvolle Träume um seinen Vater gesponnen. Nur einmal hat er ihn getroffen, und seither erinnert er sich an George Gallaher, den berühmten Schauspieler, als imposante Persönlichkeit – ganz anders als die Fischer und Bauern in seinem Heimatort Béara.

Francey lebt in Dublin und fühlt sich verloren und heimwehkrank. Der Wunsch, seinen Vater wiederzusehen, ist zur Besessenheit geworden. Da nimmt er eines Tages all seinen Mut zusammen und tritt in Kontakt mit Hazel Slye, einer Sängerin, die seinen Vater einst nach Béara begleitet hatte. Mit Hazels Hilfe gelingt es ihm endlich, George Gallaher aufzuspüren.

Ausgerechnet bei der Beerdigung von dessen Frau Jool trifft er seinen Vater dann an, doch Georges Charme und Weltläufigkeit sind ungebrochen. Und er lernt seinen Halbbruder Colin kennen, einen mißtrauischen, unberechenbaren jungen Mann, in dessen geheimnisvolle Frau Fleur sich Francey Hals über Kopf verliebt. In keiner Weise ist er jedoch vorbereitet auf das, was an Familiengeheimnissen auf ihn wartet – Geheimnisse, die Franceys Existenz zutiefst berühren …

Autorin

Nach einer Karriere als Journalistin widmet sich Deirdre Purcell inzwischen ganz der Schriftstellerei. Jeder ihrer bislang sechs Romane wurde von Kritikern und Lesern gleichermaßen hoch gelobt. Deirdre Purcell lebt in Dublin.

Bisher bei Goldmann von Deirdre Purcell erschienen:

Tränen aus Stein (42563)
Heimat meiner Träume (42564)

DEIRDRE PURCELL

Heimkehr nach Béara

Roman

Aus dem Englischen von
Susanne Althoetmar-Smarczyk

GOLDMANN

Originaltitel: Francey
Originalverlag: Pan Macmillan Publishers Ltd., London

Umwelthinweis:
Alle bedruckten Materialien dieses Taschenbuches
sind chlorfrei und umweltschonend.
Das Papier enthält Recycling-Anteile.

Der Goldmann Verlag
ist ein Unternehmen der Verlagsgruppe Bertelsmann

Deutsche Erstveröffentlichung November 1997

Umschlaggestaltung: Design Team München
Umschlagmotiv: AKG, Berlin
Satz: IBV Satz- und Datentechnik GmbH, Berlin
Druck: Elsnerdruck, Berlin
Verlagsnummer: 43800
Lektorat: SK
Redaktion: Ilse Wagner
Herstellung: Heidrun Nawrot
Made in Germany
ISBN: 3-442-43800-4

3 5 7 9 10 8 6 4 2

1

»Jesus, Maria und Josef, bist du groß!« Hazel Slye schützte ihre Augen gegen das gleißende Neonlicht, das den Ballsaal erstrahlen ließ. Mit Franceys Hilfe kletterte sie von der Bühne auf die Tanzfläche herunter. Die Spitzen ihres blonden hochaufgetürmten Haares zitterten irgendwo zwischen Franceys Bauchnabel und seinem Brustbein, so daß sie den Kopf nach hinten werfen mußte, um ihm in die Augen zu sehen. »Du bist ja ein Riese!«

Francey grinste. »Ich weiß – und bevor du danach fragst, das Wetter ist gut hier oben. Lange nicht gesehen. Ich habe mir gedacht, ich komme mal vorbei und sage guten Tag.«

»Das ist erstaunlich.« Die Augen der Sängerin, eines grün, eines blau, die durch zwei dicke Kajalstriche noch aufsehenerregender wirkten, waren weit aufgerissen. »Wie kannst du dich daran erinnern? Du mußt fünf oder sechs gewesen sein.«

»So in etwa.« Francey lag es auf der Zunge, zu sagen, daß er diese Augen nicht vergessen konnte, aber damit sie seine Motive, sich ihr zu nähern, nicht mißverstand, widerstand er dieser Versuchung. »Dieses Kompliment könnte ich erwidern«, entgegnete er statt dessen. »Du scheinst dich auch an mich zu erinnern.«

»Jesus, wie könnte ich dich übersehen! Abgesehen von deinem Haar, bist du das genaue Ebenbild –« Sie schien sich eines Besseren zu besinnen. »Ich fasse es nicht!« sagte sie. »Der junge … em …«

Francey erkannte, daß er sie an seinen Vater erinnerte, aber sich auch an seinen Namen zu erinnern, wäre zuviel verlangt. »Francey«, half er ihr, »Francey Sullivan.«

»Sullivan? O ja, natürlich.« Hazel zögerte, faßte sich dann

aber. »Der junge Francey, so wahr ich hier stehe ... Nur so aus Neugierde, wie groß bist du genau?«

»Einssiebenundneunzig oder so.« Daran war Francey gewöhnt.

»Mein Gott! Warte«, die Sängerin zupfte am Saum ihres kurzen, straßbesetzten Kleides, »ich hole meinen Mantel, und wir gehen dann etwas trinken und plaudern ein bißchen.«

»Ist es nicht ein wenig spät?« Das war nicht Franceys Absicht gewesen, dem bewußt war, daß nur noch einige wenige Pence in seiner Hosentasche klimperten. »Mußt du nicht mit der Band losziehen?«

»Mit denen?« Hazel macht eine abfällige Handbewegung. »Die kann ich jederzeit sehen. He, Vinnie«, schrie sie über die Schulter, »wartet nicht auf mich.«

»Wie du möchtest.« Der Saxophonist, der die Showband geleitet hatte, schaute nicht in ihre Richtung. »Dann bis morgen auf den Quays. Komm, um Himmels willen, nicht zu spät, Queenie, ich warne dich.«

»Warte hier auf mich.« Hazel ignorierte die Ermahnung und klopfte auf Franceys Unterarm. »Ich brauche nur einen Augenblick. Mein Mantel ist hinter der Bühne.«

Francey fühlte sich im grellen Neonlicht, das beim letzten Ton der Nationalhymne eingeschaltet worden war, bloßgestellt und versuchte das Unbehagen, das er in Situationen wie dieser stets empfand, zu unterdrücken. Nur mit großer Willensanstrengung hatte er sich dazu gezwungen, zur Bühne zu gehen, um Hazels Aufmerksamkeit zu erregen. Aber als er zufällig das Werbeplakat gesehen hatte, das den Auftritt der Showband mit Hazel als Leadsängerin ankündigte, wußte er: Dies war die Gelegenheit, auf die er seit Jahren gewartet hatte. Obwohl es die einzige Möglichkeit in Dublin war, Mädchen kennenzulernen, besuchte er kaum Tanzveranstaltungen. Im Gedränge der Körper hatte er aufgrund seiner ungewöhnlichen Größe das Gefühl, so auffällig zu sein wie eine Giraffe in einer Herde Rotwild.

Abgesehen von seiner Größe, bestand Franceys Hauptschwierigkeit im Leben darin, daß er mit fünfundzwanzig noch keine Umgebung gefunden hatte, in der ihm behaglich war. Obwohl er seine Familie und besonders seine Mutter liebte und die wilde und herrliche Landschaft der Halbinsel Béara in West Cork, wo er zu Hause war, bewunderte, war für ihn in Lahersheen kein Platz. Sein Stiefvater war ein guter fleißiger Farmer, aber der Landbesitz war zu klein, um zwei erwachsene Männer voll zu beschäftigen. In Wahrheit war Francey froh darüber. Farmarbeit interessierte ihn nicht im geringsten, besonders wenn Emigranten, die aus Städten in aller Welt zu einem Urlaub in die Heimatgemeinde zurückkehrten, aufregende und abenteuerliche Neuigkeiten berichteten.

Aber nachdem er schließlich den Absprung geschafft hatte, fand Francey im Dublin der frühen Sechziger wenig Abenteuer – eingepfercht in eine billige Bude mit fünf anderen und tyrannisiert durch Regeln, zum Beispiel wieviel heißes Wasser jeder zum Rasieren brauchen durfte und auf den schäbigen Möbeln keine Ringe von den Teetassen zu hinterlassen. Und obwohl er in einem großen Geschäft für Bauhandwerkerbedarf eine regelmäßige und für einen unqualifizierten Arbeiter gutbezahlte Arbeit hatte, fand er sie langweilig und verdummend. Falls es in Dublin etwas Aufregendes gab, dann nur für andere – er hatte bis jetzt noch nicht herausgefunden, wo.

Manchmal, wenn er sein einsames Bier im Pub trank und die rauhe Kameradschaft der bierbäuchigen Dockarbeiter, Maurer und Arbeiter der Dublin Corporation beobachtete, hatte Francey sich von ganzem Herzen gewünscht, auch er hätte weniger große Ansprüche und nicht die Schulbildung, die ihn in engem weißem Kragen hinter der Verkaufstheke in Ledbetters Eisenwarenabteilung landen ließ.

Er hatte das Internat gehaßt und, um der von der Klingel bestimmten Langeweile der täglichen Routine zu entkommen, eine Vorliebe für Bücher entwickelt, Krimis, Liebesromane, Klassiker, selbst Comics und auch sonst alles, was ein Tagesschüler – die Internen durften nicht in die Stadt – ihm aus der öffentlichen Bücherei besorgen konnte, verschlungen. Er hatte Methoden entwickelt, um seine Leidenschaft zu verbergen, da die Priester die Angewohnheit hatten, jedes Buch zu konfiszieren, das nicht auf dem Lehrplan des Erziehungsministeriums stand. Im Augenblick las er gerade ein Buch erneut. Die eselsohrige Taschenbuchausgabe von *David Copperfield* befand sich in der Innentasche seines Jacketts.

Er berührte sie wie zur Vergewisserung, während er die armen Nachzügler beobachtete, die keinen Erfolg gehabt hatten und jetzt so taten, als hätten sie sich draußen mit jemandem verabredet. Francey kannte den Gesichtsausdruck nur zu gut, den verzweifelten Blick der erneuten Niederlage, der sich als unbekümmerte Sorglosigkeit zu geben versuchte. Ausnahmsweise, dachte er dankbar, gehörte er nicht zu ihnen. In den Augen der anderen war seine Verabredung sogar die Eroberung des Abends, die Sängerin der Band.

Francey, der nicht von Natur aus schüchtern war, sondern mehr aus Gewohnheit und aufgrund der ungläubigen Blicke, die ihm wegen seiner Größe zugeworfen wurden, entschloß sich, seinen öffentlichen Erfolg, so flüchtig er auch sein mochte, zu genießen. Er richtete sich zu voller Größe auf und sonnte sich in den neugierigen Blicken der traurigsten Nachzügler, der Frauen, die noch vor der Bühne herumhingen und hofften, eines der Bandmitglieder anzulocken, da immer noch Instrumente und Notenständer abgebaut wurden.

Als er einem jungen Burschen Platz machte, der einen Berg von Zigarettenkippen und Bonbonpapieren auf dem Boden mit einem breiten Besen vor sich herschob, fiel sein Blick auf einen glitzernden Haarkamm im Dreck. Da er in einem Haushalt voller Mädchen aufgewachsen war, fragte Francey sich, wie viele Stunden die Besitzerin des Kammes gebraucht hatte, um sich für diesen Abend fertigzumachen. Illusion war alles, dachte er. In einem Augenblick hatte sich das Märchenreich der Möglichkeiten verwandelt in einen Schutthaufen voller falscher Träume, auf dem es krachte und widerhallte, während die Trommel weggepackt und Stühle aufeinandergestapelt wurden. Jetzt konnte man erkennen, daß die pflaumenblauen Wände, die im rosafarbenen und roten Scheinwerferlicht so gemütlich und einladend aussahen, vor Dreck starrten, zum ersten Mal fielen Francey die Kunstlederbezüge der Stühle auf, die in Streifen an Sitzflächen und Rückenlehnen herunterhingen, und die abgewetzten Oberflächen an den Resopaltischen. Die sich drehende Kristallkugel, die Regenbogen über Gesichter und Schulter blitzen ließ, war nur eine leblose Kugel, an der Facetten fehlten, und selbst die silberblauen Sterne, die an der Bühnenverkleidung geblinkt hatten, wirkten stumpf, die schwarze Farbe darunter wies graue Streifen auf.

»Ich sterbe für ein Glas Bier«, Hazel war zurück, »und ich möchte alles über deine Mutter und die Mädchen und alle hören. Wir gehen zu Collins.«

»In Ordnung.« Francey fragte sich, ob er das Geld für einen Drink, geschweige denn zwei hatte. Normalerweise hätte er nicht im Traum daran gedacht, am Abend vor dem Zahltag auszugehen. Um überhaupt zu der Tanzveranstaltung gehen zu können, hatte er sein Glück beim Kartenverkäufer am Eingang versuchen müssen. Er wußte nämlich, daß Männer, besonders »anständige« junge Männer, bei Tanzveranstaltungen in Dublin stets rar waren und man sie deshalb oft zum halben Preis einließ, wenn sie zu spät kamen.

»Augenblick noch.« Hazel wandte sich von ihm ab und neigte den Kopf mit der Zigarette in ihrem Mund über die Flamme eines Feuerzeuges. »So ist es schon besser«, seufzte sie. Wie sie so zwei Rauchwölkchen durch die Nasenlöcher hervorstieß, erinnerte Francey an einen exotischen kleinen Drachen. »Komm jetzt.« Sie dirigierte ihn durch das gekachelte Foyer des Ballsaales auf die Straße. »Wie lange bist du schon hier?«

»Ungefähr drei Jahre.« Sein eigener Atem verdampfte im Oktobernebel. Francey ließ es zu, am Arm abgeschleppt zu werden. »Ich konnte mich nie an Farmarbeit gewöhnen.«

»Das mache ich dir nicht zum Vorwurf. Schon allein das Wetter dort!« Hazel erschauerte.

»So schlimm ist es gar nicht. Béara hat auch seinen Anteil an gutem Wetter. Ich kann mich nicht erinnern, wie das Wetter an dem Tag war, als du dort warst –«

»Hast du ein Auto?« unterbrach Hazel ihn.

»Nein.« Francey lächelte bei der Vorstellung, jemand mit seinem Gehalt könnte sich einen solchen Luxus leisten. »Tut mir leid.«

»Macht nichts. Dann laufen wir eben.« Ein paar Meter weiter blieb sie stehen, um in den Autogrammbüchern von zwei Mädchen zu unterschreiben, deren Haar mit Haarfestiger zu ebensolchen hohen Bergen zurückgekämmt war wie ihres. Als sie bemerkte, welche ehrfurchtsvollen Blicke die beiden Francey zuwarfen, als sie ihnen die Bücher zurückgab, ergriff sie wieder seinen Arm und lachte ihnen schadenfroh ins Gesicht: »Ihr könnt ihn nicht haben. Ich habe ihn zuerst gesehen. Trotzdem vielen Dank, Mädels«, rief sie, während sie Francey weiterzog, »bis dann.«

Am nächsten Abend erreichte Francey kurz nach Viertel vor sechs den Treffpunkt am Burgh Quay, eine halbe Stunde vor seiner Verabredung mit Hazel und den High Rollers. Ameisen kribbelten ihm in Brust und Magen herum, aber trotz einer schlaflosen Nacht und einem halben Tag Arbeit war er nicht müde, im Gegenteil, er fühlte sich voller Energie und hellwach. Diese Fahrt war das Aufregendste, das sich ihm in den drei Jahren, die er in der Hauptstadt lebte, geboten hatte, und er war hin und her gerissen zwischen dem Instinkt, sich in Sicherheit zu bringen, und der wilden Freude daran, endlich etwas Außergewöhnliches zu tun. Gleichzeitig befürchtete er, daß es einfach lächerlich war, einen einfachen, schlichten Ausflug zu einem Tanzsaal in Limerick so zu dramatisieren.

Francey hatte schon immer den Wunsch gehegt, anders zu sein, es zu etwas zu bringen.

Sein ganzes Leben lang hatte er gespürt, daß er dazu berufen war, kein Durchschnittsmensch zu werden wie die meisten seiner Schulfreunde, deren Ehrgeiz allenfalls darin gipfelte, einen sicheren Job bei der Bank zu bekommen, oder die Intelligenzbestien, die Arzt oder Rechtsanwalt werden wollten. Als er noch jünger war und auf den Straßen rund um Laversham spazierenging, erwischte er manchmal, wenn er sich umdrehte, ein Nachbarkind dabei, hinter ihm Grimassen zu schneiden. Dann tröstete er sich mit der Vorstellung, daß dieses Balg eines Tages damit prahlen würde, ein Nachbar des großen Francey Sullivan gewesen zu sein, und gleichzeitig voller Bedauern darunter litt, nicht netter zu Francey gewesen zu sein, solange es Gelegenheit dazu gehabt hatte.

Er wußte noch nicht, worin er groß werden würde. Er wußte nur so sicher wie das Amen in der Kirche, daß sein Name eines Tages in ganz Irland bekannt sein würde. Er klopfte gegen seine Tasche, um sich für den Fall einer Katastrophe – wenn Hazel nun nicht auftauchte? – zu vergewissern, daß sein Buch da war, und schlenderte auf die Mitte der Butt Bridge zu, wo er die Fahrzeuge aus beiden Richtungen im Auge behalten konnte.

Er hatte immer geglaubt, bei seiner Abstammung wäre die vielversprechendste Möglichkeit für ein erfülltes Leben, etwas im Showbusineß anzufangen. In der Schule war er nur dann glücklich gewesen, wenn er an den halbherzigen Produktionen von Gilbert-und-Sullivan-Klassikern und den gekürzten Shakespeare-Adaptionen mitwirkte, die die Priester auf die Bühne brachten.

Da er im Showbusineß außer seinem abwesenden Vater kein Vorbild hatte, war Francey nie in der Lage gewesen, sich einen vernünftigen Weg zu überlegen, wie er einen solchen Beruf ergreifen könnte. Und wenn er kritisch betrachtete, ob er dafür geeignet war, mußte er zugeben, daß seine Fähigkeiten auf verhängnisvolle Weise begrenzt waren. Er konnte lateinische Sätze grammatikalisch zergliedern, ein Kalb kastrieren, einen Traktor fahren, Rüben ziehen oder Brot backen; er war im Besitz eines Erste-Hilfe-Zertifikats der Malteser; er konnte Muttern, Schrauben, Dichtungsringe und Elektrokabel identifizieren und kannte den Unterschied zwischen einer rohen Kiefernholzplanke und unbehandeltem Mahagoni. Nichts von alledem konnte man als eine geeignete Ausbildung für ein Leben auf der Bühne betrachten.

Aber jetzt wagte er zu hoffen: Hazel Slye mochte ihn. Vielleicht konnte sie ihm, wenn er sie fragte, einige Tips geben, wie er es anstellen könnte, herauszukommen – oder hinein. »Ein Träumer« hatte mehr als einmal in der Spalte mit den Bemerkungen in seinem Zeugnis gestanden. Und wenn schon, dachte er jetzt. Insgeheim war Francey stolz darauf, ein Träumer zu sein. Träumer mußten träumen, bevor ihre Träume wahr wurden.

Er kam auf der Mitte der Brücke an und ließ den Blick die Quays hinauf und hinunter schweifen, sah aber immer noch keine Spur des Minibusses mit der gemalten Aufschrift, den Hazel ihm beschrieben hatte. Die Abendluft war frisch, bei Einbruch der Dunkelheit wurde es sogar frostig. Während sich die Stadt in der Rush-hour der Heimkehrer wand, ertönte um ihn herum eine fröhliche Kakophonie: das Hupen der Autos und Klingeln der Fahrräder, die Rufe der Zeitungsjungen »Herry-aw-May-aw-*Evenin' Press*«, das Klappern der Absätze der Fußgänger, die, in ihre Kragen gekauert, einen fröhlichen Freitagsgesichtsausdruck hatten. Licht erstrahlte aus jedem Fenster der Büros der *Irish Press* in der Nähe; Männer, die gerade frei hatten, begaben sich dankbar in die warme Umarmung des Scotch House nebenan. Auf der anderen Seite des Flusses am Eden Quay strömten soeben die Nachmittagszuschauer aus dem Astor und dem Corinthian, und viele von ihnen marschierten geradewegs in Mooney's Pub nebenan.

Nebel war für das Gebiet vorhergesagt worden, das sie auf dem Weg zum Auftritt durchqueren mußten, aber obwohl die Luft so beißend roch wie normalerweise an einem Oktoberabend, war es noch relativ klar. Von der Brücke aus flußabwärts konnte er hinter den Skeletten von Werftkränen und dem Gasometer, das wie ein langgestreckter Hügel vor dem rauchigen Himmel kauerte, gerade noch den schwarzen Umriß der kleinen Personenfähre ausmachen, die wie ein eifriger Wasserkäfer zwischen zwei Kais über den Liffey hin und her kreuzte. Etwas näher bei seinem Standort nahm die *Lady Miranda* eine Ladung Guinness für den Export nach England auf; ihr gegenüber vertäut lagen zwei Viehtransportschiffe tief im Wasser, auf denen eine Handvoll Schauerleute und Gelegenheitsarbeiter gemütlich ihrer Arbeit nachgingen. Als er den Blick wieder flußaufwärts richtete, sah er die hellerleuchteten Doppeldeckerbusse über die O'Connell Bridge hin und her strömen; weiter oben konnte er gerade eben erkennen, wie die Fußgänger ameisengleich über das bogenförmige Eisengeflecht der Ha'penny genannten Fußbrücke hasteten. Francey beugte sich über die Brüstung und starrte auf den Liffey hinab, in den die Flut gerade hereingekommen war, die seidig schwarze Oberfläche gesprenkelt von den blassen Lichtrauten der Straßenlaternen am Quai. Jetzt war er fünfundzwanzig, dachte er. Wenn er irgend etwas Bedeutsames tun wollte, sollte er besser loslegen. Er richtete sich auf und warf einen Blick auf die Uhr: Er sollte besser zum Treffpunkt zurückkehren.

Er kam zur gleichen Zeit wie der Minibus an, der kleiner war, als er erwartet hatte. Aber der Schriftzug *Hazel and the High Rollers* auf der kanariengelben Karosserie, die verziert war mit Girlanden, selbst am beladenen Dachgepäckträger, aufgemalten Würfeln und Bildern von Hazel, war nicht zu verkennen. Der einzige High Roller, der im Augenblick im Fahrzeug saß, war der Fahrer, ein glatzköpfiger, stämmiger Typ, den Francey in der vergangenen Nacht nicht gesehen hatte.

Er wartete ab und beobachtete während der nächsten zehn Minuten, wie die sechs männlichen Musiker einer nach dem anderen eintrafen. Ohne ihre schwarz-pfirsichfarbenen Bühnenanzüge sahen sie verknittert, ungesund, blaß und durchschnittlich aus. Unruhe entstand, als eine Gruppe vorübergehender Mädchen einen von ihnen, der gerade dabei war, in den Bus zu klettern, ansprach. Francey erinnerte sich daran, daß er der Gitarrenspieler war, der auch sang, allein und im Duett mit Hazel.

Nachdem die Mädchen weg waren, sah Francey, daß der Mann in seine Richtung blickte. Einen Augenblick später kam er über die Straße, indem er wie ein Boxer durch den Verkehrsstau tänzelte. »Bist du Francey?« fragte er, als er in Hörweite war. Dann beantwortete er seine Frage selbst, nachdem sein Blick von oben bis unten über Francey gewandert war. »Du könntest wohl kaum jemand anders sein!«

»Das stimmt.« Francey lächelte.

»Du bist ja noch größer, als sie gesagt hatte. Ich hoffe, du paßt rein!« entgegnete der Musiker ebenfalls lächelnd und machte eine Kopfbewegung, daß Francey ihm über die Straße zum Bus folgen solle.

»Sie ist noch nicht da?« schrie Francey, um den Lärm eines Lasters zu übertönen, der hinter ihnen vorbeidonnerte, als sie mitten auf der Straße standen.

»Zu spät«, schrie der Musiker zurück. »Wie üblich.«

Francey folgte ihm in den Bauch des Busses. Dem äußeren Anschein zum Trotz war er innen geräumig und wohlgeordnet. Zwölf gepolsterte Sitze befanden sich hinter dem Fahrersitz in Zweier- und Einerreihen neben einem schmalen Gang. Jeweils vier beziehungsweise zwei Sitze mit einem Tisch dazwischen standen einander gegenüber. Zwischen den sechs vorderen Sitzen war bereits ein Pokerspiel in vollem Gange. »Das ist Francey«, rief der Gitarrist durch den Zigarettenrauch. »Er ist mit Queenie zusammen.« Nur zwei der Männer schauten auf und begrüßten Francey, die anderen murmelten: »Wie geht's?«, ohne den Blick von den Karten zu heben.

Der Mangel an Interesse der High Rollers erlaubte es Francey, sich zu entspannen, aber der Empfang war so gleichgültig gewesen, daß er sich fragen mußte, wie viele andere Männer Hazel auf diese Überlandtouren schon mitgebracht hatte. Er quetschte sich auf einen der einzelnen Sitze in der hinteren Reihe, zog sein Taschenbuch heraus und versuchte, im schwachen Licht der Straßenlaterne zu lesen, als Hazel schließlich einstieg. Sie trug Jeans und eine enge gelbe Strickjacke, die bis zum Hals zugeknöpft war. Ihr Haar war zwar toupiert wie am gestrigen Abend, aber das, was Francey unter ihrer riesigen Sonnenbrille von ihrem Gesicht sehen konnte, war frei von Make-up.

»Gute Nacht, Queenie«, rief einer der High Rollers vorne aus dem Bus.

»Hübsche Ränder!« meinte ein anderer. »Anstrengende Nacht?«

»Gönnt uns mal 'ne Pause, Jungs.« Hazel warf Francey ein rasches Lächeln zu, kletterte über seine Beine und hängte ihr Kostüm an einen Haken innen an einem Fenster. Dann ließ sie sich in die Sitzreihe gegenüber Francey plumpsen. »Wie geht's? Ich hoffe, diese Trottel haben sich anständig um dich gekümmert?«

»Prima«, begann Francey, wurde aber vom Fahrer unterbrochen, der in gespielter Irritation über die Schulter durch den Bus schaute.

»Können wir jetzt, da Ihre Majestät angekommen ist, losfahren?«

»Nun komm schon.« Hazel zog die Sonnenbrille aus und rieb sich die Augen. »Ich war doch gar nicht so spät. Oder, Francey?« wandte sie sich hilfesuchend an ihn.

Da er nicht wußte, was er sagen sollte, schüttelte Francey nur den Kopf, während der Fahrer den Rückwärtsgang einlegte und den Bus in den Verkehr einfädelte.

Hazel zerrte ein leopardengemustertes Chiffonkopftuch aus ihrer Reisetasche, drapierte es über ihre Hochfrisur und band es unter dem Kinn zu. »Schau meine Haare nicht so an«, ermahnte sie Francey, obwohl er nichts dergleichen getan hatte. »Wenn es gut genug für Eileen Reid ist, ist es auch gut genug für mich«, sie erwähnte damit einen anderen weiblichen Star, dessen Stil sie offensichtlich kopierte. »Bis wir zu Egan's in Portlaoise kommen, wird nicht viel passieren«, klärte sie ihn auf. »Dort halten wir auf eine Tasse Tee. Du kannst dich jetzt also entspannen und die Aussicht genießen.«

Francey verkniff sich die Bemerkung, daß er bei dieser Stockfinsternis wohl nicht viel sehen würde. Statt dessen lächelte er. »Vielen Dank für die Einladung. Es macht mir schon jetzt Spaß.«

»Übertreib mal nicht. Darüber reden wir später noch.« Sie öffnete ihre Tasche und trank aus einer Flasche einen tiefen Schluck von etwas, das wie Wasser aussah, klappte die Armlehne zwischen ihrem Sitzpaar hoch und schwang ihre Beine auf den Nebensitz. Dann vergewisserte sie sich, daß ihre Frisur an der Fensterscheibe nicht gequetscht wurde, kuschelte sich in eine gemütliche Stellung und schloß die Augen. Ihr Kopf sank im Halbschlaf bereits zur Seite, während der Bus noch durch den Verkehr auf den Quays in Richtung Islandbridge kroch. Noch bevor sie Inchore erreichten, schnarchte sie mit offenem Mund.

In dem sicheren Bewußtsein, für eine Weile unbeobachtet zu sein, betrachtete Francey die Frau auf der anderen Seite des Ganges genau. Hazel sah viel weniger fremdartig aus als bei den früheren Gelegenheiten, als er sie gesehen hatte, und viel jünger, als sie war, selbst wenn man das schwache Licht der Lampe, das sich über sie ergoß, in Rechnung stellte. Einer der Knöpfe ihrer Jacke hatte sich geöffnet und gestattete einen beschränkten Einblick in die Spalte zwischen ihren Brüsten. Sie hatte einen wundervollen Körper, dachte Francey, der wußte, daß niemand darauf achtete, wo er hinschaute, da er hinten im Bus saß.

Dann geschah etwas Seltsames: Ihm wurde warm zumute, und er fühlte sich wie ein Beschützer, als sei Hazel Slye ein Hundejunges oder ein verwaistes Lamm, das man seiner Obhut anvertraut hatte. In bezug auf Frauen war ihm dieses Gefühl neu, und er erinnerte sich daran, wie wohl er sich gefühlt hatte, als er sich am vergangenen Abend in Collins' Kneipe mit ihr unterhalten hatte. Abgesehen von seinen Schwestern, seiner Mutter und deren Freundinnen, war sie die erste Frau seit vielen Jahren, die nach einer anfänglichen Bemerkung seine Größe zu akzeptieren schien und mit ihm redete, als sei er ein normales menschliches Wesen und kein Monster.

Francey wußte, daß Mädchen sich vor ihm fürchteten. Er war nicht nur groß, sondern auch verhältnismäßig kräftig. Obwohl an ihm kein Gramm überschüssiges Fett war, hatte er, als er sich das letzte Mal gewogen hatte, hundertzwölf Kilo auf die Waage gebracht. In seiner Familie machte man stets den Witz, daß Francey aus der Entfernung ganz normal aussähe.

Die Wettervorhersage traf zu: Der Bus kam, beeinträchtigt durch den dichten Nebel, der sie auf der Naas-Schnellstraße einschloß, nur langsam voran. Francey wurde schläfrig, als sie so dahinzockelten; er versuchte, ein wenig zu dösen, aber als er anderthalb Stunden in der gleichen Stellung ausgeharrt hatte, begannen seine Muskeln zu schmerzen, und er hätte eine Gelegenheit begrüßt, auszusteigen und die Beine zu strecken. Er war gerade dabei aufzustehen, als Hazel ihre Beine und Arme auseinanderfaltete, die Augen öffnete und gähnte. »Geht's dir gut?« Sie blinzelte ihm über den Gang zu.

»Ja, danke.«

»Wo sind wir?« Sie blickte durch die weißen Scheiben. »Mein Gott, ich kann ja gar nichts sehen. Wo sind wir, Mick?« rief sie durch den Bus.

»Curragh«, lautete die lakonische Antwort des Fahrers, dessen Schultern sich vor Anspannung krümmten, während er durch die Windschutzscheibe, an der die Scheibenwischer entlangquietschten, nach draußen starrte.

»Erst?« Hazel konnte es kaum glauben, dann versuchte sie, an ihrem Fenster einen Kreis freizuwischen, durch den sie hindurchsehen konnte. »Mein Gott, das ist ja zum Verzweifeln – bei dem Tempo kommen wir nie dort an.«

»Schlaf weiter, Queenie«, schrie der Fahrer, der jetzt verärgert war. »Ich tue mein Bestes. Man fährt wie durch Suppe.«

»Ph!« Hazel öffnete ihre voluminöse Reisetasche und zog einen großen eckigen Spiegel heraus, den sie auf ihrem Tischchen aufbaute. »Batteriebetrieben«, erklärte sie Francey. Den Schal warf sie auf den Nebensitz und begutachtete den Schaden, den ihre Hochfrisur erlitten hatte. Mit den Fingern zupfte sie sie wieder zurecht, dann zog sie eine riesige Spraydose aus der Tasche und versprühte riesige Wolken von Haarspray rund um ihren Kopf und fügte dem Tabakqualm im Bus einen so überwältigenden Duft hinzu, daß es Francey Nase und Hals zuschnürte. Er hatte das Gefühl, ersticken zu müssen, wenn er nicht rasch frische Luft bekam; außerdem drohte er einen Wadenkrampf zu bekommen. Er versuchte, sich etwas bequemer hinzusetzen, während der Bus jenseits der Stadt ein wenig Fahrt aufnahm. Dann fragte er Hazel, ob er ein Fenster öffnen könnte. »Klar«, erwiderte sie, »nur zu.«

Aber der Griff des Schiebefensters neben Franceys Sitz klemmte. Er saß in einem ungünstigen Winkel zum Fenster, also drehte er den Körper, richtete sich ein wenig auf und kniete sich auf ein Knie, aber vergebens. Das Fenster blieb zu.

»Hier, versuch meines.« Hazel deutete auf das Fenster neben sich.

Francey hievte sich hoch und lehnte sich über sie. Ihr Fenster glitt mühelos zur Seite. Aber gleichzeitig fuhr der Bus, der immer noch beschleunigte, um eine Kurve, und damit er nicht seitlich auf Hazel stürzte, mußte er sich am Tisch festklammern.

»Gut gemacht!« Sie tätschelte seinen Arm. »Setz dich doch ein bißchen hierher«, lud sie ihn ein, nahm ihren Schal beiseite und klopfte auf den Sitz neben sich.

»Danke«, sagte er zur gleichen Zeit, als der Fahrer »O Gott!« fluchte und heftig bremste.

Dieses Mal geriet Francey, der immer noch stand, völlig aus dem Gleichgewicht, fiel hart auf die Tischplatte und rutschte nach vorne, bis er gegen den gegenüberliegenden Sitz knallte. Für den Bruchteil einer Sekunde war er sich durch das Quietschen der Reifen bewußt, wie die anderen Bandmitglieder nach vorne geschleudert wurden, Spielkarten durch die Gegend flogen, Hazels Spiegel vom Tisch wirbelte und auf dem Boden zerbrach. Er spürte, daß Hazel unter seinem linken Knie eingeklemmt war, und hörte sie schreien, ein anhaltend hoher Ton, der sein Trommelfell zerstach, genau wie er am Zwerchfell einen scharfen Schmerz verspürte, wo die Tischplatte ihm in den Leib schnitt.

Die Sekundenbruchteile verrannen, während er sich bemühte, sein Knie von Hazel zu nehmen.

Der Bus glitt zur Seite, rutschte und schlitterte durch den Gestank verbrannten Gummis.

Dann kam er ruckartig zum Stehen.

Als Folge davon wurde Francey, der bereits über dem Tisch hing, erneut gegen die Rücklehne des gegenüberliegenden Sitzes geschleudert, so daß sein Hals in den Knick zwischen Sitz und Rücklehne gequetscht wurde. Während er auf das Geräusch splitternden Metalls wartete, überzeugt, daß sein letztes Stündlein geschlagen hatte, zuckte ihm als einziger Gedanke durch den Kopf, daß ihm das eine Lehre sein würde, zu hoch hinauszuwollen ...

Das erwartete Geräusch blieb aus. Statt dessen schaukelte der Bus auf die Räder der rechten Seite und kam dann wieder ins Gleichgewicht. Aber durch die Schwerkraft entstand ein Pendeleffekt, und alles im Fahrzeug – Taschen, Karten, Instrumente, die nicht draußen auf dem Dachgepäckträger befestigt waren – flog den Insassen um die Köpfe, die Räder auf der rechten Seite verloren den Bodenkontakt. Außer dem Fahrer, der sich immer noch ans Steuerrad klammerte, waren alle zur linken Seite des Kleinbusses geschleudert worden, der einen heiklen Moment lang auf den beiden linken Rädern balancierte. Unter dem gemeinsamen aus dem Gleichgewicht geratenen Gewicht der Passagiere stürzte er um und landete auf der linken Seite. Der Motor brummte, die Räder drehten sich noch.

Francey wurde nach hinten geschleudert, sein Kopf knallte durch das offene Fenster auf die Straße, sein Körper landete auf Hazel. Selbst als sein Kopf aufschlug und durch das Chaos der Schreie und das Fluchen der Männer hindurch erlebte er bewußt, wie sein Ellenbogen Hazels Gesicht zermalmte und die Knochen mit einem schrecklichen Geräusch brachen.

Stille für den Bruchteil einer Sekunde und dann Tumult.

Francey probierte seine Glieder aus: schmerzend, aber nichts gebrochen. Als er versuchte sich hochzuhieven und die Rückenlehnen auf der rechten Seite als Stütze benutzte, konnte er einzelne Geräusche unterscheiden und identifizierte das hohe verängstigte Muhen von Rindern. Sie mußten in eine wandernde Herde hineingerast sein.

Hazel hörte auf zu schreien und begann statt dessen, leise und anhaltend zu wimmern. Zumindest lebte sie noch, dachte Francey, der plötzlich wieder klar denken konnte, während er sich immer noch abmühte, hochzukommen. Er mußte sie rausholen, überlegte er sofort. Aber durfte er sie überhaupt bewegen, wenn das Rückgrat gebrochen war?

Schließlich gelang es ihm, sich von ihr zu lösen, er kroch über die Rückenlehne und stieß gegen die Türen des Busses, die sofort nachgaben. Immer noch auf Händen und Knien krabbelte er in die neblige Luft, richtete sich auf und atmete tief ein.

Rasch folgten ihm drei der High Rollers, unverletzt, aber zittrig. »Hazel ist schlecht dran«, keuchte Francey. »Wir müssen einen Krankenwagen besorgen. Wie geht es den anderen?«

»Ich weiß es nicht.« Nur einer der Männer schien in der Lage zu sein, ihm zu antworten. Einer der beiden anderen stolperte auf die Grasnarbe und begann, sich zu erbrechen. Der andere lehnte sich gegen den umgestürzten Minibus und faßte sich mit den Händen an den Kopf.

Francey versuchte, Hazels Stöhnen für den Augenblick zu überhören, und betrachtete die Szene. Soweit er es im Nebel erkennen konnte, war der Unfall am Ende einer Kurve passiert. Der Motor lief immer noch, die Räder auf der rechten Seite drehten sich träge. Die Straße war zu drei Vierteln vom Bus blockiert; zwei der verletzten Rinder, die im Licht der Scheinwerfer gespenstisch aussahen, versperrten den Rest der Straße. »Wir müssen die Straße räumen, sonst fährt noch jemand in uns hinein.« Francey übernahm das Kommando. »In der Zwischenzeit muß jemand von uns ein Telefon suchen und einen Krankenwagen herholen, und jemand anders muß auf die andere Seite der Kurve gehen, um die Autos zu warnen. »Könntest du ein Telefon suchen?« fragte er den Musiker, der am ehesten seine fünf Sinne beieinanderzuhaben schien.

»Wo?« Instinktiv hatte der Mann Franceys selbstgewählte Führerrolle akzeptiert.

Francey schaute sich um. Ein wenig abseits der Straße, etwa siebzig Meter entfernt, sah er ein schwaches Licht. Obwohl niemand garantieren konnte, daß dort ein Haus war, beschloß er, alles auf eine Karte zu setzen. »Versuch es dort drüben«, sagte er und wies dorthin. »Und wenn sie kein Telefon haben, bitte sie trotzdem um Hilfe. Wir brauchen auch einen Traktor«, rief er dem Mann hinterher, der binnen Sekunden vom Nebel verschluckt wurde.

»Würdest du auf die andere Seite der Kurve gehen? Um die Autos zu warnen?« Er packte den Mann neben ihm, der immer noch seinen Kopf hielt, bei den Schultern.

»In Ordnung.« Das Flüstern des Mannes war kaum hörbar.

Francey beobachtete, wie der Mann ein wenig schwankend um die Kurve verschwand, wurde aber von dem gedämpften Geräusch eines Motors abgelenkt, das sich aus der anderen Richtung näherte. Er rannte darauf zu und ruderte mit den Armen. Der Fahrer des Wagens, der sehr langsam fuhr, sah ihn rechtzeitig und trat auf die Bremse. Zwei Männer stiegen aus, und binnen Sekunden gesellten sich die Insassen eines zweiten Fahrzeugs, eines Kleintransporters, zu ihnen. Dessen Fahrer erklärte sich bereit, in die Stadt zu fahren, um einen Arzt zu holen und sich zu vergewissern, daß ein Krankenwagen unterwegs war. Er sprang in den Transporter zurück und drehte das Fenster herunter. »Und ich kümmere mich darum, daß mit diesen Tieren etwas passiert«, rief er und tastete sich seinen Weg auf der Grasnarbe entlang, vorbei an den verletzten Tieren, die immer noch muhten. Soweit Francey es erkennen konnte, hatten beide die Beine gebrochen. Etliche andere Rinder, die nicht verletzt zu sein schienen, stürmten durch die Gräben zu beiden Seiten der Landstraße und trugen so zur allgemeinen Verwirrung bei.

Francey hörte den Autofahrer rufen, der zum rückwärtigen Teil des Busses gelaufen war. »Faßt mal mit an«, rief der Mann. »Hier sind einige schwerverletzte Leute drin. Und wir müssen den Motor abstellen – es riecht gefährlich nach Benzin.«

Dankbar, daß andere Leute ihm jetzt einen Teil der Verantwortung abgenommen hatten, gehorchte Francey, dessen Knie sich plötzlich anfühlten, als wären keine Knochen darin, und ging, so schnell er konnte, um den Bus herum. Der Autofahrer war bereits drinnen, kroch über die Sitze und griff nach dem Zündschlüssel. Soweit Francey es einschätzen konnte, stammten die Laute dort drinnen von nur zwei Leuten, Hazel und einem der Musiker. Die anderen drei einschließlich des Fahrers waren entweder bewußtlos oder tot. Francey weigerte sich, jetzt über die letzte Möglichkeit nachzudenken, und kletterte wieder in den Bus hinein.

Als er Hazel erreichte, sah er, daß sie quer über die große Fensteröffnung gefallen war, so daß sie bis auf ihre Beine auf der Straße lag. Beide Arme waren in einem seltsamen Winkel über den Kopf erhoben, und er sah, daß sie unter der Karosserie des Busses feststeckten. Auch ihr Haarschopf war eingeklemmt; Blut strömte aus einer offenen Wunde am Haaransatz über ihr Gesicht.

Noch mehr Blut sickerte aus ihrem Mund, und ihre Nase war vermutlich gebrochen. Zehn Zentimeter weiter, und ihr Schädel wäre zertrümmert worden. Noch stärker beunruhigte ihn der dunkle Fleck, der sich an einem Bein ihrer Jeans herunter erstreckte und den gesamten Oberschenkel bedeckte. Er befürchtete, eine Arterie könnte verletzt sein, und schaute sich hektisch nach etwas zum Abbinden um. Er versuchte, auf diesem beengten Raum an eines seiner Schuhbänder zu gelangen, als ihm ein Muster ins Auge fiel. Der leopardenfellgemusterte Schal war über eine Ecke des Tisches drapiert. Er griff danach, zog ihn zu einem Strick und knotete ihn oben um ihren Oberschenkel. Aber als er das tat, hörte sie auf zu stöhnen. »Hazel!« schrie er. »Hazel, kannst du mich hören?«

Sie hatte das Bewußtsein verloren.

Man mußte sie aus dem Bus holen – und zwar schnell. »Die Frau ist eingeklemmt, wir müssen sie hier rausschaffen«, rief er dem Autofahrer vor ihm zu, der auf dem Bauch lag und versuchte, den Zustand eines der Musiker zu überprüfen, dessen Kopf an die Rücklehne des Sitzes gesackt war. Der Autofahrer drehte sich nach hinten. »Können Sie das hier halten«, Francey deutete auf den verknoteten Schal, »und so fest Sie können zusammenziehen? Ich will mal sehen, ob wir den Bus nicht anheben können.«

»In Ordnung.« Der Mann nahm seine Kräfte zusammen und zog an den Enden des Chiffontuches.

Als Francey auf die Straße kletterte, war der Mann zurückgekehrt, der den Krankenwagen rufen sollte. »Sie telefonieren«, keuchte er, »aber sie haben keinen Traktor. Sie rufen einen Nachbarn weiter die Straße hoch an –«

»Faßt mal alle mit an«, unterbrach Francey ihn. »Hazel ist eingeklemmt. Holt alle beweglichen Sachen aus dem Bus.« Als der Mann anfing, Taschen und Instrumentenkoffer auf die Straße zu werfen, rannte Francey herum und begann die Seile zu lockern, mit denen das Schlagzeug, Notenständer und die Lautsprechanlage auf dem Dachgepäckträger befestigt waren.

»Was machen Sie da?« Mittlerweile waren ein Mann und eine Frau aus einem weiteren Auto zu ihnen gestoßen. Der Mann schaute ungläubig drein.

»Eine Frau ist dort eingeklemmt«, sagte Francey und löste das letzte Halteseil. »Wir müssen den Bus anheben.« Als er aufhörte zu sprechen, fiel das Schlagzeug vom Gepäckträger auf den Asphalt.

»Das ist unmöglich«, rief der Mann. »Es kommt doch jemand mit einem Traktor – und vielleicht sollte man sie auch nicht bewegen. Vielleicht hat sie sich das Rückgrat gebrochen oder den Hals –«

»Wir können nicht warten. Sie verliert eine Menge Blut. Und ihre Füße und Beine sind in Ordnung, ihre Wirbelsäule ist also nicht gebrochen.« Francey spähte in den Bus. »Festhalten«, rief er dem Autofahrer zu, den er so gerade eben sehen konnte. »Wenn es funktioniert, werden Sie ein bißchen durch die Gegend geschaukelt. Halten Sie, wenn möglich, den Schal fest. Könnten wir hier wohl ein bißchen Hilfe bekommen?« blaffte er die Gruppe von Gaffern an, die sich, durch Neuankömmlinge verstärkt, um die Szene scharten. Ohne zu zögern, eilten sie ihm zu Hilfe.

In einer Reihe mit Francey in der Mitte zusammengedrängt, packte jeder, einschließlich der Frau aus dem zuletzt eingetroffenen Auto, zu und begann zu drücken. »Halt«, befahl Francey. »Alle zusammen, bitte, bei drei.«

»Aufgepaßt«, rief er dem Mann, der Hazels Aderpresse hielt, zu. »Jetzt«, er holte tief Luft, »eins, zwei, *drei* ...« Etwa zehn Sekunden lang strengten sie sich gemeinsam bis zum Äußersten an, aber obwohl der Bus, der unbeladen über eine Tonne wiegen mußte, ein wenig erzitterte, klappte es nicht.

»Einen Augenblick.« Francey ließ den Dachgepäckträger los und streckte sich. Er trat einen Schritt zurück und versuchte sich mit jeder Faser auf die Aufgabe zu konzentrieren, er verengte sein Blickfeld, bis er das Gefühl hatte, seine Kraft richtete sich wie ein Pfeil mit schwarzer Spitze auf das Metallrohr vor ihm. Er machte einen Schritt vorwärts und holte so tief er konnte Luft.

»Noch einmal«, befahl er und ergriff sein Stück Metallrohr. »Jetzt! Eins, zwei, *drei*!« Er beugte die Knie, damit die Hauptlast auf seinen Oberschenkeln ruhte, senkte das Kinn bis fast auf die Brust und stellte sich vor, wie Kraft durch seinen Kopf hindurch auf den Bus zuströmte. Er bemerkte, wie die Helfer zu beiden Seiten keuchten.

Und dann spürte Francey eine winzige Bewegung unter seinen Händen.

Er strengte sich aufs äußerste an. Seine Schenkel erzitterten, Schultern, Hals, Rücken und Unterarme schrien vor Qual auf, seine Lungen brannten, und Schmerz dehnte sich hinter seinen geschlossenen Augen aus. Dann brüllte er – ein aus den Eingeweiden stammender Schrei, der nicht von dieser Welt, sondern von tief unterhalb seiner gequälten Füße zu kommen schien. Dieser Laut dauerte an, bis er glaubte, seine Brust würde zerspringen.

Alles wurde schwarz.

Als er wieder zu sich kam, kniete er am Straßenrand, eine Wange ruhte auf dem kalten Gras, feurige Nadeln schossen ihm wie Feuerwerk durch Unterarme, Rücken und Beine. Der Dachgepäckträger war verbogen und halb abgerissen.

Der Bus stand aufrecht.

2

Während der restlichen Nacht und der Hälfte des folgenden Tages verschmolz eine Stunde mit der anderen. Zur Teezeit, als er aus dem Krankenhaus entlassen wurde, wo er zur Beobachtung über Nacht geblieben war, kehrte Francey in sein Zimmer zurück, wo er als Held empfangen wurde. Erst dann wurde ihm langsam klar, was geschehen war.

In vielerlei Hinsicht war sein Traum, berühmt zu werden, wahr geworden, aber nicht so, wie er es sich vorgestellt hatte.

Als er die Vordertür aufschloß, empfing ihn seine Wirtin strahlend, gratulierte ihm und übermittelte ihm besorgte und lobende Nachrichten von Familie und Freunden in Lahersheen – und von seinen Arbeitgebern bei Ledbetters. Der Unfall war in Radiomeldungen erwähnt worden und der Aufmacher in den Zeitungen gewesen. Und weil er aus dieser Gegend stammte, hatte der *Cork Examiner* die Geschichte auf vier Spalten ausgedehnt, wobei sein Anteil an der Rettung von Hazel und den anderen verletzten Bandmitgliedern in den schmeichelhaftesten Tönen geschildert wurde.

Am nächsten Tag, einem Sonntag, wachte er zu spät für die Ein-Uhr-Messe in der High Street auf, der letzten Zuflucht für Bummler und Nachtschichtarbeiter. Der Herr würde ihm vergeben, dachte er und prüfte den Schmerz in jedem Muskel und jeder Sehne seines Körpers. Als er sich ausstreckte, so daß die Füße über das Fußende des Bettes baumelten, ließ er nicht nur den Unfall, sondern auch, was ihn dorthin gebracht hatte und wie er Hazel Slye das erste Mal gesehen hatte, Revue passieren. Es war das erste und einzige Mal, daß er seinen leiblichen Vater je getroffen hatte, und das war auch der Grund, warum er sie bei dieser Tanzveranstaltung aufgesucht hatte.

George Gallaher war, nach Angaben von Franceys Mutter, ein Wanderschauspieler aus Schottland. In Begleitung von Hazel hatte er das Bauernhaus in Lahersheen eines heißen Sommertages 1944, vor mehr als neunzehn Jahren also, besucht. Francey, der damals erst sechs Jahre alt war, hatte es mehr oder weniger akzeptiert, als seine Mutter ihm George als ihren Cousin vorstellte. Aber da in jenen Kriegsjahren nur wenige Besucher von außerhalb zu dieser fest zusammengewachsenen Gemeinschaft kamen und da er noch nie in seinem kurzen Leben solch ein außergewöhnliches Paar wie George und Hazel getroffen hatte, hatte er sie während ihres gesamten Aufenthaltes genau beobachtet. Er besaß die Gabe, sich beinahe vollkommen in allen Einzelheiten nicht nur an Gespräche, sondern auch an Bilder und

Szenen zu erinnern, daher konnte er selbst jetzt, fast zwanzig Jahre später, beschreiben, was Hazel an jenem Tag trug. Er erinnerte sich an jedes Detail des Gesichts und des massigen Körpers seines »Cousins«: die Art, wie die heiße Sonne auf die rötlichbraun gefärbte Löwenmähne schien, die waagerechten Falten im Rücken des grünen Jacketts, die sich zwischen den Schulterblättern erstreckten.

Franceys Sehnsucht nach der Anwesenheit eines »echten« Vaters hatte als etwas Vages begonnen, als ein kleines Gefühl, nicht größer als eine Haselnuß, irgendwo unterhalb des Brustbeins. In der Obhut seines Stiefvaters war er nicht unglücklich – Mossie Shehan war den größten Teil seines Lebens dagewesen, großzügig und zuverlässig –, aber er hatte stets das Gefühl gehabt, daß Mossie nur ein Ersatz war. Im Laufe der Jahre war die Haselnuß der Sehnsucht gewachsen und füllte seinen ganzen Körper aus; sie war nicht schmerzlich, aber allgegenwärtig wie der Schlag seines Herzens.

Jetzt hoffte er, Hazel sei der Weg zu seinem Vater.

Das Lokal, zu dem sie ihn nach der Tanzveranstaltung führte, hatte sich als kleines Hotel in einer Nebenstraße am Rande der Innenstadt herausgestellt.

»Was möchtest du trinken?« Lässig hatte Hazel etlichen Leuten, die in einer Art Wohnzimmer neben der Eingangshalle gemütlich zusammenhockten, zugewunken, dann hetzte sie zu einer Durchreiche, hinter der ein junger Mann Getränke verkaufte.

»Eine Flasche Phoenix, bitte.« Vor Ort stellte sich heraus, daß Collins ein kleines privates Hotel war, das Männer mittleren Alters in Anzügen als Stammgäste hatte. Es summte dort vor Aktivität. Er konnte nirgendwo in der Nähe einen freien Platz entdecken, und da er sich etlicher Augenpaare, die ihn wie üblich eingehend musterten, bewußt war, richtete er den Blick auf eine abgetretene Stelle im Teppich und versuchte, seinen Kopf wie eine Schildkröte einzuziehen. Da er lange geübt darin war, sich mit Leuten zu unterhalten, die viel kleiner waren als er, lehnte er sich, als Hazel mit seinem Bier und einem Wodka-Tonic für sich zurückkehrte, gegen die Wand und beugte den Kopf wie ein Beichtvater, während sie über das Leben einer Showband plauderte, darüber, wie schwierig es war, ständig unterwegs zu sein, daß sie es sich nie leisten konnte, richtig Urlaub zu machen. Da die Unterhaltung von ihm nicht mehr als ein gelegentliches zustimmendes Nicken zu erfordern schien, ließ Francey sich von dem Monolog und dem Summen der Gespräche der anderen Stammgäste tragen und ließ seiner Phantasie freien Lauf. Vielleicht war das der Einstieg, auf den er gewartet hatte? *Francey und die* ... was? Was machte es schon, daß er weder singen noch ein Instrument spielen konnte. Er konnte es ja lernen ...

Als ahnte sie, was er sich ausmalte, hörte er, wie Hazel darüber klagte, daß Showbands mit geringem Talent und hochgesteckten Zielen, die überall »wie verdammte Pilze« aus dem Boden schossen, überhand nahmen; mehr als siebenhundert konkurrierten mittlerweile. »Stell dir das einmal vor, Francey!« rief sie. »*Verfluchte siebenhundert!* In einem so kleinen Land wie diesem ...«

Während sie so weiterplapperte, ließ er seine Aufmerksamkeit wieder abschweifen und beobachtete ihre Gesichtszüge. Wenn Hazels Augen außergewöhnlich waren, so waren George Gallahers in Franceys Erinnerung genauso bemerkenswert, beinahe veilchenblau. Als er im Alter von elf Jahren sah, wie ihn genau diese Augen aus dem Spiegel anstarrten, dämmerte ihm endgültig die Wahrheit, daß dieser schottische Schauspieler kein Cousin gewesen war. Er behielt diese Entdeckung für sich, weil er selbst in diesem Alter nicht wollte, daß seine Mutter noch mehr Probleme bekam. Statt dessen hatte er mit wenig Erfolg in ihren Briefen und Papieren herumgeschnüffelt, um mehr über seine wahre Abstammung herauszufinden. Erst an seinem einundzwanzigsten Geburtstag hatte er das Thema offen angeschnitten und die Wahrheit über seine Geburt erfahren: daß seine Mutter sich verliebt hatte, verführt und dann verlassen worden war. Selbst dann schaffte er es nicht, Haß auf George Gallaher zu entwickeln, obwohl er es versuchte. Seine Mutter war eine so starke Persönlichkeit, daß Gallaher eine ungewöhnliche Ausstrahlungskraft gehabt haben mußte, um ihm nicht zu widerstehen. Er hatte ihr jedoch geglaubt, als sie ihm gesagt hatte, daß sie weder wisse, wo er jetzt sei, noch jemals, solange sie lebte, wieder von ihm hören wolle.

Als Francey Hazel an jenem Abend in Collins' Hotel beobachtete, hatte er sich danach gesehnt, das Thema George Gallaher anzuschneiden; im Gegensatz zu seiner Mutter war die Sängerin seine erste echte Verbindung zu seinem Vater. Aber da das auch gewisse andere, delikatere Fragen nach ihrem eigenen Verhältnis zu ihm mit sich gebracht hätte, hatte er entschieden, daß es noch zu früh sei. Statt dessen hatte er ihr, als er mit Reden dran war, Komplimente über ihren Gesang gemacht und hatte sie, mehr um der Unterhaltung willen als aus Neugierde, gefragt, warum sie von der Schauspielerei zum Singen übergewechselt sei.

»Schau mich doch an«, hatte Hazel das Stichwort aufgegriffen, »ich bin nicht gerade die ideale Besetzung für die Jungfrau von Orleans, oder? Ich danke Gott fürs Toupieren und für Pfennigabsätze.« Sie rührte ihren Drink mit einem langen roten Fingernagel um. »Wenn es diese Frisur nicht gäbe, wäre ich unsichtbar. Es gibt nicht viele Rollen für Zwerge.«

Francey hatte auf sie hinuntergeschaut. »Nun komm schon, ich weiß, daß du klein bist, aber doch nicht so klein –«

»Schau mal«, hatte sie erwidert, »auf Strümpfen bin ich einssiebenundvierzig. Ich habe die Schnauze voll von der Schauspielerei. Singen ist etwas Zuverlässigeres – außerdem ist die Schauspielerfahrung ja nicht umsonst. Etwas Schauspielen kommt gerade richtig, wenn man die Songs rüberbringen will …« Dann hatte sie ihm die Geschichte ihres Lebens im Showgeschäft erzählt. Offenbar hatte sie als Schauspielerin und Tänzerin bei den alten Wanderbühnen begonnen – dort war sie dann auch George Gallaher über den Weg gelaufen. Aber als die Zahl der Wanderbühnen durch die Konkurrenz des Kinos dahinschmolz, war es Hazel immer schwerer gefallen, Arbeit zu finden, und sie hatte angesichts des Erfolgs der Showbands angefangen, Gesangsunterricht zu nehmen.

»Das ist ja phantastisch!« sagte Francey schließlich voller Bewunderung über ihren Mumm.

»Bestimmt bin ich ein Genie!« Hazel strich ein paar Falten aus ihrem Kleid, das sich über ihrem Bauch gewölbt hatte. »Ich hoffe, das bleibt auch so.«

»Aber natürlich – alle Ballsäle sind doch brechend voll.«

»Im Augenblick«, erwiderte Hazel, »aber ich bin ein alter Hase in dem Geschäft und weiß, daß nichts selbstverständlich ist.«

»Wie alt bist du?« Es war draußen, bevor Francey es verhindern konnte.

»Mein Gott!« Hazel schien jedoch nicht beleidigt zu sein. »Du redest nicht lange um den heißen Brei herum, oder?« Sie grinste. »Sechsunddreißig«, sagte sie, »alt genug, deine Mama zu sein. Ich fühle mich allerdings nicht wie deine Mama, weißt du«, fügte sie ohne eine Spur von Koketterie hinzu.

Francey konnte sein Glück kaum fassen und erzählte ihr rasch, daß er fünfundzwanzig sei. Dann schmiedete er das Eisen weiter, solange es noch heiß war: »Darf ich dich fragen, ob du verheiratet bist?«

Hazel dachte einen Augenblick nach und erzählte ihm dann, daß sie getrennt lebe. »Er war Beamter«, ausnahmsweise war ihr Blick ernst, »Ehrenzeichen, Pionieranstecknadel, Fáinnes – und der ganze Kram. Ich dachte, ich wollte aus dem Showgeschäft aussteigen. Ich habe mich geirrt – zu Tode gelangweilt. Seit Jahren habe ich nichts mehr von ihm gehört oder gesehen.« Sie schien das Thema leid zu sein und trank ihr Glas in einem Zug aus. »Möchtest du noch ein Phoenix oder etwas Richtiges zu trinken?«

Francey war ein wenig schockiert über Hazels sachliches Eingeständnis ihres Ehestandes. Über eine Trennung sprach man in vertraulichem oder manchmal höhnischem Flüsterton. »Wo ist er jetzt?« fragte er und bemühte sich, seine Einstellung zu verbergen.

»Keine Ahnung.« Sie zuckte die Achseln. »Wahrscheinlich rutscht er in irgendeiner Kirche auf den Knien herum. Das letzte, was ich gehört habe, ist, daß er immer noch in London lebt. Er ist Ire«, erklärte sie, »aber wir haben uns dort kennengelernt, als ich noch Schauspielerin war. Ich hoffe, er ringt sich bald dazu durch, sich von mir scheiden zu lassen. Natürlich habe ich ihn darum gebeten, aber es ist gegen seine verdammte Religion. Wie ist es mit dir?« Sie zog ihre angemalten Augenbrauen hoch. »Freundin?«

»Nein.« Francey entschloß sich, ihr die Wahrheit zu sagen. »Frauen werfen nur einen Blick auf mich und glauben, ich würde sie zerbrechen«, sagte er, »außerdem kann ich nicht tanzen, also fällt auch dieses Vergnügen flach.«

»Sie wissen ja nicht, was ihnen entgeht!« Hazel tätschelte seinen Arm. »Die Größe ist nicht wichtig!« Sie klimperte mit ihren falschen Wimpern, die so dick wie Büsche waren, aber als ihr klar wurde, daß er die Doppeldeutigkeit nicht verstand, stupste sie ihn an. »Mein Gott, du bist wirklich noch grün hinter den Ohren.«

Zu spät verstand Francey den Witz und versuchte, das wiedergutzumachen, aber Hazel unterbrach ihn: »Das macht doch nichts, Liebling, du bist großartig. Frauen sind ganz verrückt nach blonden Männern, wart's ab! Wenn ich ein paar Jahre jünger wäre –« Sie hielt inne und neigte den Kopf zur Seite wie ein frecher kleiner Vogel. »Wenn ich es mir recht überlege ...«, fügte sie hinzu und schien dann eine Entscheidung zu treffen.

Sie lud ihn ein, bei der Fahrt nach Limerick mitzukommen.

Bei der Erinnerung daran lächelte Francey und streckte sich noch einmal in seinem Bett aus, aber wie ein plötzlicher Schlag über den Kopf traf ihn erneut der Augenblick des Zusammenstoßes, das Vibrieren, das Schreien, das Entsetzen, und er begann zu schwitzen. Statt es wieder und wieder in seinem Kopf ablaufen zu lassen, unternahm er entschlossen den Versuch, aus dem Bett zu krabbeln.

Unten stellte er fest, daß seine Wirtin ihn immer noch so behandelte, als habe er allein die Stadt vor marodierenden Wikingern gerettet. Sie hatte gute Nachrichten für ihn aus dem Radio: Alle, die bei dem Unfall verletzt worden waren – trotz Franceys

Befürchtungen war niemand gestorben –, befanden sich nicht länger in kritischem Zustand.

Er fragte sich, ob er versuchen sollte, Hazel zu besuchen, entschied sich aber dagegen. Sie würde noch nicht in der Stimmung sein für Besucher, und sobald es ihr gut genug ging, würde sie von Besuchern überflutet werden. Da es ein schöner Tag war, nahm er den Bus zum Phoenix Park und wanderte während der nächsten zwei Stunden durch seine herbstliche Pracht.

Als er nach Hause kam, war ein Stapel Nachrichten eingetroffen, auch eine von Hazel. Auf ihre Anweisung hin hatte man vom Krankenhaus angerufen: Sie wollte, daß er sie besuchte. Als Francey sich jedoch am nächsten Tag im Krankenhaus erkundigte, stellte er fest, daß die Besuchszeiten nicht zu seinen Arbeitszeiten paßten, und erst am folgenden Sonntag klopfte er und stieß die Tür zu Hazels Zimmer auf. Sie war allein und schlief.

Francey setzte sich auf einen Stuhl neben ihr Bett und betrachtete sie. Jeder Zentimeter ihrer sichtbaren Haut war schwarz und blau, ihre eingegipsten Arme wurden mit Flaschenzügen nach oben gezogen, Verbände bedeckten ihren ganzen Körper, soweit er ihn sehen konnte, außer ihren nackten Schultern und dem oberen Teil ihrer Brust. Weißes Verbandszeug bedeckte die Stiche am Haaransatz, an der Oberlippe und Nase. Ihr blondes Haar war so, wie er es von dem Besuch 1944 in Erinnerung hatte: Kurz und büschelig glich es einem Helm mit Eisenspitzen. Sie sah aus wie eine gekreuzigte kleine Mumie.

Das Krankenhaus lag nach Süden, und da es ein klarer Tag war, fiel das Sonnenlicht durch die großen Fenster des Zimmers, als sei es Hochsommer. Francey stellte fest, daß er zu schwitzen begann, und da Hazel immer noch keine Anzeichen zeigte, daß sie bald erwachen würde, stand er auf und ging zum Fenster, um Luft hereinzulassen. Das Bons-Secours-Krankenhaus war auf einem Hügel gebaut worden, und die graue Stadt unter ihm, in sonntäglichen Schlummer versunken, die Fabrikschornsteine frei von Rauch, dehnte sich vor ihm bis zu den runden, rötlichen Rücken der Dubliner Berge. Sie schienen weiter entfernt zu sein, als es tatsächlich der Fall war – eine Sinnestäuschung, die, das wußte der Ehrendubliner Francey, darauf hinwies, daß das gute Wetter noch andauern würde.

Hinter sich hörte er ein Stöhnen und wandte sich um. Hazel schaute ihn aus blutunterlaufenen Augen an. Sie schien ihm keineswegs dankbar, sondern wütend auf ihn zu sein.

»Wie geht es –«, begann er, aber sie unterbrach ihn.

»Du bist auf mich gefallen, du großer Tolpatsch!«

»Tut mir leid, ich konnte nichts dafür. Ich habe mein Bestes versucht –«

»Wie witzig!« Hazel versuchte zu lächeln, aber neben all ihren anderen Gebrechen fehlte ihr auch noch ein Schneidezahn. Der Effekt war makaber, und das wußte sie. Zu Franceys Entsetzen brach sie in Tränen aus.

»Bitte nicht!« Er blickte zur Tür und hoffte, eine Krankenschwester oder ein anderer Besucher käme und würde ihn aus dieser peinlichen Situation retten. Er kannte sie nicht gut genug, um damit fertig zu werden. »Bitte, Hazel«, bettelte er, »bitte weine nicht.«

»Ich kann nichts dafür. Ich weiß, daß ich wie ein Geschöpf aus der Gruft der Mumien aussehe – oh!« heulte sie. »Mein Kopf, mein Kopf!« Die aufgehängten Gipsverbände schwankten hin und her, als hätte sie vergessen, daß sie die Arme nicht benutzen konnte.

»Soll ich eine Schwester holen?«

»Ist schon in Ordnung«, stöhnte Hazel, »achte nicht auf mich. Jeder sagt mir, ich soll froh sein, daß ich lebe. Ich glaube, das bin ich auch.« Sie mußte schlucken. »Wisch bitte mein Gesicht ab. Auf dem Nachttisch sind Taschentücher.«

Francey tat, worum sie ihn gebeten hatte. Mit einem Papiertaschentuch saugte er die Feuchtigkeit zwischen den Bandagen auf.

»Francey«, sagte Hazel ruhiger, als er fertig war, »danke für das, was du getan hast. Du bist ganz groß im Gespräch. Du weißt, wie dankbar ich dir bin. Hast du meine Nachricht erhalten?«

»Ja, aber danke mir nicht, ich habe nur getan, was jeder an meiner Stelle getan hätte.«

»Ich bin Atheistin, aber, Gott sei Dank, warst du bei uns.«

»Geht es dir jetzt etwas besser? Bist du sicher, daß ich nicht jemanden holen sollte?« Francey befürchtete, sie würde wieder anfangen zu weinen.

»Ich habe das Gefühl, als würde ich nie wieder normal –«

»Aber natürlich wirst du das, deine Haare werden wieder wachsen«, fügte er hinzu, als er merkte, wie dürftig sich das anhörte. »Hier, die habe ich dir mitgebracht.« Er hielt ihr einen zerzausten Strauß weißer Chrysanthemen hin, die im Vergleich zu den Bergen von Rosen, Lilien und Orchideen, die auf Nachttisch, Fensterbrett und Boden standen, billig und blaß aussahen.

»Danke«, Hazels Stimme klang gezwungen, da sie sich gerade rechtzeitig noch daran erinnerte, die Lippen geschlossen zu halten, als sie versuchte zu lächeln.

»Du mußt müde sein.« Francey wollte jetzt nur noch weg. »Ich stelle sie hierher.« Er ging zum Fensterbrett herüber und legte seine Gabe, die in ihrer Cellophanhülle bald die Köpfe hängen lassen würde, neben einen Riesenstrauß prächtiger Tigerlilien.

»Ich mag Chrysanthemen.« Hazels Blick folgte ihm. »Tut mir leid, daß ich in keiner besseren Form bin«, fügte sie hinzu und schloß die Augen. Zu Franceys Bestürzung rollte eine weitere dicke Träne über ihre Wange. Sie öffnete die Augen. »Kannst du wiederkommen? Bitte? Ich weiß, daß ich unhöflich war, und ich bin dir wirklich dankbar und würde dich gerne wiedersehen – Tarzan!« Diese witzige Bemerkung hörte sich aus ihren geschwollenen Lippen verloren an.

»Wenn du wirklich meinst …«

»Bestimmt. Und es ist egal, um welche Zeit du kommst, die Nonnen hier sind furchtbar nett. Ich schlafe viel, du mußt einfach klopfen.«

Nachdem er versprochen hatte, am nächsten Abend wiederzukommen, ging er.

Auf dem Weg zur Bushaltestelle zog eine Gruppe von Kindern, die auf dem Rasen vor dem Krankenhaus Flugzeug spielten, seine Aufmerksamkeit auf sich. Mit weitgespreizten Armen und von den Schultern wallenden Mänteln rasten sie umeinander herum, ihre Schreie trieben zu ihm wie Töne eines Windspiels. Ein Kind fiel Francey besonders ins Auge: dunkelhaarig, getrennt von den anderen, summte es in seinem eigenen Kreis herum, warf Hände voll goldenen Laubs in die Luft und ließ es sich auf den Kopf regnen.

Der kleine Junge erinnerte Francey an Dessie.

George Gallahers Besuch in Lahersheen an jenem Sommernachmittag 1944 hatte nicht nur Auswirkungen auf seinen Sohn, sondern auch auf eine von Franceys Stiefschwestern, die so hingerissen von ihm war, daß sie ihn und Hazel Slye begleitete und Schauspielerin in ihrer Truppe wurde. Kathleen kehrte schwanger zurück. Das Baby war von der Familie aufgenommen worden, und Francey hatte es angebetet. Aber als Dessie sechs Jahre alt war, hatte Kathleen, die stets flatterhaft war, Lahersheen verlassen und Dessie mitgenommen. Keiner hatte je wieder von ihnen gehört, obwohl die Familie alles versucht hatte, sie von der Polizei, der Heilsarmee, durch die noch größeren Truppen und Netzwerke des irischen Klerus und der Emigrantengruppen in England, Amerika und sogar Australien aufspüren zu lassen.

Francey war untröstlich gewesen. Dennoch blieb er, selbst nachdem er erfahren hatte, daß auch Dessie Georges Sohn war, seiner Heldenverehrung treu, die gespeist wurde von mythischen Geschichten über keltische und griechische Götter, die sich um Monogamie keine Gedanken machten, und machte seinem Vater im tiefsten Inneren keine Vorwürfe. Die Wahrheit führte nur dazu, daß er vom abwesenden – oder toten – George nur noch stärker fasziniert wurde.

Als er den Hügel hinunter zur Bushaltestelle ging, wuchs rasch seine Überzeugung, daß dies kein Fehlstart war, daß sein Leben sich veränderte – sich bereits verändert hatte.

Bis jetzt war Francey in Dublin selten von seiner Routine abgewichen: Er war zwischen Arbeit und Zimmer hin und her gependelt, Messe am Sonntagmorgen; am Sonntagnachmittag, wenn ein Spiel stattfand, in den Croke Park; am Zahltag einige Drinks in einer Kneipe und selten einmal samstags eine Tanzveranstaltung.

Die Begegnung mit Hazel hatte ihn dazu gezwungen, der Tatsache ins Gesicht zu sehen, daß Francey Sullivans Einsamkeit von Francey Sullivan selbst verursacht war. Er hatte zugelassen, daß er im Alter von fünfundzwanzig wie eine zurückgezogene, unattraktive Drohne lebte.

Es wurde Zeit, aus den sich bietenden Gelegenheiten Vorteile zu ziehen. Und nicht nur, was die Suche nach seinem Vater betraf.

»Wie geht's?« Fast vier Wochen, nachdem Hazel Slye in das Bons-Secours-Krankenhaus eingewiesen worden war – fünf Wochen nach dem Unfall –, war sie, nach ihrer zwitschernden Begrüßung zu urteilen, als Francey die Tür ihres Zimmers aufstieß, wieder ganz die alte. Wie üblich war sie um diese Zeit, zur Teezeit, allein. Kein Familienmitglied kam sie je besuchen, was sie Francey gegenüber damit erklärte, daß sie keine Familie habe. »Ich bin eine Waise«, hatte sie gesagt. »Vielleicht könntest du mir ja welche von dir leihen. Soweit ich sehen kann, hast du genug Verwandte, um das halbe Land damit zu bevölkern.«

Obwohl ihr blaues Auge immer noch ein wenig blutunterlaufen waren, waren die Prellungen in ihrem Gesicht zu leichten gelben Schatten um die Wangenknochen verblaßt, und ihre eingegipsten Arme lagen in einer relativ natürlichen Haltung zu beiden Seiten auf ihrer Bettdecke. Nachdem die Kopfverbände entfernt und die Fäden gezogen worden waren, konnte man sehen, daß in fünf Wochen ihr gebleichtes Haar dunkel nachgewachsen war, und sie sah aus wie eine scheckige, zusammengestoppelte Promenadenmischung. Heute, so erzählte sie Francey, als er sich den Stuhl heranzog, würden die restlichen Pflaster von ihrem Brustkorb entfernt, und morgen könnte sie dann nach Hause gehen. »Und diese verdammten Gipse werde ich Anfang nächster Woche los. Ich kann es kaum erwarten.«

»Das ist toll, du wirst dich selbst nicht wiedererkennen. Offensichtlich fühlst du dich ja besser.« Francey legte einen kleinen Beutel mit Eiskonfekt auf den Nachttisch.

»Wie eine Lerche.« Hazel benutzte ihre Beine wie Propeller und rutschte auf ihren Kissen höher. »Die Nonnen können es gar nicht fassen, wie gut meine Wunden heilen! Kommt wahrscheinlich daher, daß ich eine Tänzerin bin, vom guten Leben gar nicht zu sprechen.«

Francey grinste. Während der Wochen, in denen er sie besuchte, hatte er aus Kommentaren, die ihr so herausrutschten, erfahren, daß Hazels Lebensstil nicht gerade das war, was die Priester in der Schule tugendhaft genannt hätten. »Ich sollte da draußen herumlaufen«, fuhr sie fort und blickte zur Tür, »auf diesem dämlichen gottverdammten Flur, aber ich habe es satt, ich habe ja schon verdammte Spurrillen hinterlassen. Ich habe hier ein Geschenk für dich«, Hazel deutete mit einem Kopfnicken auf einen Stapel Alben neben dem Nachttisch auf dem Boden.

»Sind sie das?« Franceys Augen leuchteten auf.

»Sie sind keine Blaskapelle, Dummkopf!« sagte sie mitleidig. »Du mußt dich selbst durchwühlen. Ich habe Vinnie nur gesagt, er solle alle mitbringen.« In welchem Verhältnis der Saxophonist zu Hazel stand, war Francey nie klargeworden. Offensichtlich hatte er jedoch freien Zutritt zu ihrer Wohnung und kannte sie gut genug, um zu wissen, wo sie Zeitungsartikel aufbewahrte, damit sie, so hatte sie Francey informiert, alles nötige Material zur Hand hatte, wenn sie eines Tages die Geschichte ihres Lebens schreiben würde.

»Bist du sicher, daß du diesen alten Gauner finden willst?« fragte sie jetzt und beobachtete, wie Francey den Stapel Bücher hochnahm. »Bist du sicher, daß du ohne ihn nicht besser dran bist? Er ist nur ein ...« Ungewöhnlicherweise fehlten ihr die Worte.

»Ich kann es nicht erklären.« Francey lehnte sich auf seinem Stuhl zurück und balancierte den Stapel auf seinem Schoß. »Es ist einfach etwas in mir.« Er hatte sie mehr als vierzehn Tage lang besucht, bevor er den Mut aufbrachte, Hazel zu fragen, ob sie irgendwelche Informationen über den Aufenthaltsort seines Vaters hätte; aber nach ihrer eigenen Beziehung zu George hatte er sie immer noch nicht gefragt. Vielleicht war es die Naivität eines Sechsjährigen, aber er hatte immer angenommen, daß George und Hazel ein Paar gewesen waren, als sie nach Lahersheen kamen, eine Vorstellung, die sie zu bestätigen schien – »dieser Kerl wird einer der saftigeren Bissen meines Buches« –, als sie erwähnte, daß unter ihren Zeitungsausschnitten auch Berichte über Georges Hochzeit waren. Er hatte das Gefühl, daß er sie jetzt fragen konnte. »Ich habe dich nie gefragt nach –«

»Nach mir und ihm?« Hazel hatte die unheimliche Angewohnheit, seine Fragen vorherzusehen. »Während des Krieges war die Hälfte aller Frauen in Irland in ihn verliebt. »Du darfst nicht vergessen, daß es damals nicht viel Unterhaltung gab, und diese Tourneetheater spielten im ganzen Land vor proppenvollen Häusern.«

Francey holte tief Luft. »Und das betraf auch Kathleen?«

»Kathleen ganz besonders«, erwiderte Hazel. »Und bevor du fragst, ich gebe mir die Schuld für vieles, was dann geschah. Ich bin mir sicher, daß deine Mutter mich auch dafür verantwortlich macht«, fügte sie hinzu. »Ich hatte deiner Mutter versprochen, damals nach ihr Ausschau zu halten, ob sie nach Killarney kommt.«

»Oh, ich bin mir sicher, daß sie dir keine Vorwürfe macht.« Francey hatte keine Ahnung, ob seine Mutter ihr vergeben hatte oder nicht. »Sie liebte Dessie«, fügte er traurig hinzu, »wir alle ...«

»Es war ein kleiner Junge?« Hazels Augen waren voller Mitgefühl. »Ich habe nie etwas über ihn gehört.«

Obwohl der Schmerz sich schon lange gelegt hatte, brach Franceys Kummer, seinen kleinen Halbbruder verloren zu haben, von Zeit zu Zeit wieder durch. Wie Francey hatte Dessie alle Tiere geliebt und schien eine geheimnisvolle Anziehungskraft auf sie auszuüben. Daher sah man ihn, seit er laufen konnte, im Garten oder auf den Feldern nie ohne mindestens einen Hund an seinen kleinen Fersen. Die klarste Erinnerung war die an einen warmherzigen kleinen Jungen in Ölzeug, draußen im Garten an einem alten Tisch, auf dem er Brotkrumen für die Vögel auslegte. Die Krumen flogen im Wind davon, aber er gab nicht auf, sammelte sie wieder und wieder ein, bis Franceys Mutter einschritt und ihn nach drinnen brachte. Einer der Witze in der Familie lautete, daß der falsche Bruder nach dem heiligen Franz von Assisi benannt worden war.

»Nach dieser Geschichte mit Kathleen war ich fertig mit dem Dreckskerl«, sagte Hazel jetzt, »aber ich schwöre bei Gott, ich wußte lange nicht, daß sie schwanger war. Ich schwöre es, Francey! Ich hätte ihn umgebracht! Ich habe es in London erfahren. Du weißt, daß deine Mutter von einem Rechtsanwalt Briefe an die Schauspielergewerkschaft schicken ließ, um ihn zu finden?«

»Das wußte ich nicht.« Die Details und die Nachwehen der Affäre zwischen Kathleen und seinem Vater waren Francey nicht bekannt. »Und was geschah? Hat sie ihn erreicht?«

»Weiß ich nicht«, erwiderte Hazel. »Zu der Zeit war ich nicht gerade eine Busenfreundin von dem widerlichen Kerl. Weiß deine Mutter, was du vorhast?«

Francey hatte viele Stunden damit zugebracht, darüber nachzudenken. Aber der Drang, George Gallaher zu finden, war stärker als die Loyalität gegenüber den Gefühlen seiner Mutter. Diese emotionale Kluft würde er überbrücken, nachdem er seinen Vater gefunden hatte – falls ihm das gelang. »Ich bin nicht sicher, ob sie davon allzu begeistert wäre«, gab er zu, »aber sie würde es verstehen, da bin ich mir sicher.«

Hazel schaute ihn einige Sekunden lang an, dann grub sie ihre Schultern in einen Berg Kissen. »Was du suchst, ist in Nummer fünf oder sechs.«

Francey sah, daß die Alben außen von eins bis zehn numeriert waren. Er legte alle, bis auf diejenigen, die sie erwähnt hatte, beiseite und öffnete das obere.

Er fand sie beinahe sofort, zwei Seiten Fotografien, hauptsächlich in Schwarzweiß. Eine, die größte und in Farbe, zeigte ihn in voller Körpergröße. Franceys Vater sah genau so aus, wie er ihn in Erinnerung hatte, abgesehen von seinem Haar. Es hatte sich ihm eingeprägt als die Mähne eines Löwen oder das rötlichbraune Fell eines jener Collies, die rund um Lahersheen das Vieh hüteten, aber auf diesen Bildern hatte das Haar seines Vaters Strähnen in unterschiedlichen Grautönen wie der Rücken eines Silberfuchses. Die erstaunliche grüne Kleidung jenes Tages war ersetzt durch einen dunklen, wunderbar geschnittenen Straßenanzug, eine Krawatte, in der sich einer der blasseren Grautöne in Georges Haar wiederfand, und makellose schwarze Schuhe. Sein Lächeln war jedoch das gleiche, ebenso die heldenhafte Pose und die Breite von Schultern und Brust.

Die Frau an seiner Seite, die ein kleines Sträußchen weißer Rosen in der Hand hielt, trug eine lange Perlenkette, ein elegantes pechschwarzes Jackenkleid und hochhackige Schuhe. Sie schien älter zu sein als George, und selbst in ihrer Jugend war sie wahrscheinlich nicht hübsch im landläufigen Sinne gewesen, aber sie hatte ein breites, festes Kinn, ihre blauen Augen waren groß und klar und, obwohl sie nicht lächelte, schien sie ruhiges Selbstvertrauen auszustrahlen.

Als er das Foto anschaute, verschwanden die Wände des sonnigen Krankenhauses rund um Francey, und er blieb mit seinem Vater allein. Er versuchte, sich über seine Gefühle klarzuwerden, und stellte fest, daß er sich, außer ein wenig zittrig, klein fühlte. Da ihm jetzt endlich der Weg zu George Gallaher offenstand, hätte er erwartet, aufgeregt zu sein oder zumindest ängstlich.

»Nun?« Hazels Stimme schien von weit her zu kommen.

»Er – er ist es.«

»Ich weiß, daß er es ist, Dummkopf. Wie findest du ihn?«

»Er hat sich nicht verändert ...« Er betrachtete das Foto weiterhin eingehend. Das Datum, Mai 1951, stand darunter. »Es war allerdings vor zwölf Jahren«, meinte er zögernd, »vielleicht hat er sich jetzt verändert. Er könnte sogar schon tot sein.«

»Das könnte sein«, stimmte Hazel zu, »aber du wirst es nie genau wissen, wenn du ihn nicht suchst, nicht wahr? Wie willst du das übrigens anstellen?«

Francey hatte nicht viel weiter gedacht, als nach London zu

fahren und seinen Vater dort in irgendeinem Theater zu finden. Aber als sie jetzt darüber sprachen, fand Hazel es unwahrscheinlich, daß George immer noch Theater spielte. »Er war phantastisch, aber ein grauenvoller Schauspieler, und jetzt hat er doch das große Los gezogen. Er braucht überhaupt nicht mehr zu arbeiten.

Wenn du meinen Rat annehmen willst«, sie schob sich auf ihren Kissen wieder ein Stück höher, »solltest du zu einer der Zeitungen in der Fleet Street gehen. Die Frau ist nicht nur schwerreich, sie ist eine Person des öffentlichen Lebens. Steht da nicht, daß sie ein großes Tier bei irgendwelchen Wohltätigkeitsorganisationen ist? Die Regenbogenpresse bleibt Leuten wie ihr auf den Fersen. Und geh persönlich hin. Das am Telefon zu versuchen, ist zwecklos.« Sie grinste mit ihrer Zahnlücke. »Versuch es bei einem jungen Mädchen vorne am Empfangsschalter. Liefere dich ihrer Gnade aus – lächele sie an, du langes Laster!«

Obwohl er sich langsam daran gewöhnte, war Hazels Offenheit, wie attraktiv sie ihn für Frauen fand, immer noch so neu, daß er rot wurde. Er war sich der Natur ihrer Beziehung nicht ganz klar: Obwohl es wundervoll war, solch eine gesprächige und zugängliche Frau zur Freundin zu haben, hatte er nach einer anfänglichen Vorahnung, daß sie sich als jemand Besonderes in seinem Leben herausstellen könnte, entschieden, daß er das Ganze etwas übertrieb, daß er in die Freundschaft wegen der ungewöhnlichen Umstände und der Ungezwungenheit des Umgangs mehr hineinlegte, als vielleicht gerechtfertigt war.

Was Hazels Einstellung zu ihm betraf, so war es schwer festzustellen, ob sie ihn persönlich attraktiv fand oder ihn nur ganz allgemein für attraktiv hielt. Meistens hielt sie eine Art Kameradschaft mit ihm aufrecht, die er nur schwer von den ständigen Witzen, die zwischen ihr und ihren Kollegen hin und her flogen, unterscheiden konnte. Der Altersunterschied zwischen ihnen schien ihr nichts auszumachen. Und je mehr er sie kennenlernte, desto weniger machte es ihm etwas aus.

»Kann ich dieses Buch mitnehmen?« fragte er jetzt und schaute erneut auf das Foto des Gesichtes, das er aus so vielen Träumereien so gut kannte. »Nur zu«, zwitscherte Hazel, »aber sei vorsichtig damit. Darin steckt mein Vermögen. Achte mal darauf, wie sich alle aus dem Staub machen, wenn sich rumspricht, daß ich meine Autobiografie schreibe.«

Francey hatte noch ein paar Tage Urlaub von Ledbetters zu bekommen, und da das Geschäft im Winter flau war, war es kein Problem für ihn, diesen zu nehmen, um nach London zu reisen.

Die Adresse seines Vaters zu finden hatte sich als einfach herausgestellt. Eine der Wohltätigkeitsorganisationen, die in der Schlagzeile unter dem Hochzeitsfoto erwähnt wurden, sammelte Spenden für ein Kinderkrankenhaus. Hazel hatte mit Francey geübt, sich als junger unerfahrener irischer Reporter auszugeben, der zum ersten Mal aus Irland herausgekommen und geschickt worden war, um einen Bericht über das Krankenhaus zu schreiben, weil es manchmal auch irischen Kindern half, die eine dringende Behandlung benötigten. Er hatte die Lektionen gelernt, bis hin zu einem dick aufgetragenen Lächeln, das seiner Meinung nach unerträglich war. Binnen Stunden nach seiner Ankunft in London war er zum Empfangsschalter einer der Zeitungen in der Fleet Street gegangen.

Das Lächeln, falsch oder nicht, schien zu wirken, und das Mädchen, das gerade Dienst tat, hatte sich der Hilfe eines der Reporter vergewissert, der Francey mit so vielen Namen und Adressen von Direktoren der Stiftung versorgte, wie er finden konnte. Mrs. Julia Dill Smith Gallahers Adresse war auf der Liste, und der Reporter konnte bestätigen, daß Franceys Stiefmutter verheiratet und keine Witwe war.

George war also noch am Leben.

Den Rest jenes ersten Tages verbrachte Francey, der müde von der Reise war, in einem Dämmerzustand, er wanderte in der Kälte des Novembertages umher, aß in Fish-and-Chips-Imbißlokalen und war sich bewußt, daß er wie immer neugierige Blicke auf sich zog. Er ging zu einem Bahnhof und fand heraus, wie man am besten in das Dorf Little Staunton gelangte – mit dem Zug bis Leamington Spa, dann mit dem Bus weiter –, dann quartierte er sich in einem heruntergekommenen Hotel ein, an einem jener mit Säulen umstandenen Plätze, die in der ganzen Stadt ineinanderüberzugehen scheinen.

Am nächsten Morgen litt er nach einer schlaflosen Nacht, während der er sich nicht einmal auf seine Lektüre konzentrieren konnte – er las gerade *The Crock of Gold* –, unter heftiger Nervosität. Er fürchtete sich beinahe, seinen Vater zu treffen. Wenn er nun herausfand, daß das Objekt so vieler Kindheitsphantasien nichts anderes war als ein Gauner, wie Hazel meinte?

Er hatte Hazel, die London liebte, versprochen, die Stadt ein wenig zu besichtigen, wenn er seine Mission erfüllt hatte. Er überlegte, daß er das genausogut vorher tun könne und daß er die Zeit nutzen könne, um seine Gedanken zu sammeln und zu planen, was er sagen würde, wenn er George schließlich von Angesicht zu Angesicht gegenüberstand. Er buchte das Hotelzimmer für eine weitere Nacht.

Aber am dritten Tag nach seiner Ankunft in England wachte er voller Entschlossenheit auf. Mit seinen Habseligkeiten – und dem Album – in einem kleinen brandneuen Koffer, nahm er den Frühzug. Nach den Anweisungen eines Gepäckträgers in Leamington Spa fand er dann den richtigen Bus nach Little Staunton.

3

Während der Trauerfeierlichkeiten hatte George Gallaher, wie er hoffte, einen nachdenklichen Gesichtsausdruck bewahrt. Der Regen machte es zumindest leichter, fand er, niedergeschlagen dreinzuschauen.

Während der Geistliche weiterredete, riskierte er einen Blick auf den Kreis der Trauernden: Unter dem schwarzen Dach strömend nasser Regenschirme waren alle Köpfe in Richtung Sarg geneigt, die Körper in angemessenem Respekt erstarrt. George bemerkte, daß die Botschaftsleute Profis in diesen Dingen waren, selbst die Amerikaner. Ihre dunklen Regenmäntel waren am flottesten, die schwarzen Krawatten am saubersten geknotet.

Seine eigene Familie glänzte durch Abwesenheit. Georges Mutter war gestorben, als er vierzehn war. Sechs Monate später hatte George, der jüngste von neun Geschwistern, nach einem Streit mit seinem Vater ihre von Menschen wimmelnde Glasgower Mietwohnung verlassen. Bereits sehr groß gewachsen und auf frühreife Weise attraktiv, hatte er sich auf den Weg gemacht, nach London zu trampen. Es ergab sich, daß mit dem dritten Wagen, der ihn mitnahm, ein Wandertheater reiste, und als der Lkw den Stadtrand der Hauptstadt erreichte, hatte George seinen ersten Job. Oder Jobs, wie sich herausstellte. Der Inspizient hatte sich am Tag zuvor einer konkurrierenden Truppe angeschlossen, und durch einen geschickten Schachzug fungierte George, ehe er sich's versah, als Mädchen für alles und Statist. Binnen Wochen spielte er kleine Rollen.

Er nahm nie wieder Kontakt zu seiner Familie auf, und jedem, der fragte, erzählte er, er sei Waise. Im Laufe der Zeit glaubte George seine eigene Geschichte mehr und mehr, er »sah« die spartanischen Bedingungen des schottischen Waisenhauses förmlich vor sich, in dem er, seiner eigenen Phantasie zufolge, so brutal großgezogen worden war. Bei Frauen kam diese Geschichte gut an; sie wurde auch nie in Frage gestellt, da George, abgesehen von einer kurzlebigen Fernsehwerbung für einen Ferienort, nie Bedeutung erlangte, öffentliches Aufsehen um seine Person gab es nicht. Als er Jool heiratete – was die nationale Presse auf den Plan rief –, konzentrierten sich die Berichte auf ihren Reichtum und Hintergrund und bezeichneten ihn als Schauspieler, der zur richtigen Zeit am richtigen Ort gewesen war.

Der Pastor kam zu einem gnädigen Ende, und George wandte seine Aufmerksamkeit wieder den Überresten seiner Frau zu. Cheerio, altes Mädchen, dachte er. Nach dem anfänglichen Schock, im Alter von dreiundfünfzig noch in den Stand der Ehe zu treten, hatte er große Zuneigung zu Jool entwickelt.

Einige Sekunden lang war das Klopfen der Regentropfen auf straff gespannten Regenschirmstoff das einzige Geräusch, da jeder darauf wartete, daß jemand sich zuerst rührte. George blickte um sich, und ihm wurde klar, daß die Reihe jetzt an ihm war; er räusperte sich und machte einen kleinen Schritt nach hinten. Damit ermöglichte er den anderen Trauergästen, seinem Beispiel zu folgen und sich in kleine Grüppchen aufzuteilen.

Während der nächsten fünf Minuten benahm George sich so, wie es sich für einen trauernden Witwer gehörte. Mit gebeugtem Haupt stand er da und nahm die Beileidsbekundungen des Pastors, der Leute von der Botschaft und danach der Freunde Jools und anderer Wohltätigkeitsfonds-Mitglieder entgegen, die auf ihn zukamen und die formelhaften Worte aussprachen. Die meisten lehnten seine Einladung zu einer Erfrischung ab, obwohl einige von Jools engeren Freunden sie akzeptierten. Er selbst war so viel herumgekommen und hatte so wenige tiefe Freundschaften geschlossen, daß seine eigenen Kumpel in Wirklichkeit nur Bekannte waren, die ihm alle für die Einladung dankten, aber bedauerten, rasch fortzumüssen.

Als letzter kam Jools Anwalt auf George zu. »Ich werde mich in den nächsten ein oder zwei Tagen bei Ihnen melden, Mr. Gallaher«, sagte der Mann, nachdem er sein Mitgefühl bekundet hatte, »wenn alles sich etwas beruhigt hat.«

»Danke«, erwiderte George, »ich freue mich auf Ihren Besuch.«

Das tat er wirklich, dachte er. Ihm war stets klar gewesen, daß er auf die Füße gefallen war, als er Jool kennenlernte, aber er hatte keine Ahnung, wieviel sie tatsächlich wert war, und war neugierig, es herauszufinden. Er wußte lediglich, daß seine Frau eine der reichsten Frauen Neuenglands gewesen war. Sie war schon reich geboren worden, ihr erster und ihr zweiter Ehemann, beide verstorben, waren noch viel reicher gewesen. Jool war eine Englandliebhaberin, die sich, lange bevor sie George kennengelernt hatte, entschlossen hatte, ihr Imperium in Neuengland den Vorständen und Aufsichtsräten anzuvertrauen und in England zu leben. Kurz nach dieser impulsiven Entscheidung starb ihr zweiter Ehemann während einer Matinée von *Der Sturm* in Stratford-on-Avon.

Jools dritter Ehemann, der endlich zu seinem Rolls-Royce gehen konnte, der in der Nähe auf einem der kiesbedeckten Fußwege parkte, bemerkte jetzt, daß die Angehörigen der Familie seiner Frau oder was davon übriggeblieben war, verlegen zusammenstanden und unsicher waren, was sie als nächstes tun sollten. Er überquerte den nassen Rasen. »Ihr müßt mit zurück zum Herrenhaus kommen auf eine kleine Erfrischung«, lud er sie ein, »bitte. Ihr seid von so weit her gekommen ...« Georges Bezeichnung des riesigen Hauses im Ranchstil, das Jool nach ihrer Hochzeit für sie hatte bauen lassen, war ursprünglich ein Witz zwischen den Eheleuten, aber dann hatte sie eine Bronzetafel für die Torpfeiler in Auftrag gegeben und nannte das Anwesen Inverary Manor, zu Ehren der schottischen Abstammung ihres neuen Ehemannes.

»Wenn du meinst ...« Der Gesichtsausdruck von Jools verwitwetem Schwager, der bereits Mitte Siebzig war, hellte sich auf.

»Ich bestehe darauf«, sagte George. »In meinem Auto ist reichlich Platz. Kommt doch bitte mit mir. Ihr könnt eurem Fahrer sagen, daß ihr ihn später benötigt.«

»In Ordnung.« Die kleine Gruppe – der Schwager, sein Sohn und eine Frau mittleren Alters, die offensichtlich eine Cousine war – ging zu ihrem Chauffeur hinüber, der neben der gemieteten Limousine wartete. Jemand berührte George am Arm. Als er hinschaute, erblickte er seinen fünfunddreißigjährigen Sohn. Die Persönlichkeit Colin Mannerings war seinem Vater unverständlich. Er hatte den Jungen erst kennengelernt, als dieser schon herangewachsen war, und keine Zuneigung zu ihm gefaßt.

George gab offen zu, daß er bis zu seiner Hochzeit und auch nach der Eheschließung mit seiner reichen Frau ein Leben wie im Traum geführt hatte. Als Colin nicht lange nach seiner Hochzeit auftauchte, war er gezwungen, reumütig zu akzeptieren, daß er zu guter Letzt den Folgen seiner Taten ins Auge sehen mußte. Unter Jools unverwandtem Blick wäre es so unverantwortlich und schurkisch erschienen, daß er in ihren Augen leicht an Glanz hätte verlieren können, wenn er es nicht getan hätte. Aber obwohl sich herausstellte, daß sein Sohn charmant war, perfekte Manieren hatte und keinen Groll gegen seinen Vater wegen der Vernachlässigung seiner väterlichen Pflichten zu hegen schien, hielt George ihn insgeheim für eine Landplage. Colin war, verdammt noch mal, viel zu beflissen, zu gefallen, genau wie viele seiner Bekannten, die ebenfalls Privatschulen besucht hatten.

Jool war diejenige gewesen, die ihnen über die Klippen hinweggeholfen hatte. Mit der Geradlinigkeit ihrer neuenglischen Erziehung hatte Georges Frau den jungen Mann als Produkt einer jugendlichen Indiskretion ihres Mannes akzeptiert, ihn im Schoß der Familie willkommen geheißen und war hocherfreut, als Colin bald darauf seine Frau und seinen kleinen Sohn präsentierte. Nach dem anfänglichen Schock hatte George, der es schwierig fand, sich mit seinem Sohn zu unterhalten, dafür gesorgt, daß Jool bei Colins folgenden Besuchen anwesend war. Jetzt, da sie tot war, fragte er sich, wie er mit den Besuchen fertig würde, und hoffte, daß Colins Anwesenheit keine ständige Einrichtung würde. »Kommst du mit zum Herrenhaus?« fragte er.

»Natürlich, Dad, wenn wir eingeladen sind.«

Wie gewöhnlich war etwas an der Art, wie Colin das sagte, das ihn nervös machte. »Natürlich bist du das, dummer Junge«, entgegnete er. »Du kennst den Weg. Wie geht es dir, meine Liebe?« Als er sich Colins Frau zuwandte, warf er ihr das strahlende Lächeln zu, das Frauen auf den gesamten britischen Inseln während der letzten fünfundvierzig Jahre verzaubert hatte. Dann erinnerte er sich daran, wo er war und in welcher Situation er sich befand, und es verschwand von seinem Gesicht.

»Mir geht es sehr gut, danke.« Fleur warf Colin einen Blick zu, als mache sie sich Sorgen, ohne seine Erlaubnis gesprochen zu haben. George gewann nicht zum ersten Mal den Eindruck, daß sie möglicherweise Angst vor ihrem Mann hatte, aber er war der Sache nie nachgegangen. Wenn er das getan hätte, wäre er möglicherweise gezwungen worden, etwas Unangenehmes zu tun. Er lächelte beide an und wandte sich dann seinem Rolls zu; auf dem

Weg dachte er, daß Fleurs Eltern ihr den Namen in weiser Voraussicht gegeben hatten: Sie hatte wirklich etwas Blumenhaftes an sich.

Unter anderen Umständen, dachte er, hätte er nichts dagegen gehabt, es einmal mit ihr zu versuchen: Er hatte gespürt, daß sie unter ihrer zurückhaltenden Oberfläche wohl recht temperamentvoll sein konnte. Das waren sie natürlich alle, sobald man sie richtig in Gang setzte. Die Gelegenheit hatte sich jedoch nicht ergeben, falls man nicht das eine Mal mitzählte, als er unter dem Einfluß des Dämons Alkohol ein wenig voreilig gewesen war und das Ganze angeleiert hatte, solange Colin noch im Revier war. Wenn er später daran zurückdachte, mußte er bewundern, wie Fleur ihn losgeworden war, als hätte sie nicht bemerkt, auf was er aus war.

Wahrscheinlich war es besser so, überlegte er, als er die Tür des Wagens öffnete und seine angeheiratete Verwandtschaft bat einzusteigen. Die Situation war so schon kompliziert genug, und auf jeden Fall hätte Jool, die ihm klargemacht hatte, daß er, was Frauen anbelangte, bei ihr am Ende seines Weges angelangt war, sich von ihm scheiden lassen und ihn enterben können. Und wie stünde er dann jetzt da?

George war erstaunt über seine Selbstbeherrschung während der zwölf Jahre seiner Ehe. Mit der Ausnahme von ein oder zwei kleinen Vorfällen – also, vielleicht waren es zwei oder drei, aber nichts von Bedeutung – hatte er es geschafft, seiner Frau treu zu bleiben. Zwölf *Jahre*, wo er es zuvor keine zwölf Wochen mit derselben Frau ausgehalten hätte.

Die Verwandten seiner toten Frau schienen schüchtern und wenig geneigt zu sein, sich zu unterhalten, als der Wagen aus dem wohlgepflegten Friedhof davonschnurrte. Nachdem George sich vergewissert hatte, daß es ihnen bequem war, machte er sich seine Stellung als Hauptleidtragender zunutze und unternahm keinen Versuch mehr, mit ihnen ein Gespräch zu beginnen. Statt dessen schaute er sich, während sie durch die schmalen Straßen fuhren, die nässetriefende Landschaft an.

Nach ein oder zwei Minuten stellte er zu seiner Überraschung fest, daß die Trübseligkeit des Tages zu seiner Stimmung paßte und daß man das leere Gefühl in seiner Brust, eine höchst ungewohnte Empfindung, beim Namen nennen konnte – es war tatsächlich Traurigkeit.

Der Ernst seines Gesichtsausdrucks hatte ausnahmsweise wenig mit seiner jahrelangen Erfahrung als miserabler Schauspieler zu tun. George genoß die Neuartigkeit des Gefühls beinahe. Sein Verstand spekulierte allerdings bereits, was das Leben als nächstes für ihn bereithielt. Mit fünfundsechzig fühlte er sich körperlich so fit, als sei er immer noch in den Vierzigern. Die Natur war freundlich zu ihm gewesen: Noch nie war er ernsthaft krank gewesen, noch immer hatte er all seine eigenen Zähne und Haare, und, abgesehen von einer gewissen Schlaffheit der Haut an Taille und Oberarmen und daß es ihm etwas schwerer fiel, jeden Morgen aufzustehen, fühlte er sich so fit wie eh und je.

Jool, das wackere alte Mädchen, hatte das geschätzt. Sie war acht Jahre älter als er und hatte sich benommen, als fielen all ihre Geburtstage auf einen Tag, als er zugestimmt hatte, sie zu heiraten. Einmal, als sie in Italien in Urlaub waren, hatte er sie gefragt, warum sie ihn gewählt hatte. Einen langen, nachdenklichen Augenblick lang hatte sie ihn angeschaut. »In vielerlei Hinsicht bist du das Kind, das ich nie hatte«, hatte sie schließlich geantwortet. »Versteh das nicht falsch, Georgie«, hatte sie zärtlich gesagt, »das ist ein Kompliment. Ich war glücklich mit meinen anderen Ehemännern, mit beiden, aber sie waren älter als ich. Ich habe gerne einen jungen Mann an meinem Arm, jemand, nach dem man sich umschaut. Und du weißt, daß du nicht übel aussiehst!

Und ich habe zwei Beerdigungen mitansehen müssen«, war sie fortgefahren, »ich will nicht auch noch bei einer dritten die Hauptattraktion sein. Du wirst es sein, der mich zu Grabe trägt.«

»Unsinn.« George hatte sie mit echter Zärtlichkeit geküßt. Jede Frau, die er je gekannt hatte, hatte zugegeben, daß er gut aussah. Aber bei Jool steckte etwas hinter ihren schönen Worten. Und sie war die erste Frau, die er je kennengelernt hatte, die er respektierte. Vielleicht lag es daran, daß sie älter war und für ihn die Mutter repräsentierte, die er so wenig gekannt hatte.

Wie recht sie gehabt hatte mit der Beerdigung, dachte George jetzt, der immer noch überrascht war über die Entdeckung, wie sehr er Jool vermissen würde. Vielleicht hatte er sie ja doch geliebt.

Er war durchs Leben geglitten, ohne sich gefühlsmäßig zu engagieren, und daß Frauen seine sexuellen Avancen als Aufforderungen zur Liebe mißverstanden, hatte ihn nicht sonderlich beeinflußt. Er hatte dieses Engagement und die tränenreichen Ausbrüche, wenn er weiterzog, stets als Unannehmlichkeit betrachtet, als Preis für sein Vergnügen. Nach seinen eigenen Maßstäben war er immer gewissenhaft genug gewesen. Er hatte einer Frau stets, solange die Beziehung dauerte, seine volle Aufmerksamkeit geschenkt, hatte aber auch immer darauf geachtet, keine falschen Hoffnungen zu wecken, und von Anfang an klargemacht, daß er an einer dauerhaften Bindung nicht interessiert war. Es war nicht seine Schuld, so überlegte er, daß sie ihm nie zu glauben schienen.

Die Affäre mit Jool war eine andere Angelegenheit gewesen. Sie hatte ihm einen ihrer Blicke, die keinen Unsinn duldeten, zugeworfen, als sie sich auf einer Wohltätigkeitsfeier trafen, zu der George von einem Bekannten mitgeschleppt worden war, und hatte entschieden, daß er der Richtige für sie sei. Aus irgendeinem Grund, den er nie recht ergründen konnte, hatte er zugestimmt.

Heute war er ungewöhnlich selbstkritisch, fand er, und schob den Einwand beiseite, daß die Anziehungskraft der Amerikanerin vielleicht in ihrem Geld gelegen hatte: Obwohl es angenehm war, sich keine Sorgen machen zu müssen, bedeutete Geld ihm genausowenig wie Gefühle. Er gestand sich ein, viele Fehler zu haben, aber Gier hatte noch nie dazu gehört. Vielleicht hatte er Jools Antrag angenommen, weil ihn die kontinuierliche Prozession junger Frauen und ihre sentimentalen Ansprüche langweilten. Jool hatte den Anstand besessen, nie das Wort »Liebe« auszusprechen oder, was noch schlimmer gewesen wäre, »verliebt«. Und diese bewunderungswürdige Neigung setzte sich nach ihrer Hochzeit fort. Sie erwähnte nie irgendwelche »Beziehungen«, fragte ihn nie, was er gerade dachte, oder belästigte ihn mit Banalitäten, wie sich von ihm ihr gutes Aussehen bestätigen zu lassen.

Sie hatte ihm nur eine Forderung gestellt: keine anderen Frauen, weder in der Öffentlichkeit noch privat. »Wenn du damit einverstanden bist, Georgie«, hatte sie an dem Abend gesagt, als sie ihm den Heiratsantrag gemacht hatte, »wirst du ein sehr gutes Leben führen. Wir werden wundervoll miteinander auskommen – keiner meiner beiden anderen Ehemänner hatte je einen Grund zur Klage –, und du brauchst dir nie wieder Sorgen um Geld zu machen. Solange du lebst.« George hatte ihr hübsches entschlossenes Gesicht und ihren stämmigen, behaglichen Körper eingehend betrachtet und hörte, wie er zustimmte.

Vielleicht, dachte er überrascht, war er damals einfach müde gewesen und hatte erkannt, daß er ein wenig Luxus brauchte und verwöhnt werden mußte, um sich in seinen mittleren Jahren weich zu betten.

Der Rolls fuhr langsamer, als er um eine Kurve bog, um ein scheues Fohlen und seinen Reiter nicht zu erschrecken, und George zwang sich, seinen Gästen beruhigend zuzulächeln. Sie lächelten zurück, und er konnte sich dann wieder abwenden und zuschauen, wie Felder und blattlose, tropfende Hecken an ihnen vorbeizogen.

Die Braut hatte zu ihrem Wort gestanden. Die zwölf Jahre ihrer Ehe waren fantastisch gewesen. Und sobald er sich an den Gedanken gewöhnt hatte, fiel es George leicht, den Schmeicheleien anderer Frauen zu widerstehen. Selbst seine kleinen Indiskretionen waren so geringfügig gewesen, daß keine über eine einzige Nacht hinausgegangen war, und das geschah auch nur, wenn Jool Tausende von Kilometern entfernt war und sie es unmöglich herausfinden konnte. Er hatte genug zu Hause, was ihn beschäftigte: sein eigenes Schlafzimmer, sein Ankleideraum, der an Jools Ankleidezimmer stieß, er genoß die Ausflüge in das üppig ausgestattete Boudoir seiner Frau, wo sie voller Leidenschaft mit ihm schlief, aber genauso effizient und ohne viel Getue, wie sie alles andere in ihrem Leben auch tat.

George wurde Herr seines eigenen Herrenhauses. Er lernte reiten und verbrachte seine Zeit damit, in den Ställen oder auf dem Land, das zum Haus gehörte, herumzulungern, in dem Dorf Little Staunton, das fünf Kilometer entfernt in der lieblichen Landschaft lag, herumzustöbern oder kurze Reisen nach London zu machen, wo Jool für ihn die Mitgliedschaft in etlichen Clubs arrangiert hatte. Die finanzielle Angelegenheit wurde auf liebenswerte Weise durch den örtlichen Bankdirektor geregelt, der Jools Girokonten verwaltete und die Anweisung hatte, ihrem Mann zu geben, worum er auch immer bat. George hatte diese großzügige Regelung nie mißbraucht, aber wenn er etwas haben wollte oder brauchte – Kleidung, einen Landrover, ein neues Pferd oder einen Ersatz für ein altes Auto –, kaufte er es.

Der Chauffeur bremste wieder ab und betätigte die Fernbedienung, die das Tor am Ende der Auffahrt zum Haus öffnete. George warf einen Blick nach hinten, um zu sehen, ob die Limousine seiner angeheirateten Verwandtschaft ihm folgte, und sah statt dessen die schlanke gelbe Motorhaube des MGB seines Sohnes. Er runzelte die Stirn; stets war er dem Prinzip gefolgt, daß etwas nicht passiert, wenn man nicht daran denkt, aber in diesem Augenblick warnte sein Instinkt ihn, auf der Hut zu sein, damit es nicht zu Problemen kam. Er war nicht so dumm, zu glauben, daß Colin nach der Hochzeit – als Jools Reichtum in der Presse breitgetreten worden war – aus dem Nichts aufgetaucht war, nur angetrieben von seiner innigen Zuneigung als Sohn. »Lassen Sie das Tor für die anderen offen«, er klopfte dem Chauffeur auf die Schulter, »und warten Sie nicht, bis alle drin sind, um es zuzumachen. Ich bin sicher, die Leute wollen nicht so lange bleiben«, fügte er voller Hoffnung hinzu. Alles, was er je wollte, sagte George sich nachdenklich, während der Rolls die Prozession der Autos die Auffahrt zu Inverary Manor hinauf anführte, war, ein ruhiges Leben zu führen.

Es war kurz nach Mittag, als Francey mit dem Dorftaxi durch ein schmiedeeisernes Tor fuhr, das zu einer ursprünglichen Zufahrt hin offenstand. Der Fahrer war wenig mitteilsam, obwohl Francey bewußt war, welch neugierigen Blick der Mann ihm zugeworfen hatte, als er ihm die Adresse Inverary Manor nannte. Er sagte sich jedoch, angespannt wie seine Nerven nun einmal waren, daß dies einfach der übliche Blick war, mit dem ihn Fremde, die ihn zum ersten Mal sahen, musterten.

Jetzt, als die Reifen des Wagens auf dem Asphalt zwischen zwei weißen Zäunen entlangsummten, hielt er Ausschau nach dem Haus und machte sich Sorgen, daß er das Interesse des Fahrers möglicherweise erregt hatte, weil er nicht angemessen für einen Besuch bei so vornehmen Leuten gekleidet war. Macht nichts, dachte er und erinnerte sich an die Ermahnung seiner Mutter, als sie seinen beginnenden Minderwertigkeitskomplex wegen seiner Größe oder etwas anderem spürte: »Denk immer daran, Francey, einer deiner Vorfahren war ein König.«

Er erwartete ein englisches Herrenhaus mit Türmchen oder sogar ein Schloß und war daher verblüfft, als Inverary Castle in Sicht kam. Das eingeschossige Gebäude aus roten Ziegeln erstreckte sich in einem leichten Bogen um einen künstlichen See. Seine vielen unregelmäßig geformten Dächer und das Fachwerk an einem Teil des Hauses sollten wohl dazu dienen, vermutete Francey, es älter erscheinen zu lassen – oder vielleicht war das ein Zugeständnis an seinen Status als Herrenhaus. Soweit er das einschätzen konnte, war das Haus neu.

Nachdem der Taxifahrer um den Teich – eine drei Meter hohe Fontäne sprudelte in die Luft, die Einfassung war mit Schnickschnack aus Zement dekoriert – herumgesteuert war, brachte er sein Gefährt zwischen zwei Mercedeslimousinen zum Halten, hinter deren Steuer uniformierte Fahrer saßen. Zwei andere Wagen, die Francey, der eine Leidenschaft für Autos hatte, als einen Bentley und einen Rover erkannte, parkten in der Nähe, während vier andere, ein Rolls-Royce, ein Landrover, ein Jaguar und ein MGB, ein Modell, das er stets besonders begehrenswert fand, vor den Toren einer Vierfachgarage standen, die vom Ende des Haupthauses durch einen akkuraten, aber winterlichen Rosengarten getrennt war. Er war in eine noble Party hineingeraten.

Als der Fahrer sich über die Rücklehne seines Sitzes beugte, um seinem Fahrgast die Tür zu öffnen, zögerte Francey, sein Magen flatterte. Er hatte keineswegs die Absicht, seinen Vater in eine peinliche Situation zu bringen, ihm war aber auch bewußt, daß er am nächsten Tag wieder nach Irland aufbrechen mußte. »Danke.« Er bezahlte den Fahrer und stieg aus.

Francey, der die Neugierde der beiden Chauffeure spürte, ging mit gespieltem Selbstvertrauen – wenn er doch nur den Koffer verstecken könnte – zum Haupteingang, der von einem in Stein gehauenen Paar Zwergkoniferen bewacht wurde, und klingelte. Er hörte drinnen kein Läuten, nahm aber an, daß es in solch einem wohlgepflegten Haus – jeder junge Baum an der Auffahrt trug zum Schutz gegen räuberische Lebewesen eine Drahtschürze – keine defekte Klingel gab. Er wartete.

»Kann ich Ihnen helfen, Sir?« Der Mann, der die Tür öffnete, war mittleren Alters und trug einen schwarzen Anzug, weißes Hemd und schwarze Krawatte.

»Ich möchte gerne Mr. Gallaher sehen«, stotterte Francey.

Der Mann warf einen kurzen Blick auf den Koffer, und Francey erriet seine Gedanken. »Ich verkaufe nichts«, sagte er rasch. »Ich bin wirklich nur hier, um ihn zu sehen.«

»Haben Sie einen Termin, Sir?«

»Ich fürchte, nein.« Francey wurde bewußt, daß sein guter Anzug Falten hatte, die Schultern vom Regen dunkel waren.

»Ich bin mir nicht sicher, ob Mr. Gallaher im Augenblick Besucher empfängt, Sir«, die Züge des Mannes blieben ungerührt, »aber wenn Sie hier drinnen warten würden?« Er trat zurück und öffnete die Tür ein wenig weiter.

»Wenn Sie mir folgen würden, Sir.« Mit einem Klicken schloß sich die Tür hinter ihm, und er wurde zwischen einem Säulenpaar hindurch in eine kleine offene Eingangshalle geführt. »Warten Sie bitte hier.« Sein Führer deutete auf einen Sessel. »Wen darf ich melden?«

»Sullivan«, erwiderte Francey, »Mr. Francis Sullivan.« Der Mann neigte den Kopf und ging davon, seine Schritte auf dem Marmor waren so leise wie die von Katzenpfoten.

Francey glaubte das Geräusch von Stimmen wahrgenommen zu haben, aber es war so weit entfernt, daß er keine Ahnung hatte, wie viele es waren. Er setzte sich nicht hin, sondern ging hinüber zu einer Wand mit Panoramafenstern, die sich an einer Seite der Eingangshalle erstreckten, um über den Zierteich und leere grüne Koppeln zu blicken.

Er war zu angespannt, um viel von seiner Umgebung zu bemerken, dennoch gewann er einen Gesamteindruck von großzügiger Anlage. Die Dekorationen wirkten durch vorherrschende Beige-, Creme- und Brauntöne gedämpft; an einer der Wände hing ein großes abstraktes Gemälde in aprikosen- und pfirsichfarbenen Schattierungen, daneben ergoß sich ein anmutiges Lilienarrangement in einer weißen Porzellanschale über einen silbergefaßten Onyxtisch. Weiches, regenerfülltes Licht fiel durch die Oberlichter des hohen Daches. In einer außergewöhnlichen Mischung von Stilen lagen die Dachbalken frei, waren aber in blassem Elfenbein gestrichen, um mit der Farbgebung zu harmonieren.

»Es tut mir leid, Sir.«

Francey wirbelte herum. »Ja?« Er hatte den Boten nicht zurückkommen hören.

Der Mann machte eine Pause, dann sagte er: »Ich bin mir nicht sicher, ob Sie sich bewußt sind, Sir, daß Mr. Gallaher gerade einen Trauerfall erlitten hat.«

»Nein, das tut mir leid.«

»Die Dame des Hauses, Mrs. Dill Smith Gallaher, wurde vor einer Stunde beigesetzt. Vielleicht haben Sie die Todesanzeige heute morgen in der *Times* oder im *Telegraph* gelesen?«

Francey starrte ihn an, dann schüttelte er den Kopf. Er war nie ein großer Zeitungsleser gewesen, außer bei den Sportseiten im *Cork Examiner*. »Wann ist sie gestorben?« fragte er.

»Vorgestern«, erwiderte der andere Mann. »Es war eine stille Beisetzung, Sir, vielleicht haben Sie deshalb im Dorf nicht viel davon bemerkt. Sie hatte Anweisungen hinterlassen, daß keine großen Umstände gemacht werden sollten. Deshalb wurde sie so rasch beerdigt. Es war ihr eigener Wunsch.«

»Ich verstehe...« Francey zögerte, wußte nicht, was er als nächstes sagen sollte. Georges Frau war offensichtlich gerade gestorben, als er sich in der Fleet Street nach ihr erkundigte. Und jetzt wußte er auch, warum der Taxifahrer ihm solch einen neugierigen Blick zugeworfen hatte.

Er bemerkte, daß der Mann vor ihm immer noch sprach. »Mr. Gallaher läßt sich entschuldigen, Sir«, sagte er, »aber wie Sie sicher verstehen werden, empfängt er heute keine Besucher. Wenn Sie Ihre Adresse und Telefonnummer hinterlassen würden?«

Francey war schon so lange so gespannt auf diesen Besuch, daß seine gesamte Vorstellungskraft sich auf den Punkt konzentriert hatte, wenn er und sein Vater einander von Angesicht zu Angesicht gegenüberstünden. Er war darauf vorbereitet gewesen, George nicht zu finden, oder auf die Möglichkeit, daß George tot war, aber sobald diese Barrieren überwunden worden waren, hatte er kein anderes Hindernis bedacht.

»Sir?« Der Mann vor ihm hielt ihm einen kleinen Block und einen silbernen Füller hin.

Francey kam zu einem Entschluß. Jetzt, da er George Gallaher endlich gefunden hatte, würde er sich keine Steine in den Weg legen lassen. »Haben Sie ihm meinen Namen genannt?« fragte er.

»Das habe ich, Sir. Aber Mr. Gallaher hat mir nachdrückliche Anweisungen gegeben.«

Francey war aufgefallen, daß keine Rede davon gewesen war, er solle zu einem günstigeren Zeitpunkt wiederkommen. Er erinnerte sich an die lange beschwerliche Reise mit Schiff und Zug, die zwei Nächte, die er bereits in einem schäbigen Hotel verbracht hatte, das Geld, das die Reise ihn gekostet hatte, bis hin zum Kauf des Koffers, den er sich eigentlich nicht leisten konnte. Er dachte auch an den Gegensatz zwischen diesem Überfluß – echte Kunst, Dienstboten, Rolls-Royces – und dem sparsamen Umgang mit Geld, auf den seine Mutter auf ihrem kleinen Bauernhof in Lahersheen immer achten mußte. Nicht zu reden von dem schäbigen Zimmer, das er in der Mietwohnung in Dublin bewohnte. Der Zeitpunkt war unglücklich, aber, so erinnerte er sich selbst, es war schließlich nicht seine Absicht, Ärger zu bereiten.

Er richtete sich gerade auf, wodurch er gute dreißig Zentimeter größer wurde als der Diener oder was immer er darstellte. »Bitte gehen Sie zurück zu Mr. Gallaher«, er achtete darauf, nicht zu schnell zu sprechen, »und sagen Sie ihm, daß es mir leid tut, daß er Probleme hat – ich meine, es tut mir leid, daß seine Frau gestorben ist –, ich hatte keine Ahnung davon. Aber richten Sie ihm aus, daß ich von weit her gekommen bin, und da ich nicht mehr lange in England bleibe, muß ich ihn heute sehen. Ich verstehe vollkommen, daß er im Augenblick sehr beschäftigt ist. Es macht mir nichts aus, zu warten.« Er setzte sich in den Clubsessel, schlug ein Bein über das andere und zog den James-Stephens-Klassiker aus der Tasche, als habe er vor, die Angelegenheit so lange wie nötig auszusitzen.

»Wie Sie meinen, Sir.« Der andere Mann zuckte nicht mit der Wimper, als er davonglitt.

Als der Butler ins Wohnzimmer kam, um den neuen Besucher anzukündigen, hatte George den Namen nicht gleich erkannt. Als der Mann dann auf Anweisungen wartete, echote das Wort Sullivan wie ein Kanonendonner durch sein Gehirn. Dieses irische Mädchen … Diese Elizabeth Sullivan. Dieser seltsame, wundervolle Ort mitten in der Einöde, wo sie mit dieser Bande von Kindern lebte, der ernsthafte kleine Blondschopf, der sein Sohn war. Er erinnerte sich sogar daran, daß dieser Sohn nicht Francis heiß, wie angekündigt, sondern Francey.

Dann gab es da noch diese junge, schwarzhaarige Tochter, Kathleen hieß sie, die Schauspielerin werden wollte und ihm für die Sommersaison nach Killarney gefolgt war. Die Briefe des Rechtsanwalts, die ihm eine Zeitlang wie Bluthunde durch ganz England, Schottland und Wales gefolgt waren … Während dieser Phase hatte George von ganzem Herzen seinen dämlichen Familientrieb bedauert, der dazu geführt hatte, dieses dämliche Bauernhaus mit seiner dämlichen ererbten Eisenbahn als Geschenk für seinen Sohn zu besuchen. Er mußte verrückt gewesen sein. »Wie sieht dieser Bursche aus?« Eine kleine Flamme der Hoffnung flackerte in seiner Brust: Vielleicht war der Name nur ein Zufall.

Der Butler erstickte die Flamme. »Er ist sehr groß, Sir«, sagte er »und hat – em – sehr helles Haar.« Das Gesicht des Mannes war so ausdruckslos, daß es aus Wachs hätte sein können.

Dieser Besuch bedeutete Ärger. Instinktiv warf George Colin am anderen Ende des Zimmers einen Blick zu. Unter keinen Umständen durften seine zwei Söhne zufällig zusammentreffen. Er hörte, wie er sagte, daß er den Besucher heute unmöglich empfangen könne und daß der Butler das dem Burschen doch sicher klarmachen könne.

Aber während er beobachtete, wie der Mann sich zurückzog, dachte er, vielleicht sollte er ein bißchen vorsichtiger sein. Wenn er jetzt ein wenig nachgab, konnte er möglicherweise ein ausgewachsenes Drama abwenden. »Lewis«, rief er, gerade als der Butler die Tür schloß. Er eilte ihm nach und gab ihm die Anweisung, daß Mr. Sullivan Adresse und Telefonnummer, unter der er zu erreichen war, hinterlassen sollte.

»Gewiß, Sir.« Der Butler verschwand.

George war sicher, daß Lewis die Dinge auf seine übliche taktvolle Weise regeln würde, und beschloß, sich mit dem irischen Burschen in Verbindung zu setzen, sobald sich die Lage beruhigt hatte. Vielleicht würde er ihn zu einem kleinen Besuch einladen. Ihm ein bißchen Geld geben.

Er machte sich zunutze, daß er für einen Augenblick von seinen Gästen getrennt war, ging zum Sideboard und versuchte nachzudenken, während er vorgab, sich ein weiteres Glas Cognac einzugießen. Warum jetzt? Wenn nur Jool noch da wäre. Sie wüßte, was zu tun wäre.

Dann wurde es ihm schlagartig klar. Natürlich! Der Junge mußte heute morgen von Jools Tod in der Zeitung gelesen haben.

Wieder einer, der aus dem Nichts auftauchte.

Wahrscheinlich wollte auch er Geld.

Nun, es war eine Sache, großzügig zu sein, aber eine ganz andere, sich erpressen zu lassen. George spürte, wie Selbstgerechtigkeit in ihm hochstieg. Zum Teufel mit der Impertinenz dieses Burschen! Hätte er nicht wenigstens warten können, bis das arme alte Mädchen in ihrem Grab kalt geworden war?

Als er wieder zu seinen Gästen zurückkehrte, die sich auf einigen Sofas am entgegengesetzten Ende des Raumes verteilt hatten, hatte George sich selbst überzeugt, daß es vollkommen richtig war, Francey Sullivan aus seinem Haus zu weisen.

Aber binnen Minuten lauerte der Butler wieder an der Tür. »Entschuldigt mich.« Seine Nerven waren vor Ärger zum Zerreißen gespannt, als George sich bei Jools Schwager entschuldigte, mit dem er sich gerade unterhalten hatte, und wieder quer durchs Zimmer ging. »Was ist denn jetzt, Lewis?«

»Es tut mir leid, Sir, aber der junge Mann ist äußerst beharrlich. Er sagt, er wird warten, bis Sie Zeit haben.«

»Haben Sie ihm die Umstände erläutert?« Die Spuren des schottischen Akzentes, die immer noch Georges Aussprache zierten, wurden deutlicher, wenn er verärgert war.

»Das habe ich, Sir.« Während der Butler auf den mittleren Knopf seines Jacketts starrte, konnte George beinahe hören, wie sein Gehirn vor Anstrengung summte, als er darüber nachdachte, was er tun sollte. Er war gerade dabei, seinen Cognacschwenker auf einem Nebentisch abzusetzen, um noch einen Augenblick Zeit zu gewinnen, als er spürte, wie ihn jemand am Arm berührte und sagte »Kann ich dir bei irgend etwas helfen, Dad?«, und er in die Augen seines Sohnes blickte, deren Farbe irgendwo zwischen Hellbraun und Blaßgrün angesiedelt war und ihn immer an Kanalwasser erinnerte. »Nein, es ist alles in Ordnung, danke, Colin«, sagte er. »Ich –«

»Keine Sorge, du hast mit deinen Gästen hier genug zu tun. Ich werde gehen.« Bevor George oder der Butler eingreifen konnten, war Colin bereits durch die Tür hinter ihm geschlüpft.

George hatte während der letzten zwölf Jahre solch ein friedliches, von Jool organisiertes Leben geführt, daß seine Reaktionen eingerostet waren. Verblüfft beobachtete er durch die offene Tür, wie Colin Mannering die Eingangshalle durchquerte, aber ihm fiel nichts Entscheidendes ein, das er hätte sagen oder tun können, um das doppelte Entsetzen eines unerwarteten Zusammentreffens zwischen seinem ersten und zweiten Sohn zu verhindern oder zu mildern.

Er bemerkte, daß der Butler auf weitere Anweisungen wartete, aber die Worte blieben ihm im Hals stecken.

»Danke, Lewis«, krächzte er mit Mühe.

In dem Clubsessel fühlte Francey sich so beengt wie ein Stehaufmännchen in der Kiste. Er sprang auf, als er hörte, wie sich rasch Schritte näherten. Das waren nicht die Schritte des Butlers. Jetzt, da der Augenblick gekommen war, wäre er am liebsten so schnell wie möglich davongelaufen. Das Ganze war ein Irrtum.

»Kann ich Ihnen helfen?«

Als der Mann, der in Sicht kam, Francey erblickte, riß er die Augen so schnell auf und verkleinerte sie wieder, daß Francey sich hinterher, als er sich das Treffen ins Gedächtnis rief und analysierte, fragte, ob er sich das nur eingebildet hatte. Sein Herz, das ihm bis zum Halse geklopft hatte, sank etliche Zentimeter, als er antwortete: »Ich suche Mr. Gallaher.«

»Und Sie sind?« fragte der Mann, den Francey, der es sich zur Gewohnheit gemacht hatte, ein rasches Urteil über die Größe anderer Leute abzugeben, auf etwa einszweiundachtzig schätzte. Schlank, blaß, die Augen auf sonderbare Weise farblos. Francey gewann den Eindruck, daß ihm eine weitere Abfuhr erteilt werden sollte, und wurde wütend. »Francis Sullivan«, erwiderte er nach ein oder zwei Augenblicken. »Und Sie?«

»Ich bin Colin Mannering, Mr. Gallahers Sohn.«

»Oh!« Francey war wie vor den Kopf gestoßen. Er hätte daran denken sollen: Hazel hatte ihn gewarnt, daß er und Dessie nicht Georges einzige Söhne waren – und nach allem, was sie ihm gesagt hatte, konnten es auch noch mehr als nur drei sein. Er hatte den Neuankömmling als eine Art Sekretär eingeschätzt; erst jetzt erkannte Francey die Ähnlichkeit mit George Gallaher um Mund und Kinn. »Das mit Ihrer Mutter tut mir schrecklich leid.« Er streckte seine Hand aus, um sein Beileid zu bekunden.

»Stiefmutter«, korrigierte der Neuankömmling ihn, »danke.« Er nahm Franceys Hand und schüttelte sie. Draußen ertönte abgehackt eine Hupe, offensichtlich war es nur ein Versehen. Irgendwo in den Eingeweiden des Hauses fiel eine Tür ins Schloß, und einen Augenblick lang wußte Francey nicht, was er sagen sollte. Aber als der andere Mann anscheinend keinerlei Neigung zeigte, weiterzusprechen, wiederholte er den Satz, den er schon bei seinem ersten Gesprächspartner gebraucht hatte, wiederum betont langsam. »Ich komme von weit her«, sagte er.

»Im Augenblick ist es einfach nicht günstig«, erwiderte der andere. »Sie verstehen das sicher. Wenn es irgend etwas gibt, das ich für Sie tun kann –«

»Ich fürchte, nein.« Francey war entschlossen, sich nicht abwimmeln zu lassen. »Ich habe viel Zeit. Ich werde nicht allzuviel Zeit Ihres Vaters beanspruchen.«

»Er hatte mich darum gebeten, mit Ihnen zu reden«, beharrte Colin Mannering, aber Francey ließ sich nicht von seinem Vorsatz abbringen.

»Es tut mir leid«, erwiderte er stur, »ich habe schon dem anderen Mann klipp und klar gesagt, daß es sich um eine private Angelegenheit handelt.«

Sie starrten einander an, und Francey wurde bewußt, daß er seinem Halbbruder gegenüberstand. Bevor er sich über die Auswirkungen klarwerden konnte, sprach Colin Mannering schon weiter. »Vielleicht könnten Sie mir sagen, was Sie wollen?«

Francey faßte das als versteckte Andeutung auf, daß er hier sei, um sich persönlich zu bereichern, und wurde vor Zorn rot im Gesicht. Offensichtlich hatte Mannering aufgrund seiner äußeren Erscheinung erraten, wer er war, aber er würde das ganz gewiß nicht bestätigen. Seine Ähnlichkeit mit George Gallaher – das wußte Francey von den Hochzeitsfotos – beschränkte sich nicht nur auf die Augenpartie. Sein Herz schlug jetzt ganz ruhig. »Ich will gar nichts haben«, sagte er, »ich möchte nur Mr. Gallaher kennenlernen und werde dieses Haus nicht eher verlassen, bis das geschehen ist.« Allerdings widersprach es seiner Erziehung, unhöflich zu Fremden zu sein. »Es tut mir leid, daß ich bei einer solch traurigen Gelegenheit hierhergekommen bin«, fügte er in sanfterem Ton hinzu, »aber ich hatte keine Ahnung. Morgen verlasse ich England wieder und reise nach Irland zurück, daher muß ich Mr. Gallaher heute sehen.« Seine Nervosität war verschwunden, er starrte in die abwasserfarbenen Augen unter ihm. »Ich würde es sehr zu schätzen wissen, Colin, wenn du zu ihm gehst und ihm das sagst.«

»Was immer du möchtest – ich werde es ihm sagen«, antwortete Colin Mannering und lächelte Francey so offen an, daß dieser, überrumpelt von dieser plötzlichen Veränderung, glaubte, er hätte sich die Antipathie nur eingebildet.

»Danke«, sagte er unsicher.

Sein Halbbruder neigte den Kopf ein wenig zur Seite und breitete die Hände aus – Francey bemerkte, daß er anmutige, sich nach vorne verjüngende Finger hatte – und sagte von Mann zu Mann: »Aber ich muß dir sagen, Francey, daß mein Vater, wie du dir vorstellen kannst, sehr beschäftigt ist.«

»Nur keine Eile.« Francey ergriff erneut die Initiative. Er setzte sich wieder in den unbequemen Sessel und schlug sein Buch auf. »Ich habe den ganzen Tag Zeit.«

Er hatte sich auf eine lange Wartezeit eingerichtet und stand in plötzlicher Panik auf, als er nach wenigen Minuten hörte, wie sich Schritte näherten – von mehr als einem Menschen. Er nahm jedoch kaum wahr, daß Colin Mannering zurückgekehrt war, als er wenige Sekunden später seinem Vater gegenüberstand.

Während einiger Sekunden des Schweigens spürte Francey, daß es ungewiß war, wie die Würfel fielen. Obwohl ausgesprochen nervös, war er fest entschlossen, nicht den ersten Schritt zu tun. Er schien den Wettbewerb zu gewinnen, denn sein Vater kam als erster auf ihn zu und streckte die Hand aus. »Diese Haarfarbe würde ich überall wiedererkennen«, sagte er. »Wie geht es deiner Mutter?«

Trotz seiner Erregung bemerkte Francey, der eigentlich mit Feindseligkeit gerechnet hatte, überrascht, wie defensiv der andere Mann reagierte. Jetzt, da der Augenblick endlich gekommen war, schwankten seine Gefühle zwischen extremer

Freude und Panik hin und her. Er zwang sich zu lächeln und bürstete seinen rotblonden Haarschopf mit der linken Hand zurück, während er mit der rechten Georges Hand ergriff. »Ihr geht es gut«, sagte er.

»Das ist schön.« George beendete das Händeschütteln und trat ein wenig zurück. Sein Blick glitt von Francey weg, und Francey hörte auf zu lächeln. Dieser Mann war in sein Leben und das seiner Mutter hineingeschneit und dann wieder abgehauen und hatte die beiden allein zurückgelassen. Ganz zu schweigen, wie er Kathleen und Dessie behandelt hatte.

»Warum hast du das getan?« platzte er heraus, ohne sich an der Anwesenheit eines Dritten zu stören. »Warum hast du ihr das angetan, uns das angetan?«

»Ich habe geschrieben, weißt du –« George konnte ihm immer noch nicht in die Augen sehen.

»Das ist aber eine Überraschung, Francis.« Colin Mannering schaltete sich ein; in Franceys Ohren war die Stimme seines Halbbruders voller Panik. »Was mich anbelangt«, fuhr Colin fort, »bist du sehr willkommen, du darfst nicht vergessen – wir haben nicht erwartet –, ich meine, ich wußte nicht, daß ich einen Bruder habe –«

»Da sind wir schon zwei.« Francey beobachtete seinen Vater weiter.

»Ich habe mehr als einmal geschrieben«, sagte George bittend und schaute ihn dabei endlich direkt an. »Hat dir deine Mutter das nicht erzählt?«

»Laß meine Mutter aus dem Spiel. Sie weiß nichts hierüber, über das, was ich hier tue.« All die Sätze, die Francey sorgfältig eingeübt hatte, waren aus seinem Gedächtnis verschwunden, und er improvisierte. »Das war meine eigene Idee.«

»Wir haben alle eine Menge Dinge zu bereden. Sollen wir irgendwo hingehen, wo wir es etwas bequemer haben?« Das war wieder Colin Mannering.

»Ich habe nicht den geringsten Zweifel daran, daß es deine Idee war«, erwiderte George und überhörte die Unterbrechung einfach. »Ich weiß, daß deine Mutter dich nicht losschicken würde, um ihre Angelegenheiten zu erledigen.« Francey bemerkte, daß er immer noch mit der Spur eines schottischen Akzentes sprach.

»Dad?« Colin hob die Stimme ein wenig. Francey blickte in seine Richtung: Sein Halbbruder war ganz entschieden aufgeregt.

»Was?« George reagierte auf seinen ältesten Sohn, ohne ihn anzuschauen.

»Hier ist nicht der geeignete Ort für diese Unterhaltung«, bettelte Colin. »Sollten wir Francis nach seiner langen Reise keine Erfrischung anbieten?«

George runzelte verärgert die Stirn. »Ich glaube, mein Butler hat dir mitgeteilt, daß der Zeitpunkt äußerst ungünstig ist.« Er sprach Francey mit einem Ton, der an Hochnäsigkeit grenzte, an, aber Francey, dessen Sinne so hellwach waren, daß sie zu summen schienen, spürte, daß er die Oberhand hatte.

»Ich bedaure deinen Verlust sehr«, sagte er, »aber ich wußte nichts davon. Ich konnte nicht –«

Sein Vater schien zu einer Entscheidung zu kommen. Zu Franceys Verblüffung wurde der grimmige Ausdruck auf seinem gutaussehenden Gesicht durch ein Grinsen ersetzt – breit, sonnig und unwiderstehlich. Es zeigte Francey, was seine Mutter in diesem Mann gesehen hatte. »Du machst deiner Mutter alle Ehre, Francey«, sagte er. Die Veränderung war so unerwartet, daß Francey verwirrt unwillkürlich einen Schritt rückwärts ging.

George neigte den Kopf zur Seite. »Schau sich nur mal einer an, wie groß du bist. Du bist ja ein richtiges Prachtexemplar.«

Francey, der merkte, wie er verzaubert wurde, umklammerte das Buch in seiner linken Hand fester, um sich dagegen abzugrenzen. »Wir müssen miteinander reden«, sagte er.

»Natürlich«, erwiderte George. »Es tut mir leid, daß wir uns nicht eher kennengelernt haben.«

»Warum bist du dann nicht mit uns in Verbindung getreten? Du wußtest doch, wo wir waren!« Aber er war nie lange wütend, und alle Anwesenden wußten, daß sein Zorn verraucht war.

»Dies ist natürlich nicht mein Haus, Dad«, mischte sich Colin eilends wieder ein, »aber wäre es dir lieb, daß ich nach deinen anderen Gästen sehe, während du und Francey miteinander plaudert?«

»Ach ja, die anderen.« Georges Stirn legte sich wieder in Falten, diesmal voller Zweifel. »Im Wohnzimmer sind eine Menge Gäste«, wandte er sich an Francey.

»Ich sagte, ich würde warten.« Francey schluckte. Als seine Gefühlsaufwallung sich legte, begann er sich schwach und zittrig zu fühlen.

»Du verstehst doch, warum es nicht passend wäre, dich dort hineinzunehmen«, fuhr George fort, »keiner von denen kennt dich. Aber ich bin mir sicher, daß sie nicht mehr lange bleiben.«

»Bitte ...« Während er in den Spiegel der veilchenblauen Augen seines Vaters schaute, die vor Ernsthaftigkeit leuchteten, hörte Francey, wie er ihn beruhigte: »Ich sagte doch, mir macht das nichts aus. Wenn du möchtest, kann ich auch gehen und später wiederkommen. Heute ist nur mein letzter Tag hier, und deshalb habe ich darauf beharrt –«

»Das verstehen wir vollkommen, nicht wahr, Dad?« Colin kam so nahe, daß Francey ein oder zwei Schritte weiter zurückwich. Er hatte das Gefühl, als nähme er an einer seltsamen Gavotte teil. »Bist du sicher, daß es dir nichts ausmacht, Francey?« Die Erleichterung auf Georges Gesicht war offenkundig.

»Natürlich, laß dir Zeit.« Francey meinte es auch so. Seine Mission war in vollem Gange und der schwierigste Teil bereits vorüber.

Fünf Minuten später saß er in der Schloßküche, in die er vom Butler geleitet worden war, mit einem Glas Bier und einem Teller voller Kanapees vor sich, und befand sich in Gesellschaft einer tüchtigen Frau – einer Köchin oder Haushälterin –, die zu beschäftigt war, um ihm viel Aufmerksamkeit zu schenken. Zwei uniformierte Mädchen kamen und gingen durch eine Schwingtür und schenkten ihm nach dem ersten Mal genausowenig Aufmerksamkeit wie die Köchin.

Eine Gelegenheit zu essen ließ Francey sich nie entgehen und stürzte sich auf die Kanapees. Sie waren wundervoll angerichtet in kontrastierenden Farben und Geschmackrichtungen, darunter auch der fischige Geschmack von etwas, das wie Brombeerkonfitüre aussah. Während er aß, stellte er sich vor, wie er Hazel diesen Teil seines Abenteuers berichtete. Er hörte sie lachen, als sie sich vorstellte, wie er mit dem Dienstpersonal den Eingeweiden des Hauses anvertraut worden war. Geduld ... ermahnte er sich selbst, es ist noch früh – du darfst nicht zu empfindlich reagieren.

Es war noch zu früh, um den Gedankenwirbel in seinem Kopf in verschiedene Stränge aufzuteilen. Die Briefe seiner Schwester Johanna, die ihm am nächsten stand und sich von einem normalen Job in einem Schuhgeschäft in Chicago zu einer Hippiekommune in Montana hingezogen gefühlt hatte, wimmelten vor Ratschlägen, wie er das finden könne, was sie »das ruhende Zentrum der Existenz« nannte. Aber im Augenblick war das ruhende Zentrum der Existenz, was immer das sein mochte, schwer faßbar, statt dessen gingen ihm immer wieder Redewendungen wie »der Verurteilte aß eine herzhafte Henkersmahlzeit« durch den Kopf.

Er hatte die Kanapees aufgegessen und trank gerade sein zweites Glas Bier aus, als er von der Vorderseite des Hauses die Geräusche startender Autos hörte; wie viele es waren, konnte er nicht sagen. Von seinem Sitzplatz aus, von dem er über die beschnittenen Baumskelette hinweg einen Ausblick auf makellose Rosenbeete hatte, konnte er die Garage und die unberührten Fahrzeuge davor sehen. Es mußten die Gäste, oder einige von ihnen, sein, die abfuhren.

Der Butler kam in die Küche zurück. »Mr. Gallaher entschuldigt sich, daß er Sie so lange warten ließ«, sagte er, »aber wenn Sie jetzt bitte mit mir mitkommen würden?«

Francey dankte der Köchin für die improvisierte Mahlzeit und folgte dem Mann aus der Küche in einen langen Gang, der sich, in regelmäßigen Abständen von Türen unterbrochen, von einem Ende des Hauses zum anderen zu winden schien. Ein weiteres uniformiertes Hausmädchen – wie viele gab es wohl in diesem Haus? – nickte ihnen freundlich zu, als sie vorbeigingen.

Am Ende des Ganges standen sie einer polierten Mahagonitür gegenüber. »Hier herein, Sir.« Der Butler klopfte diskret, drückte die Türklinke und trat zurück.

Francey betrat einen riesigen Raum, dessen Wände, abgesehen von der mit der Tür, durch die er gerade gekommen war, vollständig aus Glas zu bestehen schienen. Er hatte keine Zeit, um sich mehr als einen flüchtigen Eindruck zu verschaffen – Möbel in Apfelgrün und Blaßblau auf einem cremigweißen Teppich –, weil sein Vater, der neben einem Kamin aus silbrigem Metall gestanden hatte, direkt auf ihn zukam, um ihn zu begrüßen.

Währenddessen bemerkte Francey jedoch, daß hinter ihm noch zwei weitere Personen anwesend waren. Eine war Colin Mannering mit einem Drink in der Hand. Die andere war eine Frau, die so schön war, daß Francey in dem Augenblick, als er sie erblickte, das Herz bis zum Hals schlug.

4

»Bleibst du zum Essen?«

Francey hörte die Einladung seines Vaters kaum. »D-danke«, stotterte er und versuchte, nicht auf das erlesene Geschöpf zu starren, das auf der Couch neben Colin Mannering saß.

Sie hatte taillenlanges, glänzendes schwarzes Haar und orientalische Züge mit hohen Wangenknochen, vollen Lippen und dunklen, mandelförmigen Augen. Ihre Beine – das, was Francey davon sehen konnte – verjüngten sich zu zarten Fußgelenken und Füßen. Ihr schlichtes schwarzes Kleid wurde in der Taille von einem Gürtel auf doppelte Handbreite zusammengezogen, und in dem gedämpften Licht, das den Raum durchflutete, schimmerten die Perlen um ihren Hals wie Milchtropfen. Jedes Detail des Hochzeitsfotos, das ihn hierhergeführt hatte, war seinem Gedächtnis eingebrannt. Dies konnte die Kette sein, die Georges Braut vor zwölf Jahren getragen hatte.

»Du hast meine Frau Fleur noch nicht kennengelernt«, sagte Colin Mannering. »Fleur, das ist dein neuer Schwager, Francis Sullivan.«

»Hallo.« Das Gesicht der Frau war ausdruckslos, als sie ihn begrüßte, ihre Stimme rauchig. Sie schien nicht überrascht zu sein über den neuen Verwandten, und Francey vermutete, daß sie gewarnt worden war.

»G-guten Tag«, stammelte er, und um zu verhindern, daß man seine Verwirrung bemerkte, wandte er sich ab, lächelte seinem Vater zu und brachte die erste dumme Bemerkung, die ihm in den Sinn kam, vor. »Das ist ein wundervolles Haus –«

»Ja, nicht wahr?« George ging zu einem langen Sideboard, auf dem genügend Flaschen, Karaffen, Gläser, Eiskübel, Rührstäbchen und Cocktailgarnierungen standen, um die Bar eines kleinen Hotels auszustatten. »Ich mache euch jetzt allen einen Drink«, sagte er mit dröhnender Stimme. »Wie ich sehe, hast du bereits einen, Colin. Für dich einen Sherry, meine Liebe?« Als Fleur nickte, lächelte er Francey an. »Und was ist dein Lieblingsgift, mein Sohn?«

»Ein Bier, bitte.« Francey war sich der Gegenwart der Frau hinter ihm bewußt; sie zog an ihm wie an Fäden gesponnenen Glases.

»Bitte schön.« George reichte Fleur den Sherry und gab Francey dann sein Bier. »Aus der Flasche, leider! Bis zu einer Zapfanlage haben wir es noch nicht gebracht, aber Jool meint – ohhh! Entschuldigung ...« Er sah verdutzt drein.

Um das Schweigen, das sich über den Raum senkte, zu durchbrechen, suchte Francey nach etwas Angemessenem, das er sagen konnte. Schließlich brachte er heraus: »War deine Frau lange krank?«

»Etwa einen Monat«, sprang Colin in die Bresche. »Bauchspeicheldrüsenkrebs – es war ein Schock für uns alle, das kann ich dir sagen, sie war nämlich eine gesunde Frau. Aber sie hat es gut verkraftet. Sie war es, die uns getröstet hat ...« Seine Stimme verklang.

Francey hielt es für klug, nichts mehr zu sagen. Er nippte an seinem Getränk und bemerkte, daß die Flammen in dem freistehenden Kamin nicht knisterten, sondern leise und anhaltend zischten – die Kohle war nicht echt. Sekunde um Sekunde vertiefte sich das neuerliche Schweigen, bis Colin es brach, indem er sich an seine Frau wandte: »Ist dein Drink in Ordnung, mein Liebling?« Die Liebkosung hörte sich für Francey an, als hätte sein Halbbruder eine Klaviertaste angeschlagen, die verstimmt ist.

»Sehr gut, danke.« Als sie sprach, bemerkte Francey, daß ihr Englisch einen leichten Akzent hatte. Es fiel ihm schwer, seinen Gesichtsausdruck unter Kontrolle zu halten und nicht preiszugeben, wie sehr er von ihr beeindruckt war, daher starrte er in die Tiefen seines Bierglases.

»Warum setzt du dich nicht?«

»Willst du dich nicht zu uns setzen?« George und Colin sprachen gleichzeitig.

»Entschuldigung.«

»Entschuldigung.«

Die zweite zufällige Übereinstimmung brach das Eis. »Komm mit«, George nahm Francey beim Arm und führte ihn dorthin, wo die anderen beiden saßen, »das reicht jetzt. Bis zum Lunch dauert es nicht mehr lange. Entschuldige bitte, daß ich dich in der Küche eingekerkert habe, aber um ehrlich zu sein, wußte ich einfach nicht, wie ich dich im Augenblick den amerikanischen Verwandten hätte vorstellen sollen.« Er lächelte und setzte sich den Mannerings gegenüber auf ein langgeschwungenes Sofa. Francey bedeutete er, sich zu ihm zu setzen.

In der strahlenden Gegenwart der Frau fühlte Francey sich riesig und ungeschickt. Er war ein wenig überrascht, daß George im Gegensatz zu seiner anfänglichen Reaktion, über seine ungelegene Ankunft wenig begeistert zu sein, seine Gegenwart jetzt großzügig akzeptiert zu haben schien.

»Da wären wir also.« Als hätte er den unausgesprochenen Gedanken gehört, blickte George sie der Reihe nach an, als begänne er ein Logentreffen. *»The Bustle in a House«*, trug er vor, *»The Morning after Death, Is solemnest of industries, Enacted* *upon Earth* – Wie steht es bei dir mit Emily Dickinson, Francey?«

»Wie bitte?« Gedichte, die man in der Schule auswendig lernen mußte, hatten anders als Romane Franceys Fantasie nie beflügelt.

»Macht nichts.« George blieb unbekümmert. »Ja, ja. Wenn man morgens aufwacht, weiß man nie, was der Tag einem bringen wird, nicht wahr? *›Hört die Stimme des Barden! Der Gegenwart, Vergangenheit und Zukunft sieht . . .‹* Das war William Blake.« Er sprach mit Francey wie ein freundlicher Lehrer. Dann wurde sein Ton schärfer, als er sie musterte. »Eine nette kleine Familie, hm? Ich denke, wir können uns gleich aneinander gewöhnen.«

»Wann geht dein Flug morgen, Francey?« Colin schaute sich unbehaglich um und bestätigte Franceys Eindruck, daß sein Bruder beim ersten Anzeichen von Zwietracht oder Mißbilligung zusammenklappte, obwohl er sehr herrisch sein konnte, wenn man ihm nicht widersprach.

»Ts, ts!« George schnalzte in gespielter Mißbilligung. »Sei nicht so unhöflich, Colin, wir lernen unseren neuen Verwandten ja gerade erst kennen.« Er drehte sich zu Francey um. »Du bleibst doch noch eine Weile?«

»Ich bin mir nicht sicher«, zögerte Francey. »Übrigens fliege ich nicht«, erklärte er Colin. »Ich nehme die Nachtfähre von Holyhead aus.«

»Ahh – Holyhead!« George ergriff die Möglichkeit, sich mit Hilfe einer sicheren Anekdote einer Überfahrt über das psychologische Minenfeld zu bewegen, das sich vor ihm ausbreitete. Er schlug sich aufs Knie. »Gott sei mit den guten alten Tagen von Holyhead. Habe ich dir je von meiner ersten Reise nach Irland erzählt, Colin?« Er stürzte sich in einen langen Bericht über seine Jungfernfahrt mit einer Schauspieltruppe über die Irische See.

Unter anderen Umständen wäre Francey fasziniert gewesen. Aber als sein Vater ein Stück der Geschichte erzählt hatte, sah er, daß außer einer passiven Aufmerksamkeit nicht viel von ihm verlangt wurde, und folgte der Geschichte kaum. Statt dessen versuchte er, die Leute um sich herum zu ergründen.

Sein Gedächtnis hatte ihm keinen Streich gespielt: Ohne Zweifel war sein Vater attraktiv. George Gallahers tiefe Stimme hatte die Klarheit und Gewalt einer Orgel. Während Francey ihn beobachtete und ihm zuhörte, wunderte er sich, daß Hazel sein Talent einfach so abgetan hatte. Soweit er das beurteilen konnte, deuteten der rollende Akzent, die ausgreifenden, ausdrucksvollen Gesten auf eine kraftvolle Bühnenpersönlichkeit hin. George sah nicht aus wie fünfundsechzig – der zwölf Jahre alte Zeitungsausschnitt hatte ihn damals als dreiundfünfzig bezeichnet –, und sein dunkler Anzug umspielte locker seine stämmige, aber straffe Figur.

Georges Sohn warf einen kurzen Blick auf den verknautschten Schoß seines eigenen Anzugs, der an Ärmeln und Hosenbeinen ausgelassen und mit falschen Säumen versehen worden war. In Dublin hatte er ihn mit solchem Stolz gekauft und getragen, jetzt sah er billig und bis zum Zerreißen gespannt aus. Francey bemerkte auch, daß aus dem Stoff durch die Wärme des Zimmers ein feuchter Geruch aufstieg.

Er schätzte, daß Colin Mannering Anfang bis Mitte Dreißig war, obwohl das bei seinem faltenlosen Gesicht schwer zu sagen war. Colins adretter Kopf war ein wenig zur Seite geneigt, während er Georges Geschichte lauschte. Nach Franceys Meinung lächelte er ein wenig zu bereitwillig bei jedem Höhepunkt der Geschichte: Es war beinahe so, als erfolgte jede Reaktion aufs Stichwort. Aber als er dann bemerkte, daß Colin manchmal einen Bruchteil einer Sekunde zu früh reagierte, nahm er diese Einschätzung zurück. Colin hörte diese Geschichte nicht zum ersten Mal. Francey ermahnte sich, nicht zu viele voreilige Urteile über irgend jemanden in diesem Zimmer zu fällen, am wenigsten über seinen Halbbruder. Er fragte sich, wie er empfinden würde, wenn er entdeckt hätte, daß es einen bis dahin unbekannten Anwärter gab, nachdem er geglaubt hatte, sein reicher Vater sei allein sein Vater.

Wußte Colin Mannering, daß er noch einen zweiten Halbbruder hatte? Francey entschied nach reiflicher Erwägung, daß er es nicht wußte. Der anfängliche Schock – das Aufreißen der Augen – bei ihrem ersten Treffen in der Eingangshalle bewies hinlänglich, daß George Gallaher ihm nicht viel von seiner bewegten Vergangenheit anvertraut hatte.

Francey wagte es nicht, das vierte Mitglied der Gesellschaft anzuschauen, das in spitzem Winkel zu ihm saß, damit er nicht verriet, wie sie auf ihn wirkte. Aber einmal, als sein Vater in sich hineingluckste, weil ihm etwas besonders witzig erschien, und Colin mit ihm lachte, riskierte er einen schnellen Blick auf Fleur Mannering.

Offensichtlich hatte auch sie Georges Geschichte schon mal gehört. Ihr Blick wich nicht von Georges Gesicht, während sie schicklich dasaß, ihre wunderschönen Beine leicht angewinkelt, ein Sherryglas in der einen Hand, die andere um eine kleine Handtasche gelegt. Obwohl ihre Lippen voller waren, erinnerte ihr halbes Lächeln Francey an einen Druck der *Mona Lisa*, der im gleichen Rahmen wie Van Goghs *Sonnenblumen* links neben den Fotos von Papst Johannes XXIII. und John F. Kennedy über dem Kamin im Wohnzimmer der Mietwohnung in Dublin hing. Aber damit endete die Ähnlichkeit auch schon.

Er bemerkte, daß sein Vater zum Höhepunkt der Geschichte kam, und zwang sich, seine Aufmerksamkeit von Fleur abzuwenden. »Langer Rede kurzer Sinn«, Georges Gelächter dröhnte durch den Raum, »das Schiff bäumte sich so stark auf, daß die Krücke dem armen Teufel immer wieder entglitt, er hatte schließlich nur ein Bein, und ich mußte ihn aufheben. Aber bevor ich ihn zum Geländer bringen konnte, erbrach er sich in alle Richtungen, so daß alle darin ausglitten und sich aneinander klammerten ...« Sein dröhnendes Gelächter war ansteckend, und als Francey darin einfiel, bemerkte er, daß sein Vater keinerlei Gefühle wegen seines Verlustes gezeigt hatte, seit er den Salon betreten hatte.

Die gesamte Unterhaltung verwirrte ihn. Zu Hause in Irland dauerten Beerdigungsfeiern lange. Nicht nur die Familie und die Verwandtschaft des Verstorbenen waren anwesend, sondern alle

Freunde und die gesamte Nachbarschaft. Obwohl die Unterhaltung ausgelassen und witzig war, rankte sie sich um Leben und Taten der Person, derer man gedachte. In der Distanziertheit, die man in diesem Empfangsraum zur Schau stellte, zeigte sich wohl die berühmte englische Selbstbeherrschung.

Weitere Grübeleien wurden dadurch im Keime erstickt, daß der Lunch angekündigt wurde.

Als Francey das Eßzimmer betrat, blieb er wie angewurzelt stehen. Er hatte das Gefühl, diese Welt verlassen zu haben. Zu seiner Linken lag der Teich vor dem Fenster, angestrahlt durch indirekte Beleuchtung, so daß an diesem trüben, regnerischen Tag die Fontäne in der Mitte heitere Regenbogen auf die Lilien an der Wasseroberfläche warf und sie glänzen ließ, als seien es tropische Wasserhyazinthen.

Aber nicht der See allein verlieh dem Zimmer diese zauberhafte, beinahe mystische Aura. Möbel und Ausstattung waren, wenn schon nicht einmalig, doch so weit von Franceys persönlichen Erfahrungen entfernt, daß sie auf ihn surreal wirkten. Der Boden war gefliest, aber unter etlichen Zentimetern durchsichtigen, lichtdurchfluteten Acryls, die Oberfläche aufgerauht. Die Decke wölbte sich nach oben, von etwa drei Metern über der Tür bis auf über fünfeinhalb Metern am entgegengesetzten Ende des Raumes; Blattwerk baumelte aus Behältern, die auf einem Sims direkt unterhalb des Scheitelpunktes standen, und verwob sich mit anderen Pflanzen, die sich aus riesigen Keramikurnen nach oben rankten. Hinter diesem Dschungel aus wucherndem, ungebändigtem Blattwerk strömte ein sanfter, breiter Wasserfall den blassen Marmor der Wand hinunter.

Der Eßtisch mitten im Zimmer bestand aus einer Glasplatte, die mindestens fünfundvierzig Zentimeter dick war und von unten angestrahlt wurde, damit man Strudel, Blasen und natürliche Unvollkommenheiten erkennen konnte; getragen wurde sie von vier blinkenden Säulen, die Francey für Stahl hielt; die Sitze der hellen Eschenholzstühle waren mit sandfarben gesprenkeltem Samt bezogen, Farbtöne, die sich auf den Bodenfliesen wiederholten. Kristall und Silber funkelten auf dem passenden Eschesideboard, dessen Türen und Abdeckplatte ebenfalls aus Glas bestanden, das, obwohl es dünner war als die Tischplatte, stabil war wie Eiche.

Das Außergewöhnlichste an diesem ungewöhnlichen Zimmer war jedoch das Aquarium, etwa neun Meter lang und zwei Meter fünfzig hoch, das in die Wand gegenüber den Fenstern eingebaut war. Voller hin und her flitzender Fische in leuchtenden Farben und üppiger Pflanzen, war es auch sehr wirkungsvoll angestrahlt. Es schien in einer Art Unterseegrotte zu enden, und erst nach einigen Sekunden erkannte Francey, daß es sich dabei um eine optische Täuschung handelte, die auf eine Tür zum Gang draußen gemalt war.

Wie hypnotisiert fühlte er sich schwerelos, als gleite er durch eine Unterwasserunendlichkeit von Licht und Ton. Er war noch unsicher, ob ihm diese Empfindung behagte oder nicht, als er bemerkte, daß sein Gastgeber seine Reaktion beobachtete. »Das ist erstaunlich!« hauchte er.

»Ganz nett, da bin ich deiner Meinung.« George lächelte zufrieden, als er sich am Kopfende des Tisches niederließ. Francey nahm den Platz zu seiner Linken ein, Fleur saß ihm gegenüber, Colin neben ihr. »Dies war Jools Lieblingszimmer«, fügte George hinzu, als er seine Serviette ausschüttelte.

»Das kann ich gut verstehen.« Francey schaute sich immer noch um. »So was sieht man sonst nur in – in ...« Francey war außerstande, ein angemessenes Ambiente für solch eine phänomenale Zurschaustellung von Phantasie und Reichtum zu benennen, und da ihm kein Vergleich einfiel, wußte er auch nicht, ob es sich um den Gipfel des guten Geschmacks oder einen Auswuchs von Vulgarität handelte.

»Viele Ideen stammen von Fleur«, George lächelte ihr zu, »und auf die Gefahr hin, unbescheiden zu wirken, auch einige meiner Ideen sind verwirklicht worden. Jool hat natürlich einen Innenarchitekten engagiert, aber Fleur ist diejenige, die die meisten Inspirationen hatte. Stimmt das nicht, meine Liebe?«

Kein Muskel in Fleur Mannerings Gesicht zuckte, als sie das Kompliment entgegennahm: »Danke.«

»Lebst du in Dublin, Francis?« Jetzt war Colin an der Reihe, seine Serviette auszuschütteln, während eines der uniformierten Mädchen, die Francey schon früher in der Küche gesehen hatte, die Suppe zu servieren begann.

Fleur beugte den Kopf, als sei sie es gewöhnt, öffentlich von ihrem Mann brüskiert zu werden. Francey bemerkte das nicht zum ersten Mal, und es fiel ihm schwer, ihretwegen nicht die Stimme zu erheben. Er hatte bereits beschlossen, daß »vulgär« das letzte Wort wäre, das er auf dieses Zimmer anwenden würde, wenn sie irgend etwas mit der Einrichtung zu tun hatte. »Dublin?« Er ergriff den Suppenlöffel, so daß er Colin nicht anschauen mußte. »Ja, im Augenblick.«

»Oh?« Colins eigener Löffel verharrte mitten in der Luft. »Denkst du daran, umzuziehen?«

Francey, der keineswegs die Absicht hatte, irgendwo hinzuziehen, sagte zu seiner eigenen Überraschung: »Das bleibt abzuwarten!« und wußte dann, daß diese Bemerkung aus Bosheit erwachsen war. Er spürte, daß Colin nicht sehr erfreut sein würde, wenn sein neuer Halbbruder in seinem Haus wohnte, und wollte es ihm heimzahlen wegen der Art, wie er Fleur beleidigte. Aber er wußte, daß das eine kindische Reaktion war, und bereute sie sogleich. »Ach nein«, er warf Colin einen Blick zu und beschwichtigte ihn mit einem Lächeln. »Ich bin glücklich, wo ich bin.«

»Und wie geht es dem kleinen Tommy, Fleur?« Zu seiner Erleichterung lenkte George Gallaher, der sich auf seinem Stuhl zurücklehnte, um dem bedienenden Mädchen die Arbeit zu erleichtern, das Gespräch auf ein anderes Thema.

»Es geht ihm sehr gut«, erwiderte Fleur. »Heute ist er bei seinem Kindermädchen. Ich – wir wollten ihn mit der Beerdigung nicht durcheinanderbringen.« Den Blick hielt sie gesenkt, als sie alle zu essen begannen, und Francey war sich des verrückten Wunsches bewußt, über den glänzenden Tisch zu greifen und ihre fedrigen Wimpern zu streicheln. Er aß den ersten Löffel der rötlichen Suppe. Wie bei einigen Kanapées zuvor war ihm der Geschmack nicht vertraut; aromatisch und süß erinnerte er ihn an die Hummer, die er seiner Mutter immer nach Hause brachte, wenn er und seine Freunde hin und wieder mit kleinen Booten Körbe in den Kenmare River versenkten.

Eine Weile waren das Rauschen des Wassers und das gedämpfte Klingeln der Löffel auf dem Porzellan die einzigen Geräusche im Zimmer, da jeder sich aufs Essen konzentrierte.

»Tommy ist mein Enkel, Francey«, erklärte George ihm.

»Ja«, griff Colin den Faden auf, »er war Jools ganzer Stolz und ihre ganze Freude.« Er lächelte. »Das ist ein Kind. Er hat eine wundervolle Fantasie. Ich muß dir einmal einige der Geschichten zeigen, die er für Jool schrieb, als er hier war. Du würdest es nicht für möglich halten. Es würde mich nicht überraschen, wenn er später Schriftsteller würde. Ich zeige dir nachher ein paar Fotos. Oder noch besser, wir haben haufenweise Schmalfilme. Ich hab eine Idee!« Mit dem Löffel über dem Teller strahlte Colin seinen Vater an. »Wenn du nichts dagegen hast, Dad, stelle ich die Leinwand auf, und wenn Francey erst morgen abend fährt, warum bleiben wir heute nicht alle hier und schauen sie uns gemeinsam an? So können wir uns auch gut kennenlernen.«

»Oh ...« Georges Gesichtsausdruck wurde unsicher.

Für Francey war es offensichtlich, daß sein Vater Zweifel an diesem Arrangement hegte, und obwohl er gerne einen Abend hier verbracht hätte, um nicht nur George Gallaher – mit dem er eine Menge zu bereden hatte – kennenzulernen, sondern auch Fleur Mannering, zögerte er. »Ich fahre jetzt besser zurück –«, begann er, aber zu seiner Überraschung setzte sich sein Vater sofort darüber hinweg.

»Gute Idee«, meinte George herzlich.

»Aber was ist mit Tommy?« Franceys Vater wandte sich an Colin und Fleur. »Müßt ihr nicht nach London zurück?«

Colin versicherte ihm hastig, daß Tommy mit seinem Kindermädchen vollkommen glücklich sei.

»Gut.« George lächelte breit. »Damit ist alles geregelt, Francey!«

»Bist du sicher, daß es nicht zu viel Mühe macht?«

»Aber natürlich nicht!« Obwohl Fleur nichts gesagt hatte, klang der Chor der beiden anderen sicher, und Francey war noch zu neu in ihrer Gesellschaft, um zu erkennen, was unter der Oberfläche ihrer Beziehung lauerte. Er hatte keinerlei Wunsch, als Stoßdämpfer zu fungieren oder sich in Gebiete zu wagen, für die er keine gefühlmäßige Karte besaß. »Ich bleibe«, sagte er, »wenn ihr absolut sicher seid, daß es nicht zu viele Umstände macht.«

»Fantastisch.« George gab ein Zeichen, daß die Suppenteller abgetragen werden sollten.

Der Rest der Mahlzeit verlief ohne weitere Vorfälle, während es in Franceys überhitzter Wahrnehmung jedoch vor unterschwelliger Spannung knisterte. Das Essen – dicke Scheiben Roastbeef mit allen denkbaren Beilagen – war köstlich, und George und Colin gaben sich Mühe, charmant zu sein. Colin, so stellte er fest, konnte auf bissige Weise witzig sein, wenn er nur wollte. Selbst Fleur schien sich ein wenig zu entspannen, sie trug nur wenig zur Unterhaltung bei, lächelte aber viel. Sie schien auf seltsame Weise passiv, fast puppenartig, aber für Francey steigerte das nur ihre Aura von Geheimnis und Zauber.

Da es sich für ihn als unmöglich herausstellte, sich so zu benehmen, wie er sollte – als ob dies ein ganz normales Essen wäre, bei dem er ein Ehrengast war, den niemand gut kannte –, sehnte er sich danach, in die Einsamkeit zu entfliehen. Er hörte zu, als George die Attraktionen des Hauses beschrieb, elf Badezimmer, die Klimaanlage, die im Winter alles warm und im Sommer alles kühl hielt, so daß man die Fenster nicht zu öffnen brauchte, daß man deswegen viel weniger saubermachen mußte ...

George und Colin überhäuften ihn dann mit Fragen über Irland und Dublin und sogar über seine Arbeit, als sei der Beruf eines Verkäufers in einem Baubedarfshandel eine faszinierende Beschäftigung. Sie bemerkten nicht, wie wenig Begeisterung er für Zwei-mal-vier-Zoll-Schrauben und Maurernägel aufbrachte, und füllten selbst die meisten Lücken im Gespräch. Als Antwort auf seine höfliche Frage enthüllte Colin, daß er im »Import-Export-Geschäft« sei, ein Beruf, über den Francey nichts wußte und den Colin anscheinend keine Lust hatte zu beschreiben.

Zu Franceys Erleichterung wollte niemand nach dem Essen Cognac oder Likör trinken, und er nahm deshalb gerne den Vorschlag seines Vaters auf, sich nach seiner anstrengenden Reise in einem der Gästezimmer eine Weile hinzulegen.

Das Zimmer, in das er geführt wurde, größer als das gesamte Parterre des Hauses in Lahersheen, war genauso stark geheizt wie der Rest des Hauses, aber sehr einladend. Was auch sonst ihr Geschmack gewesen sein mochte, dachte Francey, Georges Frau hatte ganz bestimmt eine Vorliebe für Licht gehabt: Dieses Zimmer hatte Edison viel zuviel zu verdanken. Seine Mutter wäre gestorben, wenn sie gesehen hätte, wieviel Strom hier von einem Dutzend Tischlampen und Deckenstrahlern verbraucht wurde, die die Dachbalken ausleuchteten, die – wie Francey jetzt klar wurde – überall im Haus freilagen. Er bemerkte auch, daß auf jedem Nachttisch nicht nur die unvermeidliche Lampe stand, sondern auch ein Telefon, und fragte sich, ob zwei notwendig waren, falls der Gast sich nicht von der einen zur anderen Seite der riesigen Matratze rollen konnte, um ein Gespräch entgegenzunehmen. Sein Koffer, der mitten auf dem weißen Teppichboden stand, sah armselig und unzulänglich aus. Angesichts all dieser Ordnung war Francey froh, daß niemand seine Kraut-und-Rüben-Packmethode sehen konnte und auch nicht die zerknautschte Papiertüte mit der schmutzigen Wäsche.

Der Butler informierte ihn, daß das Dinner um acht stattfinde, und zog sich zurück.

Francey zog sein Jackett aus, bürstete es mit den Händen ab und glattete die Schultern über der Rückenlehne eines kleinen gebogenen Stuhls am Schreibtisch. Da er Angst hatte, den Teppich zu beschmutzen, zog er die Schuhe auch aus, dann ging er, nachdem er vergeblich versucht hatte, die drei vom Boden bis zur Decke reichenden Fenster zu öffnen, ins Badezimmer. Hier betrat er Neuland, das er, abgesehen von den Zeitschriften im Wartezimmer des Zahnarztes, noch nie gesehen hatte. Die Spiegel, Marmoroberflächen und Kacheln waren so prächtig und glänzten so sauber, die goldenen Hähne blinkten am Waschbecken und an der Badewanne, die im Fußboden eingelassen war, daß Francey sich fragte, ob er es je benutzen würde.

Der Adrenalinstoß, der ihn während der vergangenen Stunden aufrecht gehalten hatte, war verebbt, Erschöpfung schwächte seine Arme und Beine. Er ging ins Schlafzimmer zurück und stellte sich neben das Bett, das breit genug war, seine gesamte Familie aufzunehmen. Auf einer maßgeschneiderten, butterblumengelben Tagesdecke türmten sich die Kissen. Er lockerte Krawatte und Gürtel, streckte sich auf dem Bett aus und entdeckte zu seiner Freude, daß es lang genug war für ihn, ja sogar noch Platz frei blieb. In den folgenden Minuten versuchte er, sich über die Gedanken und Gefühle klarzuwerden, die in seinem Kopf Karussell fuhren. Aber das ausgiebige Mahl, das er gerade eingenommen hatte, zusammen mit Müdigkeit, Wärme und völliger Stille, überwältigte ihn, und er döste bald ein.

Ein knappe halbe Stunde später erwachte er schweißbedeckt, fühlte sich unbehaglich und hatte die Orientierung verloren. Allmählich, als er um sich herum die zerwühlten Kissen auf dem gelben Bett sah und die Umrisse des Raumes erkannte, erinnerte er sich, wo er war. Augenblicklich trat ihm das Bild von Fleur Mannerings wunderschönem Gesicht vor Augen.

Bevor er wieder einschlafen würde, sprang Francey aus dem Bett und tapste ins Badezimmer; dabei nahm er seine Uhr ab. Es war vier Uhr. Er zog sich aus, kontrollierte, wie man die Dusche andrehte – aus amerikanischen Filmen war ihm das vertraut –, und trat unter diese heiße, heilende Wohltat. Die Hände von beiden Seiten um den Duschkopf geklammert, bückte er sich unter die kraftvollen Wasserstrahlen und ließ sie hinten über Kopf und Hals strömen. Was sollte er tun?

Sein innerster Instinkt trieb ihn an, wegzulaufen, so schnell wie möglich von hier zu verschwinden. Während er sein Gesicht der warmen Flut entgegenhob, verharrte er in Gedanken bei den Stunden, die er als Kind mit seiner aufziehbaren Eisenbahn verbracht hatte und wie er dabei träumte, sie würde durch Zauberhand groß werden und ihn dorthin fahren, wo sein Vater war. Er rief sich die Gelegenheiten ins Gedächtnis zurück, wie er, wenn er wegen irgendeiner Missetat Stubenarrest hatte, wütend auf seine Mutter oder seinen Stiefvater gewesen war und sich vorgestellt hatte, sein leiblicher Vater käme, um ihn zu retten. Er wollte ihn schon zu lange treffen, um jetzt nicht bei der Stange zu bleiben. Jetzt, da er George endlich kennengelernt hatte, sprudelte er über vor Fragen, viele davon waren Vorwürfe und begannen mit einem »warum«. Er würde bleiben müssen, um die ganze Geschichte aus Georges Sicht zu hören.

Nach etwa fünf Minuten war er ruhiger geworden.

Er drehte die Dusche ab und trat in das schweigende Badezimmer. Während er sein Haar mit einem Handtuch abrubbelte, neckten ihn Bilder seines übergroßen Selbst – ach ja? Wen willst du denn zum Narren halten? – von allen Seiten des Badezimmers. Obwohl er schon früher verliebt gewesen war und aus seiner Lektüre die Symptome einer Liebe auf den ersten Blick kannte, wußte Francey bis jetzt nicht, was dies bedeutete. Verglichen mit diesem kochendheißen gewaltigen Gefühl des Schocks und der Erregung, erschienen all seine früheren Empfindungen für Frauen hohl wie ausgeblasene Eier.

Er zögerte, es zuzugeben, aber jetzt ging es nicht nur um George, sondern auch um Fleur.

Aber wie konnte denn solch ein exquisites Geschöpf jemanden wie ihn auch nur zum zweiten Mal anschauen – selbst wenn sie nicht verheiratet war? Es war eine unumstößliche Tatsache, daß er sie – verboten oder nicht – so sehr begehrte, daß er eine Gänsehaut bekam, wenn ihr Name nur ausgesprochen wurde. Er rieb sich fester ab, schrubbte seine Haut, als wolle er die Schande und Verwirrung darüber abstreifen, daß ihn die Frau eines anderen faszinierte. Als seine Haut rot war und brannte und er das Handtuch nicht länger als Geißel benutzen konnte, warf er es in einen Korb, der – so vermutete er – für diesen Zweck bestimmt war, und ging ins Schlafzimmer zurück. Beginnende Kopfschmerzen klopften irgendwo hinten in seinem Hals, und seine Nase war durch die Wärme des Zimmers verstopft. Er mußte frische Luft schnappen.

Aus dem Chaos in seinem Koffer fischte er eine Hose, ein frisches Hemd und einen neuen Wollpullover, den eine Freundin seiner Mutter, Tilly Harrington, für ihn gestrickt hatte. Aber als er den Pullover über den Kopf zog, versetzte ihn der Geruch von Wollfett und Torffeuern zurück nach Lahersheen, und er sehnte sich nach seiner Mutter und seinem Zuhause.

Obwohl das Geflecht von angeheirateter und Blutsverwandtschaft innerhalb der vier Wände des Farmhauses kompliziert war, war es eine Arena, die er kannte. Francey spürte, daß es lange dauern würde, bevor er die Unterschiede zwischen seiner eigenen Kultur und derjenigen, die in Inverary Manor oder selbst in England vorherrschte, begreifen würde. Hazel hatte recht, dachte er, während er sich die Schnürsenkel zuband. Schlafende Hunde sollte man nicht wecken.

Er verließ das Schlafzimmer und machte dabei so wenig Geräusche wie möglich. Da anscheinend die Türen aller Räume auf einen zentralen Flur führten, war es leicht, den Weg zurück zur Küche zu finden. Von dort – das wußte er – führte eine Tür in ein kleines Gewächshaus, und dieses wiederum führte ins Freie. Auf dem Weg traf er niemanden, und als er die Küche betrat, fand er auch diese leer vor, obwohl etliche Maschinen summten und zischten. Ein älterer Mann, der im Gewächshaus an einem Pflanztisch arbeitete, hob den Kopf und grüßte ihn, während er vorüberging. Francey erwiderte den Gruß, bevor er endlich an die frische Luft gelangte.

Obwohl der Boden noch feucht war, hatte es wenigstens aufgehört zu regnen; und durch die dahinziehenden Wolken sah man einige Fetzen wasserblauen Himmels. Francey war die frische Luft willkommen, aber er zitterte. Er hatte geglaubt, das Klima in England sei wärmer und trockener als in Irland, und hatte keinen Mantel mitgebracht. Der Pullover war zwar sehr warm, sein lockeres Gewebe ließ aber den schneidenden Wind durch.

Er blies in seine Hände und hielt ein wenig inne, um sich zu orientieren. Die Rückseite des Hauses war genauso wohlgepflegt wie die Vorderseite. Saubere Kieswege kreuzten den

Rasen, und von seinem Standort aus konnte er einen Gemüsegarten und einen Spielplatz mit einer Schaukel, einem kleinen Karussell und einen großen quadratischen Rahmen erkennen, der waagerecht knapp einen Meter über der Erde stand und mit einem dehnbaren Material oder vielleicht sogar Gummi bespannt war. Er fragte sich, ob das ein amerikanisches Hilfsmittel zum Sonnenbaden war.

Die Stallungen, die im Quadrat angelegt waren und durch einen Torbogen betreten werden konnten, befanden sich zu seiner Rechten. Als Francey bemerkte, daß in dem Hof jemand beschäftigt war, zögerte er, aber dann gewann seine Neugierde die Oberhand. Für eine kurze wundervolle Zeit besaß seine Familie, als er noch ein Kind war, einen schönen schwarzen Hengst namens Blitz, den Francey im Alter von sechs Jahren leidenschaftlich geliebt hatte. Aber der Unfall, der seine älteste Halbschwester das Leben gekostet hatte, hatte auch das Pferd, das sie zu der Zeit ritt, getötet, und sehr zu Franceys Enttäuschung hatte seine Mutter es nie über sich gebracht, ein neues anzuschaffen.

Als er näher kam und auf dem Innenhof zwei Tiere erblickte, keuchte er überrascht. Diese Pferde waren die größten, die er je gesehen hatte. Verglichen mit ihnen war Blitz, selbst aus der Distanz seiner Kindheit, nur so groß wie ein Fohlen. Beide Pferde, die von jeweils zwei Stallburschen gestriegelt wurden, waren schwarz mit einer weißen Blässe auf der Stirn und weißen Socken an allen vier Beinen, die Hufe wurden durch langes cremefarbenes Haar verdeckt. Beide spitzen interessiert die Ohren, als er näher kam.

»Guten Tag, Sir!« Einer der Stallburschen richtete sich auf, als er zum Tor gelangt war.

»Darf ich hereinkommen?« Als der Stallbursche nickte, öffnete Francey das Tor und ließ es hinter sich wieder zuschnappen. »Sie sind fantastisch«, sagte er und deutete auf die Pferde, dessen Köpfe ihn überragten. »Offensichtlich ein Gespann?«

»Das sind sie«, erwiderte der Stallknecht und beugte sich wieder über den Vorderlauf.

»Ist das eine besondere Rasse?«

»Shires«, sagte der Mann. »Dies hier ist Goliath und das Samson. Es gibt jetzt nicht mehr viele von ihnen, einige Brauereigespanne, einige in Amerika. Viele von ihnen sind in den letzten Jahren hier geschlachtet worden, und der Squire ist der einzige in dieser Gegend, der sie hält, aber jetzt weiß ich nicht… Wir tun nur unsere Arbeit, halten sie in Form…« Seine Stimme versiegte, und er beschäftigte sich energisch damit, das seidige Haar um den mächtigen Fuß des Pferdes zu entwirren.

»Darf ich die anderen sehen?« Francey tätschelte Goliaths glänzenden Hals und blickte an ihm vorbei, wo er viele weitere Köpfe erkennen konnte, die ihn über die Halbtüren der Boxen anschauten.

»Nur zu«, lud der Stallbursche ihn ein, »aber passen Sie auf Amazone auf. Die kneift schon mal ganz gerne.«

Die zwei Boxenreihen lagen einander gegenüber und stießen in rechtem Winkel auf ein Verwaltungsgebäude. Viele Boxen standen leer, aber bei acht hing ein graviertes Messingschild neben der Tür. Außer Samson und Goliath waren auf diesem Hof noch Trojaner, Odysseus, John, Richard und Amazone zu Hause. Francey schlug einen weiten Bogen um die Stute, aber alle anderen tätschelte und kitzelte er. Trojaner reckte den Hals und schnoberte an Franceys Brusttasche. »Er mag gerne Schokolade«, rief der zweite Stallbursche, »aber er ist gerade auf Diät.«

»Wie groß sind sie?« Francey macht ein paar Schritte zurück, um sie insgesamt zu bewundern.

»Verschieden«, erwiderte der Mann. »Trojaner ist ein Riesenkerl, einer der größten auf der Welt, glaube ich. Er wiegt über eine Tonne. Die Stute ist die kleinste auf dem Hof. Nächsten Mai bekommt sie ein Fohlen. Wie wär's damit, einen kleinen Shire mit nach Hause nach Irland zu nehmen, Sir?«

»Ich werde mal sehen.« Francey grinste. Neuigkeiten sprachen sich schnell rum.

»Wir haben auch einen Iren hier«, unterbrach der erste Stallbursche, »unser Vormann, Mick O'Dowd. Heute hat er allerdings einen Tag frei.«

»Ach so. Danke, daß ich mich umschauen durfte. Viel Glück mit den Pferden«, rief Francey, als er den Hof verließ.

»Ja, wenn noch welche übrigbleiben. Es ist Mr. Gallahers Entscheidung, es sind seine Tiere.« Der erste Stallbursche wischte sich die Stirn mit der Rückseite seines Unterarms ab. »Haben gedacht, wir könnten sie auf alle Fälle schön machen.«

Francey fühlte sich besser. Die ruhige unerschütterliche Kraft der Tiere hatte die Dinge ins rechte Licht gerückt. In einer Senke zu seiner Linken, etwa dreihundert Meter entfernt, sah er ein kleines Wäldchen und ging darauf zu. Sobald er es erreicht hatte, stellte er fest, daß der kleine Spielplatz nicht der einzige Hinweis auf die Anwesenheit von Kindern war. In einer wohlgepflegten Kulisse aus Zwergbäumen und Büschen spielte eine Gruppe von Disneyfiguren, Bambi, Pluto, Mickey und Minnie Mouse mit ihren Freunden, den Waldtieren. Kaninchen, Eichhörnchen, Igel und Maulwürfe tollten in lebensechten Posen umher; erlesene farbige Vögel hockten über ihren Köpfen oder schaukelten auf Drähten zwischen ihnen. Hinter dieser Szene drehte eine kleine Windmühle ihre Flügel über einem Miniaturwasserrad; der Bach, der es mit Wasserkraft versorgte, war an einer Stelle gestaut und breitete sich dort zu einem flachen See mit Trittsteinen und Holzbrücke aus; in der Nähe standen zwei Gipsfiguren, die Francey für Jack und Jill hielt, vor einer Wunschquelle und hielten sich bei den Händen.

Durch einen Hohlweg aus immergrünen Bäumen zu seiner Rechten entdeckte Francey die Biegung eines schmalen Pfades. Dies war jedoch kein Kiesweg, er war aus Ziegeln gebaut und leuchtend gelb angemalt. Wo er begann, stand halbverdeckt hinter dem Stamm eines der Bäume ein knallrotes Schild, auf dem ein einziges Wort stand: OZ.

Dem konnte er nicht widerstehen. Verzaubert bückte Francey sich, ging durch das Tor und zog wie Dorothy aus, um der gelben Ziegelstraße zu folgen.

Obwohl man erkennen konnte, daß der Wald zu beiden Seiten des kleinen Weges regelmäßig gelichtet wurde, war im Gegensatz zum Rest des Landes um Inverary Manor herum die Natur innerhalb der Grenzen dieses alten Waldes unberührt geblieben. Francey ging langsam und kostete jeden Schritt auf dieser Straße aus, die sich bog und wand wie eine Schlange. Er beobachtete das Spiel des Sonnenlichtes, das durch ein Gitterwerk aus kahlen Zweigen über seinem Kopf fiel, atmete die prickelnde Luft tief ein und entdeckte, wie er es im Dubliner Phoenix Park getan hatte, daß selbst im Winter Wälder ihre eigene Musik spielen.

Durch die Bäume erhaschte er Blicke auf rotgetupfte Giftpilze, hier blickte eine erschrockene Damhirschkuh vom Äsen auf, dort plierte ihn eine Eule von einem Zweig an. Seine Gesellschaft vergrößerte sich: der Blechdosenmann, der vor Politur glänzte, strahlte ihn über ein Gatter an, das nichts einschloß, die Vogelscheuche hing schlaff über einem kleinen Feld mit etwas, das wie Rüben aussah, der ängstliche Löwe versteckte sich hinter einem Busch, der dazu viel zu klein war. Zu seinen Füßen gingen Bäcker, Näherinnen, Flickschuster, Kerzenzieher, Mütter und ungezogene Kinder, selbst ein Hundefänger, der eine traurige kleine Promenadenmischung an einer Leine hinter sich herzerrte, ihren Geschäften nach.

Wer auch immer dieses Märchenland entworfen hatte, hatte das Herz eines Kindes und unbeschränkte Geldmittel. Dem Raum mit dem Glastisch nach zu urteilen, mußte es George Gallahers Frau gewesen sein.

Die gelbe gepflasterte Straße endete nicht am Schloß des Zauberers, sondern an einem riesigen Baumstamm, der vor so langer Zeit umgestürzt – oder gefällt – worden war, daß er von Flechten, Efeu und Moos bedeckt war, seine Grundfläche war so tief im Mulch begraben, daß man unmöglich sagen konnte, wo das Holz aufhörte und die Erde begann. Etliche starke Äste wuchsen senkrecht an einem Ende in die Höhe, und dort schmiegte sich ein kleines Baumhaus hinein.

In dem Baumhaus saß Fleur Mannering.

Francey war so gefangengenommen von seiner Reise durch den Märchenwald und dessen Attraktionen, daß er sie nicht sah, bis er gut einen Meter vor ihr stand.

»Oh! Entschuldigung – ich hatte nicht gemerkt ...«

»Ist schon in Ordnung.«

Trotz des Aufruhrs in seinem Herzen bemerkte Francey erneut, daß Fleur die Fähigkeit besaß, sich nicht überraschen zu lassen. »Ich komme sehr oft hierher«, sagte sie. »Tommys Großmutter hat diesen Weg als Überraschung zu seinem siebten Geburtstag für ihn anlegen lassen.«

»Ich verstehe. Wie alt ist er jetzt?« Francey, der sich unter einigen überhängenden Ästen vorbeugen mußte, war sich seiner Größe schmerzlich bewußt.

»Er ist fast elf. Er wird seine Großmutter vermissen.«

»Natürlich.«

»Hat Ihnen das Eßzimmer wirklich gefallen?« Fleur trat aus dem Baumhaus heraus. Sie trug einen Astrachanmantel mit einem breiten Schalkragen aus Fuchspelz, den ihre behandschuhten Hände um den unteren Teil ihres Gesichtes hielten, und schaute ihn spitzbübisch fragend an.

»Oh, ja«, sagte Francey unsicher, »es ist wundervoll.« Als er dann das Gefühl hatte, daß dies nicht das war, was sie hören wollte, verbesserte er sich. »Zumindest glaube ich das.«

Da lächelte sie. »Jool – Tommys Großmutter – hatte so manche ungewöhnliche Idee. So wie George. Ich schaffte es, einige davon zu bremsen.«

»Zum Beispiel?« Sie hatten begonnen, tiefer in den Wald zu wandern, über das Ende des gelben Ziegelweges hinaus. Der moosige Untergrund dämpfte das Geräusch ihrer Schritte.

»Erstens«, Fleur lächelte immer noch, »wollte George das Aquarium zum Tisch machen, so daß man während des Essens sehen kann, wie die Fische unter den Messern und Gabeln schwimmen. Jool hielt das für eine wundervolle Idee. Sie dachte auch, das sei schön für Tommy. Er ist taub, wissen Sie, und sie wollte das Haus mit Dingen zur Ergötzung seiner anderen Sinne anfüllen.«

In Franceys entzückten Ohren klang diese altertümliche Ausdrucksweise wunderbar exotisch. Dann schämte er sich wegen seines Mangels an Mitgefühl. »Es tut mir leid«, sagte er einfach. »Ist er seit Geburt taub?«

»Ja.« Fleur deutete auf einen Torbogen, der von den beschnittenen, aber ineinander verwobenen Ästen zweier Birken gebildet wurde. »Sollen wir hier entlanggehen?« Ihre sachlich-nüchterne Antwort und der Themenwechsel erschütterten Francey, der sich unter den Zweigen bücken mußte, um ihr zu folgen. »Sie sollten sein Zimmer einmal sehen«, fuhr Fleur über die Schulter gewandt fort. »Es ist nicht nur farbenfroh, sondern alles, das man nicht bewegen kann, ist entweder flauschig, weich oder läßt sich in etwas anderes verwandeln. Ich mag Ihren Pullover«, fügte sie hinzu. »Ist er aus Irland?«

»Ja. Eine Freundin hat ihn für mich gestrickt, eine Freundin meiner Mutter«, verbesserte er sich, falls sie dachte, er hätte eine Freundin. »Es hört sich an, als sei sie, war sie wunderbar, die Frau meines Vaters, meine ich ...« Er hielt einen Zweig zurück, damit er sich nicht in Fleurs Haaren verfing. Er mußte seine ganze Selbstbeherrschung aufbringen, um diese Strähne nicht in die Finger zu nehmen.

Mit einer leichten Neigung des Kopfes nahm Fleur seine Fürsorge zur Kenntnis. »Sie war eine fantastische Person. Tommy wird sie vermissen und ich auch.«

Schweigend gingen sie weiter. Dieser Teil des Waldes war außer dem schmalen Pfad, auf dem sie sich getroffen hatten, unberührt geblieben, und obwohl er sich häufig bücken mußte, wußte Francey nicht, ob sie für den Rest ihres Lebens hier weiterwandern oder so schnell wie möglich ins Haus, in Sicherheit zurückkehren sollten. Notwendigerweise mußten sie ganz dicht beieinander gehen, und da wäre es so leicht, sie einfach hochzuheben. Er bräuchte nur den rechten Arm ausstrecken, weniger als eine Viertelsekunde würde das dauern. Er sah vor sich, wie er sie mit ruckartigen Bewegungen wie in einigen der alten Filme, die er in der Tanzhalle in Eyeries, dem nächsten Ort in der Nähe von Lahersheen, gesehen hatte, hochhob, sie wieder absetzte, hochhob, sie wieder absetzte; er wußte, wie leicht sie war, wie ihre Haut duftete ...

Es war eine Erleichterung, als er auf einem engen Stück des Pfades gezwungen war, hinter ihr zu gehen. Er tat so, als untersuche er die Beeren an einem Stechpalmenbusch, so daß sie etwas Vorsprung gewann. Um sich den Sinn für die Realität zurückzuholen, zermalmte er einige der dornigen Zweige des Busches zwischen den Fingern, bis sie bluteten.

Er saugte an seinem Zeigefinger, als er Fleur wieder einholte und sie auf eine kleine Lichtung traten. Hier war ein weiterer Beweis für Jools Liebe zu ihrem Enkel: ein Labyrinth in Kindergröße, aus Zaunpfählen und Maschendraht konstruiert, durch das dichte Mauern aus immergrünem Efeu geleitet wurden. »Das war auch für Tommy?« Francey war sich sicher, daß Fleur hörte, welche Mühe es ihn kostete, seine Stimme alltäglich klingen zu lassen.

»Ja.« Sie blieb stehen und zupfte eines der Blätter zurecht. »Ich weiß nicht, was ich jetzt tun soll.«

Das kam so unerwartet, daß Francey davon überrumpelt wurde. »Die Zeit heilt –«

Er begann mit der uralten Floskel, mit der man sein Beileid bekundet, aber sie unterbrach ihn. »Nein, ich fürchte nicht.« Sie schaute über das Labyrinth hinweg in Richtung auf ein anderes knalliges Hinweisschild, das den Weg zurück nach OZ wies. »Es tut mir leid, daß Sie zu solch einem Zeitpunkt gekommen sind«, sagte sie. Francey war überzeugt, daß sie etwas anderes hatte sagen wollen, es sich aber anders überlegt hatte.

»Mir tut es auch leid«, erwiderte er, »aber ich wußte es nicht. Vielleicht hätte ich nicht warten sollen, aber ich wollte meinen Vater schon so lange treffen.«

»Natürlich.« Sie zögerte. »Haben Sie es wirklich nicht gewußt?«

Schlagartig wurde Francey klar, daß sie, wie wahrscheinlich alle, dachte, er wäre zu diesem Zeitpunkt aufgetaucht, weil er Geld wollte. Er hatte bereits begonnen, seine Ansicht über ihre Passivität zu revidieren. »Ich schwöre es«, sagte er. Es war ihm außerordentlich wichtig, daß sie ihm glaubte. »Ich hatte gar keine Möglichkeit –«

»Aber die Zeitungen?«

»In den irischen Zeitungen würde so etwas nicht stehen, ganz bestimmt nicht. Erst vor ein paar Wochen habe ich herausgefunden, daß mein Vater mit einer amerikanischen Dame verheiratet war. Und zwar weil –« Er hielt inne. Er wußte, warum er Hazel Slye nicht erwähnen wollte: Er wollte Fleur Mannering nicht den Eindruck vermitteln, es könnte eine Frau – irgendeine Frau – in seinem Leben geben. »Das ist eine lange Geschichte«, sagte er, »aber Sie müssen mir glauben. Ich wußte nicht einmal, wo mein Vater war, bis ich sein zwölf Jahre altes Hochzeitsfoto in einer alten Zeitung sah. In einer englischen Zeitung.«

»Ich verstehe.« Fleur überlegte. Dann lächelte sie ihn an. »Ihr Vater ist ein höchst ungewöhnlicher Mensch.«

»Das ist mir klar. Er war nicht sehr glücklich, mich zu sehen.«

»Vielleicht.«

Wenn Fleur ein auch nur durchschnittliches Einfühlungsvermögen besessen hätte, würde sie ihm gut zureden, dachte Francey, aber er wußte jetzt, daß sie in jeder Hinsicht weit vom Durchschnitt entfernt war, und war nicht überrascht, daß sie sich weigerte, gesellschaftlichen Höflichkeitsregeln zu folgen. »Ich glaube, ich mache ihm deshalb keine Vorwürfe.« Er schaute zur Seite – mitten in das kleine Labyrinth. »Schließlich bin ich ohne jegliche Vorwarnung aufgetaucht. Vielleicht hätte ich vorher telefonieren sollen.«

»Vielleicht.« Fleur zog den Kragen ihres Mantels so hoch, daß er den größten Teil ihres Gesichtes verdeckte.

»Ich glaube, ich mag ihn trotzdem«, vertraute Francey ihr an, »und es gibt eine Menge Dinge, die ich ihn fragen möchte.«

»Jeder mag George.« Rasch warf Fleur ihm einen Blick zu. »Vielleicht sollten wir in die Zivilisation zurückkehren. Zweifelsohne fragen sie sich schon, wo wir abgeblieben sind.« Sie verließ das Labyrinth und ging auf das Schild zu.

»Dürfte ich Sie fragen, wo Sie herkommen?« platzte Francey heraus, als sie einen anderen kleinen Pfad betraten.

»Ich bin in Bangkok geboren. Zur Hälfte bin ich eine Thai.« Fleurs Tonfall warnte ihn, weiter zu fragen, aber dann wurde ihre Stimme weicher. »Mein Vater war ein Franzose, deshalb nannte meine Mutter mich Fleur. Ich habe ihn natürlich nie kennengelernt, daher haben Sie und ich etwas gemeinsam, zumindest bis jetzt.« Sie ging weiter und gab Francey keine Gelegenheit, auf diese Enthüllung zu reagieren.

Sie kamen zu einer Fußbrücke über einen seichten Fluß, die aus zusammengebundenen Holzstämmen gebaut war. Die Brücke war glatt und feucht, und Francey bestand darauf, als erster zu gehen, und nahm ihre Hand, um ihr hinüberzuhelfen. Obwohl sie seine Hilfe akzeptierte und er ihre behandschuhten Finger warm auf den Kratzern in seiner Hand spürte, sah er, daß sie die Haltung einer Ballettänzerin hatte und ihn nicht benötigte.

Binnen einer Minute waren sie wieder am Baumhaus angelangt, und sie ging ein Stück vor ihm her, als sie zum Herrenhaus zurückwanderten. Als sie aus dem Wald herauskamen, hatte Francey das Gefühl, sie würde sich für immer außerhalb seiner Reichweite begeben, wenn er nicht jetzt sofort etwas Bedeutsames sagte oder tat: »Mrs. Mannering – Fleur!«

Überrascht drehte sie sich um. »Ja?«

Intuitiv hatte er sie gerufen, und als sie ihn fragend anschaute, fehlten ihm die Worte. Er zwang sich, etwas zu sagen – irgend etwas. »N- nichts«, sagte er. »Ich meine«, um seine Fassung wiederzugewinnen, sprach er die erste Frage aus, die ihm in den Sinn kam, »sehe ich Sie beim Dinner?«

»Natürlich.« Sie standen nahe beieinander in einem Flecken schwachen Sonnenlichtes, so nah, daß er den Duft nach Äpfeln in ihrem Haar riechen konnte. Ihm war so, als sähe er ein amüsiertes Aufblitzen in ihren Augen, aber dieser schwache Eindruck verschwand so schnell, wie er aufgetaucht war, und er war sich nicht sicher.

Fleur legte eine Hand auf seinen Arm. »Sollen wir jetzt gehen?«

Als sie weitergingen, war es ihm völlig gleichgültig, ob sie gesehen hatte, was er fühlte, ob sie ihn deshalb verachtete oder nicht. Sei's drum, dachte er und beobachtete, wie ihr Haar blauschwarz glänzte in dem Schachbrettmuster des Lichtes, das durch die Bäume fiel.

Eines hatte er jedoch über Fleur Mannering gelernt: Auf den ersten Blick mochte es so erscheinen, als lebte sie in Furcht vor ihrem charakterschwachen Ehemann, aber Francey hätte seine letzten zehn Lohntüten darauf verwettet, daß das nicht der Fall war. Fleur war ihre eigene Herrin. Dieser Gedanke schürte seine schuldbewußte Erregung.

Das Telefonat, das George Gallaher gerade erhalten hatte, wirkte so nachhaltig, daß er den Hörer nicht auflegte, sondern dasaß und ihn anstarrte.

Er saß am Schreibtisch seines Arbeitszimmers, ein weiteres von Jools Fantasiezimmern, das sie hatte bauen und von ihm nach seinem eigenen Geschmack hatte einrichten lassen – mehr aus Zärtlichkeit zu ihm als aus praktischen Erwägungen. Weil Georges Geschäftssinn – oder auch nur ein Funken daran – praktisch nicht existierte, war das Zimmer zu keinem realen Zweck ausgestattet, sondern so, wie sich ein Schauspieler vorstellte, daß ein reicher Mann seinen Geschäften nachging. Viel Leder im Stil eines Landedelmannes, die Oberflächen der soliden Möbel wie neu glänzend. Jool hatte den Anstand besessen, George nie zu fragen, was er tat, wenn er sich in dieses Zimmer zurückzog, sondern bewahrte mit ihm ein geheimes Einverständnis darüber, daß er sich dorthin von der Welt zu seinen Büchern zurückzog. Ein flüchtiger Blick auf die Bücherschränke mit Glastüren hätte allerdings viele gleiche Titel enthüllt. Georges Bücher waren in einer Londoner Buchhandlung meterweise gekauft worden.

Vorsichtig, als sei es ein kostbares Stück chinesischen Porzellans, legte George den Hörer wieder auf die schwarze Gabel; das Klicken ertönte laut in der doppelverglasten Stille. Der Anruf kam von Jools Anwalt, der, wie er sagte, George auf Jool Dill Smith Gallahers überraschendes Testament vorbereiten wollte. George hatte ihm natürlich Fragen gestellt, aber der Anwalt verriet nichts, bat ihn nur, daß alle aus der Familie anwesend sein sollten.

Einschließlich des neuesten Mitgliedes, Francey Sullivan.

George erhob sich von seinem makellosen Schreibtisch, ging

zum Fenster und schaute über den Rasen. Mit den Händen auf dem Rücken, schaukelte er auf den Fußballen vor und zurück und dachte darüber nach, daß das Leben ihn jetzt wohl doch noch ertappt hatte. Erst Colin, jetzt Francey. Und dieser verfluchte Rechtsverdreher hatte den dritten Sohn ebenfalls erwähnt, als er vor so langer Zeit in Killarney einmal über die Stränge geschlagen hatte; so wie die Dinge lagen, würde es ihn nicht überraschen, wenn dieser Knabe auch auf seiner Türschwelle erscheinen würde.

Stumm und reumütig zog George vor seiner verblichenen Frau den Hut, die offenbar weit mehr über ihn gewußt hatte, als sie je andeutete. Was für eine Klassefrau, dachte er. Die meisten Frauen hätten solche Munition nie für sich behalten können. George kannte seine Jool gut genug, um zu wissen, daß sie ihn nicht enterbte, aber der Anwalt bereitete ihn ohne viele Worte darauf vor, daß er die Beute teilen mußte. Darüber machte er sich nicht allzu viele Sorgen – es war schließlich genug da –, worüber er sich Sorgen machte, war, daß er möglicherweise zum Familienmenschen werden mußte. Er hielt es nicht für unwahrscheinlich, daß Jool, die am meisten in ihrem Leben bedauert hatte, keine eigenen Kinder bekommen zu können, darauf bestand, daß er verspätet die Verantwortung für seinen Nachwuchs übernahm. Herzlich wenig Aussicht darauf, dachte er. Sie sind sowieso alle erwachsen. Und mit fünfundsechzig sprühte er nicht gerade vor Energie …

Seine Gedanken wurden unterbrochen, als er auf der halbmondförmigen Straße hinter dem See eine Bewegung bemerkte. »So, so, so!« Er pfiff die Worte durch die Zähne. Francey und Fleur … Wie interessant.

George lächelte voller Bewunderung über die Geschwindigkeit seines neuen Sohnes. Vielleicht war der Junge doch nicht so ein Bauernlümmel. Er beobachtete, wie die zwei Personen außerhalb des Waldes stehenblieben. Er war zu weit weg, um zu erkennen, ob sie sich berührten, aber definitiv standen sie sehr eng beieinander. Oberflächlich betrachtet schien es so, als hielten sie bereits zusammen wie Pech und Schwefel.

Vor dem Dinner tranken sie einen ungemütlichen Cocktail im Salon. Francey wußte, daß jetzt nicht die Zeit war, seine Fragen zu stellen, George war sowieso in Selbstbetrachtungen versunken und nippte an seinem Whisky, ohne sich sehr anzustrengen, Konversation zu machen; das überließ er den drei anderen. Francey, der noch nicht über einen vertrauenswürdigen Maßstab verfügte, wie komplex die Persönlichkeit seines Vaters war, spürte intuitiv, daß er mit ungewöhnlicher Wachsamkeit beobachtet wurde, aber er sagte sich selbst, daß dies unter den gegebenen Umständen nur natürlich sei.

Fleur und ihr Mann saßen wiederum Seite an Seite auf einem der Sofas, aber binnen fünf Minuten, nachdem sie das Zimmer betreten hatten, verstärkte sich Franceys Eindruck, daß etwas in ihrer Beziehung schieflief. Colin dominierte die Unterhaltung, so oberflächlich sie auch war, und das unterwürfige Benehmen seiner Frau hatte wenig zu tun mit dem Verhalten der sanften, aber selbstbeherrschten jungen Frau, die Francey am Nachmittag im Wald kennengelernt hatte. In Gegenwart ihres Mannes war Fleur Mannering nicht sie selbst.

Es war eine Erleichterung, als das Essen angekündigt wurde.

Das Licht des Kronleuchters, der über dem Glastisch hing, war gedämpft worden, so daß ein Zusammenspiel der Zierleuchten drinnen und draußen möglich war. Als er den Raum betrat, hatte Francey sofort wieder das Gefühl, in eine Unterseegrotte zu kommen. Alle vier begaben sich auf dieselben Plätze, die sie beim Mittagessen eingenommen hatten: Wie Menschen Wiederholungen und Vertrautheit suchten, war eines der Phänomene, die Francey schon immer fasziniert hatten. Selbst in seinem Eisenwarenladen in Dublin versuchten Händler und Kunden bei einem erneuten Besuch zum selben Verkäufer zu gehen und sich immer an den gleichen Platz zu stellen, an dem sie bereits zuvor bedient worden waren. »Darf ich fragen, was dies für eine Suppe ist?« fragte er nach etwa fünf Minuten, mehr um die enervierende Gesprächspause zu überbrücken als aus Interesse. Er mochte sie, diese blasse, cremige Suppe, aber sie duftete nach etwas, das er nie zuvor gekostet oder gerochen hatte.

»Das ist Knoblauchsuppe.« George schaute nicht auf.

»Ach so.« Francey, der, seit er das Eßzimmer betreten hatte, nicht einmal gewagt hatte, Fleur Mannering direkt anzuschauen, konnte nicht verstehen, warum er sich jetzt so ruhig fühlte. Als wäre er ein Zuschauer, der darauf wartete, daß die anderen Spieler ihre Züge machen. »Sie ist köstlich«, sagte er, nahm einen halben Löffel voll und schluckte ihn so leise wie möglich.

»Hast du deinen Spaziergang im Wald heute nachmittag genossen?« Plötzlich blickte George von seinem Teller auf.

Unwillkürlich schaute Francey zu Fleur, deren Augen sich weiteten – vor Schreck? Um ihn zu warnen? –, bevor sie wieder in Passivität versank. »Es war sehr interessant«, erwiderte er. Er wandte sich von George zu Colin, dessen Gesicht nichts verriet, und dann zu seinem Vater zurück. »Es ist – es ist wie ein Märchenland«, stotterte er. »Deine Frau hatte eine großartige Phantasie.«

George lächelte. »Das hatte sie ganz gewiß«, stimmte er zu und legte seinen Löffel neben den Suppenteller, der noch halbvoll war. Er schaute sich am Tisch um. »Und sie ist noch nicht fertig mit uns.«

»Was?« Colin unterbrach sein Essen.

»Du wirst es am Montag hören«, antwortete George. »Ich tappe im Augenblick genauso im dunkeln wie du, aber am späten Nachmittag rief mich Jools Anwalt an.«

»Ja?« Colin hielt beim Löffeln der Suppe inne.

»Wir müssen alle warten.« George lächelte sie an. »Du auch, Francey«, fügte er hinzu und wandte sich seinem zweiten Sohn zu. »Offenbar«, verkündete George, »bist du im Testament bedacht worden.«

»Das kann doch nicht sein!« Francey, der noch irritiert war darüber, daß George ihn mit Fleur gesehen hatte, war geschockt.

»Es ist wahr.« George, dessen Augenbrauen vor Amüsement oder Kummer zuckten – Francey konnte es nicht sagen –, sah sich am Tisch um. »Meine Jool hat anscheinend ihre Hausaufgaben gemacht. Als ich diesem Anwaltsburschen erzählte, daß du aufgetaucht bist, schien ihn das überhaupt nicht zu überraschen. Sagte nur, das würde uns Mühe sparen. Er sagte, du solltest auch dasein, meine Liebe«, wandte er sich an Fleur.

»Natürlich.« Fleur aß weiter. Von allen am Tisch war sie die einzige, die von Georges verblüffenden Neuigkeiten ungerührt blieb – oder von dem, was unterschwellig vor sich ging.

»Aber ich muß nach Hause fahren. Mein Job –« Francey konnte die Neuigkeit nicht verdauen.

»Du kannst morgen früh anrufen. Dein Chef wird das sicher verstehen.«

Francey warf erst Fleur einen Blick zu und dann Colin. Seinem Halbbruder stand der Mund offen.

George kurbelte sein Lächeln auf Hochtouren. »Nun, ja«, sagte er zu der gesamten Tischgesellschaft, »was sind wir doch für eine komplizierte kleine Gruppe ...«

5

»Lieber George, ich habe dir einen persönlichen Brief im Bankschließfach in der Bank in Little Staunton hinterlassen.« Der Anwalt las den Brief, verfaßt in Julia Dill Smith Gallahers resoluter Handschrift, vor, als sei er eine Einkaufsliste.

Und darin, George, [so fuhr er fort] *sage ich Dir, was es mir bedeutet hat, Dich im Herbst meines Lebens zum Ehemann zu haben. Aber dieser Brief hier soll bei der Verkündung meines Testamentes nicht laut vorgelesen werden. Ich will nicht unser Privatleben ans Licht zerren, ich will keine Zweideutigkeiten oder Interpretationen darüber, was ich gemeint habe. Ich will Dir meine Gedanken deutlich machen und zeigen, warum ich mein Testament so abgefaßt habe. (Dieser Brief ist übrigens nach dem Testament geschrieben worden, das nach einer ganztägigen Beratung im Büro meines Anwalts abgefaßt und von Zeugen beglaubigt worden ist. Und wie Du weißt, ist Mr. Solomons ein hochgeachteter Mann aus einer Firma, die mir sowohl privat als auch in geschäftlichen Dingen hier und in den Staaten gedient hat.)*

Der Anwalt, der am Kopf des gläsernen Eßtisches saß, trank einen Schluck Wasser aus einem Kristallglas, das vor ihm stand. Während er das tat, hielt er die Augen vom anderen Ende des Tisches und seinem gespannten Publikum abgewandt. Alle Stühle waren zum Kopfende hin ausgerichtet, und infolgedessen konnte Francey, der sich wie ein Eindringling fühlte, keines der anderen Gesichter sehen. Er betrachtete die Wirbel und dicken Spiralen unter der polierten Oberfläche des Glases. Dieser Glastisch, dachte er, würde für den Rest seines Lebens große Bedeutung für ihn haben.

Ich habe lange darüber nachgedacht, was ich meine [der Anwalt stellte das Glas zurück und las weiter], *und der Mann oder sein Stellvertreter, der Euch dies vorlesen wird, kann bestätigen, daß ich keine stammelnde alte Närrin bin, sondern daß ich dies hier sehr sorgfältig bedacht habe.*

Wie Du genau weißt, George, ist eines der Privilegien des Reichseins die Freiheit, das verdammte Geld auszugeben. Aber mit diesem Privileg geht Verantwortung einher. Ob Du es glaubst oder nicht, es ist ein Problem, zu entscheiden, was damit geschehen soll, wenn Deine Zeit vorüber ist. Das letzte, was ich will, ist, daß diejenigen, die ich zurücklasse, sich streiten. Das habe ich bei einigen meiner Zeitgenossen zu Hause erlebt, und es war ein grauenvoller Anblick. Und dann kassieren im Endeffekt die Rechtsanwälte alles.

Also habe ich angefangen, darüber nachzudenken, als der Arzt mir mitteilte, daß ich meine Angelegenheiten in Ordnung bringen sollte, wie man es auf dieser Seite des Atlantiks so charmant formuliert. Ich versuchte zu begreifen, wofür man Geld benutzen sollte, was die Absicht des Herrn war, als er einige von uns reich und viele von uns arm machte. Einige Schlüsse waren offensichtlich: Natürlich sollte das Geld verteilt werden; diejenigen von uns, die helfen können, sollten es auch tun, und Du wirst feststellen, daß in meinem Testament keiner meiner wohltätigen Zwecke vergessen worden ist. Auch das Geschäft ist wichtig: Denk nur an all die Angestellten, die eine Familie ernähren und ihre eigenen Träume haben. Ich habe also auch die Pflicht, das, was Du immer so gerne mein Geschäftsimperium genannt hast, zu beschützen, und Du wirst feststellen, daß ich dafür gesorgt habe.

Aber selbst nachdem all dies geregelt worden ist, bleibt immer noch eine beträchtliche Summe an Vermögenswerten und Bargeld übrig. Vielleicht überrascht es Dich ein wenig, was ich zu tun beschlossen habe, aber ich hoffe, daß Du nicht enttäuscht bist. Da ich Dich kenne, bin ich sicher, daß Du es so aufnehmen wirst, wie ich es gemeint habe. Du hast oft gehört, wie ich gesagt habe, das wichtigste Imperium von allen ist die Familie, nicht wahr, George? Unglücklicherweise hat der Herr mich nicht dazu ausersehen, eigene Kinder zu bekommen. Aber Dir gab Er drei. Oder vielleicht gibt es noch mehr, von denen ich nichts weiß? Entschuldige, George, das war nur ein Scherz.

Als bemerke er das elektrisierte Schweigen im Zimmer gar nicht, trank der Anwalt einen weiteren Schluck Wasser. Francey, dem jetzt so unbehaglich war, daß er das Gefühl hatte, in den Stuhl zu wachsen, ließ seinen Blick auf dem Mann ruhen, eine kleine, kahl werdende Gestalt, deren dicker Bauch, goldgeränderte Halbbrille und Fliege all das verkörperte, was er sich immer unter dem Lebensstil und Wohlstand von Juristen vorgestellt hatte. Er hatte das Gefühl, die Schockwellen zu spüren, die von dem Stuhl hinter ihm ausgingen, auf dem Colin Mannering saß. Obwohl Colin ihm persönlich anscheinend nicht übelwollte, wäre es doch übertrieben, anzunehmen, daß er nicht außer sich war. Bis vor einer Woche hatte Georges ältester Sohn geglaubt, daß er und seine Familie – außer George selbst – als einzige Ansprüche auf das Vermögen seiner Stiefmutter hatten. Jetzt erfuhr er, daß er den Thron nicht nur mit einem, sondern mit zwei Anwärtern teilen mußte. Als der Anwalt wieder zu lesen begann, widerstand Francey der Versuchung, sich umzuschauen.

Aber je mehr ich daran dachte, bald meinem Schöpfer gegenüberzustehen, desto mehr dachte ich auch über mein Leben nach und warum der Herr Dich mir gesandt hat, als ich dachte, ich wäre in Zukunft nur noch eine einsame alte Witwe.

Und dann kam mir die Erleuchtung. Er wollte doch, daß ich eine Familie habe. Als wir heirateten, George, wurden Deine drei Kinder meine drei Kinder, selbst wenn ich nur das Privileg hatte, eines von ihnen kennenzulernen. Wir müssen uns um sie kümmern, George, sie sind unsere Familie.

Ärgere Dich bitte nicht, daß ich von Deinen anderen beiden Söhnen weiß. Bereits bevor Colin in unser Leben trat, habe ich von Anfang an über all Deine drei Jungen Bescheid gewußt. Ich glaube, wenn Du darüber nachdenkst, wirst Du akzeptieren, daß ich als Witwe in meiner Position (denk nur an all die Leute, die von meinen Geschäften in den Staaten abhängen) meine Pflicht vernachlässigt hätte, wenn ich nicht soviel wie möglich über Dich herausgefunden hätte, bevor ich Dir mein Leben anvertraute. Schließlich hättest Du ja ein Hochstapler sein können, George! So habe ich mich darangemacht, alles über Dein vergangenes Leben herauszufinden, was mich, das versichere ich Dir, nicht im mindesten überrascht oder schockiert hat. Um die Wahrheit zu sagen, hätte ich es viel erstaunlicher gefunden, wenn ich entdeckt hätte, daß Du bei Deinem Aussehen und Deinem Beruf während Deiner ersten fünfunddreißig Lebensjahre immer ein braver Junge gewesen wärst!

Jetzt zu den Söhnen selbst und dem Grund dieses Briefes. Ich glaube, Du weißt bereits, daß sie in meinem Testament bedacht werden. Du findest es vielleicht eigenartig, daß ich nichts unternommen habe, um Deine Söhne zu uns zu holen, solange ich noch lebte. Nun, ein Grund war, daß ich Dich nicht in Verlegenheit bringen wollte, mein Lieber. Und Du weißt auch, daß ich stets eine gottesfürchtige Frau gewesen bin und das Gefühl hatte, daß der Herr in Seiner Weisheit mit uns tun würde, was Er will und wann Er es will. Ich muß Dir jedoch sagen, daß ich trotzdem versucht habe, Deinen jüngsten Sohn Desmond zu finden. Jetzt liegt es bei Dir, und ich bin mir sicher, daß Du das Richtige tun wirst. Vielleicht, mein liebster George, will der Herr auf diesem Wege erreichen, daß Du Dich Deiner Verantwortung stellst.

Ich bin sicher, daß Colin bei Dir ist, wenn das Testament verlesen wird. Jetzt kann ich Dir auch verraten, daß Desmonds letzter bekannter Aufenthaltsort London war. Ich fürchte, er lebte nicht in den tollsten Verhältnissen, und zu meinem Kummer verschwand er irgendwann 1959 – vier Jahre, bevor ich diesen Brief schrieb –, als ich gerade nach einem Weg suchte, ihm zu helfen. Seitdem sind jedoch die besten Detektive nicht in der Lage gewesen, ihn aufzuspüren. Die Einzelheiten darüber und mit wem Du in Kontakt treten kannst, findest Du als Anhang zum Testament.

Dein mittlerer Sohn, Francis (den übrigens jeder Francey nennt), lebt in Dublin, Irland. Seine gegenwärtige Adresse findest Du ebenfalls beim Testament. Nach allem, was man hört, ist er ein prächtiger junger Mann, George, Du wirst stolz auf ihn sein. Sag ihm das, wenn Du ihn kennenlernst, und sag ihm auch, daß es der alten Jool leid tut, ihn nicht kennengelernt zu haben – vorausgesetzt, er taucht nicht zufällig auf, bevor ich gehe. Welche Freude wäre das für mich!

Jetzt zu Tommy, meinem kleinen Liebling. Was kann ich über ihn sagen? Ich möchte, daß Du diesen Jungen immer beschützt, George. Ich habe ihn finanziell versorgt, aber ich möchte, daß Du Dich auf jede andere Weise um ihn kümmerst. Die Verantwortung eines Großvaters ist genauso ernst wie die eines Vaters.

Tut mir leid, Dir all dies so plötzlich zu eröffnen. Aber falls Du Dich erinnerst, ganz am Anfang, als wir uns kennenlernten, sagte ich zu Dir, daß Du für mich wie ein großes Kind bist. Und vielleicht habe ich deshalb das Gefühl, mich um das Wohlergehen der Jungen und Tommys kümmern zu müssen. Nimm mir das nicht übel, mein Liebling, ich habe Dich geliebt für das Vergnügen, das Du mir bereitet hast. (Lies meinen persönlichen Brief.) Und wie Du im eigentlichen Testament sehen wirst, bist Du gut versorgt.

Ich möchte, daß jeder, der diesen Brief hört, weiß, daß ich Euch alle geliebt habe. Und, Colin, ich bin mir nicht sicher, ob Du je von Deinen Brüdern gehört hast. Ich hoffe, Du bist glücklich mit ihnen, wenn alles so funktioniert, wie ich es erhoffe. Sei gut zu Deinem Dad.

Ihr werdet feststellen, Leute, daß ich noch weitere Briefe hinterlassen habe, einen für jeden von Euch, Fleur, die drei Jungen, meinen allerliebsten Tommy, der mir in meinen letzten Jahren mehr Glück geschenkt hat, als ich mir je hätte vorstellen können. (Ich bin sicher, daß er sich jetzt nicht viel daraus macht, Ihr solltet ihn also für ihn aufbewahren, bis er alt genug ist, um zu verstehen, was er seiner alten Oma bedeutet hat.)

Ich muß schon sagen, daß es ein seltsames Gefühl ist, Briefe zu schreiben, von denen man weiß, daß sie erst gelesen werden, wenn man nicht mehr da ist. Und ich habe beim Verfassen der Briefe hin und wieder eine Träne vergossen. Aber es hat mir auch viel Spaß gemacht, mir die Reaktionen vorzustellen. Gott segne Euch alle. George, ich verbleibe für immer in liebevoller Fürsorge, Zärtlichkeit und Dankbarkeit für die phantastische Zeit, die wir zusammen hatten, Deine Frau, Jool.

»Ich werde jetzt fortfahren mit der Verlesung des Testamentes, falls nicht einer von Ihnen Fragen hat.« Der Anwalt faltete das Briefpapier zusammen und blickte über die Ränder seiner Lesebrille. Unwillkürlich kam Francey in den Sinn, was Hazel fragen würde – *He! Wieviel?* –, und er verspürte den absurden Drang zu kichern. Seltsamerweise hatte er festgestellt, daß er Hazel vermißte, seit er Fleur Mannering kennengelernt hatte. Das ganze Wochenende hatte er vergeblich versucht, sie telefonisch zu erreichen. Er brauchte eine Dosis ihres unverblümten, gesunden Menschenverstandes: Hazel würde es schaffen, den Luftballon der Unwirklichkeit platzen zu lassen, in dem er seit seiner Ankunft in Inverary Manor gefangen war – oder zumindest ein wenig Luft herauszulassen.

Er hatte reichlich Zeit gehabt, nachzudenken, seit George die Bombe hatte platzen lassen, daß er im Testament bedacht worden war. Früh am Morgen waren Colin und seine Frau nach London zurückgekehrt und erst Minuten vor dem Eintreffen des Anwalts zurückgekommen. Sein Vater hatte eine Menge Zeit außer Haus verbracht, wo, wußte Francey nicht. Das Bedürfnis, mit einem Freund zu reden, war dringend geworden, nicht nur über George und Colin und Inverary. Francey sehnte sich danach, seine Gefühle in bezug auf Fleur jemandem anzuvertrauen, und abgesehen von seiner Mutter, die ihn in Anbetracht ihrer eigenen Geschichte wohl verstehen, ihm aber zur Vorsicht raten würde, war Hazel bei weitem die beste. Hazel, das spürte er, würde ihm sagen können, was er tun sollte – oder ob überhaupt Hoffnung für ihn bestand.

Aber jedes Mal, wenn er anrief, ging bei Hazel niemand ans Telefon. Nachdem er von seinem Arbeitgeber, der sich als verständnisvoll herausstellte, einige zusätzliche freie Tage bekommen hatte, und er niemanden hatte, mit dem er reden konnte, außer dem höflichen, aber nicht sehr gesprächigen Hauspersonal, hatte Francey den Großteil des Wochenendes damit verbracht, bei den Ställen herumzulungern, wo man ihm – nicht ohne ungläubige Neckereien der Stallburschen – erlaubt hatte, bei einigen der Arbeiten zu helfen. Mick O'Dowd, der irische Vormann, der, wie sich herausstellte, ein Exjockey Mitte Fünfzig war und aus Newbridge im County Kildare stammte, hatte sich unerwartet als seine Rettung erwiesen: Der unerschöpfliche Vorrat des kleinen Mannes an Pferdegeschichten war faszinierend und lenkte Francey von seinen eigenen Problemen ab.

»Keine Fragen?« wollte der Anwalt erneut wissen.

Francey riskierte einen Blick über die Schulter auf seinen Vater. Georges Gesichtsausdruck war so reumütig, daß es schon ans Komische grenzte. Francey war nach Lachen zumute. Wenn man Mrs. Gallahers religiöse Natur bedachte, konnte man die ganze Situation als einen von Gottes kleinen Scherzen betrachten. Während er beobachtete, wie der Anwalt das Testament auf der Glasoberfläche vor sich glattstrich, fragte er sich, was seine Mutter sagen würde.

Noch lustiger war, was man in Lahersheen sagen würde.

Francey konnte sich nur zu gut vorstellen, wie Gerüchte über ihn aufkamen, wenn das bekannt wurde. Wenn man berücksichtigte, wie das in Lahersheen und Béara so funktionierte, dachte er, wußten viele Leute dort wahrscheinlich längst mehr als er selbst.

Der Anwalt begann vorzulesen, und Francey konzentrierte sich auf die trockenen Formulierungen des Dokumentes. Es ergab für ihn nicht viel Sinn, weil nach dem geschäftlichen und dem Wohltätigkeitsteil und etlichen Vermächtnissen an sie alle – Francey war beispielsweise der neue Besitzer eines von Mrs. Dill Smith Gallahers Gemälden – die Rede war nicht von Pfund, Schilling und Pence oder Dollar, sondern von Prozentsätzen.

Er bekam aber mit, daß, wenn dies eine Lotterie wäre, Tommy Mannering der Hauptgewinner war. Ihm wurden Haus, Gut und alles, was zu Inverarys Manor gehörte, übereignet, sowie der Hauptanteil am Vermögen seiner Großmutter in Aktien, Obligationen und Wertpapieren. Dies erhielt er allerdings erst nach Georges Tod. Zeit seines Lebens sollte George aus Tommys Portefeuille ein beträchtliches Einkommen beziehen sowie Wohnrecht im Manor haben.

Tommys Mutter Fleur Mannering sollte Nutznießerin eines zweiten, separaten Portefeuilles sein, das im Falle ihres Todes an ihren Sohn fiel. Außerdem sollte sie Jools beträchtliche, wertvolle Schmucksammlung erhalten.

Unter Georges drei Söhnen sollte der restliche Nachlaß, der verkauft und von Testamentsvollstreckern angelegt werden sollte, gleichmäßig verteilt werden. Bis Tommy Mannering fünfundzwanzig wurde, sollten sie jährlich das Einkommen aus ihrem Vermögen ausbezahlt bekommen, danach durften sie nach Wunsch über das Kapital verfügen.

Darauf folgte eine komplizierte Kombination von Wenns, Jedochs und Wohingegens, der Francey nicht folgen konnte, obwohl er begriff, daß es sich um Sicherungen für den Fall handelte, daß einer von ihnen starb, bevor Tommy fünfundzwanzig war, daß Dessie nicht gefunden werden konnte oder einer von ihnen verrückt oder kriminell wurde.

Aber als der Anwalt Jools Namen vorlas, die Namen der Zeugen, der Testamentsvollstrecker und das Datum, an dem das Testament aufgesetzt worden war, erregte Francey nicht das Geld, sondern das Wissen, daß er, weil sie jetzt nicht nur durch die Blutsverwandtschaft, sondern auch durch Geld und Vereinbarungen über Geld als eine Familie miteinander verbunden waren, weitere Gelegenheiten haben würde, Fleur Mannering zu treffen.

Als Solomons dann beschrieb, was in den Appendizes und Kodizillen einschließlich einer separaten Klausel, nach der Geld zum Unterhalt des Hauses angelegt worden war, stand, hatte er das Gefühl, er sollte nicht an die Frau seines Halbbruders denken, sondern an Dessie. Im Vergleich zu den entschlossenen Bemühungen der unbekannten alten Frau, seinen Halbbruder zu finden, waren seine eigenen so halbherzig gewesen, daß man darüber nur spotten konnte. Jetzt, da ihm Mrs. Dill Smith Gallaher geeignete Hinweise gegeben hatte, würde er sich ernsthaft darum bemühen müssen.

»Ich habe eine Frage.« Colins Stimme durchbrach das Rascheln der Papiere des Anwalts, der sie in ihren Ordner zurücklegte.

»Gewiß.« Solomons schraubte die Kappe seines Füllfederhalters ab, als wollte er sich Notizen machen.

»Es tut mir leid, so unverblümt zu sein, aber haben Sie eine Ahnung ...« Colins Stimme klang entschuldigend, »könnten Sie uns sagen, wieviel das für jeden von uns bedeutet?«

»Darauf bin ich vorbereitet.« Der Anwalt nahm einen Schreibblock aus der Aktentasche zu seinen Füßen. »Da zunächst eine Anzahl finanzieller Transaktionen zu erfolgen hat, wird es noch eine Weile dauern, bis die exakte Summe feststeht – und natürlich muß das Testament vor Gericht bestätigt werden. Aber Mrs. Dill Smith Gallaher und ich haben einige grobe – ich betone *sehr* grobe – Berechnungen angestellt, und die Zahlen hängen natürlich von den Wechselkursen zu der Zeit, wenn das Geld frei wird, ab. Ich möchte auch betonen, daß in der Zwischenzeit Vorsorge getroffen worden ist, um mit einem gesonderten Bankkonto die Bedürfnisse aller Erben zu befriedigen, bis das Testament bestätigt ist. Ich habe alle Dokumente bei mir.

Bei den gegenwärtigen Wechselkursen«, Solomons zog seinen Block zu Rate, »und wenn man von mäßigen Einnahmen ausgeht, wird Mr. Gallaher ein Einkommen aus Investitionen in Höhe von rund sechs Millionen Pfund Sterling erhalten, das jährlich zwischen sieben- und neunhunderttausend betragen wird. Mrs. Fleur Mannering erhält das Einkommen aus einem Investmentfonds in Höhe von 1,3 Millionen Pfund, das mindestens zweihunderttausend Pfund im Jahr erbringen sollte. Und die Summe, die zugunsten von Mr. Gallahers drei Söhnen aufgeteilt und angelegt werden soll, wird sich etwa in der Höhe von 8,4 Millionen Pfund bewegen und jährlich eine Million Ertrag abwerfen oder eine Drittel Million für jeden. Und ich möchte Sie daran erinnern, Mr. Mannering, daß Sie, sobald Ihr Sohn fünfundzwanzig ist, Zugriff auf Ihren Anteil des Kapitels haben werden, der, wenn alles gutgeht, mindestens 2,6 Millionen Pfund beträgt.«

Bei Ledbetters verdiente Francey im Augenblick nur etwas über vierhundertzwanzig Pfund im Jahr.

»Beruhig dich, beruhig dich, um Himmels willen ...« Hazels aufgebrachte Stimme kam und ging von weit her. »Ich kann nicht verstehen, was du mir sagen willst, Francey. Von wo rufst du an? Du hörst dich an, als wärst du in der Äußeren Mongolei.«

Es war später am Nachmittag; seit er die Neuigkeiten erfahren hatte, versuchte Francey fast ununterbrochen, sie zu erreichen, und war schließlich durchgekommen. »Da könnte ich auch gut sein«, schnatterte er drauflos. »Ich bin in einem kleinen Ort auf dem Lande in England. Ich habe ihn gefunden, Hazel, und du wirst es nicht glauben, was passiert ist –«

»Stell mich auf die Probe.«

»Ich werde Millionär.«

Angesichts des Schweigens, mit dem diese Enthüllung begrüßt wurde, hob Francey die Stimme: »Bist du noch da, Hazel? Hazel, um Himmels willen, bist du noch da?«

»Ich bin da.« Hazels Stimme wurde streng. »Hast du getrunken, Francey?«

»Nein.« Francey schrie jetzt. »Um Gottes willen – es ist wahr. Ich werde Millionär. Es steht im Testament von George Gallahers Frau. Sie ist gestorben. Hazel, was soll ich tun?«

»Hör mal, welche Nummer hast du da?« Selbst aus der Entfernung konnte Francey die Irritation in Hazels Stimme hören. »Ich rufe dich zurück.«

Verzweifelt suchte er nach irgendeinem Hinweis auf die Telefonnummer des Herrenhauses. »Ich kann sie nicht finden«, sagte er. »Ich rufe dich aus meinem Schlafzimmer an. Die Nummer steht nicht auf dem Apparat.«

»Gut, dann leg auf und ruf mich zurück. Die Verbindung ist schrecklich, ich kann nicht richtig verstehen, was du sagst, und was du sagst, ergibt sowieso keinen Sinn.« Die Verbindung brach ab.

Im Laufe der vorhergehenden Stunden war seine Freude über die Situation, in die er hineinkatapultiert worden war, verflogen, statt dessen hatte sich eine unerklärliche Panik und Verwirrung breitgemacht. Er hatte das Gefühl, er sollte sich über sein Glück freuen, aber auch, als sei ihm der Boden unter den Füßen weggezogen worden.

Die Mannerings waren direkt nach dem Anwalt nach London aufgebrochen, er und sein Vater waren zurückgeblieben, nur mit dem Personal als Gesellschaft. George, der gemurmelt hatte, er müsse sich um etwas Geschäftliches kümmern, war in einem anderen Teil des Hauses abgetaucht und hatte Francey sich selbst überlassen. Er wußte nicht einmal, ob er zum Abendessen erscheinen sollte.

Bevor er den Hörer wieder aufnahm, lief er im Schlafzimmer auf und ab und versuchte sich zu beruhigen. Die Stille steigerte nur sein Gefühl der Isolation, und er wünschte sich, seine Füße würden auf dem dicken Teppich ein Geräusch machen.

Als er Hazel erreichte, hatte er es geschafft, wenigstens einen Anschein von Beherrschung in seine Stimme zu legen. »Es stimmt, Hazel, es ist wirklich wahr«, sagte er als Antwort auf ihre wütende Frage, was denn eigentlich los sei. »Mir ist eine Riesensumme Geld hinterlassen worden. Aber es ist ein bißchen kompliziert. Ich kann es noch nicht ausgeben. Zumindest die Millionen kann ich noch nicht ausgeben. Aber in der Zwischenzeit bekomme ich eine Riesendosis davon jedes Jahr als Einkommen.«

»Sag mir noch einmal, wieviel.« Francey sagte es ihr. »Das ist phantastisch«, erwiderte sie, aber in seinen Ohren klang das noch immer zweifelnd, und erst etwa eine Viertelstunde später schien sie überzeugt zu sein, daß ihm nicht das Blut zu Kopfe gestiegen war. »In Ordnung, fang am Anfang an, als du dorthin gekommen bist«, befahl sie.

Francey gehorchte, nannte die Namen der Familienmitglieder, ging aber über ihre komplizierten Beziehungen zueinander hinweg und konzentrierte sich statt dessen darauf, die Extravaganzen des außergewöhnlichen Hauses, die zahlreichen Dienstboten, den Luxus, das Essen, die Ställe und das kleine Wunderland im Wald zu beschreiben. Hazel hörte schweigend zu, und als er endlich zum Ende kam, stieß sie einen leisen Pfiff aus. »Da hast du ja ein gutes Geschäft gemacht«, sagte sie. »Hast du es deiner Mutter erzählt?«

»Nein. Du bist die erste, der ich es erzähle. Oh, Hazel, was soll ich tun?«

»Was meinst du damit, was du tun sollst, Dummkopf? Du wirst dich für den Rest deines Lebens großartig amüsieren – das wirst du tun.«

»Aber es ist so viel – und, Hazel?«

»Was ist?« Ihre Stimme wurde schärfer, und Francey wußte, daß sie seinen veränderten Tonfall bemerkt hatte. Er wollte ihr gerade die Sache mit Fleur Mannering anvertrauen, aber der Mut verließ ihn. »Francey?« Sie hob die Stimme ein wenig. »Bist du noch da?«

»Ja. Ich kann es nicht abwarten, hier rauszukommen«, platzte er heraus und wußte, es war nur die halbe Wahrheit.

»Wann kommst du zurück?« Hazel hatte sich offensichtlich entschlossen, dem nicht nachzugehen, was er ihr hatte sagen wollen, und dafür war er ihr dankbar. »Wahrscheinlich morgen«, sagte er. »Ich muß bei meiner Arbeit anrufen. Sie denken sonst, ich sei verlorengegangen.«

»Du kannst ihnen sagen, sie sollen dich am Arsch lecken.« Hazel war wieder ganz sie selbst – ätzend sarkastisch.

»Oh, das würde ich nie sagen –«, begann Francey, dann hielt er inne. Bis jetzt war ihm der Gedanke noch gar nicht gekommen, daß er nicht zu Ledbetters zurückkehren mußte, wenn er nicht wollte.

»Also, ruf an, wenn du nach Hause kommst, und wir quatschen über alles«, sagte Hazel forsch, »in Ordnung?«

»Danke. Oh, ich habe ganz vergessen, dich zu fragen, wie geht es dir?«

»Oh, ich habe nicht vor, an den Olympischen Spielen in Rom teilzunehmen, falls du das meinst.«

»Gut.« Francey war froh, daß er sie erreicht hatte. Er fühlte sich besänftigt. »Hast du keine Schmerzen mehr?«

»Mir geht's gut, wirklich. Die Rippen sind vollkommen in Ordnung, und letzten Freitag ist der Gips von meinen Armen runtergekommen. Du kannst dir nicht vorstellen, was das für eine Erleichterung war! Jetzt trage ich nur noch elastische Bandagen und kann die Arme sehr gut bewegen.«

»Das ist toll, Hazel. Ich besuche dich, sobald ich kann«, versprach er.

»Sag es mir noch einmal«, er konnte hören, wie sie tief Luft holte, bevor sie fortfuhr, »du bist tatsächlich ein Millionär? Das ist kein dreckiger Witz aus West Cork?«

Er wußte, daß er sie jetzt überzeugt hatte, und Francey begann seine »mißliche Lage« zu genießen. »Nein«, erwiderte er, »es ist wahr – mein Gott, ich kann es gar nicht glauben«, fügte er staunend hinzu.

»Du nicht.« Hazel lachte. »Es steht dir zu, Francey Sullivan! Bring uns eine Packung Spangles mit – du kannst sie dir leisten!« Die Rollen Fruchtdrops, die man in der Republik nicht kaufen konnte, wurden immer als Souvenir von einer Reise nach Nordirland oder Großbritannien mitgebracht.

Francey lachte. »Im Augenblick habe ich vier Pfund und etwas in der Tasche.«

»In dem Fall mußt du zwei Packungen mitbringen! Hör zu«, fügte sie hinzu, »ist das nicht Klasse? Wir beide sind jetzt dran.« Sie kicherte. »Wenn demnächst meine Abfindung durchkommt, sollten wir beide auf Weltreise gehen.«

»Tschüs, Hazel.« Francey legte den Hörer auf und ging zum Fenster. Wenig hatte sich dort draußen verändert: Die makellosen, wogenden Felder lagen unter einer Decke von Nebel; der Himmel darüber war grau. Er spielte mit dem Gedanken, in das Zauberkönigreich, das Georges Frau für Tommy Mannering geschaffen hatte, zurückzukehren, aber vom Fenster aus erschienen die Bäume am Waldrand jetzt düster und wenig einladend.

Er entdeckte, daß er hungrig war; er war zu nervös gewesen, um zum Frühstück viel zu essen, und seit der Testamentseröffnung war er in seinem Schlafzimmer gewesen und hatte versucht, mit Hazel zu telefonieren.

»Du bist sehr still, Fleur.«

»Ja.« Um jedes weitere Gespräch zu unterbinden, reagierte Fleur nicht einmal mit einem Blick in Richtung Fahrersitz. Außerdem war der MG, da er so tief lag, bei dieser Geschwindigkeit laut, und sie war nicht geneigt, Energie zu verschwenden, indem sie die Stimme hob.

Fleur verachtete Schwäche und hatte noch nie einen Mann kennengelernt, bei dem dies kein krasser Fehler war. Was Colin betraf, so hatte sie noch nie weniger Achtung für ihn gehabt als während der letzten Tage, als sie beobachtet hatte, wie er um seinen neuen Halbbruder herumscharwenzelt war. Colins Bereitschaft zu gefallen und die damit einhergehende Angst vor dem Gegenteil hatten Dimensionen angenommen, die er bisher noch nicht erreicht hatte.

Obwohl sie sich anfänglich bemüht hatte, eine angemessene Zärtlichkeit für Colin zu entwickeln, hatte niemand außer Tommy je Fleurs Herz besessen. Ihre gewohnheitsmäßige Zurückhaltung und ihre Selbstsicherheit hatte sie ihr ganzes Leben lang so gepflegt, daß sie unverletzlich geworden war. Wenn die Bedürfnisse ihres Sohnes sowohl jetzt als auch in der Zukunft nicht so dringend wären, hätte sie ihrem Mann schon vor langer Zeit liebend gerne den Rücken gekehrt.

»Worüber denkst du nach?« Als er ihren Oberschenkel berührte, um ihre Aufmerksamkeit zu erregen, wandte sie den Kopf zum Beifahrerfenster und verbat sich somit jede Vertraulichkeit.

»Ich denke über den Lärm in diesem Auto nach«, sagte sie, und dies entsprach zum Teil der Wahrheit. Sie sah ihr eigenes Spiegelbild in dem Glas und versuchte sich vorzustellen, was in der kalten englischen Winternacht dahinter lag.

»Oh, Fleur, du weißt doch, wie sehr ich es liebe –«

»Ja, ich weiß, wie du dein Auto liebst. Aber du hast mich gefragt, worüber ich nachdenke.«

»Was ist los?« Colins Stimme klang vorwurfsvoll. »Hast du dich über mich geärgert?«

»Warum sollte ich mich geärgert haben? Ich bin müde.« Fleur lehnte sich in ihrem Sitz zurück und schloß die Augen, als wolle sie schlafen.

»Wegen dem, was mit dem Testament geschehen ist?« Erneut berührte Colin sie.

Fleur stellte fest, daß sie nicht gelogen hatte, als sie sagte, sie sei müde. Ihre Müdigkeit war jedoch nicht körperlich, sondern betraf ihr Gefühl. Sie konnte es nicht erwarten, in die Wärme ihrer Wohnung, den Komfort ihres Boudoirs und in ihre eigene Gesellschaft zurückzukehren. »Ich finde, deine Stiefmutter war äußerst großzügig«, sagte sie.

»Ja, das war sie.« Obwohl Fleur die Augen geschlossen gehalten hatte, weigerte Colin sich, den Hinweis zu verstehen, und war auf ein Schwätzchen aus. »Allerdings ist da Francey«, sagte er, »und jetzt auch noch dieser neue Bursche, Dessie.«

»Vor einer Stunde war die Zeit, um das zu diskutieren, Colin, mit deinem Vater oder mit Francey selbst.« Fleur hoffte, ihr Tonfall würde ihn entmutigen. »Das hat nichts mit mir zu tun. Ich würde gerne schlafen, falls du nichts dagegen hast.«

»Tut mir leid, aber ich hoffe sehr, daß du nicht verärgert bist.« Colin versank in gnädiges Schweigen.

Da Fleur bewußt war, daß Colin keine Ahnung hatte, wie sehr er sie abstieß, wünschte sie sich, sie könnte die Auseinandersetzung suchen. Sie war es jedoch gewöhnt, stets auf ihre Ziele, und seien sie noch so entfernt, zuzuarbeiten, und wenn sie nur den Regeln und Schachzügen folgte, die sie einen Schritt weiterbrachten, so mußte sie ruhig bleiben. Wegen dieser langfristigen Ziele achtete sie darauf, ihre Verachtung für Colin nicht zu zeigen. Zu Hause war sie weniger vorsichtig, aber es diente Fleurs Interessen, ihren Mann in dem Glauben zu lassen, daß er der Herr sei und sie das Strandgut, das er gerettet hatte. Wenn sie zusammen ausgingen, trug sie eine Maske der Ängstlichkeit zur Schau, die, wie sie wußte, jedermann zum Narren hielt. Die Engländer waren so unsensibel, so leicht zu täuschen, dachte sie. *Arme Fleur*... Sie konnte das Mitgefühl in ihren Augen, so blaß und rund wie Fischaugen, sehen. Anscheinend war die einzige, die sie nicht zum Narren gehalten hatte, Jool Dill Smith Gallaher gewesen.

Aufgrund des Briefes, der kleinen persönlichen Predigt, die sie zusammen mit ihrem Erbe erhalten hatte, wußte Fleur, daß Jool, zumindest teilweise, durch das schützende Netz der Täuschung, das sie um sich gewoben hatte, gesehen hatte. Der alten Dame schien es jedoch nichts auszumachen, und sie besaß den Takt, es nicht laut zu sagen. Ja, das war eine Persönlichkeit gewesen, für die Fleur Achtung empfunden hatte. Auch wenn der Tod ihrer Stiefschwiegermutter nur ein sanftes Kräuseln auf der glatten Oberfläche von Fleurs Gefühlen hinterlassen hatte und obwohl sie nicht getrauert hatte, so war Jool doch die einzige Person in England, die sie beinahe gemocht hatte, aber natürlich war Georges Frau keine Engländerin gewesen.

Obwohl Jool bereit gewesen war, Leuten nachforschen zu lassen, war sie auch in der Lage gewesen, mit transatlantischem Laissez-faire zu akzeptieren, was auch immer diese Nachforschungen ans Licht des Tages brachten. Nicht wie die Engländer, deren oberflächliche Höflichkeit ein grundlegendes Mißtrauen gegenüber allen, die nicht zu ihnen gehörten, kaschierte. Nach Fleurs Meinung war das englische Klassensystem unnachgiebiger als irgend etwas, das sie in den Kastensystemen des Ostens erlebt hatte.

Bald würde sie fertig sein mit den Engländern. Erfolg im Leben beschränkte sich letztendlich auf den Besitz unabhängiger Mittel. Und eher früher als später würden Fleur und Tommy in der Lage sein, Colin und sein kaltes, nasses Land zu verlassen.

Nachdem er die Küche mutig betreten hatte und die mitfühlende Köchin ihm einen Berg Sandwiches gegeben hatte, verbrachte Francey erneut den Rest des Nachmittags in den Ställen und gewann Ruhe aus der unerschütterlichen Großartigkeit der Shires. Mick O'Dowd und die anderen schienen seine Gegenwart bereitwillig zu akzeptieren. Mick stand auf einem Hocker und demonstrierte, wie die Mähnen und langen Schwänze der Pferde mit Bändern zu festen Zöpfen zusammengeflochten wurden. Dann ließ er ihn mit Tarzan, dem faulsten und genügsamsten der Pferde, allein, um zu sehen, wie er diese Aufgabe bewältigen würde.

Tarzan, dessen Halfter an einem Eisenring in der Betonwand befestigt war, schnaubte die ganze Zeit. Obwohl Francey so groß war, mußte er den Hocker benutzen, damit er die Mähne des Pferdes erreichen konnte, ohne sich anzustrengen. Er versuchte nachzumachen, wie Mick so geschickt das grobe Haar und die bunten Bänder ineinander verflochten hatte, aber schon nach ein paar Minuten konnte er sehen, daß das Ergebnis grauenhaft aussah. Er machte alles wieder auf und begann von neuem. »Jetzt aber, Tarzan«, flüsterte er, lehnte sich auf den Rist des Pferdes und genoß das Gefühl, wie sich die Muskeln unter der Haut des Tieres bewegten. Er warf einen Blick über die Schulter, um sicherzugehen, daß niemand ihm zuhörte, und dann erzählte er dem Pferd, während er arbeitete, von dem geliebten schwarzen Wallach seiner Kindheit und wie er sich mitten in der Nacht hinausschlich, um neben Lightning auf dem Stroh zu schlafen.

Tarzan wieherte, verlagerte sein Gewicht von einem Hinterbein auf das andere und machte weiter sein Nickerchen. »Ich liebe sie.« Francey stieß seine Stirn gegen den Hals des Pferdes, der so stabil war wie ein Brückenbogen. »Ich liebe sie. Ich liebe sie.« Aber Tarzan schlief weiter, und Francey, der sich wie ein Narr fühlte, nahm den Kampf mit den Bändern und dem Haar wieder auf.

Er hatte etwa Dreiviertel der Mähne geschafft, als Mick seinen Kopf über die Halbtür steckte, um den Fortschritt zu begutachten. »Du hast 'nen Pferdearsch draus gemacht, wenn du meinen deftigen Scherz entschuldigst«, sagte er mit einem Grinsen. Er kam herein und stieß Francey beiseite. »Hast selbst was von 'nem Shire, was?« Er sprang auf die oberste Stufe des Hockers und hatte binnen zweier Minuten Franceys gesamte Anstrengungen zunichte gemacht. »Macht nichts«, sagte er und kämmte mit den Fingern durch das grobe Haar, »diese Arbeit machen wir sonst nur zu Vorführungen, und wir tun das nur, um in Übung zu bleiben. Wir verbringen 'ne Menge Zeit mit Pausemachen.« Seine Stimme wurde wehmütig. »Zufällig sind wir gerade dabei, Tee zu kochen. Komm mit und trink 'ne Tasse. Ich glaube, wir haben auch Kuchen.«

Sechs Angestellte schien es im Stall zu geben, die gestaffelte Arbeitszeiten hatten. Die fünf, die heute dran waren, saßen um den verkratzten, abgenutzten Tisch in der großen Sattelkammer, und Francey setzte sich voller Unbehagen als sechster hinzu. Die Unterhaltung kam nur schwer in Gang, und Francey wurde schockartig klar, daß er für Mick und die anderen nicht einer von ihnen war, sondern ein feiner Pinkel. »Erzählt mir von den Pferdevorführungen«, bat er, als sich das Schweigen unendlich auszudehnen schien.

»Weiß nich', ob wir nich' unsere Zeit verschwenden, sie so in Schuß zu halten, meine ich«, fügte Mick hinzu, nachdem er den anderen einen Blick zugeworfen hatte. »Wir wissen nich' mal, ob der Mann die verdammten Pferde überhaupt behalten will, ganz zu schweigen, sie wieder vorzuführen.«

»Oh, da bin ich mir sicher.«

»Glauben Sie?« Ein knochiger Junge mit einem frischen Gesicht, dessen dunkles Haar einen nach Franceys Vorstellung fremdartigen fransigen Schnitt hatte, schaute von seinem Becher hoch. »Wir haben absolut keine Ahnung.« Dann meinte er kühn: »Heute morgen wurde das Testament verlesen?«

»Ja.« Francey sah, daß sich alle Blicke auf sein Gesicht hefteten. »Ich weiß nicht, ob ich sagen darf, was drin steht –«

»Ich habe euch doch gesagt, daß es keinen Zweck hat, zu fragen!« Einer der älteren Männer goß den Rest seines Tees mit Schwung in den Ausguß.

»Halt die Klappe, Wiley!« Mick O'Dowd warf dem Mann einen bösen Blick zu, dann wandte er sich wieder Francey zu. »Wir würden es zu schätzen wissen, Francey, wenn du Mr. Gallaher bitten würdest, uns wissen zu lassen, was passieren soll. Die meisten von uns haben Familie, weißt du.«

Francey sagte ihnen, was er wußte, ließ dabei aber die Geldsummen aus und auch daß noch ein weiterer Sohn zu der seltsamen Mischung gehörte, die Julia Dill Smith Gallahers Sammlung von Erben ausmachte.

»Du meinst, das Anwesen wird nicht verkauft?« Die Erleichterung auf den Gesichtern der Männer war offenkundig.

»Ich glaube nicht«, erwiderte Francey. »Es wird für Tommy treuhänderisch verwaltet, und Mr. Gallaher – mein Vater«, Francey trotzte all ihren Blicken, »soll hier bis zu seinem Lebensende wohnen.«

»Wir haben uns schon gedacht, daß der alte George dein Vater ist, keine Frage.» Mick grinste. »Hier passiert nicht viel, von dem wir nichts wissen. Möchte wetten, daß das 'ne Überraschung war, als du ankamst. Du hast also in Irland vom Tod der alten Dame gehört?« fragte er.

»Nein.« Francey wurde klar, daß auch sie ihn für einen Glücksritter hielten. Er war es langsam satt. »Ich wußte es nicht, ganz ehrlich«, sagte er. »Auf die eine oder andere Weise habe ich mein ganzes Leben lang nach meinem Vater gesucht, aber erst kürzlich erhielt ich die Gelegenheit, etwas zu unternehmen ...«

Niemand reagierte, und Francey wußte, daß sie ihm nicht glaubten. Zu seiner Überraschung stellte er fest, daß ihm das nicht viel ausmachte. Hazel glaubte ihm. Und, was noch wichtiger war, Fleur auch.

»Ist dies auch das erste Mal, daß Sie Ihren Bruder getroffen haben?« Das fragte ein anderer Mann.

Francey beschränkte sich darauf zu nicken, und der ältere Mann starrte ihn an. »Ihr seid euch nicht sehr ähnlich, ihr zwei.«

»Wir haben verschiedene Mütter. Wie ich bereits sagte«, Francey lenkte das Gespräch in ungefährlichere Bahnen, »ich habe nichts Spezielles gehört, aber ich bin mir sicher, daß sie in Sicherheit sind, die Tiere, meine ich. Wenn ihr möchtet, werde ich fragen.«

»Das wäre gut. Wenn der Squire bleibt.« Mick, der sich anscheinend selbst zu überzeugen versuchte, sah sich nach Bestätigung um. »Mr. Gallaher hat die meisten Pferde gekauft, einige auch gezüchtet«, erklärte er Francey. »Der Stall wurde einige Jahre nach dem Haus gebaut. In der Nachbarschaft hieß es dann, dein Vater würde Jagdpferde halten, wie die übrigen feinen Pinkel hier, aber es stellte sich raus, daß wir alle falschlagen. Dein alter Dad bildete sich ein, mit diesen Burschen hier herumzufahren, ist auch ganz geschickt darin, macht er aber nur einmal in heiliger Zeit.«

»Bildete sich ein, ist genau richtig«, murmelte einer der anderen, wurde aber durch einen wütenden Blick von Mick zum Schweigen gebracht.

»Noch Tee?« bot er Francey an. »Und wenn wir fertig sind, zeige ich dir die Wagen, wenn du möchtest.« Während er Francey von der dunkelbraunen Flüssigkeit in den Becher goß, erzählte er eine alte Geschichte über den Stall. »Wir hatten alle was zu lernen, als wir hier anfingen. Wiley hier ist der einzige, der vorher jemals mit schweren Pferden zu tun hatte.«

Wie es ihm häufig passierte, wenn eine Unterhaltung für ihn uninteressant wurde, glitt er in einen Tagtraum hinüber. Eine neue Idee für seine Zukunft keimte, und als die Männer miteinander schwätzten, hing er seinen Gedanken nach, während er den kochendheißen Tee trank.

Am folgenden Tag fuhr Francey nach Dublin zurück. Er widerstand George Gallahers Drängen, nicht das Postboot, sondern das Flugzeug zu nehmen, und entschied sich für die langsamere Route.

»Aber warum, Francey?« George war völlig verwirrt. »Du hast jetzt doch soviel Geld, wie du brauchst. Warum willst du alle diese Mühe auf dich nehmen?«

Francey wußte keine angemessene Antwort. Er fühlte sich außerstande, zu erklären, daß er das Gefühl hatte, solchen Luxus noch nicht zu verdienen. Der Zustand, reich zu sein, war für ihn noch zu neu, um ihn als gegeben hinzunehmen, und da er als sparsamer Mensch erzogen worden war, erschien es ihm als eine Sünde, das Fährticket verfallen zu lassen. »Wie du willst.« George hatte die Schultern gezuckt. »Melde dich, hörst du?«

»Wir müssen uns einmal hinsetzen und richtig unterhalten.« Francey hatte seinem Vater in die Augen geschaut.

»Natürlich, natürlich, alter Junge«, Georges Lächeln war so strahlend und arglos wie eh und je, »wann immer du möchtest. Bißchen viel los im Moment, natürlich, viel zu erledigen ...«

Und so hatte sich Francey, nachdem er versprochen hatte, am nächsten Wochenende anzurufen, auf den langen Weg nach Hause gemacht.

Obwohl ihm die Augen brannten, als er am nächsten Morgen in Dun Laoghaire ankam, war er froh, diese Route gewählt zu haben. Das hatte ihm die Möglichkeit gegeben, nachzudenken und mit dem verwirrenden Sondieren seiner Gefühle und Eindrücke der letzten Tage zu beginnen. So viel war so schnell geschehen, daß sein Kopf, als er und seine Mitpassagiere ausstiegen, noch völlig verwirrt war von Bildern und Gesprächsfetzen. Der Reichtum – was sollte er damit anfangen? Wie sah soviel Geld aus? George: Was empfand er wirklich in bezug auf seinen Vater, der so offensichtlich verantwortungslos, aber dennoch auf seltsame Weise liebenswert war? Und während des Wochenendes, wer hatte da genau was gesagt? Und zu welchem Zeitpunkt? Was noch wichtiger war, warum?

Aber sosehr er auch seinen Verstand strapazierte, immer wieder kam er auf Fleur Mannering. Während der langen Nacht hatte Francey sich bemüht, seiner stürmischen Gefühlsaufwallung für die Frau seines Halbbruders den richtigen Stellenwert zu geben – aber es gelang ihm nicht. Seine Schwärmerei – Liebe, Lust, wie auch immer man es nennen wollte – mochte zerstörerisch, unmoralisch oder schlichtweg unbequem sein, aber Fleur beherrschte jeden seiner wachen Momente. Er ertappte sich dabei, daß er fortwährend ihre Vorzüge auflistete: ihre Schönheit, ihre Stimme, ihre wundervollen Fußgelenke, das rabenschwarze Haar, ihre schmale Taille, die Anmut ihrer Bewegungen; und obwohl er sich zwang, über seine Reichtümer nachzudenken, über George, über die Pferde, über alles andere als die Frau seines Halbbruders, war sein Bauch angespannt vor Liebe. Um sich abzulenken, versuchte er sogar, sich in Zorn hineinzusteigern angesichts von Georges entsetzlichem Zauberkunststück, einfach aus seinem Leben und dem seiner Familie zu verschwinden – aus Colins Leben auch –, aber Herz und Verstand weigerten sich, sich mit etwas anderem als Fleur zu beschäftigen.

Da er während der ganzen Überfahrt nichts gegessen oder getrunken hatte, knurrte Franceys Magen, als sie das Schiff verließen, und er war so müde, daß sein Hals schmerzte. Er schulterte seine Tasche und war sich ausnahmsweise der neugierigen Blicke nicht bewußt. Dann folgte er dem dünnen Strom von Leuten durch den eiskalten Zollschuppen und hinaus in den Morgen, kurz bevor es dämmerte.

Es hatte geregnet, und es würde noch mehr regnen. Das heisere Kreischen der Möwen über dem trüben Wasser nahe des Yachthafens stand in scharfem Kontrast zur Lethargie der Menschen, die den erwachenden Hafen bevölkerten. Eine ältere Dame, so in Schals und Galoschen verpackt, daß kaum ein Zentimeter ihrer Haut sichtbar war, ging mit einem arthritischen Terrier am Meer nahe der Pier spazieren; ein Zug pfiff im nahe gelegenen Bahnhof; einige Autos huschten auf der feuchten

Straße vorüber. Aber für Francey schmeckte die Luft, gewürzt mit Salz und den Gerüchen des Abwassers und der Dieselabgase aus dem Postschiff, wie Manna. Er war zu Hause.

Er machte sich auf den Weg zur Bushaltestelle, dann zögerte er und klopfte auf den Stoff, der die Innentasche seiner Jacke bedeckte. Ausnahmsweise war dort mehr drinnen als ein Taschenbuch. Bevor er abreiste, hatte sein Vater darauf bestanden, ihm tausend Pfund zu geben. Bis jetzt hatte Francey noch keinen Penny davon ausgegeben. Es würde ihm wie die Verletzung einer heiligen Einheit erscheinen. *Eintausend Pfund*: Selbst die Worte klangen exotisch. Francey hätte sich nie träumen lassen, nach so viel Geld zu streben, viel weniger, es in einem Haufen zu besitzen.

Jetzt war er jedoch so müde, daß die Versuchung groß war. Nun komm schon, ermahnte er sich selbst, die Prinzipien der Sparsamkeit, mit denen er großgezogen worden war, waren schön und gut, aber er mußte sich daran gewöhnen, daß er sich ein Taxi leisten konnte. Dann erinnerte er sich daran, daß das Geld in Sterling war, und er mußte doch den Bus nehmen.

Als er bei Ledbetters ankam, trafen die Angestellten gerade ein. Francey wußte, daß der Boß, ein Protestant, der umgänglich war, aber in Kleinigkeiten sehr pingelig sein konnte, stets der erste war und es sich ohne jeden Zweifel bereits bequem gemacht hatte. Da er sich auf einen Anpfiff gefaßt machte, entschloß er sich, es hinter sich zu bringen. Er entledigte sich seiner Reisetasche und machte sich auf dem Weg zu dem kleinen Büro mit Glaswänden hinten im Geschäft. Als er näher kam, sah er den Chef und seine ältliche Sekretärin über dem Hauptbuch in ein Gespräch vertieft.

Als Reaktion auf sein Klopfen fuhren beide Köpfe hoch, und er wurde hereingebeten.

»Nun, Mr. Sullivan, die Heimkehr des verlorenen Sohns!«

Mit Erleichterung sah Francey, daß der Ärger seines Chefs mehr gespielt als echt war. »Es tut mir sehr leid, Mr. Grieve«, sagte er, »aber wie ich Miss Pym am Telefon bereits sagte, ich mußte länger bleiben – wegen Familienangelegenheiten.«

»Mein Beileid zu Ihrem traurigen Verlust.« Der Geschäftsführer, der stolz darauf war, Anteil zu nehmen an den Familienangelegenheiten seiner Angestellten, stand auf und schüttelte Francey über seinen vollgeladenen Schreibtisch hinweg die Hand. »Kam es unerwartet?«

»Ein wenig«, erwiderte Francey, der sich der Ironie bewußt war.

»Die Zeit heilt alle Wunden.« Der Chef setzte sich wieder. »Ich bin froh, die Gelegenheit zu einem Schwätzchen mit Ihnen zu haben. Setzen Sie sich, setzen Sie sich. Würden Sie uns bitte einen Augenblick allein lassen, Miss Pym?«

Die Sekretärin drückte ihm ebenfalls ihr Mitgefühl aus und verließ das Zimmer. Obwohl er schon oft in diesem Büro gewesen war, wurde Francey jetzt zum ersten Mal aufgefordert, sich hinzusetzen. Unbehaglich ließ er sich auf dem Stuhl nieder, den die Sekretärin gerade frei gemacht hatte.

»Sie sind ein guter Mann, Mr. Sullivan«, begann der Geschäftsführer, als die Tür ins Schloß gefallen war. »Alles, was ich über Sie höre, verrät mir, daß Sie ein pünktlicher und harter Arbeiter sind. Ich will nicht lange um die Sache herumreden.« Er stützte die Ellenbogen auf dem Tisch auf, legte die Finger gegeneinander und sah Francey über die Fingerspitzen hinweg an. »Ich möchte, daß Sie in unser neues Geschäft in Santry gehen und Ihnen dort eine Beförderung anbieten. Wie hört sich das an? Natürlich bedeutet das auch eine Gehaltserhöhung. Eine ganz beträchtliche Erhöhung, wenn ich das sagen darf.« Er lächelte und war stolz auf sein Wohlwollen.

Francey war wie vom Donner gerührt, überraschter als über das, was ihm in Inverary Manor widerfahren war. Ledbetters war für ihn nie ein Ort zum Karrieremachen gewesen, mehr eine Übergangslösung, bis sich ihm seine wahre Berufung offenbarte. Der Geschäftsführer hielt seine Verwirrung irrtümlich für Bescheidenheit und lächelte noch strahlender. »Ich weiß, daß dies wahrscheinlich eine Überraschung für Sie ist, Mr. Sullivan, aber ich glaube, in Ihrem Fall ist eine Beförderung nicht nur verdient, sondern lange überfällig.«

»D-danke, Mr. Grieve.« Francey fand die Sprache wieder. »Könnte ich ein oder zwei Tage darüber nachdenken?«

Der Geschäftsführer runzelte die Stirn. »Denken Sie nicht zu lange darüber nach«, er schien ein wenig beleidigt zu sein, »es gibt auch noch andere, wissen Sie, die die Chance, die ich Ihnen biete, beim Schopfe packen würden. Santry ist im Kommen, wissen Sie. Sie fangen ganz unten an, und, wer weiß? Innerhalb sehr kurzer Zeit könnten Sie Abteilungsleiter werden. Vielleicht schon in fünf Jahren ...«

Jetzt, da es ihm als die Chance seines Lebens dargeboten wurde, war Francey der Gedanke, noch länger Bauholz, Eisenwaren und das Innenleben von Zisternen am Hals zu haben, so schrecklich, daß er nicht darüber nachdenken konnte. Aber er war noch nicht bereit, seine in Lahersheen anerzogene Vorsicht über Bord zu werfen und einen guten Job einfach aufzugeben. »Ich weiß, daß ich gerade erst wiedergekommen bin«, er wußte, daß er seine freundliche Begrüßung ausnutzte, »aber ich frage mich, ob ich heute freihaben könnte, Mr. Grieve? Ich bin die ganze Nacht gereist und hundemüde. Ich ziehe das dann vom Jahresurlaub des nächsten Jahres ab«, fügte er schnell hinzu.

»Ich sehe, daß Sie müde sind«, antwortete der Geschäftsführer, »und da das nicht Ihre Gewohnheit ist, nur zu – treffen Sie mit Miss Pym auf dem Weg nach draußen Ihre Vereinbarungen. Aber in der anderen Angelegenheit möchte ich gleich morgen als erstes eine Antwort haben, in Ordnung?«

»Sie haben mein Wort«, versprach Francey, der erleichtert war, sich aus diesem Stuhl erheben zu können.

»Ich muß schon sagen«, meinte der Chef und sah zu ihm auf, »Ihre Einstellung zu meinem Angebot hat mich überrascht. Ich hätte gedacht, Sie würden die Chance beim Schopfe packen. Sind Sie glücklich bei Ledbetters?«

»Sehr«, log Francey. »Ich bin sehr glücklich hier, Mr. Grieve.«

»Ja«, beharrte der Geschäftsführer, »was ist dann das Problem? Liegt es an Santry? Wollen Sie nicht umziehen?«

»Es ist nur, daß ich einfach zu müde bin, um jetzt über irgend etwas nachzudenken.«

»Morgen also?«

»Ganz bestimmt.«

Als er seine Tasche holte und seine schmerzenden Beine in Richtung Wohnung in der Berkeley Road bewegte, versprach Francey sich, nach einem guten Schlaf alle Probleme auf einmal anzugehen.

Aber später, als er in seinem klumpigen Bett in den Schlaf sank, hörte er ein schwaches Echo von Hazels Gelächter, als sie ihn wegen seines Dilemmas veräppelte: »Du hast vielleicht Probleme, Dummkopf ...«

Hazel hatte Neary's in der Chatham Street zu ihrem Treffpunkt bestimmt, und Francey, der zu früh gekommen war, bestellte sich ein Pint Guinness. Dienstag war ein ruhiger Abend, viele der Sitze auf der Polsterbank und der Stühle an den Seitentischen waren nicht besetzt, aber eine Reihe mürrischer Männer saß auf Hockern an der Theke. Weil viele der Kunden auffallender gekleidet waren, als es üblich war, vermutete Francey, daß Neary's eine Kneipe war, die häufig von Leuten besucht wurde, die wie Hazel aus der Welt des Showbusineß stammten.

Zwanzig Minuten später erschien sie in einem Wirbel von leopardenfellgemusterten und schwarzen Volants. Er bemerkte, als sie auf dem Weg zu ihm war, daß sie es trotz der Bandagen um ihre Arme geschafft hatte, nicht nur ihr übliches Augen-Make-up, sondern auch die falschen Wimpern anzulegen und ihre Nägel knallrot zu lackieren. »Puh!« Sie ließ sich neben Francey plumpsen. »Das verdammte Taxi kam wie üblich zu spät.« Zu ihrem schwarz-leopardenfell-gemusterten Outfit trug sie schwarze Strümpfe und hochhackige Slingpumps, die ihre wunderbaren Beine betonten. »Merk dir das«, fuhr sie fort, »halbkaputt zu sein, bringt nichts.« Voller Abscheu warf sie einen Blick auf die Bandagen, dann lächelte sie Francey an. »Ist schon in Ordnung, ich bin wieder zu Kräften gekommen. Nun ja, beinahe. Sei besser vorsichtig. Der Physiotherapeut sagt, ich hätte tolles Heilfleisch – kommt vom guten Leben! Diese Hände sind jetzt als tödliche Waffen registriert!«

Sie machte ein wenig Schattenboxen mit beiden Fäusten, und Francey bemerkte, daß ihr Lächeln wiederhergestellt war, und es war so gut wie unmöglich, die Krone von ihren echten Zähnen zu unterscheiden. Seit er sie zuletzt gesehen hatte, hatte sie ihr Haar auch wieder blondieren lassen; sie sah blendend aus, und er war überrascht, welche tiefe Freude er empfand, sie zu sehen.

»Du siehst phantastisch aus«, sagte er und meinte es auch so. »Wie fühlst du dich, im allgemeinen, meine ich?«

»Ich japse nach Luft!« Um ihre kajalumränderten Augen kräuselten sich Fältchen.

»Entschuldigung, was möchtest du haben?« Francey lächelte zurück.

»Mußt du da noch fragen, Dummkopf?« Sie boxte ihn in die Rippen. »So viel, wie du jetzt wert bist, nehme ich natürlich einen Brandy – einen doppelten!«

Als er zur Theke ging, um zu bestellen, dachte Francey darüber nach, daß auf der Welt alles munter und in bester Ordnung war. Er hatte keinen Zweifel, daß Hazel ihn in die richtige Richtung steuern würde. Er konnte auch das Geld genießen. Er war rechtzeitig aufgewacht, um die Sterling in einer Bank gegen irische Währung einzutauschen, und jetzt, da das Geld, das George ihm aufgenötigt hatte, die vertrauten Farben der großen irischen Banknoten hatte, erschien es nicht nur greifbar, sondern wirklich. Francey genoß es, wie der Barmann, der angesichts der Zwanzigpfundnote die Luft durch die Zähne einsog, sie gegen das Licht hielt, um zu prüfen, ob sie echt war, und gleichzeitig zweifelnde Geräusche machte, ob er genug Kleingeld habe. Reich zu sein, konnte einem leicht zu Kopfe steigen, dachte Francey glücklich.

Er brachte den Brandy und ein weiteres Pint für sich zurück zum Tisch, und als er sich hinsetzte, ließ er zwei Packungen Spangels neben Hazels Cognacschwenker gleiten. »He, ich habe doch nur einen Scherz gemacht«, lachte sie. »Das habe ich nicht ernst gemeint.«

»Das weiß ich. Aber ich habe dir auch noch was anderes mitgebracht.« Francey griff in seine Tasche, auf diesen Augenblick hatte er sich gefreut. »'ne Art Genesungsgeschenk«, fügte er hinzu, »und auch, um dir für all deine Hilfe zu danken, meinen Vater zu finden.«

»Welche Hilfe?« Hazel schaute völlig verdutzt auf das kleine Kästchen von Weir's, das er neben die Süßigkeiten legte.

»Du weißt schon.«

»Weir's?« Sie nahm das Kästchen in die Hand. »Hast du den Verstand verloren, Francey?«

Weir's war der exklusivste Juwelier Dublins. Francey war erst einmal zuvor dort gewesen; am ersten Weihnachten als Angestellter hatte er dort ein Geschenk für seine Mutter gesucht. Er war wieder aus dem Geschäft gerannt, sobald er die Preise an der Ware gesehen hatte, aber es war stets sein Wunsch gewesen, es wieder zu besuchen: Es bedeutete Reichtum und Sicherheit. Als er heute dort vorüberging, war ihm in den Sinn gekommen, daß er es sich jetzt leisten konnte, dort einzukaufen. »Warum öffnest du es nicht?« Er klopfte auf das Schächtelchen in Hazels Hand.

»O mein Gott!« Ausnahmsweise sprachlos, starrte Hazel die kleine Schmetterlingsbrosche an, die auf ihrer Hand glitzerte.

»Das ist Markasit und Email«, erklärte Francey. »Der Mann sagte, es würde ein Leben lang halten.«

»Warum tust du das, Francey?« Zu seiner Bestürzung standen Tränen in Hazels Augen.

»Weil ich es wollte – em – Dummkopf!« Aus Angst, daß sie anfangen würde zu schluchzen und sie beide bloßstellen würde, versuchte Francey, das Ganze auf die leichte Schulter zu nehmen. Das lief nicht so, wie er es geplant hatte.

»Niemand hat mir je solch ein Geschenk gemacht.« Sie schien von dem kleinen Gegenstand auf ihrer Hand wie versteinert.

»Das wage ich zu bezweifeln! Verlier mal nicht die Beherrschung, Hazel, so toll ist das auch nicht, es ist nur ein Andenken.« Aber bevor er wußte, wie ihm geschah, hatte sie ihm die Arme um den Hals geworfen. Sie hatte nicht gelogen, als sie sagte, daß sie ihre alte Kraft wiedergewonnen hätte. Trotz ihrer Verletzungen hatte sie einen Griff wie Stahl. Einen Augenblick später drückte auch er sie, wobei ihm bewußt war, daß sie jetzt im Mittelpunkt des Interesses in der kleinen Bar standen.

»He, Hazel, wer ist dieser neue Jekyll?« Franceys schlimmste Befürchtungen bestätigten sich, als ein Betrunkener an der Theke auf seinem Hocker herumschwankte und in ihre Richtung stierte.

»Halt die Klappe, du.« Hazel machte sich los und starrte den Mann an. »Wenn ich nicht behindert wäre, käme ich rüber und würde dir deine blöde Rübe runterschlagen!«

»Uh, was für 'n Temperament! Geht doch nichts über 'ne läufige Hündin!« Der junge Mann, der gut ausgesehen hatte, bevor er zum Gewohnheitstrinker wurde und seine Gesichtszüge schlaff herabhingen, beschrieb mit seiner freien Hand unsicher einen Kreis in der Luft.

»Wann hast du ihn denn das letzte Mal hochbekommen, du Syphilissack?« Hazel schlug auf den Tisch, daß die Gläser sprangen, und erhob sich halb von ihrem Platz.

»Aber, aber, Hazel!« Der Barmann hinter der Theke griff ein. »Setz dich hin und paß auf, was du sagst. Und du trink mal wie ein guter Junge aus, Larry«, wandte er sich an den Betrunkenen. »Du hast genug gehabt für einen Abend.«

»Komm, Francey.« Hazel kämpfte sich hoch und griff nach ihrer Handtasche. »Hier drinnen stinkt's. Wir gehen jetzt wohin, wo man in Frieden etwas trinken kann.« Als sie an dem Betrunkenen vorbeisegelte, dachte Francey, daß sie ihm einen Schwinger verpassen würde, aber zu seiner Erleichterung hielt sie den Kopf hoch und schaute nur auf die Tür. Ihm war es so peinlich, daß er nicht wußte, wo er hinschauen sollte, und er folgte ihr nach draußen.

»Was ist in dich gefahren, Hazel? War das nicht ein bißchen heftig?« fragte er, als sie in der Chatham Street standen.

»Ich kenne diese Pestbeule«, platzte Hazel heraus. »Es ist meine Schuld, ich hätte dich nicht zu Neary's bringen sollen – ich hätte wissen müssen, daß er dort an der Theke herumlungert. Komm mit, wir gehen um die Ecke zu Sinnott's.«

»Was macht er denn?« Francey, der seine Schritte Hazels kürzeren anpaßte, als sie auf St. Stephens Green zugingen, war neugierig, was der Grund für ihren Ausbruch war, der in keinem Verhältnis zur Beleidigung zu stehen schien.

»So wenig wie möglich«, entgegnete sie. »Oh, er hängt bei den Showbands herum«, lenkte sie ein, »fährt, macht ein bißchen Soundkram, Roadie-Arbeit, diese Sachen.«

»Aber was hast du gegen ihn? Ich weiß, er war unhöflich, aber was hat er dir je getan?«

»Davon kann er doch nur träumen!« murmelte Hazel leise, und Francey entschied, daß es klüger sei, nicht weiterzuforschen.

Nachdem sie im Sinnott's einen Drink genommen hatten, wechselten sie ins Byrne's, dann in den Old Stand, und schließlich, auf Hazels Vorschlag hin, gingen sie ein paar Meter die Andrew Street hinunter ins Trocadero Restaurant zum Essen. »Das wär doch was, Francey, da wir feiern und du zahlst!«

Als der Oberkellner, der Hazel umarmte, als sei sie eine langverlorene Tochter, sie zu ihrem Tisch führte, dachte Francey, daß dieser Abend ein Bildungserlebnis für ihn war. Sein gesellschaftliches Leben in Dublin hatte sich bis jetzt auf eine Zahl düsterer Kneipen beschränkt, und die Reihe lustiger Treffpunkte, die sie besucht hatten, war für ihn eine Offenbarung gewesen. Obwohl es noch so früh in der Woche war, summte das kerzenerleuchtete Trocadero mit seinen roten Wänden voller Fotografien berühmter Gäste vor Leben und Gesprächen. Am Ende der Mahlzeit hatte Francey, angeheitert vom Trinken und Essen, das Gefühl, alles auf der Welt tun zu können.

Obwohl er und Hazel über Pläne für seine Zukunft gequatscht hatten – viele davon völlig unsinnig –, hatte er bis jetzt noch nicht die Gelegenheit gefunden, auf das Thema zu kommen, das ihm auf dem Herzen lag. Als er jetzt das letzte Stück geschmorter Zwiebel auf das letzte Stück Steak spießte, warf er einen Blick auf seine Begleiterin. Es ist schon seltsam, wie das Leben spielte, dachte er. Wenn er Fleur Mannering nicht getroffen hätte, würde er jetzt vielleicht seiner anfänglichen Zuneigung zu Hazel folgen. Das Licht der Kerze zwischen ihnen warf von dem Schmetterling, den sie hoch oben auf die Schulter ihres schwarzen Kleides gesteckt hatte, winzige Lichtreflexe auf ihr Gesicht; es milderte auch die Schattierung ihres blonden Haares und vergrößerte ihre aufsehenerregenden Augen, in denen sich, wie er jetzt sah, die Farben der kleinen Brosche spiegelten. »Was ist denn?« fragte sie und verblüffte ihn. Sie tat das häufig, ihn bei etwas erwischen, das sie nicht wissen sollte.

»Was meinst du?« Er spielte auf Zeit.

»An was denkst du? Es hat mit etwas anderem zu tun, das dir in England passiert ist, nicht wahr? Du wolltest mir am Telefon etwas sagen, nicht wahr, etwas, das nichts mit dem Geld zu tun hat?«

Francey wich aus, erzählte ihr ein wenig, wie er reagiert hatte, als er zum ersten Mal seinem Vater begegnete. »Aber wir hatten keine Gelegenheit, uns richtig zu unterhalten. Er sagte, wir würden das noch tun.«

Dann wurde Hazel von einem anderen Burschen abgelenkt, der das Restaurant verließ und an ihrem Tisch stehenblieb, um auf Wiedersehen zu sagen. Sie schien nicht nur den Besitzer und alle Kellner zu kennen, sondern auch die meisten Gäste.

»Also?« Als sie den Freund weggeschickt hatte, wandte sie sich wieder ihm zu.

»Kennst du jeden in Dublin?« Francey spielte weiter auf Zeit.

»Natürlich nicht«, grinste sie, »aber das Showbusineß ist ein enger Kreis, und alle Lokale, in denen wir heute waren, gehören zu unseren Lieblingsplätzen.« Als sie an ihrem Wein nippte, wurde ihr Gesichtsausdruck ernst. »Nun komm schon, Francey, raus damit. Und nichts über einen gewissen G. Gallaher.«

»Ich habe jemanden kennengelernt«, platzte Francey nach einer kurzen Pause heraus.

»Das habe ich mir doch gedacht.« Hazel senkte den Blick auf ihren Wein. »Nun komm schon«, sagte sie, ließ die rote Flüssigkeit kreisen und betrachtete die Bewegung eingehend, als könne sie deren Bedeutung lesen, »erzähl mir alle schaurigen Einzelheiten.«

»Sie ist schön.« Francey merkte, daß er nicht weiterreden konnte.

»Sind sie das nicht alle?« Hazels Ton paßte nicht zu ihren Worten. Sie blickte auf. »Was ist denn das Problem, Francey?«

»Woher weißt du, daß es ein Problem gibt?« Francey war verblüfft.

»Wenn es keines gäbe, hättest du nicht aufgehört, mir ihre anatomischen Einzelheiten zu schildern. Hast du was dagegen, wenn wir noch eine Flasche trinken?« Sie ergriff die leere Flasche vor ihr, drehte sich auf ihrem Stuhl um und hielt sie hoch, so daß einer der Kellner sie sehen konnte. »Mach weiter.« Wieder zu Francey gewandt, trank sie ihr Glas in einem Zug aus.

»Ich weiß nicht, wo ich anfangen soll.«

»Fang damit an, wie du sie das erste Mal gesehen hast. Normalerweise ist das ein guter Anfang. Es ist die Frau deines Halbbruders, wie heißt sie noch gleich?«

»Fleur.« Francey machte sich nicht die Mühe, Überraschung zu zeigen. »Woher wußtest du das?«

»Wie oft habe ich dir schon gesagt, daß ich ein alter Hase bin?«

Ihr Kellner kam mit der zweiten Flasche Wein, und Francey mußte warten, bis die Zeremonie mit Korkenzieher und Probieren vorüber war, bevor er fortfahren konnte. »Ich bin doch nicht so leicht zu durchschauen, oder?« fragte er.

»Leute, die sich verliebt haben, sind das normalerweise.« Hazel konzentrierte sich darauf, ihr Glas nachzufüllen.

Francey öffnete die Schleusentore und ließ jede Einzelheit jeder Sekunde, die er in Fleur Mannerings Gesellschaft zugebracht hatte, heraus. Er beschrieb den Spaziergang, den sie gemeinsam durch den Wald gemacht hatten, den er jetzt für verzaubert hielt.

Hazel unterbrach ihn, als er ihr seinen Verdacht mitteilte, daß mit Fleurs Ehe nicht alles stimmte. »Dich hat's wirklich schlimm erwischt, nicht wahr?«

»Ich fürchte, ja.« Das Eingeständnis erregte ihn. »Ich habe nicht darum gebeten, daß dies passiert, weißt du.« Er sah, daß er seinen Wein ausgetrunken hatte, während er geredet hatte. Er füllte beide Gläser nach.

»Männer!« sagte Hazel. »Was willst du jetzt tun?«

Francey versuchte, den Ausdruck in ihren Augen zu entschlüsseln, konnte es aber nicht. »Was *kann* ich denn tun?« fragte er. »Ich hatte gehofft, daß du einen Rat für mich hast.«

Hazel faßte einen Entschluß. »Mag sie dich?«

»Oh, Gott, das weiß ich nicht. Wir kennen uns erst so kurz.«

»Normalerweise merkt man das.« Ihr Mund verzog sich zu einem einseitigen Lächeln.

»Wie?«

»Jesus, Maria und Joseph, was machen wir bloß mit dir?« Sie klang verärgert. »Hör mal, hast du was dagegen, wenn ich dir eine persönliche Frage stelle?«

»Nur zu.« Francey wappnete sich.

Sie schaute ihm direkt ins Gesicht. »Bist du eine Jungfrau?«

»Ja.« Irgendwie machte es ihm nichts aus, daß Hazel es wußte, obwohl er es nie einem seiner sogenannten Freunde eingestanden hätte.

»Hab ich mir gedacht«, sagte sie. »Und wenn du das nicht wärst, glaubst du, dann wäre es leichter? Oder würde es dich stören, daß sie verheiratet ist? Ehebruch und all so was?«

»Natürlich würde es das!« Francey war entrüstet. »Zwischen uns ist nichts passiert, Hazel, überhaupt nichts.«

»Natürlich nicht, du großer Lümmel«, erwiderte Hazel voller Zuneigung. Dann setzte sie ihr Weinglas ab. »Ich bin müde, laß uns nach Hause gehen.«

»Was ist mit all dem Wein?« Francey schaute auf sein Glas, ihres, auf die Flasche, die noch mehr als halbvoll war.

»Wir nehmen ihn mit.« Hazel machte sich daran, den Wein aus ihrem Glas in die Flasche zurückzuschütten. »Hör mal, Francey, du bist reich. Ein paar Tropfen Wein machen dich nicht bankrott.«

»Das habe ich nicht gemeint ...« War er solch ein Knauser?

Aber Hazel, die ihrem Kellner ein Zeichen gab, die Rechnung zu bringen, hörte nicht zu. »Und bring uns einen Korken mit, Frank, hörst du?« rief sie. »Wir nehmen den Rest der Plörre mit nach Hause.«

Während er das Geld zählte, um die Rechnung zu bezahlen, beschloß Francey, sich nicht länger Gedanken darüber zu machen, irgend etwas zu verschwenden.

Sie sprachen nicht mehr, bis sie draußen waren und sich dem Taxistand vor der Bank of Ireland im College Green näherten. »Du nimmst das erste«, drängte Francey, »und hier – nimm den Wein, bitte.« Die klare, kalte Luft schlug ihm entgegen und machte ihm klar, wieviel er getrunken hatte. Sein Blut schien ein wenig unruhig zu sein, floß in warmen angenehmen Wellen durch seinen Körper.

Hazel schaute ein wenig hochmütig auf die Flasche hinab. »Bringst du mich nicht nach Hause? Das ist so üblich, weißt du.«

»Natürlich«, sagte er, öffnete die Tür des Taxis, das vorne in der Reihe stand, und trat zurück, um sie einsteigen zu lassen.

Hazel nannte ihre Adresse und setzte sich auf den Rücksitz. Der Taxifahrer wartete, bis Francey eingestiegen war, dann gab er Gas und zog den Wagen in einer weiten Spitzkehre herum, wodurch Hazel gegen Francey geschleudert wurde. »He, paß auf, Fangio!« rief Hazel, während sie sich wieder aufrichtete.

»Woher kennst du Fangio?« fragte Francey, überrascht, daß jemand mit Hazels Hintergrund und ihren Interessen den Rennfahrer kannte.

»Warum sollte ich nicht?« erwiderte Hazel. »Für einen reichen Sack, Francey Sullivan, hast du noch schrecklich viel über Menschen zu lernen, nicht wahr?« Das Taxi raste die Dame Street hinunter.

»Ich glaube schon«, gab Francey zu. »Da wir gerade über Besonderheiten reden«, fügte er hinzu, »was ist – wer ist ein ›Jekyll‹? Hat das etwas mit Jekyll und Hyde zu tun? Dieser Mann in der Kneipe –«

»Diese Pestbeule? Das ist nur jemand, den ich gekannt habe. Vergiß ihn. Aber du wolltest wissen, was ein Jekyll ist?« Sie schob sich über ihren Sitz und warf ihm die Arme um den Hals. »Du hast beides in dir, Francey. Jekyll und Hyde – kapiert? Das hier ist es.« Sie drückte ihre Lippen auf seine.

6

Trotz der Schalen mit Duftmischungen roch die Luft in Hazels Wohnzimmer nach abgestandenem Zigarettenrauch mit einer Spur des Moschusparfüms, das sie benutzte. Aber Francey sah, daß es ihr gutgehen mußte: Die Wohnung im ersten Stock war geräumig und hatte eine hohe Decke. Tapeziert war sie in einem diskreten, unauffälligen Cremeton, die große Jalousie, die die beiden Panoramafenster bedeckte, hing zwischen schweren Samtvorhängen, und außer der Küche – und wahrscheinlich dem Badezimmer – war die ganze Wohnung mit hochflorigem Teppichboden in einem tiefen Marineblau ausgelegt. Das Wohnzimmer verfügte außerdem über ein Klavier, ein Radio und als höchsten Luxus einen Fernseher, der in einen Schrank eingebaut war.

Was Francey jedoch am meisten interessierte, war eine Eckvitrine, die vollgestopft war mit einer Menagerie von Tieren: Massenhaft gläserne, gestickte und gedruckte Tieraugen schienen ihn anzuschauen, ganz gleich, wohin er sich im Zimmer bewegte. Und die Gegenwart der Tiere endete nicht im Wohnzimmer: Als er ins Badezimmer spähte, sah er sich einem riesigen Elefanten gegenüber, der ihn vom Deckel des Wäschekorbes anlächelte. Seine Schmetterlingsbrosche, dachte er, war eine Eingebung gewesen.

Als sie hereingekommen waren, hatte Hazel nur eine Lampe angemacht, auf dem Beistelltisch neben dem großen Sofa vor dem Kamin. Da sonst nur das Licht aus der Küche hereinfiel, erschien das Zimmer vornehm und attraktiv, hatte aber, abgesehen von den Tieren und den Fotos, die das Klavier zierten, einen Anflug von Vergänglichkeit. »Das ist eine wundervolle Wohnung«, rief er in die Küche, in die sie verschwunden war. »Du hast einen phantastischen Geschmack.«

»Danke«, rief sie zurück. »Aber das kann ich nicht alles mir anrechnen. Ich habe jemanden beauftragt, die Wohnung einzurichten. Weiß selbst nicht genau, ob sie mir gefällt oder nicht. Aber ich bin ja nicht allzuoft hier.«

»Wie ich sehe, magst du Tiere.« Francey war sich noch immer der Reihen künstlicher Augen bewußt, die ihren Blick in seinen Schädel bohrten, als hätte ihre Besitzerin etwas dagegen, daß er in ihre Domäne eindrang.

»Du nicht auch?« fragte Hazel. »Ich finde, Tiere sind viel netter als Menschen, Anwesende natürlich ausgeschlossen – ah. Scheiße!« Das war die Reaktion auf einen lauten Knall. »Mach es dir gemütlich«, rief sie über die Geräusche des Aufkehrens hinweg, »dauert nur einen Augenblick.«

Francey ging zum Klavier hinüber, das die Nische zwischen den zwei Panoramafenstern einnahm. Die meisten Fotos waren von der Sängerin allein oder von ihr in einer unscharf aufgenommenen Reihe Leute, aber es gab auch Bilder von anderen Personen.

Viele davon waren Männer, und als er ein Foto genauer anschaute, sah Francey, daß es mit einem Namen signiert war, den er nicht kannte, und die Inschrift »Für Queenie in Liebe« trug. Das Gefühl in ihm wuchs, daß er den Boden unter den Füßen verlor: Es war das erste Mal in seinem Leben, daß er um diese Nachtstunde mit einer Frau allein zu Hause war. Was stand als nächstes auf dem Programm? Ruhelos und unentschlossen ging er zum Fenster, drückte die Jalousie auseinander und sah, daß die Wohnung auf einen Park hinausging.

Im gelblichen Licht der Natriumdampflampen auf der Straße wirkte die Szene surreal, beinahe unheimlich: Die schwarzen Gerippe der Bäume und Büsche schienen wie dunkle Pilze aus dem Boden zu sprießen; Buchsbaumhecken liefen wie gespenstische Eisenbahnwagen unterhalb der Spitzen der Eisenzäune entlang und enthüllten eine unnatürliche Symmetrie; im schwachen Nachtwind schwangen die Schaukeln auf einer Asphaltlichtung hin und her, als säßen träge Geister auf ihnen. Der Park schien auf Zehenspitzen zu stehen, als wartete er darauf, daß etwas passierte, und Francey erzitterte. Er fühlte sich an den Kilcatherine-Friedhof erinnert, eine alte Begräbnisstätte in der Nähe seines Zuhauses, die für ihn so viele Erinnerungen barg, daß er es haßte, zu Beerdigungen dorthin zu gehen. Wenn er neben einem offenen Grab stand, konnte er beinahe das Wispern einer riesigen kosmischen Versammlung hören, die sich auf seine eigene Ankunft vorbereitete.

Er ließ die Rippen der Jalousie zurückschnappen und wandte sich wieder dem Wohnzimmer zu. Die Getränke, die er im Laufe des Abends konsumiert hatte, reizten wohl sein Gehirn. Was, zum Teufel, war mit ihm los? Welcher Mann, der bei Verstand war, wäre nicht gerne an seiner Stelle gewesen? Allein mit dem berühmten Star einer Showband – dem Star einer Band, der ihn auf dem Rücksitz eines Taxis leidenschaftlich geküßt hatte.

Wie die meisten seiner Zeitgenossen hielt Francey Sex außerhalb der Ehe für eine verlockende Sünde, aber anders als sie hatte er etwa zur Zeit der Pubertät mit ernsthaften Experimenten aufgehört, als er, gerade als sein Interesse und sein Trieb sich verstärkten, in die Höhe zu schießen begann. Jetzt schwankte er zwischen dem dringenden Bedürfnis, daß Hazel die Dinge weiter treiben möge als im Taxi, und der vagen Hoffnung, daß sie ihn wieder von der Angel ließe. Francey war sich nicht sicher, ob er bereit war, eine Todsünde zu begehen. Seit er nach Dublin gekommen war, war er ein säumiger Katholik und schenkte seiner Religion kaum viele Gedanken – aber war er bereit, diesen endgültigen Schritt zu tun? Was noch verwirrender war, sollte seine Leidenschaft für Fleur Mannering nicht verhindern, daß er irgendeine andere Frau sexuell anziehend fand? So verliebt, wie er in Fleur war, war es bestimmt schrecklich, daß er auch nur an das Gefühl von Hazels Lippen auf den seinen dachte. Oder lag das daran, daß Fleur verheiratet war und er sie nicht haben konnte? Benutzte er Hazel nur als Ersatz? Franceys Herz begann zu rasen, als Begierde ihn überwältigte.

Noch etwas: Würde Hazel über seine Unerfahrenheit lachen oder sogar über seinen Körper? Und dann kam die dringendste Sorge von allen. Würde er dazu in der Lage sein? Francey hatte so viel Henry Miller gelesen wie jeder andere auch, und er wußte, daß die alten Regeln, über die sie auf den Schulhöfen und Rugbyfeldern gekichert hatten, nicht mehr galten.

Vielleicht sollte er sich aus dem Staub machen, solange es noch einfach war. Er blickte zur Küchentür. Hazel war nicht zu sehen, aber er konnte immer noch hören, wie sie fegte. »Ich sollte gehen«, rief er, »bist du nicht müde?«

»Frisch wie ein Veilchen!« Hazel erschien im Türrahmen und trug zwei volle Weingläser und einen Teller mit Crackers und Käse. »Tut mir leid, daß es etwas gedauert hat, kleiner Unfall mit ein paar Tellern. Keine Sorge. Hier, trink etwas von deiner eigenen Plörre.«

Als Francey den Wein nahm, war er so aufgeregt, daß er ein wenig aus seinem übervollen Glas verschüttete. Hazel grinste spitzbübisch. »Sind wir ein bißchen nervös? Kann das sein, daß jemand, der so groß ist wie du, Angst hat vor jemandem meiner Größe?«

Francey gewöhnte sich langsam an ihren untrüglichen Instinkt. »Natürlich nicht«, log er und trank einen Schluck aus seinem Glas. Er bemerkte, daß sie frischen Lippenstift aufgetragen hatte und in der Tat erfrischt wirkte.

»Setz dich doch hin.« Hazel stellte den Teller mit Crackers und Käse auf den Couchtisch, schleuderte die Slingpumps von den Füßen und setzte sich ans Ende der Couch vor den leeren Kamin. »Hier.« Sie klopfte auf den Platz neben sich, aber als sie seinen Gesichtsausdruck sah: »Jeeesus, Francey, um Gottes willen, ich will dich doch nicht fressen!«

Als er sie dann mit offenem Mund anglotzte, senkte sie die Stimme und hauchte mit verführerischem Blick: »Es sei denn, du hättest das gerne.«

Franceys Blut kochte. Er umklammerte den Stiel seines Glases, setzte sich ans andere Ende der Couch und überkreuzte die Beine erst in einer Richtung, dann in die andere.

Hazel beobachtete diese Vorstellung. »Allmächtiger Gott«, meinte sie mißbilligend, »was soll ich bloß mit dir machen?« Sie griff hinter sich und drehte den Schirm der Tischlampe, so daß die Couch im Halbschatten lag. »Ist das besser?« Als Francey nickte, sagte sie: »Warum nimmst du dann nicht diesen lächerlichen Schlips ab?« Bevor er wußte, wie ihm geschah, saß sie neben ihm und griff nach dem Knoten.

»Was stimmt damit nicht?« Seine freie Hand fuhr hoch zum Hals; die Krawatte, vergangenes Jahr zu Weihnachten bei Hanley's of Castletownbere gekauft, war ein Geschenk einer seiner Stiefschwestern.

»Sie ist wunderschön, ein Kunstwerk«, Hazels roter Lippenstiftmund schimmerte nur wenige Zentimeter entfernt; sie schob seine Hand beiseite und zupfte mit ihren lackierten Fingernägeln an der Krawatte, »aber viel zu eng.«

»Laß das«, Francey riß seinen Kopf zur Seite, »das mache ich selbst.«

»Oh – du bist also ein großer Junge?«

»Hör auf, Hazel.« Ihre Neckerei gab ihm das Gefühl, daß er sich lächerlich machte.

»Ts-ts.« Sie packte seine beiden Wangen und tätschelte sie zärtlich, als sei er ein Baby. »Um Himmels willen, Francey, laß doch mal ein bißchen locker.«

»Ist es so schlimm mit mir?« Sie hatte sein Gesicht nicht losgelassen, und ihres war so nahe, daß er sie nicht klar sehen konnte.

»So eine nervöse Nellie habe ich mein ganzes Leben lang noch nicht getroffen«, entgegnete sie. Dann küßte sie ihn sanft auf die Lippen.

»Tut mir leid.« Francey war so schrecklich nervös, daß er sich zwingen mußte, nicht zurückzuzucken. Als Hazel sich ein wenig zurücklehnte, um ihm in die Augen zu schauen, leckte er sich die Lippen: Sie fühlten sich fettig an von ihrem Lippenstift und schmeckten nach Erdbeeren.

»Ein für allemal«, wieder tätschelte sie seine Wangen, »hör auf, dich zu entschuldigen, du prachtvoller Dummkopf, du weißt gar nicht, wie toll du bist.« Ihre Stimme wurde zärtlich. »Deshalb bist du so verflucht attraktiv. Dieser siamesische Zwilling oder was immer sie ist, weiß gar nicht, was sie für ein Glück hat. So, Francey«, sagte sie einen Augenblick später, und ihre Stimme wurde sanfter, »es wird Zeit, daß du tust, was du willst. Willst du es, oder willst du es nicht?«

Francey fühlte sich von ihrem vielfarbigen Blick wie festgenagelt, aber Hazel nahm sein Schweigen als Zustimmung und rückte noch näher. »Dann gib dich doch einfach hin – und setz das Glas ab, es ist kein verdammter Brustpanzer.«

Als er gehorcht hatte, küßte sie ihn wieder, härter, hörte aber in dem Augenblick auf, als er zu reagieren begann. »Immer mit der Ruhe, mein Liebling ...« Langsam knöpfte sie zwei seiner Hemdknöpfe auf und ließ ihre Hand hineingleiten. »Was haben sich diese Mädels überhaupt gedacht?« Sie lächelte zu ihm auf, streichelte einen Bereich zwischen Bauchnabel und Brustbein und erzielte so einen elektrisierenden Effekt. »Wie alt bist du, mein Liebling – fünfundzwanzig? Meinst du nicht, daß es langsam Zeit wäre, ein bißchen Spaß zu haben?« Während sie ihn weiterstreichelte, wurde ihre Stimme so seidig wie Sahne.

Es würde passieren. Es würde wirklich passieren. Alle Gewissenserforschung und alle Fragen schmolzen in einer heißen Flut der Hochstimmung dahin. Sein Körper glitt aus eigenem Antrieb nach hinten, bis er halb lag. Francey bog sein Gesicht in die Rückenlehne, als wolle er auslöschen, was Hazel tat, aber als sie noch weitere Knöpfe und dann seinen Gürtel öffnete, schlang er seine Arme um ihre zarte Gestalt. Als sie ihre Hüften vorschob, spürte er den Zwickel ihres Höschens durch das samtige Gewebe ihres Kleides und fand das erotischer als jedes eindeutige Foto eines Mädchens im Bikini. Er zog sie an seine Brust, und sie saß rittlings auf ihm, ihr volantbesetztes schwarzes Kleid schob sich hoch.

»Ist es dir bequem?« Sie hörte sich heiser an – und sehr nah.

Francey öffnete die Augen, Hazels volle Lippen glänzten direkt über seinen. »Hazel, Hazel«, stöhnte er, packte ihren Hinterkopf und drückte ihren Mund auf seinen.

»Nicht so schnell ...« Wie ein Aal wand sie sich aus seinem Griff. »Ich möchte, daß dein erstes Mal *un-ver-geß-lich ist ...*« Jede Silbe betonte sie mit einem kleinen Lecken, bei seinem Brustbein angefangen, jedes ein wenig tiefer als das vorige, bis ihre Zunge, als sie den Reißverschluß seiner Hose heruntergezogen hatte, direkt unterhalb des Bauchnabels hin und her zuckte.

»Es ist schon –« Er hatte Angst, daß er sich nicht länger beherrschen konnte, und versuchte, ihr Gesicht wieder anzuheben, aber sie widersetzte sich.

»Nein«, hauchte sie, »beim ersten Mal muß es richtig sein. In aller Ruhe.« Sie glitt von ihm herunter auf den Boden. »Später im Leben wirst du mir noch einmal danken. Komm mit ...«

Francey bekam nur wenig von dem Schlafzimmer mit, als er sich von Hazel das Jackett ausziehen und nach hinten stoßen ließ. »Geh dort in die Mitte, ich möchte, daß du genau in der Mitte bist.« Auf dem Doppelbett kam sein Kopf auf dem Bauch eines weichen grünen Nilpferdes zu liegen.

»Licht an!« Sie drückte den Schalter, der beide Nachttischlampen aufflammen ließ. »*Voilà*!« Sie hielt einen Moment inne und schaute an ihm hinunter. »Hübsch«, hauchte sie dann. »Unglücklicherweise haben wir keine Kamera, aber jetzt kommt die *action*!« Mit einer einzigen Bewegung zog sie ihm die Hose von den Beinen, ohne daß er Widerstand leistete.

Franceys Hände flogen hoch, um die Schwellung in seinem Schritt zu schützen. »Was ist mit Schwangerwerden?« Zum ersten Mal war er dieser Gefahr ausgesetzt.

»Darum habe ich mich schon gekümmert«, flüsterte sie, zog seine Hände weg und legte sie neben seinen Körper, »mach dir darüber keine Sorgen.« Bevor er es verhindern konnte, war sie mit den Lippen über seine Erektion gestrichen und an seinen Hals zurückgeglitten. Sein verblüfftes Stöhnen brachte sie mit einem Finger auf seinen Lippen zum Schweigen, dann nahm sie eine seiner Hände und legte sie auf eine ihrer Brüste.

Sie wurde hart wie Stein.

Die Nerven in Franceys Lenden und in seinen Handflächen vereinigten sich zu pulsierenden Kreisen. Bei einigen früheren Gelegenheiten hatte er die Brüste eines Mädchens berühren dürfen. Hazels fühlten sich warm und voll an, er hatte den Drang, die weiche Wolle und den seidigen Stoff zu zerreißen, damit er das gefügige Fleisch drücken und an ihm saugen konnte. Aber weil er die Freuden dessen, was noch kommen sollte, hinauszögern, verschieben wollte, lag er da, zügelte seine Instinkte und durchlebte jede einzelne ekstatische Sekunde.

»Wie fühlt sich das an?« fragte sie sanft. Während sie ihren Bauch gegen seine Hüfte schmiegte, bewegte sie ihre Brust in seiner Hand.

»Es ist –«

»Gut!« Bevor er eine weitere Antwort geben und irgend etwas tun konnte, hatte sie sich blitzschnell umgedreht und lag auf dem Bauch neben ihm, die Arme wie die eines Tauchers über dem Kopf ausgestreckt. »Würdest du bitte meinen Reißverschluß aufmachen, Francey?« sagte sie, ohne ihn anzuschauen.

Ihre Schamlosigkeit war so sexy, daß Francey beinahe der Atem stockte, als er sich hinsetzte, um ihrer Bitte nachzukommen.

Hazel wackelte vor Vergnügen mit den Zehen, als es ihm gelang, mit seinen Fingern, die so unbeholfen waren wie Spaten, den Reißverschluß ohne Zwischenfall herunterzuziehen. Sie trug keinen Slip; ihr BH, Miederhöschen und Strapse paßten farblich zueinander, Francey hielt den Ton für magentarot. Das war ihm jedoch völlig egal, als die straffe weiße Haut von Schultern, Rücken und Taille und die doppelte Rundung ihres Busens enthüllt wurden. Es zuckte ihm in den Fingern, das Miederhöschen zu entfernen.

»Würdest du mir gerne das Kleid ganz ausziehen?« lud sie ihn ein.

»Bist du sicher, daß das richtig ist – ich will deinen verletzten Armen nicht weh tun?«

»Überlaß das nur mir, ich schreie – hoffe ich!« Als er das Kleid über ihre Schultern und den Körper hinunterzog, half sie ihm, indem sie Arme, Beine und Körper wellenförmig bewegte, und dies so verlockend, daß Francey ihre Verbände völlig vergaß. Schließlich konnte er die Spannung nicht länger ertragen und griff nach ihr, nachdem er das Kleid auf den Boden neben das Bett hatte fallen lassen.

»Langsam, langsam ...« Hazel lächelte ihn über die Schulter an. »Eines nach dem anderen, mein Lieber. Also«, sie klimperte mit ihren falschen Wimpern, »was meinst du? Selbst wenn man meine sexy Verpackung berücksichtigt«, sie drehte ihren Körper halb, hob einen der Arme, erwischte die Kante einer elastischen Bandage mit den Zähnen und blickte Francey unter ihren falschen Wimpern an, »bestehe ich dann?«

»Du bist schön, Hazel.« Er log nicht: In diesem Augenblick war sie das verführerischste und bezauberndste Geschöpf auf der Welt, er brachte die Worte kaum heraus.

»Es ist ein bißchen heiß hier drinnen, findest du nicht? Mal sehen ...« Mit einer anmutigen Drehung nahm Hazel ihre Stellung mit dem Gesicht nach unten wieder ein. Sie griff nach hinten und klopfte auf ihr Hinterteil, als probiere sie es aus. »M-mmm, ich glaube, mein Popo könnte ein bißchen frische Luft vertragen – was meinst du, Francey?«

Als er das seidige Gewebe ergriff und das Kleidungsstück herunterzog, wußte er, daß es beinahe zu spät für ihn war. »Ich kann nicht – ich kann nicht –«

»In Ordnung.« Blitzschnell hatte sie das Miederhöschen weggestoßen, sich wieder herumgedreht, seine Unterhose heruntergezogen und sie beide so hinmanövriert, daß sie wieder rittlings auf ihm saß, diesmal Haut auf Haut.

»Jesus.«

Er drehte den Kopf zur Seite, aber sie griff nach ihm und zog ihn zurück. »Schließ deine Augen nicht«, sagte sie eindringlich. »Ich möchte, daß du dich an alles erinnerst, an alles ...« Das Gefühl, als sie ihn in sich einführte, ließ Franceys Blut aufwallen.

»Guter Junge, guter Junge.« Trotz ihrer Ermahnungen, die Augen offenzuhalten, waren Hazels Augen geschlossen, als sie ihren Körper nach hinten wölbte, um seinen Körper zu reiten; mit einer Hand auf seinem Bauch hielt sie das Gleichgewicht, die andere war über ihre Brüste ausgebreitet, die sie durch die Spitze hindurch massierte; dieser Anblick verstärkte seine Raserei nur noch.

»Ich – ich –« Er spürte, wie ein Schrei in ihm nach oben stieg.

»Das ist gut, das ist gut«, Hazel lachte lauthals, »guter Junge, weiter, weiter –«.

Für den Bruchteil einer Sekunde flackerte Fleur Mannerings Gesicht in der explodierenden Luft über Franceys Augen wie eine Neonröhre, die gerade angeschaltet worden ist. Aber dann kam es zum Ausbruch, und Fleurs Züge lösten sich auf in einem Schauspiel von Farben und Tönen, das ihn bis ins Mark erschütterte. Das Vergnügen war so intensiv, daß es sich von Schmerz nicht unterscheiden ließ.

Nach einer Weile, er konnte nicht sagen, wie lange es gedauert hatte, verebbte der Ansturm, der ihm das Mark aus den Knochen gesogen hatte, und machte der hereinströmenden Flut einer träge fließenden Substanz, die sich wie lauwarmer Sirup anfühlte, Platz.

»Na also.« Hazel küßte ihn auf die Lippen. »Das war schön, nicht?« flüsterte sie. »Ich wette, das hast du nicht erwartet, als du heute abend in der Kneipe auf mich gewartet hast?«

»Oh, Hazel...« Obwohl er sich langsam beruhigte, schlug Franceys Herz immer noch heftig gegen seinen Brustkorb; er wußte, daß seine Augen naß waren von Tränen, aber er wußte nicht, warum, und es war ihm auch egal. »Komm her zu mir«, flüsterte er, hob Hazel hoch und drehte sie beide so um, daß sie einander ansahen und er sie in die Arme schließen konnte. »Ich kann dir gar nicht sagen, wie das war.« Mit einer Hand streichelte er ihr kurzgeschorenes blondes Haar.

»Das mußt du nicht«, kicherte sie, »ich hatte einen Platz in der ersten Reihe, erinnerst du dich?«

»Danke.« Als er sie an sich drückte, fühlten seine Muskeln sich an wie altes Gummi.

»Danke mir nicht«, Hazel, die ihre Besserwisserei vorübergehend einstellte, schloß die Augen und seufzte, »es war ein Privileg. Das war es wirklich, Francey. Ich hoffe nur –«

»Was?« Francey küßte sie auf ihren zerzausten Kopf.

»Oh, nichts.«

»Nun komm schon, was hoffst du?« Im Augenblick hätte er Hazel alles auf Erden gegeben – oder gesagt.

Als sie nicht damit herausrückte, brachte er nicht die Energie auf, nachzufragen. »Eines kann ich dir sagen«, meinte er träumerisch, »paß besser auf, Hazel, du hast jetzt den Geist aus der Flasche gelassen.«

»Wenn du mich fragst, Dummkopf, war er schon 'ne lange Zeit dabei, zu kommen – das sollte kein Witz sein!« Sie kicherten, und Hazel setzte ihm einen Kuß unters Kinn, dann sank sie in seine Umarmung zurück.

So lagen sie eine Weile da und ließen ihre überhitzten Körper abkühlen. Eines ihrer schwarzbestrumpften Beine bildete ein V auf seinem Bauch und verband sie in gegenseitiger Wärme. Der Rest ihres Körpers fühlte sich an, als sei er für seine Arme gemacht. In Franceys Vorstellung schwebte er über ihnen beiden und sah, wie wenig passend ihre zerzauste Kleidung war – ihr BH, der Strumpfhaltergürtel, die Strümpfe und Armverbände, sein eigenes Hemd, die gelockerte Krawatte, die Socken – aber in seinem Zustand glückseligen Dahintreibens empfand er das überhaupt nicht so.

Nach wenigen Minuten spürte er, wie seine Kraft zurückkehrte, ließ eine Hand unter ihr nacktes Hinterteil gleiten und drückte sie ein bißchen enger an sich. »Habe ich viel Krach gemacht?«

»Aber klar.« Hazels Ton war selbstgefällig. »Meine Nachbarn müssen glauben, ich hätte eine Herde Rhinozerosse hier drinnen.«

Francey lachte. »Tut mir leid.« Tatsächlich dachte er jedoch, daß ihm das überhaupt nicht leid tat.

»Wenn du dich noch einmal entschuldigst, knalle ich dir eine.«

Francey klatschte leicht auf den feuchten Körper unter seiner Hand. »Ist dir bequem so?« fragte er und schaute auf ihren Kopf.

»M-mmm.« Hazel kuschelte ihre Schultern tiefer in seine Umarmung. »Ich sterbe allerdings für 'ne Fluppe.«

»Noch einen Augenblick?« Er war noch nicht bereit, sie schon loszulassen.

»In Ordnung. Aber ich muß bald eine haben, in Ordnung? Erzähl doch mal«, fuhr sie fort, »eine Sache macht mich ganz neugierig. Ich weiß, du könntest dich wohl kaum Gallaher nennen, aber woher kommt Sullivan? Ich meine, mich zu erinnern, daß Kathleens Name Scollard war, oder?«

»Sullivan war der Mädchenname meiner Mutter.« Francey wollte den Grund, aus dem er es vermieden hatte, den Namen seines ersten Stiefvaters anzugeben, nicht verraten, weil es mit seiner schwierigen Beziehung zu Neeley Scollard zusammenhing. »Ich habe eine komplizierte Familie«, fügte er hinzu. Er fühlte sich träge: Seine Knochen gewannen erst jetzt ihre übliche Festigkeit wieder, und da die Verhältnisse in Lahersheen für einen Außenseiter schwierig zu entwirren waren, hoffte er, sie werde ihn nicht zu stark drängen.

»Das kannst du laut sagen!« Hazel küßte seine Schulter.

»Also, wenn es dich wirklich interessiert«, Francey küßte sie als Erwiderung auf die Nasenspitze, »paß gut auf. Wie du weißt, war meine Mutter schwanger, als sie Neeley Scollard heiratete, der drei Töchter hatte. Diese Mädchen, Margaret, Kathleen und Goretti, sind meine Scollard-Stiefschwestern. Dann bekam sie nach mir noch zwei Mädchen, meine Scollard-Halbschwestern. Und als er starb, heiratete sie wieder, Mossie Sheehan, und sie bekam ein weiteres Mädchen. Also ist Connie meine Sheehan-Halbschwester. Konntest du folgen?«

»Jesus, Maria und Joseph!« Hazel gluckste. »Da schon genug Scollards und Sheehans im Haus sind, hast du die Sache richtig einfach gemacht und dich Sullivan genannt.«

»Ja.« Francey grinste. Nach Dessie hatte sie nicht gefragt, und er beschloß, das Ganze nicht noch schwieriger zu machen, indem er ihn erwähnte.

Aber als sie in Schweigen verfielen, stellte er fest, daß er nicht an die komplizierte Vielschichtigkeit seiner Familie dachte, sondern an Fleur. Wie wäre es wohl mit ihr? Er streichelte Hazels Gesäß und ihren Rücken und stellte sich dabei vor, wie Fleur sich anfühlen, wie sie schmecken, wie er ihre Knochen spüren würde, wenn sie sich in seine Arme kuschelte. Dann seufzte Hazel in seinem Ellenbogen leise, und er fühlte sich wie ein Schweinehund. »Hazel?« Er drückte ihren Popo.

»M-mmm?« Sie bewegte sich, drehte sich ein wenig. »Wenn du nicht möchtest, daß ich mir 'ne Zigarette anstecke, mach das ruhig noch einmal – das fühlt sich gut an.«

»Das ist gut.« Er tat ihr den Gefallen, massierte und drückte das weiche Fleisch zwischen Fingern und Handfläche zusammen. »Weil –«

»Oh, ja, mach weiter so – das ist phantastisch ... Weil was?« Sie öffnete ihre Augen nicht.

»Das Problem ist«, sagte er, »was soll ich jetzt machen?«

»Was meinst du?« Sie schaute zu ihm auf, und als er bemerkte, daß eine ihrer falschen Wimpern sich gelöst hatte, zupfte er sie ab.

»Ich möchte es noch einmal.«

»Das könntest du nicht!« Sie lachte ungläubig. Sie entfernte die andere Wimper und richtete sich dann auf einem Ellenbogen auf, um es zu überprüfen. »Also, was sagt man dazu?« staunte sie. »›Der Tote stand auf und zeigte sich der Menge.‹ Du bist deines Va-, du hast nicht gelogen, als du über Geister, die aus Flaschen gelassen werden, geredet hast!«

Du bist deines Vaters Sohn. Obwohl er recht gut wußte, was sie hatte sagen wollen, war ihm Hazels Ausrutscher gleichgültig, so dringend war sein Begehren. »Was willst du mit mir machen?« Er griff nach ihr, aber sie entwand sich ihm und entschlüpfte nach einem gutmütigen Ringkampf seinem Griff und stand gerade außer Reichweite neben dem Bett. »Laß uns diesmal wenigstens die Kleider ausziehen«, sagte sie und öffnete ihren BH. »Und laß uns diesmal die Dinge ein bißchen lockerer angehen, mein Schatz. Ich muß auch an mich denken, weißt du – und außerdem bin ich nicht im Vollbesitz meiner Gesundheit, wie du weißt!« Um diese letzte Äußerung Lügen zu strafen, riß sie ihren BH herunter, hielt ihn eine Sekunde lang theatralisch auf Armeslänge von sich gestreckt und entledigte sich seiner dann mit einer Zimperlichkeit, die dem Ausdruck in ihren Augen widersprach. »Wie findest du das? Nicht schlecht für 'ne alte Dame, eh?«

Hazel legte ihre bandagierten Arme wie ein Bodybuilder hinter den Rücken, senkte die Schultern und hob die Brüste, so daß sie vorsprangen.

Francey hörte auf, an den Hemdärmeln herumzufummeln.

Noch nie, nicht einmal in seinen fieberhaftesten Phantasien, hatte eine Frau sich so provozierend benommen.

»Gefällt dir das?« Ganz klar genoß sie seine Reaktion.

»Mir gefällt das«, würgte er hervor, als er zu ihren Brüsten hinaufstarrte, auf den Bogen ihrer roten Strapse, der ihr Schamhaar umrahmte, auf die lange frische Narbe, die von unterhalb ihres Hüftknochens bis unter den oberen Strumpfrand lief.

»Schau jetzt nicht meine Kriegsverletzungen an, Francey!« Hazel fuhr mit dem Finger die Narbe entlang und ließ dann einen Straps darauf knallen. Dann hakte sie den Strapsgürtel auf und trat aus den Strümpfen. Sie kniete sich neben das Bett. Langsam drückte sie ihre Brüste zusammen, bis der Spalt dazwischen für Franceys gierige Augen so dünn wie ein Haar aussah. »Double trouble, mein Liebling«, flüsterte sie und bot ihm ihre Brustwarzen an. Sie hielt sie so dicht zusammen, daß er beide gleichzeitig in den Mund nehmen konnte.

Später in jener ersten Nacht erzählte Francey Hazel von dem Beförderungsangebot bei Ledbetters, und ihr Rat war freimütig: »Du mußt den Verstand verloren haben«, sagte sie ungläubig. »Das ist keine Karriere, das ist eine Sackgasse. Wann wird dir endlich klar, daß du den verdammten Ledbetter-Laden nicht mehr brauchst?«

Eigentlich sollten beide erschöpft sein, aber Franceys war so heiter und gelöst, daß er so lange wie möglich wach bleiben wollte. »Aber wenn ich aufhöre«, fragte er, »was soll ich dann mit mir anfangen? Ich habe doch nichts gelernt.«

Er gestand ihr, wie er mit dem Gedanken gespielt hatte, ins Showgeschäft zu gehen, als sie ihn eingeladen hatten, sie auf der Tour nach Limerick zu begleiten. Von seiner jüngsten Idee, die er in den Ställen von Inverary Manor entwickelt hatte, erzählte er ihr nicht.

»Hm-hm.« Hazel hatte nicht gelacht, wie er es erwartet hatte, aber ihre Augen bekamen einen abwesenden Blick. »Da ist wahrscheinlich etwas, das du machen kannst«, sagte sie langsam. »Überlaß das mir. Aber das erste, was du tun mußt, ist, dorthin zu gehen und zu kündigen. Hörst du, Francey?«

Dennoch mußte Francey seinen ganzen Mut aufbringen, um am nächsten Tag in Mr. Grieves Büro zu gehen. Die Aussicht, sein eigener Herr zu sein und niemandem Verantwortung zu schulden, war für ihn noch ungewohnt. Die Vorstellung, daß es jemanden gab, der ihm überlegen war – seine Mutter, ein Lehrer, ein Chef –, war tief verwurzelt. Der Geschäftsführer, der eine »gute« Nachricht erwartet hatte, akzeptierte mit steinernem Gesicht seine Kündigung unter Verzicht auf die Kündigungsfrist. »Ich habe die Erfahrung gemacht, Mr. Sullivan, daß ein Angestellter nicht länger von Nutzen ist, sobald er sich entschieden hat zu gehen.« Er zählte Francey das Geld hin, das noch fällig war.

Eine Stunde, nachdem er in der Firma erschienen war, fand Francey sich als freier Mann auf der Straße wieder und hielt sechs Pfund, sechzehn Schillinge und vier Pence in der Hand. Er stellte fest, daß er nicht glücklich war, wie er es sich vorgestellt hatte, sondern beinahe in Panik ausbrach. Was jetzt?

Bevor er recht wußte, was er tat, war er in einem Taxi auf dem Weg zu Hazels Wohnung. Und erst als er Hazel beschrieb, wie der Geschäftsführer reagiert hatte, wie ungläubig er schaute, wurde ihm klar, wie sehr er diesen Ort gehaßt hatte.

Sein sexuelles Selbstvertrauen hatte sich verdreifacht, und weil er darauf bestand, stürzten Hazel und er sich wieder ins Bett. Die beiden nächsten Stunden halfen ihm unendlich, jeden Verdacht auszuräumen, daß er vielleicht ein wenig übereilt der Welt von Eisenwaren und Baubedarf ade gesagt hatte. Jetzt, wo er den Sex mit einer bereitwilligen Partnerin entdeckt hatte, konnte Francey nicht genug davon bekommen, und für den Rest der Woche gingen Tage und Nächte ineinander über, während Hazel mit ihrer Initiation fortfuhr und ihm eine Überraschung nach der anderen bereitete. Erstaunt entdeckte Francey, daß Frauen Orgasmen haben können. Bis jetzt hatte Francey nur eine vage Vorstellung davon gehabt, daß sie »befriedigt« sein mußten, hatte aber angenommen, das habe mit der Größe des männlichen Geschlechtsorgans zu tun.

Sie aßen zu den seltsamsten Zeiten – Fish ’n Chips von der

Frittenbude oder Cornflakes oder Käse und Tomaten aus Hazels Kühlschrank. Er telefonierte mit seiner Zimmerwirtin, um ihr zu sagen, daß er noch einige Tage weg sei, und statt in die Wohnung zurückzugehen, um frische Kleidung und Rasierzeug zu holen, gab er bei ihrem einzigen Ausflug nach Blackrock, dem Vorort am Meer, Geld im Überfluß für neue Kleidung und Toilettenartikel aus. Er kaufte auch Lebensmittel, Steaks und Räucherlachs. Hazel war, wie sie freudig zugestand, keine besonders phantasievolle Köchin.

Franceys tausend Pfund, die in irischem Geld noch viel mehr waren, schienen endlos zu reichen, und er bestand darauf, auch Hazel Kleider zu kaufen. Nach einem zweistündigen Einkauf hatten sie den Bus nach Blackrock genommen und dann bei einer Mahlzeit in einem Snackrestaurant beschlossen, daß sie einander zu nötig brauchten, um Zeit zu verlieren, daher ließen sie ihre halbgegessenen Mixed-Grill-Teller stehen, rafften ihre Einkäufe zusammen und nahmen ein Taxi zurück zur Wohnung.

Am späten Samstag jener Woche, als die Lebensmittel aus Blackrock zur Neige gingen, ging Francey zum nächsten Zeitungskiosk und kaufte Kekse und Schokolade. Und so entdeckten er und Hazel vierundzwanzig Stunden später als jeder andere auf dem Planeten, daß, während sie damit beschäftigt waren, die Grenzen physischer Lust zu erweitern, die Welt wie gelähmt war wegen der Ermordung Präsident Kennedys in Dallas. Francey brachte eine Zeitung mit, sie schalteten für etwa eine Stunde Hazels Fernseher ein und sahen ungläubig die verschwommenen Bilder aus Washington, wie ein geschockter Vizepräsident Johnson vereidigt wurde. Aber später hatten sie den Fernseher ausgeschaltet und ihre Aufmerksamkeit wieder aufeinander gelenkt.

Hazels Leben störte sie im Laufe der Woche hin und wieder: Das Telefon klingelte von Zeit zu Zeit, bis Francey, der sich als Herr fühlte, es aushängte, wenn sie von neuem loslegten. Dann und wann läutete die Türklingel, aber die Wohnung hatte eine Gegensprechanlage, so daß Hazel mit Besuchern verhandeln konnte, ohne sie zu sehen. Neugierde war nie eine von

Franceys Antriebskräften gewesen, und er machte sich nicht die Mühe zu fragen, wer dort war, und Hazel erzählte es ihm auch nicht.

Am Morgen des siebten Tages, als die Wohnung aussah, als ob alle Plüschtiere lebendig geworden und in wilder Jagd unaufhörlich hindurchgerast seien, kam Hazel aus dem Badezimmer, sah sich im Schlafzimmer um und verkündete, daß ihre Putzfrau montags morgens käme und daß sie sowieso irgendwo in Sligo einen Freund besuchen wolle. »Ich muß wieder zurück zu meinem eigenen Leben, Kumpel«, sagte sie. »Mein Publikum verlangt lautstark nach mir!«

Sie hielt die Arme mit den Bandagen hoch. »Selbst wenn das nicht der Fall wäre, könnte ich diese Dinger längst los sein, aber dank dir habe ich bereits einen Termin bei meinem Spezialisten verpaßt. Es ist ein Wunder, daß mein armer Körper alles überstanden hat, was er durchmachen mußte.« Francey hatte bemerkt, daß Hazels Dubliner Akzent stärker wurde, wenn sie sich ihrer völlig sicher oder unsicher war.

Noch im Bett, in Träumen verloren, was sie beide gerade getan hatten und was er gerne mit Fleur machen würde, fühlte er sich nicht imstande, zu beurteilen, welches Ende der Skala sie jetzt erreicht hatte, und drehte träge seinen Kopf. Er hatte stets gewußt, daß ihre Orgie irgendwann enden würde, und es hatte schon viel länger gedauert, als er erwartet hätte. »Natürlich mußt du zu deinem Arzt gehen«, sagte er und suchte mit einem Fuß den Weg aus den verhedderten Laken. »Aber«, er enthüllte seine Nacktheit und riß das lästige Laken ganz herunter, »wenn wir das tun können, solange du noch nicht im Vollbesitz deiner Kräfte bist, dann ...?«

Hazel reagierte nicht. »Steh auf, hörst du?« forderte sie ihn auf. »Ich werde jetzt ein bißchen herumkramen.«

Es war das erste Mal, daß sie scharf auf sexuelle Anspielungen reagiert hatte, und erschrocken setzte Francey sich auf. »Es tut dir doch nicht leid, oder? Mir ganz bestimmt nicht.«

»Nein.« Hazel zögerte, dann setzte sie sich auf den Bettrand. Mit ernstem Gesicht streichelte sie seinen Unterarm. »Natürlich bedauere ich keine Minute, Francey. Aber es hat keinen Zweck, um den heißen Brei herumzureden. Ich weiß, daß du mit deinen Gedanken anderswo bist.«

»Tut mir leid.« Francey umfaßte ihre Hand und preßte sie an seinen Mund. »Es ist nicht meine Schuld, es scheint etwas zu sein, das außerhalb meiner Kontrolle liegt. Aber ich kann dir gar nicht oft genug sagen, wie phantastisch das gewesen ist –«

»Sch.« Mit den Fingern kniff Hazel seinen Mund zu. »Sag nichts mehr. Für mich war es auch toll.« Sie glitt vom Bett und verließ das Zimmer. Francey lauschte auf das gewohnte Klappern und Knallen aus der Küche, aber es dauerte lange, und plötzlich fühlte er sich elend. Er befreite sich aus der Bettwäsche, sprang aus dem Bett und tappte ins Badezimmer. Als er stehenblieb, um sich selbst im Spiegel zu betrachten, starrte sein unrasiertes Ebenbild, gekrönt von einem Schopf, der im Augenblick in alle Richtungen abstand, ihn an und klagte ihn an: *Was für eine Sorte Schweinehund bist du denn?* Er wusch und rasierte sich, und als er sich angezogen und seine Sachen in den Koffer gepackt hatte, aus dem er seit seiner Ankunft in London gelebt hatte, duftete es intensiv nach Speck und Würstchen.

»Gerade rechtzeitig, bitte schön.« Hazel, die ihm den Rücken zukehrte, als er in die Küche kam, drehte sich um und hielt ihm einen Teller mit Essen entgegen.

»Danke.« Francey stellte seinen Koffer ab und nahm ihn. »Hazel«, begann er, aber sie schnitt ihm das Wort ab.

»Setz dich und verleib dir das ein, Francey Sullivan, oder ich hau dir eins über den Schädel.«

Er versuchte es noch einmal, als sie die Mahlzeit beendet hatten, aber sie wollte sich keine Diskussionen über Beziehungen oder bevorstehende Trennungen anhören. »Um Gottes willen, Francey«, sagte sie, »hörst du bitte damit auf? Wir hatten eine schöne Zeit zusammen, es hat Spaß gemacht, aber es ist nicht *Vom Winde verweht*.«

»Kann ich dich wenigstens wiedersehen, wenn du nach Dublin zurückkommst?« fragte er zehn Minuten später, als sie ihm den Mantel reichte.

»Natürlich, Dummkopf«, sagte sie, »ruf mich an. Aber ich glaube, wir können eine ordentliche Pause voneinander gut gebrauchen. Ich bin irgendwann Mitte nächster Woche zurück – sagen wir mal, Freitag, in Ordnung? Wenn ich mich jetzt nicht beeile, komme ich zu spät. Nimm deinen verdammten Koffer aus dem Weg und verschwinde!« Sie öffnete die Wohnungstür und schob ihn hinaus.

Als Francey dann an dem leeren Tag, der folgte, durch die Straßen von Dublin wanderte, stellte er fest, daß er Hazel vermißte – nicht nur mit seinem erwachten Körper. Er vermißte ihre Kameradschaft, ihren Humor. Um die Zeit am Nachmittag zu füllen, ging er zum Büro der Dublin Corporation und kaufte sich einen Führerschein. Obwohl er wenig Übung hatte, wußte er in den Grundzügen, wie man Auto fährt; jetzt, da er über die nötigen Mittel verfügte, wollte er ein Auto kaufen, vielleicht einen MGB wie Colins ... Nein, überlegte er dann, nicht ein Auto wie Colins, sondern vielleicht einen Aston Martin oder einen Morgan. Als er den roten Umschlag des Führerscheins anschaute, staunte er darüber, wie ihm die Vorstellung, Geld auszugeben, immer leichter fiel.

Als der Tag voranschritt, füllte sich die Leere, die der Entzug der körperlichen Befriedigung, an die er sich mit Hazel gewöhnt hatte, hinterließ, mit dem Drang, Kontakt zu Fleur Mannering aufzunehmen. Während ein Friseur in der North Earl Street ihn mit wohltuender Gewandtheit rasierte, entschied Francey, daß die Zeit für einige ernste Entscheidungen gekommen war.

Vom Frisiersalon ging er geradewegs in seine Wohnung, wo er seine verblüffte Wirtin ausbezahlte, und teilte seine Kleidung und Habseligkeiten in einen Koffer und eine Einkaufstasche auf. Letztere ließ er im St. Vincent de Paul Bahnhof am Mountjoy Square zurück und hoffte, daß der Inhalt den Armen der Stadt von einigem Nutzen sein möge. Dann mietete er sich ein Zimmer im Gresham Hotel in der O'Connell Street.

An jenem Abend hob er den Telefonhörer auf dem Nachttisch ab und gab der Telefonvermittlung des Hotels Georges Nummer. Der Butler – Francey konnte sich nicht an seinen Namen erinnern – ging ans Telefon. Unmittelbar bevor die Verbindung abbrach, weil sein Gespräch dorthin verbunden wurde, wo George war, war Francey, der den Hörer dicht ans Ohr drückte, so, als höre er das Lachen einer Frau. Sein Magen flatterte. Es war nur ein flüchtiges Geräusch gewesen. Spielte seine Phantasie ihm einen Streich, oder konnte es sein, daß Fleur dort war? Während die Sekunden und die Schillinge verrannen und der Hörer tot blieb, wurde er ungeduldig. Wie die meisten Iren hatte er einen Horror vor den Kosten eines Ferngespräches. Dann erinnerte er sich daran, daß er es sich leisten konnte, so lange zu warten, wie er wollte. Aber eine lebenslange Gewohnheit war nur schwer abzulegen.

»Ja, Francey?« Endlich war sein Vater am Telefon. Francey war ein bißchen betroffen. Georges Art war noch unwirscher, als er erwartet hatte. »Ich rufe nur an, um guten Tag zu sagen«, sagte er. »Rufe ich zu einem ungünstigen Zeitpunkt an?«

»Überhaupt nicht, mein Alter, schön, von dir zu hören. Wie hat deine Mutter reagiert, als du ihr die Neuigkeiten erzählt hast?«

Obwohl Georges Ton ein wenig sanfter geworden war, war Francey sich jetzt sicher, daß sein Anruf nicht willkommen war. »Ich habe Mami noch nicht davon erzählt«, erwiderte er, entschlossen, sich nicht einschüchtern zu lassen. Schließlich hatte er jedes Recht anzurufen, dachte er, dann hörte er, wie er seinem Vater erzählte, daß er wahrscheinlich am kommenden Wochenende nach Lahersheen fahren würde, obwohl er sich noch gar nicht entschieden hatte.

»Das ist natürlich deine Angelegenheit.« Georges Stimme wurde gedämpft, als er das Mundstück an seinem Ende für einen Augenblick bedeckte – um jemanden zum Schweigen zu bringen? Um mitzuteilen, wer am anderen Ende der Leitung war? Dann: »War sonst noch irgendwas, alter Junge?«

Francey wurde ärgerlich. Schweigen knackste zwischen ihnen, und er entschied, daß er es nicht brechen wollte.

»Wann sehen wir dich auf dieser Seite des Meeres wieder, was meinst du?«

Francey war froh, daß George derjenige war, der nachgegeben hatte, brachte es aber noch nicht fertig, zum Anlaß seines Telefonates zu kommen. »Bald, hoffe ich«, sagte er. »Wir müssen uns einmal hinsetzen und miteinander reden – em – George. Es gibt eine Menge Dinge, die ich dich fragen möchte.«

»Sicherlich. Nur zu.« George wartete.

»Vielleicht ist das Telefon nicht der beste Ort.« Francey vergaß seine Verärgerung, schluckte und preßte die Augen fest zu. »Wir warten damit, bis ich rüberkomme, in Ordnung? Sind – sind Colin und Fleur bei dir?« Da – jetzt war es raus. Er rollte seine Zehen ein.

Wieder Schweigen am anderen Ende der Leitung. Schließlich: »Am letzten Wochenende waren sie mit dem kleinen Tommy hier. Schade, daß du nicht da warst, Francey. Jetzt werden sie wohl eine Weile nicht kommen. Vielleicht können wir während der Weihnachtsferien alle zusammenkommen?«

»Ja, vielleicht«, Francey fand seine Stimme wieder. »Ich habe daran gedacht, für ein paar Tage nach London zu fahren – um die Suche nach Dessie in Gang zu setzen, weißt du?« Dann holte er tief Luft. »Und ich dachte, ich besuche die zwei einmal. Hast du Colins Telefonnummer?«

»Sicher, sicher. Ich kann mir Zahlen schlecht merken, ich muß mir alles aufschreiben. Warte einen Augenblick ...« Franceys Zehen bohrten sich noch tiefer in sein Schuhleder, als er hörte, wie George mit Papier raschelte. Dann war er zurück. »Hier ist sie.«

Als er ihre Nummer vorgelesen bekam und sie auf den kleinen Notizblock schrieb, fühlte sich der Stift in Franceys Fingern glitschig an. »Ich freue mich übrigens, daß du kommst.« Georges Stimme war jetzt lebhaft. »Wir müssen Vereinbarungen treffen, wie ich dir dein Geld regelmäßig überweisen kann. Und ich habe dein Gemälde gekennzeichnet, falls jemand Stielaugen bekommt, wenn er es sieht. Wie steht's übrigens im Moment mit Geld? Brauchst du welches? Rufst du deshalb an?«

»Oh, nein«, Francey war entsetzt. »Ich habe noch viel Geld übrig«, platzte er heraus, »haufenweise –«

»Wie du ja sagtest, Francey, ist das natürlich deine Angelegenheit, aber es wartet noch haufenweise davon hier auf dich. Dein Einkommen beträgt jetzt fast sechstausend die Woche. Ich hoffe, du hast dir mit deinen Steuerfachleuten da drüben schon was überlegt?«

»Noch nicht.« Im Wirbel der Ereignisse hatte Francey den Haken und Ösen seines finanziellen Glücksfalls sehr wenig Aufmerksamkeit gewidmet.

»Hör auf meinen Rat«, George wickelte seinen Teil des Gespräches ab, »laß das so schnell wie möglich klären. Ich habe hier drüben einen guten Berater. Wenn du kommst, mache ich einen Termin für dich, wenn du möchtest. Vielleicht könntet ihr beide ihn gemeinsam aufsuchen.«

»Das werde ich machen«, versprach Francey. Sie beendeten das Gespräch, indem sie beide sagten, daß sie in Verbindung bleiben wollten, aber zuvor hatte Francey noch einmal jenes schwache flötende Lachen gehört.

Nachdem Francey den Hörer aufgelegt hatte, lösten sich seines Vaters Ermahnungen in Luft auf, als er dasaß und auf das Gekritzel auf dem Notizblock starrte. Er hatte vorgehabt, sie anzurufen, solange sein Mut noch ausreichte, aber jetzt, als er sich an das Schweigen am Telefon erinnerte, nachdem er ihren Namen genannt hatte, und an die Frage seines Vaters beim Dinner, ob er und Fleur ihren Spaziergang im Wald genossen hätten, fühlte er sich entmutigt. Er faltete den Zettel mit der Nummer und steckte ihn in seine Brieftasche.

Später an jenem Abend, als er in sein ordentliches Hotelbett kletterte, entschied Francey, daß das, was er George über den Besuch bei seiner Mutter am folgenden Wochenende gesagt hatte, eine sich selbst erfüllende Prophezeiung sein sollte. Die Zeit war gekommen, um dem Lärm zu Hause ins Gesicht zu sehen. Was ihn zurückgehalten hatte, war ein Widerstreben, das Thema Vater erneut zu eröffnen. Was offene Kommunikation anbelangte, war Franceys Mutter besser als die Eltern von Franceys Freunden, aber wie die meisten Menschen arbeitete auch sie auf der Basis des »Nicht-dran-Rührens«, und Francey wußte, daß ihr das Thema nicht gefallen würde. Sobald er enthüllte, was ihm widerfahren war, würde nicht nur Lahersheen, sondern die ganze Halbinsel aus dem Häuschen sein und die pikanten Einzelheiten des größten Skandals, der die Gegend in Jahrzehnten heimgesucht hatte, wiederaufwärmen.

Und er hatte Angst, alte Wunden wieder aufzureißen. Der Tod von Neeley Scollard, seinem ersten Stiefvater, der Elizabeth Sullivan geheiratet und es auf sich genommen hatte, ihn, ihren Bastard, großzuziehen, stand ihm noch lebhaft vor Augen, nicht nur weil er so schrecklich gewesen war, sondern weil sich Francey irgendwo in seinem Hinterkopf stets die Schuld dafür gegeben hatte. Er war erst sechs Jahre alt gewesen, aber genau wie die Bilder des Besuches seines Vaters im Bauernhaus ihm so frisch vor Augen standen, als hätte er sich erst gestern ereignet, genauso frisch waren die Szenen, die den Tod seines Stiefvaters umgaben, der schreckliche Kampf zwischen Neeley und seiner Mutter, der dazu führte, daß er eingriff und danach mit einem Schädelbruch im Krankenhaus von Cork lag. Als er aus dem Krankenhaus nach Hause zurückkehrte, war Neeley tot und begraben.

Niemand, nicht einmal seine Mutter, hatte Francey die ganze Geschichte erzählt. Trotzdem hatte er in seiner Grundschulzeit, wenn er mit einer schauerlichen Version seiner Familiengeschichte gehänselt wurde, mit vielen Mitschülern gekämpft, als er sie verteidigte. Sicher wußte er nur, daß, als sei die uneheliche Schwangerschaft seiner Mutter nicht schlimm genug gewesen, der Skandal um sie im Zusammenhang mit Neeleys Tod noch viel schlimmer gewesen war. Dazu gehörte eine Fehde des Schweigens mit einer anderen Familie aus der Gemeinde, den McCarthys, von denen einer kurz nach dem Vorfall aus Lahersheen verschwunden war. Sobald er alt genug gewesen war, um den Tratsch zu verstehen, war Franceys Reaktion – eine Wiedergutmachung und Unterstützung für seine Mutter – gewesen, auf dem Namen Sullivan, ihrem Namen, zu bestehen, statt Scollard, wie er in seiner Geburtsurkunde hieß. Niemand war bisher dazu imstande gewesen, ihn wieder zu ändern. Bisher hatte er noch nie einen Paß benötigt, aber wenn es dazu käme, wollte er durchhalten und seinen Namen durch eine notarielle Erklärung ändern.

Er schaltete die Lampe neben dem Bett aus. Er wollte nicht darüber nachdenken, was ihn in Lahersheen erwartete, bis er dazu gezwungen war. Er wollte an den armen Dessie denken. Nach seinem Besuch zu Hause wollte er es zumindest für eine Weile zu seiner Hauptbeschäftigung machen, seinen jüngeren Halbbruder zu suchen.

Und es gab auch etwas, auf das er sich freuen konnte: die Verabredung, Hazel am Ende der kommenden Woche wieder in ihrer Wohnung zu treffen. Francey warf sich in dem Bett, das wie üblich zu kurz war, herum und beschwor einige der Dinge herauf, die er und Hazel getan hatten, und schlief ein, als er sich vorstellte, wie Hazel ihn in der ersten Nacht mit ihren Brüsten gefüttert hatte.

Dieses Mal stellte er sich jedoch nicht Hazels üppige, sondern Fleurs zierliche Brüste vor.

Auf dem ganzen Weg zurück nach Cork arbeitete Franceys Gehirn im trägen Takt der Räder des Zuges. Er hatte sich entschieden, an einem Samstag zu reisen, um seine Mutter nicht zu erschrecken. Wenn er ihr gesagt hätte, daß er an einem Werktag käme, hätte sie sich sicher Sorgen gemacht, daß er gefeuert worden sei.

Sein vollauf befriedigter Körper badete in wollüstigen Erinnerungen. Eigentlich sollte er erschöpft sein, aber auf eine Weise, die er nicht verstand, hatte die Woche der Leidenschaft mit Hazel dazu geführt, daß er sich nicht länger »zu lang« oder »riesig« fühlte, sondern nur noch »groß«; und groß zu sein, das bedeutete, voller Vitalität zu stecken, vor Gewißheit zu vibrieren. Er war überrascht, wie wenig er sich Sorgen darüber machte, ein Sünder zu sein, und je mehr er darüber nachdachte, desto stärker hatte er das Gefühl, daß die Kirche etwas falsch verstanden hatte: Bestimmt hätte Gott nicht etwas so Wundervolles geschaffen, das seine Untertanen genießen konnten, wenn es nicht seine

Absicht war, daß sie es voll auskosteten. Es bestand keine Gefahr, daß jemand verletzt wurde, keine Gefahr eines Babys. Hazel hatte eine Freundin, die einen protestantischen Arzt kannte, und hatte daher keine Schwierigkeiten, sich die Pille zu beschaffen.

Nur eine Kleinigkeit beunruhigte Francey, so winzig, daß sie sein Gewissen nur ganz sacht berührte, und zu seiner Überraschung war es nicht die Tatsache, daß Fleur verheiratet war. Francey machte sich Gedanken darüber, wie moralisch es war, mit einer Frau ins Bett zu gehen, während man in eine andere verliebt war.

Hazel würde immer eine liebe, liebe Freundin sein, aber das war auch alles. Er würde weiterhin mit ihr ins Bett gehen, wenn auch sie glücklich dabei war, aber seine Phantasien drehten sich um Fleur. Er und Hazel hatten während der Odyssee dieser Woche darüber geredet. Sie war sehr einfühlsam gewesen, hatte ihn getröstet und seine Sorgen zerstreut, daß er irgendwie beiden Frauen untreu war oder daß er sie benutzte.

»Natürlich tust du das nicht«, hatte sie ihm versichert. »Das war meine Entscheidung, erinnerst du dich?« Sie hatte eine Stelle mitten auf seiner Brust geküßt. »Mach dir keine Sorgen um mich, Kumpel. Ich erwarte nichts von dir, überhaupt nichts. Ich verlasse mich jetzt seit einigen Jahren auf Number One.« Sie hatte geraucht und sich mit Rücksicht auf Franceys Abneigung gegen Zigarettenrauch auf den Rücken gelegt, um den Rauch von ihm wegzublasen. Und als er herübergriff und ihr Kinn anhob, hatte sie ihn offen angesehen und gelächelt. Im Laufe der Woche hatten sie auch über andere Dinge diskutiert, über ihr Leben, ihre Hoffnungen. Jetzt, als Francey darüber nachdachte, fiel ihm jedoch auf, daß sie hauptsächlich sein Leben und seine Hoffnungen ergründet hatten.

Jetzt dachte er im Schutze des düsteren Lichtes, als der Zug nach Cork in den Tunnel am Rande der Stadt fuhr, wieder über Hazel und Fleur nach: Er dachte an Fleurs Brüste, wie sie sich anfühlen würden – und dann daran, was Hazel mit ihren Fingern tun konnte und selbst mit den Zehen. Sie war nicht umsonst zur

Tänzerin ausgebildet worden, dachte er, und sie hatte sich gut in Form gehalten. Sein ganzes Leben lang hatte er Befürchtungen gehabt, mit einer Frau zu schlafen, die viel kleiner war als er selbst. Aber Hazel hatte ihm Mittel und Wege gezeigt, dieses Ungleichgewicht zu umgehen, und zog ihn damit auf, daß es ein Segen sei, wegen seiner Größe vorsichtig sein zu müssen, weil sie im Moment in einem so gebrechlichen Zustand sei.

Gute, alte Hazel, dachte er, als der Zugführer bremste und der Zug quietschend in dem Bahnhof einfuhr. Die Wahl seiner ersten Sexpartnerin hätte nicht glücklicher sein können. Und es war phantastisch, daß sie so reif war.

Als er beinahe sechs Stunden später nach Castletownbere kam, war er müde. Als er seine Mutter angerufen hatte, um seinen Besuch anzukündigen, hatte er ihr nur gesagt, daß er käme, weil es Neuigkeiten gäbe.

Aber als der Berehavenbus auf den Platz vor MacCarthys Kneipe fuhr, machte ihm das Lächeln seiner Mutter, als er ihr und Margaret, einer seiner Stiefschwestern, zuwinkte, deutlich, wie tief seine Liebe zu ihr war. Mit den Paketen in den Händen, die er den ganzen Weg von Dublin transportiert hatte, sprang er die Stufen des Busses hinunter und beugte sich vor, um sich umarmen zu lassen. In der letzten Zeit war Elizabeth Sullivan dazu übergegangen, Ashes of Roses zu benutzen, dasselbe Parfüm wie ihre Mutter, seine Großmutter Sullivan; der Duft erinnerte Francey an seine Kindheit. »Wie geht es dir, Mam?« Lächelnd blickte er zu ihr hinunter.

»Besser denn je.« Ihr Lächeln ließ ihr Gesicht mit den hohen Wangenknochen leuchten. Manchmal mußte Francey sich daran erinnern, daß sie fünfundvierzig Jahre alt war. In seiner Vorstellung war sie, wie sie gewesen war, als er alt genug war, es zu bemerken: eine schöne Frau seines Alters. Als er sie jetzt im Schein der Straßenlaternen anschaute, sah sie nicht älter aus als Hazel Slye.

»Was ist in der Kiste?« Seine Stiefschwester, die nie lange um den heißen Brei herumredete, bückte sich, um das größte der schweren Pakete zu inspizieren, nachdem sie ihn von oben bis unten gemustert und bemerkt hatte: »Auf jeden Fall siehst du in Ordnung aus.« Amüsiert dachte er, daß Margaret ihn in vielerlei Hinsicht an Hazel erinnerte. Es bestand keine Gefahr, daß in ihrer Nähe jemand hochnäsig oder sentimental wurde.

»Schön, dich zu sehen.« Elizabeth umarmte ihn erneut, dann trat sie zurück. »Ich muß sagen, daß du wirklich gesund aussiehst.« Dann blickte auch sie erstaunt auf die stattliche Anzahl von Paketen. »Was ist das alles für Zeug? Hast du eine Bank ausgeraubt oder was?«

»Ihr müßt alle ein bißchen Geduld haben.« Francey schob Margaret aus dem Weg und hob die Kiste auf, an der sie herumspioniert hatte.

»Es ist wie Weihnachten.« Margaret nahm zwei der kleineren Pakete und folgte Francey quer über den großen Platz zum alten Hillman der Familie, der vor MacCarthys Kneipe geparkt war.

»Nun, es ist bald Weihnachten, nicht?« Francey wartete, bis seine Mutter ihn eingeholt hatte, und öffnete den Kofferraum des Hillman. Sie seufzte, als sie zusah, wie er die Kiste hineinstellte. »Mein Gott, ich liebe diese Zeit des Jahres. Es ist seltsam, aber anscheinend bekommen wir Weihnachten immer phantastisches Wetter.«

Francey ließ sie zur Beifahrerseite des Autos vorgehen und half ihr hinein. Bevor er seinen riesigen Körper auf den unbequemen Rücksitz zwängte, zögerte er ein wenig, stand mit der Hand auf dem Dach da und atmete den Geruch der Stadt ein, der sich seit seiner Kindheit nicht verändert hatte. Nur der Wechsel der Jahreszeiten veränderte den vertrauten Cocktail aus Fisch, Diesel, Dung und Torfrauch, der die salzige Luft durchdrang.

Die Dunkelheit verbarg den vernachlässigten Anstrich der Gebäude, die den Platz umstanden; sie vereinheitlichte die Architektur der Häuser und strafte beinahe die Alten Lügen, die die Ansicht vertraten, daß Castletown nicht mehr so war wie früher, seit die Briten abgezogen waren, die auf Bere Island eine Marinebasis unterhalten hatten. Aber der Platz war weitgehend leer; dort standen nur der Berehavenbus, mit dem Francey angekommen war und der jetzt dunkel und leer war, sowie drei Autos und ebenso viele Pferdewagen. Er erinnerte sich an andere Vorweihnachtszeiten, als der Pferdeverkehr sich jeden Abend um die Parkplätze drängelte und Menschenmassen die Kneipen rund um den Platz füllten, so daß die Türen offengehalten wurden, um ein wenig Luft hineinzulassen.

An diesem Abend war der Wind ruhig, und Francey konnte über die Autos und Tiere hinweg, die sich außer Sichtweite hinter dem Gebäude des Schiffsausrüsters befanden, hören, wie ein Fischkutter langsam auf seinen Liegeplatz tuckerte. Das Geräusch gab ihm das Gefühl, einsam zu sein, als habe er sich außerhalb der Reichweite seiner Kindheit begeben. Zu seiner Linken trat eine stämmige Frau aus MacCarthys heraus und brachte gelbes Licht und Gelächter mit sich. Aber als sich die Tür wieder hinter ihr schloß, war es, als sei eine Kerze ausgelöscht worden. Sehnsüchtig blickte er auf die verschrammte Holztür. Obwohl er wußte, daß es nur einige Tage dauern würde, bis er sich danach sehnte, wieder abreisen zu können, erfüllte ihn das Nachhausekommen stets mit Weichheit, und der kurze Blick auf die vertraute Heiterkeit war verlockend.

»Was hält dich auf?« Margaret beugte sich über Elizabeth und klopfte gegen das Beifahrerfenster.

»Ich komme.« Auf meine alten Tage werde ich noch sentimental, dachte Francey, als er ins Auto stieg.

Sie nahmen zwei Nachbarn mit, als sie außerhalb der Stadt auf die Straße Richtung Eyeries abbogen, und Francey blieb es während des größten Teils der Fahrt erspart, von seiner Mutter und Stiefschwester ausgehorcht zu werden. Selbst als sie die Nachbarn in Ballycrovane herausließen, weigerte er sich, mit den Neuigkeiten herauszurücken. »Ihr müßt noch warten. Außerdem glaube ich, ich sollte es dir zuerst erzählen, Mam –«

»Du heiratest! Er heiratet, Mam.« Margaret drehte sich aufgeregt zu Elizabeth um. »Ich wußte, sobald ich ihn sah, daß etwas anders an ihm war! Der Junge ist verliebt!«

»Ich heirate nicht!« Francey war eingeschnappt, da er wußte, daß bei all diesen Frauen eine Hochzeit selbst die Tatsache, Millionär zu werden, in den Schatten stellte. Falls sie das erwarteten, würde das, was er ihnen zu erzählen hatte, beinahe eine Enttäuschung sein. »Von euch hat das bis jetzt ja auch keine geschafft, oder?« fauchte er Margaret an. Dann bedauerte er es, als Elizabeth ihn ermahnte: »Kinder, Kinder, bitte.«

Als Antwort darauf wechselte seine Stiefschwester knirschend die Gänge, während sie eine Kurve auf der hügeligen, gewundenen Straße nahm, und es lag Francey auf der Zunge, zu erwidern, daß sie angefangen hätte, als ihm klar wurde, wie albern sich das anhören würde. Wenn er bedachte, wie erwachsen er sich in der vergangenen Woche benommen hatte, war diese infantile Regression bemerkenswert, dachte er. Es passierte immer, jedes Mal, wenn er nach Hause kam.

Seine Mutter beendete die Gesprächspause, informierte ihn, was in der Gegend los war, und gab ihm die Möglichkeit, das Vorbeigleiten der ruhigen Landschaft zu beobachten. Trotz seines körperlichen Unbehagens – das Dach des Autos war viel zu niedrig für ihn, so daß er vornübergebeugt und in einem schrägen Winkel sitzen mußte, damit er seine Beine unterbrachte – genoß Francey es sehr, durch die Nacht zu fahren. Etwas von der Empfindung, wie in einem dämmrigen Mutterleib eingeschlossen und vor der Dunkelheit draußen geschützt zu sein, erfüllte ihn mit einem Gefühl der Sicherheit. Das Meer unter ihnen war ruhig, die sich widerspiegelnden Sterne glänzten, und heute abend, als er auf andere Dinge eingestimmt war, zuckte er auch nicht zurück, als die schwankenden Scheinwerferlichter die keltischen Kreuze erfaßten, die finster über die hohe Steinmauer des Kilcatherine-Friedhofes direkt vor ihnen blickten. »Kürzlich jemand gestorben?« fragte er und gab Elizabeth ein neues Gesprächsthema, während Margaret vorsichtig um den verdeckten Halbkreis unter den Kreuzen fuhr.

Während sie den steilen Hügel hinter Kilcatherine emporfuhren, vergewisserte Francey sich durchs Rückfenster: Da war er, der handfeste Freund seiner Jugend – das flüchtige weiße Aufblitzen aus dem Leuchtturm auf Bull Rock. Er war zu Hause.

»War das nicht schrecklich mit dem armen Präsidenten Kennedy?« Margaret hatte ihre gute Laune wiedergefunden. »Es war das Gespräch des ganzen Bezirks. Ich wurde nach Derryconnla herausgerufen« – Margaret war die Bezirkskrankenschwester –, »und da kam es im Radio. Alle waren auf den Straßen, niemand konnte es glauben. War das in Dublin auch so toll? Ich glaube, jeder hat darüber geredet.«

»Oh, ja.«

»Wie hast du es erfahren?« Sie lenkte das Auto um die letzte Kurve und fuhr den Hügel hinab in Richtung Zuhause.

»Oh«, Francey war dankbar für die Dunkelheit, »auch durch das Radio, glaube ich –«

»Du *glaubst* es nur?« Margaret seufzte theatralisch auf. »Typisch! Ich wette, du hattest deine Nase in einem Buch stecken. Eine Atombombe könnte herunterfallen, und du würdest es nicht merken.«

»Hm-hm.« Francey konnte gegen den blasseren Himmel den Knockameala erkennen, und er beugte sich vor, um einen ersten Blick auf das Haus zu erhaschen, das zwischen den Ausläufern am Fuße des Berges lag. »Wer ist zu Weihnachten nach Hause gekommen?« fragte er, weil er Margaret ablenken wollte.

»Noch nicht viele«, erwiderte Elizabeth. »Ein paar Yankees sind schon da, und die Harringtons erwarten am Montag Cousins aus England, aber niemand, an dem du interessiert wärst. Es ist noch ein wenig früh. Wann kommst du nach Hause? Wie lange hast du frei?«

»Weiß ich noch nicht.«

Seine Mutter bemerkte, daß er auswich. »Ist bei der Arbeit etwas passiert?«

Ihr Scharfblick verärgerte Francey. »Natürlich nicht«, erwiderte er. Weitere Unschuldsbeteuerungen blieben ihm erspart, als Margaret den Wagen abbremste, um durch das Tor in den Hof einzubiegen. An dieser Stelle machte sein Herz immer einen Satz, und heute war keine Ausnahme: In Erwartung seiner Ankunft war jedes Fenster des zweistöckigen Hauses erleuchtet.

Als er sich aus dem Auto faltete, hoppelte Rex, eine Neuanschaffung, die weniger als ein Jahr alt und noch nicht fertig erzogen war, über den Hof, um hallo zu sagen.

»Verdammter Idiot.« Als Margaret ausstieg, wischte sie die stürmische Begrüßung des Tieres beiseite. »Dieser Dummkopf«, beklagte sie sich bei Francey, »glaubt, Kühe seien zum Spielen da.«

»Hallo, Bursche!« Francey, der diesen Rex noch nicht gesehen hatte, gestattete dem begeisterten Tier, an ihm hochzuspringen. »Du wirst großartig sein, nicht wahr, mein Junge?« Er streichelte die Ohren des Hundes, die noch weiches Welpenfell hatten, und hob dann einen Stein auf und warf ihn quer über den Hof.

»Mossie wird dich umbringen.« Margaret, die beobachtete, wie Rex hinter dem Geschoß hersauste, schüttelte mißbilligend den Kopf. »Du weißt ganz genau, wie seiner Meinung nach Arbeitshunde behandelt werden sollen.«

»Hast du denn kein Herz, er ist doch noch ein Baby.« Francey warf einen weiteren Stein für den Hund.

»Baby oder nicht«, sagte Margaret, »er wird uns noch das Herz brechen. Er ist ein Streuner. Er geht verloren, und die meiste Zeit wissen wir nicht, wo er ist. Aber Mossie mag es nicht, wenn er tagsüber angebunden wird.«

Bei diesen Worten erschien Mossies stämmige Figur in der offenen Küchentür. »Hallo, Mossie«, rief Francey. Er mochte seinen zweiten Stiefvater.

»Willkommen zu Hause.« Mossie kam auf das Auto zu, um mit dem Gepäck zu helfen. Als er dann den Inhalt des Kofferraums sah, stemmte er die Hände in die Hüften und trat ein wenig zurück, als begutachte er ein günstiges Angebot auf einem Markt. »Hast du Dublin aufgekauft?«

»Er weigert sich, uns seine berühmten Neuigkeiten zu erzählen. Ich wette, er hat beim Pferderennen gewonnen und vergessen, es uns zu erzählen. Oder vielleicht ist er einer von den Zugräubern!« Margaret packte ein Paket und marschierte damit zum Haus.

»Könntet ihr alle ein bißchen Geduld haben?« Francey grinste. Das war das Gute daran, wenn man Geld hatte, entdeckte er, und er war entschlossen, das größtmögliche Vergnügen aus seiner eigenen Großzügigkeit zu ziehen, indem er die Geschenke in einer Art Zeremonie übergab.

Bevor er zur Tür kam, wurden er und seine Pakete von den kräftigen Armen seiner zweitjüngsten Halbschwester umfangen, Abigail, zwanzig Jahre alt, die übers Wochenende zu Hause war und sonst in einem Lebensmittelgeschäft in Kenmare arbeitete. »Wie geht's dir, Francey?« plapperte sie drauflos. »Willkommen im Gemäuer deiner Ahnen.«

»Danke, Abby, meine Arme sind voll, sonst würde ich dich auch umarmen.« Obwohl er Johanna, der Schwester in Montana, am nächsten stand, war er stets erfreut, Abigail zu sehen, deren sonniges Gemüt jede Gesellschaft, in der sie sich befand, erhellte.

»Hast du einen Kuß für mich, Connie?« rief er, als er mit Abigail auf den Fersen die warme Küche betrat.

Constance, das einzige Kind seiner Mutter mit Mossie, schaute von ihren Schularbeiten hoch, die sie auf dem großen Tisch mitten im Zimmer ausgebreitet hatte. »Hallo, Francey«, sagte sie, ihr schmales ernstes Gesicht in Falten gezogen. »Tut mir leid, aber ich bin gerade mitten bei etwas.«

»So spät?« Francey ließ seine Lasten auf einen Stuhl am Fenster fallen, ging quer durchs Zimmer und zerzauste ihr die dunklen Locken. »Und ich habe gedacht, ein Genie wie du braucht überhaupt keine Bücher zu knacken?«

»Hör auf, Francey«, erwiderte Constance verärgert, »das ist kein Witz. Dieses Wochenende habe ich Berge von Aufgaben.« Zur Freude ihrer Mutter plante Constance nach ihrem Abgangszeugnis in achtzehn Monaten auf die Universität zu gehen, die einzige aus Franceys großer, buntgescheckter Familie. Wenn es klappte, und ihre Lehrer waren zuversichtlich, daß es das würde, wäre sie das erste Mädchen aus Lahersheen auf der Universität. In den letzten Jahren hatten etliche Mädchen aus dem benachbarten Derryconnla das Lehrerseminar besucht oder waren in die unteren Ränge des öffentlichen Dienstes gelangt, und einige waren Krankenschwestern geworden. Aber die meisten Mädchen in der Gemeinde, wenn sie das Abgangszeugnis überhaupt schafften, nahmen Stellen in Geschäften an oder gingen nach Dublin oder Cork auf die Handelsschule und wurden Sekretärinnen, Buchhalterinnen oder Büroangestellte.

»Es kommt ja nicht oft vor, daß dein Lieblingsbruder nach Hause kommt, um dich zu besuchen, also laß die alten Bücher fünf Minuten liegen und mach uns eine Tasse Tee, hörst du?« Francey küßte sie auf die Wange.

»Warum immer ich?« Mit einem Seufzer stand Constance auf, ging zum Herd und rückte den Kessel auf die Kochplatte.

Während seine Mutter und Margaret ihre Mäntel aufhängten, ließ Francey sich auf einen Stuhl am Kopfende des großen Tisches, der die Küche beherrschte, fallen. Es war zu aufgeräumt, dachte er. Es hatte eine Zeit gegeben, als ein Kampf nötig war, an diesem Tisch genug Platz zu finden, um seine Hausaufgaben zu machen. »Es sieht leer hier aus«, sagte er.

»Ja, nicht wahr?« Seine Mutter schob ein paar Strähnen ihres Haares an ihren Platz zurück. »Manchmal hat man das Gefühl, hier herrscht gar kein richtiges Leben mehr, nur mit Maggie und Connie, die ständig hier wohnen. Hier sind die letzten Briefe von Goretti und Hannah, beiden geht es gut – Goretti hat die Stelle gewechselt, sie verkauft jetzt Immobilien in einem Vorort von Chicago, und sie hat einen neuen Freund.« Sie griff nach einem Stapel Umschläge hinter einer kleinen gerahmten Fotografie auf dem Kaminsims und hielt mit trauriger Miene inne. »Der Tag, an dem Kitty und Dessie gegangen sind, jährt sich bald wieder, weißt du, Francey.«

Francey schaute hoch zu dem Foto – alles, was von den beiden Ausreißern übriggeblieben war. »Ich weiß«, sagte er. »Und ich möchte mit dir darüber reden.«

»Wann werden wir erfahren, was in dieser Karawane ist?« rief Margaret, die immer noch mitten im Zimmer mit den Paketen beschäftigt war.

»Erst muß ich mit Mam reden.« Francey nahm die Briefe von seiner Mutter entgegen und stopfte sie in seine Tasche.

7

Der Geruch nach Paraffin war stechend, aber nicht unangenehm. Er kam vom Heizofen, aber auch von den Öllampen, die Franceys Mutter in ihrer Sonnenveranda benutzte, weil sie ihren sanften Schein dem grellen elektrischen Licht vorzog.

Die erst kürzlich angebaute Veranda, in der Körbe voller Efeu und Geranien hingen, erstreckte sich über die ganze Vorderfront des Hauses und umfaßte den nie benutzten Haupteingang. Francey ließ die Hände zwischen den Knien baumeln und blickte durch die Fenster in Richtung auf den blauleuchtenden Schein, der in etwa zweieinhalb Kilometer Entfernung über dem Dorf Eyeries auf der anderen Seite der Coulagh Bay lag. Zur Rechten des Dorfes war die schwarze Mauer der Nacht bespickt mit einer Kette winziger Lichter, die sich am Ufer entlang bis Cod's Head und bis zum unterbrochenen Blitzen des Leuchtturmes erstreckte.

Aus den Augenwinkeln beobachtete Francey jedoch, wie seine Mutter verarbeitete, was er ihr gerade erzählt hatte. Er bemerkte, wie silberne Strähnen in ihrem Haar im Lichte der nahe stehenden Lampe glänzten; er hatte ihr Haar immer geliebt, das üppig war und sich wie üblich aus der Haarrolle, in der sie es zu bändigen versuchte, löste. Als er noch ein Kind war, hatte sie es offen getragen, so daß es sich wie Honig über ihre Schultern ergoß, und eine seiner ersten sinnlichen Erinnerungen war, es zu packen und zu versuchen, sich das Zeug händchenweise in den Mund zu stopfen.

Als könnte sie Gedanken lesen, griff sie in ihren Nacken und versuchte, die Haarrolle zu ordnen, indem sie die Haarnadeln herauszog und in anderer Anordnung wieder hineinschob. Obwohl er sich ihr in vielerlei Hinsicht näher fühlte als irgendeinem anderen Menschen auf der Welt, konnte sie ihn ausschließen, so wie sie es jetzt tat. Elizabeth Sullivan war immer anders gewesen als andere Mütter in der Gegend, nicht nur in bezug auf ihre Größe und Schönheit. Francey vermutete, daß der Unterschied auf ihre Herkunft aus der städtischen Mittelschicht zurückzuführen war.

Seit er erwachsen geworden und nach Dublin gegangen war, hatte er sich hin und wieder gefragt, wie leicht – oder schwer – es für sie gewesen war, sich nach ihrer relativ wohlhabenden Kindheit und Jugend in Lahersheen einzugewöhnen. Er hatte diesen Gedanken jedoch nie weiter verfolgt, da er nur zu gut wußte, daß ihre illegitime Schwangerschaft mit ihm der Grund war für ihre erzwungene Zurückgezogenheit. »Was hältst du davon?« Er spielte mit einem Damespiel auf dem Tisch, der zwischen ihren Stühlen stand.

Statt geradewegs zu antworten, stand seine Mutter auf und ging zum Herd hinüber, um die Flamme zu regulieren. Francey fragte sich, während er ihren langen schlanken Rücken beobachtete, als sie sich vornüberbeugte, warum er trotz seines Alters immer noch das Gefühl hatte, ihre Zustimmung zu brauchen.

»Was willst du mit all dem Geld machen?« Sie drehte sich schließlich mit ernstem Gesicht um.

»Ich weiß es nicht«, gab Francey zu. »Es ist alles so schnell passiert, daß ich keine Zeit hatte, viel darüber nachzudenken. Aber es läuft ja nicht weg, und ich glaube, es ist besser, nichts Überhastetes zu tun?« Seine Bitte um Zustimmung oder Rat blieb unerfüllt, da er den Gesichtsausdruck seiner Mutter nicht entziffern konnte.

»Und George«, sie betrachtete ihn weiterhin eingehend, »dein Vater, wie nimmt er die Neuigkeiten auf?«

»Da bin ich mir nicht allzu sicher.« Er hatte das Gefühl, auf einer schmalen Mauer zu balancieren. Die Entdeckung, daß sein Vater ein Mann aus Fleisch und Blut war und keine Phantasiefigur, hatte Konsequenzen. Eine davon war eine unerwartete Regung von Loyalität. Ein Schritt in die falsche Richtung, und er wäre dem einen oder dem anderen Elternteil gegenüber unloyal. »Es war natürlich ein Schock für ihn«, sagte er und wählte seine Worte sorgfältig, »für uns alle. Aber soweit ist alles in Ordnung, glaube ich.«

Dann sagte er, um von dem Thema George wegzukommen:

»Und was den anderen Mann betrifft, von dem ich dir erzählt habe, Colin, mein Halbbruder, der nimmt es auch ganz gut auf.«

»Aber ich verstehe es immer noch nicht. Warum, glaubst du, hat diese amerikanische Frau all die Mühe auf sich genommen, alles über dich und Dessie herauszufinden?«

»Mam, ich habe nicht die geringste Ahnung. Ich glaube, es hat damit zu tun, daß sie keine eigene Familie hatte – glaube ich«, wiederholte er, weil er wußte, daß auch das unloyal gegenüber der Mutter wirken konnte, die schwierige Zeiten durchgemacht hatte, während George und Jool im Luxus geschwelgt hatten. Und während Jools Vorgehensweise an ihrem eigenen phantastischen Glastisch logisch geklungen hatte, hörte sie sich in der gemütlichen ländlichen Umgebung seiner Kindheit mehr als nur ein wenig unwahrscheinlich an. »Sieh mal, Mam«, platzte er heraus, »eigentlich bin ich überhaupt nur nach Hause gekommen, weil ich wirklich wissen möchte, was du davon hältst.«

»Um die Wahrheit zu sagen, weiß ich nicht, was ich davon halte.« Elizabeth lehnte sich auf ihrem Stuhl zurück. »Ich empfinde alles mögliche. Aber du mußt mir glauben, daß ich deinetwegen begeistert bin – wirklich, Francey. Es ist ein Riesenglück. Ich hoffe, du wirst sehr glücklich.«

Wenn er sich diese Szene vorgestellt hatte, hatte er Freudenschreie, Umarmungen vor Augen – oder auf der anderen Seite der Skala Vorwürfe unter Tränen, daß er mit seinem Vater Kontakt aufgenommen hatte, ohne es ihr vorher zu sagen. Diesen ruhigen Vorbehalt hatte er nicht vorhergesehen. Er und seine Mutter hatten immer miteinander reden können, obwohl es in den letzten Jahren nicht mehr ihre Gewohnheit war. Er holte tief Luft. »Komm schon, Mam, was empfindest du?«

»Ich kann den Finger nicht darauf legen.« Sie drehte ihr Armband. »Ich sollte außer mir sein vor Freude, und in gewisser Weise bin ich – enttäuscht. Ich nehme es sogar übel.« Sie beugte sich vor. »Ich versuche, ehrlich zu sein.«

»Du nimmst es übel? Warum?« Francey war vorsichtig, obwohl er ziemlich genau wußte, was sie meinte. Sie hatte jedes Recht, es übelzunehmen.

»Es ist kein sehr angenehmes Gefühl, und ich bin nicht stolz darauf.« Sie vermied es, ihn anzuschauen, stand auf und ging zum nächsten Fenster. Sie wischte eine beschlagene Scheibe frei. »Nach all diesen Jahren«, sagte sie, »sollte man meinen, daß es mir nichts ausmacht, was dieser Mann tut oder wo er ist oder was mit ihm ist. Ich dachte, ich sei ihn für immer los – aber anscheinend geht er mir noch immer unter die Haut.«

»Es ist lange her, Mam«, bat Francey.

Ihre Augen lagen im Schatten des Lampenlichtes, als sie sich umdrehte, um ihm wieder ins Gesicht zu sehen. »Natürlich ist es das, Francey, und du bist George Gallahers gute Seite. Gott sei Dank hast du seine Unzuverlässigkeit nicht geerbt – soweit ich weiß, zumindest.« Sie schaute zu ihm hoch, als versuche sie, in seiner Seele zu lesen, und Francey konnte ihrem Blick nicht standhalten. Was würde sie über seine lusterfüllte Woche mit Hazel Slye denken? Als er wieder aufschaute, hatte sie den Blick auf ihr Armband gesenkt: »Ich weiß, daß sich das hart anhört, und es tut mir leid, aber ich bin zu alt, um um den heißen Brei herumzureden. Ich bin auch nur ein Mensch«, fügte sie hinzu, »und etwas in mir sagt, daß es einfach nicht fair ist, wie George Gallaher anscheinend immer wieder auf die Füße fällt. Nach dem, was du mir erzählt hast, ist er sein ganzes Leben vor den Folgen seines Verhaltens davongelaufen, dann heiratet er reich, und jetzt ist er nicht nur selbst reich, er bekommt auf dem Silbertablett auch noch zwei fix und fertige, dankbare Söhne, die er nie schlagen oder ausschimpfen oder zwingen mußte, ihre Hausaufgaben zu machen, oder bei denen er die ganze Nacht gewacht hat. Mit einem Augenzwinkern hat er euch reich gemacht. Und jetzt, da er den Anreiz hat – und natürlich das Geld –, schafft er es vielleicht sogar, Kitty und Dessie zu finden, etwas, das mir nicht gelungen ist. Ist es da ein Wunder, daß ich gemischte Gefühle habe?« Sie starrte ihn an und lächelte dann schief. »Ich glaube, wenn ich ehrlich bin, bin ich eifersüchtig.«

Francey hatte Angst, sie würde weinen. »Aber früher oder später mußte ich ihn sehen«, drängte er, »akzeptierst du das?«

»Natürlich tue ich das. Ich wünschte nur, das Ganze täte nicht so weh.« Sie fuhr sich mit dem Handrücken über die Stirn. »Tut mir leid, ich bin sehr kindisch. Ich nehme an, dies ist eine Art Wendepunkt, ein Rollentausch. Jetzt bist du derjenige, der reif ist.«

»Sei bitte nicht verletzt«, bettelte Francey, »nichts wird sich ändern zwischen mir und der Familie – dieser Familie, meine ich. Hör mal, Mami«, fügte er hinzu, »das ist eine gute Neuigkeit. Man könnte glauben, ich hätte dir erzählt, daß ich nach Australien deportiert werde oder so was.«

»Du weißt, daß ich nur das Beste im Leben für dich will, Francey.« Sie hob das Kinn. »Sieh mal, da ist noch etwas anderes.«

Nach ihrer anfänglich rätselhaften Reaktion begrüßte Francey das plötzliche, herausfordernde Aufblitzen in ihren Augen. »Was ist es denn?«

»Ich befürchte, daß du uns – mich – nicht mehr kennen willst. Daß du von ihm geblendet wirst. Wer wüßte besser als ich, wie verdammt attraktiv dieser Bastard sein kann?«

Francey lachte beinahe vor Erleichterung. »Oh, Mam, ist das alles? Ich kann dir versichern, daß das nicht der Fall sein wird –«

»Ich kann mir nicht vorstellen, daß du hier auf den Bauernhof zurückkommst und dich bei Kühen und Kartoffeln häuslich niederläßt!« unterbrach sie ihn.

»Nein«, gab Francey zu, »aber das hatte ich sowieso nie vor.«

Damit brach der Protest in sich zusammen. »Oh, Francey«, meinte seine Mutter halb lachend, halb stöhnend, »achte nicht auf mich. Es tut mir leid! In Ordnung, es ist nicht fair so, aber was ist schon fair in diesem Leben? Gott sei Dank glaube ich nicht an Gott, sonst würde ich denken, daß er sich nur einen kleinen Scherz mit mir erlaubt hat! Komm schon, umarm mich mal.« Endlich lächelte sie. »Es ist phantastisch, wirklich, Francey. Und ich bin nur eine verdammt selbstsüchtige alte Frau.«

Als er sich hinunterbeugte, um sie zu umarmen, fragte Francey sich, ob er je Frauen in seinem Leben verstehen würde. Er konnte ihr wenigstens ein paar Pfund dalassen, wenn er ging. Das erste Mal, daß er dazu in der Lage war, seit er angefangen hatte zu arbeiten.

»Was? Du bist ein was?« kreischte Margaret, als Francey ein paar Minuten später verkündete, daß es Zeit sei, die Pakete zu öffnen, und aus welchem Grund er sie mitgebracht hatte.

»Was? Ein Millionär?« Connie bekam runde Augen.

»Ja. Ich bin Millionär«, wiederholte er jetzt erfreut.

»Lizzie?« Mossie schaute dorthin, wo sie in der Tür stand, die von der Küche zur Sonnenveranda führte.

»Es stimmt«, erwiderte Elizabeth, »Francey hat eine Menge Geld geerbt von – von einem Verwandten.«

»Welchem Verwandten?« Constance kam auf Francey zugesaust und packte ihn an den Revers seines Jacketts. »Habe ich einen reichen Verwandten, von dem ich nichts weiß?«

»Nun komm schon, Francey, erzähl uns die Einzelheiten.«

»Ja.«

»Um Himmels willen, Francey, werden wir alle reich?«

Die drei Mädchen riefen durcheinander, so daß Francey die Hände hob, damit Ruhe einkehrte. Er warf seiner Mutter einen Blick zu: »Ist es in Ordnung, wenn ich ihnen erzähle, wie es passiert ist?«

Sie nickte und wandte sich dem Herd zu. Mossie ging zu ihr, und trotz des Tumultes, den die Mädchen immer noch veranstalteten, bemerkte Francey mit seinem erst jüngst geweckten Blick, wie er beiläufig die Hand sinken ließ, um ihre Taille zu streicheln. Im nächsten Augenblick wurde ihm klar, daß das nicht seine Angelegenheit war. »In Ordnung, Mädchen«, lachte er, »genug – genug! Setzt euch, und ich erzähle es euch ...«

Er begann ganz von vorne und genoß die Aufmerksamkeit, während er ihnen alles erzählte, einschließlich der Rolle, die Hazel dabei gespielt hatte, George Gallaher zu finden.

Margaret erinnerte sich an Hazel und war deshalb neugierig, wie er sie getroffen hatte. Francey erzählte es ihr, dann fuhr er fort zu berichten, wie er zufällig am Tag von Jools Beerdigung ins Haus seines Vaters kam, was es mit dem Testament auf sich hatte, und – er sprach von Colin.

»Du hast noch einen Bruder?« Margaret blickte Elizabeth fragend an.

»Ja«, bekräftigte er, »wir sind zu dritt. Alles Söhne meines Vaters.«

»Heiliger Himmel, diese Familie wird von Minute zu Minute komplizierter!« Als Francey Margarets Echo dessen, was George am Glastisch im Herrenhaus gesagt hatte, hörte, mußte er grinsen. »Und ihr habt noch nicht mal die Hälfte gehört«, sagte er kläglich.

»Was ist er für uns, Mami? Dieser neue Bruder, ist er ein Verwandter von uns?« Konzentriert zog Margaret die Stirn in Falten.

»Nein, er ist nichts für irgendeinen von uns, nur für Francey. Ich erkläre das später.« In gespielter Verzweiflung hob sie die Hände in die Höhe. »Warum öffnet ihr nicht die verdammten Geschenke und hört auf, *mir* diese Fragen zu stellen? Francey ist der einzige, der das entwirren kann.«

Weil Francey wollte, daß das sperrigste Paket die größte Überraschung sein sollte, sagte er ihnen, sie sollten es bis zuletzt übriglassen. Seine Mutter und sein Stiefvater hielten sich zurück, als die drei Mädchen die Pakete aufrissen, in denen Pralinen, eine Flasche Whisky, eine Flasche Brandy und eine mit Gin für seine Mutter waren, Bewley's Fruit Bracks, die sie alle so liebten, Seidenschals, ein königsblau gefärbtes Schaffell, das er spontan in einem Geschäft in der Nähe von Hazels Wohnung gekauft hatte. Eine der Kisten war bis zum Rand voll mit Lametta, Papiergirlanden, schimmernden Glaskugeln, kleinen Plastiknikoläusen und Rentieren für den Familienweihnachtsbaum sowie einer Sammlung billiger aufziehbarer Spielsachen: ein trommelnder Soldat, ein langarmiger Affe, der über ein Miniaturhochseil stolperte, ein Hund, dessen Kläffen mehr an eine quietschende Türangel als an Bellen erinnerte, ein gelbes Kaninchen, das winzige Zimbeln zusammenschlug, und ein zwanzig Zentimeter großes Plastikbaby, das, nur mit einer Windel bekleidet, wenn man es aufzog, auf Händen und Knien entlangkroch wie eine kleine fleischfarbene Küchenschabe.

»Ich konnte nicht widerstehen.« Francey grinste, als er sah, wie überrascht sie über dieses Spielzeug waren.

»Also«, sagte er und hielt eines der drei Pakete hoch, die anders als die anderen in farbiges Papier verpackt waren, »warum macht ihr das nicht auf?« Abigail nahm das erste von ihm und schrie entzückt auf, als sie es öffnete und einen Haufen Schmuckkästchen vorfand, in denen sechs identische Golduhren lagen. »Ihr hättet das Gesicht des Mannes in dem Geschäft sehen sollen, als ich sagte, ich nehme sie alle!« Francey war stolz. »Es ist für jede eine da. Johannas und Gorettis Uhren müssen wir ihnen schicken.« Er präsentierte das zweite der drei Pakete: »Hier ist deine, Mam, und statt einer Uhr habe ich dir ein Ronson-Feuerzeug besorgt, Mossie.«

»Danke.«

»Jetzt das letzte, Mam. Mach dies hier auf.« Francey gab ihr das kleine flache Kästchen von Weir's, das er zur gleichen Zeit gekauft hatte wie Hazels Schmetterling. Vom dritten bei der gleichen Einkaufstour erstandenen Teil wußte er nicht, ob er je imstande sein würde, es auszuhändigen – das hing ganz von dem Fortschritt oder mangelnden Fortschritt seiner Beziehungen zu Fleur Mannering ab. Bis dahin ruhte es im Plastikfutter seines Koffers.

Seine Mutter öffnete das Kästchen und fand eine Markasiteidechse mit einer herausgestreckten silbernen Zunge und zwei winzigen Rubinaugen. »Sie ist wunderschön, Francey«, hauchte sie, »ich werde sie für immer wie einen Schatz hüten. Danke.« »Gern geschehen. Jetzt zu dem großen Teil«, murmelte er und hob das letzte Paket auf die Ecke des Tisches. »Seid jetzt vorsichtig damit.«

»Ein Fernseher!« Connie war von Ehrfurcht ergriffen, als Margaret den Inhalt schließlich enthüllte. »Warte, bis die Mädchen in der Schule das hören.« Das irische Fernsehen steckte noch in den Kinderschuhen, und auf Béara waren Fernseher ein Luxus. »Der Mann im Geschäft sagte, daß ihr einen guten Empfang bekommen könntet, aber ihr müßt eine Antenne aufstellen.« Erfreut über die allgemeine Reaktion, wandte Francey sich Mossie zu. »Einige der Programme sind sehr gut. Sie übertragen auch Spiele aus dem Croke Park.«

»Als ob es in diesem Haus nicht schon genug Besucher gäbe«, sagte Mossie und kratzte sich den Kopf. »Ich hoffe, der Kamin hält das Gewicht einer Antenne aus«, fügte er hinzu, »und erst recht unsere Gehirne. Ich glaube, man kann eckige Augen bekommen, wenn man sich das anschaut. Aber, danke schön.«

Francey blickte auf den Abfall, Papier, Bänder und Strohverpackung ringsumher. Trotz der Aufregung und seines guten Gefühls empfand er plötzlich Leere und Einsamkeit, als sei er hier ein Fremder. Er mußte hinaus, um ein wenig allein zu sein. »Ich glaube, ich schnappe ein bißchen Luft, bevor ich zu Bett gehe«, verkündete er.

Draußen vor dem Hoftor überlegte er, ob er bergab in Richtung auf die Kreuzung gehen sollte, wobei er Gefahr lief, einige der Nachbarn zu treffen, oder aufwärts in Richtung auf den runden Gipfel des Knockameala, der das Haus im Nordosten schützte. Er mochte den Berg nicht. Nachdem sein erster Stiefvater an seinen Abhängen erschossen worden war, hatte Francey den Berg in seiner Phantasie mit einer rivalisierenden, ja feindlichen Persönlichkeit ausgestattet, die ihn mit vagem Unbehagen erfüllte. Er konnte beispielsweise nicht verstehen, warum seine Mutter immer noch dorthin ging, und war lange Zeit in Panik ausgebrochen, wenn er aus der Schule nach Hause kam und entdeckte, daß sie sich nicht an ihrem vertrauten Platz am Herd oder Küchentisch befand. Aber weil ihm nicht danach war, sich mit irgend jemandem zu unterhalten, den er vielleicht auf der Straße traf, wandte er seine Schritte bergauf.

Binnen weniger Minuten war er froh darüber, schaffte es sogar, sein übliches Unbehagen abzuschütteln, daß er auf den letzten Spuren von Neeley Scollard ging. Hier draußen war die Nacht nicht die dunkle Wand, als die sie hinter den Scheiben der Sonnenveranda erschien, sondern sprudelte über von Sternenlicht. Der scharfe Wind biß ihm in die Wangen und ließ seine Augen tränen, aber sobald er bis auf das kleine Plateau geklettert war, wobei er das Hügelgrab mied, in dessen Nähe Neeley gestorben war, und dort stand, um eine kleine Pause zu machen, fühlte er sich besser. Seit Jahren war er nachts nicht mehr hier oben gewesen, und er hatte vergessen, welch besonderer Platz dies sein konnte.

Weit unten glitten die patinafarbenen Bänder der Coulagh Bay und des Kenmare River zwischen den schlummernden Hügeln von Cork und Kerry so leise dahin, daß ihr übliches Hintergrundrauschen ausblieb. Außer dem Geräusch seines eigenen strömenden Blutes war die Stille um Francey so tief, daß sie zu einem einzigen singenden Ton, wie das schwache Echo einer Flöte, zu verschmelzen schien.

Der Farn, steif vor Kälte, knackte unter ihm, als er sich hinsetzte, um nachzudenken. Sein eigenes Haus, das in einer Senke verborgen lag, konnte man von hier aus nicht sehen, aber zwischen all den Häusern, die wie Münzen über das ebene Gelände verstreut lagen, stach der neue Bungalow der Harringtons hervor, dessen Fenster größer leuchteten als irgendeines im Umkreis von Kilometern. Tilly und Michael Harrington, ihre engsten Nachbarn, hatten viele Jahre ohne zu klagen in ihrem traditionellen zweigeschossigen Bauernhaus gelebt, aber vor einigen Jahren hatte es Feuer gefangen, und obwohl der Schaden nicht irreparabel war, hatte Tilly die Situation genutzt, um ein neues Haus zu bauen. Francey wußte nicht, ob er es mochte oder nicht. Auf gewisse Weise bedauerte er, daß ein Bungalow in das Landschaftsbild eingedrungen war, und wollte, daß alles um Lahersheen herum genau so blieb, wie es sein ganzes Leben lang gewesen war, so daß er es je nach Bedarf wiedersehen konnte.

Er fand es seltsam, daß ihm nicht kalt war, obwohl die Temperatur nicht viel über dem Gefrierpunkt liegen konnte, legte sich in den brechenden Farn zurück und atmete tief ein. Der Geruch hier draußen war ähnlich, aber weniger kompliziert als der in der Stadt; die nach Westen strömende Luft war Tausende von Kilometern gereist, seit sie das letzte Mal über Land geweht war, und obwohl es Spuren von Torfrauch, Salz und Seetang gab, schmeckte sie so rein, daß Francey sich vorstellte, sie schneide durch seine verstädterten Lungen wie ein scharfes Schwert. Als er in die Tiefen des funkelnden Himmels schaute, fragte er sich, ob es nicht auf irgendeinem anderen Planeten ein Lebewesen gab, das in seine Richtung schaute und sich auch fragte, was es mit seinem Leben anfangen sollte. Und verliebten sich andere Lebewesen auf anderen Planeten auch so unpassend?

Brauchten sie Geld dort oben? Er ließ seinen Gedanken freien Lauf. Sollte er jetzt, da er reich war, seiner Familie solch einen Bungalow bauen wie der der Harringtons?

Er lag eine Weile im Gras, gab sein Geld auf diese und jene Weise aus, für ein Auto, für Autos für jeden in der Familie, für ein kleines Haus für ihn selbst – er war an Luxus noch nicht so gewöhnt, daß er irgend etwas außerhalb der Norm anstrebte –, und dann begann die Kälte in ihn zu dringen. Als er sich aufsetzte, um nach Hause zu gehen, bemerkte er ein kleines auf und ab tanzendes Licht, das den Berg herauf auf ihn zukam, und es dauerte nicht lange, da konnte er erkennen, daß es eine Fackel war, die Abigail trug. »Mam hat mich hochgeschickt, um dich zu holen«, rief sie. »Sie sagt, du sollst aus der Kälte hereinkommen, sonst holst du dir den Tod. Und du sollst dieses Hütchen anziehen«, fügte sie hinzu und reichte es ihm.

Amüsiert nahm Francey den kleinen Wollhut entgegen. Seit seinem Schädelbruch hatte seine Mutter stets Theater darum gemacht, daß sein Kopf warm genug war. »Sie gibt wohl nie auf?«

Abigail schüttelte den Kopf. »Mütter sind überall auf der Welt gleich. Hör mal«, sie zögerte, »ich habe mich angeboten, hier heraufzukommen. Es gibt nämlich etwas, das ich dich unter vier Augen fragen möchte.«

»Sicher«, Francey klopfte auf den Farn, »setz dich einen Augenblick her, so kalt ist es nicht.« Als Abigail sich neben ihn gekauert hatte, schaute er sie erwartungsvoll an. »Nun komm schon, spuck's aus!«

Abigail zögerte, dann wandte sie den Kopf ab. »Es ist nicht so einfach.«

»Ich bin doch dein großer Bruder.« Francey drückte sie an sich, dann kam ihm schlagartig der Gedanke, daß sie ihm vielleicht sagen wollte, sie bekäme ein Baby. »Oh, Abby«, sagte er sanft, »was immer es ist, du kannst mir vertrauen. Du kannst mir alles sagen.«

»Ich werde eine Nonne.« Abigails Stimme klang kräftig.

Francey blieb das Lachen der Erleichterung, daß sie nicht schwanger war, im Halse stecken. Seine reizende, heitere Schwester mit geschorenem Haar in Schwarz gehüllt? Bevor er irgend etwas sagen konnte, schaute Abby ihn mit furchtlosen Augen an. »Und ich brauche eine Mitgift«, sagte sie. »Diese Millionärsgeschichte ist die Antwort auf meine Gebete. Ich wollte Mam und Mossie nicht fragen. Also, es geht ihnen gut und so, besonders seit Opa Sullivan gestorben ist, aber ich hielt es nicht für fair.«

»Bist du dir deiner Entscheidung sicher, Abby?«

»Sicherer als meines eigenen Namens.« Als Francey ihr strahlendes Gesicht sah, wußte er, daß es keinen Zweck hatte, mit ihr zu diskutieren, und umarmte sie. »Ich kann nicht behaupten, daß das keine Überraschung für mich wäre. Ich hatte keine Ahnung. Und ich werde dich vermissen. Wir alle werden es. Aber natürlich gebe ich dir eine Mitgift, Abby. Wieviel brauchst du?«

»Es ist freiwillig.«

»Mach dir keine Sorgen«, er kam auf die Beine und zog sie mit sich hoch, »die Nonnen werden glauben, sie hätten alle gleichzeitig Geburtstag. Ich freue mich, dir helfen zu können. Es gibt jedoch eine Bedingung«, fügte er hinzu.

»Alles, was du möchtest.«

»Du mußt für mich für einen ganz bestimmten Zweck beten. Du mußt dir die Knie wundscheuern. Zum heiligen Judas Thaddäus, wenn möglich.«

»So schlimm ist es?« Abigail lächelte. »Ich werde auch die heilige Anna einschließen – sie ist phantastisch. Betrachte es als geschehen«, sagte sie. »Danke, Francey.«

»Ich freue mich sehr für dich, Abby, wenn es wirklich das ist, was du willst. Ehrlich«, fügte er hinzu. »Wie haben Mam und Mossie diese Neuigkeit aufgenommen?«

»Sie wissen es noch nicht. Ich fürchte, es wird ein großer Schock für sie. Aber es ist ja nicht so, daß ich zu den Karmeliterinnen oder so ginge«, fuhr sie fort, mehr zu sich selbst als zu Francey. »Ich möchte gerne einem Pflegeorden beitreten.«

»Ganz gleich, wohin du gehst, ich bin mir sicher, daß sie am meisten von dem Handel profitieren.« Noch einmal umarmte er sie.

»Oh, das weiß ich nicht.« Abigail lachte. Sie nahm seinen Arm, als sie den Abstieg in Richtung Zuhause begannen. »Ich fange sofort an, für dich zu beten. Noch heute abend.«

»Braves Mädchen.« Aber Francey fragte sich, wenn er die Natur seines besonderen Vorhabens bedachte, ob die Gebete seiner kleinen Schwester bei den Heiligen etwas ausrichten konnten.

Zur Enttäuschung seiner Mutter verließ Francey Lahersheen früh am folgenden Montag morgen. Das Haus schien um seine Schultern herum geschrumpft zu sein, so daß er sich jedes Mal, wenn er sich umdrehte, an etwas oder jemandem stieß. Und trotz seiner besten Absichten, ausgeglichen zu bleiben, begannen ihm der unaufhörliche Strom bewundernder Nachbarn – Connie hatte die Neuigkeit ihres materiellen Glücks nicht für sich behalten können – und die unaufhörlichen Fragen der Familie ernsthaft auf die Nerven zu gehen, noch bevor sich der gesamte Bezirk am Sonntag abend in ihrem Haus zum Kartenspiel versammelte. Wenn man ihm vor einem Monat gesagt hätte, daß es Probleme mit sich bringen könnte, über Nacht reich zu werden, hätte Francey gelacht. Jetzt war er sich nicht so sicher. Bei den Nachbarn, die sich in der Küche drängten, wo die Getränke flossen und festliche Stimmung herrschte, bemerkte er bereits einen Unterschied in der Haltung ihm gegenüber: eine Ehrerbietung, als mache das Geld ihn weiser oder ermögliche ihm größere Einsicht in die Welt. Ganz klar konnte man auch einen Anflug von Neid oder sogar Verstimmung feststellen. Zwischen den aufrichtigen Glückwünschen – »Ich wußte immer, daß du es in dir hattest, Francey« oder »Das hätte keinem Besseren passieren können!«, hörte er gelegentlich: »Natürlich wird der Mann mit dem dicken Geld unsereins bald nicht mehr kennen« oder: »Ich nehme an, daß du uns bald verläßt und drüben lebst?« oder, nicht ganz so unumwunden, ein gemurmelter Hinweis auf seine illegitime Abstammung.

Seine Familie war dagegen nicht immun: Margaret konnte ein paar Sticheleien nicht widerstehen – »Natürlich macht ein Millionär nicht selbst sein Bett« –, als er am Sonntag morgen beim Frühstück trödelte, und selbst Connie hatte nach ihrer anfänglichen Begeisterung über all die Geschenke angefangen, ihm Fragen zu stellen, was er denn sonst noch mit all dem Geld tun wolle. Seine Mutter war gereizt – was ungewöhnlich für sie war –, und nur Mossie und Abigail schienen von seinem neuen Wohlstand unbeeinflußt zu sein.

Um elf Uhr am Sonntag abend hatte Francey genug gehabt und war ins Bett gegangen, die Feiernden ließ er zurück, um den Rest der Party in seiner Abwesenheit zu genießen.

Der nächste Morgen brachte seine eigenen Probleme mit sich. Seine Mutter weigerte sich, das Geld zu nehmen, das er ihr anbot, und als er, verwirrt und albern, wie er sich fühlte, darauf bestand, stritt sie sich mit ihm. Ihre Weigerung hatte mit der Tatsache zu tun, daß das Geld auf indirektem Wege von George Gallaher kam, und nur Mossies Einschreiten verhinderte, daß es zum offenen Krieg kam. Er akzeptierte das Geld, sagte, sie würden es für einen neuen Traktor verwenden.

Als er spät am Montag wieder in Dublin ankam, begrüßte Francey zum ersten Mal, seit er sein Zuhause verließ, die schützende Anonymität der Stadt. Niemand hier kümmerte sich einen Dreck darum, ob er einen Penny oder ein Pfund besaß. Obwohl die Geschäfte schon geschlossen waren, konnte man den vorweihnachtlichen Ansturm noch erkennen, die Kneipen waren voller als normal, und die bunten Lichter, die noch nicht brannten, quietschten auf ihren Kabeln, als sie im scharfen, liffeygewürzten Wind hin und her schwangen, der die Tunnel der Henry Street hinabfegte.

Hazel wurde erst am Mittwoch in der Stadt zurückerwartet, und da er nirgendwo anders hingehen konnte, meldete er sich wieder im Gresham an.

Sobald er auf sein Zimmer begleitet worden war, setzte er sich hin und zählte sein verbliebenes Geld. Von Georges tausend Pfund waren jetzt nur wenig mehr als hundert übriggeblieben. Vor drei Wochen wäre das für ihn ein Vermögen gewesen – das Gehalt von fast drei Monaten –, jetzt erschien es ihm aus irgendeinem Grund Anlaß zu Besorgnis zu sein. Er würde Georges Rat annehmen und einen befriedigenden Weg finden müssen, seine Angelegenheiten zu organisieren. Irgendwo mitten in seiner Brust erlebte sein Herz einen kleinen Schock. Das bedeutete London.

Bevor er schlafen ging, verfaßte Francey eine Nachricht an Hazel, daß er eine unerwartete Reise nach London machen mußte und sie von dort anrufen würde.

Am nächsten Morgen jedoch, als die Menschen an der Reihe öffentlicher Fernsprecher in der Halle des Untergrundbahnhofs vorbeiwirbelten, wählte er nicht Hazels Nummer als erste, sondern Fleurs. »Entschuldigung?« rief er, als er sich, mit dem Finger in seinem freien Ohr, anstrengte, zu verstehen, was sein Halbbruder ihm sagte als Antwort auf seine Einladung, an diesem Abend in ein Restaurant zum Essen zu kommen. Fleur zusammen mit ihrem Mann zu sehen wäre besser, als sie überhaupt nicht zu sehen, und es gäbe ihm eine bessere Möglichkeit, die Situation, in der er sich befand, einzuschätzen. Wenn die Wahrheit jedoch heraus sollte, so hoffte ein Teil seines Gehirns wider aller Vernunft, daß sich Fleurs Anziehungskraft auf ihn als vorübergehend herausstellen möge. Es wäre soviel einfacher.

Jetzt schien es allerdings, daß er nicht einmal das ausprobieren könnte. »Du bist weg?« rief er. »Tut mir leid, Colin, hier ist ein fürchtbarer Lärm – du bist morgen abend weg, hast du das gesagt?« Er hörte angestrengt zu, während sein Bruder bestätigte, daß er in der Tat einige Tage weg sei.

Dann überraschte Colin Francey, als er vorschlug, daß er ja auf jeden Fall Fleur treffen könne.

Erschüttert hätte Francey beinahe gesagt: »Bist du sicher, daß es dir nichts ausmacht?«, aber er hielt rechtzeitig inne und schrie nach einer Pause: »Glaubst du, sie möchte das? Sollten wir sie nicht fragen? Sie könnte etwas anderes vorhaben.«

»Oh, das hat sie nicht, da bin ich mir sicher.« Selbst durch den Lärm glaubte Francey, in der Stimme seines Bruders hören zu können, wie er die Angelegenheit abtat. »Wird was sein, auf das sie sich freuen kann«, fügte er hinzu. »Sie haßt es, abends allein im Haus zu sein.«

»Ist sie jetzt da?« fragte Francey.

»Nein, aber ich werde es ihr erzählen, wenn sie zurückkommt. Wo wollt ihr euch treffen?«

»Im Coliseum«, sagte Francey und nannte das feudalste Hotel, das er in der Broschüre, die er im Flughafen mitgenommen hatte, finden konnte.

»Um acht Uhr?«

»Das wäre schön.«

»Sie wird dort sein«, versprach Colin. »Und wir beide müssen uns mal treffen, wenn ich zurück bin. Schließlich haben wir ja eine Menge zu bereden, nicht wahr, alter Junge?«

»Gerne«, log Francey.

Fünfundvierzig Minuten später, nachdem er sich in einem kleinen Hotel an einem der mit weißen Kolonnaden umgebenen Plätze in London angemeldet hatte, rief er George an, der ihm die Namen seiner Anwaltskanzleien und Beraterfirmen gab, mit denen er in Kontakt treten mußte, um an das Geld zu kommen, das ihm im Hinblick auf seine Erbschaft bereitgestellt worden war.

Mit dieser Liste bewaffnet, verbrachte Francey den Morgen in einer Reihe von diskreten braunen Büros. An einem Punkt, als er gerade Tee aus einer Porzellantasse trank, die ihm von einem Adlatus von Georges Anwalt Mr. Solomons gereicht worden war, fragte er sich, welche Bedienung ihm an einem dieser Orte vor knapp einem Monat zuteil geworden wäre. Er entschied, daß Tilly Harringtons oft wiederholtes Sprichwort stimmte: Geld redet.

Die Ohren klingelten ihm noch von den Belehrungen, als er kurz vor Mittag mit einem Scheck über einhunderttausend Pfund und der Empfehlung, bei welcher Bank er Kunde werden sollte, dastand. Er ignorierte den Rat, ging in die erste Bank, an der er vorüberkam, eröffnete ein Konto, zahlte den Scheck ein und trat im Besitz von Schecks und weiteren tausend Pfund

Bargeld – tausend wurde seine Lieblingszahl – in den Londoner Tag.

Auf der Suche nach dem perfekten Anzug für seine Verabredung mit Fleur verbrachte er die nächste Stunde, indem er in den Geschäften in der Oxford Street herumwanderte. In jedem erklang erbarmungslose Hintergrundmusik voller Jingle Bells und Fröhlichkeit, und als die Lunchzeit näherrückte, steigerte sich der Weihnachtskaufansturm noch mehr. Mädchen hasteten umher, als hätten sie nur noch fünf Minuten zu leben, und auf der Straße verdoppelten die Sammler für wohltätige Zwecke ihre Anstrengungen und klapperten mit ihren Dosen direkt unter seinem Kinn.

Zu seiner Überraschung stellte er fest, daß er in der Angelegenheit des Anzugskaufs wie gelähmt war. Das dicke Bündel Bargeld in seiner Innentasche hatte seine Wahlmöglichkeiten so sehr erweitert, daß er sich nicht entscheiden konnte.

Er gab die Anzugidee auf, kaufte statt dessen eine sehr teure Schaffelljacke und ging zum Lunch in ein Pub mit bunten Lichtern.

Als Francey am Abend ins Coliseum kam, schien der Bereich zwischen Adamsapfel und Magengrube mit einem zähen Schleim angefüllt zu sein, und nur mit der größten Willensanstrengung konnte er verhindern, daß er mehr als einmal in der Viertelstunde zur Toilette rannte.

Er war zu früh und setzte sich auf eine Samtbank in der Eingangshalle, die neugebaut und, wie der Name andeutete, im Stil des antiken Rom in der schwarzgoldenen Vision irgendeines Innenarchitekten ausgestattet war. Selbst die Pagen trugen wie die Standartenträger von Caesars vorrückenden Legionen ihre Kreidebotschaften auf Notiztafeln umher, die aussahen wie Pergamentrollen.

Franceys Gefühl, in dieser schwelgenden Üppigkeit fehl am Platze zu sein, besserte sich, als er auf der Sitzbank ihm gegenüber einen traditionell gekleideten Araber sah, der eine Sonnenbrille trug und eine Gebetsperlenkette um den Zeigefinger seiner rechten Hand wirbeln ließ. Angesichts der pechschwarzen Dunkelheit und des Regens draußen erschien die Sonnenbrille so lächerlich, daß Francey sich überlegen fühlte. Er beobachtete so eifrig die fliegenden Gebetsperlen, daß er Fleurs Ankunft erst bemerkte, als das Geräusch ihrer hochhackigen Schuhe auf dem Marmorboden seine Aufmerksamkeit erregte – und die jedes anderen Mannes in der Eingangshalle.

Sie trug einen seidigen dunkelbraunen Pelzmantel, er war weiter geschnitten als der Astrachan, den sie getragen hatte, als sie gemeinsam spazierengegangen waren, seine tiefen Falten fielen von ihren schmächtigen Schultern bis fast auf die Fußgelenke. Ihr Haar war unter einem passenden Hütchen verborgen. In ihren lederbehandschuhten Händen hielt sie eine kleine Tasche, die mit Perlen verziert war, ihr zarter Spann in den hochhackigen Riemchenschuhen war gewölbt wie der einer Tänzerin. Mit ihren mandelförmigen Augen und vollen Lippen sah sie aus wie ein Filmstar oder eine exotische Spionin, und Francey war voller Stolz, daß er von allen Menschen in London derjenige war, mit dem sie eine Verabredung hatte.

Dann hatte er plötzlich die Befürchtung, daß er sich dieses Privilegs nicht würdig erweisen würde. Er rappelte sich hoch, als sie ihn erreichte. »Tut mir leid, daß ich zu spät bin.« Winzige Regentröpfchen blitzten auf den Spitzen einzelner Fasern auf Mantel und Hut, als sie lächelnd zu ihm aufschaute. »Der Verkehr war schrecklich.«

In dem riesigen Mantel erschien sie so zerbrechlich wie eine Porzellanpuppe, und all die alten Gefühle, ein Monster zu sein, strömten in Francey zurück, sein neugefundenes Selbstvertrauen in bezug auf Frauen war eine zu junge Errungenschaft, um ihm zu helfen. »Sie sind überhaupt nicht zu spät. Ich bin einfach nur hier«, platzte er heraus und wünschte sich, er hätte etwas Kosmopolitisches eingeübt. »Hätten Sie gerne vor dem Essen einen Drink?«

»Nein, danke.« Sie zögerte. »Vielleicht sollten wir gleich ins Restaurant gehen?«

»Natürlich.«

Sie schien die Topografie des Hotels zu kennen, weil sie sich in Richtung auf das Restaurant drehte.

Der Maître d'hôtel begrüßte sie mit effizientem Charme, und als er Fleur aus ihrem prächtigen Mantel half, kam Francey der Gedanke, daß Import-Export ein lukratives Geschäft sein mußte. Er wartete, während sie den Hut, ein Barett, abnahm und ihr Haar, das dicht und glänzend war wie der Flügel einer Amsel, auf ihre Schultern fallen ließ. Als sie sich hinsetzte, fuhr sie mit den Fingern durch ihre Haare, und Franceys Fingerspitzen prickelten.

»Wie lange ist Colin weg?« fragte er und setzte sich endlich hin.

»Eine Woche, glaube ich«, erwiderte sie, »vielleicht länger. Danke, Bernard.« Sie sprach den Namen französisch aus und lächelte den Kellner an, der ihr die Speisekarte reichte.

»Du kennst dieses Lokal?« Francey nahm seine eigene Speisekarte.

»Ja«, Fleur lächelte weiter, »ich bin schon bei mehreren Gelegenheiten hier gewesen.«

Ja, dachte Francey, als er die Preise auf der furchteinflößenden Liste mit unbekannten französischen Wörtern betrachtete, das Geschäft seines Halbbruders mußte in der Tat lukrativ sein. »Vielleicht könntest du mir etwas empfehlen?« bat er.

»Aber du suchst den Wein aus, ja? Magst du Fisch?«

Francey sah, daß die Iris ihrer Augen nicht schwarz war, sondern von einem tiefen Holzkohlengrau. »Fisch?« flunkerte er. »Ich liebe ihn.« Obwohl Castletownbere einer der größten Fischereihäfen in Irland war und obwohl er wie die meisten seiner Nachbarn zum Zeitvertreib mit Ködern angelte, aß er nur wenig aus dem Meer. In Irland war die Popularität von Fisch, den man als Fastenspeise betrachtete, nie besonders groß.

»Ich mag ihn auch.« Fleur senkte den Blick auf die Speisekarte, und Francey, der die Weinkarte öffnete, als sei es ein Bund Nesseln, entdeckte zu seiner Erleichterung, daß jede Flasche beschrieben und auch empfohlen wurde, wozu man sie trinken sollte. Er wählte eine Flasche aus der Liste der französischen

Weißweine; zum Fisch trank man Weißwein, soviel wußte er zumindest.

Sie waren einander an einem Tisch gegenübergesetzt worden, an dem Platz für vier oder noch mehr gewesen wäre, und er fühlte sich sicher, als er beobachtete, wie Fleur ihre Speisekarte durchblätterte. Von Liebe durchströmt sah er, daß sie wie ein Kind las und jedes Wort aussprach, während ihr Finger sich abwärts bewegte. Heute abend trug sie ein schlichtes Kleid mit tiefem rundem Ausschnitt aus einem weißen Stoff, in den ein Muster eingewebt war, das ein klein wenig glänzte wie ein Wasserzeichen. Außer den Perlen an ihrem Hals trug sie keinen Schmuck, nicht einmal einen Trauring, und Francey, der glaubte, jede Einzelheit an ihr beobachtet und ins Gedächtnis aufgenommen zu haben, konnte sich nicht erinnern, ob ihre Finger in Inverary Manor leer gewesen waren. »Mir gefällt dein Kleid«, sagte er.

»Danke.« Sie nahm das Kompliment entgegen, ohne aufzuschauen. »Es ist Shantungseide. Colin hat den Stoff aus Hongkong mitgebracht.«

»Ist er jetzt auch dort?«

»Er ist irgendwo im Fernen Osten, aber er reist viel, Shanghai, Singapur, Bangkok, sogar Dacca. Ich weiß nie genau, wo er ist, bis er mich anruft. Bist du schon in Asien gewesen?«

Endlich schaute sie auf und erwischte ihn zu seiner großen Verlegenheit, wie er auf die Stelle ihres weißen Kleides blickte, die sich über ihrem Busen wölbte. Vertraut mit Hazels Üppigkeit, hatte er sich vorgestellt, wie sich Fleurs Brüste in seinen Händen anfühlen würden – ohne Zweifel kühl und glatt wie Porzellan. »N-nein, ich bin noch nie im Ausland gewesen.« Er zwang sein Blut, nicht ins Gesicht zu strömen. »Ich bin noch nie irgendwo gewesen. Dies ist erst meine zweite Reise von Zuhause weg.«

»Jetzt, da du das Geld hast, mußt du reisen.« Fleur schien seine Verwirrung nicht zu bemerken. »Ich habe gehört, daß Irland ein schönes Land ist«, ihre Stimme wurde warm, »so grün – aber es gibt so viel auf der Welt zu sehen außer seinem eigenen Heimatland. Und du hast keine Frau oder Familie, also bist du frei. Oder hast du vielleicht eine Freundin?«

Francey wußte, daß sie nur höflich war, aber in der Art, wie sie fragte, war etwas, ein Überschwang an Unschuld, der ihn verwirrte. »Nein, ich habe keine Freundin.« Als er das sagte, fragte er sich, ob seine Woche mit Hazel zählte.

»*Noch* nicht, natürlich.« Fleur lächelte ihn an. »Sollen wir bestellen? Wenn du mir vertraust, wie du sagst, nehmen wir, glaube ich, *moules* zum Anfang und dann den Steinbutt?«

»Das hört sich wundervoll an.« Francey, der keine Idee hatte, was das war, nickte begeistert.

Sie gaben die Bestellung auf, einschließlich einer Flasche Chablis.

»Welche Art Sachen – em – importiert und exportiert Colin denn?« Francey hatte das Gefühl, daß er hier auf sicherem Boden war.

»Er ist eine Art Mittelsmann.« Fleur erklärte ihm, daß ihr Mann ein ausgedehntes Netzwerk von Kontakten im Fernen Osten nutzte, um Geschäfte für Firmen zu Hause zu vermitteln. »Manchmal ist es Tee, manchmal Spielzeug oder Schuhe oder Kleidung – bei einer Gelegenheit im vergangenen Jahr sogar zwei Yachten. Wir hatten ein sehr schönes Weihnachtsfest, wir drei, von der Provision, die er für diese Transaktion bekommen hat.«

»Das muß ein sehr interessantes Leben sein.«

Fleur warf ihm einen amüsierten Blick zu, ging aber nicht näher darauf ein. »Das ist schön.« Sie lehnte sich zurück. »Eine nette Überraschung, zum Abendessen eingeladen zu werden.«

»Ich hoffe, es hat dir nichts ausgemacht, daß es so kurzfristig war?«

»Überhaupt nicht. Tommy bleibt von Montag bis Freitag in seiner Schule, und wenn Colin weg ist, irren das Kindermädchen und ich wie verlorene Seelen durch das Haus. Ich sehe, daß du dich fragst, warum wir ein Kindermädchen haben, wenn Tommy nicht da ist«, fuhr sie fort, obwohl Francey sich nichts dergleichen gefragt hatte, »aber das Kind hängt an ihr, und ihr ist es egal, ob es eine Vollzeit- oder Teilzeitarbeit ist, solange sie ein Vollzeitgehalt bekommt.«

»Hattest du auch ein Kindermädchen, als du ein Kind warst?« Francey, dessen Vorstellung über Siam oder Thailand sich an einer verkratzten Kopie des Filmes *Der König und ich* orientierte, hatte sich gefragt, aus welcher Familie Fleur wohl stammte. Ihre Manieren waren so ausgesucht vornehm, daß er sich sicher war, sie müsse von hoher Geburt sein, auch wenn sie ihren Vater nie kennengelernt hatte. Aber als sie ihm einen warnenden Blick zuwarf, an den er sich vom letzten Mal, als er während ihres Spazierganges versucht hatte, ihr Leben zu erforschen, erinnerte, überstürzte er sich förmlich mit Entschuldigungen. »Ist schon gut, du mußt mir nichts erzählen, das du nicht erzählen willst. Tut mir leid, es geht mich nichts an.«

»Meine Mutter hatte nicht genug Geld, um sich eine Kinderfrau leisten zu können«, sagte sie.

»Es tut mir leid, Fleur«, sagte er wieder. »Ich wollte nicht neugierig sein – es hat mich interessiert, das ist alles.« Sie reagierte nicht so, wie nach Franceys Erfahrung die meisten Leute reagiert hätten – nämlich mit Beschwichtigung. Statt dessen zupfte sie an einem Brötchen herum.

Um ihr weitere Peinlichkeiten zu ersparen, erzählte er ihr von seinem eigenen Heimatort in Béara, über das überraschende Klima, das hin und wieder so heiß war wie am Mittelmeer, aber öfter so wild und stürmisch, daß es schwierig war, die Nase vor die Tür zu stecken. Aber er war erleichtert, als der Kellner die *moules* brachte, die sich als einfache, schlichte Muscheln in einer Art klarer Brühe herausstellten. Das orangefarbene Fleisch aus den Schalen herauszuziehen bot eine Abwechslung.

Fleur erwiderte schließlich sein Vertrauen und öffnete sich ihm gegenüber genug, um den Ort zu beschreiben, an dem sie geboren wurde, wenn sie auch die Umstände ausließ. Wenn er zwischen den Zeilen las, konnte Francey jedoch erkennen, daß sie und ihre Mutter sich mühsam durchgeschlagen hatten. »Wie war dein Name, bevor du geheiratet hast?« fragte er, weil er an sie nicht als die Frau eines anderen Mannes denken wollte.

»De Lys«, erwiderte sie und zog amüsiert ihre Nase kraus.

»Komm schon, Fleur.« Francey lächelte zurück. »Wie lautete er?«

»Es war der Name meiner Mutter. Du könntest ihn dir nicht merken.«

»Versuch es«, beharrte Francey.

»Chareonkoopta.«

Die gutturalen Laute erwiesen sich als zu schwierig für Franceys Zunge. »Also de Lys«, erkannte er an. »Erzähl weiter.«

Er wandte sich seinem Essen zu, während sie weitere Bruchstücke ihres früheren Lebens enthüllte. Offensichtlich hatte ihr französischer Vater sie und ihre Mutter verlassen, als Fleur ein Baby war. Sie waren dann gezwungen, ihr komfortables Haus zu verlassen, und ihre Mutter mußte, um sie beide am Leben zu halten, arbeiten gehen, die Häuser der Reichen reinigen, und wenn es solche Arbeit nicht gab, irgend etwas anderes tun. Mit vier Jahren hatte Fleur begonnen, von Tür zu Tür zu gehen und um alte Lumpen zu betteln, aus denen ihre Mutter Kleidung für sie beide nähte.

Den größten Teil ihres Lebens in Bangkok hatte sie in einer Einzimmerbehausung, die zu einer Seite offen war, am Ufer eines der Klongs zugebracht, die in den Fluß strömten, der seinerseits in den Hafen von Bangkok mündete. »Es war jedoch immer interessant anzuschauen«, sagte Fleur mit ihrer sanften Stimme und beschrieb, daß diese Wasserwege die Haupthandelsstraßen der Stadt sind, daß der vor Menschen wimmelnde Fluß die Existenzgrundlage vieler ist. Nicht nur für diejenigen, die am Ufer wohnten, war es ein Lebensstil, sondern auch für die Reis- und Nudelverkäufer, die aus ihren kleinen Booten ihre dampfende Ware in die Schalen ihrer Kunden schaufelten, für die kleinen Ladenbesitzer, die Erdnüsse, Essig und eingelegtes Gemüse verkauften, für die Männer, die mit Drahtkörben den Schlamm siebten auf der Suche nach Gebrauchs- oder Wertgegenständen, die von anderen weggeworfen oder fallen lassen worden waren, selbst für die Betrunkenen, die oft aus den braunen Fluten gerettet werden mußten. »Die Thai feiern gerne, und feiern bedeutet

Alkohol«, Fleur lächelte ihren Gastgeber an, während sie einen kleinen Schluck aus ihrem Weinglas trank, »und das, fürchte ich, war eine weitere Möglichkeit, Geld zu verdienen. Mutter konnte Alkohol destillieren.«

Das war mit Abstand die längste Rede, die sie in seiner Gegenwart von sich gegeben hatte, und Francey war von ihrer heiseren Stimme hingerissen. »Bring mir ein Thaiwort bei«, bat er sie.

Als Antwort setzte Fleur ihr Glas ab, legte die Handflächen vor dem Gesicht zusammen und neigte den Kopf ein wenig. »*Wai*!«

»Bedeutet das Hallo?«

»Etwas Entsprechendes, ja.« Den Kopf immer noch zur Seite geneigt, wurde Fleurs Gesichtsausdruck unlesbar. »Ich sollte dich warnen, Francey, daß ein Thai lächelt und ›nein‹ sagt, wenn er ›ja‹ meint. Es ist eine andere Sitte, die ich sehr schätze. Die Engländer sind so langweilig, findest du nicht? Sehr wenig Subtilität.«

Francey konnte nur nicken. Was deutete sie an? Er suchte nach einer geeigneten Antwort, ihm fiel aber nichts ein. »Ich werde es mir merken.« Er wünschte, sie könnte ihn nicht so leicht aus dem Gleichgewicht bringen. »Kannst du Französisch sprechen?« fragte er sie, um die Unterhaltung weiterzuführen.

»Ja, und etwas Chinesisch. In Bangkok gibt es viele Chinesen.« Fleurs Gesichtsausdruck hellte sich auf, und sie widmete ihre Aufmerksamkeit wieder dem Essen.

Als Reaktion auf Franceys beruhigende Fragen erzählte sie ihm ein wenig über die Gebräuche ihres Landes, besonders über jene, die er ihrer Meinung nach ungewöhnlich finden würde: »Zum Beispiel«, sagte sie, »wenn ein Sarg in einen Tempel gebracht worden ist, bleiben die Angehörigen die erste Nacht bei ihm, damit nicht eine schwarze Katze darüber springt – das bedeutet Pech«, und sie erzählte ihm, daß die Währung *Baht* heißt und daß die Thais leidenschaftliche Anhänger einer Form des Schachspiels namens *Ma kruk* sind. Während sie fortfuhr, einen Lebensstil zu beschreiben, der weit von allem, das er kannte oder über das er gelesen hatte, entfernt war, spekulierte Francey, während er vorgab, zuzuhören, darüber, was hinter dieser spontanen Enthüllung steckte, daß die Bedeutungen von »ja« und »nein« vertauscht würden. Er war sich sicher, daß sie ihm damit etwas hatte sagen wollen.

Während er seine Mutmaßungen anstellte, grübelte er auch darüber nach, wie vergänglich das Selbstvertrauen war, das er während der Woche mit Hazel gewonnen zu haben glaubte. Diese Situation mit ihr allein, von der er nur zu träumen gewagt hatte, hatte ihn dermaßen erschüttert, daß er sich wieder linkisch und halbwüchsig und einem gebildeten Mann von Welt so unähnlich wie möglich fühlte. Als Fleur ihm erzählte, wie oft sie und ihre Mutter Geld für nur eine Mahlzeit am Tag hatten, beobachtete er, wie das Licht der Kerze auf ihrem Tisch die Haut an ihrem Hals beleuchtete, die unter den Perlen so glatt wie das gebogene Blütenblatt einer Lilie erschien.

Fleur schien nicht zu bemerken, wie eingehend er sie beobachtete, während sie mit einem durchsichtigen Pastetenkrümel auf ihrem Teller spielte. »Und das Klima!« fuhr sie fort. »Es ist sehr, sehr heiß – so heiß, daß nur vor dem Morgengrauen Kühle eintritt. Zu der Zeit badet jeder, der am Fluß wohnt, im Wasser.«

Während sie redete, war sich Fleur der Wirkung, die sie auf ihren Gastgeber hatte, wohl bewußt. Und ihre Masche war mittlerweile schon so abgenutzt, daß sie sie selbst glaubte. Zu Beginn, nach ihrer Ankunft in England, war sie wegen ihrer angenommenen Identität nervös gewesen, war die ganze Zeit darauf vorbereitet, daß jemand sie auf die Probe stellen würde; jetzt war sie jedoch so daran gewöhnt, daß jeder neue Bekannte die erfundene Geschichte ihrer Kindheit akzeptierte, ja, sie bemitleidete, daß die ewige Wiederholung sie langweilte. Sie freute sich, daß sie sie nicht mehr lange wiederholen mußte.

An der Art, wie Franceys hingerissene Augen im Kerzenlicht funkelten, sah sie, daß er wie alle anderen vor ihm jedes Wort schluckte. Je eher sie ihren Plan durchführte und ein neues Leben begann, desto besser, dachte sie.

In Bangkok waren Fleurs Aussehen und Körper nichts Ungewöhnliches, besonders nicht im »Liliengarten«, dem diskreten Bordell, in dem ihre Mutter sie großgezogen hatte und in dem sie mit gut elf Jahren zu arbeiten begonnen hatte. Bis sie dieses Alter erreichte und alt genug war, nützlich zu sein, hatte ihre Mutter einem der anderen Mädchen erlaubt, ihr Lesen und Schreiben beizubringen, aber außer diesen Grundlagen war Fleur völlig ungebildet. Aber selbst in diesem zarten Alter hatte sie ein scharfes Ohr für Sprachen und schaffte es, ein wenig Englisch, Französisch und Chinesisch aufzuschnappen. Als ihre Zeit gekommen war, wurde sie den ausländischen Kunden angeboten.

»Es muß ein überraschender Wechsel für dich gewesen sein, nach London zu kommen.« Als Francey seinen Teller beiseite schob, sah sie, daß er nur wenig gegessen hatte.

»Die Kälte machte mir nicht soviel aus. Ich hatte mich mit warmer Kleidung darauf vorbereitet.« Fleur beendete ihre eigene Mahlzeit und setzte sich zurück. Zumindest dies war die volle Wahrheit.

»Was ich nicht erwartet habe«, fuhr sie fort, »war, wie grau es ist. Grau am Morgen, grau am Nachmittag. Manchmal ist der Himmel hier so nah auf der Erde, daß ich das Gefühl habe, nicht atmen zu können. Vor allem vermisse ich die Farben, die Farben des Himmels, die Farbe des Flusses, die leuchtenden Farben der Kleidung, die die Leute tragen. Hier ist es, als versuche jedermann, sich in einer Höhle zu verkriechen, unsichtbar zu sein.« Sie zog eine Grimasse. »Ist das in Irland genauso?«

»Du mußt einmal nach Irland herüberkommen«, drängte Francey sie. »In manchen Dingen ist es genauso, aber in anderen, wie die Leute sind, ist der Unterschied genausogroß wie der zwischen England und deinem Heimatland. Wirst du kommen? Du und Colin, meine ich«, fügte er hinzu, »und natürlich Tommy ...«

Fleur unterdrückte ein Lächeln. Colins Halbbruder war genau wie alle anderen, sah, wie weit er gehen konnte. »Das würde ich gerne«, sage sie.

»Erzähl mir ein bißchen über Colin.«

Das war zu leicht zu durchschauen. Er versuchte herauszufinden, welche Gefühle sie seinem Halbbruder gegenüber hegte. »Über Colins Geschäft?« fragte sie unschuldig.

»Ja. Über sein – em – Import-Export-Geschäft.«

Er war so arglos, daß er ihr leid tat.

Als Fleur begann, in Umrissen zu erzählen, wie Colin begonnen hatte, fühlte Francey sich krank vor Liebe und Enttäuschung. Ihn hatte es so schwer erwischt, daß ihm jegliche Objektivität abhanden gekommen war, er konnte nicht einmal mehr sagen, wie es ihm ging oder ob sie ihn für einen Narren hielt. Statt ihren Worten zuzuhören, bewunderte er die Art und Weise, wie Fleurs Lippen sie formten, wie ihre Augenbrauen völlig regungslos blieben, wie ihr wunderschönes Kleid niemand anderem auf der Welt stehen oder passen könnte.

Aus Angst, sie würde seine Bewunderung bemerken, zwang er sich schließlich, der ziemlich verblüffenden Geschichte seine Aufmerksamkeit zu schenken, obgleich sie sich nicht mit Fleurs eigener messen konnte. Offensichtlich war Colins Mutter eine Soubrette von bescheidenem Ruf und heftigem Temperament gewesen, die ihn gnadenlos für die geringste Verfehlung verprügelt hatte, und als sie ihn im Alter von sieben Jahren ins Internat abgeschoben hatte, weil sie die Beschränkungen ihrer Freiheit durch das Muttersein nicht länger ertragen wollte, war er dort auch schikaniert worden.

Daher war es kaum überraschend, daß Franceys Halbbruder am Tag, als er vom tödlichen Autounfall seiner Mutter erfuhr, sofort aus der verhaßten Schule marschierte und all seine Habseligkeiten dort ließ. Er war siebzehn, besaß eine hübsche Wohnung in Kensington und eine ordentliche Summe Geld. Colin begann ganz unten in der Hierarchie als Verkäufer in einem Schuhgeschäft in der Kensington High Street.

Es stellte sich heraus, daß er ein Verkaufstalent war, und er wechselte im Laufe der Zeit von dem Schuhgeschäft zu Barkers, wo er stellvertretender Leiter der Wäscheabteilung wurde. Binnen eines Jahres hatte er sich zusammen mit einem anderen jungen Mann selbständig gemacht und verkaufte hochwertige Teppiche aus zweiter Hand. Er lernte alles über Orientteppiche, machte seine erste Reise in den Fernen Osten und kam zurück mit Teppichen, Keramik, Seidenballen und probehalber einem Container voller orientalischer Nippes. Die Partnerschaft wurde aufgelöst, als der andere Mann eine amerikanische Tennislehrerin kennenlernte und heiratete. Colin beschloß, allein weiterzumachen, und stellte als Mitarbeiter einen Buchhalter mittleren Alters ein, der für eine Zollabfertigungsfirma gearbeitet hatte und alles darüber wußte, wie man Güter aus den exotischeren Teilen der Welt nach Großbritannien importierte.

Als dieser Mann starb, verkaufte Colin sein Geschäft – mittlerweile eine bescheidene Kette – und wurde zum Makler, bereiste die Welt in Kommissionsgeschäften, riskierte nicht mehr sein eigenes Geld, hatte aber seinen Vorteil davon, wenn er etwas sah, das Profit versprach. »Und so wurde Import-Export Colins Leben.« Fleur lächelte. »Sollen wir ein Dessert bestellen?«

»Natürlich habt ihr euch so kennengelernt.« Aber Francey sah, daß er darüber nicht mehr erfahren würde. Fleur winkte nach den Speisekarten.

Als er auf das Gedruckte starrte, warf sein hektisches Gehirn die Worte durcheinander. Was, um Himmels willen, sollte er tun? Obwohl er so viele Jahre auf der Stelle getreten hatte, lag es nicht in seiner Natur, passiv zu sein, aber er fürchtete, er könnte etwas Voreiliges sagen oder tun, das die zerbrechlichen Fäden der Verständigung zwischen ihnen zerreißen würde. »Du mußt Colin sehr vermissen, wenn er weg ist«, sagte er, als er das Gefühl hatte, das Schweigen dauere zu lange.

Fleur blickte von der Speisekarte auf, und wieder war ihm, als sähe er ein amüsiertes Aufflackern in ihren Augen. »Warum erwähnst du Colin die ganze Zeit?« fragte sie. »Weil du dich zu mir hingezogen fühlst?«

Schockiert begann Francey, es stotternd abzustreiten, aber als er dann in Fleurs dunkle Augen blickte, entschied er, daß das keinen Zweck habe. »Ja«, sagte er. »Ich fühle mich schrecklich zu dir hingezogen. Mach dir aber bitte keine Sorgen, Fleur, ich werde dir und Colin keine Probleme verursachen.«

»Ich kann auf mich selbst aufpassen«, sagte sie nach einer

Pause, »und Colin auch.« Dann, gerade als sein Herz sich von diesem Schock erholte, versetzte sie ihm den Gnadenstoß. »Ich bin sicher, daß Tommy gerne seinen neuen Onkel kennenlernen würde«, bot sie ihm an. »Am Freitag ist er wieder bei uns zu Hause, falls du dann noch in London bist. Warum besuchst du uns nicht?«

8

»Verdammt noch mal!« Hazel Slye, den Koffer zu Füßen, die Arme voller Blumen und Post, die sie aus ihrem Briefkasten in der Eingangshalle geholt hatte, drückte zum zweiten Mal gegen die Tür ihrer Wohnung. Während der letzten drei Tage hatte es fast ununterbrochen geregnet, und wie immer, wenn es feucht ist, war das Holz aufgequollen. Mit der Schulter stieß sie erneut dagegen, diesmal mit dem gewünschten Effekt. Wie ein störrischer Maulesel schloß sie die Tür mit einem Tritt und ließ Blumen und Post auf den halbmondförmigen Tisch in ihrer kleinen Diele fallen. Obwohl sie nur elf Tage weggewesen war, roch die Wohnung, in der es wegen des Wetters draußen düster war, unbenutzt und wenig einladend. »Tolle Hilfe seid ihr!« murmelte sie in Richtung der Schalen mit den Duftmischungen, als sie ins Schlafzimmer ging, um ihr Gepäck loszuwerden. Im Wohnzimmer sprach sie ihre Sammlung von Plüschtieren an: »Ihr müßt alle gehen – ihr Bande von Nichtsnutzen und Staubfängern!« Sie marschierte in die Küche und hantierte mit den Bechern und Teebüchsen herum.

Der Tag war nicht gut gelaufen. Die Mitfahrgelegenheit von Sligo hatte sich zerschlagen, und sie war gezwungen gewesen, die lange, ermüdende Fahrt mit dem Zug zu machen. Weil Weihnachten kurz bevorstand, schien jeder im Land zu verreisen, und sie hatte sich am Zugfenster wiedergefunden, eingequetscht neben einer riesigen Frau, die alles außer ihrem Melkschemel über die Feiertage nach Dublin mitzunehmen schien. Was noch viel schlimmer war, die Frau war eine Quasselstrippe, und weil sie

Hazel erkannt hatte, mußte sie sie höflich erdulden. Ihr langweiliges Geschwätz hatte Hazel zur Verzweiflung getrieben, und schließlich hatte sie vorgetäuscht zu schlafen, um dem gnadenlosen Gerede zu entgehen.

Sie goß das kochende Wasser so schnell in die Teekanne, daß sie sich fast die Hand verbrannte. Sie erwartete Francey heute abend und hatte geplant, rechtzeitig zu Hause zu sein, um in Ruhe baden und ihr Haar waschen zu können. Jetzt mußte sie sich beeilen.

Bei der zweiten Tasse Tee hatte sie sich beruhigt. Als sie den trostlosen Abend durch Vorhänge und Jalousien ausgesperrt hatte, die Blumen in etlichen Vasen verteilt hatte und ein Feuer im Kamin flackerte, wirkte die Wohnung wieder gemütlich und einladend. In freudiger Erwartung drehte sie die Wasserhähne an ihrer Badewanne auf und entschloß sich, ihre Post durchzusehen.

Sie schaute die Umschläge an. Die meisten von ihnen hatten Fensterchen und waren offensichtlich Rechnungen. Etliche waren jedoch Weihnachtskarten, und es gab auch drei Briefe, einer mit einer englischen Briefmarke, die anderen beiden in Handschriften, die sie nicht kannte. Diese nahm sie mit ins Badezimmer und legte sie auf den Deckel des Wäschekorbes. Dann schlüpfte sie aus dem Bademantel, goß Badeöl in das dampfende Wasser und kletterte hinein. Sie bewegte ihre Schultern, schloß die Augen und ließ sich treiben, stellte sich vor, was der Abend noch für sie bereithielt. Sie versuchte sich ein Bild davon zu machen, was Francey tat. Wahrscheinlich, dachte sie voller Zuneigung, kratzte er gerade mit dem Rasierer über sein Kinn ...

Hazel war sich noch nicht ganz im klaren, was sie für Francey Sullivan empfand. Er war zu jung für sie, das war offensichtlich. Aber er hatte etwas Angenehmes an sich, das sie noch nie bei einem Mann erlebt hatte und anziehend fand; er erinnerte sie in vielerlei Hinsicht an eines der großäugigen Tiere im Wohnzimmer, unbeholfen, vertrauensvoll und bereit, sich zum Schmusen anzubieten. Und während ihrer gemeinsamen sexuellen Entdeckungsreise hatte es einige Augenblicke gegeben, in denen sie glaubte, sie könnte sich in ihn verlieben.

Gott sei Dank hatte sie auf dieser Pause bestanden – Hazel spreizte die Finger und kämmte die Wasseroberfläche, um kleine Wellen zu machen –, die Trennung von ihm hatte die Situation in den richtigen Blickwinkel gerückt. Als Ergebnis konnte sie sich auf seinen Besuch heute abend freuen und verspürte nur eine schwache Aufregung. Wenn er nicht mehr interessiert war, wenn er es in der Zwischenzeit geschafft hatte, mit seinem kleinen siamesischen Bonmot ein Arrangement zu treffen, bitte. Sie würde dann nur vorschlagen, daß sie zusammen Fish and Chips essen gingen oder so was. Und wenn sie das Ganze positiv betrachtete, würde sie es nehmen, wie es kam, falls das alles war, was der Abend ihr zu bieten hatte: Sie hatte nichts dagegen, sich mit einem gutaussehenden jungen Burschen, der so sexy war, sehen zu lassen. Hazel streckte eine Hand aus dem Wasser, schüttelte die Feuchtigkeit ab und griff nach dem obersten Brief, dem mit der englischen Briefmarke. Sie riß ihn mit den Zähnen auf und sah, daß er von einer Anwaltskanzlei aus Birmingham war.

»Was?« Das Wasser schwappte auf den Boden, als sie sich ungläubig gerade aufrichtete und las, daß sie in England von ihrem Ehemann geschieden worden war. Ihr erster Impuls war loszulachen, aber dann folgte das Bedürfnis zu weinen. Wenn man Hazel an jenem Morgen gefragt hätte, ob ihr eine solche Nachricht auch nur das geringste ausmachen würde, hätte sie höhnisch darüber gespottet, daß nichts, was ihr lange abwesender Gatte tun oder sagen könnte, irgendeine Auswirkung auf sie hätte. Seit Jahren hatte sie dem Mann nur einige äußerst flüchtige Gedanken gewidmet. Aber aus irgendeinem Grund erschien ihr die brutale Endgültigkeit der maschinengeschriebenen, pedantisch formulierten Worte auf dem Blatt dicken weißen Papiers wie eine Guillotine.

Sie ließ den Brief zu Boden fallen und griff nach den anderen beiden. Der erste war von einem Fan, der um eine Autogrammkarte bat. Der zweite war von Francey; er kam heute abend nicht in ihre Wohnung, würde sich aber bald melden.

Erst da erkannte Hazel, daß ihre lockere Einstellung Francey Sullivan gegenüber nur Schwindel war.

Zur Teezeit an jenem nebligen Freitag nachmittag stand Francey auf der Schwelle eines großen Hausees in Kensington, in einer Reihe von Häusern, die einem kleinen Park gegenüberlagen. Er hatte stundenlang hin und her überlegt, ob er das kleine Kästchen von Weir's mitnehmen sollte, sich aber entschlossen, daß es zu diesem Zeitpunkt anmaßend erschienen wäre, Juwelen mitzubringen, und sich für prosaischere Geschenke für seine Gastgeberin und ihren Sohn entschieden; aber die Blumen hatte er mit mehr Sorgfalt ausgewählt, als er auf ein Bukett für die Königin von England verschwendet haben würde. Außerdem hatte er eine Flasche Wein, eine Einkaufstasche von Hamley's und eine weitere aus einem Schallplattenladen bei sich, die eine LP der Gesangsgruppe Beatles enthielt. Francey hörte selten Radio und hatte keinen Plattenspieler, daher bedeuteten ihm die Beatles nichts. Er war dem Rat des Portiers gefolgt, und diese Platte war ihm als der letzte Schrei in der Popmusik empfohlen worden.

Er holte tief Luft und drückte auf die Klingel mit dem Schild Mannering, eine von vier, die in die Wand neben der schweren Tür eingelassen waren. Er war überrascht, daß Fleur in einer Wohnung wohnte. Seit er wußte, daß die Mannerings wohlhabend waren, war es ihm nie in den Sinn gekommen, daß sie weniger als ein ganzes Haus für sich hatten. Aber das riesige, mit Teppich ausgelegte Foyer, das er betrat, als er die Tür öffnete, war himmelweit entfernt von jeder Wohnung, die er je gesehen hatte, und kam eher seiner Vorstellung der Eingangshalle eines Herrenhauses nahe. Es war größer und vornehmer als die Eingangshalle seines Hotels.

Fleurs Anweisungen folgend, nahm er den Fahrstuhl in den vierten Stock. Die Tür öffnete sich zu einer großen Diele, an deren Ende befand sich eine eindrucksvolle Marmortreppe. Bis jetzt hatte Francey keine Ahnung gehabt, daß eine Wohnung sich über zwei Stockwerke erstrecken konnte. Die Wände der

Diele hatten Nischen, und in jeder stand entweder eine kleine Skulptur oder eine Vase mit frischen Blumen, die so exotisch waren, daß er sich seines eigenen Buketts mit knospenden weißen Rosen und Schleierkraut schämte. Aber als er ein Versteck dafür suchte, kam Fleur, barfuß und lässig gekleidet in einer weißen Jeans und einem marineblauen T-Shirt mit U-Boot-Ausschnitt, aus einer Tür gegenüber dem Fahrstuhl. Hinter ihr kam ein Junge, von dem Francey vermutete, daß es Tommy war, ein dunkeläugiges Kind mit dem glänzenden schwarzen Haar seiner Mutter und orientalischen Gesichtszügen. »Guten Tag, Fleur.« Francey warf ihr die Blumen zu, als könnten sie beißen. »Tut mir leid, wie ich sehe, hast du schon genug davon.«

»Oh, Francey, danke!« Fleur verbarg ihr Gesicht in den Blumen und atmete tief ein. »Natürlich haben wir nicht zu viele. Man kann nie zu viele Blumen haben.« Sie wandte sich ihrem Sohn zu, lächelte zu ihm hinunter und sagte, während sie gleichzeitig mit ihren Fingern Zeichen machte: »Sag deinem Onkel Francey hallo, Tommy.«

Das Kind streckte mit weitaufgerissenen Augen eine kleine zarte Hand aus.

»Guten Tag.« Francey empfand den unerschütterlichen, nachdenklichen Blick des Kindes, als er die kleine Hand nahm, beunruhigend. Es war, als schätze Tommy ihn ab mit einem Verstand, der älter war als Tommy selbst. »Ich habe dir etwas mitgebracht.« Er sprach langsamer und kam sich vor wie ein Mann, der eine Bestechung anbot, als er den Beutel von Hamley's ausstreckte, den Tommy erst entgegennahm, nachdem er zunächst seiner Mutter einen fragenden Blick zugeworfen hatte. Als er völlig unkindlich nicht hineinspähte, sagte Francey, der immer noch lauter als normal sprach: »Es ist ein Helikopter, Tommy. Die Lichter und der Rotor funktionieren, und es sind Batterien dabei und alles. Und da ich weiß, daß du Geschichten magst, habe ich dir dies hier auch noch mitgebracht.« Als er sich daran erinnerte, wie Colin mit Tommys Fähigkeiten als Schriftsteller geprahlt hatte, hatte Francey in letzter Minute ein wundervoll illustriertes Buch mit irischen Legenden und Märchen gekauft.

»Du kannst sprechen wie immer.« Fleur streichelte über das feine Haar ihres Sohnes. »Tommy kann gut von den Lippen lesen. Ein Geschenk mitzubringen war unnötig, Francey, aber wir danken dir, nicht wahr, mein Liebling?« Sie machte ein Zeichen, und als Reaktion darauf gab Tommy tief in seiner Kehle einige Laute von sich, die sich anhörten, als gurgele er.

Francey vermutete, daß es »danke sehr« war, und lächelte. »Gern geschehen.«

»Und ich habe dir ein paar Süßigkeiten mitgebracht«, fügte er hinzu und zog einen Beutel mit Lakritze aus seiner Jackentasche. Obwohl es in Irland üblich war, Kindern bei Besuchen nicht nur Süßigkeiten, sondern auch Geld zu geben, war er sich unsicher, wie Fleur diese Geste auffassen würde, und hielt inne, bevor er die übliche halbe Krone anbot. Tommy machte wieder dieses Geräusch tief in seiner Kehle, und seine Mutter umarmte ihn. »Er ist so intelligent, er kann jetzt viele Worte sprechen. Laß uns nach oben gehen.«

Mit den Blumen in der Hand ging sie voran. Obwohl er nervös war, hatte Francey, als er hinter ihr die Treppe hochstieg, große Schwierigkeiten, seinen Blick von dem strammen, jeansbedeckten Gesäß zu wenden, das sich nur wenige Zentimeter vor ihm hin und her bewegte. Statt dessen zwang er sich, dem Jungen zuzulächeln, der neben ihm die Stufen hochhopste.

Die Treppe führte in einem Bogen zu einem Treppenabsatz mit einer Galerie. »Dies ist der Salon.« Fleur öffnete eine der vielen Türen und führte ihn und Tommy hinein.

»Oh«, rief Francey, der endlich einmal unbefangen reagierte, »das ist wunderschön.«

Der Raum, der nach Weihrauch duftete und in den warmen Farben des Orients eingerichtet war, war weit größer, als er vermutet hatte. Beherrscht wurde er von einem riesigen Weihnachtsbaum, der in Weiß geschmückt und von Myriaden durchsichtiger bunter Lichter beleuchtet wurde. Ein anderer kleiner Baum spähte durch die Scheiben einer der beiden Glastüren. Die mit dicken Quasten geschmückten Vorhänge an diesen beiden Türen und über zwei Türen in Nischen zu beiden

Seiten des Kamins waren in einem schattigen Rosaton gehalten. Der Teppichboden und die Sitzmöbel waren bedeckt mit Teppichen in Ocker, Indigo und Karmesin, Farben, die sich in den Kelims und seidenen Tapisserien an den Wänden widerspiegelten. Messing, schimmernd wie Gold, glänzte im ganzen Raum, an den fein ziselierten Schirmen der Hängelampen, die in drei von vier Ecken erglühten, an den Schürhaken vor dem knackenden Feuer – ein echtes diesmal, anders als in Inverary Manor –, an den Tischlampen, Bilderrahmen, Kerzenständern, Weihrauchfässern und Beistelltischchen. Wo Holz verwendet wurde, war es lackiert oder mit Schnitzereien verziert. »Ich bin froh, daß es dir gefällt.« Fleur hatte seine Reaktion beobachtet. »Dies ist mehr nach meinem Geschmack als die Phantasien im Herrenhaus. Meine Herkunft, natürlich ...

Vielleicht möchtest du auch unsere schöne Aussicht sehen?« Sie führte Francey hinüber zu einer der Glastüren. »Als wir die Wohnung schätzen ließen, nannte der Immobilienmakler sie ein Penthouse.« Sie lachte. »Lächerliche amerikanische Übertreibung, wir sind ja nur im vierten und fünften Stock.«

»Denkt ihr daran, umzuziehen?« Francey war beunruhigt.

»Nicht im Augenblick.« Fleur öffnete eine der Türen, und die drei traten auf den Balkon, der auf den Park hinausging. »Mein Mann sagt, es sei nicht gut, auf solch einem Aktivposten zu sitzen. Mir ist das egal.« Sie zuckte die Achseln und wechselte das Thema. »Wirklich schade, daß solch ein Nebel herrscht.«

Vom Balkon aus konnte man nur sehr wenig sehen. Obwohl der Nebel dort oben dünn zu sein schien und zerrissen durch die winzigen weißen Glühbirnchen am Weihnachtsbaum zu Franceys Rechter trieb, verdeckte er doch fast die ganze Stadt unter ihnen. »Es hatte nicht viel Sinn, dich hier hinauszubringen.« Fleur zitterte. »Tut mir leid. Vielleicht wenn du einmal im Sommer wiederkommst.«

Als er sich ihr zuwandte, um sie zu beschwichtigen, war Francey auch kalt, aber nicht wegen der Temperatur. Das schwache Licht des Baumes und von den nebligen Straßenlaternen unten hatte Fleurs Gesicht aller Farbe beraubt. Ihre einfarbige Kleidung und das schwarze Haar verstärkten den Eindruck einer Geistererscheinung, und da er das abergläubische Naturell seiner Mutter geerbt hatte, wurde er plötzlich von der Vorstellung heimgesucht, das könne ein Omen sein. Er schlug vor, daß sie wieder hineingehen sollten, weil es so eisig war.

Drinnen im Warmen erinnerte er sich daran, daß er immer noch den Wein und die Tüte mit der Beatlesplatte mit sich herumtrug. Er gab Fleur die Flasche und wollte die Schallplatte gerade Tommy überreichen, als ihm klar wurde, daß er beinahe einen schrecklichen Fehler begangen hätte. Er improvisierte und reichte sie Fleur mit dem Hinweis, daß sie für Colin sei, und hoffte, daß sie nicht glaubte, er habe sie gekauft, um sein Gewissen zu beruhigen. »Ich glaube, heutzutage hört sich jeder diese Gruppe an«, sagte er. »Sie sind im Kommen.« Ständig zu versuchen, den Absichten eines anderen zuvorzukommen, war nicht nur ermüdend, sondern auch gefährlich. *Sei vorsichtig*, ermahnte er sich, *entspann dich und amüsier dich*.

»Lauf zu deinem Kindermädchen.« Fleur gab ihrem Sohn ein Zeichen. »Bestimmt hat sie dein Abendessen fertig.«

Tommy lächelte zu Francey hoch, während seine Finger bei der Antwort hin und her flogen. »Er bittet dich, bald wiederzukommen, und dankt dir für dein Geschenk«, übersetzte seine Mutter.

Als das Kind gegangen war, bat Fleur Francey, sich hinzusetzen, ging zum Kamin und drückte auf einen Klingelknopf, der in die Wand eingelassen war. Binnen Sekunden erschien ein junges orientalisches Mädchen, das einen kleinen Servierwagen vor sich herschob, der mit Teesachen beladen war. Franceys überhitzte Phantasie gaukelte ihm vor, das Mädchen habe ihn neugierig angeschaut, bevor sie sie verließ, aber Fleur schien es nicht zu bemerken oder zu beachten. »Ich dachte, hier haben wir es gemütlicher als im Eßzimmer«, erklärte sie Francey. »Ich trinke jeden Nachmittag Tee, das ist eine der wenigen englischen Sitten, die ich bewundere.« Mit der Anweisung, sie ins Wasser zu stellen, reichte sie dem Mädchen die Blumen, entließ es und begann, den Tee einzugießen.

»Das ist köstlich.« Während er in eines der winzigen Wasserkressesandwiches biß, die sie ihm auf den Teller gelegt hatte, fiel Francey auf, wie lächerlich solche gesellschaftlichen Feinheiten in dieser sinnlichen Umgebung waren. Er wollte weder Tee noch höfliches Geplauder. Wärme und Moschusdüfte schufen eine Vertrautheit, die seine Selbstbeherrschung ins Wanken brachte. Jede Faser seines Körpers schrie danach, den Servierwagen umzuwerfen und Fleur Mannering in den Trümmern dieser Mahlzeit zu lieben. Statt dessen aß er ein Sandwich nach dem anderen, Pastetchen und Sahnetörtchen, plauderte über das Hotel, in dem er wohnte, und beantwortete Fleurs höfliche Fragen nach dem Wohlergehen seiner Familie bei seinem letzten Besuch in Lahersheen. Hin und wieder ließ sie die Unterhaltung einschlafen, und dies war eine weitere Besonderheit, die er an ihr beobachtet hatte: Anders als die meisten Leute schien Schweigen sie nicht zu beunruhigen.

»Noch Tee?« Nach einer dieser Gesprächspausen hielt sie die Teekanne hoch. Auf einer gewissen Ebene – der Ebene, auf der sein Blut nicht in Wallung war – hatte Francey das Gefühl, über die Situation lachen zu müssen. Es war, als prüfe sie ihn auf Herz und Nieren, um ihn für eine Audienz bei der Königin zu trainieren.

»Keinen Tee mehr, danke.« Er nahm seinen Mut zusammen und stellte die Tasse ab. »Sieh mal, Fleur, ich sollte nicht hier sein.«

»Warum nicht?« Ihr Gesichtsausdruck war fragend.

»Ich glaube, du weißt, warum.«

»Vielleicht könntest du es mir sagen?«

»Zieh mich bitte nicht auf.«

»Ich ziehe dich nicht auf.« Ihre Augen funkelten ein wenig und straften ihre Worte Lügen. »Ich hätte gerne, daß du mir sagst, was du meinst.«

Francey hielt ihrem Blick stand. »Ich interessiere mich nicht für Tee oder Sandwiches oder ob die sanitären Anlagen in meinem Hotel funktionieren. Ich interessiere mich für dich.«

Fleur erwiderte nichts, senkte aber den Blick auf die Tasse in ihrer Hand. Sie schien über diese Äußerung nachzudenken. Wenigstens, dachte Francey, hatte sie nicht wütend oder schockiert reagiert. *Sag noch nichts*, versuchte sein Inneres ihn zum Schweigen zu bringen. »Ich weiß, es hat keinen Zweck, dir so etwas zu sagen«, sagte er trotz alledem. »Du bist schließlich eine verheiratete Frau. Aber ich muß es sagen und bin froh, daß ich es getan habe. Ich habe dich vom ersten Augenblick an, in dem ich dich gesehen habe, geliebt.«

Er konnte es nicht ertragen, sie länger anzusehen, und starrte, wie es ihm schien, ein Leben lang auf den Kaminsims und beobachtete, wie der große Zeiger an einer kleinen Messinguhr auf dem Zifferblatt weiterrückte. Wenn er sich sehr anstrengte, konnte er ein schwaches synchrones Ticken hören und erinnerte sich an den vom Rost angefressenen, verchromten Wecker auf dem Kaminsims zu Hause, an sein wichtigtuerisches Ticken und die Kakophonie, wenn der Hammer zwischen den beiden Klingeln hin und her schlug. Wie einfach wäre es, wieder zu Hause zu sein, wo der Klang der Gefühle vertraut war.

»Ich mag dich auch …«

Es dauerte ein oder zwei Augenblicke, bis diese Worte in seinen Verstand eingedrungen waren, aber dann schaute er über den Teewagen hinweg auf den Platz, wo sie saß, beherrscht, gekleidet, als sei sie auf einer Yacht und bewirte einen der reichen Kunden ihres Mannes. »Wie bitte?« Seine Stimme klang schwach.

»Ich sagte, ich mag dich auch.«

Wilde Erregung beraubte Francey seiner inneren Ruhe. »Meinst du das wirklich?«

»Natürlich.«

Er hatte immer noch Angst, zu ihr hinüberzugehen und das zu tun, was sein Instinkt ihm eingab. Zu seiner Überraschung machte Fleur jedoch die Notwendigkeit irgendeines weiteren Schrittes von ihm überflüssig. Sie kam zu ihm herüber, setzte sich auf seinen Schoß und legte beide Arme um seinen Hals. »Ist es das, was du möchtest?« Ihr langes Haar fiel um Franceys Gesicht, als sie ihre Lippen auf seine preßte.

»Oh, Gott ...« Als Francey sie in die Arme nahm, hatte er das Gefühl, er müsse weinen. Sie hatte etwa die gleiche Größe und das gleiche Gewicht wie Hazel, aber damit endete die Ähnlichkeit auch schon. Wo Hazel warm und kurvenreich war, fühlte Fleur sich schmächtig und mager an, sie vermittelte den Eindruck von Leichtigkeit und Zerbrechlichkeit, und er hatte das Gefühl, seine Leidenschaft für sie im Zaum halten zu müssen. Er hatte die absurde Vorstellung, sie könne zerbrechen wie eine Porzellanfigur, wenn er die Beherrschung verlor, selbst wenn er sie heftig küßte. Und außerdem, was würde passieren, wenn das Mädchen – oder noch schlimmer, Tommy – in das Zimmer zurückkäme.

Fleur schien keine solchen Bedenken zu haben. Sie küßte ihn weiter mit vollen, kühlen Lippen, ihre Hände spielten mit dem kurzen Haar in seinem Nacken und taten etwas so Angenehmes mit ihm, daß er spürte, wie ihm die übrigen Haare zu Berge standen. Nach und nach gestattete er sich zu reagieren, streichelte die Schwellung ihrer Hüfte durch die engen Jeans, wagte es, die Hand bis zu ihrem Po gleiten zu lassen, um sie näher an sich zu ziehen. Sie kam ihm entgegen, indem sie sich ein klein wenig drehte, so daß ihre kleinen festen Brüste sich gegen seine Brust preßten und eines ihrer Knie sich an seinen Lenden rieb. »Was magst du?« flüsterte sie.

Francey keuchte. »Wie bitte?« Er lehnte sich ein wenig zurück und betrachtete ihr ernstes Gesicht forschend.

»Ich fragte, was du magst«, wiederholte sie.

»Was meinst du?«

»Du weißt es nicht?«

Francey schaute sie halb fasziniert und halb abgestoßen an. Erst Hazel, jetzt Fleur. Er hatte immer geglaubt, Männer seien sexuelle Wesen, und daß Frauen ausgiebig und geschickt umworben werden mußten, bis sie sich schließlich – zögernd – den niedrigen Begierden der Männer »ergaben«. Er fand seine Stimme wieder. »Was ist mit – mit –«

»Mit Tommy?« fragte sie ernsthaft.

»Nein – also, ja. Nein ... ich meine – was ist mit Colin?«

»Was ist mit Colin?«

»Er ist dein Mann!«

»Und?« Fleur lächelte. »Was Colin nicht weiß, macht ihn nicht heiß.«

»Du meinst, du willst – du bist bereit –«

Fleur wartete und zwang ihn, die Worte auszusprechen, und schließlich schaffte er es: »Du gehst mit mir ins Bett?«

»Natürlich. Ist es nicht das, was du möchtest? Ich möchte dir jedoch Vergnügen bereiten. Und deshalb habe ich dich gefragt, was du magst.«

Francey fand die nüchterne Art, wie sie das sagte, ihre Unverblümtheit, so erotisch, daß sein ganzer Körper zu pulsieren schien. Ihre Taille konnte er beinahe mit den Händen umfassen. »Ich weiß nicht, was ich mag«, flüsterte er. »Ich glaube, ich mag alles.«

»Du glaubst? Bist du eine Jungfrau?« Um ihren Mund zuckte es ein wenig.

»Nein.« *Gott sei Dank wenigstens das nicht* ... Unter den gegebenen Umständen war das eine Gotteslästerung, aber es machte ihm nichts aus. Seine Zurückhaltung löste sich auf, er küßte sie zügellos, dann hörte er auf. »Tut mir leid.«

»So viele Entschuldigungen. Bringt man euch das in diesem Land bei? Komm!« Fleur glitt von seinem Schoß.

Das war zuviel für Francey. »Wo-wohin kommen?« Sie schlug doch nicht etwa vor, daß sie zu ihrem Ehebett gingen?

Fleur blickte an ihm herab, ihr Amüsement war jetzt offensichtlich. »Spielt das eine Rolle, wohin? Aber zufälligerweise habe ich ein Boudoir ganz für mich allein. Wir werden nicht gestört.« Sie nahm seine Hand und zog.

»Du meinst jetzt?« Franceys Stimme zitterte, als er sich vom Sessel hochziehen ließ.

»Hast du vielleicht eine andere Verabredung?«

Überwältigt ließ er sich zu einer der Türen neben dem Kamin ziehen. »Durch die andere Tür geht es in Colins Büro«, erklärte Fleur, als führte sie eine Gruppe durch ein Warenhaus.

Das fensterlose Boudoir war klein und luxuriös, die zeltartige Decke und textilbespannten Wände waren so farbenfroh, aber auch so harmonisch wie der Schwanz eines Pfaus. An einer Wand stand eine Chaiselongue, die mit Seiden-, Satin- und Spitzenkissen bedeckt war, an einer anderen ein kleiner Sekretär und eine hohe Kommode. Ein Schrank und ein kleiner Tisch, auf dem ein großes Holzkruzifix lag, vervollständigten die Einrichtung, außer dem Betthimmel, der das Zimmer beherrschte. Fleur sah, daß er schockiert war. »Ich komme hierher, wenn ich allein sein will«, sagte sie, »um nachzudenken, zu meditieren, manchmal zu schlafen. Jeder im Haus weiß, daß er nicht hier hereinkommen darf, auch nicht Tommy und die Dienstboten.«

»Colin kommt nicht hier herein?« Franceys Vorstellungen wurden wieder einmal über den Haufen geworfen durch einen Einblick in diese seltsame Ehe.

»Ich gehe nicht in sein Büro«, entgegnete sie und griff nach oben, um seine Krawatte zu lockern. »Jetzt wollen wir aufhören, über mich zu reden ...«

Die nächste Stunde war für Francey eine Offenbarung. Er glaubte, in seinen Abenteuern mit Hazel die Grenzen der Sexualität erreicht zu haben, aber Fleurs Dienste an seinem Körper schufen solche heftigen Momente reiner Sinneslust, daß er glaubte, sterben zu können. Anders als bei Hazel schienen Fleurs Bedürfnisse, die sie den seinen unterwarf, minimal zu sein. Jedes Mal, wenn er kurz vor dem Orgasmus stand, zwang sie ihn, innezuhalten, so daß seinen Körper wie eine Flut ein Spektrum von Empfindungen durchraste, wobei jede Welle weiter reichte als die vorige. Er vergaß Colin, Tommy, Hazel, George, seine Familie, sein Geld und sogar Fleur selbst, deren Hände, Lippen, Haare, flacher Bauch, Feuchtigkeit, Enge und glatte Muskulatur zu einer Einheit verschmolzen, die ihn zu höchsten Wonnen führte, bis er schließlich das Gefühl für seinen eigenen Körper verlor. Statt eine Ansammlung übergroßer Knochen, Muskeln und Nerven zu sein, fühlte er sich wie ein einziger Quell der Ekstase, glänzend und straff wie Stahl. Als sie ihm endlich gestattete, zum Höhepunkt zu kommen, durchfuhr es ihn wie ein langes, exquisites Rapier.

Hinterher lag er ganz benommen vor Erleichterung und Freude keuchend und schweißgebadet in den zerwühlten Laken. Obwohl er spürte, daß mehr von ihm erwartet wurde als diese aufsteigende Trägheit, war er gegenwärtig zu vernünftigen Gedanken oder Worten nicht in der Lage. Hazel hatte ihm immer mit einem Witz geholfen. Es dauerte eine Ewigkeit, bis er den Kopf drehen konnte. Als er es tat, sah er, daß Fleur sich auf einen Ellenbogen gestützt hatte, ihr Kinn ruhte auf einer Hand. »Bist du glücklich, Francey?« Ihr Mund verzog sich zu diesem Mona-Lisa-Lächeln mit geschlossenen Lippen.

»Glücklich? Glücklich beschreibt es nicht.« Er hatte Schwierigkeiten, seinen Blick auf etwas zu konzentrieren, »so habe ich mich noch nie in meinem Leben gefühlt.«

Er griff nach ihr, aber sie glitt vom Bett. »Ich glaube, du schmeichelst mir.«

Sie ging zum Schrank, und sobald sie ihn öffnete, ging ein Kranz von Lichtern über einem Spiegel an und enthüllte ein eingebautes Waschbecken. Sie wrang ein Handtuch aus, kam damit zum Bett zurück und wischte Franceys Gesicht, Haaransatz und Hals mit geschickter und sanfter Hand ab. »Guter Junge«, murmelte sie, »du bist ein guter Junge gewesen, nicht wahr?«

»Oh, Fleur!«

Francey versuchte, ihre Hände zu packen, aber sie wich ihm aus. »Du mußt dich benehmen.«

»Ich liebe dich«, beharrte Francey, dessen Hemmungen völlig verflogen waren. »Ich liebe dich«, wiederholte er, »ich liebe dich ...«

»Natürlich tust du das.« Fleur lächelte. »Jetzt mußt du dich anziehen. Wenn du dich waschen möchtest, dort sind Handtücher und Seife.« Erneut ging sie zum Schrank hinüber und deutete auf die Sachen neben dem Waschbecken. Dann schlüpfte sie in einen geblümten Kimono und band ihn um ihre Taille. »Soll ich noch Tee bestellen?«

Nach Franceys leidenschaftlicher Erklärung war dieses Angebot wie ein Schlag ins Gesicht. Aber es fiel ihm keine passende Entgegnung ein.

Wie fühlte Fleur sich? Francey zwang sich mit äußerster Anstrengung dazu, zu denken, und sah, daß sie anscheinend von ihrer gemeinsamen Erfahrung so unberührt schien, als sei sie ein freudespendendes Spielzeug.

Er stieg aus dem Bett und wusch sich mit Fingern, die sich wie alte Pastete anfühlten, und versuchte sich mit dem Allheilmittel seiner eigenen beschränkten Erfahrung zu trösten. Schließlich hatte er bisher nur eine Geliebte gehabt und war daher kaum in der Lage, Fleurs Geschmack und Befriedigung besonders kritisch zu beurteilen. Vielleicht waren, so dachte er, die Sexualpraktiken von Frauen so individuell wie sie selbst auch – und vielleicht war das genau die Art, wie Fleur sich amüsieren wollte. Er hoffte nur, er hatte nicht alles ruiniert durch seine unvorsichtige Bemerkung, daß er sie liebte. Sie war so kultiviert, vielleicht wollte sie nicht das Risiko eingehen, noch einmal mit einem solch offenherzigen Trottel zu schlafen.

Er sammelte seine verstreuten Kleidungsstücke ein und begann sich anzuziehen. Als er versuchte, seine Gummiknie in die Hosenbeine zu schieben, hörte er durch die offene Tür, wie Fleur mit sanfter Stimme Anweisungen gab – wahrscheinlich dem Mädchen. Zweifel überfielen ihn: Was sollte er davon halten? War es ihr egal, was das Mädchen dachte? Er ging zur Tür und spähte hinaus. Zu seiner Erleichterung war Fleur allein und sprach am Telefon.

Als er sich wieder zu ihr gesellte, hatte er sich selbst davon überzeugt, daß es nichts gab, dessen er sich zu schämen brauchte. Die Initiative war schließlich von ihr ausgegangen. Er brachte es sogar fertig, sie anzulächeln. »Ich weiß nicht, was ich sagen soll –« begann er.

»Dann sag nichts.« Sie stand von ihrem Sitzplatz auf und ging ins Boudoir zurück. »Ich habe Tee bestellt, er kommt in etwa zehn Minuten. Ich muß mich auch anziehen, es dauert nicht lange.«

»In Ordnung.« Angesichts ihrer Haltung drohte Francey die Fassung zu verlieren, aber es gelang ihm, zu grinsen. »Beeil dich, ich verhungere schon wieder.«

Als das orientalische Mädchen die zweite Runde Tee brachte sowie frische Sandwiches und neuen Kuchen, fühlte Francey sich ruhig und glücklich genug, sie anzulächeln, als habe er jedes Recht, da zu sein, wo er war. Das Mädchen erwiderte sein Lächeln nicht, allerdings neigte sie leicht den Kopf.

Als Fleur wieder auftauchte, stellte Francey zu seiner Überraschung fest, daß er tatsächlich hungrig war. Ihre vorübergehende Abwesenheit hatte ihn mutiger gemacht. »Fleur?« fragte er mit dem Mund voller Schokolade und Sahne. »Darf ich dich etwas fragen?«

»Nur zu.« Fleur schnitt eine Ecke von ihrem Sandwich ab und spielte damit.

»Was geschieht jetzt?«

»Meinst du, ob wir uns wiedersehen?«

»Ja, genau das meine ich.« Er schaute ihr ins Gesicht und hatte das Gefühl, daß er, nach dem, was sie zusammen getan hatten, nichts zu befürchten hatte, wenn er ehrlich war. »Ich könnte es nicht ertragen, dich zu verlieren.«

»Ich denke, wir sollten das dem Schicksal überlassen«, sagte sie. »Und du gewinnst oder verlierst mich nicht. Das sind Begriffe, die ich nicht billige. In Thailand gibt es ein Sprichwort, das Buddha zugeschrieben wird: ›Wir sind nie unempfindlich gegen Kummer, solange wir noch etwas haben, um das wir trauern, wenn wir es verlieren.‹ Ich denke, das ist ein sehr gutes Sprichwort, nicht wahr? So lebe ich mein Leben. Jetzt genieße bitte deine Mahlzeit.«

Wie üblich war Fleurs Aufmerksamkeit bereits weitergewandert. An diesem Abend hatte sie eine Verabredung zum Dinner mit einem Geschäftsfreund von Colin, einem Mann, der sehr, sehr reich war, und sie dachte über die praktische Durchführung nach. Er würde ihr einen Wagen schicken, aber sie fragte sich, ob sie ihn nicht zurückschicken und statt dessen ein Taxi bestellen sollte. Fleur war stets umsichtig.

Bald nachdem sie nach England gekommen waren, hatte Colins einzigartiges Maklergeschäft zu florieren begonnen, so daß er und seine schöne Frau auf den Gästelisten nicht nur der Geschäftsleute, sondern auch des niederen Adels standen. Eines Tages, etwa acht Jahre vor diesem Abend und als Colin im Ausland war, kam das Hausmädchen in die Küche, wo Fleur der Köchin gerade die Anweisungen für die nächste Woche gab. Das Mädchen trug einen riesigen Strauß roter Rosen, die von einem Blumengeschäft geliefert worden waren. Sie stammten von einem Mann, in dessen palastartigem Herrenhaus in Surrey Fleur und Colin das vergangene Wochenende verbracht hatten. Auf der Karte bei den Blumen wurde sie gebeten, eine bestimmte Nummer anzurufen. Sie nahm die Rosen mit nach oben und starrte sie lange an. Dann, als sie sich vergewissert hatte, daß Tommy mit seinen eigenen Angelegenheiten beschäftigt war, ging sie zum Telefon und wählte. Der Mann, der verheiratet war, war »zufällig« zu Geschäften in London und hatte an dem Abend nichts vor. Er fragte, ob Fleur »zufällig« auch frei war. Die folgende Diskussion war delikat, gespickt mit Bedeutungen, und bildete das Muster für Dutzende zukünftiger Unterhaltungen.

Fleur genoß dieses Vorgeplänkel. Es gab ihr ein Gefühl von Macht und Herrschaft. Manchmal, wenn sie in der Stimmung war, machte sie sich nicht die Mühe, indirekt zu sein, sondern kam direkt zum Punkt, dann genoß sie die gequälte Verlegenheit, welche immer als Reaktion auf ihre Erläuterung dessen, was wirklich vorging, erfolgte. Die Hauptsache war es, nicht einschätzbar zu sein.

Ihr Name wurde in bestimmten Kreisen von Mund zu Mund weitergetragen, und von da an wurden sie und Colin zu Dinnerparties und Wochenendaufenthalten eingeladen, die weit außerhalb Colins üblichen Geschäftskreisen lagen. Nach solch einer Gelegenheit, bei der Fleurs Ehemann unweigerlich mit einer anstehenden Reise oder einer Transaktion im Ausland prahlte, wurden die Blumen oder der Champagner binnen zwölf Stunden nach seiner Abreise an ihrer Wohnungstür abgeliefert.

Falls Colin vermutete, daß er und Fleur aus irgendeinem anderen Grund als seinem eigenen Charme und Geschäftstalent gerne als Gäste gesehen wurden – und falls er sich wunderte, warum diese Einladungen trotz ihrer seltenen Gegeneinladungen noch immer eintrafen –, so bewahrte er Schweigen darüber. Anfangs beobachtete sie ihn, machte sogar zarte Andeutungen, aber Colin hatte nicht darauf reagiert. Statt dessen vergrub er sich in seine Arbeit, und Fleur, deren Selbstvertrauen wuchs, kam schließlich zu der Auffassung, daß ihr Ehemann, selbst wenn er einen Verdacht hatte, einfach nichts wissen wollte. Schon früh in ihrer Ehe war es deutlich geworden, daß Colin alles tun würde, um einer Auseinandersetzung aus dem Wege zu gehen. Beim ersten Anzeichen von Wut oder auch nur Mißbilligung brach er zusammen wie ein Kartenhaus. Und auf seine Weise betete er sie an, dessen war sie sich sicher.

Bestimmt wollte er sie nicht verlieren. Der Sex zwischen ihnen war ein Grund: Fleur konnte Colin zum Sklaven machen, und wegen seiner sexuellen Neigungen tat sie das häufig auch im wörtlichen Sinne. Im Laufe der Jahre wirkte sich dieses Verhältnis auch auf ihre Beziehung außerhalb des Schlafzimmers aus, bis der Punkt erreicht war, daß Fleur, wenn sie ihren Willen haben wollte, nur die Stirn zu runzeln oder anzudeuten brauchte, sie denke daran, ihn zu verlassen. So war es leicht für sie gewesen, das Boudoir für sich auszuhandeln, zumal er bereits das Büro hatte, dessen Ungestörtheit in der Wohnung sakrosankt war. Bereitwillig kam Colin der charmanten Bitte seiner Frau nach, daß sie einen Ort brauche, um all die weiblichen Dinge zu tun, die alle Frauen allein und ungestört erledigen.

Fleurs geschäftliche Transaktionen waren immer diskret, und obwohl sie manchmal im Boudoir stattfanden, war es typischer, daß sie ihre spendablen Freunde in feudalen Mietwohnungen oder Hotelsuiten traf. Da sie nur mit Geschenken bezahlt wurde, dachte sie nicht im Traum daran, sich immer noch für eine Prostituierte zu halten.

Sie sah zu dem blonden Riesen hinüber, der ihr gegenübersaß. Er sah so selbstgefällig und doch auch so verletzlich aus. Sobald der Gedanke in ihrem Kopf auftauchte, verbannte ihn Fleur auch wieder. Sie hielt sich stets an ihre selbstauferlegten Regeln: keine Betroffenheit, keine Gefühle.

Francey bemerkte, daß sie ihn anschaute. Er hatte darüber nachgedacht, was sie über Selbstschutz gegen Kummer gesagt hatte. Angesichts der Ströme von Wohlbehagen, die immer noch durch ihn kreisten, weigerte er sich, diese Worte als persönliche Zurückweisung aufzufassen. »Was ist mit Tommy?« fragte er. »Ganz bestimmt würdest du trauern, wenn ihm etwas zustieße.«

»Was Tommy betrifft«, Fleurs Augen wurden dunkel, »so gibt es keine Regeln, keine Sprichwörter. Für Tommy würde ich töten.« Ihr Gesicht hellte sich wieder auf. »Es tut mir leid, du hast einen wunden Punkt berührt. Ich dachte an Vergnügen, Lust, Geld, schöne Dinge«, sie winkte mit ihrer Hand. »Alles, was du hier siehst. Es ist ein Fehler, sich zu binden.«

»Und Colin? Bist du an Colin gebunden?« Francey beobachtete ihre Reaktion, bemerkte aber nicht, daß ihre Gelassenheit in irgendeiner Weise gestört wurde.

»Natürlich bin ich meinem Ehemann verbunden«, erwiderte Fleur. »Er ist mein Mann. Aber er ist, genau wie ich, wie du, wie wir alle, sterblich. Soll ich dir noch etwas Tee eingießen?«

»Ich wette aber«, hakte Francey nach, während er seine Tasse hinhielt, »daß du all diesen Reichtum und Komfort vermissen würdest, wenn er morgen verschwände.«

»Ich würde ihn vermissen, aber es wäre keine Tragödie. Ich habe mit nichts angefangen und kann wieder mit nichts anfangen. Ich bin eine einfallsreiche Frau.«

»Erzähl mir, wie du angefangen hast«, bat Francey, »wie du zum Beispiel Colin kennengelernt hast.«

»Tut mir leid. Ein anderes Mal. Sollen wir jetzt darüber reden, wie wir vorgehen sollen, um deinen Bruder zu finden?« Während sie einen Schlachtplan entwickelten, der die Polizei, die Samariter, die Heilsarmee und die vielen irischen Clubs und Vereine in London einbezog, benutzte Francey, der schon wieder bereit war zum Sex, seine Phantasie, um seine physische Erregung und seinen emotionalen Überschwang zu zügeln. Die Erwähnung der Wohlfahrtsorganisationen half. Er stellte sich zerlumpte menschliche Wracks vor, die mit Flaschen auf den Bürgersteigen von Dublin lagen, die unglückliche Bettlerin, die jedem Heiligenbilder und billige Rosenkränze in die Hand drückte, der die Stufen der Pro-Cathedrale in der Marlborough Street hochstieg. Als sie sich geeinigt hatten, was sie als erstes tun sollten, hatte Francey sich mehr oder weniger unter Kontrolle.

Um seine Begierde weiter zu dämpfen, erwähnte er Colin wieder. »Es geht ihm wohl gut?« Er deutete auf die luxuriöse Ausstattung des Zimmers.

»Es geht ihm gut.« Fleur zögerte. Sie schien etwas anderes sagen zu wollen, änderte aber ihre Meinung. »Es geht ihm gut«, wiederholte sie. Francey drängte sie nicht, das weiter zu erklären oder auszuführen. Statt dessen schwieg er, und auch Fleur sagte nichts mehr, ließ das Schweigen, das sie so sehr mochte, um sie herum wachsen, so daß sie den Tee ohne weitere Unterhaltung beendeten.

Trotz ihrer abstrusen Warnung, alles dem Schicksal zu überlassen, hatte er Angst, keine konkreten Pläne zu machen. »Ich bin dann weg, ja?« sagte er und hoffte, sie würde ihn drängen zu bleiben. Als sie das nicht tat, stand er auf, zog sie hoch und küßte ihr die Hand. »Ich weiß, daß wir unser nächstes Treffen dem Schicksal überlassen«, sagte er ruhig, »aber darf ich dich wenigstens anrufen?« In seiner großen Pranke wirkten die Knochen ihrer Hand so zart, daß sie sich wie Kiele der Vogelfedern anfühlten.

»Natürlich darfst du das.« Fleur lächelte, entzog ihm ihre Hand und ging vor ihm her zur Tür, so daß ihm keine andere Wahl blieb, als ihr zu folgen.

Sie brachte ihn zum Fahrstuhl und drückte den Knopf, wartete aber nicht, bis die Türen sich öffneten. Nach einem lächelnden, aber raschen »Auf Wiedersehen« drehte sie sich um und lief ohne einen Blick zurück die Treppe hinauf.

Drei Stunden nach seiner Ankunft in der Wohnung war Francey also wieder auf der naßkalten Straße. Er war weit davon entfernt, sich von ihrem kühlen Verhalten abschrecken zu lassen, sondern entschlossen, Fleur, ganz gleich, wie lange es dauerte oder was es ihn kostete, dazu zu bringen, für ihn das zu empfinden, was er für sie fühlte. Die moralische Seite war schwierig, aber er war jetzt in England, und hier ging man die Dinge anders an. Fleur schien die tiefere Bedeutung des Ehebruchs nicht besonders zu bedrücken, und ihr Mann konnte sich selbst um seine Angelegenheiten kümmern.

Francey hatte das Gefühl, in eine Art Wettkampf mit ihr verstrickt zu sein. Noch verstand er die Regeln nicht, aber das würde er ...

Er schaute zum Balkon empor und sah durch den Nebel die bunten Lichter ihres Weihnachtsbaums leuchten. Er fühlte sich viel älter, als er war, und voller Selbstvertrauen. »Du kennst mich noch nicht, mein Liebling«, flüsterte er, »aber das wirst du noch. Heute war erst der Anfang. Warte es ab. Ich kann genausoviel Geduld haben wie du.«

Als er im Hotel zurück war, duschte er lange und heiß und ging ins Bett. Warm und schläfrig, war er gerade dabei, in einen angenehmen Traum hinüberzudämmern, als er sich daran erinnerte, daß er heute abend Hazel hatte treffen wollen. Er hoffte, daß sie seine Nachricht erhalten hatte. Spontan griff er zum Telefonhörer auf dem Nachttisch und bat die Vermittlung, ihn mit ihrer Nummer zu verbinden. Lange Zeit klingelte ihr Telefon, ohne daß jemand abhob. Er wollte gerade aufhängen, als er undeutlich und verschwommen ihre Stimme hörte, die ein schwaches »Hallo« hauchte.

»Oh, Hazel«, er war zerknirscht, »tut mir leid, habe ich dich geweckt?«

»Wer ist da?« Sie sprach die Worte undeutlich aus, und mit einem Schock wurde ihm klar, daß sie nicht verschlafen, sondern betrunken war.

»Hier ist Francey.« Er wünschte, er hätte sie nicht angerufen. »Hast du meine Nachricht erhalten?«

Auf diese Frage folgte solch ein langes Schweigen, daß er glaubte, sie hätte ihn nicht verstanden. »Hast du meinen Brief bekommen, Hazel?« wiederholte er lauter. »Ich habe dir geschrieben –«

»Ich habe deine verfickte, sogenannte höfliche Scheißnachricht bekommen.«

»Wie geht es dir?« Von ihrer Heftigkeit schockiert, fiel Francey nichts Passenderes ein.

»Mir geht's gut, mir geht's phantastisch. Könnte nicht besser sein.« Dem üblen Sarkasmus folgte ein Hustenanfall, auf den ein geräuschvolles Ziehen an einer Zigarette zu hören war.

Francey wartete, bis der Husten nachließ, und fragte sie dann, ob sie Bleistift und Papier hätte. »Ich möchte dir meine Nummer hier geben«, erklärte er, und dann mußte er warten. Er hörte, wie Hazel den Hörer fallen ließ, herumwühlte und etwas zerriß, wahrscheinlich Papier. Schließlich nahm sie den Hörer wieder zur Hand: »Schieß los.«

Er gab ihr die Nummer und wiederholte sie noch einmal, um sicherzugehen, daß sie sie richtig mitbekommen hatte. »Ruf mich morgen früh an«, bat er sie.

»Wie spät ist es?« Ihre Wut war verraucht, und als er ihr sagte, daß es kurz nach zehn Uhr abends war, grunzte sie nur. »Nett von dir, daß du an-angerufen hast.« Der Schluckauf ruinierte ihren Versuch, hochnäsig zu sein. »Danke.«

Sie legte auf, und Francey starrte den Hörer an. »Sind Sie fertig, Sir?« Die Stimme der Hoteltelefonistin unterbrach den Wählton und ließ ihn vermuten, sie hätte bei dem Gespräch zugehört.

»Ja, danke«, sagte er.

Er drehte sich um und kuschelte sich in die saubere, glatte Bettwäsche. Wenn er jetzt an Hazels Streitlust dachte oder sich Sorgen darüber machte, würde er das träumerische, faule Gefühl der Wärme in seinem Körper vertreiben. Um diesen köstlichen Zustand nicht zu zerstören, versprach er sich selbst, daß er sie am Morgen wieder anrufen würde, und schlief rasch ein.

Das Zimmer wurde von strahlendem Sonnenlicht durchflutet, als er vom schrillen Klingeln des Telefons neben seinem Kopf geweckt wurde. Wie ein Sägeblatt drang die Klingel in seinen Traum, der sich irgendwie um Lahersheen drehte. Er schoß senkrecht hoch und schlug mit dem Kopf gegen das hölzerne Kopfende. »Au!« Während er den Hörer abnahm, rieb er seinen Schädel. »Hallo?«

»Tut mir leid, Francey, wirklich. Gestern abend, als du angerufen hast, war ich besoffen.« Hazels Stimme klang gepreßt und nasal, als sie hastig weiterredete. »Ich kann mich an nicht viel erinnern, aber ich weiß, daß ich eklig zu dir war. Tut mir leid.«

»Ist schon in Ordnung.« Francey ließ die Füße auf den Boden gleiten. »Ich habe dich in einem schlechten Augenblick erwischt. Ich wollte mich nur mal melden und sichergehen, daß du meine Nachricht bekommen hast, daß du nicht auf mich wartest oder so was.«

»Überhaupt nicht.« Hazel schnatterte drauflos. »Um die Wahrheit zu sagen, ich hatte unsere Verabredung ganz vergessen. Ein paar Freunde waren zu Besuch da, und wir haben zuviel getrunken. Jetzt muß ich dafür büßen, kann ich dir sagen! Mein Magen glaubt, meine Kehle sei durchgeschnitten.«

Francey lächelte. »Eine ordentliche Portion Eier und Speck, genau das brauchst du.«

»Red, um Himmels willen, nicht vom Essen. Wie geht's denn da drüben so?« Hazel zögerte, dann fragte sie: »Hast du deinen Bruder gefunden?«

»Noch nicht, aber ich arbeite daran.« Jetzt zögerte Francey. Obwohl er die reine Wahrheit gesprochen hatte, hatte er das Gefühl, nicht ganz aufrichtig zu sein, weil er Fleur nicht erwähnte. Aber da er mit ihr geschlafen hatte, sah er sich außerstande, über sie zu reden, selbst mit Hazel. »Ich lasse es dich wissen, wenn sich etwas Neues ergibt«, sagte er.

»Hast du ein Foto oder so was? Ich verfüge da drüben über etliche Kontakte.«

»Nein, auf dem letzten Foto, das wir von Dessie haben, war er noch ein kleines Kind.«

»Wann, glaubst du, bist du wieder zu Hause?« Hazel näherte sich ihrer zwitschernden Normalität.

»Weiß ich noch nicht. Um die Wahrheit zu sagen, Hazel, alles hier drüben ist so neu, ich weiß nicht, ob ich komme oder gehe. Ich habe immer gedacht, es wäre phantastisch, reich zu sein, aber seltsamerweise scheint das Geld nicht zu verändern, wie du empfindest.«

»Jetzt hör aber auf! Einige von uns hätten liebend gerne deine Möglichkeiten, Francey Sullivan.«

»Es stimmt aber«, beharrte Francey.

»Na gut, tut mir leid für dich. Wenn du es nicht willst, überschreib es mir, und ich werde dir ein oder zwei Sachen zeigen, wie reiche Leute sich fühlen könnten.«

»Ich nehme dich vielleicht noch beim Wort.« Francey grinste. »Ich freue mich darauf, dich wiederzusehen, Hazel. Wie gesagt, ich weiß nicht, wie lange ich hier bin, aber wir bleiben in Verbindung, in Ordnung?«

»Prima.« Wie am vergangenen Abend raschelte Hazel mit Papier. »Ich sehe, daß der Terminkalender ziemlich voll ist. Diese Woche beginnen wir mit Proben für die Weihnachtsshow im Fernsehen, ich habe also eine Menge vor. Aber ich komme und gehe. Irgendwann erwischst du mich bestimmt.«

Nachdem sie sich verabschiedet hatte, wunderte Francey sich über das menschliche Verhalten. Wenn man ihm und Hazel zuhörte, würde man nie glauben, daß sie sich vor nicht langer Zeit eine ganze Woche im Bett herumgetollt hatten. Er hatte Glück, daß sie so modern war. Francey wußte aus dem geringen Austausch von Vertraulichkeiten mit Männern, daß Frauen in bezug auf Sex seltsam waren: Sie benutzten ihn, um dich an den Haken zu kriegen. Hazel nahm es, wie es kam. Vielleicht hatte die Tatsache, daß sie älter war als er, eine Menge damit zu tun.

Auf jeden Fall war es toll, jemanden zu haben, mit dem man reden konnte, so einen guten Kumpel hatte er noch nie gehabt. Pfeifend zog er seinen Pyjama aus, und als er unter die Dusche trat, überlegte er bereits, wieviel Zeit er verstreichen lassen mußte, bevor er in der Wohnung in Kensington wieder anrufen oder einen Besuch abstatten konnte.

Er sollte Hazel jedoch sehen, lange bevor er Fleur wiedersah.

Den ganzen Tag über genoß er den wunderbaren Nachgeschmack des Vortages und wanderte in London wie ein Tourist umher, der er ja war. Nie im Leben war er glücklicher oder aufgeregter gewesen, als er Geld für Taxis ausgab, die ihn zu den Sehenswürdigkeiten fuhren. Er kaufte kleine, teure Weihnachtsgeschenke für alle in Lahersheen, und in einem Juweliergeschäft überlegte er, ob er eine wunderschöne, brillantenbesetzte Uhr für Fleur kaufen sollte, bevor er sich dagegen entschied. Er war sich nicht sicher, wie sie das aufnehmen würde. Es könnte zu früh sein für solch ein extravagantes Geschenk, und er wollte bei Colin keinen Verdacht erregen. Es gelang ihm sogar, einen Anzug zu finden, der ihm paßte.

In diesem Juweliergeschäft bemerkte er zum ersten Mal, daß etwas Seltsames geschah: Zwei der Verkäuferinnen hinter der Theke zeigten unverhohlenes Interesse an ihm, und selbst das Mädchen, das ihn bediente, war ungewöhnlich lebhaft, ja sogar kokett. Wenn er nicht die gleiche Kleidung getragen hätte wie früher, hätte er es abgetan als Unterwürfigkeit dem Geld gegenüber. Dann fragte er sich, ob er es der Vornehmheit des Geschäftes zugute halten sollte – vielleicht wurden sie dazu angehalten, Männer so anzuschauen, um den Umsatz zu steigern? Was auch immer der Grund dafür war, daß er solche Aufmerksamkeit erregte, Francey stellte fest, daß er es genoß, und empfand weder Schüchternheit noch Peinlichkeit. Er hielt sich ein wenig aufrechter und lächelte mehr als üblich.

Während er darauf wartete, daß eines der Mädchen seine Einkäufe einpackte, dachte er an die trübseligen Tanzveranstaltungen, denen er in Dublin beigewohnt hatte – war das erst wenige Monate her? –, und die spöttischen Gesichter, mit denen man seine ungeschickten Versuche aufnahm, zu Frauen galant zu sein. Seine Erfahrung mit Fleur mußte ihn verändert haben, dachte er, als er den Frauen zum Abschied glücklich zugelächelt hatte, das Geschäft verließ und sich immer noch in der angenehmen Erinnerung ihrer Bewunderung sonnte.

Draußen stellte er fest, daß er Hunger hatte, aber statt wie üblich in eine Kneipe zu gehen, beschloß er, sich etwas zu gönnen, und steuerte auf das Portal eines nahe gelegenen Hotels zu. Dort wurde zu seiner Verblüffung sein neuer Status am Empfangsschalter bekräftigt, als er nach dem Weg zum Restaurant fragte. Die Empfangsdame, die lange rote Fingernägel wie Hazel hatte, blendete ihn fast mit ihrem Lächeln, als sie ihm den Weg wies, und als er sich umschaute, sahen sie und ihre Kollegin ihm mit unmißverständlichem Interesse nach.

Zu seiner Enttäuschung bestand das Personal im Restaurant nur aus Männern, und er hatte keine Gelegenheit, seine neuentdeckte Attraktivität noch einmal zu erproben. Er entschied, daß das Phänomen, wenn er es so objektiv wie möglich untersuchte, auf eines dieser beiden Dinge zurückzuführen sein mußte: Entweder sah er besser aus, seit er wußte, wie es war, mit einer Frau zu schlafen, oder er sah Frauen in einem neuen Licht. Vielleicht schauten sie Männer immer so an, und er war so gehemmt gewesen, daß er es bisher nie bemerkt hatte. Er aß, als hätte er drei Wochen lang nichts mehr zu sich genommen, und gab dem Kellner solch ein hohes Trinkgeld, daß der Mann einen Bruchteil einer Sekunde lang die Augen ungläubig aufriß, bevor die Scheine in einer Innentasche verschwanden, als seien es Requisiten bei einem Zaubertrick. Francey entschloß sich, einen Spaziergang zu machen, um sein Völlegefühl loszuwerden, kam aber bald an einem Kino vorbei, und da er schon immer ein Fan von Elizabeth Taylor gewesen war, ging er spontan hinein, um sich *Cleopatra* anzusehen.

Stunden später – die Ohren klangen ihm noch vom Lärm des Films – trat er in den dunklen frostigen Abend hinaus. Sein Vater, dachte er, hätte gut in den Film gepaßt als einer von Caesars höheren Offizieren. Er hatte den Körperbau, um eine Toga und einen Brustpanzer zu tragen.

Bevor er ins Hotel zurückging, kehrte er in einer Kneipe ein, um ein Pint zu trinken. Während er den cremigen Schaum von dem Stout schlürfte, um an das flüssige schwarze Zeug darunter zu gelangen, schaute er sich in dem halbleeren Pub unter den Gästen um, die gedämpfter Stimmung waren. Würde es ihm je gelingen, die Engländer kennenzulernen? In Dublin, ja selbst in Castletownbere, hätte er am Samstag vor Weihnachten jede Kneipe rammelvoll von erschöpften, aber gutgelaunten

Weihnachtseinkäufern und Arbeitern vorgefunden, die ihre Weihnachtsfeiern mit dem doppelten Lohn am Freitag abend begannen. Hier fanden zu Weihnachten anscheinend nicht die jährlichen Bacchanalien wie bei ihm zu Hause statt. Wenn man die bunte Straßenbeleuchtung und die Geschäftigkeit beiseite ließ, schien Weihnachten in England, urteilte man anhand der angespannten Gesichter in Geschäften und Straßen, mehr ein Problem als ein Fest zu sein.

Zuhause.

Er mußte telefonieren, sobald er ins Hotel zurückkam, um ihnen zu sagen, ob er über die Feiertage kam oder nicht. Weil er wußte, daß sie ihn wie üblich erwarteten, war das ein Gespräch, das er vor sich hergeschoben hatte. Tief in seinem Herzen hoffte Francey immer noch auf eine Einladung, Weihnachten in Inverary Manor mit seiner neuen zweiten Familie zu verbringen. Im Mittelpunkt stand natürlich die Hoffnung, daß Fleur auch da sein würde.

Er trank sein Bier aus und lächelte die Bardame an, die zurückzwinkerte und ihm frohe Weihnachten wünschte. Dann verließ er die Kneipe, um ziellos durch Straßen nach Hause zu wandern, die jetzt ruhig geworden waren, weil die Geschäfte geschlossen hatten. Als er schließlich das Foyer betrat, händigte ihm die Empfangsdame zusammen mit seinem Schlüssel drei Nachrichten aus.

Franceys frivole Stimmung löste sich in Luft auf. Seiner Entscheidung, zu Hause anzurufen, war man zuvorgekommen, denn alle drei Nachrichten waren aus Lahersheen. Sie würden nicht dreimal hintereinander anrufen, wenn es nicht dringend wäre.

Die Neuigkeiten waren schrecklich. Mossie war von der Leiter gefallen, während er die Antenne am Schornstein anbrachte, und war bewußtlos ins Krankenhaus nach Bantry gebracht worden.

Bevor er zum Flughafen fuhr, zog Francey das Schmuckkästchen von Weir's aus dem Innenfutter seines Koffers, wo es so lange gelegen hatte, und verpackte es mit Hilfe der Empfangsdame in Weihnachtspapier. Er fügte eine Karte hinzu, auf die er eine unverbindliche Nachricht schrieb, und adressierte das Päckchen an die Wohnung in Kensington. Der Empfangsdame ließ er genug Geld da für das Porto und ein enormes Trinkgeld. Jetzt wünschte er, er wäre seinem Instinkt gefolgt und hätte die Diamantuhr gekauft. Die Konsequenzen waren ihm völlig gleichgültig.

9

Mit Hilfe eines mitfühlenden Air-Lingus-Angestellten gelang es Francey, einen Platz in einem Flug am selben Abend zu ergattern. Am Dubliner Flughafen heuerte er einen verblüfften Taxifahrer an, der ihn den ganzen Weg bis nach Bantry fahren sollte, wo er im Krankenhaus ankam, als den Patienten das Frühstück serviert wurde.

Mossie jedoch nicht.

»Oh, Mam!« Francey umarmte seine hohläugige Mutter, die vom Bett ihres Mannes aufstand, um ihn zu begrüßen, als er das kleine Krankenzimmer betrat. »Es tut mir so leid. Es ist alles meine Schuld, weil ich euch diesen verdammten Fernseher gekauft habe.«

»Bitte, Francey.« Einen Augenblick lang legte sie ihren Kopf gegen seine Brust. »Es ist niemandes Schuld. Es war ein Unfall. Er hätte irgendwas da oben tun können, Dachpfannen anbringen, den Schornstein reparieren. Seit wir verheiratet sind, klettert er da oben rauf.« Sie ließ ihn los, schüttelte den Kopf und setzte sich wieder. »Es ist niemandes Schuld.«

»Erzähl mir noch mal, was passiert ist.« Francey schaute auf Mossie herunter: unnatürlich sauber, eine Sauerstoffmaske über dem Gesicht, mit Schläuchen in den Armen, die zu einer Infusion führten.

»Wir wissen es nicht genau.« Die Stimme seiner Mutter klang teilnahmslos und flach. »Niemand hat ihn gesehen. Wir wissen nur, daß er irgendwie von der Leiter gerutscht ist. Er hat nicht mal gerufen, zumindest hat ihn niemand gehört. Maggie fand ihn neben dem Haus auf dem Boden liegend, als sie hinausging, um ihn zum Tee hereinzurufen.« Sie streichelte Mossies dicken Unterarm. »Er muß versucht haben, sich zu retten, weil ein Teil der Dachrinne in Stücken um ihn herum lag. Sie war ganz verbogen.«

»Wie lange hat er dort gelegen?«

»Es kann nicht länger als zehn Minuten gewesen sein, weil ich etwa eine Viertelstunde vorher hinausgegangen war, um ihm zu sagen, daß ich den Kessel mit Wasser aufsetze.«

Seine Mutter saß auf dem Stuhl neben dem Bett, und Francey, der sich machtlos fühlte, stand hinter ihr und beobachtete ihren gebeugten Kopf, als sie weiterhin den Arm ihres Mannes streichelte. Mossie trug kein Pyjamaoberteil, und Francey schnürte sich der Hals zu, als er die Linie direkt oberhalb des Ellenbogens bemerkte. Die Unterarme waren voller Sommersprossen und braun, Bizeps und Schultern jedoch so weiß wie die eines Babys.

Francey erinnerte sich an die Hochzeit seiner Mutter mit Mossie, mit all seinen Schwestern als aufgeregten Brautjungfern und mit ihm, zum zweiten Mal in seinen Kommunionanzug eingezwängt, hauptsächlich wegen der wunderbaren Auswahl an Kuchen und Süßigkeiten hinterher und der Taschen voller Geld, das ihm von angeheiterten Verwandten zugesteckt worden war. Abgesehen von diesem Meilenstein, wirkte sich Mossies Einzug für einen Siebenjährigen, der sich um sein eigenes geschäftiges Leben mit Schule und Hausarbeiten genug Sorgen machte, nicht so wesentlich aus, wie es hätte sein können. Die Beziehung zwischen ihnen war zwar harmonisch, aber nie sehr tiefgehend.

Das alltägliche Leben nach Mossies offizieller Ankunft als Teil der Familie hatte sich jedoch wesentlich verbessert. Franceys erster Stiefvater war launisch gewesen, und wie all seine Zeitgenossen benutzte er den Rohrstock oder den Gürtel, um jegliche Widerspenstigkeit in seinem Haushalt im Keime zu ersticken. Mossie Sheehan hatte nie die Hand gegen irgendeines seiner Kinder erhoben, und wenn Francey jetzt in sein stilles, blasses Gesicht schaute, erinnere er sich daran, wie seine Schulkameraden ihn beneidet hatten, die wußten, wenn zu Hause entdeckt wurde, daß sie geschlagen worden waren, konnten sie sich nach dem Prinzip der Solidarität unter Erwachsenen auf noch mehr dergleichen freuen. Und Mossie hatte voller Überraschungen gesteckt. So führte er Francey in die Freuden des Rauchens ein, als er erst zehn war, wovon ihm so schlecht wurde, daß er diesem Laster für immer abschwor. Und an einem denkwürdigen Geburtstag baute er ihm aus den Überresten eines alten Kinderwagens und eines Traktors einen motorgetriebenen Go-Kart, mit dem Francey monatelang um die Felder tuckerte.

Mossie stammte von einer langen Ahnenreihe von Lehrern und Bücherfreunden ab, und sein gewaltiger Schatz an ererbten Büchern stellte in Qualität und Vielfalt selbst die Auswahl der öffentlichen Bücherei in Castletownbere in den Schatten. Zusammen mit denen von Franceys Mutter waren es so viele, daß sie im Haus keinen Platz fanden. Deshalb war eines der Nebengebäude isoliert und mit Regalen sowie einigen alten Sesseln und einem Heizkörper ausgestattet worden und wurde bei den Nachbarn als »Sheehan's Folly«, Sheehans Verrücktheit, oder kurz »Folly« bekannt. Jeder aus der Umgebung lieh sich dort Bücher aus, und Francey hatte innerhalb seiner Wände mehr über die Welt gelernt als aus dem Lehrplan, der vom Erziehungsministerium vorgeschrieben wurde.

Während seiner gesamten Jugendzeit hatte sich die Folly als Zufluchtsort für ihn erwiesen. Mit den Mädchen verstand er sich gut, aber ihr endloses Gerede über Periode und Kleider und Tanzveranstaltungen und Jungen aus dem Ort langweilte ihn bis zur Verzweiflung, und er benutzte die Folly als Schlupfwinkel, wo er sich in den Büchern vergrub oder mit seiner Eisenbahn spielte. Mossie war der einzige im Haus, der Franceys Interesse daran teilte, und hin und wieder kam er zu ihm in die Folly und stand neben ihm. Bei diesen Gelegenheiten redeten sie nicht viel, aber dann hatte Francey das Gefühl einer wechselseitigen Kommunikation mit seinem Stiefvater.

Da er keine Worte des Trostes oder der Hoffnung für seine Mutter fand, suchte Francey nach irgend etwas, das er sagen konnte. Aber weil er die ganze Nacht aufgewesen war, war sein Denken durch die Müdigkeit vernebelt, und alles, was er tun konnte, war, einen Arm um ihre gebeugten Schultern zu legen. »Armer Mossie«, murmelte er. »Versuch, dir keine Sorgen zu machen, Mam. Alles wird gut, da bin ich mir sicher. Mossie ist ein starker Mann. Er wird durchkommen.«

Es sollte jedoch nicht sein. Mossies Gehirn war bei dem Sturz zu Schaden gekommen, und zweieinhalb Tage später, kurz vor Mitternacht an dem Dienstag vor Weihnachten, erlitt er einen schweren und tödlichen Schlaganfall. Das Bewußtsein hatte er nicht wiedererlangt.

Gegen neun Uhr am Mittwoch abend war Francey, der Hauptgastgeber bei Mossies Totenwache, ausgelaugt und erschöpft wie nie zuvor, und er hatte so viel geredet, daß er das Gefühl hatte, schreien zu müssen, wenn er noch zu einem einzigen neuen Besucher nett sein mußte. Den ganzen Tag war er an der Seite seiner Mutter gewesen, hatte die Überführung der Leiche vom Krankenhaus organisiert und Einzelheiten mit dem Bestattungsunternehmer geklärt. Nicht einmal hatte sie ihrem Kummer freien Lauf gelassen, und auf gewisse Weise empfand er ihre eiserne Selbstbeherrschung zermürbender, als wenn sie getobt oder geschluchzt und sich wie die Witwen auf den meisten Beerdigungen verhalten hätte, die er besucht hatte.

Nach ihrer Ankunft zu Hause war er als der einzige Mann im Haus derjenige gewesen, der die Freunde, Nachbarn und Verwandten begrüßte, die in einem endlosen Strom die Schwelle überquerten, um ihr Beileid auszusprechen. Margaret hatte den Telefondienst übernommen, aber die meisten Anrufer baten darum, ihn zu sprechen. Es schien, als ob alle Welt jetzt annahm, er sei der Haushaltsvorstand, eine Vorstellung, über die er sich nachzudenken weigerte, weil die Folgerungen ihn ängstigten.

Es machte das Ganze nicht besser, daß alle, die hereinkamen, nachdem sie die rituellen, jedoch ehrlich gemeinten Beileidsbekundungen ausgesprochen hatten, das Bedürfnis verspürten, ihn nach dem aufregenden Glück zu befragen, das ihm widerfahren war.

Um dem Mief und Lärm ein paar Minuten zu entgehen, verließ Francey die Küche und ging nach draußen. Mitten auf dem Hof blieb er stehen; er hatte vorgehabt, in Richtung Knockameala zu gehen, um einen klaren Kopf zu bekommen, aber obwohl der jüngste Sturm sich gelegt hatte, war es sehr kalt und feucht. Spontan öffnete er die Tür der Folly. Er machte das Licht an, und als er das vertraute gemütliche Chaos dort drinnen sah, ging es ihm schon viel besser. Hier drinnen war ein Verzeichnis seines Lebens, bis er Lahersheen verlassen hatte, um in Dublin zu arbeiten.

Seine Mutter, von Natur aus eine Elster, haßte es, irgend etwas wegzuwerfen, das »eines Tages nützlich sein könnte«, und mit dem im Laufe der Jahre wachsenden Komfort im Haus hatte die Folly, die ursprünglich nur als Heim für die Bücher geplant war, so überflüssige Gegenstände wie Bettgestelle aus Eisen und Messing, Sofas, Stühle, Öllampen, Nachttöpfe und Angelhaken aufgenommen, daß sie einem Secondhand-Möbel- und Trödelladen glich.

Die runden Gewichte in der Schale einer alten Küchenwaage klapperten, als er sich Platz auf einem zerrissenen Sofa verschaffte. Die Wände des fensterlosen Gebäudes waren so dick, daß er von den Leuten, die sich nur wenige Meter entfernt noch immer in der Küche drängten, nichts hörte, und mit einem Seufzer der Erleichterung legte er die schmerzenden Füße auf einen Sessel dem Sofa gegenüber und kam langsam zur Ruhe. Den einmaligen Geruch der Folly hatte er immer geliebt: Staub, alter Mörtel, Stoff und Holz und jener ganz besondere Geruch, der von den vollgepackten Bücherregalen ausging. Und dennoch, würde er hier wieder leben wollen – insbesondere angesichts der jüngsten Ereignisse? Bliebe ihm überhaupt eine Wahl? Würde seine Mutter, genau wie die Nachbarn und Trauergäste, von ihm erwarten, daß er nach Hause kam und Mossies

Platz auf dem Bauernhof einnahm? Er konnte sich nichts vorstellen, das er mehr hassen würde. Und dennoch konnte er sich der düsteren Wahrheit nicht entziehen, daß er der einzige Sohn war und die Mädchen alle ihre eigenen Pläne hatten.

Als er in das klumpige Roßhaar der Sofarücklehne sank, ließ er seine Gedanken kreisen – um den Tod, der ein vertrauter Teil des Lebens auf dem Lande war. Er beobachtete eine Strähne hauchzarter Fäden, die Überbleibsel eines alten Spinnennetzes, das von der Lampe über ihm herabhing und hin und her schwang. Wo, fragte er sich, war die Spinne, die einst so eifrig gewesen war? Wie viele Generationen waren daran hinabgestiegen, seit die kleine Kreatur ihre glänzende Falle ausgelegt hatte? Warum umgaben die Menschen als einzige von allen Geschöpfen der Erde den Tod einer der Ihren mit solch einer ausgedehnten rituellen Zeremonie?

Trotz allem, was er über die englische Art der Todesfeier gedacht hatte, war sich Francey bei näherer Betrachtung unsicher, ob in Irland all dieses Essen und Trinken, diese Gastfreundschaft, die so unbekümmert angenommen und großzügig gewährt wurde, nicht eher eine Last als eine Hilfe war. Gab es nicht vielleicht einen Mittelweg?

Er hatte seine Mutter vor Augen, die trotz zahlreicher Hilfsangebote von Freunden und Nachbarn darauf bestand, an Herd und Küchentisch zu präsidieren, ohne eine einzige Träne zu vergießen, als sei sie die Gastgeberin einer Party. Sollte man sie nicht besser allein lassen? Und stimmte mit ihm etwas nicht, daß er über den Tod seines Stiefvaters nicht so empfinden konnte, wie er vielleicht sollte?

Auf seine Weise, so vermutete er, mußte er Mossie geliebt haben. Aber selbst wenn er den Leichnam seines Stiefvaters anschaute, war sein vorherrschendes Gefühl nicht persönliche Trauer, sondern Besorgnis um seine Mutter und Schwestern und – noch hinterhältiger – die selbstsüchtige Sorge, was dies für seine eigene Zukunft bedeuten möge. Er war froh, daß Menschen noch nicht die Fähigkeit entwickelt hatten, Gedanken zu lesen. Was würden andere von ihm denken, wenn sie wüßten, daß seine Aufmerksamkeit selbst während der Trauerfeierlichkeiten ständig in Fallen stolperte, die Fleur Mannering ihm in den Weg gestellt hatte?

Er war so müde, daß er dabei war, einzunicken, als die Tür aufgerissen wurde. »Hier bist du!« Es war Margaret. »Um Gottes willen, Francey, ich habe dich überall gesucht. Du wirst am Telefon verlangt.«

»Schon wieder?« Francey stöhnte. »Kann nicht jemand anders dieses Gespräch annehmen?«

»Es ist ein Ferngespräch. Komm schon.« Margaret wandte sich auf dem Absatz um.

Ferngespräch? Franceys Herz machte einen Satz, als er sich vom Sofa hievte. Konnte Fleur es irgendwie herausgefunden haben? »Wer ist es?« rief er hinter Margaret her.

»Ich weiß es nicht. Ich habe nicht gefragt. Irgendeine Frau mit Dubliner Akzent«, rief sie zurück. »Beeil dich. Sie wartet schon seit Ewigkeiten. Ich hoffe, sie hat nicht aufgelegt.«

Francey zügelte seine Enttäuschung, während er den Hof überquerte, und erinnerte sich selbst daran, daß er, da er niemanden in England von Mossies Tod unterrichtet hatte, von dort auch keine Anrufe erwarten konnte. Zu seiner Erleichterung stellte er fest, daß bereits einige Besucher gegangen waren. Da er sich des Blicks seiner Mutter, als er den Hörer aufnahm, bewußt war, drehte er den anderen den Rücken zu. »Hallo? Hazel?«

»Francey, es tut mir so leid.«

Ihre Stimme war so schwach, daß er den Hörer an sein Ohr drücken und das andere mit dem Finger zuhalten mußte. »Danke«, sagte er. »Wie hast du es erfahren?«

»Es stand in der Abendzeitung. Die Beerdigung ist morgen nach der Messe um ein Uhr?«

»Richtig. Wir machen es so spät, weil wir hoffen, daß Goretti – eine meiner Schwestern – rechtzeitig aus Chicago nach Hause kommt.«

»Ich werde da sein.«

»Oh, Hazel.« Francey hatte Befürchtungen, wie seine Familie, besonders seine Mutter, auf Hazels exotische Erscheinung reagieren würde, und dann schämte er sich dieser Reaktion. »Ich weiß das zu schätzen«, sagte er und legte die Hand über das Mundstück, so daß er ein wenig lauter sprechen konnte, ohne daß man in der Küche mithörte, »aber es ist nicht nötig. Außerdem ist morgen Heiligabend.«

Als er das sagte, wurde Francey klar, daß er keine Ahnung hatte, wo oder mit wem Hazel Weihnachten verbringen wollte – so wenig wußte er über sie.

»Könntest du mal die Klappe halten? Wozu sind Freunde denn da?« Hazels Stimme klang forsch. »Wir werden dasein. Jetzt ist es neun Uhr, also können wir uns noch gut ausschlafen und dann früh losfahren. Es ist schon so lange her, daß ich dort gewesen bin. Könntest du mir den Weg beschreiben?«

»Es ist schrecklich weit.« Voller Angst, aus wem sich dieses furchteinflößende »wir« zusammensetzen könnte – er konnte sich den Angeber, den Hazel mitbringen würde, lebhaft vorstellen –, versuchte Francey noch einmal, sie davon abzubringen. Aber als sie sich weigerte nachzugeben, nahm er seine Niederlage hin und beschrieb ihr, wie man zur Eyeries-Kapelle und dann zum Kilcatherine-Friedhof gelangte. »Wer kommt mit dir?« fragte er und haßte sich für seinen Kleinmut.

»Weiß ich noch nicht«, erwiderte Hazel, »aber ich werde schon was organisieren.«

Zu seiner Überraschung freute Francey sich auf Hazels unkomplizierte, freimütige Gegenwart. »Also, wenn du dir sicher bist, daß es nicht zu weit ist«, sagte er und drehte seiner Mutter mit den alles sehenden Augen den Rücken zu, »wäre es toll, dich zu sehen.«

Sie verabschiedeten sich, und Francey wandte sich seiner Mutter zu. Vielleicht zum ersten Mal an diesem Abend war niemand bei ihr. »Ist mit dir alles in Ordnung, Mam?« Er durchquerte das Zimmer.

»War das Hazel Slye?« Ihr Gesicht war angespannt.

Francey nickte zustimmend. »Sie kommt zur Beerdigung. Macht es dir etwas aus?«

»Warum sollte es mir etwas ausmachen?«

»Nun ja, die Verbindung mit – meinem Vater. Du weißt ja –«

»Francey, du bist jetzt ein Mann. Deine Freunde sind deine Freunde. Und ich habe kein Recht, irgend etwas zu sagen – du kennst meine Geschichte so gut wie jeder andere.« Sie blickte zur Seite, obwohl ihre Augen trocken blieben, als sie das Armband an ihrem Arm herumdrehte.

Francey stellte fest, daß seine Augen brannten. »Es war genug für einen Tag, Mam«, sagte er sanft. »Ich werde jetzt erst mal all diese Leute los. Morgen haben wir einen schweren Tag vor uns, und du brauchst soviel Ruhe wie möglich.«

»Was ist mit ...« Elizabeth deutete zum Schlafzimmer. Es war undenkbar, daß Mossie in seiner letzten Nacht auf Erden ohne Gesellschaft bleiben sollte.

»Mach dir keine Sorgen«, beruhigte Francey sie, »die Mädchen und ich werden aufbleiben. Wir machen das schichtweise. Und Tilly hat bereits gesagt, daß sie zur Nachtwache bleibt.«

Seine Mutter fügte sich und ging in das Schlafzimmer, das die Mädchen sich teilten. Mit Hilfe von Margaret und Abigail schaffte Francey es, taktvoll die Küche zu räumen. Dann wurde Constance, Mossies einzige leibliche Tochter, die am sichtbarsten außer Fassung war, ebenfalls ins Bett verfrachtet. Francey und die beiden anderen Mädchen gossen sich noch eine Tasse Tee ein, setzten sich um den Tisch und plauderten mit Tilly Harrington, ihrer nächsten Nachbarin und eine lebenslange Freundin der Familie.

Jedes Mal, wenn sie aufhörten zu reden, schien die Stille in der Küche tiefer zu sein als sonst. Unterstrichen wurde diese Stille vom blechernen Ticken des Weckers auf dem Kaminsims, dem schwachen Zischen des Torfs im Herd und dem Luftzug im Kamin. Francey war so müde, daß seine Beinmuskulatur sich anfühlte, als sei sie auf den doppelten Umfang angeschwollen. »Scheint später zu sein, als es ist.« Abigail, die die Stimme gesenkt hatte, bis sie nicht viel lauter war als ein Flüstern, unterbrach eine dieser Gesprächspausen.

»Weil wir alle so ausgelaugt sind«, murmelte Margaret.

»Diese Hazel kommt extra aus Dublin hierher zur Beerdigung?« Abigail wandte sich Francey zu.

»Sie ist eine gute Freundin.« Francey spürte in sich eine Abwehrhaltung, als Abbys Blick sich interessiert belebte.

»Ich verstehe. Eine wie gute Freundin?«

»Laß ihn in Ruhe.« Margaret rührte ihren Tee um.

Francey war dankbar für ihre Unterstützung. »Ich kann meine Gefechte selbst austragen, Maggie, aber trotzdem danke«, sagte er. »Sie ist wirklich nur eine Freundin«, sagte er zu Abigail.

»Ich gehe hinein und spreche ein paar Gebete.« Tilly zog ihren Rosenkranz heraus und ging in das Schlafzimmer, in dem Mossie aufgebahrt lag.

Nachdem sie hinausgegangen war, wechselte Abigail das Thema. »Ich hasse das alles«, sagte sie, »es ist für Mam so schwer. Ich wollte, es wäre vorüber. Ich werde mit meinem Testament einen Brief hinterlassen, daß ich einfach nur von einem Schiff geschmissen werden will oder so was.«

»Blödsinn«, fuhr Margaret dazwischen. »Du mußt an die denken, die du zurückläßt. Es tut den Leuten gut, die Gelegenheit zu haben, sich zu verabschieden.«

Francey war nicht in der Stimmung, Margarets psychologische Theorien zu diskutieren. Er überließ sie diesem Thema, stand auf und ging zu Tilly Harrington an Mossies Bett. Sie betete nicht, sondern ersetzte einige der abgebrannten Kerzen, indem sie neue an den heruntergebrannten Stummeln anzündete. »Sieht er nicht wundervoll aus?« flüsterte sie.

Francey hielt sich am Fußende des Mahagonidoppelbettes fest und starrte auf das wächserne Gesicht, auf dem Schatten lagen, und das mit Pomade gepflegte Haar seines Stiefvaters. »Er sieht überhaupt nicht wie er selbst aus«, flüsterte er.

»Natürlich tut er das. Du bist es gewöhnt, ihn anders zu sehen.« Tilly liebkoste seine blasse Stirn. »Er war ein großartiger Mann. Jetzt sind all seine Probleme vorüber, arme Seele.«

Ohne Vorwarnung begann Franceys Herz einen Tanz aufzuführen, und er hatte Probleme, zu atmen. Die Vorhänge vor dem Fenster waren zugezogen, und die warme stillstehende

Luft schien sich um seinen Kopf zu schließen, in Ohren und Nase einzudringen und ihn zu ersticken. Als er an seinem Kragen zog, um ihn zu lockern, bemerkte Tilly das. »Was ist los?« Beunruhigt schaute sie ihn an.

»Nichts«, murmelte er. »Ich bin nur sehr müde, das ist alles. Ich muß ein bißchen frische Luft schnappen –« Er schleppte sich aus dem Zimmer, durch die Küche und ging wieder in die Nacht hinaus. Die überraschten Gesichter seiner Stiefschwestern beachtete er nicht.

Sein Herz klopfte immer noch heftig, als er mitten im Hof hin und her schwankte, aber zumindest das Gefühl von Klaustrophobie hatte sich ein wenig gelegt. Obwohl das Wetter laut Margaret während der letzten Wochen Sturm um Sturm mit sich gebracht hatte, hatten sich alle Spuren von Turbulenzen binnen der letzten vierundzwanzig Stunden Richtung Westen verzogen, und die Nacht war klar und ruhig. Francey hob das Gesicht zum funkelnden Himmel und konzentrierte sich darauf, langsamer zu atmen. Er hatte keine Ahnung, was mit ihm geschehen war. Er hatte schon viele Beerdigungen von Verwandten und Leuten besucht, die er gut kannte, und er war den Anblick einer Leiche gewöhnt. Als er jedoch auf seine Hände schaute, sah er, daß sie immer noch zitterten wie Espenlaub.

Er brachte es noch nicht über sich, ins Haus zurückzugehen und sich den neugierigen Blicken auszusetzen. Vielleicht sollte er in die Folly zurückkehren? Aber die Vorstellung, in einem Raum ohne Fenster eingeschlossen zu sein, führte nur dazu, daß das Gefühl von Panik wieder in ihm hochstieg. Aber er brauchte Gesellschaft. Francey überquerte den Hof und ging zu Rex, der für die Nacht in den Kuhstall gesperrt worden war. Als er die Tür öffnete, stürzte der Hund mit einem kurzen begrüßenden Schwanzwedeln aus dem Gebäude, sauste wie der Blitz über den Hof und durch ein Loch in der Hecke, das an das Hügelfeld grenzte. Diese Flucht gab Francey wenigstens etwas zu tun. Keinen Hund, zumal nicht einen, der so jung und untrainiert war wie dieser, konnte man bei Nacht hinauslassen, um durch die Gegend zu stöbern.

Francey folgte ihm und kletterte über den Zauntritt auf das Feld, auf dem die Kartoffeln in Reihen angepflanzt waren. »Rex«, rief er mit leiser Stimme. Das Fenster des Mädchenzimmers war auf dieser Seite des Hauses, und er wollte seine Mutter nicht stören. Nichts geschah, angestrengt suchte er nach Anzeichen einer Bewegung, während er die silbrigen Reihen des Feldes betrachtete. »Rex!« Als er immer noch keinen Hinweis auf den Hund bekam, verfluchte er seine eigene Dummheit und überquerte rasch das Feld, wobei er sich seinen Weg entlang der weichen Erde zwischen den Pflanzreihen suchte.

Das Hügelfeld war das größte des Hofes, und es dauerte einige Minuten, bis er das entgegengesetzte Ende erreicht hatte. Statt durch das Tor auf die Straße zu gehen, quetschte er sich an einer Stelle, wo das Gehölz weniger dicht war, durch die Hecke und hörte zu seiner Erleichterung, daß Rex sich keuchend näherte. »Komm her«, befahl er, als er endlich das nächste Feld erreicht hatte. »Böser Hund!«

Rex, der immer noch etwa zwanzig Meter entfernt war, kam schlitternd zum Stehen und ließ sich der Länge lang auf den Bauch ins Gras fallen. Er drehte sich auf den Rücken, fuchtelte mit allen vier Pfoten in der Luft und nahm solch einen um Entschuldigung heischenden und unterwürfigen Ausdruck an, daß Francey, als er ihn erreichte, nicht das Herz hatte, ihn zu bestrafen, sondern sich damit begnügte, ihn im Genick zu packen und hochzuziehen. »Böser Hund!« sagte er wieder.

Er war froh, daß er ihn fest gepackt hielt, weil der Hund fortwährend winselte und sich bemühte, loszukommen. Abwechselnd warf er Francey flehende Blicke zu und zeigte lebhaftes Interesse an etwas weit in der Ferne, fast als wolle er Francey erzählen, daß sie da draußen etwas Wichtiges zu erledigen hätten.

»Still!« Francey, der vermutete, daß der Hund einen Fuchs aufgescheucht hatte oder auf der Jagd nach einem Hasen oder Dachs war, hatte keine Lust, seine Spielchen mitzumachen. Er nahm das Tier in die Arme und schob sich durch die Hecke zurück, um nach Hause zu gehen. Überrascht, daß er getragen wurde, vergaß Rex seine ursprüngliche Mission und leckte das

Gesicht seines neuen Herrn so überschwenglich, daß Francey nachgab. »Du bist ein schrecklicher Taugenichts!« Er versteckte sein Gesicht in dem weichen Fell hinter dem Ohr des Hundes. »Was sollen wir nur mit dir machen?«

Er schloß Rex wieder in sein nächtliches Gefängnis ein, und bevor er ins Haus zurückging, holte er etliche Male tief Luft – ein Trick, den Hazel ihm als sehr nützlich verraten hatte, um Lampenfieber zu bekämpfen.

Tilly hatte nach ihm Ausschau gehalten, denn die Küchentür öffnete sich, bevor er dort war. »Ich habe mir Sorgen um dich gemacht«, sagte sie. »Geht es dir gut?«

»Ja, danke, Tilly.« Francey folgte ihr in die Küche. »Ich brauchte einfach frische Luft, das ist alles.« Hauptsächlich um sie von seinem eigenen Verhalten abzulenken, erzählte er ihr von Rex' Eskapade, hielt aber, überrascht von Tillys Gesichtsausdruck, mitten in seiner Geschichte unsicher inne. »Es ist alles in Ordnung«, versicherte er ihr, »was immer er wollte, er hat es nicht bekommen. Und jetzt ist er sicher im Nebengebäude.«

Zu Franceys Verblüffung schien das Tilly aufzuregen. Sie wandte sich an seine beiden Stiefschwestern, die auf den Stühlen neben dem Herd saßen. »Warum legt ihr beide euch nicht ein bißchen hin?« schlug sie vor. »Es hat keinen Zweck, daß wir uns alle verausgaben. Wir halten schichtweise Wache. Francey und ich halten jetzt die Stellung, und in ein paar Stunden werde ich euch wecken.«

Weder Margaret noch Abigail hatten Einwände, und als sie den Raum verlassen hatten, wandte Tilly sich mit zuckendem Gesicht Francey zu. »Setz dich, Francey«, sagte sie. »Irgendwie bin ich froh, daß das mit dem Hund passiert ist, weil ich dadurch zu einer Entscheidung gekommen bin. Es gibt etwas, das ich dir erzählen möchte. Das belastet mein Gewissen schon seit Ewigkeiten.«

Was, um Himmels willen, wollte sie ihm über Rex erzählen? »Ich hoffe, er hat euer Vieh nicht verängstigt?« Francey setzte sich auf einen der Stühle, die die Mädchen freigemacht hatten.

»Nein, nichts dergleichen.« Tilly faltete die Hände, dann

wagte sie es. »Sieh mal, ich habe darüber nachgedacht, was ich in dieser Angelegenheit tun soll. Und unter den gegenwärtigen Umständen –«

Verwirrt beobachtete Francey die stämmige, grauhaarige Gestalt, die vor dem Herd auf und ab marschierte. Es war warm im Zimmer, aber nicht so sehr, daß dies die Schweißperlen erklären konnte, die auf ihrer wettergegerbten Stirn standen. »Was es auch sein mag, Tilly«, drängte er, »es kann nicht so schlimm sein –«

»Es ist überhaupt nicht schlimm«, platzte sie heraus und ließ sich auf den Sessel ihm gegenüber fallen. »Es ist nur, daß ich versprochen habe, nichts zu sagen. Aber ich habe das Gefühl, ich sollte es. Ich habe Rat bei der Beichte gesucht, aber der Priester konnte mir nicht helfen. Ich habe daran gedacht, einen anonymen Brief zu schreiben, aber ich habe bei meinem heiligen Ehrenwort geschworen …«

Francey entschied, daß es besser sei zu schweigen, bis sie es sich von der Seele geredet hatte. Lange mußte er nicht warten.

Tilly seufzte. »Ich glaube, ich weiß, wo Rex hingelaufen ist, vielleicht nicht wohin, aber zu wem.«

»Zu wem?« Francey verstand die Bedeutung nicht. Was machte es schon, wenn der Hund die Bekanntschaft eines der Nachbarn gemacht hatte?

»Dein Bruder ist in der Gegend. Er ist schon eine ganze Weile hier.«

Bruder? Wovon redete sie? Die Neuigkeit war zunächst so verblüffend, daß Francey sie nicht verstand.

»Dessie«, sagte Tilly schlicht. »Dessie ist zurückgekommen. Er hat einen Hund bei sich.«

»Ist er zur Beerdigung gekommen?« Dann begriff Francey, welch dumme Frage das war. Sie hatte gesagt, Dessie sei schon eine ganze Weile in der Gegend. »Wo?« verbesserte er sich.

Er empfand nichts außer einem eigenartigen Gefühl von Absurdität. »Wo hast du ihn gesehen?« wiederholte er. »Bitte, Tilly, wann und wo hast du ihn gesehen? Und wie kommt es, daß Mam nichts davon weiß?«

»Eine Frage nach der anderen.« Tilly hielt die Hand hoch. »Ich habe ihm geschworen, niemandem etwas davon zu erzählen. Aber ich kann es nicht länger für mich behalten.«

»Wem versprochen?« Francey zwang sein müdes Hirn, sich zu konzentrieren.

»Dessie.«

Er starrte sie an, bis die ganze Tragweite dessen, was sie ihm gesagt hatte, endlich in sein dumpfes Gehirn eingedrungen war. Wie elektrisiert sprang er auf die Füße. »Wo ist er jetzt, Tilly? Sag es mir. Ich muß zu ihm.«

Auch Tilly stand auf. »Immer mit der Ruhe, Francey. Es kann gut sein, daß er zu dir kommt. Vielleicht taucht er morgen auf der Beerdigung auf, obwohl ich nicht weiß, ob er weiß, daß Mossie tot ist.« Sie seufzte lang und zitternd. »Gott sei Dank ist es heraus. Es war schrecklich, es deiner Mutter nicht sagen zu können. Setz dich, dann erzähle ich dir alles, was ich weiß.«

Wie betäubt setzte Francey sich wieder auf seinen Sessel, während Tilly berichtete, wie ihr Mann eines Abends beim Einbruch der Dunkelheit auf einen Landstreicher gestoßen war, der unter dem dichten Stechpalmengebüsch an der neuen Straße nach Ardgroom lag und schlief. »Du weißt, wie Mick ist«, sagte sie, »er konnte nicht einfach vorbeigehen und ihn liegenlassen. Also weckte er ihn, um ihm ein paar Schillinge zu geben.«

»Woher wußte er, daß es Dessie war?« Francey wagte kaum zu atmen.

»Natürlich wußte er das zuerst nicht. Er hatte ihn schon vorher gesehen, wir alle, der arme Kerl ist schon seit einigen Tagen, wenn nicht Wochen hier in der Gegend. Er verschwindet häufig, taucht dann aber immer wieder auf. Selbst deine Mutter oder Maggie können ihn gesehen haben und wußten nicht, wer er war. Er hat einen gräßlich dünnen, zerzausten Bart und Haare bis hier unten, Francey«, Tilly deutete auf eine Stelle irgendwo mitten auf ihrer Brust, »und von seinem Gesicht kannst du kaum etwas sehen, außer den Augen. Aber jetzt, da ich weiß, wer er ist, könnte ich mir selbst in den Hintern treten, daß mir die Ähnlichkeit nicht aufgefallen ist. Er hat deine

Augen, weißt du, Francey. Ich vermute, ihr habt sie von eurem Vater ...«

»Ist er groß, so wie ich?«

»Nicht sehr. Ein bißchen größer als der Durchschnitt, würde ich sagen, aber kein Vergleich zu dir – es ist schwer zu sagen. Jedes Mal, wenn ich ihn sah, saß er, und selbst wenn er stand oder ging, war er ein bißchen vornübergebeugt.«

Sie hielt inne, aber Francey, der die Geschichte unbedingt hören wollte, drängte sie, weiterzusprechen. »Bitte, Tilly ...«

»Wir haben ihm alle Essensreste für ihn und den Hund gegeben, aber er kam nie zu jemandem ins Haus«, fuhr sie fort und lehnte sich mit einem müden Seufzer in ihrem Sessel zurück. »Wie du weißt, ist das nicht der erste Landstreicher in unserer Gemeinde, und wie viele von ihnen schien er für sich bleiben zu wollen, und wir alle haben das respektiert. Irgend jemand, ich kann mich nicht erinnern, wer, sagte, er sei ein armer verrückter Bursche, der auf die Walz gegangen sei, weil er irgendwo auf einem Bauernhof in North Kerry enterbt worden sei, und das haben wir alle eine Weile geglaubt.«

Tilly machte eine Pause und sah dann Francey in die Augen. »Es ist nicht leicht, das zu sagen, Francey. Aber diese Kreatur hängt an der Flasche. Mick fand ihn mit einer leeren Schnapsflasche neben sich im Graben.«

»Das habe ich befürchtet.« Als Francey Tilly zuhörte, war er hin und her gerissen zwischen Aufregung über die Rückkehr Dessies und Befürchtungen aufgrund von Tillys Beschreibungen, wie man mit ihm umgehen sollte.

»Mick gefiel es gar nicht, wie er an jenem Tag aussah«, fuhr Tilly fort. »Es goß in Strömen – du weißt ja, wie das hier ist –, die Nacht brach herein und die Wetteraussichten waren schlecht. Auf seinem Gesicht war Blut, es war von den Stechpalmen zerkratzt, seine Kleidung hing in Lumpen herunter, und seine Schuhe waren völlig zerfetzt. Er hatte versucht, die Feuchtigkeit mit Stroh und Packpapier abzuhalten, und man konnte seine Zehen sehen. Er hustete stark, und Mick befürchtete, er sei krank, hätte vielleicht sogar Tbc, und er wollte es nicht auf sein Gewissen laden, daß er vielleicht an Unterkühlung starb. Er hatte im Schlaf gezittert und seine Arme um den Hund gelegt, um sich zu wärmen. Mick bot ihm an, ihn mit nach Hause zu nehmen, damit er etwas essen und sich am Kamin aufwärmen konnte. Erst weigerte er sich, aber dann sagte Mick, er hätte noch einige Paare vernünftiger alter Stiefel zu Hause, der Bursche könnte sie haben, wenn er mitkäme.«

Während Tilly sich von ihrer Last befreite, hätte Francey am liebsten geweint vor Schuldgefühlen. Es war der kleine Gefährte seiner Kindheit, über den sie sprach. Er hätte schon lange Anstrengungen unternehmen müssen, ihn zu finden. Nie hatte er sich Dessie als solch ein jämmerliches, mitleiderregendes Geschöpf vorgestellt, das er offensichtlich war. »Nicht in den besten Umständen«, um die Formulierung aus Jools Brief zu benutzen, hatte noch ein wenig romantisch geklungen und war weit von dem entfernt, was Tilly gerade beschrieb. Während er ihrer leisen, rhythmischen Stimme zuhörte, dachte er an all die grandiosen Pläne, die er geschmiedet hatte, die jetzt so selbstsüchtig erschienen: wie er sich darauf gefreut hatte, in Monaten enger Zusammenarbeit mit Fleur nach ihm zu suchen und wie alles mit einem Triumph enden würde.

Wütend auf sich selbst, hieb er mit den Fäusten auf die Sessellehnen und unterbrach Tilly mitten in ihrer Erzählung. »Entschuldigung«, sagte er, »ich bin einfach wütend, daß ich nicht eher etwas getan habe. Erzähl weiter.«

»Du darfst dir keine Vorwürfe machen.« Jetzt, da die Last von ihren Schultern genommen war, war Tilly voller Mitgefühl. »Die Straßen sind doch voll von diesen armen Seelen. Sie alle hatten irgendwann eine Mutter.« Sie erzählte ihm, daß Mick an jenem Abend Dessie und seinen Hund mit nach Hause gebracht hatte, aber da sich beide nicht ins Haus trauten, hatte sie einen Stapel Kissen und Decken hinausgeschleppt und in einer Ecke des Stalles, der unbenutzt war, seit die Pferde durch einen Traktor ersetzt worden waren, ein Bett gebaut. Sie hatte ihm eine Thermosflasche Tee, ein wenig Whisky, Brot und Scheiben Fleisch hingestellt und ihn dann in Ruhe gelassen.

Am nächsten Morgen, als sie nach ihm schauten, waren Herr und Hund verschwunden, aber als der Abend hereinbrach, schaute sie aus dem Küchenfenster und sah die beiden im Stall, diesmal begleitet von Rex. »Und unser Jack war auch dabei«, fügte Tilly hinzu. »Dieses Geschöpf scheint ein Händchen für Hunde zu haben.« Sie hatte wieder Essen und Trinken hinausgebracht, gute Nacht gesagt und war gegangen.

Als sie am nächsten Tag zum Stall ging, um das Geschirr vom Vorabend zu holen, fand sie ihn nicht wie erwartet leer vor, sondern Dessie saß mit dem Rücken gegen die Wand gelehnt halb schlafend da, die drei Hunde dösend zu seinen Füßen. Sie machte eine Pause. »Und um einfach irgend etwas zu sagen, während ich die Sachen wegräumte, fragte ich ihn, wer er sei und woher er käme. Es war entsetzlich, Francey«, sie rang die Hände in ihrem Schoß, »er begann zu zittern, und ich dachte, er hätte eine Art Anfall. Es war so schlimm, daß ich ins Haus rannte und den Whisky holte, ich nahm nicht einmal ein Glas mit. Er setzte die Flasche an und trank, und dann sagte er mir, wer er war. Du kannst dir nicht vorstellen, wie schlecht ich mich gefühlt habe.« In ihrem Kummer schlang Tilly die Arme um die Brust. »Ich habe den kleinen Burschen versorgt, als Kathleen ihn aus dem Krankenhaus nach Hause brachte, und jetzt war er da – die Zähne in seinem Mund schwarz. Es war zum Verzweifeln.« Sie neigte den Kopf und wartete ein oder zwei Augenblicke. »Er begann zu weinen –«

»Sagte er, warum er nach Hause gekommen ist? Oder wo Kitty ist?« Francey brauchte weitere Informationen und konnte nicht zulassen, daß sie sich von ihren Gefühlen überwältigen ließ. »Das letzte, was man von ihm gehört hatte, war, soweit ich weiß, daß er in London war, und damals gab es von Kitty keine Spur.«

»Es war schlimm für ihn dort drüben.« Tilly brachte ihre Stimme unter Kontrolle. »Ein Freund von ihm starb oder so was, und er wurde sogar ein paarmal zusammengeschlagen. Er stahl ein paar Pfund und kam nach Dublin, aber dort ist es ihm auch nicht gutgegangen. Er wurde von der Polizei am allerersten Tag, als er mit dem Postschiff eintraf, geschnappt. Er sagte es nicht, aber dem Alkoholkonsum nach zu urteilen und der Art, wie er den Whisky hinunterstürzte, war es wahrscheinlich wegen des Trinkens. Und ich habe ihn nach Kathleen gefragt, aber offensichtlich hat er schon vor Jahren den Kontakt zu ihr verloren.«

»Warum hat man uns nichts von der Verhaftung gesagt?« Francey fand Sicherheit in der Entrüstung.

»Er gebraucht nicht seinen eigenen Namen.«

Er beugte sich vor. »Aber wenn er hier in die Gegend gekommen ist, muß er doch nach Hause auf den Hof kommen wollen. Warum hat er sich nicht zu erkennen gegeben?«

»Ich glaube, er findet nicht den Mut dazu«, erwiderte Tilly. »Seit dem Tag, an dem er mir das erzählt hat, hat er sich bei uns nicht mehr sehen lassen. Ich habe ganz beiläufig, als ich heute morgen im Postamt war, nach ihm gefragt, und eine der Frauen erzählte, daß sie einen bärtigen Typen mit sehr langem Haar gestern in der Nähe von Derryvegill gesehen hat, also ist er immer noch in der Gegend. Das ist nur ein paar Kilometer von unserem Hof entfernt. Falls er auftaucht oder du ihn findest, sagst du ihm bitte nicht, daß ich es dir erzählt habe? Aber, Gott sei Dank, habe ich es mir von der Seele geredet.« Mit einem Seufzer lehnte Tilly sich in ihrem Sessel zurück. »Es muß etwas für ihn getan werden, Francey. Er muß ins Krankenhaus oder zumindest zu einem Arzt.«

Francey stand auf und nahm, um etwas zu tun zu haben, den Wecker vom Kaminsims und begann ihn aufzuziehen. Er war so erregt, daß er zuviel Kraft anwandte, und die Feder, schon verbogen und überstrapaziert, brach ab. »Nun schau dir an, was passiert ist«, schimpfte er und schaute auf das nutzlose Stück Metall in seinen Fingern. »Ohne Feder ist er zu nichts nütze.«

»Wie lange ist es her, seit du ordentlich geschlafen hast?« Tilly kam auf ihn zu und legte ihm den Arm um die Taille, der Teil von ihm, den sie bequem erreichen konnte.

»Tage, Nächte, Wochen, ich weiß es nicht«, murmelte Francey.

»Dann ab ins Bett mit dir. Heute kannst du nichts mehr machen. Du hast viel am Hals, und morgen wird es noch mehr.«

»Ich kann doch nicht von dir verlangen, daß du allein aufbleibst, Tilly.«

»Du verlangst es doch nicht von mir. Es wäre nicht das erste Mal, daß ich eine ganze Nacht wache. Außerdem kannte ich den armen alten Mossie vor euch.« Sie trieb ihn in die Küche, wo sie das bereits fertig vorbereitete Bett vorzog. »Wann wird deine Mutter endlich anbauen?« beklagte sie sich, als sie die Daunendecke ausschüttelte. »Seit Jahren sage ich ihr das schon – rein mit dir«, befahl sie, »mach dir gar nicht erst die Mühe, dich auszuziehen. Das nächste Mal, wenn ich dich anschaue, möchte ich sehen, daß deine Augen geschlossen sind, und hören, wie du schnarchst.«

»Danke, Tilly.« Francey war so dankbar, daß man sich um ihn kümmerte und ihm sagte, was er tun sollte, daß er ein Lächeln zustande brachte. Das Bett war zu klein, aber bequem und warm. Er rollte sich zusammen und zog sich wie ein Kind die Decke unters Kinn.

»Gute Nacht. Ich wecke dich in einigen Stunden.« Tilly zog die Vorhänge um das Bett zu und ließ ihn allein; dann kontrollierte sie das Feuer im Herd, und Francey spürte, wie er eindöste. Wirre Gedanken stürmten auf ihn ein, und er fürchtete, er würde Alpträume bekommen. Um sie abzuwehren, rief er voller Schuldbewußtsein seine Lieblingserinnerung an Fleur ab, an ihr Haar, das wie schwarze Schwingen auf ihren makellosen weißen Brüsten lag.

Dieser Trost blieb ihm jedoch verwehrt. Ganz gleich, wie sehr er sich auch bemühte, Fleurs Bild wurde von dem Dessies überdeckt, in Lumpen gekleidet, die Arme um einen räudigen Hund gelegt, wie er versuchte, unter den dornigen Blättern eines Stechpalmenbusches Schutz vor dem Regen zu finden.

Den größten Teil des nächsten Vormittags waren sie damit beschäftigt, Goretti abzuholen, die so früh am Shannon Airport erwartet wurde, daß Francey und Margaret um halb fünf losfahren mußten, um rechtzeitig dort zu sein. Franceys andere Schwester, Johanna, konnte es von Montana aus nicht schaffen, rechtzeitig nach Hause zu kommen. Während der Autofahrten hin und zurück brannte es Francey auf der Zunge, zu erzählen, daß Dessie aufgetaucht war, aber er hatte Angst, verfrühte Hoffnungen zu wecken, und entschloß sich, es im Augenblick weder seinen Stiefschwestern noch sonst jemandem anzuvertrauen.

Es dauerte so lange, während der Messe die Kommunion zu verteilen, und so viele Leute wollten vor der Kapelle der Familie die Hände schütteln, daß der Trauerzug erst Viertel vor drei Eyeries verlassen konnte. »Letzte Runde«, tröstete er die vier tränenüberströmten Schwestern, als er sie, seine Mutter und seine Großmutter Sullivan zum Trauerwagen vor der Kapelle begleitete. Wenn er an seine eigenen Blutsbande dachte, fragte er sich, welcher besondere Zement Menschen verschiedener – oder sogar ähnlicher – Gene miteinander verband, so daß sie eine Familie bildeten?

Da war zum Beispiel Dessie, der nach all diesen Jahren zurückgekommen war, wahrscheinlich um mit einer Gruppe Menschen in Verbindung zu treten, mit der ihn nur relativ dünne Blutsbande verknüpften. Und während sich Francey an Dessie als ein glückliches, lebhaftes Baby erinnerte, schien dessen Mutter Kathleen, eine richtige Schwester von Margaret und Goretti, stets streitsüchtig und unglücklich gewesen zu sein und nie gut mit jemandem auszukommen. Als der Wagen sich im Schrittempo fortbewegte, fragte Francey sich, ob er nicht besser dran gewesen war, bevor dies alles passierte. Vielleicht war seine glanzlose Existenz bei Leadbetters schließlich doch nicht so schlecht gewesen. Und Mossie wäre noch am Leben ...

Die unnatürliche Stärke seiner Mutter machte ihm Sorgen. Während Connie lauthals geschluchzt hatte und auch die anderen drei Mädchen während der Messe in ihre zerknüllten Taschentücher geweint hatten, stand oder kniete seine Mutter neben ihm und leierte die Gebete herunter, als sei sie ein Roboter. Francey hatte sich so sehr darauf konzentriert, als Stützpfeiler zu agieren, daß auch er keine Träne vergossen hatte.

Statt an Mossie zu denken, saß er die ganze Zeit wie auf glühenden Kohlen und fragte sich, ob Dessie hinten oder draußen war oder ob Hazel bereits angekommen war.

Die fünf Kilometer lange Fahrt zum Friedhof war eine Zerreißprobe. Draußen erschien alles so normal – Fischerboote schaukelten an ihren Ankerketten, eine Katze auf einem Torpfosten leckte sich die Pfoten, Seevögel kreisten über ihnen –, daß er das Gefühl hatte, der Trauerzug, der sich am Rande der Coulagh Bay entlangbewegte, sei ein Eindringling. Das Wetter hatte sich gehalten, und Sonnenlicht jagte die Schaumkronen entlang; es ließ die Stechpalmenbeeren leuchten, entflammte die anmutigen Blüten der zur Unzeit blühenden Montbretien in den Hecken und spiegelte sich so strahlend auf der Motorhaube des Wagens, daß es den Fahrer blendete.

Wußte die Erde nicht, daß jemand gestorben war? Francey wünschte sich von ganzem Herzen, es würde regnen.

Er war auf dem Rücksitz zwischen seiner Mutter, die so aufrecht saß wie ein Spatenstiel, und Constance eingequetscht, die, ihren Kopf an Margarets Schulter, sich die Seele aus dem Leib weinte. Seine Großmutter, eine elegante Dame, deren Schönheit noch immer unter ihrem altmodischen verschleierten Hut sichtbar war, saß zwischen Abby und Goretti auf der Bank gegenüber. In einem Versuch, Constance zu trösten, legte er ihr den Arm um die Schultern, wurde jedoch zurückgestoßen. »Versuch zu beten, Connie.« Abigail, die ihre Gefühle besser beherrschte, versuchte, dem jüngeren Mädchen einen Rosenkranz in die Finger zu drücken, wurde aber ebenso abgewiesen. Francey heftete seinen Blick auf das Ende von Mossies Sarg, der durch das rechteckige Fenster des Leichenwagens vor ihnen sichtbar war, und wünschte, es wäre bald vorbei.

Als sie noch einige hundert Meter vom Friedhof entfernt waren, sah er den neuen Minibus der High Rollers, der, unverkennbar mit seiner gelb-schwarzen Lackierung und dreckbespritzt von der langen Reise, so diskret wie möglich in einer Toreinfahrt abgestellt war. Hazels blonder Kopf schob sich ins Blickfeld, als das Auto dem Leichenwagen auf den weiten Parkplatz vor den

Friedhofstoren folgte. Begleitet von einem der High Rollers, bekleidet mit flachen Schuhen und einem für ihre Verhältnisse tristen Mantel, stand sie im Hintergrund in der Nähe des Straßengrabens, als wolle sie unsichtbar sein. Francey sah, wie sie ein Kopftuch anzog, als der Leichenwagen anhielt. Trotz des traurigen Anlasses machte sein Herz vor Zärtlichkeit einen Sprung. Liebe alte Hazel, dachte er, sie gab sich wirklich alle Mühe.

Nachdem er seiner Mutter und Großmutter aus dem Auto geholfen hatte, ging er zu Hazel hinüber und nahm ihre beiden Hände in seine. »Danke, daß du gekommen bist«, sagte er. »Kommst du hinterher mit ins Haus?«

Hazel nickte und hielt ihm einen weißen Umschlag hin: »Das ist für eine Messe.« Francey dankte ihr noch einmal und ging zum Leichenwagen, um den Sarg auf den Friedhof zu tragen.

Der Größenunterschied zwischen ihm und den drei Cousins von Mossie, die mit ihm den Sarg trugen, wurde offensichtlich, als sie den Friedhof betraten und Francey, dem bewußt war, daß die anderen Männer gezwungen waren, die größte Last zu tragen, versuchte, mit gebeugten Knien zu gehen, während sie, alter Tradition folgend, die Umfassungsmauer des Friedhofes entlanggingen und ihre Last an den vier Himmelsrichtungen vorbeitrugen. Seine Beine zitterten, als sie das offene Grab erreichten, und es war eine Erleichterung, den Sarg auf dem Boden abzusetzen. Er trat zurück, nahm den Arm seiner Mutter, und das abschließende Ritual begann.

Nachdem er geholfen hatte, Mossie in seinen letzten Ruheplatz hinabzusenken, trat er zurück, richtete sich zu seiner vollen Größe auf und warf einen prüfenden Blick auf die Menge und selbst auf die Felder jenseits der Mauer. Wenn Dessie kommen wollte, hätte er sich dann nicht mittlerweile gezeigt?

Jenseits der dichtgedrängten Menge gebeugter Köpfe auf dem kleinen Friedhof waren die Felder leer.

Während der nächsten Stunden war Francey so beschäftigt, daß er an nichts anderes denken konnte, als die Leute in der gedrängt vollen Küche, die von der schrecklichen Heiterkeit erfüllt war, die Beerdigungsfeiern befallen, zu versorgen. Er, Tilly und seine Schwestern rannten sich die Hacken ab, um Essen und Getränke auszuteilen. Seine Mutter war endlich dazu überredet worden, sich in einen Sessel zu setzen und die anderen die Arbeit tun zu lassen. Als Francey ihr immer wieder einen prüfenden Blick zuwarf und sah, wie sie still wie ein Stein neben ihrer Mutter auf dem Ehrenplatz am Herd saß, fragte er sich, ob diese Überlegung nicht falsch war. Vielleicht ginge es ihr besser, wenn sie beschäftigt wäre. Bis jetzt hatte er, abgesehen von einer kurzen formellen Beileidsbekundung auf dem Friedhof nach der Beerdigung, keinen direkten Kontakt zwischen ihr und Hazel bemerkt. Vielleicht war die Zeit für peinliche Worte zwischen ihnen längst vorbei. Francey entspannte sich.

Als er mit einer frischen Ladung Sandwiches aus der Spülküche kam, bemerkte er, daß Hazel, umgeben von einer verzückten Gruppe von Menschen, in einer Ecke saß und einen Strom von Fragen beantwortete. Die High Rollers waren eine erstklassige Showband auf einer Ebene mit den Clipper Carltons, den Cadets und den Royal and the Miami. Er wurde daran erinnert, daß Hazel ein Star war, eine Tatsache, die ihm nicht oft in den Sinn kam. Er suchte nach ihrem Begleiter, dem High Roller, dessen Namen er vergessen hatte. Er konnte den Burschen nirgendwo sehen und entschloß sich, sie selbst zu retten.

Er arbeitete sich zu ihr vor und hielt ihr die Platte entgegen. »Ist alles in Ordnung, Hazel? Möchtest du gerne noch ein Sandwich?« Und als sie ablehnte, sagte er: »Mam hatte überhaupt noch keine Gelegenheit, mit dir zu reden« und befreite sie so aus der Gruppe, was mit einem geflüsterten »Dankeschön« belohnt wurde.

Er fragte, wo ihr Freund war, und als Hazel antwortete, daß er zum Bus gegangen sei, nahm Francey ihre Hand. »Komm mit mir. Du mußt nicht mit Mam reden. Das habe ich nur gesagt, um dich von den Leuten wegzuholen. Ich möchte mit dir reden.« Er entledigte sich bei Tilly der Platte mit den Sandwiches, übersah die wissenden Blicke, die in ihre Richtung geworfen wurden, entschuldigte sich und nahm Hazel mit hinaus auf den Hof. Es war beinahe dunkel und so kalt, daß er fast erwartet hätte, weiße

Flocken fallen zu sehen, wenn er nicht gewußt hätte, daß es auf Béara nie schneite. »Komm hier rein«, er zog sie in Richtung Folly. »Hier haben wir wenigstens ein paar Minuten Ruhe.«

Falls er erwartet hatte, daß sie eine Bemerkung über die ungewöhnliche Einrichtung des Gebäudes machte, in das er sie drängte, hatte er sich geirrt. Hazel machte es sich auf einem Schaukelstuhl bequem und zog wie üblich einen Fuß hoch.

»Es ist toll von dir, daß du gekommen bist, Hazel. Ich weiß das zu schätzen«, er hockte sich vor ihr auf den Boden, »aber du brauchst nicht zu bleiben. Ich bin sicher, daß es sowieso bald zu Ende ist. Ich bin überrascht, daß sie so spät am Heiligen Abend noch alle hier sind.« Die Worte waren ein Schock. Es war schwer zu glauben, daß dies einer der glücklichsten Tage des Jahres sein sollte. »Leute sollten Weihnachten nicht sterben«, sagte er.

»Leute tun nie, was du möchtest«, erwiderte Hazel mit einem seltsamen Gesichtsausdruck. »Das macht sie so interessant. Aber mach dir keine Sorgen«, fügte sie hinzu, »ich werde dir nicht zur Last fallen. Vinnie ist nach Castletownbere gefahren, um uns für die Nacht Zimmer im Hotel zu besorgen, also mußt du dich, bis er später wiederkommt, nur mit mir abfinden. Hast du deinem Stiefvater sehr nahe gestanden?«

Zu seiner eigenen Verwunderung erzählte Francey dann von Mossie, gab sich die Schuld für den vorzeitigen Tod seines Stiefvaters, weil er mit seinem neuen Reichtum angegeben hatte. »Es ist eine Gefahr, mich in der Familie zu haben.« Er verspürte kein Bedürfnis, das weiter auszuführen. »Ich wünschte, ich könnte die Uhr zurückdrehen.«

»Wirklich?« Hazel schaute ihn an. »Kein Geld? Keine reichen Verwandten? Kein siamesischer Zwilling? Wie ist es übrigens mit deiner Frau gelaufen?« fragte sie in beiläufigem Ton.

Aufgewachsen mit so vielen Frauen, wußte Francey, daß Romanzen zu ihren Hauptgesprächsthemen gehörten, aber etwas – vielleicht war seine Leidenschaft für Fleur zu neu? – hielt ihn immer noch davon ab, Hazel voll zu vertrauen.

Oder könnte es sein, daß er sich ein Hintertürchen auflassen wollte, damit er und sie, falls sich eine geeignete Gelegenheit ergab …? Obwohl er sich für diesen Gedanken verachtete, stellte Francey fest, daß er danach handelte. »Gut«, sagte er, »um die Wahrheit zu sagen, haben wir nicht viel voneinander gesehen.«

»Ich verstehe.« Hazels nachgezogene Augenbrauen zuckten.

»Tut mir leid, daß ich unsere Vereinbarung letzten Freitag nicht eingehalten habe«, redete er hastig weiter und hoffte, er klang überzeugend, »aber ich hatte allen möglichen Geschäftskram am Hals. Ich denke daran, dort drüben ein Haus zu kaufen. Wenn ich das mache, mußt du rüberkommen und mich besuchen.« Erst als er hörte, wie er das sagte, wurde ihm klar, daß es einfach lächerlich war, so mit einer Frau zu reden, mit der er erst vor wenigen Wochen Tage und Nächte pausenlos im Bett verbracht hatte. »Sieh mal, Hazel«, begann er, »ich habe mich noch gar nicht bei dir bedankt –«

»Wofür?« Sie fiel ihm ins Wort.

»Für, du weißt schon … Die wundervolle Zeit in deiner Wohnung …«

»Gehört alles zum Service.« Sie zog einen Schmollmund. »Für mich war es auch nicht so schrecklich, weißt du.«

Francey beugte sich nach vorne und nahm ihre Hände in seine. »Ich meine es ernst, Hazel«, beharrte er. »Das werde ich nie vergessen, es war wie aus einem langen Schlaf zu erwachen oder so was.«

»Ja.« Hazel zog ihre Hände weg und schob sich aus dem Sessel. »Genau das bin ich, das verdammte Dornröschen.« Sie ging ein paar Schritte und begann die Titel auf dem Bücherregal zu untersuchen. »Wem gehören all diese Bücher?«

Obwohl ihr Ton freundlich blieb, bereitete der abrupte Themenwechsel Francey Unbehagen. »Die meisten gehören   gehörten – meinem Stiefvater.« Wie ein Kind, das den vorherigen Zustand wiederherstellen will, folgte er ihr zum Bücherregal. »Es ist mir ganz schrecklich, daß dein Weihnachtsfest so kaputtgemacht worden ist –«

»Mein Weihnachtsfest«, Hazels Ton war schnodderig, »verbringe ich seit ewigen Zeiten auf der Straße.«

Francey meinte einen ungewöhnlichen Ernst hinter ihren

Worten entdeckt zu haben. Das war nicht die Hazel, die er kannte oder brauchte. »Was ist mit deiner Familie, deinem Weihnachtsessen?« fragte er, fühlte sich aber ein wenig beruhigt, als sie ihn anlächelte.

»Meine Familie sind die High Rollers, und ich hasse Truthahn.«

»Ich kann nicht glauben, daß du überhaupt keine Verwandten hast.«

»Ein paar alte Onkel und Tanten und Cousinen, die ich im Traum nicht wiedersehen möchte.« Hazel zuckte die Achseln. »Ganz zu schweigen davon, daß sie mich im Traum nicht sehen wollen. Und mein Mann läßt sich von mir scheiden«, fügte sie hinzu.

Er erinnerte sich, daß Hazel irgendwann während ihrer ersten gemeinsamen Sauftour in einer Spelunke, die nach der Sperrstunde noch Schnaps ausschenkte, gesagt hatte, sie hoffe oder vermute, ihr Mann würde sich von ihr scheiden lassen, aber der Klang ihrer Stimme machte ihn plötzlich unsicher. Sie hörte sich nicht wie jemand an, der glücklich oder auch nur gleichgültig war. »Wie fühlst du dich dabei?« Er tastete sich langsam vor.

»Ich weiß nicht.« Hazel schien zu überlegen. »Also, ich vermute ... Dieser Scheißkerl, 'tschuldigung, aber genau das ist er. Jahrelang überhaupt nichts und dann ein Brief. Eine Scheißseite. Und die war nicht mal von ihm.« Ihre Stimme wurde lauter, und ihr Körper spannte sich an. »Er war von irgendeinem beschissenen englischen Rechtsanwalt.« Wie sie so zu Francey aufschaute, erinnerte sie ihn an ein kleines wildes Eichhörnchen. »Der wird sich wundern, wenn er glaubt, daß ich das einfach so schlucke.«

Francey war verblüfft, wie heftig sie reagierte. »Aber lebt ihr nicht seit Jahren getrennt?« Er starrte auf sie hinab.

»Darauf kommt es doch gar nicht an«, schrie Hazel. »Dieser Penner hat *mich* verlassen –«

Zu seinem Entsetzen brach sie in Tränen aus. Den Bruchteil einer Sekunde zögerte er, dann hob er sie von ihrem Stuhl und nahm sie wie ein Baby in die Arme. »Weine nicht.« Er versuchte ihren Kopf mit einer Hand gegen seine Schulter zu drücken.

Aber das paßte Hazel nicht. »Verdammt noch mal!« Sie wehrte sich heftig in seinen Armen, ihre Tränen waren vergessen. »Laß mich runter, du großer Lümmel!«

Erschrocken setzte Francey Hazel auf den Boden. »Ich bin doch kein Dreikäsehoch«, schrie sie.

»Ein was?« Diesen Ausdruck hatte er noch nie gehört.

»Ein *Kind*!« Hazel zog an ihrem Kleid, das unter ihrem Mantel, den sie seit ihrer Ankunft noch nicht ausgezogen hatte, hochgerutscht war. »Ich bin doch kein verdammtes *Kind*. Und ich will nicht hochgehoben und abgesetzt werden wie ein – wie ein Jojo.«

»Wer behandelt dich denn wie ein – ich behandele dich überhaupt nicht wie irgend etwas«, protestierte Francey. »Hazel, ich –« Er wollte gerade sagen, daß er nur den größten Respekt für sie hegte, besann sich aber eines Besseren. Wer wußte schon, wie sie in ihrer gegenwärtigen Stimmung auf so etwas reagieren würde. »Soll ich dir etwas holen?« fragte er statt dessen. »Einen Drink?«

Hazel blickte mit ihren seltsam gefärbten Augen voller Tränen zu ihm hoch. Die Wimperntusche lief ihr übers Gesicht – trotz ihrer dezenten Kleidung war sie in voller Kriegsbemalung –, und Francey erinnerte sich, daß sie ihm einmal erzählt hatte, daß sie ohne ihre falschen Wimpern nicht einmal die Mülltonnen nach draußen stellte. »Entschuldige bitte, Francey«, sagte sie ruhig. »Ich bin abscheulich, und ich weiß das. Ich sollte dich trösten. Dafür sind Beerdigungen schließlich da, oder?«

»Das mit deinem Mann tut mir leid«, sagte er. »Dumm von mir. Ich wußte einfach nicht, daß es dir nach all dieser Zeit etwas ausmacht.«

»Das tut es nicht, das ist es ja gerade. Ich verstehe gar nicht, was in mich gefahren ist.« Sie rieb sich das Gesicht. »Sehe ich furchtbar aus? Wenn ich weine, sehe ich immer zum Fürchten aus.«

»Du siehst wundervoll aus«, sagte Francey.

»Freunde?« Hazel streckte die Hand aus.

»Nach der Woche, die wir miteinander verbracht haben, sind

wir hoffentlich mehr als das, Hazel.« Francey fühlte sich sehr galant und weltmännisch, als er sich hinabbeugte, um sie auf den Mund zu küssen.

Ihre Reaktion war kühl, und so zog er sich zurück. »Tut mir leid«, sagte er. »Ich weiß, das war unpassend. Schließlich ist das ja eine Beerdigung.«

»Ja. Sollten wir nicht wieder hineingehen? Deine Mutter vermißt dich sicher schon.«

»Noch nicht. Ich könnte ein bißchen frische Luft vertragen. Kann ich wegen deines Mannes etwas für dich tun? Brauchst du einen Anwalt oder irgendwas?«

»Könntest du für einen Tag zu Leadbetters zurückgehen und eine Kettensäge stehlen.« Zu Franceys Erleichterung lachte sie und klang wieder wie die fröhlich zwitschernde Hazel, die er kannte.

Er lächelte. »Du weißt doch, daß du nur fragen mußt, wenn du etwas brauchst. Ich könnte allerdings deine Hilfe gebrauchen«, fügte er spontan hinzu. »Ich muß es jemandem erzählen, oder ich platze.«

Er erzählte ihr, daß Dessie wieder aufgetaucht war.

10

Kilometer entfernt kroch eine ungekämmte Gestalt aus einem Loch unter einem Felsen. Ein terrierartiger Hund mit zerzaustem und verfilztem, scheckigem Fell kam ebenfalls zum Vorschein. Er streckte sich, gähnte und setzte sich dann hin, um sich nachdenklich zu kratzen, während sein Herr den Gürtel zurechtrückte, der die meisten seiner Kleidungsstücke festhielt.

Ganz oben auf Dessie Scollards umfangreicher Liste von Schmerzen und Wehwehchen standen Zahnschmerzen, die so heftig waren, daß er das Gefühl hatte, sein ganzer Kopf werde als Amboß benutzt. In einem Versuch, den Schmerz zu mildern, preßte er die Fäuste an die Schläfen, während er seinen Standort in Augenschein nahm.

Er stand auf einer schmalen Landbrücke, die einen Bogen über das Meer schlug, das an dem Labyrinth von Höhlen unter ihm saugte. Weiß wie Schnee strahlte der Abendstern niedrig am wolkenlosen Himmel, es war aber noch nicht dunkel. Die Sonne war gerade erst hinter der grauen Bleistiftlinie des Atlantikhorizonts verschwunden, und das violette Kerry-Gebirge jenseits des Kenmare River war noch sichtbar. Zitternd und unempfindlich gegen diese ruhige Schönheit, schraubte Dessie den Verschluß von der Flasche, die er aus einer seiner Taschen zog, und trank den letzten Zentimeter schwarzgebrannten Whiskys. Bevor er die brennende Flüssigkeit hinunterschluckte, ließ er sie im Mund kreisen, um den Schmerz zu betäuben. Er saugte die letzten kostbaren Tropfen auf und warf dann sowohl Flasche als auch Verschluß fort und trat verzweifelt dagegen. Er brauchte mehr, viel mehr, aber er bezweifelte, daß er heute etwas bekommen würde.

Achthundert Meter zu seiner Rechten schienen die Lichter der Kneipe, in der er vor zwei Tagen erfolgreich eine Mahlzeit und eine Flasche Stout erbettelt hatte, durch den winterlichen Dunstschleier. Das Moor zwischen ihm und dieser Kneipe, kreuz und quer durchzogen von akkuraten Verwerfungslinien ausgegrabener Torfwälle, erschien jedoch unfreundlich. Auf jeden Fall fühlte er sich so schwach, daß er nicht glaubte, seine Beine könnten ihn so weit tragen, selbst wenn er sich der Wohltätigkeit dort sicher sein könnte. Es war mehr als vierundzwanzig Stunden her, seit er etwas gegessen hatte.

Ausnahmsweise war sein Verstand klar, obwohl er besessen war von der Gier nach einem weiteren Drink. Er sank auf das schwammige Gras und rief den Hund. Mit dem räudigen Schwanz wedelnd, kam er auf dem Bauch auf ihn zugekrochen und rollte sich an einem seiner Schenkel zusammen. Dessie zog ihn am Ohr. »Was sollen wir tun?« flüsterte er.

Es war eine verrückte Sache gewesen, in diese gottverlassene Gegend zu kommen. Die Idee, nach Irland zurückzukehren, war verrückt gewesen. Dessie erinnerte sich nur vage an seine frühe Kindheit in Lahersheen, aber während der ganzen Zeit, als er weg gewesen war, mit seiner Mutter und später, blitzte in seinem Gedächtnis immer wieder ein abstraktes Bild eines Ortes voller Licht, Bewegung und Wärme in warmen Gold- und freundlichen Gelbtönen auf. Die Gefühle, die zu diesen Erinnerungen gehörten, ließen sich nicht greifen; Dessie wußte nur, so mußte es sein, glücklich zu sein.

Er war sechs gewesen – alt genug, sich zu erinnern –, als er fortgenommen worden war, aber an die Reise konnte er sich nicht erinnern, nur daran, wie das Bild sich von Licht zu Dunkel, von Gelb zu einem schmierigen Braun verändert hatte. In einem Augenblick war er noch zu Hause, im nächsten schlief er in einem dunklen, stinkenden Bett neben seiner Mutter, auf deren anderer Seite ein Mann lag, den er nicht kannte oder der ihn haßte. Er wußte nicht einmal, wie groß die Zeitspanne war, die die beiden Bilder voneinander trennte, und als er alt genug war, seine Mutter zu fragen, war sie zu weit weg, um sich zu erinnern.

Das Leben war eine Sache des Ertragens geworden, des Ruhigbleibens und Hinunterschluckens, was ihm an Essen gegeben wurde, des sich vor Streit und Schlägen Versteckens, des Umherziehens von Stadt zu Stadt im ganzen Norden Englands mit einer Abfolge von »Onkeln«, und seine Mutter war oft vom Trinken so krank, daß er sie nicht aufwecken konnte. Sie lebten in Caravans und verlassenen Häusern und einen Winter lang im Kellerheizungsraum einer aufgelassenen Fabrik. Und die ganze Zeit gelang es ihnen, vor den sauberen englischen Frauen und wichtigtuerischen Männern davonzulaufen, die sie gelegentlich fanden und sie zu trennen versuchten oder ihn zwingen wollten, zur Schule zu gehen.

Irgendwie hatte Dessie bis zum Alter von dreizehn überlebt, bis eines Tages, als sie hinter den Verschlägen einer zugenagelten Sozialwohnung in Birmingham wohnten, sein neuester Onkel ihm eine besonders brutale Tracht Prügel verabreichte. Er hatte gewartet, bis der Mann und seine Mutter schliefen, und sich dann mit dem ganzen Geld und allen Wertgegenständen, die er finden konnte, allein auf den Weg nach London gemacht. Seine Mutter hatte er nie wiedergesehen, und obwohl er sie, wenn er niedergedrückt war, vermißte, kam dieses Gefühl von innen heraus wie ein Schmerz in einem unbekannten Körperorgan. Er vermißte nichts Besonderes an ihr. Soweit er sich erinnern konnte, hatte sie ihn nie umarmt, und meistens dachte er an sie als eine alte Schlampe.

Während der nächsten drei oder vier Jahre hatte er auf eigene Faust gelebt, manchmal tat er sich mit Jungen wie er zusammen. Sie alle hatten von den Einkünften durch kleine Diebstähle gelebt, und von dieser Gruppe hatte Dessie die Kunst des Ladendiebstahls erlernt. Ausgestattet mit dieser neuen Kunstfertigkeit, hatte Dessie sich von der Gruppe getrennt, um für sich selbst zu sorgen, und lernte die Nachtquartiere und Wohltätigkeitsorganisationen kennen, wo man den Obdachlosen und Armen nur wenige Fragen stellte.

In solch einer Unterkunft lernte Dessie, als er beinahe achtzehn war, Petey McCann kennen, einen Alkoholiker aus Cavan, der vor Jahren Lehrer gewesen war. Die beiden hatten sich zusammengetan, waren Freunde und im wahrsten Sinne des Wortes Weggefährten geworden. Petey kannte sich aus mit Almosen, und wenn es keine gab, mit den trockensten Betten im Freien in der ganzen Stadt. Er kannte das Netzwerk irischer Köche, Barleute, Kellner und Hotelportiers, die die Londoner Gastronomie am Laufen hielten und im allgemeinen sehr wohltätig waren. Er wußte, welche irischen Geistlichen Geld gaben, ohne Urteile zu fällen oder die Leute zu ermahnen, es nicht für Alkohol auszugeben. Er duzte sich mit dem Personal vieler irischer Zentren. In vielerlei Hinsicht war das Jahr, das Dessie in Peteys Gesellschaft verbrachte, wenn nicht das glücklichste, so doch das beständigste, an das er sich erinnern konnte. Wie Petey selbst wurde er jedoch mehr und mehr vom Alkohol abhängig.

Petey redete oft unzusammenhängend, aber in seinen weitschweifigen Äußerungen blitzte die Kultur eines gebildeten Geistes auf. Er vermittelte Dessie die Idee, daß Vagabundieren auf eine noble Tradition zurückging und man damit den Pfaden folgte, die die Dichter und Barden Irlands bereits beschritten hatten. Und als Petey dann vor einigen Monaten eines kalten Morgens unter einer Kanalbrücke gestorben war, hatte Dessie entschieden, daß er in London keine Zukunft habe. Schließlich war er Ire und sollte nach Hause gehen.

Eine Weile hatte es den Anschein, als habe er die richtige Entscheidung getroffen. Seine Vorgehensweise war einfach: Er versuchte immer, vor Einbruch der Dunkelheit in der Nähe eines Dorfes oder einer Stadt zu sein, und klopfte dann an Türen, hartnäckig, auch wenn man ihm gelegentlich feindselig gegenübertrat, bis er bekam, was er brauchte – manchmal sogar einen Schluck Whisky oder Branntwein, um die Kälte abzuhalten. Er lernte, daß Konvente und Klöster unschätzbare Quellen waren und daß es möglich war, aufrecht auf dem Platz des Priesters im Beichtstuhl zu schlafen, ohne entdeckt zu werden; oft konnte er auf sein Talent als Ladendieb zurückgreifen, um sich eine ordentliche Flasche zu sichern.

Auf einer abgelegenen Straße in Nordtipperary legte er sich einen Hund zu, oder, besser gesagt, der Hund legte sich ihn zu, und er stellte fest, daß die Leute großzügiger waren denn je. Der Anblick des bedauernswerten Tieres, mit ihm durch ein Stück Schnur verbunden, schien das Gewissen stärker zu plagen und die Geldbörsen der Mittelklasse leichter zu öffnen als ein Mensch, den das Glück verlassen hatte.

Erst als er in die Nähe seines früheren Zuhauses kam, begann alles schiefzugehen. Er und sein Hund zockelten die Straße durch die Außenbezirke von Castletownbere entlang, als er auf einmal einen heftigen Schmerz in einem Zahn verspürte, der ihm seit einiger Zeit Ärger bereitete. Er hatte eine Flasche Sherry dabei, und es gelang ihm, den Schmerz einige Stunden lang zu dämpfen, aber in der Nacht kam er mit voller Stärke zurück. Der Besitzer einer Kneipe hatte ihm Essen und eine Tasse heiße Suppe gegeben, und er hatte sich in einem Schuppen nahe der Brücke unten in der Stadt niedergelassen, konnte aber nicht schlafen.

Am nächsten Morgen war er, weil er sich an nichts in der Stadt erinnern konnte, unsicher, welche Straße nach Lahersheen führte, und fragen wollte er nicht, um keinen Verdacht zu erregen. Dann hörte er, wie ein Autofahrer einem Mann zu Fuß anbot, ihn nach Eyeries mitzunehmen. Der Name des Dorfes war ihm vertraut. Eine Kapelle hoch oben? Honigbonbons in einem Karton auf einer Ladentheke? Er entschloß sich, der Route zu folgen, die das Auto genommen hatte.

Zehn Minuten, nachdem er und der Hund sich auf den Weg gemacht hatten, begannen Dessies Zahnschmerzen nachzulassen, weil er Mrs. Cullens Powder genommen und etwas Nelkenöltinktur auf den Zahn getupft hatte. Beide Medikamente hatte ihm eine Frau geschenkt, bei der er um ein Stück Brot und etwas zu trinken gebettelt hatte. Während er die Straße entlangwanderte, sah er sich alles um ihn herum genau an, weil er versuchte, sich an besondere Orientierungspunkte zu erinnern: ein Marienschrein auf einer Seite der Straße, zwei riesige Zypressen mitten auf einem Friedhof auf der anderen, ein Landarbeiterhäuschen hier, ein Bauernhof dort. Aber wenn diese grünen und braunen Gebirgszüge, jener strahlend helle Horizont die besonderen Kennzeichen des Weges nach Lahersheen waren, hatte er sie aus seinem Gedächtnis gestrichen.

Wenn man ihn gefragt hätte, wäre es ihm schwergefallen, auszudrücken, warum er soviel Zeit und Mühe darauf verwendete, diese Gegend kreuz und quer zu durchstreifen, über Hecken und Wasserläufe zu spähen. Vielleicht, dachte er, würde es ihm ja reichen, das Haus einfach zu finden, und er würde sich nicht zu erkennen geben. Trotzdem brodelte es in seinem Herzen erwartungsvoll, als er immer weiter die Straßen entlangstapfte. Während der ersten Tage in der Gemeinde schien nichts schiefgehen zu können. Eine Frau gab ihm eine ganze Packung Aspirin gegen seine Zahnschmerzen, eine andere eine kleine Flasche mit schwarzgebranntem Whisky. Aber nachdem er eine Nacht in Gesellschaft eines uralten Esels verbracht hatte, wachte er am Morgen des vierten Tages auf von den entsetzlichen Mißklängen des baufälligen Daches, das unter dem heulenden Angriff eines Wetterwechsels ächzte und trommelte.

Der Schuppen war so errichtet worden, daß er das Wohnhaus des Besitzers schützte, und war frontal dem Südwestwind ausgesetzt. Als Dessie durch die verschmierten Scheiben spähte, verlor er bei dem Gedanken hinauszugehen den Mut. Das aufrührerische schwarze Meer ließ Geysire hoch in die Luft über die felsige Küstenlinie aufsteigen. Klumpige Schaumketten erstreckten sich weit in die Felder hinauf, während weiter im Binnenland sich dickes Wintergras und Zweige von Dornbüschen unter den Regenböen beugten, die wie riesige graue Segel über die Landschaft bliesen.

Seit mehr als vierundzwanzig Stunden hatte er nichts mehr getrunken, und das Bedürfnis danach wurde dringend. Zumindest hatte er noch einige Aspirintabletten übrig. Dessie sammelte Speichel in seinem Mund und schluckte drei der sauren Tabletten. Dann rief er den Hund zu sich und steckte ihn vorne in seinen Mantel.

Später klaute er in einem kleinen Laden, der wie ein Schinken durch den Regen leuchtete, vier Riegel Fry's Chocolate Cream und eine Flasche Spiritus, während der Besitzer hinten war, um ihm Wasser zu holen. Erst einmal zuvor hatte er Spiritus getrunken, und er haßte seinen süßlichen Benzingeschmack, aber das Verlangen war jetzt so groß, daß es ihm gleichgültig war, ob er sich vergiftete. Mit dem Hund auf dem Arm ging er dennoch auf eine anständige Distanz zu dem Ort seines Verbrechens, bevor er zu trinken wagte.

Er fand sich auf dem Gipfelpunkt einer Straße wieder, die, da sie durch das Moor geführt worden war, gerade und eben verlief. Der Sturm tobte ungehindert die Straße entlang, aber Dessie drehte ihm den Rücken zu, packte die Schokoladenriegel aus und ließ die Verpackung vom Wind fortreißen. Einen der Riegel gab er dem Hund. Dann setzte er abwechselnd die Flasche mit Alkohol an den Mund und biß von der Schokolade ab, um den Geschmack zu überdecken, bis er seine Gier gestillt hatte. Binnen Sekunden fühlte er sich jedoch benommen, und ihm wurde übel. Zu schnell hatte er getrunken und mußte sich hinlegen.

Er kroch unter einen stämmigen Stechpalmenbusch, die Arme um den Hund gelegt, der ihm die Überreste der Schokolade aus dem Bart leckte. Und so glitt Dessie ins Vergessen.

Als nächstes erinnerte er sich daran, daß jemand ihn wach rüttelte. Dann wurden er und der Hund mit einem Auto zu einem Haus gefahren, wo er Essen bekam, ein trockenes Bett im Stall und neue Stiefel. Die Leute, jetzt wußte er, daß es die Harringtons waren, hatten ihn nicht nur mit einer Unterkunft und Essen versorgt, sondern auch, was am allerwichtigsten war, mit Alkohol.

Als nach dieser ersten Nacht in Harringtons Scheune das Tageslicht hereinbrach, rührten sich Erinnerungen in Dessie, der an der Kreuzung in der Nähe von Harringtons Bungalow stand. Das war Lahersheen. Zwei andere Hunde waren während der Nacht zu ihm gekommen. Dessie liebte ihre anspruchslose Kameradschaft, aber er mochte es nicht, daß ihre Gegenwart möglicherweise übertriebene Aufmerksamkeit auf ihn zog.

Während der nächsten Tage trieb er sich in der Gegend herum und beobachtete insgeheim sein Zuhause, während er zu entscheiden versuchte, was er tun sollte. Aber als er Mrs. Harrington anvertraut hatte, wer er war, hatte ihn die Furcht gepackt, und er achtete darauf, sich nie bei Tage sehen zu lassen. Obwohl sie ihm versichert hatte, daß seine Verwandten wundervolle Menschen waren, die sein Bedürfnis nach Alleinsein respektieren würden, war er sich nicht so sicher. Er war es gewöhnt, allein zu sein, und niemand auf Erden hatte Einfluß auf ihn. Angenommen, sie wollten ihn irgendwo hinstecken, damit er trocken wurde? Und angenommen, sie riefen die Polizei, um ihn ihr zu übergeben, wenn er nicht einverstanden war? Die Kreise, in denen er sich in London bewegt hatte, waren voll von Geschichten über Leute, die gegen ihren Willen in sogenannte Krankenhäuser eingeliefert wurden.

Spät am gestrigen Abend hatte er von einem Aussichtspunkt am Abhang eines kleinen Berges hinter seinem eigenen Haus beobachtet, daß eine Menge Leute in Autos und auf Fahrrädern kamen und gingen, Essen und Getränke in reichlichen Mengen durch die Küchentür getragen wurden. Das brachte ihn zu einer Entscheidung. Offensichtlich sollte eine große Weihnachtsfeier stattfinden. Nie im Leben konnte er sich zeigen, wenn die Aussicht bestand, daß viele Leute da waren. Vielleicht würde er irgendwann zurückkommen, aber jetzt entschloß sich Dessie, daß hier für ihn kein Platz war, und er machte sich auf der Küstenstraße auf den Weg Richtung Nordwesten nach Kerry.

Das Wetter hatte sich gebessert. Obwohl es kalt war, hatte der Wind sich gelegt, und es hatte aufgehört zu regnen. Eine der Decken, die Mrs. Harrington für ihn im Stall gelassen hatte, hatte er gestohlen. Mit dieser Decke und den neuen Stiefeln hatte Dessie in jener Nacht unter einem umgedrehten Heuwagen ganz gut geschlafen.

Aber als er an diesem Morgen wach wurde, überfielen ihn die Zahnschmerzen heftiger denn je. Jeder Schritt schien den Zahn zu erschüttern, und er sandte Blitzstrahlen bis hinter die Augen. Als er ein paar Kilometer gegangen war, wurden die Schmerzen so schlimm, daß sie den ganzen Kopf zu verzehren schienen und sich durch seine Schultern hindurch bis in Brust und Arme fraßen. Deshalb hatte er die vergangenen Stunden unter einem Felsen verbracht. Wenn er ein wenig schlafen würde, so überlegte er, würde er sich besser fühlen, wenn er wieder aufwachte.

»Komm her.« Die Dunkelheit brach herein, und er zog den Hund enger an seinen Körper. »Wir müssen dir beibringen, Zähne zu ziehen.«

Der Hund leckte seine Nase, seufzte und schloß die Augen. Mit seinem knochigen Körper in den Armen dachte Dessie darüber nach, ob sie beide Schluß machen sollten. Das sanfte Rauschen des Meeres unter ihm war verführerisch, beinahe hypnotisch. Hier wäre es so leicht ... Zwei Sekunden – länger dauerte es nicht, alle Mühsal zu beenden. Zwei Sekunden, und es gäbe keinen Schmerz mehr. Außer der Qual in seinem Zahn schmerzte sein Magen vor Hunger, seine Nerven schrien nach einem besänftigenden Getränk, und er war auf eine Weise müde, die er nicht beschreiben konnte.

Er mußte nachdenken. Dessie kroch weiter unter den Felsvorsprung und zog den Hund hinter sich her. Nach einer Weile fiel er in einen leichten, gesegneten Schlummer. Er träumte, er sei auf einer Art Koppel, die Umzäunung an den vier Seiten konstruiert aus flüssigem, perlmuttfarbigem Licht. Eine Anzahl großer, körperloser Gestalten schwebten draußen herum. Die Figuren verschmolzen miteinander und trennten sich wieder, ganz nach Belieben, als bestünden sie aus einer Flüssigkeit. Und obwohl sie keine erkennbaren Gesichter oder Glieder hatten, wußte Dessie, daß sie gütig waren. Wenn er sie anschaute, fühlte er sich ruhig und so gewichtslos, daß er zu ihnen hinaufschweben konnte, wenn er wollte; er mußte nur die Arme heben, und er würde aufsteigen. Das war jedoch nicht nötig. Er war zufrieden dort, wo er war. Die Szene war umflossen von goldenem Licht, das von einer pulsierenden strahlenden Sonne ausging, die sich direkt außerhalb der Koppel auf seiner Höhe befand. Die Sonne dehnte sich zu ihm aus, drang in seinen Körper ein und gab ihm das Gefühl, sein Blut habe sich in Honig verwandelt.

Der Hund in Dessies Armen, der mitten in einem eigenen Traum war, winselte und zuckte und weckte ihn so. Wie üblich nach diesem Traum, der immer wieder kam, seit er sich erinnern konnte, waren Dessies Augen feucht, und das Gefühl des Verlustes war so stark, daß er es schmecken konnte. Ein oder zwei Sekunden brauchte er, um die schwarze Felsendecke über seinem Kopf zu erkennen, den Ansturm der kalten Luft zu spüren und die neuerliche Schmerzattacke in seinem Zahn.

Danach fiel ihm die Entscheidung leicht.

Dessie suchte den Boden ab und fand einen kleinen Felsbrocken. Mit Schwierigkeiten, weil seine Finger steif gefroren waren, wand er das lose Ende der Schnur, die vom Hals des Hundes herabhing, herum und band sie mit einem ungeschickten Knoten fest. Er mußte das jetzt schnell hinter sich bringen, oder er würde seine Meinung ändern. Der Hund wehrte sich nicht, aber als er ihn an den Rand der Klippe trug, fing er in seinen Armen zu zittern an und schaute zu ihm hoch. Im klaren kalten Licht der Sterne sah man das Weiße in seinen Augen. »Tut mir leid, mein Junge«, flüsterte Dessie, »aber ohne mich würdest du nie überleben.« Er schloß die Augen und schleuderte den Hund, so weit er konnte. Man hörte keinen Laut. Nur eine schreckliche Stille, auf die ein leises Platschen folgte, das man vom Aufschlagen einer Welle auf die Felsen unten nicht unterscheiden konnte.

Er hatte Angst, von hier aus hineinzugehen. Er könnte auf die Felsen stürzen und die Sache nicht richtig erledigen. Blind von Tränen und mit bohrenden Schmerzen im Kopf rannte er etwa hundert Meter auf den Klippen entlang, bis er eine Stelle fand, wo die Felsen schräg ins Meer abfielen. Kopfüber schlitterte er hinunter, froh, daß die Kratzer und Schrammen an seinen Händen egal waren, voller Freude darüber, daß seine Kleidung zerriß. Es war Ebbe, und die letzten dreißig Meter waren glitschig und naß. Mit dem Fuß rutschte er in eine tiefe Spalte, sein Fußgelenk verdrehte sich. Er zerrte den Fuß heraus, und ohne auf den neuen Schmerz zu achten, humpelte er die letzten Meter, bis er zu einer Kante kam, die steil ins Meer abfiel. Er zögerte nicht, sondern schrie, nachdem er soviel Luft wie möglich geholt hatte, auf eine Weise, die man entweder als Aufschrei der Qual oder des Jubels begreifen konnte, als er sich ins Wasser stürzte.

Als er auf der Oberfläche aufschlug, versuchte er sich zu entspannen, aber er hatte nicht erwartet, daß das Wasser so kalt war. Geschockt schlug er um sich.

Er holte tief Luft und zwang sich unterzugehen, aber sobald das Wasser über seinem Kopf zusammenschlug, konnte er nicht anders, als wieder an die Oberfläche zu kommen. Absurderweise zählte er laut: »Eins, zwei, drei«, und bei der letzten Zahl ließ er sich wieder sinken.

»Fahr weiter«, sagte Francey mit plötzlicher Entschlossenheit, als sie den hohen Damm über dem Derryvegill Lake erreichten. »Komm, wir fahren noch eine Viertelstunde.«

Weil Heiligabend war, hatte sich das Beisammensein nach der Beerdigung früher aufgelöst, als es normalerweise der Fall gewesen wäre, und um halb sieben waren keine Besucher mehr im Haus. Es war erst kurz nach neun, und die Suchmannschaft – Tilly und ihr Mann, Hazel und ihr Freund Vinnie, der den Kleinbus der High Rollers fuhr, plus Francey selbst – hatte die Gegend seit einer Stunde durchkämmt.

Etwa fünf Kilometer vom See entfernt fuhr Vinnie, Franceys Anweisungen folgend, einen steilen Weg hinunter in Richtung Cleanderry, einem kleinen Hafen, der abseits der Straße lag. Sie hatten sowohl Rex als auch den Hund der Harringtons mitgebracht. »Achtet alle auf die Hunde«, ordnete Francey an, als sie sich aufteilten. Seine Theorie lautete, daß, falls Dessie seinen Hund immer noch bei sich hatte, ihre zu ihm laufen würden.

Er begann damit, unter die kleinen, umgedrehten Boote am Strand zu schauen, und dann, Rex platschte vor ihm im Wasser, lauschte er, ob er auf einem der Schiffe, die in etwa zwanzig Meter Entfernung vor Anker lagen, irgendein Geräusch hörte. Der Ankerplatz lag an der Mündung einer kleinen Bucht, die durch eine hohe Klippe vom Kenmare River geschützt war. Er knipste die Taschenlampe an und suchte mit dem Strahl die Klippen nach Anzeichen von Bewegung oder ungewöhnlichen Formen ab. Er pfiff nach Rex und machte sich mit dem Hund, der wie ein Ziegenbock vor ihm hersprang, auf den Weg auf den Felsvorsprung. Die Klippe stieg nur steil an, statt sich senkrecht vom Boden zu erheben, aber es war schwierig, dort hinauf zu gelangen. Obwohl Erde und Steine von Gras bedeckt waren, hatten die schweren Regenfälle der vergangenen Woche den Untergrund gelockert und aufgeweicht, und Francey konnte nur verhindern, daß er rückwärts rutschte, indem er auf Händen und Knien nach oben kroch und sich an einigen der kräftiger aussehenden Grasbüschel festklammerte.

Mit einem wie ein Fähnchen hin und her wedelnden Schwanz schnüffelte Rex den Boden unter dem großen Felsen ab, als Francey atemlos den Gipfel erreichte. Er ließ den Lichtstrahl der Taschenlampe umherwandern und sah eine leere Flasche. Er schnupperte. Der Geruch von Alkohol war schwach, aber er erkannte die rauchigen Spuren von Spiritus. Er versuchte, seine Aufregung zu zügeln. Das konnte auch von jemandem aus der Gegend hierher gebracht worden sein. Ein klein wenig entfernt stöberte Rex jetzt an etwas anderem herum. Als Francey zu ihm ging, sah er, daß es Hundekot war. Und er war ganz frisch.

»Such, Rex, such!« Mit einem Zeh versuchte er Rex aufzuscheuchen, um zu sehen, ob er einer Fährte folgen würde, aber der Hund drehte den Kopf, klopfte müde mit dem Schwanz und blieb liegen. »Such, Rex!« Francey versuchte es noch einmal. Mit einem glücklichen kleinen Kläffen sauste Rex los und umkreiste ihn. Francey gab es auf. Nachdem er die kleine Flasche eingesteckt hatte, leuchtete er mit der Taschenlampe nach rechts und links, konnte aber keinen weiteren Hinweis darauf finden, daß vor kurzem jemand hier oben gewesen war. Den Hund vor sich, machte er sich wieder auf den Weg hinunter auf Meeresniveau.

Tilly und Hazel trafen als erste wieder beim Kleinbus ein.

»Mach dir nicht zu viele Hoffnungen, Francey«, warnte Hazel, als er ihnen die Flasche zeigte. »Diese Dinger sind nicht gerade selten.«

Aber Tilly nahm die Flasche und drehte sie in den Händen. »Er hatte eine von diesen bei sich«, sagte sie. »Ich habe sie ihm einige Male gefüllt.

Nur Mut«, sie tätschelte Franceys Arm. »Zu Weihnachten gibt es immer Wunder.«

Rex, der zu Franceys Füßen gesessen hatte, spitzte plötzlich die Ohren und sprang auf. Bevor Francey ihn aufhalten konnte, schoß er wie ein Hase über die Grasnarbe und verschwand aus dem Blickfeld. Sekunden später machte Jack, der Hund der Harringtons, der mit den beiden Männern näher kam, eine Kehrtwendung und raste hinter ihm her.

»Sie haben etwas gehört.« Francey, der jetzt von Aufregung gepackt wurde, rannte los und folgte den Hunden in die Richtung, aus der er gerade gekommen war.

Rex' Fell hatte eine gut sichtbare weiße Zeichnung, so daß Francey ihm leicht bis auf den Gipfel der Klippe folgen konnte. Aber als der Hund oben angelangt war, wandte er sich nicht in Richtung auf den großen Felsblock, wo sie bereits gesucht hatten, sondern nach rechts, wo er, als Silhouette sichtbar, einige Sekunden lang die Kammlinie entlangrannte, bevor er aus dem Blickfeld verschwand. »Dort oben ist etwas – bringt die Lampen.« Francey, der über die Schulter hinweg schrie, spürte kaum den Boden unter Händen und Füßen, als er zum zweiten Mal nach oben kroch. Adrenalin strömte durch seinen Körper, und er hatte bereits die Spitze der Klippe erreicht, als die anderen sich erst dem Fuß näherten. Nachdem er den Weg auf dem schmalen trügerischen Kamm entlanggetastet war, blieb er stehen, um zu lauschen. Glücklicherweise wehte an diesem Abend kein Wind. »Hierher, Rex«, rief er und horchte dann angestrengt, ob er eine Antwort hörte.

Nichts. Nur das rhythmische Klatschen des Meeres gegen die Felsen unten.

»Rex?« rief er erneut und noch lauter. »Jack! Komm her, guter Junge, Jack!«

Nach etwa zehn Sekunden wurde er mit einem Scharren belohnt, und bald darauf tauchte Jack, der fürchtete, etwas Schlimmes getan zu haben, hinter niedrigem Gestrüpp auf und kroch auf dem Bauch auf ihn zu. »Guter Hund.« Als Francey ihn im Nacken packte, hörte er das schwere Atmen eines Mannes hinter sich und wußte, daß es Mick Harrington war. »Unser Hund ist irgendwo dort unten«, rief er und deutete auf die Stelle, von der Jack aufgetaucht war. »Ich habe noch nicht nachgesehen.«

»Laß mich zuerst gehen; ich kenne die Küste hier besser als du.« Mick kletterte an ihm vorbei, und Francey ließ Jack los, der seinem Herrn folgte.

Plötzlich wollte Francey gar nicht mehr wissen, was sich hinter der niedrigen, finsteren Linie zwergenhafter Büsche verbarg. Mit Füßen und einem Herz wie Blei blieb er eine Weile stehen, wo er war, und zwang sich, ruhig zu werden, bevor er Mick folgte.

Aber erst als er sah, daß es kein steiler Abhang ins Meer war, wurde ihm klar, was er befürchtet hatte. Zunächst konnte er weder Tillys Mann noch einen der Hunde sehen. Er packte seine Taschenlampe fester und ließ den Lichtstrahl über die schwarzen, bienenstockförmigen Felsen gleiten, die sich in einer Reihe von ungleichmäßigen Terrassen zum Meer hinabsenkten. Am Rande des Lichtstrahles blitzte etwas Weißes auf, und als er darauf zukletterte, sah er die beiden Hunde um Mick herumlaufen, der sich über etwas auf einem der Grasflecken bückte. Würgende Angst kehrte zurück. Er wollte rufen, aber seine Stimme versagte.

Mick stand auf und ging, während Rex und Jack ihm um die Füße strichen, über die terrassenartigen Vorsprünge auf ihn zu. Er trug etwas in seinen Armen. »Mach dir keine Sorgen«, rief er, als er Francey sah, »es ist nur ein Hund.«

»Ist es Dessies?« Krächzend kam Franceys Stimme tief aus seiner Brust.

»Ja«, erwiderte Mick, »aber du solltest nicht zwei und zwei zusammenzählen und fünf ausrechnen.« Er war beinahe auf seiner Höhe. »Dieser Bursche ist so schwach, daß er wahrscheinlich heruntergestürzt ist, und dein Bruder dachte, er sei erledigt, und ist ohne ihn weitergegangen.«

»Lebt er?«

»Wenn du es so nennen willst. Er winselte, als ich zu ihm kam, aber er ist schon so weit hinüber, daß ich nicht weiß, wie die Hunde ihn gehört haben. Um die Wahrheit zu sagen, glaube ich, daß es besser für ihn wäre, ihn aus seinem Elend zu erlösen.«

»Nein«, schrie Francey, schnappte das Geschöpf und riß es Mick aus den Armen.

Die Promenadenmischung lag da, ohne sich zu rühren, und Francey fürchtete, daß Mick recht haben könnte. Er war schockiert, wie wenig das Tier wog – er hatte schon Enten und Hühner hochgehoben, die ihm schwerer erschienen. »Bist du sicher, daß dort sonst nichts ist? Hast du nachgesehen –«

»Ich bin absolut sicher.« Micks Antwort war sanft. »Die Felsen bilden dort eine Art Einbahnstraße, direkt hinter der Stelle, wo ich den Hund gefunden habe. Die Höhlen befinden sich alle auf der anderen Seite; und selbst wenn dort etwas sein sollte, kommen wir von oben nicht hinein. Wir bräuchten ein Boot. Und die Strömung fließt in die andere Richtung«, sagte er als Antwort auf Franceys unausgesprochene Frage und starrte auf seine Füße.

Francey blickte auf das halbtote Geschöpf in seinen Armen. Ein Stück verdreckte Schnur, die am Ende zu einer Art Schlinge geknotet war, hing von seinem Hals herunter. »Sind irgendwelche Knochen gebrochen?« fragte er.

»Ich glaube nicht, armer Kerl ...« Mick berührte den Kopf des Tieres und wurde mit einem schwachen Zucken des Schwanzes belohnt.

»Ju-hu, Jungs!« Das war Hazel, die vom Fuß der Klippe aus rief. »Was macht ihr da oben? Wir machen uns schon Sorgen! Habt ihr was gefunden?«

»In einer Minute bin ich unten, Hazel.« Franceys Stimme normalisierte sich wieder. Er drückte den Hund fest an sich, aber als er das tat, stieg erneute Angst in ihm hoch. Das Fell war feucht und roch nach Meer. »Mick«, sagte Francey, »sei ehrlich. Glaubst du, er hat versucht, sich selbst zu ertränken? Das Tier ist im Wasser gewesen.«

»Ich weiß.« Mick Harringtons Stimme war ruhig. »Francey, ich glaube, es ist Zeit, die Küstenwache zu alarmieren.«

»Nein.« Francey hatte das Gefühl, wenn er die Küstenwache riefe, gäbe er zu, versagt zu haben, und er wollte noch eine Chance haben, Dessie selbst zu finden. »Wenn die Küstenwache kommt und er lebt, wird er weglaufen. Wenn er tot ist, bedeutet es für ihn keinen Unterschied, zu warten. Gib mir vierundzwanzig Stunden. Ich werde die gesamte Gegend sorgfältig durchkämmen.«

»Natürlich.« Micks bedächtige Stimme klang nicht ermutigend.

Als Francey, das Federgewicht des schlaffen Hundes in den Armen, die Klippe wieder hinunterkletterte, war er fest entschlossen, daß das Tier leben sollte. Es am Leben zu halten, erschien ihm im Augenblick die wichtigste Aufgabe, die er je in Angriff genommen hatte. Für ihn wurde das zu einer Glaubensfrage: Wenn es ihm gelang, diesen Hund am Leben zu halten, würde er es bei Dessie auch schaffen. Bis man ihm nicht das Gegenteil bewies, würde er nicht den geringsten Zweifel daran hegen, daß sein Halbbruder noch am Leben war. Der Hund war gestürzt, das war alles – und Dessie war ohne ihn fortgegangen.

Sie ließen die Harringtons an der Kreuzung aussteigen, aber

als sie auf den Hof zurückkamen, bestand Hazel darauf, mit ihm hereinzukommen, um ihm zu helfen, es der Promenadenmischung in Rex' Nebengebäude gemütlich zu machen. »Heiße Milch mit einem Tropfen Branntwein, das ist alles, was der Bursche braucht«, sagte sie, als sie Francey in den Schuppen folgte und zuschaute, wie er das Tier auf ein altes Stück Sackleinen legte.

»Ich habe ein Auto gehört. Was ist los?« Margaret stand mit Abigail in der Tür.

»Wir haben eine Spazierfahrt gemacht«, Francey beugte sich vor und begann den Knoten aufzuknüpfen, mit dem der Strick um den mitleiderregenden Hals des Hundes geknotet war. »Ich zeigte Hazel gerade die Gegend, und da fanden wir diesen Burschen.«

»Ach, der arme Kerl, er ist ja nur Haut und Knochen.« Abigail kam herein und bückte sich, um das Tier anzuschauen, dessen Rippen durch die Haut vorstanden.

»Er ist schon zu weit hinüber, du solltest ihn erschießen, Francey«, riet Margaret ihm von der Tür aus.

»Um Gottes willen, es ist verdammt noch mal Weihnachten, er *kann* ihn nicht erschießen!« Wie ein Derwisch wirbelte Hazel auf sie zu. »Wo bleibt denn deine christliche Nächstenliebe?«

»War ja nur ein Vorschlag.« Kühl musterte Margaret sie, drehte sich auf dem Absatz um und ging.

»Tut mir leid, Francey«, Hazel war zerknirscht. »Ich und mein großes Mundwerk. Ich sollte nicht immer zu allem meinen Senf dazugeben.«

»Beachte sie gar nicht, Hazel.« Abigail lächelte. »Sie ist eine der Bezirkskrankenschwestern und denkt, sie weiß, was für alle das beste ist.«

»Er hat auf jeden Fall eine Chance verdient.« Der Knoten an dem provisorischen Halsband erwies sich als zu alt und fest, um ihn zu lösen, daher riß Francey an der Schnur selbst. Ihre verrotteten Fasern teilten sich, und Francey richtete sich auf, nachdem er den Hund tröstend getätschelt hatte. »Würdest du bitte hineinlaufen und ein bißchen Milch anwärmen, Abby?« Er wartete, bis sie gegangen war, und flüsterte Hazel dann eindringlich zu, nicht zu verraten, wo sie gewesen waren und was er vorhatte.

»Ich komme wieder und helfe dir«, zischte Hazel, aber Francey schüttelte den Kopf.

»Nein, du erregst nur Aufmerksamkeit.«

Sie musterte ihn von oben bis unten. »Und du mit deinen fünf Metern vermutlich nicht?«

»Die ganze Zeit laufen Leute mit Gewehren, Fallen und so was in diesen Bergen herum.«

»Willst du den Bus geliehen haben?«

Die Vorstellung, nicht aufzufallen, während man mit diesem Gefährt voller Riesenwürfel und Bildern von Hazel durch die Gegend fuhr, war so lächerlich, daß Francey beinahe gelacht hätte, wenn er nicht so auf sein Ziel fixiert gewesen wäre. Spontan hob er Hazel hoch und küßte sie.

»Wofür war das?« keuchte sie, als er sie wieder absetzte.

»Weil du du bist«, sagte er. »Danke für alles. Du bist wirklich gut.«

»Ja«, brummelte Hazel, beugte sich über den Hund und streichelte sein verfilztes Fell, »ich bin Mutter Teresa.«

Abigail kam zusammen mit Constance zurück, deren von Tränen verquollenes Gesicht neugierig war. »Es war schon Milch auf dem Herd«, sagte sie und stellte die Schale, die sie in der Hand hielt, so nahe wie möglich neben den Kopf des Hundes auf den Boden.

Francey bückte sich neben ihr, tauchte den Finger in die Milch und befeuchtete die Nase des Tieres damit. Das mußte er zweimal machen, aber dann öffnete der Hund die Augen, kämpfte sich auf den Bauch und leckte schwach aus der Schale. »Hol noch mehr, Abby«, befahl Francey, »und bring auch ein bißchen Brot mit.«

»Ich hole es.« Offensichtlich froh über die Ablenkung, trottete Constance davon.

Als Francey beobachtete, daß der Hund immer kräftiger trank, hätte er jubeln können. Alles würde in Ordnung kommen. Er spürte es in seinen Knochen. Er wollte, daß jetzt alle weggingen, damit er mit seiner Suche fortfahren konnte, aber er wußte, daß er Geduld haben mußte. Margaret würde nicht bereit sein, ihm ihren Wagen zu überlassen, daher mußte er warten, bis sie schlief. Er wußte, daß sie den Schlüssel nie aus dem Zündschloß zog.

Er umarmte Hazel und sagte ihr, sie solle ins Hotel zurückkehren. »Du bist eine große Hilfe gewesen«, sagte er und meinte es auch so. »Und danke, daß du zur Beerdigung gekommen bist.« Die Worte waren ein wenig schockierend. Er war so in der Suche nach seinem Halbbruder aufgegangen, daß er beinahe vergessen hatte, warum Hazel und er hierhergekommen waren. Er ließ sie los und lächelte ihr zu. »Laß deinen Mann besser nicht warten.«

Hazel schien zu zögern, und im trüben Licht des Nebengebäudes konnte er ihren Gesichtsausdruck nicht erkennen. »Vinnie ist nicht mein Mann«, sagte sie, aber bevor Francey noch etwas sagen konnte, drehte sie sich um und ging. »Laß mich wissen, was passiert«, sagte sie. »Cheerio.«

»Viel Glück in Killarney«, rief er leise hinter ihr her.

Etwa um ein Uhr morgens begann Francey an der Stelle, wo sie den Hund gefunden hatten, systematisch die Gegend zwischen der Küste und dem Dorf Ardgroom abzusuchen, und durchkämmte dann ein keilförmiges Gebiet zwischen dem Dorf und der äußersten Entfernung, die sein Halbbruder seiner Meinung nach auf der Straße nach Killarney zurückgelegt haben konnte. Überall scheuchte er wilde Tiere auf: Kaninchen, Wiesel, Frettchen, Spitzmäuse, sogar einen Otter und einige Wildkatzen.

Er wurde hellwach, als er einen Betrunkenen sah, der auf einem schmalen Weg in Derryconnla von einer Seite zur anderen torkelte, aber es stellte sich heraus, daß der Mann viel älter war als Dessie.

Das Wetter blieb kalt, trocken und klar, die Sterne gaben so viel Licht, daß er die Taschenlampe nur brauchte, um in Gräben oder im Schatten von Hecken und Felsen zu suchen. Es ging auf halb vier zu, als er müde auf einer kleinen Grasfläche oberhalb einer natürlichen Quelle saß, um sich zu erholen. Die tiefe Stille legte sich wie eine Decke auf seine Ohren, er konnte seinen eigenen starken Herzschlag hören, das Rauschen seines Blutes, das leise Gluckern und Knacken von Organen und Gelenken. Er bog den Kopf zurück, blickte in den Himmel und wünschte sich, ein Schriftsteller oder Maler zu sein, um eine Sprache zu haben, nur für sich selbst, um dieses unendliche Leuchten zu beschreiben.

Sterne neben Sternen neben Sternen.

So viele, daß der kleine, hoch am Himmel stehende Mond unbedeutend war. Je länger Francey in den Himmel starrte, desto mehr glaubte er, etwas Neues hören zu können, einen hohen süßen Ton, wie er ihn früher immer gehört hatte, wenn er bei Windstille unter einem Telefonmast stand, oder den er selbst machen konnte, indem er mit einem feuchten Finger über den Rand eines der Kristallweingläser seiner Großmutter glitt.

Wo kam das her? Francey lauschte, strengte seine Ohren an, aber das Singen war überall, kam aus der Luft oder von jenseits der Galaxien. Es war ein Geheimnis, wie das schwer faßbare Wesen der Frau, die er liebte.

Zum ersten Mal gestattete Francey sich die Frage, ob es ihm je gelingen werde, in dieses Wesen einzudringen. Er hatte sich immer vorgestellt, sich zu verlieben, das bedeutete eine wechselseitige Bindung, nicht diesen lockenden Schmerz, den er mit sich trug und der in Augenblicken der Einsamkeit heftiger wurde. Bei den jämmerlich wenigen Gelegenheiten, wenn er mit Fleur zusammengewesen war oder doch wenigstens in ihrer Nähe, schien die Rechnung so einfach zu sein: Er fühlte sich von ihr angezogen, er begehrte sie, er liebte sie. Also würde es nur eine Frage der Zeit sein, bis sie merkte, daß sie ihn auch liebte.

Und wenn sie es nicht von selbst merkte, würde er es ihr zeigen können.

Der Sex zwischen ihnen bedeutete, daß er nie wieder der gleiche sein würde, dennoch war Francey gezwungen, die Möglichkeit in Betracht zu ziehen, daß diese Erfahrung auf sie nicht dieselbe Auswirkung hatte. Sein ganzes Leben lang hatte er von der Unergründlichkeit des Orients gelesen. War Fleurs offenkundige Distanziertheit ein ganz natürlicher Charakterzug? Francey sehnte sich nach einem Ratschlag. Er grübelte darüber nach, bis er vom Schrei eines Brachvogels kilometerweit über dem Moor abgelenkt wurde, die Augen schloß und auf den Antwortruf lauschte. Irische Dichter und Schriftsteller standen auf Brachvögel, dachte er. Sie benutzten den Schrei als eine lautmalerische Kurzschrift, um Einsamkeit, Trauer, all die einzigartigen Sehnsüchte der Seele zu charakterisieren.

Überrascht stellte er fest, daß er sich nicht im mindesten einsam fühlte. Im Gegenteil, unter der Großartigkeit dieses Himmels hatte er das Gefühl, behütet und bewacht zu sein. Die Zukunft, was immer sie brachte, war sicher. Irgendwo dort oben war bereits alles geschehen. Diese Galaxien hingen über Fleur und Dessie und Hazel und seine Mutter und Schwestern, selbst über Johanna, so weit weg in Montana. Sie rollten hinweg über Mossie in seinem Grab; sie bewahrten alle Gedanken auf, die je gedacht worden waren und noch gedacht werden sollten. Sie wußten, wo Dessie war. Francey stellte fest, daß seine Ängste um Dessie sich in den letzten Stunden gelegt hatten. Unter diesem Himmel, das wußte er so sicher, wie er seinen Namen kannte, würde alles gutgehen.

Die Nebenstraße, an der er saß, führte in die Berge hinauf und war etwa anderthalb Kilometer von Ardgroom entfernt. Von dieser Erhöhung aus konnte er das Dorf sehen und ein Stück vom Hinterland seiner eigenen Stadt. Da es Heiligabend war, brannte in vielen Häusern noch Licht, wo die Frauen sich um ihre Schinken und Puddinge kümmerten. Unter diesem klaren Himmel konnte er erkennen, welche Häuser Elektrizität hatten und welche sich noch auf den milderen Schein des Paraffins verließen. Die Elektrifizierung auf dem Lande war ein langsam kriechender Riese, und obwohl Francey sich freute, daß seine Familie bereits davon profitierte, vermißte er die kleine Zeremonie, die jeden Abend in der Dämmerung das Entzünden der Lampen begleitete, das Erwärmen der Glaszylinder, das Quietschen der Zeitungen, wenn man das Glas polierte, das Flackern der Streichhölzer, die Art, wie der Geruch des Öls sich in der Küche ausbreitete, wenn ein kleines gelb-blaues Feuer den getränkten Docht entlanghuschte.

Dessie hatte das geliebt. Francey erinnerte sich, daß er ab vier Jahren als besondere Belohnung unter Aufsicht die Lampen anzünden durfte. Franceys Halbbruder war vom Feuer fasziniert, und deshalb mußte man wegen ihm vor dem Herd ein Schutzgitter errichten. Sobald Dessie alt genug war, um stehen zu können, hatte er jedes Mal, wenn die Ofentür aufstand, versucht, aus dem Laufställchen heraus nach der Glut zu greifen.

Eine nach der anderen fielen zwei Sternschnuppen an den anderen Sternen vorüber dem Horizont entgegen. Als er klein und noch religiös war, glaubte Francey, was der Lehrer ihm beigebracht hatte: daß Sternschnuppen Seelen auf dem Weg in den Himmel seien.

Genug. Er erhob sich und rüttelte sich innerlich auf. Sterne, Himmel, sentimentaler Quatsch – er war wohl bescheuert. Dabei hatte er doch praktische Dinge zu erledigen. Er ging zu Margarets Hillman, um weiter nach Dessie zu suchen.

Zwei Stunden später gab er sich geschlagen und fuhr nach Hause.

Im Leerlauf ließ er den Wagen auf den Hof rollen, und heimlich füllte er mit einem der Kanister, die hinter dem Haus in einer kleinen Umzäunung aufbewahrt wurden, damit Margaret nicht jedes Mal zum Tanken nach Castletownbere fahren mußte, den Tank des Hillman wieder auf, damit sie nicht merkte, daß er den Wagen benutzt hatte. Er hoffte, das würde reichen, aber er hielt es nicht für unwahrscheinlich, daß sie auch den genauen Kilometerstand kannte.

Bevor er das Haus betrat, ging er zum Nebengebäude, um nach dem neuen Hund zu sehen. Als er mit der Taschenlampe über die Halbtür leuchtete, wurde er von zwei wedelnden Schwänzen begrüßt. Dessies Hund stand nicht auf, aber seine Augen waren geöffnet, und nach Franceys Meinung sah er bereits viel gesünder aus.

Ohne Zwischenfall gelangte er dann zu seinem Klappbett und fiel in einen traumlosen Schlaf.

Minuten später, so schien es ihm, wurde er von Margaret geweckt. »Komm, du Faulpelz«, flüsterte sie. »Es ist Weihnachten, wir müssen zur Messe gehen – wir gehen alle zusammen, um Mam zu unterstützen.« Francey, dessen Körper sich anfühlte wie aus Blei, murmelte, daß er nicht zur Messe gehen werde, aber Margaret ließ sich nicht abwimmeln. »Sei nicht so egoistisch, wir brauchen dich in einer Zeit wie dieser«, beharrte sie. »Komm schon, Beine raus, streng dich an.« Mit geübter Autorität zog sie an seinem Arm, bis Francey plötzlich auf der Bettkante saß mit den Füßen auf dem Boden.

Goretti und Abigail saßen am Herd am entgegengesetzten Ende der Küche und unterhielten sich leise. Schließlich kam auch Franceys Gehirn in Schwung: Die ganze Nacht hatte er nach Dessie gesucht. Heute mußte er auch wieder hinaus. Und dieses Mal würde er sich soviel Hilfe wie möglich suchen. Diese Neuigkeiten konnte er sowieso nicht viel länger für sich behalten. Sie verdienten es, Bescheid zu wissen. Er entschloß sich, es den Mädchen direkt nach der Messe zu erzählen und es ihnen zu überlassen, ob sie es ihrer Mutter sagen wollten, deren Schweigen undurchdringlich schien.

Obwohl alle eifrig um sie bemüht waren, herrschte in dem vollgepackten Hillman, als Margaret die sechs nach Eyeries fuhr, eine Atmosphäre verzweifelter Trauer. Aufheiternd, zumindest für Francey, war, daß Dessies Terrier beständig Fortschritte machte. Obwohl er immer noch an der Stelle, wo man ihn hingelegt hatte, auf der Seite lag, mußte man ihn nicht drängen, die Milch zu trinken, die Francey ihm gebracht hatte, bevor sie das Haus verließen.

Sie erreichten die Kapelle frühzeitig. Da es Weihnachten war, machten selbst die Nachzügler, die sonst während des Gottesdienstes draußen herumhingen, eine Ausnahme und standen alle mit den Mützen in der Hand innerhalb des Portals. Als Francey diesen Raum mit seiner schweigenden Mutter am Arm durchschritt, kämpften die starken Aromen von Brillantine, Seife und neuem Futterstoff um seine Aufmerksamkeit. Die Männer hatten miteinander geplaudert, aber als sie die Neuankömmlinge kommen sahen, schwiegen sie aus Respekt. Francey war einige Schritte in die Kirche hineingegangen, als sein übermüdetes Gehirn auf etwas reagierte, das er gehört zu haben glaubte, bevor das Gespräch versiegte. »Geh weiter«, flüsterte er seiner Mutter zu, »ich komme gleich zu dir.«

Er ging zurück zum Portal. »Worüber habt ihr geredet, bevor wir hereinkamen?« fragte er den Mann, der ihm am nächsten stand, einen drahtigen kleinen Fischer, der, wie er wußte, aus Derryconnla stammte.

»Hast du es noch nicht gehört?« erwiderte ein anderer eifrig, bevor der erste antworten konnte. »John Montgomery aus Scalladerg hat vergangene Nacht einen Burschen aus dem Meer gefischt.« Er senkte die Stimme. »Er dachte, er hätte gesehen, wie sich im Wasser etwas bewegte, als er in der Mündung des kleinen Flusses bei Foilathuagig versuchte zu wildern, damit sie 'nen Lachs fürs Weihnachtsessen ham, die Montgomerys ham ja nich viel, weißt ja, wie das ist –«

Francey interessierte sich nicht für das Gesetz oder Lachswilderei, und er unterbrach den Mann. »Wen?« Eine Ader an seiner Schläfe begann zu klopfen. »Wer war der Mann?«

»Wissen wir nicht.« Alle standen sie jetzt um ihn herum, dankbar für einen neuen Zuhörer. »Er ist nicht von hier«, der Mann, der jetzt redete, war Francey unbekannt. »Nach allem, was man hört, ist er ein junger Bursche aus Nordkerry. Die Frau sagt, sie hat ihn in der letzten Zeit ein paar Mal gesehen.«

Francey hatte Angst, die nächste Frage zu stellen, aber trotzdem kam sie heraus. »In welchem Zustand war er? Lebte er?«

»Keine Ahnung«, der erste Mann zuckte die Achseln, »soweit ich weiß, stand es gestern nacht auf Messers Schneide.«

»Wo ist er jetzt?« Francey war es gleichgültig, daß er ein übertriebenes Interesse verriet.

»Wieso, kennst du ihn?« fragte der Fischer, der neugierig wurde.

»Vielleicht«, sagte Francey. »Ich muß hin und nachsehen.«

Sie sagten ihm, daß der junge Landstreicher, soweit sie wußten, sich immer noch in John Montgomerys Haus befand, und wiesen ihm den Weg dorthin. Dann drängten sie sich zum Portal hinaus, um zu beobachten, wie Francey auf den Hillman zustürzte.

»Mach dir nicht zu große Hoffnungen«, rief der Fischer hinter ihm her.

11

Salladerg war ein Teil der Gemeinde zwischen Cleanderry und Castleclough; das Cottage der Montgomerys lag etwa fünfhundert Meter von der Stelle entfernt, wo sie den Hund gefunden hatten. Ein armseliges Haus am Strand, auf Felsen gebaut, von einer allmählich einstürzenden Steinmauer umgeben. Als er aus dem Wagen stieg, konnte Francey John Montgomerys offenes Boot sehen, das umgekippt auf den Felsen oberhalb der Wasserlinie lag.

Als er über den Hof näher kam, flatterte ein Bantamhahn aus einem Kinderwagen auf, flüchtete vor ihm quer über zerbrochenes Spielzeug, Werkzeug, Geräte und alte Fahrradrahmen und ließ sich auf einer rostenden Mangel nieder. Das übrige Federvieh des Bauernhofes stob aus dem Weg, den er sich zwischen Fischkisten, Hummerkörben und alten Netzen zur Hintertür suchte. »Bitte, laß ihn nicht tot sein«, betete er zu niemandem im besonderen, als er klopfte.

Eine dünne, bläßliche Frau öffnete die Tür. Ein Teil ihres Haares war hochgesteckt, der Rest hing an einer Seite ihres Gesichtes herab. Als Francey sich vorstellte, konnte er eine Schar kleiner, schweigender Kinder hinter ihr sehen. »Ich wollte einmal sehen, ob ich Ihnen bei dem Landstreicher helfen kann«, sagte er.

»Oh«, die Frau öffnete die Tür weit, »ich kann den armen Mann nicht wecken, mein Mann ist losgegangen, um den Arzt anzurufen.«

Francey zwang sich, nicht das Schlimmste zu denken, als er hinter ihr die Küche betrat und sich unter der niedrigen Decke tief bückte, um die Streifen farbigen Kreppapiers nicht herunterzureißen. »Er war schon ganz weggetreten, als John ihn hereinbrachte«, die Frau schien dankbar zu sein für die Gelegenheit, erzählen zu können, »aber ich brachte ihn dazu, seine nassen Sachen auszuziehen, und gab ihm eine Decke und einen Platz am Feuer und einen heißen Portwein, wir hatten wegen Weihnachten etwas zu trinken im Haus«, sie steckte eine Strähne ihres Haars hoch, »und obwohl er ein bißchen durcheinander redete und es uns schwerfiel, ihn zu verstehn, schien er doch um noch mehr zu trinken zu bitten, und so gaben wir es ihm. Und ehe wir uns versahen, war die ganze Flasche leer. Aber wir dachten, er wäre in Ordnung, deshalb gaben wir ihm das Bett für die Nacht ... Wenn ich geahnt hätte –« Immer noch mit ihrem Haar beschäftigt, blickte sie in plötzlicher Hoffnung zu ihm auf. »Kennen Sie seine Familie?«

»Ich glaube schon.« Franceys Augen gewöhnten sich an das dämmrige Licht in der Küche, das durch ein winziges Fenster fiel.

»Gott sei Dank«, seufzte die Frau. »Ich hatte schon Angst, man würde ihn einfach bei uns lassen. Um die Wahrheit zu sagen, weiß ich nicht, ob er im Augenblick lebt oder tot ist.«

»Kann ich nach hinten gehen?« Francey deutete auf die geschlossene Tür am Ende der Küche. Er widerstand dem Drang, sich wegen des Geruchs von gekochtem Kohl die Nase zuzuhalten, der mit einem starken Desinfektionsmittel in der rauchigen Luft um die Vorherrschaft kämpfte.

»Sicher.« Die Frau hob ein Baby auf, das zwischen ihre Beine gekrochen war und versuchte, sich hochzuziehen.

Ein Ende des Feldbettes mitten in dem leeren Wohnzimmer war auf zwei Fischkisten aufgestützt, und zunächst konnte Francey nichts Menschliches darauf erkennen. Wie die Küche hatte auch dieses Zimmer nur ein kleines Fenster, und in dem Haufen von Decken und Mänteln, die sich auf dem Lager türmten, konnte man ein Ende nicht vom anderen unterscheiden. Er ging näher und legte eine Hand auf den Mund, damit er nicht laut aufschrie.

Er mußte wirklich an das glauben, was Tilly ihm erzählt hatte, um zu akzeptieren, daß das, was er hier sah, Dessie war. Der Großteil des Gesichtes lag unsichtbar unter einer Matte strähnigen braunen Haares, die Augen waren geschlossen, und selbst wenn sie geöffnet gewesen wären, bezweifelte Francey, daß er geglaubt hätte, einen Verwandten vor sich zu haben. Weil er Angst hatte, zu spät zu kommen, tat er etwas, das er noch nie außerhalb des Kinos gesehen hatte, er hielt sein Ohr vor den Mund des Mannes und horchte, ob er die Atmung hörte. Der Geruch hier drinnen war genauso säuerlich, und er hätte gerne die Luft angehalten. Nach einigen Sekunden hörte er etwas, ganz schwach, häufig unterbrochen, aber es war Leben.

Als er eine Bewegung hinter sich spürte, drehte er sich um. Alle Kinder, sieben oder acht, hatte sich hinter ihrer Mutter in der Tür versammelt. »Ich konnte ihn heute morgen nicht aufwecken«, wiederholte die Frau und deutete auf eine Schale mit dünnem Haferschleim neben dem Bett. »Deshalb ist John losgegangen, um den Arzt anzurufen. Ist er –«

»Er lebt.« Francey schaute wieder auf das Bett. Rasch kam er zu einer Entscheidung. »Wenn Sie nichts dagegen haben, nehme ich ihn mit. Wenn Sie den Arzt, wenn er kommt, zu unserem Haus nach Lahersheen schicken?« Er hatte keinen Zweifel, daß es sich schnell herumgesprochen hatte, wo er in solcher Eile hingegangen war, und machte sich daher keine Sorgen, den Rest seiner Familie in der Kapelle in Eyeries allein zu lassen. Er wußte, daß es seiner Mutter und den Mädchen an Mitfahrgelegenheiten nach Hause nicht mangeln würde.

»Oh, ich weiß nicht ...« Die Frau wrang die Hände. »Glauben Sie, das ist richtig? Mein Mann meinte –«

»Ich übernehme die volle Verantwortung«, beschwichtigte Francey sie. »Und ich möchte ihnen und Mr. Montgomery ganz, ganz herzlich danken, was auch geschieht.« Zum ersten Mal in seinem Leben nahm Francey Geld aus der Tasche, um jemanden auszubezahlen.

Verblüfft blickte die Frau auf das Bündel Banknoten, das er in ihre Hand gedrückt hatte. »Ich kann das nicht –« begann sie, aber Francey, der das Gefühl hatte, nicht viel Zeit verlieren zu dürfen, unterbrach sie.

»Für die Kinder«, sagte er. »Ich weiß, daß die Verwandten dieses armen Mannes es bestimmt gerne sähen, wenn die Kinder etwas Schönes zu Weihnachten bekommen, und sie wären bestimmt auch sehr dankbar für alles, was Sie getan haben.« Während er sprach, schob er die Mäntel beiseite und hüllte Dessie in einige der Decken. »Das Bettzeug bringe ich so bald wie möglich zurück«, sagte er und nahm das Bündel in seine Arme. Dann hastete er damit, als sei der Mann so leicht wie der Terrier vergangene Nacht, an den Kindern mit den weitaufgerissenen Augen vorbei zum Auto hinaus.

»Was soll ich mit seinen Sachen machen?« rief die Frau von der Küchentür.

»Sie verbrennen«, erwiderte Francey und bettete Dessie behutsam auf den Rücksitz des Hillman.

Er drehte die Heizung ganz auf und fuhr so vorsichtig, als transportiere er eine Ladung roher Eier. Als er nach Hause kam, trug er seinen Bruder durch die Küche. Nach den Gerüchen in Montgomerys Hütte und denen, die von der Last in seinen Armen ausgingen, war er sich mehr denn je bewußt, wie gesund sein Zuhause war. Im Schlafzimmer seiner Mutter packte er Dessie aus und legte ihn zwischen die Laken des Doppelbettes. Dabei versuchte er, das Bild des Leichnams, der vor kurzem dort gelegen hatte, zu verdrängen.

Was Francey jetzt sah, war noch erschreckender. Obwohl Dessie im Meer untergetaucht war, hatten Füße, Hände und was man von seinem Hals sehen konnte, dicke Schmutzstreifen. Seine fadenscheinige, knopflose Schlafanzugjacke war vorne auseinandergefallen, so daß man seine Rippen und unter dem Brustbein eine Aushöhlung so tief wie eine Puddingschüssel sehen konnte, die Knochen von Armen und Beinen standen vor wie Deichseln eines Wagens, eines seiner Fußgelenke war verfärbt und geschwollen. Sein Mund stand offen, die schwarzen

Zähne hatten oben am Gaumen eine grüne Kruste. »Nichts, das man nicht heilen könnte«, murmelte Francey, entfernte den Schlafanzug von dem Körper und ersetzte ihn durch einen von Mossie, den er aus der Kommode zog. Als diese Aktivität erledigt war, zog er seinem Bruder die Laken und Decken bis zum Kinn hoch, stopfte sie fest, stöpselte das Heizgerät neben dem Bett ein und schaltete beide Heizstäbe ein. »Geh nicht weg«, sagte er, als er das Zimmer verließ.

Er rannte hinaus auf den Hof und in das Nebengebäude. Den mit dem Schwanz wedelnden Rex stieß er beiseite, hob den Terrier auf und eilte mit ihm ins Schlafzimmer zurück, wo er ihn auf das Bett neben den regungslosen Körper legte. Der kleine Hund, der es offensichtlich gewohnt war, das Leben so zu nehmen, wie es kam, war nicht überrascht, sich in solch einer ungewöhnlichen Umgebung zu befinden oder seinen Herrn wiederzusehen. Er legte den Kopf auf die Pfoten und schaute von der Kuhle im Bett zu Francey und wieder zurück. Dann seufzte er, streckte sich der Länge nach aus und schloß die Augen.

Francey wartete, bis er sicher war, daß der Hund sich häuslich niedergelassen hatte, bevor er in die Küche ging, um auf den Arzt zu warten. Jede Minute verging so langsam wie ein Jahrhundert, während er in der Küche auf und ab lief und die Nummer des Arztes in Castletownbere wieder und wieder vergeblich wählte. Jedes Mal, wenn er ins Schlafzimmer ging, stellte er fest, daß weder Mann noch Hund auch nur einen Muskel gerührt hatten, seit er sie zuletzt kontrolliert hatte. Als er endlich ein Auto draußen hörte, eilte er zur Tür, aber es war nicht das des Arztes, sondern Mick Harringtons mit Tilly auf dem Beifahrersitz und Margaret mit grimmigem Gesicht hinten.

Franceys erste Reaktion war Verdruß – jetzt würde es Streit geben, weil er unerlaubt den Hillman genommen hatte –, aber dann wurde ihm klar, daß Margarets Ankunft das Beste war, was passieren konnte. »Keine Zeit, zu reden«, sagte er und öffnete die Hintertür, »komm, du wirst drinnen gebraucht.«

Als Margaret ausstieg, kurbelte Mick Harrington das Fenster herunter, um Francey zu sagen, daß der Rest der Familie im Auto eines anderen Nachbarn käme. »Irgendein armer Landstreicher, nicht wahr?« fügte er hinzu und machte Francey somit deutlich, daß er Margaret über die Identität ihres Besuchers nicht aufgeklärt hatte. »Können wir irgend etwas tun?«

»Nein danke, Mick«, rief Francey, der seiner Stiefschwester bereits ins Haus folgte, über die Schulter. »Wir sehen uns später – und frohe Weihnachten übrigens.« Er wartete nicht darauf, daß der Gruß erwidert wurde.

»Ich hoffe, dafür gibt es eine gute Erklärung.« Margaret stand mit den Händen auf den Hüften mitten in der Küche. Francey hob die Enthüllungen für später auf und erklärte ihr so knapp und schnell er konnte, daß im Schlafzimmer ein Mann lag, der in der vergangenen Nacht aus dem Meer gefischt worden war, zunächst ganz in Ordnung zu sein schien, aber jetzt bewußtlos war. »Gott sei Dank bist du Krankenschwester«, beendete er seine Ausführungen. »Ich weiß nicht, was ich tun soll.«

Mit einem Achselzucken entledigte Margaret sich ihres Mantels und hängte ihn hinter der Tür auf. Dann ging sie quer durch die Küche. »Warum mischst du dich da ein? Was bedeutet dir das? Was tut dieses Tier hier?« Diese Fragen trieften vor professioneller Empörung. Mißbilligend schnalzte sie mit der Zunge, scheuchte den Terrier vom Bett und beugte sich über Dessies regungsloses Gesicht. »Hol mir meine Tasche«, befahl sie, »sie steht neben dem Küchenschrank – und Schüsseln mit heißem und kaltem Wasser. Handtücher. Und setz den Kessel auf.« Sie krempelte die Ärmel ihres schwarzen Pullovers hoch und machte sich an die Arbeit.

Der Rest der Familie traf einige Minuten später ein, und während Franceys Mutter, in einen eisernen Panzer der Unnahbarkeit gehüllt, in der Küche blieb, scharten sich die Mädchen um die Schlafzimmertür.

Margaret drehte sich um. »Alles raus«, befahl sie. »Ich brauche hier drinnen ein bißchen Platz. Ist vom Doktor noch nichts zu sehen?«

»Nein. Wie geht es ihm jetzt?« Francey spähte über die Schultern der Mädchen.

»Es ist noch zu früh, das zu sagen. Er ist sehr schwach. Er muß seit Wochen nichts mehr gegessen haben – und es riecht auch sehr stark nach Alkohol. Vielleicht leidet er sogar unter einer Alkoholvergiftung.« Margaret wandte sich wieder ihrem Patienten zu. »Ich glaube, wenn er aufwacht, braucht er Zeug, das ich nicht habe. Versuch herauszufinden, was den Doktor aufhält.«

»Wie schlecht geht es ihm?« Franceys Mutter zog ihre Lederhandschuhe aus, faltete sie ineinander und legte sie in eine Schublade des Küchenschrankes, als Francey mit den Mädchen im Gefolge in die Küche zurückkehrte. »Ist der von ihm?« Sie blickte auf den Terrier hinunter, der wach, aber zu einer Kugel zusammengerollt zwischen dem Schrank und dem Kamin lag.

»Ja, das ist seiner«, sagte Francey, dann beschloß er, nicht länger Gott zu spielen. Es war den anderen gegenüber nicht fair. Sie hatten das Recht, sich selbst zu entscheiden, wie sie sich fühlten. »Mam«, platzte er heraus, »ich weiß, wer er ist.«

»Wer?« Das war Constance.

»Es ist Dessie.«

Die verschiedenen Reaktionen hätte er vorhersagen können. Abigail und Goretti keuchten laut, während Constance vor Aufregung die Augen weit aufriß. »Was?«

Nur seine Mutter ließ äußerlich nicht erkennen, daß sie berührt war. Er ging hinüber und packte ihre Arme. »Hast du gehört, was ich gesagt habe, Mam? Es ist Dessie dort in dem Bett.« Die Worte stürzten aus seinem Mund, aber ihr Gesichtsausdruck blieb erstarrt. »Mam, Mam ...« Er schüttelte sie sanft, zwang sie, ihm Aufmerksamkeit zu schenken.

Als würde sie von einem unsichtbaren Schlauch ausgesaugt, wich das Blut aus dem Gesicht seiner Mutter. Sie versuchte nicht, die riesigen Tränen, die ihr in die Augen traten, wegzuzwinkern. Die Veränderung, als ihr ganzes Gesicht auseinanderzufallen schien, war schrecklich zu beobachten. Francey war es, als sähe er, wie Risse sich in einer einstürzenden Betonmauer ausbreiteten. Aber am schrecklichsten war es, daß sie noch immer keinen Ton von sich gab. »Mam, Mam!« schrie er und packte sie bei den Armen. »Ist mit dir alles in Ordnung?«

»Laß sie, laß sie, sie hat überhaupt noch nicht geweint, es ist das beste für sie.« Margaret, die noch nicht wußte, was den Kollaps ihrer Stiefmutter ausgelöst hatte, kam geschäftig aus dem Schlafzimmer, um die Sache in die Hand zu nehmen. »Komm, Mam«, sagte sie mit besänftigender Stimme und löste sie aus Franceys Griff, »setz dich hier drüben ans Feuer. Eine von euch soll ihr mal eine Tasse Tee machen, aber stark und mit viel Zucker«, fauchte sie über ihre Schulter, während sie ihren Schützling, der keinen Widerstand leistete, zu einem der Sessel neben dem Herd führte.

»Du verstehst das nicht, Maggie«, Constance, die seit dem Tod ihres Vaters fast ohne Unterlaß geweint hatte, sah aus, als würde sie gleich wieder anfangen, »sie weint nicht wegen Daddy.«

»Aber natürlich. Was meinst du damit?«

»Es ist er da drinnen.« Goretti deutete auf das Schlafzimmer. »Francey sagt, der Landstreicher da drinnen sei Dessie.«

Ausnahmsweise fiel Margaret, die auf einen Stuhl sank, dazu nichts ein.

Franceys Mutter weinte mit heftig zuckenden Schultern. Sie stieß jetzt auch Laute aus, schreckliche Laute aus Tiefen, die Francey nur ahnen konnte. Ihm war äußerst unbehaglich zumute, und er spürte, wie die Panik sich rührte, die im Innersten seiner Seele lauerte und stets bereit war, beim Anblick von Kummer auszubrechen. Er wußte, er sollte die Arme um sie legen, sie trösten, etwas tun, irgend etwas tun ...

Margaret rettete ihn, da sie ihre Sprache wiedergefunden hatte. »Laß sie weinen.« Sie sah die anderen an. »Eines nach dem anderen – ist der Tee schon fertig?« Abigail brachte mit schneeweißem Gesicht die dampfende Tasse vom Herd, und Margaret, die auf der Lehne von Elizabeths Sessel saß und den einen Arm um sie gelegt hatte, flößte ihr Tropfen für Tropfen ein. »Na also«, tröstete sie sie, »das tut doch gut, nicht?«

Der Arzt klopfte an die Küchentür.

Dessie wachte in Etappen auf, das Bewußtsein spülte in langen sanften Wellen über ihn. Er saß jetzt gegen Kissen gelehnt, rasiert, gebadet, von Wärmflaschen umgeben, sein zerzaustes Haar aus der bleichen Stirn gekämmt, und wurde von Margaret, unterstützt von Abigail, mit einer Mischung aus heißer Milch und Weißbrot gefüttert.

Bis jetzt hatte er noch nicht gesprochen, außer mit seinem verwirrten, schmerzerfüllten Blick, der sich von jedem abwandte, während er alles hinnahm, was für ihn getan wurde. Der Arzt hatte sie gewarnt, ihn keinerlei Belastung auszusetzen, und daher ließen die Mädchen ihn in Ruhe, obwohl sie vor Neugierde platzten. Alles, was recht war, dachte Francey, als er den Arzt mehr als eine Stunde nach seiner Ankunft hinausbegleitete, er war sehr gründlich gewesen und hatte seinen Patienten versorgt, bis er sicher war, daß er nichts weiter für ihn tun konnte. Bevor er ging, hatte er Margaret alle Penicillinproben und ein Sortiment anderer Medikamente überlassen, um ihr über die Feiertage zu helfen, bis sie nach Weihnachten Rezepte beim Apotheker einlösen konnte.

Margaret ließ nur eine Person ins Schlafzimmer, und als sie und Abigail ihn fertig gefüttert hatten, nahm Francey ihren Platz ein. »Wie fühlst du dich jetzt, Dessie?« fragte er und setzte sich auf einen Stuhl neben das Bett. »Ein bißchen besser, hoffe ich? Wir haben alle Angst gehabt.«

Der blutunterlaufene Blick schwenkte auf ihn. »Warst du hier, bevor ich gegangen bin?« krächzte er mehr, als er sprach.

Francey hatte eine Frage wie »Wo bin ich?« erwartet, aber diese Äußerung bewies, daß Dessie genau wußte, wo er war. »Ja, das war ich. Ich heiße Francey«, erwiderte er, dann wurde ihm klar, daß er mit dem jungen Mann vor ihm sprach, als sei er ein zweijähriges Kind. »Erinnerst du dich überhaupt an mich?« fragte er in etwas normalerem Ton.

Dessie reagierte darauf, indem er wieder die Augen schloß.

»Ist auch egal«, Francey zog seinen Stuhl ein wenig zurück, damit sein Bruder sich nicht bedrängt fühlte. »Ich erinnere mich sehr gut an dich. Ich bin dein Bruder. Du bist jetzt zu Hause,

Dessie. Und es gibt schrecklich viel zu bereden, aber nicht jetzt. Als erstes werden wir dir Hilfe besorgen, alle Hilfe, die du benötigst … Jetzt wollen wir nur, daß du dich ausruhst.«

Zu seinem Entsetzen reagierte Dessie, als sei er geschlagen worden, drehte sich in seinen Kissen und schlug mit den Händen auf die Bettdecke. Er stieß einen hektischen Schwall von Wörtern hervor in solch einem ungewöhnlichen Akzent, daß es für Francey schwierig war, ihn zu verstehen, aber irgendwie begriff er, daß sein Bruder ihn anflehte, nicht in ein Heim gesteckt zu werden.

Francey mußte ihn mit Gewalt zurückhalten, aufzustehen. »Entspann dich, Dessie«, drängte er, als er spürte, wie mager die Unterarme unter seinen Händen waren. »Wir werden dich nirgendwo hinstecken – ruh dich jetzt aus.«

Aber der andere Mann reagierte weiter so verzweifelt, daß Francey nach Margaret rief, die hereinstürzte und ihm eine weitere Spritze verabreichte.

Minuten später, als ihr Patient wieder schlief, richtete Margaret sich auf, um ihn anzuschauen. »Er muß ins Krankenhaus«, sie packte die gebrauchte Spritze in ein Stück Watte, »und er braucht dringend einen Zahnarzt, aber es ist Weihnachten, und im Augenblick ist es keine Frage von Leben und Tod.«

»Genau davor hat er Angst.« Voller Mitleid blickte Francey auf das Häufchen Haut und Knochen im Bett. »Er glaubt, wir lassen ihn irgendwo hinbringen.«

»Nun, wenn das das Beste für ihn ist, werden wir das tun müssen.« Margaret zupfte die Decke über ihren Patienten.

»Können wir später darüber reden?« Francey befürchtete, daß Dessie nicht völlig schlief. *Reader's Digest* war voll von Artikeln über Patienten im Koma, die jedes Wort, das in ihrer Gegenwart gesprochen wurde, hören und verstehen konnten.

Er wurde sich eines plötzlichen Gefühls der Enttäuschung und Leere bewußt. So lange hatte er sich auf die Aufgabe konzentriert, seinen Bruder zu finden, daß das Suchen selbst das Ziel geworden war. Ihm wurde jetzt klar, daß er nie weit darüber hinaus gedacht hatte: Selbst nachdem Jool Gallahers Testament ziemlich erschreckende Aussichten zu enthüllen schien, hatte er sich nicht wirklich ausgemalt, wie heruntergekommen Dessie sein könnte. In seiner Vorstellung hatte eine feierliche Wiedervereinigung weitergelebt, bei der jeder in eine glückliche Zukunft lächelte.

Er schaute das Skelett vor sich an, den Kopf mit den geschlossenen Augen; Franceys Mut sank angesichts der bevorstehenden Aufgaben. Aber dann dachte er an die freudigen Neuigkeiten, die er für seinen Bruder hatte; vielleicht würde die Entdeckung, daß auch er reich war, seine Erholung fördern. Auf jeden Fall würde es das leichter machen, die beste medizinische und psychiatrische Versorgung zu erlangen.

Er folgte Margaret in die Küche. Seine Mutter und die Mädchen saßen am Küchentisch und tranken Tee. Francey kam es in den Sinn, was für ein armseliges Weihnachten dies war, wo der Truthahn noch mit dem Kopf nach unten vergessen an den Dachbalken der Waschküche hing, die kalten Puddings unter ihren Mulltüchern auf dem Küchenschrank warteten und selbst seine eigenen Weihnachtsgeschenke in all ihrer Pracht unten in seinem Koffer lagen. »Kann ich auch noch einen Tropfen bekommen?« fragte er, dann sah er, daß auf dem Tisch vor ihnen eines der Familienalben lag, aufgeschlagen auf einer Seite mit Schnappschüssen einer langvergessenen Geburtstagsfeier. Seine Mutter hatte eines der Bilder aus den Fotoecken gelöst und starrte es an, während ihr die Tränen über das Gesicht liefen. Jetzt, da sie ihrer Trauer, die sie während der letzten Tage in sich eingeschlossen hatte, freien Lauf ließ, hatte es den Anschein, als könne sie gar nicht mehr aufhören. »Wein doch nicht, Mam«, bettelte er.

»Ich habe dir schon mal gesagt, laß sie in Ruhe«, warnte Margaret ihn mit leiser Stimme. »Es ist gut, daß sie weint.«

Seine Mutter reichte ihm das kleine quadratische Foto, das sie so eingehend betrachtet hatte: Es war im Hof vor dem offenen Küchenfenster an Dessies fünftem Geburtstag aufgenommen worden.

Vor der kleinen Versammlung präsentierte Franceys Bruder

stolz sein Geburtstagsgeschenk, einen Tennisschläger, der fast so groß war wie er selbst. Hinter ihm standen strahlend Franceys Mutter mit der zweijährigen Connie und Mossie, der einen Arm um Francey gelegt hatte, der damals acht Jahre alt war, aber schon über Mossies Ellenbogen reichte, den anderen um Johanna, die winzig klein war, fast so klein wie das Geburtstagskind. Hinten in der Gruppe standen dicht nebeneinander die Harringtons mit Margaret, Goretti und Abigail, aber Kathleen, Dessies Mutter, hielt sich ein wenig abseits und schaute von der Kamera weg, als hätte sie sich bereits von diesem Ort und allen, die dort lebten, entfernt.

Francey wußte nicht, wie er reagieren sollte. »Vielleicht sollten wir ihm das zeigen, wenn er wieder aufwacht«, schlug er vor. »Er scheint ein wenig Angst vor uns zu haben – auf jeden Fall vor mir –, und vielleicht gibt ihm dies das Gefühl, daß wir Freunde sind.« Er gab seiner Mutter den Schnappschuß zurück.

Als sie das Foto wieder an seinen Platz im Album einsetzte, hörte sie auf zu weinen und schien zu einer Entscheidung gekommen zu sein. »Das ist eine gute Idee, Francey«, sagte sie, »zumindest ist es etwas Konkretes, das ich tun könnte. Ich bringe es ihm hinein, wenn er das nächste Mal aufwacht.«

Erleichtert goß Francey sich Tee ein. Der Adrenalinspiegel des Morgens war verebbt, und Erschöpfung machte sich in seinen Gliedern breit, so daß er nur noch an Schlaf denken konnte. Er goß sich Milch in die Tasse, war aber zu müde, nach der Zuckerdose zu greifen, die am entgegengesetzten Ende des Tisches stand; es war ihm sogar zu mühsam, jemanden zu bitten, sie ihm zu reichen. »Tut mir leid«, gähnte er, als er einen Mundvoll des starken, bitteren Getränks trank, »aber ich bin völlig fertig. Seit vierzehn Tagen habe ich anscheinend keine Nacht mehr durchgeschlafen. Ich muß mal eine Stunde ein Nickerchen machen. Kann ich eines von euren Betten nehmen?« bat er die Mädchen.

Sie nickten zustimmend. Francey ließ den Rest des Getränkes stehen, ging ins Schlafzimmer und legte sich, ohne sich die Mühe zu machen, sich auszuziehen, unter die Daunendecke eines der vielen Betten im Zimmer. In den Traumbildern, die durch sein Gehirn glitten, sah er Dessies gehetzte Augen vor sich, als seien sie aus seinem Schädel entfernt worden. Dann tauchte, gerade bevor er sich in den Schlaf sinken ließ, ein glücklicherer Gedanke auf, als er sich daran erinnerte, Fleur versprochen zu haben, sie beim ersten Hinweis auf Neuigkeiten anzurufen. Jetzt war er zu müde dazu, er würde es tun, sobald er aufwachte ...

Aber als er aufwachte, erfrischt, hellwach und hungrig, war das Haus in ein Schweigen gehüllt, das es nur ganz spät am Abend oder sehr früh am Morgen gab. Um sich herum hörte er leichtes Atmen, und im Licht, das durch das Fenster fiel, sah er, daß die anderen Betten belegt waren. Wie lange hatte er geschlafen?

So leise er konnte, stand er auf und ging auf Zehenspitzen aus dem Zimmer in die Küche. Als er die Tür hinter sich schloß, hörte er ein scharrendes Geräusch irgendwo in der Nähe des Herdes. Die Quelle wurde offensichtlich, als er das elektrische Licht andrehte: Pfoten trappelten über den gefliesten Boden. Dessies Terrier trottete zu Füßen seines Herrn, der den Küchenschrank durchforstete, hin und her. Überrascht von der Lichtflut, drehte Dessie sich um, um zu sehen, wer da war. »Oh«, sagte er, und Mossies Schlafanzug flatterte wie eine Fahne um seinen dünnen Körper, »du bist das.«

»Suchst du etwas?« Francey nahm mit einem Blick die ganze Küche in sich auf: Irgendwann während des Tages oder der Nacht war sein Bruder auf das Klappbett verfrachtet worden.

»Nein, nichts«, erwiderte Dessie, aber seine Blicke schweiften weiter wild umher.

»Ist schon in Ordnung«, beschwichtigte Francey ihn, »du kannst alles haben, was du möchtest, du brauchst es nur zu sagen.« Aber als er sich ihm näherte, wich sein Bruder aus, als habe er Angst, geschlagen zu werden. Francey blieb abrupt stehen. »Kann ich dir helfen?«

»Ich konnte nicht schlafen, ich habe nach etwas zu trinken gesucht«, murmelte Dessie.

»Klar.« Francey entschied, daß es nicht seine Aufgabe war,

den Wachhund zu spielen. Er ging in die Waschküche und brachte eine Flasche Whisky und zwei Flaschen Stout mit. »Ist das alles richtig?« fragte er und hielt sie hoch. Selbst auf die Entfernung konnte er sehen, wie Dessies Augen leuchteten. »Komm«, lud er ihn ein und nahm vier Gläser aus dem Küchenschrank, »wir setzen uns an den Tisch.« Ohne seine Reaktion abzuwarten, drehte er ihm den Rücken zu und setzte sich. Er öffnete die beiden Flaschen Stout und goß den Inhalt in zwei Gläser, dann füllte er die anderen beiden großzügig mit Whisky. »Bist du hungrig?« fragte er, ohne über die Schulter zu schauen. »Ich bin's ganz bestimmt, ich glaube, ich mache mir ein Sandwich.«

»Ich habe Zahnschmerzen.« Endlich kam Dessie und setzte sich mit ihm an den Tisch, aber so weit wie möglich entfernt auf die andere Seite. Das elektrische Licht hing über dem Tisch, und in seinem Schein bemerkte Francey, daß die Haut auf den rasierten Wangen seines Bruders und am Hals roh aussah wie bei einem gerupften Hähnchen. Seit Francey ihn zuletzt gesehen hatte, hatte jemand – Margaret vermutlich – ihm die Haare geschnitten, und jetzt war noch deutlicher zu sehen, wie ausgemergelt sein Gesicht war. Als Dessie das Whiskyglas ergriff, bemerkte Francey, daß seine Hände zitterten.

Er ging zur Tür hinüber und nahm Mossies Mantel vom Haken. »Hier«, sagte er, »dir ist kalt. Zieh ihn an«, und fügte voller Mitgefühl hinzu, als Dessie dem nachkam: »Es gibt nichts Schlimmeres als Zahnschmerzen. Soll ich Margaret wecken? Vielleicht kann sie dir noch eine Spritze geben? Ein schmerzstillendes Mittel oder so was.«

»Sie hat mir Tabletten gegeben.« Dessie steckte welche in den Mund und stürzte seinen Whisky hinunter.

»Hat Mam dir das Foto von deiner Geburtstagsfeier gezeigt? Ich kann mich noch gut an den Tag erinnern – du auch?« Francey bewegte seinen Bruder dazu, über sich selbst zu reden, und nachdem er ihm zum zweiten Mal Whisky nachgefüllt hatte, hörte das Zittern auf. Dessie trank das Bier in einer normalen Geschwindigkeit und begann, zunächst langsam, zu erzählen, was ihm in den Jahren, seit er Lahersheen verlassen hatte, widerfahren war.

Francey versuchte, seinen wachsenden Zorn auf das, was Kathleen Scollard ihrem Sohn angetan hatte, zu zügeln. Als einzige von all seinen Stief- und Halbschwestern hatte er Kathleen nie gemocht und erinnerte sich an sie als ein ruhiges, verbittertes Mädchen von unberechenbaren Launen. Und obwohl er von Kindheit an in Rechnung gestellt hatte, auf welch traumatische Weise sie Mutter geworden war, war ihm bewußt gewesen, daß sie ihre Mutteraufgabe nie angenommen hatte und es jedem, der Lust dazu hatte, überließ, ihren Sohn zu versorgen. Es war für sie alle ein Rätsel gewesen, warum sie Dessie mitgenommen hatte, als sie davonlief.

Nach einer halben Stunde oder so, als Dessies eigenartiger Akzent verwaschen wurde und er noch schwieriger zu verstehen war, ging Francey zum Küchenschrank, um Schinkenbrote zu machen. Hinter seinem Rücken hörte er das Klingeln der Flasche gegen das Glas, als sein Bruder sich noch mehr Whisky eingoß. Tilly Harrington hatte recht gehabt: Das vorrangigste Problem seines Bruders war das Trinken. Da mußte etwas getan werden – aber noch nicht jetzt, dachte er und erinnerte sich daran, eines nach dem anderen zu erledigen.

Da er keine Schuhe trug, spürte er, wie etwas gegen seine Zehen stupste, schaute nach unten und sah die zottelige Schnauze des Terriers. Der Hund, der sich erstaunlich gut erholt hatte, lag mit klopfendem Schwanz da und sah ihn flehend an. »Armer Bursche.« Francey hielt ihm ein Butterbrot hin, der kleine Hund schnappte es sich, bevor sein neuer Wohltäter seine Meinung ändern konnte, und sauste damit in die entfernteste Ecke der Küche. Francey stellte den Rest der Butterbrote wieder auf den Tisch, dann schob er den Teller seinem Bruder zu.

»N-nein d-d-dan-« Dessies Kopf wackelte auf dem Hals hin und her, er war vollständig betrunken.

Francey bekam Angst. »Du solltest etwas essen«, drängte er ihn. »Du brauchst etwas, um die Getränke aufzusaugen. Ich mache das immer so.« Aber genausogut hätte er Chinesisch sprechen können. Dessie schaute ihn verständnislos an und bemühte sich, seinen Kopf nicht auf die Brust fallen zu lassen, als er wieder nach der Whiskyflasche griff. »Nein«, Francey nahm die Flasche, »nein, Dessie«, und stellte sie auf den Boden. »Ich finde, du solltest ins Bett zurückgehen.«

Dessie versuchte sich zu weigern, war aber außerstande, ein verständliches Wort herauszubringen, und Francey, der ihn halb zum Klappbett zurücktrug, befürchtete, daß seine sorglose Freizügigkeit Margarets gute Arbeit ruiniert hatte. Sie hatte gesagt, daß er möglicherweise unter Alkoholvergiftung litt. Wenn es ihm nun nach all diesem Whisky schlechter ging als zuvor? Nachdem er Dessie hingelegt hatte, hastete Francey ins Schlafzimmer. Da er nicht jemand anderen wecken wollte, mußte er warten, bis seine Augen sich an die Dunkelheit gewöhnt hatten, bevor er erkennen konnte, welche der schlafenden Gestalten Margaret war. »Maggie!« flüsterte er und schüttelte sie.

Sofort wachte sie auf. »Wa-?«

»Sch-sch«, Francey brachte sie mit einem Finger auf den Lippen zum Schweigen. »Könntest du einen Augenblick in die Küche kommen? Es ist wegen Dessie.« Ohne auf ihre Antwort zu warten, schlich er auf Zehenspitzen wieder aus dem Zimmer.

»Geht es ihm schlecht?« Margaret kam hinter ihm her und gürtete ihren Morgenmantel zu. »Was, zum Teufel, ist denn das?« Ihre Stimme veränderte sich, als sie die Flaschen und Gläser auf dem Tisch sah.

»Tut mir leid, das war mein Fehler«, gab Francey zu. »Er suchte nach etwas zu trinken, und ich dachte, es sei besser, wenn wenigstens jemand bei ihm ist und ihn beobachtet.«

Margaret warf ihm einen wütenden Blick zu und ging zu Dessie hinüber, der wie ein Toter schlief. Sie nahm sein Handgelenk und schaute auf die Zeiger ihrer Armbanduhr. »Nun, er lebt, aber das hat er nicht dir zu verdanken«, fauchte sie Francey nach einigen Sekunden an. »Bring mir noch einmal meine Tasche, sie ist auf dem Frisiertisch im Schlafzimmer.«

Demütig stand Francey neben ihr, als sie ihm zwei Spritzen gab. »Was gibst du ihm?«

»Vitamine, Kalium, nichts Schlimmes.« Mit der Hand auf der Hüfte, starrte sie ihn an. »Um Himmels willen, Francey, warum zeigst du denn nicht ein bißchen Vernunft. Ihm in seinem Zustand Alkohol zu geben – genausogut hättest du ihm Rattengift verabreichen können, und das wäre es dann.«

»Ich habe dir doch gesagt –«, wollte Francey protestieren, dann wurde er wütend. Er war es leid, herumkommandiert zu werden. »Hör mal zu«, entgegnete er, »du mußt mir auch etwas zugute halten. Ich bin derjenige, der die ganze Nacht aufgeblieben ist, um ihn zu finden, ich bin derjenige, mit dem er geredet hat.«

»Was hat er gesagt?« Margarets Neugierde war stärker als ihre Mißbilligung.

»Viel«, sagte Francey grimmig. »Deine Schwester Kathleen hat eine Menge zu verantworten. Er hat eine entsetzliche Zeit hinter sich.«

»Weiß er, wo sie ist?« Ihr betroffenes Gesicht brachte Franceys Wut zum Erlöschen. Er hatte Kathleen nicht sehr nahegestanden, aber in seiner Selbstgerechtigkeit hatte er vergessen, daß sie und Margaret richtige Schwestern und im Alter nicht weit voneinander entfernt waren. »Nein«, murmelte er. »Ich werde dir alles erzählen, was ich weiß.«

Prüfend schaute Margaret ihm ins Gesicht. »Es ist nichts Gutes, nicht wahr?« Und als Francey den Kopf schüttelte, wandte sie sich ab. »Erzähl es mir später«, sagte sie mit erstickter Stimme, als sie sich über ihre Tasche beugte. »Bleibst du noch eine Weile auf?«

»Ja.« Francey blickte auf ihren gebeugten Rücken. Nichts konnte er richtig machen.

»Beobachte ihn«, sagte Margaret, die immer noch in ihrer Tasche herumfummelte. »Die größte Gefahr besteht darin, daß er an seinem eigenen Erbrochenen erstickt. Beobachte ihn einfach, ja? Ruf mich wieder, wenn es irgendeine Veränderung gibt oder du besorgt bist.« Sie ging ins Schlafzimmer zurück, und Francey zog sich einen Stuhl in die Nähe von Dessies Bett.

Der Terrier kam aus seiner Ecke gekrochen und rollte sich neben seinen Füßen zusammen.

Er und der Terrier hielten bis zum Tagesanbruch Wache, aber Dessie brauchte sie nicht. Außer heftigem Schnarchen und hin und wieder einem Stöhnen oder Schrei schien er bequem zu schlafen, was auch von Margaret bestätigt wurde, die kurz nach sechs Uhr kam, um nach ihm zu sehen.

Der Tag begann so strahlend und blau wie im Hochsommer, und das Licht der aufgehenden Sonne strömte durch das Giebelfenster am östlichen Ende der Küche, als der Arzt, der auf eigenen Antrieb hin kam, kurz vor neun an die Küchentür klopfte.

Trotz des Lichtes und der Tatsache, daß es der zweite Weihnachtstag war, herrschte im Haus weiterhin eine Atmosphäre der Trauer: Elizabeth war noch nicht aufgestanden, und die anderen Frauen im Haushalt flüsterten nur miteinander, während sie das Frühstück vorbereiteten. Nachdem er den Arzt hereingelassen hatte, flüchtete Francey, der fürchtete, für Dessies Rückfall verantwortlich gemacht zu werden, und Angst hatte, die weitere Prognose zu hören, in die Folly.

In dem düsteren Licht durchstöberte er die Regale, bis er seine Eisenbahn fand, machte auf dem Boden Platz und begann, die Schienen aneinander zu befestigen, damit ein großes Oval entstand. Während seine Hände beschäftigt waren, nahm sein Gehirn eine umfassende Prüfung der Situation vor. In Dessies gegenwärtigem Zustand konnte er kaum nach England gebracht werden, um der anderen Hälfte der Familie vorgestellt zu werden.

Dann kam ihm ein Gedanke, der so abwegig war, daß er innehielt und sich auf die Fersen hockte, um ihn auszukosten. Beinahe wäre es die Sache wert, Dessie nach Inverary Manor zu bringen, um die Reaktionen dort zu beobachten. Er stellte sich vor, welchen elektrisierenden Effekt es auf seinen Vater und Colin Mannering haben würde, wenn er ihnen Dessie in seinem gegenwärtigen Zustand präsentierte …

Francey konzentrierte sich auf die kleine Eisenbahn. Er durfte sich nicht hinreißen lassen, sagte er sich. Dessies Wohlergehen mußte Vorrang haben vor solch närrischem Bestreben, den anderen eine Nasenlänge voraus zu sein. Aber wann sollte er Dessie von seinem finanziellen Glücksfall berichten? Sollte man ihm bei seiner Vergangenheit die Kontrolle über solch große Summen überlassen? Man mußte nicht ein Genie oder ein Psychiater sein, um zu erkennen, daß das Geld das Mittel zu seiner endgültigen Zerstörung sein konnte. Konnte man Georges Anwalt, den feierlichen Mr. Solomons, dazu bewegen, daß er dafür sorgte, daß Dessie nicht zuviel Geld auf einmal in die Finger bekam, zumindest bis er volljährig war?

Während er aufwuchs, hatten Francey und seine Schulfreunde darüber diskutiert, wie sie ihr Geld ausgeben würden, wenn sie zu arbeiten anfingen, wie sie vielleicht sogar beim Pferderennen gewinnen könnten, wie glücklich sie wären, wenn das geschähe, und daß sie dann keinerlei Sorgen mehr hätten. Jetzt stand er hier, reich, aber hilflos. Geld half ihm nicht dabei, Fleur zu gewinnen, es half ihm nicht bei seiner Familie – Mossie hatte es sogar umgebracht –, und keine Summe der Welt konnte Dessie retten, wenn er sich nicht selbst retten wollte.

Nein, dachte Francey und zog die wunderschöne kleine, messingbeschlagene Lokomotive auf, reich zu sein war nicht so toll. Er zog die Bremse an und setzte die Lokomotive auf die Schienen. Es lag jetzt an ihm, das Geld vorteilhaft einzusetzen, sich zum Herrn seines Geldes zu machen. Er konnte damit aufhören, es als etwas von ihm Getrenntes oder sogar als ein sonderbares soziales Handicap zu betrachten. Das erste, was er tun konnte, war, aufzuhören, sich deshalb unwohl zu fühlen.

Zum ersten Mal überwand Francey seine Abwehrhaltung gegen das Reichsein: Es war, als schämte er sich dessen, als sei er gezwungen, wenn er das eigenartige neidische oder feindselige Glänzen im Auge eines Nachbarn sah, sich selbst als auch jedem anderen zuzurufen: *Ich habe mich nicht verändert, ehrlich ...* Seine Mutter hatte sich Sorgen gemacht, daß sein neuer Rang sein Leben zum Schlechteren verändern würde, die gelegentlichen spitzen Bemerkungen einiger seiner Schwester hatte er überhören müssen, und wenn er es genau bedachte, hatten nur Hazel und Abigail seine Neuigkeiten mit Jubel aufgenommen. Auch Mossie war gelassen gewesen wie eh und je.

Plötzlich vermißte Francey Mossie. Er war so beschäftigt gewesen, sich um das Wohlergehen seiner Mutter und die praktischen Überlegungen im Zusammenhang mit der Beerdigung zu kümmern, daß er keine Zeit gehabt hatte, wirklich darüber nachzudenken, was der Tod seines Stiefvaters für ihn bedeuten könnte. Während er zugab, daß ihre Beziehung in vielerlei Hinsicht oberflächlich gewesen war, erkannte Francey jetzt auch, wie sehr er seinen Stiefvater einfach als gegeben hingenommen hatte. Mossies unerschütterlicher gesunder Menschenverstand und seine Stärke wären in der gegenwärtigen Krise eine große Hilfe gewesen. Er hätte einen Weg gefunden, Franceys Reichtum auszunutzen, um Dessie zu helfen.

Francey hakte die kleinen Personen- und Güterwagen aneinander und setzte sie hinter der Lokomotive auf die Schienen. Er löste die Bremse, schickte sie auf den Weg, und während sein Verstand auf Hochtouren lief, lehnte er sich zurück, um zuzusehen, wie der Zug im Kreis fuhr. Vielleicht sollten er und Dessie gemeinsam in Urlaub fahren. Wenn sie beide sich eine Weile in ein warmes Klima davonmachten, an einen sonnigen Strand in Spanien oder Italien, wäre sein Bruder vielleicht vom Alkohol abgelenkt und würde sich gesünderen Beschäftigungen zuwenden. Je mehr Francey darüber nachdachte, desto attraktiver wurde die Vorstellung. Sie sollten alle mitfahren, die ganze Familie. Soweit er wußte, war seine Mutter außer einer einzigen Fahrt mit Tilly Harrington nach Dublin, um sich im Theatre Royal einen Pantomimenvorstellung anzuschauen, nicht weiter gefahren als nach Cork oder Kerry, seit sie mit ihm im Bauch nach Lahersheen gekommen war. Aber würde Dessie mitkommen? Wie der Zug fuhren auch Franceys Gedanken im Kreis. Das Hauptproblem lag darin, Dessie zu überreden, Hilfe anzunehmen. Und wenn er das nicht wollte, was dann?

Francey beschloß, das beste für Dessie sei, statt etwas Dramatisches zu tun, wie ins Ausland zu fahren oder ihn zu einem Klinikaufenthalt zu zwingen – was ihn vielleicht so sehr ängstigen würde, daß er wieder auf die Straße ging –, ihm Hilfe zu besorgen, aber nur langsam. Mit einem Zahnarzt müßte man anfangen. Das eifrige Klickklack des Zuges, als er zum zweiten Mal die Spur umrundete, brachte ihn in seine Kindheit zurück. Das leise, selbstgenügsame Geräusch in dem vollgestopften Raum, das langsame Kreisen versetzten ihn in eine Art Trance, die seine Mutter immer Tagtraum nannte. Mit glasigen Augen starrte er auf die Lokomotive und konnte den Blick nicht abwenden.

Einige Minuten später, gerade als die Feder der Lokomotive zum zweiten Mal ablief, flog die Tür der Folly auf, und er wurde aus seinem Zustand angenehmer Betäubung gerissen. »Du hast ihn gefunden!«

Francey sah, daß Hazel zu ihrem normalen Stil zurückgekehrt war: Leopardenfelljacke über einem Pullover mit Polokragen, enge weiße Hose und hochhackige Schuhe. »Ja.« Er sprang auf die Beine.

»Ich habe mit einer deiner Schwestern geredet, mit der jungen«, fuhr Hazel fort, »und sie erzählte mir, daß er aus dem Meer gefischt worden sei.«

»Das stimmt. Komm rein, Hazel.« Francey ging zu ihr hinüber und schloß die Tür. »Ich habe dich heute morgen nicht erwartet.«

»Ich konnte nicht schlafen, deshalb waren wir schon auf dem Weg nach Killarney, aber ich mußte mal reinschauen, um zu hören, ob es Neuigkeiten gibt. Vinnie findet, es sei mitten in der Nacht. Das muß man dir lassen, Francey, du bist verdammt toll. Erzähl mal, was passiert ist!« kommandierte sie, hockte sich auf den alten Schaukelstuhl und zog ein Bein hoch.

Francey erzählte ihr alles, was er wußte, machte sie aber darauf aufmerksam, daß er vieles über Dessies Leben in England erst aus zweiter Hand von Tilly wußte. Es war eine Erleichterung für ihn, seine Sorgen um Dessies Gesundheit und Trinkgewohnheiten loszuwerden. Hazel hörte zu und unterbrach ihn nicht, außer durch mitleidiges Schnalzen und zustimmendes Nicken. »Wenigstens ist er noch jung, da hat er eine gute Chance«, war ihr tröstlicher Kommentar am Ende der Geschichte, »nicht so wie einige, die ich kenne. In unserem Gewerbe gibt es Millionen davon«, sagte sie und schaute Francey unter ihren falschen Wimpern ernst an, »und ich habe viel Erfahrung damit. Ich weiß, ich könnte ihn wieder hinkriegen, wenn du mich helfen läßt.«

»Du hast genug getan«, sagte Francey. »Herzlichen Dank, aber wir sind seine Familie. Es ist unsere Angelegenheit.«

Hazel senkte den Blick eine Sekunde lang und streckte ihre Beine aus. »Also«, sagte sie, »das beste ist, ich gehe jetzt, aber falls du deine Meinung änderst, weißt du, wo ich bin. Wir sind bis zum fünften Januar auf Tour, aber danach spielen wir eine Woche oder so nur in der Gegend von Dublin, weil wir einen Auftritt in der *Showband Show* im Telefís Eireann haben. Wenn dir danach ist, ruf mich tagsüber in meiner Wohnung an.«

Als warte sie darauf, daß er ihr antwortete, hielt sie den Bruchteil einer Sekunde lang inne, bevor sie zur Tür ging. Aber für Francey war zuviel geschehen, als daß er so schnell herausfinden konnte, welche Reaktion sie von ihm erwartete. »Danke, das werde ich«, er lächelte sie an, »aber geh doch noch nicht. Möchtest du nicht hereinkommen? Ich bin sicher, daß der Arzt nicht mehr lange bleibt.«

»O nein«, sagte sie, »deine arme Mutter hat schon zuviel am Hals.« Sie blieb nochmals stehen, diesmal auf der Türschwelle. »Familien sind große Klasse, nicht wahr?«

Sie ging hinaus, drehte sich aber noch einmal um, bevor sie in den Kleinbus stieg, der vor der Einfahrt geparkt hatte, und winkte zum Abschied. Als das Fahrzeug wie eine bizarre Wespe davonsauste, dachte Francey wehmütig darüber nach, daß ›klasse‹ wohl kaum eine angemessene Bezeichnung für seine Familie war. Als er sah, daß das Auto des Arztes immer noch im Hof stand, hatte er das Gefühl, daß er sich unmöglich länger aus der Auseinandersetzung heraushalten konnte, ohne gegen die Regeln des Anstands zu verstoßen, und ging ins Haus.

»Hallo, Francey.« Als der Arzt, ein schmaler Mann mittleren Alters, der gerade mit Margaret in ein Gespräch vertieft gewesen war, ihn hereinkommen hörte, drehte er sich um. »Ich sagte gerade zu Ihrer Schwester, daß es zwingend notwendig ist, daß der junge Mann eine Weile ohne Alkohol auskommt.«

»Ich weiß, aber –« Francey wollte gerade Entschuldigungen vorbringen, warum er Dessie mit Alkohol versorgt hatte, hielt aber inne. Zu Kreuze zu kriechen war nicht hilfreich, am wenigsten für ihn selbst. Statt dessen richtete er sich zu voller Größe auf und schaute auf den Arzt hinunter. »Ich glaube, das wissen wir jetzt«, sagte er, »aber wir brauchen Hilfe.«

»Darüber haben wir gerade gesprochen.« Der Arzt nahm das Stethoskop vom Hals und steckte es in seinen Arztkoffer. »Meiner Meinung nach ist das Krankenhaus das beste für ihn, aber Ihre Schwester erzählt mir, daß Sie sich darüber Sorgen machen. Er ist so verwirrt und unterernährt, daß es, vorausgesetzt, er erhält hier geeignete Pflege, im Augenblick kaum einen Unterschied macht. Ich werde die Situation im Auge behalten. Ich bin dann weg, Margaret«, sagte er und nickte Francey zu. Dann fügte er nach einigem Zögern hinzu: »Ich will nicht behaupten, daß es leicht wird. Auf der anderen Seite ist er noch sehr jung, und die Leber ist ein wundervolles Organ. Soviel Schaden kann er noch nicht angerichtet haben, auf jeden Fall nichts Dauerhaftes. Ich habe eine Tablettenkur verordnet, aber er braucht geeignete Pflege und viel Zeit. Machen Sie kein besonderes Theater um ihn, lassen Sie ihn sich auf seine Weise erholen und seien Sie nicht überrascht, wenn er das zurückweist, was Sie als Freundlichkeit betrachten würden. Und wenn Sie ihn wegen eines Krankenhausaufenthaltes milder stimmen könnten –«

»Danke«, unterbrach Francey ihn, der sich an Dessies Reaktion erinnerte, als dieser glaubte, in ein Heim zu müssen.

»Manchmal hilft es, statt des Alkohol etwas Süßes anzubieten«, sagte der Arzt dann, »gesüßten Tee beispielsweise oder Schokolade.« Dann kündigte er an, daß er am nächsten Tag wiederkommen werde, und ging.

Dessie verbrachte den Rest des Vormittags in einem Zustand, der zwischen unruhigem Schlaf und mißtrauischer Wachsamkeit schwankte. Francey und der Rest der Familie benahmen sich, als sei es ganz natürlich für sie, daß sich ein halbkomatöser junger Mann in ihrer Küche befand. Obwohl sie sich alle gegen eine unangenehme Auseinandersetzung wegen des Alkohols gewappnet hatten, verlangte Dessie keinen. Margaret vertrat die Theorie, daß sein Körper zu geschädigt und er zu verwirrt war durch die Überfülle an Medikamenten, die sie ihm verabreichte.

Als Francey beobachtete, wie seine Mutter kleine Stückchen kaltes gekochtes Hühnerfleisch in den Mixer tat, um sie für Dessies nächste Mahlzeit zu zerkleinern, war er erleichtert, wie ruhig sie jetzt war, und überlegte, daß der Gefühlsausbruch am Tag zuvor sie befreit zu haben schien, zumindest für den Augenblick.

Jetzt, da die Situation unter Kontrolle war, gestattete er sich, seine Gedanken zu Fleur wandern zu lassen. Er hatte eine perfekte Entschuldigung, um sie anzurufen.

12

Der zweite Weihnachtstag in Inverary Manor begann langsam. Um halb elf hatte Fleur, die ruhelos durch das Haus wanderte, das Haus immer noch für sich allein. Anders als Colin war sie eine Frühaufsteherin. Selbst Tommy hatte sich noch nicht gerührt, und sie langweilte sich bis in die Fingerspitzen. Sie zog die Möglichkeit in Betracht, einen Spaziergang zu machen, aber als sie hinausschaute, sah sie, daß die Baumwipfel sich im Sturm bogen, und kuschelte sich noch tiefer in den Kragen ihres Mohairpullovers. Sie zog eine Champagnerflöte heraus, die hinter einen der schweren Vorhänge am Fenster gefallen war, und stellte sie auf einen Beistelltisch, so daß jemand vom Personal sie sehen konnte. Dann nahm sie mit einem Seufzer eine Zeitschrift zur Hand und ging damit zu einem der Sofas nahe beim Feuer, das wie üblich mit unverändertem Flammenmuster durch die Lücken zwischen den wohlarrangierten Holzscheiten zischte. Als sie die steifen, hochglänzenden Seiten des Magazins durchblätterte, fragte sie sich, wann sie London verlassen konnte. Seit Jools Tod war es mehr denn je zu einer Prüfung geworden, in diesem Haus zu sein.

Zumindest oberflächlich hatte es den Anschein gehabt, daß George Gallaher sich anständig benahm, solange seine Frau lebte, und hätte es nicht diesen betrunkenen Annäherungsversuch ihr gegenüber gegeben, als sie so getan hatte, als bemerke sie es nicht, dann hätte sie ihn für einen idealen Mann halten können. Aber seit der Beerdigung hatte er begonnen, offen der Vergnügungssucht zu frönen, und war zweimal aus London mit einem weiblichen Übernachtungsgast im Schlepptau nach Inverary zurückgekehrt. Die Gegenwart von Fleur und Colin – oder Tommy –, die alle bei beiden Gelegenheiten im Haus waren, schien ihn nicht im mindesten zu kümmern. Fleur, die niemandes Aufpasser war, verachtete dennoch diejenigen, die sich nicht diskret verhielten.

Fleur hatte jedoch allen Grund, Colins Stiefmutter dankbar zu sein. Dank ihrer posthumen Großzügigkeit sah Fleur die Zeit schon bald heranreifen, ihren Plan für ihre eigene Zukunft und die ihres Sohnes in die Tat umzusetzen.

Zwei Jahre, nachdem sie in England angekommen war, hatte sie begonnen, Diamanten zu sammeln. Da sie tragbar und leicht zugänglich waren, zog sie sie anderen Wertgegenständen vor. Die Arbeitsweise war simpel: Sie nahm Geschenke reicher Engländer entgegen, und diese umsichtigen »Freunde« hatten sich als sehr großzügig herausgestellt.

Nach und nach war es Fleur gelungen, mit einigen Wiederverkäufern Vereinbarungen zu treffen, wonach sie Geschenke – Parfüms, kostbare französische Unterwäsche – mit nur geringem Verlust gegen Bargeld eintauschen konnte. Noch wichtiger war für sie, daß ein Händler in Hatton Garden, der einst immer wieder Gast in ihrem Boudoir gewesen, jetzt aber zum vierten Mal glücklich verheiratet war, kleinere Juwelen und Edelmetall von ihr entgegennahm und sie als Tauschobjekte gegen auserlesene Diamanten sammelte. Weil einige der Steine ungeschliffen waren, ahnte dieser Gönner schon recht früh, daß Fleur sie nicht als Hobby oder Schmuck sammelte, und Fleur mußte sich, konfrontiert mit seinen scharfsinnigen, eindringlichen Fragen, entschließen, ihm zu vertrauen.

Dieser Mann war der einzige Mensch auf der Welt, dem sie vertraute. Sie entdeckte, daß er Ferienwohnungen auf Mauritius und St. Thomas unterhielt und nur allzu bereit war, ihr, wenn die Zeit gekommen war, bei der Suche nach einem Schlupfwinkel behilflich zu sein, einem sonnigen Plätzchen, wo sie und Tommy nie wieder irgendwelchen Mannerings oder Gallahers oder ihren langweiligen Freunden begegnen würden. Sie war überrascht, wie bereitwillig der Händler ihr seine Hilfe angeboten hatte, und vertrat die Theorie, daß sie für ihn die Tochter war, die er nie hatte.

Und so ließ sie während einer von Colins Geschäftsreisen im Fußboden unter ihrem Bett im Boudoir einen Safe installieren, und dort ruhten, bis sie sie brauchte, ihre Diamanten in einer perlenbestickten Geldbörse, die ihrer Mutter gehört hatte.

Fleur warf die Zeitschrift beiseite, stand auf und ging zum Fenster, gegen dessen äußere Scheibe jetzt große Schneeregentropfen platschten. Aufgewachsen in einem Klima, das den Menschen wohlgesonnen war, haßte sie den englischen Winter und ging nur nach draußen, wenn es absolut notwendig war oder wenn sie der englischen Besessenheit für frische Luft nicht entgehen konnte.

Als Colin sie aus dem Lily Garden herausholte, um sie in einem billigen Hotel am Fluß als seine Konkubine zu halten, war die kleine Geldbörse ihr einziges Gepäck gewesen. Abgesehen von ihrem sentimentalen Wert war es ein Geschenk an ihre Mutter von einem britischen Adligen gewesen. Da Colin Brite war, betrachtete Fleur die Geldbörse als Amulett.

Es hatte tatsächlich Zauberkräfte entfaltet: Sie übertraf sich selbst sexuell und sorgte dafür, daß jeder Besuch, den Colin ihr in ihrem neuen Heim abstattete, besser war als der vorige. Es dauerte nicht lange, bis er sie anbettelte, ihn zu heiraten und mit ihm nach England zu kommen. Zu der Zeit konnte man in Bangkok mit Geld fast alles kaufen, selbst Geburtsurkunden, Pässe und Visa. Und es dauerte nicht lange, und Colin konnte seine wunderschöne junge Frau und das sechs Monate alte Baby aus Bangkok mitnehmen. Weder er noch sie hatten preisgegeben, daß sie erst fünfzehn war, als sie zum ersten Mal englischen Boden betrat.

Da sie genug von der deprimierenden grauen Landschaft gesehen hatte, schaute Fleur auf die Uhr. Wenn ihr Sohn nicht bald aufstand, würde sie in sein Zimmer gehen und ihn wecken. Es war kein Problem gewesen, Colin davon zu überzeugen, daß Tommy sein Sohn war und ein wenig zu früh auf die Welt gekommen war – das Kind war geboren worden, während sein vermeintlicher Vater eine ausgedehnte Reise durch Malaysia unternahm. Tommys Gesichtszüge waren zwar orientalisch, aber doch hinreichend mit europäischen vermischt, daß sich bei Colin kein Verdacht regte, und Fleur segnete ihr Sprachtalent, das ihr solch eine weitgestreute Kundschaft einbrachte.

Eines der beiden Telefone hinter ihr klingelte, aber als sie sich umdrehte, um abzunehmen, wurde das Gespräch gerade irgendwo anders im Haus entgegengenommen. Sie überlegte, ob sie die Zeitschrift noch einmal zur Hand nehmen sollte, entschied sich dann aber, Tommy und Colin zu wecken. Sie mußte weg von hier.

Das Schlafzimmer, das sie und Colin teilten, war das erste im Flur hinter dem Wohnzimmer, und als Fleur es betrat, sah sie, daß er bereits wach war. Zu ihrer Verärgerung erkannte sie sofort seine Begierde am Ausdruck seiner Augen. »Ich bin schon angezogen«, sagte sie in einem Versuch, seine Bitte abzuwehren. »Und ich möchte so schnell wie möglich hier heraus. Bitte?« Aber Colin bekam seinen »verletzter-kleiner-Schuljunge«-Ausdruck, und Fleur, die alles in ihrer Macht Stehende tat, damit er lieb blieb und um ihm keinen Anlaß zum Mißtrauen zu liefern, gab nach. »In Ordnung.« Sie seufzte, knöpfte ihre Bluse auf und ging ihre Tasche holen, in der alles war, was sie brauchte, um ihn zu befriedigen. Dann schloß sie die Tür ab und ging auf das Bett zu, in dem Colin mit vor Erwartung gerötetem Gesicht lag.

Ironischerweise hatte er Fleur als erster den Weg zu finanzieller Unabhängigkeit gewiesen, die ihrer Vorstellung von Glück gleichkam.

Ihre Mutter war tot und sie vierzehn Jahre alt, als er zum ersten Mal die Schwelle des Lily Garden überquerte. Fleur, die mittlerweile bis zum Überdruß Erfahrung gesammelt hatte, hielt ihn für nichts Besonderes, ein weiterer ausländischer Geschäftsmann, der hereinkam, um ihre Dienste zu verlangen. Auch Colins Bedürfnisse waren nichts Besonderes für einen Engländer: Er bat darum, vor dem Sex geprügelt zu werden. Hinterher hatte sie weder an ihn noch an seine sexuellen Neigungen auch nur einen Gedanken verschwendet, und wenige Minuten, nachdem Colin das Zimmer verlassen hatte, kam der nächste Kunde. Außerdem hatte sie dringlichere Probleme, weil sie schwanger war und niemandem davon erzählt hatte.

Am nächsten Tag kam Colin jedoch zurück und auch am folgenden und am übernächsten und fragte immer nach ihr, was zwar nicht neu war, aber doch selten genug. Obwohl Fleur wußte, daß sie in sexuellen Dingen ungewöhnlich talentiert war – durch Mund-zu-Mund-Propaganda hatte sie einen gewissen Ruf erlangt und war selten ohne Kunden –, schätzten die meisten der Stammkunden des Lily Garden die Abwechslung und nahmen jedes Mal ein anderes Mädchen.

Bei seinem fünften Besuch hatten sich Colins das Vorspiel betreffende Wünsche noch um eine Klasse verbessert: Sie umfaßten jetzt Gerätschaften und daß sie ein ungewohntes englisches Outfit tragen sollte, das er aus seiner Tasche zog. Irrtümlicherweise hielt er ihre Gleichgültigkeit für Zögern und bot ihr als Anreiz eine dünne goldene Armspange in Form einer Schlange, deren Schnalle mit vielen winzigen Diamanten besetzt war, und versprach ihr mehr davon, wenn sie ihm Vergnügen bereitete. Jenes Armband war das erste Geschenk, das ihr von einem Kunden angeboten worden war, und Fleur eröffneten sich neue Möglichkeiten. An jenem Nachmittag arbeitete sie besonders hart, und als Colin, der ihr gestanden hatte, daß er die Zeit seiner Geschäftsreise bereits überzogen hatte, schwor, am folgenden Nachmittag noch ein letztes Mal zurückzukommen, hegte sie keinerlei Zweifel, daß er es tun würde.

Fleur begriff, daß Colin wahrscheinlich ihre letzte Chance

darstellte, zu entkommen. Sie war bereits vierzehn, hatte vielleicht nur noch wenige Jahre vor sich, bis sie mit Krankheiten infiziert wurde – falls sie es nicht bereits war – oder sogar starb. Und obwohl sie damals kein Interesse an dem Baby in ihrem Bauch hatte, war sie sich nicht sicher, ob sie es loswerden wollte, und war neugierig, wie es sein würde, etwas ganz für sich allein zu haben.

Soweit Fleur sich erinnern konnte, war erst einmal ein Mädchen von einem Freier aus dem Lily Garden geholt worden, und sie wußte, daß die Chancen schlecht standen.

Als Colin an jenem Nachmittag eintraf, war sie bereit. Sie lächelte ihn scheu an, als sie ihm die Tasche abnahm, und dann, als sie zur Sache kamen, entledigte sie sich sehr langsam mit verächtlichem Gesichtsausdruck – sie hatte entdeckt, daß das Teil des Spieles war, das er liebte – ihres Kimonos. Sie vergewisserte sich, daß er jeden Zentimeter von ihr sehen konnte, setzte sich vor ihn und zog die fremdartigen engen Stiefel und Handschuhe an, nahm die Lederriemen und die Lederschürze zur Hand. Aber dann setzte sie ihre ganze Schauspielkunst ein, indem sie ungeschickt herumhantierte und alles zu Boden fallen ließ. Dabei füllten sich ihre Augen mit Tränen, als würde sie von ihren Gefühlen überwältigt.

Colin, der bereits sehr erregt war, bedrängte sie, was denn los sei, aber sie wollte es ihm nicht erzählen. Statt dessen biß sie sich auf die Lippen, als wolle sie ihre Tränen zurückhalten, nahm die Ausrüstung wieder zur Hand, band die Schürze um und machte sich an die Arbeit.

An jenem Nachmittag leistete sie erstklassige Dienste, zog es in die Länge, bis Colin sie schwach und zitternd anflehte, aufzuhören und ihn zu erlösen. Da ließ Fleur ihren Tränen freien Lauf. In ihrem stockenden Englisch gestand sie ihm, daß er für sie etwas ganz Besonderes war, daß sie das Interesse an anderen Männern verloren habe, daß sie vom ersten Augenblick an gewußt habe, daß er der einzige Mann sei, der ihr in jeder Hinsicht Erfüllung verschaffen könne, obwohl sie versucht hatte, es vor ihm zu verbergen. Und daß sie ihn unmöglich wiedersehen könne, wenn er das nächste Mal nach Bangkok käme, da es zu schmerzlich für sie sei, ihn wie irgendeinen anderen Kunden zu behandeln.

Geistesabwesend spielte sie mit ihm, als sei ihr nicht klar, was sie tue. Und als Colin kam, glaubte er, verliebt zu sein, und hatte geschworen, sie mit sich zu nehmen.

Während sie sich jetzt an die Arbeit machte, war Fleur in Gedanken schon weit weg. Mit Tommy ging sie über weichen weißen Sand an der Küste eines blauen Meeres. »Du bist wieder ungezogen gewesen, nicht wahr?« ermahnte sie ihn mit strenger Stimme, die keinen Unsinn duldete, während sie vor ihrem geistigen Auge sah, wie die Wellen an ihren Zehen leckten. »Ich habe dich gewarnt, was passieren würde, wenn du dich nicht benimmst. Komm her, bück dich!« Sie überwand seinen gespielten Widerstand und stieß ihn um, so daß er mit dem Gesicht auf dem Bett lag. »Jetzt verabreicht Mami dir eine ordentliche Tracht Prügel.« Und während er stöhnte, vor Ekstase zitterte und sich herumzudrehen versuchte, um ihre Brust zu liebkosen, schloß Fleur die Augen, damit sie seine sich rötenden Schenkel, sein Gesäß und seine gefesselten Beine nicht sehen mußte, sondern sich die Blätter einer Palme vorstellen konnte, die sich in einer tropischen Brise wiegten.

Ein paar Minuten, bevor Fleur bei Colin zur Sache kam, wachte George Gallaher in seinem eigenen Schlafzimmer auf, aber nicht genug, um nicht zu merken, daß ihm der phantastische Traum, den er gerade geträumt hatte, entglitt. Auf einem Feld hatte er es mit einer Bauerntochter getrieben, ein Mädchen mit einer spektakulären Rubensfigur mit stämmigen Beinen und riesigen wogenden Brüsten. Ins Bettzeug eingekuschelt, schloß er die Augen und versuchte, die letzten Fasern dieser köstlichen Bilder festzuhalten, die allumfassende Wärme jenes weichen Bauches und jener prächtigen Schenkel, aber sie glitten dahin, entschwanden seiner Reichweite …

Das Telefon neben dem Bett schrillte, mit einem Schock war er hellwach, und als er nach dem Hörer tastete, spürte er die pochende Gegenwart des Branntweins von gestern nacht in seinen Schläfen. Sein Zustand verbesserte sich nicht durch den Telefonanruf. Fünf Minuten später, als er auflegte, stöhnte George laut, sank erleichtert auf den Stapel Kissen zurück und preßte die Handballen auf seine schmerzenden Augen. Sein Magen bereitete ihm auch Probleme, er gurgelte wie ein Abfluß, während er versuchte, mit dem üppigen Weihnachtsessen fertig zu werden. Alles in allem fühlte George sich krank.

Zu sagen, er sei geschockt von den Neuigkeiten aus Irland, wäre noch milde ausgedrückt. Franceys Enthüllung bedeutete, daß er etwas tun mußte. Nahmen seine Prüfungen denn gar kein Ende? Er stützte sich auf eine Schulter, zog das Telefon näher und rief in der Küche an, um Kaffee, Eiswasser und Alka-Seltzer zu bestellen, dann taumelte er ins Badezimmer. »Du brauchst eine Generalüberholung, mein Jungchen«, sagte er zu dem Wrack, das ihn aus blutunterlaufenen Augen aus dem Spiegel anstarrte. Welche weiteren Heimsuchungen würde dieser Tag bringen? Nach Georges Erfahrungen lief an einem Tag, der so übel begann, alles schief.

Nach einem langen Aufenthalt unter der Dusche fühlte er sich ein bißchen besser, und als er ins Schlafzimmer zurückging, schluckte er die Alka-Seltzer, die in seiner Abwesenheit gebracht worden waren, und trank dann Schluck für Schluck den starken heißen Kaffee. Es war Jool gewesen, die ihm den Tee abgewöhnt hatte, und jetzt dachte George nicht einmal im Traum daran, einen Tag ohne drei oder vier Tassen des Getränkes, das sie extra aus den Staaten importieren ließ, zu beginnen.

Er vermißte Jool wirklich. Nun gut, dachte er, es gab Zeiten, da war es toll, frei wie der Wind zu sein, aber es gab andere, so wie jetzt, wenn das wirkliche Leben ins Spiel kam, da war es schrecklich, allein zu sein, ohne jemanden, der seine Sorgen mit einem teilte. George, zu dessen zahlreichen Fehlern Selbsttäuschung nicht gehörte, war so bescheiden, zuzugeben, daß Teilen nicht das angemessene Verb war. Er wollte, daß Jool noch lebte und diese schreckliche neue Situation in die Hand nahm. Mürrisch starrte er in den Bodensatz seiner letzten Tasse Kaffee. Er sollte wohl besser die schlechten Nachrichten an Colin weitergeben. Schließlich war das auch für ihn ein Verwandter. Und für Tommy.

Die Gedanken an Tommy, an die Freude des Kindes über all seine Geschenke – George hatte ihm eine Tischtennisplatte, ein Netz und Schläger gekauft, die sie in einem der leerstehenden Ställe aufgebaut hatten –, ließ ihn ein wenig lächeln. Natürlich hatte er die Dinge nicht durchdacht, als er ein Tischtennisset bestellte – es zu kaufen war eine Sache, das verdammte Spiel mit seinem Enkel spielen zu müssen eine andere –, aber George hatte festgestellt, sobald er seinen Jool-losen Status als Familienoberhaupt zumindest für Weihnachten akzeptierte, waren seine Rolle und die damit verbundenen Pflichten nicht halb so unangenehm, wie er erwartet hatte. Sie alle vier, Colin, Tommy, Fleur und er selbst, hatten vor dem Weihnachtsmahl gestern abend mehr als eine Stunde unbeschwerten Vergnügens im Stall verbracht, als sie sich bemühten, das Ungleichgewicht ihrer Kondition und Spielerfahrung zu überwinden.

Das Alka-Seltzer tat in Kombination mit dem Koffein sein Werk, und Georges Stimmung heiterte sich auf, als ihm plötzlich klar wurde, daß es, was die bevorstehenden Ereignisse betraf, auch Colins Sache war, zu helfen. Man sollte es ihm so bald wie möglich sagen. Vielleicht konnten Colin und Fleur noch ein wenig länger bleiben, statt nach London zurückzuhetzen? Obwohl er wußte, daß nur eine schwache Hoffnung bestand, war er dennoch entschlossen, sie zu fragen.

Da George sehr wohl wußte, daß er heute morgen nichts Beengendes ertragen konnte, zog er eine alte bequeme Hose, einen weichen Kaschmirpullover und ein Paar Slipper an, benetzte sich mit teuerem Aftershave und überquerte den Flur in Richtung auf das Zimmer, das sein Sohn und Fleur benutzten.

Bevor er klopfte, zögerte er, weil er sie nicht aufwecken wollte, wenn sie noch schliefen, daher horchte er an der Tür nach Anzeichen von Leben. Obwohl die Wände des Herrenhauses solide gebaut waren und die Innentüren aus massivem Mahagoni bestanden, hörte George sehr schwach die charakteristischen Geräusche sexueller Aktivität. Ziemlich heftige

Aktivitäten, dachte er neidisch und unterdrückte die lüsternen Bilder, die bei dem Gedanken, Fleur zu besitzen, in ihm aufstiegen. Er wußte, daß er weggehen sollte, aber während er noch zögerte, verklang das Geräusch. George wartete noch ein paar Sekunden, dann klopfte er.

Nach einer kurzen Pause wurde die Tür aufgeschlossen und Fleur, in einen Kimono gekleidet und gefaßt wie immer, öffnete. »Morgen, Fleur«, sagte George und dann: »Oh, tut mir leid. Offensichtlich komme ich zu einer ungünstigen Zeit.« Er hatte sich an den zerzausten Colin gewandt, der mit hochrotem Kopf, in Laken gehüllt, aufrecht gegen das Kopfende des Bettes gelehnt dasaß.

»Ist schon gut«, Colins Stimme war atemlos und heiser. »Was können wir für dich tun?«

»Das war unser neues Familienmitglied aus Irland am Telefon«, George schloß jetzt Fleur mit ein, »er schickt uns schöne Grüße. Hatte auch Neuigkeiten für uns.«

»Was für Neuigkeiten?« George erschien Fleur so uninteressiert wie immer, aber sie trat von der Tür zurück, um ihn hereinzulassen.

George nahm ihre unausgesprochene Einladung an und trat ins Zimmer, wobei er bemerkte, daß der Geruch nach Sex schwer in der warmen Luft hing. »Offensichtlich ist Jools anderer Protegé«, er gähnte, als langweile das Thema ihn, »mein dritter Sohn, ebenfalls aufgetaucht.«

»Wirklich?« Als wolle er sich selbst schützen, zog Colin die Laken fester um sich. »Seit wann?«

»Ich kenne nicht alle schaurigen Einzelheiten.« Dann entschloß George sich, keine Witze zu reißen. »Die beiden kommen bald hierher. Könntet ihr hiersein, um mir zu helfen, wenn sie kommen?« bettelte er. Er wandte sich an Fleur: »Ihr beide?«

»Wobei helfen, Dad?« fragte Colin nach einem Blick auf Fleur.

George entschloß sich, direkt an sie zu appellieren. »Du weißt, wie schlecht ich in so was bin, hab das immer alles Jool überlassen...« Irgendwie brachte er ein Lächeln zustande. »Glaubst du, ihr könntet es so regeln, daß ihr hier seid?«

»Nächste Woche habe ich etliche geschäftliche Besprechungen in London, Dad. Du erinnerst dich daran, daß ich dir gestern beim Essen davon erzählt habe –«

»Oh, ich glaube nicht, daß es so dringend ist«, George beeilte sich, ihn zu beschwichtigen, »aber selbst wenn du nicht da bist, wenn sie kommen, könntest du dann hiersein, Fleur?« Er hatte das Gefühl, daß sein Appell zu eindringlich war, und mäßigte sich. »Offensichtlich«, fügte er trocken hinzu, »befindet sich unser verlorener Sohn in einem heiklen Gesundheitszustand und ist noch nicht reisefähig.«

»Ich würde ihn natürlich gerne kennenlernen, aber nicht ohne Colin.« Fleurs Ton, sanft wie immer, ließ dennoch keinen Widerspruch zu, und George hielt es für klüger, kein Thema daraus zu machen.

»Tut mir leid, euch gestört zu haben«, sagte er und warf Colin einen wissenden Blick zu, woraufhin augenblicklich eine noch tiefere Röte ins Gesicht seines Sohnes stieg. »Aber ich dachte, es interessiert dich, zu erfahren, daß du bald deinen Bruder kennenlernen wirst.«

»Aber natürlich, Dad, das tut es.«

»Macht weiter!« George verließ das Zimmer.

In seinem Schlafzimmer rief er nochmals die Küche an, bestellte eine weitere Kanne Kaffee und warf sich dann aufs Bett. Das war ein Anfang gewesen, der war aber alles andere als zufriedenstellend. George wußte, daß es mehr als wahrscheinlich war, daß er sich allein um Francey und Dessie kümmern mußte.

Verdammt, dachte er, in dieser Angelegenheit brauchte er Unterstützung. Er griff zum Telefonhörer, um einen Londoner Freund, den er seit vierzig Jahren kannte, zu bitten, ein paar Tage nach Inverary zu kommen, um ihm aus dieser Patsche zu helfen. Dieser Freund und George waren gemeinsam auf Schürzenjagd gegangen, einer weiteren Prüfung war die Freundschaft nie unterzogen worden, aber jetzt war die Zeit gekommen, ihn um einige Gefälligkeiten zu bitten. Wäre nicht schlecht, den Burschen in der Hinterhand zu haben, falls die anderen beiden ihn im Stich ließen.

Als das Telefon jedoch nicht abgenommen wurde, mußte George aufgeben. Er starrte an die Decke. Komme, was da wolle, er würde dem nicht allein ins Auge sehen.

Georges Treffen von Angesicht zu Angesicht mit seinem dritten Sohn stand nicht so bald bevor, wie er befürchtet hatte. Und während er darüber brütete, hatte sein zweiter Sohn keine Zeit für solche Grübeleien, denn Francey war während der nächsten vierzehn Tage so beschäftigt mit jedermanns Wohlergehen, daß er nur wenig Muße hatte, über sich nachzudenken oder darüber, was vor ihm lag.

Nachdem ihre Aussteuer gesichert war, entschloß sich Abigail, am Abend, bevor Goretti in die Staaten zurückflog, den Rest der Familie über ihre Pläne, ins Kloster einzutreten, zu informieren, eine Ankündigung, die alle in Aufregung versetzte. Dann ging Constance wieder zur Schule, und Margaret nahm ihre ambulante Tätigkeit wieder auf, Francey blieb zurück als Dessies Pfleger und Hauptgesellschafter seiner Mutter, neben der ewig-treuen Tilly, die jeden Tag unter irgendeinem Vorwand kam.

Als hätte er noch nicht genug Sorgen, beschäftigte Francey auch die Frage, ob seine Mutter sich daran gewöhnen würde, ihn ständig in der Nähe zu haben. Er mußte sich dagegen schützen, daß er vielleicht Hoffnungen weckte, sich als Vollzeitbauer hier niederzulassen. Aber er hatte so viel zu tun, daß er eine ernsthafte Diskussion mit ihr darüber, was als nächstes geschehen sollte, vor sich herschob. Auf seltsame Weise half ihm Dessies Gegenwart. Elizabeth war so beschäftigt damit, ihn gesund zu pflegen und sich um die praktischen Seiten von Abigails Entscheidung zu kümmern, daß sie das von ihrem Kummer ablenkte und von fast allem anderen auch, einschließlich ihrer eigenen Zukunft.

Am Anfang bereitete Dessie wenig Schwierigkeiten. Von dem aufmerksamen Arzt und Margaret durch Medikamente von Schmerzen befreit und ruhiggestellt, schwebte er in der Zeit nach Weihnachten zwischen benommenem Wachsein und

Schlaf hin und her und ließ alles mit sich geschehen. Er war so benebelt, daß er nicht um Alkohol bat. Margaret erklärte Francey, daß die Tabletten, die ihm in hohen Dosen verabreicht wurden, ihm über die Anfänge seines Entziehungsprozesses hinweghalfen.

Endlich erzählte Francey Margaret die Geschichte ihrer Schwester. Sie nahm es mit stoischer Gelassenheit hin und reagierte erst darauf, als er begann, davon zu berichten, wie Dessie von so vielen seiner »Onkel« verprügelt worden war. »Hör auf«, sie hob die Hände, »mehr will ich nicht hören. Außerdem kennst du nur eine Seite der Geschichte.«

»Ja«, Francey tat sie schrecklich leid. »Ich bin sicher, daß das schrecklich übertrieben ist.«

Margaret stand auf und verließ das Zimmer.

Das Leben auf dem Bauernhof ging weiter. Franceys Mutter versank oft in Gedanken und wanderte wie ein Gespenst durchs Haus. Nachts wurde Francey, der neben Dessies Klappbett auf einer Matratze auf dem Boden schlief, häufig geweckt, wenn die Schlafzimmertür sich öffnete und sie in die Küche kam, um etwas zu holen. Er wußte, daß er nur wenig tun konnte, um ihre Trauer zu lindern, und obwohl ihm klar war, daß dieses Angebot unzureichend war, mußte er sich damit bescheiden, ihr zu sagen, daß er da war, wenn sie reden wollte – eine Einladung, von der sie nie Gebrauch machte.

Während der ersten Phase der Gesundung seines Bruders war Francey wegen dessen Passivität wenigstens in der Lage, sich um die veränderte Situation auf dem Hof und die Formalitäten zu kümmern, die nach jedem Todesfall erledigt werden müssen. Er hatte insofern Glück, als zu dieser Jahreszeit nicht viel Arbeit auf dem Feld erforderlich war und die Tiere im Stall standen, was ihre Versorgung erleichterte. Obwohl er alle rechtlichen Schritte erledigen mußte, war es nicht schwierig. Da der Hof seiner Mutter gehört hatte, bevor sie Mossie heiratete, und er immer noch ihr gehörte, betraf Mossies Testament nur seinen eigenen kleinen Hof und einige kümmerliche Äcker, die von einem deutschen Paar gepachtet worden waren, das aus dem Ruhrgebiet auf der Suche nach einem einfacheren Leben hierhergekommen war. Dies hatte er Franceys Mutter hinterlassen; Constance bekam die Großvateruhr und die paar Stücke altes Porzellan, die er mit nach Lahersheen gebracht hatte; seine Bücher und sein Werkzeug hatte er Francey vermacht.

Ende der ersten Januarwoche, als sie das Gefühl hatten, Dessie sei dem gewachsen, arrangierte Francey, daß sie von Castletownbere aus ein Taxi mieteten, um mit seinem Bruder zum besten Zahnarzt in Cork zu fahren. Um diese Fahrt auszunutzen, vereinbarte er einen Termin mit der Anwaltsfirma seines verstorbenen Großvaters Sullivan, um die Folgen für sein eigenes Leben und das seiner Mutter nach Mossies Tod zu besprechen. Da sie annahmen, daß Dessie eine Nachbehandlung benötigen würde, wollten sie so lange wie nötig bei der alten Mrs. Sullivan bleiben.

Dessie war weiterhin schläfrig und wortkarg, aber umgänglich. Es war, als hätte er alle Verantwortung für sein Leben und Handeln auf andere übertragen. Wenn man ihm sagte, wo es hinging und warum, antwortete er nur »ja«. Francey hoffte, daß er die Fahrt, auf der sie allein waren, ausnutzen konnte, um zu seinem Bruder durchzudringen.

Den größten Teil der Fahrt schlief Dessie, und als der Wagen die Quays am Lee entlangfuhr und sie sich dem Stadtzentrum näherten, beugte Francey sich zum Rücksitz nach hinten, um ihn zu wecken, aber dann mußte er ein oder zwei Augenblicke warten. Dessies Magerheit und gebückte Haltung ließen ihn kleiner wirken, als er war, nämlich über einen Meter achtzig. Jetzt lag er zusammengerollt wie ein Baby auf dem Rücksitz. Seine feingliedrigen Hände hatten lange ausdrucksvolle Finger. Trotz seines vielen Schlafens sah er im Sonnenlicht, das durch die Scheibe auf sein Gesicht fiel, erschöpft und sehr jung aus. Ihn aufzuwecken schien wie Mord zu sein.

So sanft er konnte, legte Francey ihm eine Hand auf die Schulter. Mit einem Ruck streckte sein Bruder sich und blinzelte in die Helligkeit. Jetzt, da er glatt rasiert war, wirkten Dessies Augen erst richtig. Zum ersten Mal sah Francey ihn objektiv an und fand, daß er im Laufe der Zeit eine genauso eindrucksvolle Erscheinung wie ihr Vater werden würde. »Geht es dir gut?« fragte er. »Wir sind bald da.«

Dessie gähnte – seine schwarzen Zähne zerstörten die Illusion von Schönheit – und richtete sich auf. »Mir geht's gut«, murmelte er und durchsuchte seine Taschen, »ich habe keine Glimmstengel mehr. Ohne kann ich da nicht rein.«

Francey bat den Fahrer, am nächsten Geschäft zu halten, und kaufte dort einen Vorrat an Woodbines. Dessies erste verständliche Bitte, nachdem er das Bewußtsein wiedererlangt hatte, war eine Zigarette, und trotz eines quälenden zähen Hustens, der schlimmer zu werden schien, wenn er den Rauch in die Lungen zog, hatte er seitdem fast jeden wachen Augenblick geraucht.

Der Taxifahrer drehte sich um und beobachtete, wie Francey die Stange hinüberreichte. »Sargnägel«, meinte er. »Mein Bruder in den Staaten sagt, man bekommt Krebs davon.«

Wegen Dessies Husten hatte Margaret zu Hause ähnliche Bemerkungen gemacht, aber als Hauptbeschützer seines Bruders hatte Francey sie abgeschmettert. Obwohl er es sich nie selbst angewöhnt hatte, hatte er nichts gegen Rauchen, und mit Ausnahme seiner Mutter qualmten in Lahersheen alle wie die Schlote – selbst Margaret. »Was schadet das schon?« unterbrach er, bevor der Fahrer weiter darauf herumreiten konnte. »Da drüben in Amerika sind sie alle ganz verrückt danach. Ein paar Glimmstengel haben noch nie jemanden umgebracht.« Dessie konnte soviel rauchen, wie er wollte, dachte er, solange es ihn vom Schnaps ablenkte.

»Alles klar?« Francey hielt die Tür auf, als das Auto am Straßenrand vor der Praxis anhielt. Dessies Antwort war, sich eine weitere Zigarette anzuzünden. Er stieg aus dem Auto, als sei er auf dem Weg zum Galgen. »Mach dir keine Sorgen«, versuchte Francey ihn zu beschwichtigen, »sie haben in der Zahnheilkunde große Fortschritte gemacht. Es tut überhaupt nicht weh.« Dessie sah nicht überzeugt aus, sondern schaute um sich, als suche er nach einem Fluchtweg.

Es war Francey in den Sinn gekommen, daß sein Bruder vielleicht wieder verschwinden würde, wenn er in einer solch bedrohlichen Umgebung wie dem Wartezimmer eines Zahnarztes allein gelassen würde, und so setzte er sich mit ihm hin und ging erst, als er Dessie sicher in den Händen des Arztes wußte. Der Arzt in Castletownbere hatte den Zahnarzt telefonisch über die besonderen Probleme informiert, und mehrere aufeinanderfolgende Termine waren für ihn reserviert worden, so daß Francey jetzt etwa zwei Stunden Zeit hatte, um seinen eigenen Geschäften nachzugehen.

Als er eine von Corks zahlreichen Brücken in Richtung South Mall überquerte, wo die Kanzlei seines Großvaters Büroräume hatte, blieb er stehen, um zu beobachten, wie zwei kleine Jungen einigen Schwänen Stücke trockenen Brotes zuwarfen. Die Jungen, die etwa sieben oder acht Jahre alt waren, merkten nicht, daß sie beobachtet wurden.

Francey beugte sich über das Brückengeländer und bewunderte die Anmut der Schwäne, die ihre langen Hälse zum Betteln ausstreckten und sich dann auf das Brot stürzten. Aber zum Mißfallen der kleinen Jungen waren die Schwäne langsamer als die räuberischen Möwen und kamen zu kurz. Um den Piraten ein Schnäppchen zu schlagen, rannten die beiden von der Brücke hinunter, einige Stufen hinab bis zum Wasser, von wo aus sie besser zielen konnten.

Dieses glückliche Durcheinander war so weit entfernt von den Familiensorgen, in die Francey hineingestürzt worden war, daß seine Stimmung sich besserte. Eine Säule der Erziehungsmethoden der Priester war es gewesen, einen Sinn für Perspektive zu entwickeln. Francey sah jetzt, daß – ganz gleich, was mit ihm und seiner zweiteiligen Familie, mit Fleur, Dessie, George oder einer seiner Schwestern oder selbst mit diesen kleinen Jungen oder der Brücke, von der aus er sie beobachtete, geschah – dieser Fluß weiter ins Meer fließen würde wie ein glänzendes braunes Band und dieser kalte klare Himmel über seinem Kopf zahllosen künftigen Generationen von Vögeln offenstehen würde. Diese Vorstellung machte ihm Mut.

Spontan ging er den Jungen nach und steckte jedem eine Fünfpfundnote in die fast leere Tüte. »Um mehr Brot zu kaufen«, erklärte er. »Frohes neues Jahr!« Lächelnd sprang er die Stufen zur Straße wieder hinauf, konnte aber nicht widerstehen, sich noch einmal umzuschauen, bevor er wegging. Mit offenen Mündern starrten sie zu ihm empor und hatten ihre Aufgabe vorübergehend völlig vergessen. »Cheerio«, rief er und ging pfeifend seiner Wege. Geld zu verschenken war einer der Vorzüge seines Reichtums. Da entschloß Francey sich, es so oft wie möglich zu tun.

Mit leichtem Schuldgefühl stellte er auch fest, daß er die Freiheit genoß, weg zu sein aus Lahersheen, weg von der drückenden Last der Verantwortung, die ihm so plötzlich aufgebürdet worden war. Es machte ihm doch nichts aus – seine Mutter, der Hof, die Übernahme der Würde als Mann im Haus, oder? Francey schob seine Selbstbeobachtungen beiseite. Er würde das Beste aus dieser Zeit machen. Es war ein schöner Tag, und er war umgeben von ganz gewöhnlichen Leuten, die ganz gewöhnliche Dinge taten. Für eine Weile wollte er Teil all dessen sein.

Nachdem er seine Angelegenheiten in der Anwaltskanzlei in großer Eile erledigt hatte und noch mehr als eine Stunde Zeit hatte, bevor er in der Zahnartzpraxis zurück sein mußte, entschloß er sich, sein Glück zu versuchen und Fleur aus dem Hauptpostamt der Stadt anzurufen. Er war enttäuscht gewesen, daß er keine Gelegenheit gehabt hatte, mit ihr zu reden, als er am zweiten Weihnachtstag in Inverary angerufen hatte, und seitdem war er nie allein gewesen, um sie in der Wohnung anzurufen. Auf jeden Fall, so überlegte er, mußte er sie fragen, ob sie sein Weihnachtsgeschenk mit der Post bekommen hatte.

Aber als Francey schließlich wählte, schwand sein Selbstbewußtsein dahin. Er hatte sich nicht überlegt, was er sagen würde, wenn Colin ans Telefon ginge. Als das Telefon am anderen Ende der Leitung klingelte, beschloß er, daß es nur eine Möglichkeit gab, nämlich dieses Spiel lässig zu spielen: Schließlich hatten sie jeden Grund, von Bruder zu Bruder miteinander zu reden – über Dessie. Trotz dieser blitzschnellen Vorbereitung klopfte sein Herz beim dritten Klingeln so heftig, daß er in Panik geriet und fast aufgelegt hätte, als er hörte, wie beim vierten Klingeln abgenommen wurde.

Durch ein Wunder war es Fleur. Francey packte den Hörer fest mit seiner schwitzenden Hand, während er sich bemühte, seine Gefühle nicht durch seine Stimme zu verraten. Er hörte, wie er Fleur fragte, wie es ihr ging, wie sie und ihre Familie Weihnachten überstanden hatten, hörte, wie er anscheinend endlos ungeschickten Schwachsinn von sich gab. Ihre Antworten mit jener schüchternen Stimme und in diesem altertümlichen Englisch, das er so liebte, waren höflich und kühl, so kühl, daß Francey in Panik geriet.

Dann fiel der Groschen. Natürlich! Sie versuchte, ihn darauf hinzuweisen, daß jemand zuhörte. Er wechselte den Kurs. »Ich wollte mit dir über Dessie sprechen«, sagte er und fragte dann wie ein Verschwörer, der er ja war: »Ist Colin in der Nähe?«

Aber Fleurs Stimme blieb distanziert. »Er ist in Singapur, glaube ich.«

Dann war es also nicht Colin, der sie davon abhielt, so zu reden, wie sie wollte. »Das ist schade.« Francey entschied, daß es keinen Zweck hatte, eine Unterhaltung fortzuführen, die so schief lief. Er gab ihr rasch eine nervöse Zusammenfassung von Dessies Situation, wie sie sich im Augenblick darstellte, versprach, bald wieder anzurufen, und legte auf. Aber als er den stummen Hörer in seiner Hand anstarrte, war er wütend auf sich selbst, weil er die Sache so vermasselt hatte und weil er sich jetzt mies fühlte. Wo war sein ganzes Selbstbewußtsein geblieben?

Wie Hazel es ihm beigebracht hatte, holte er tief Luft, um seine Nerven zu beruhigen.

Das war doch eine gute Idee. Er hatte nichts mehr von Hazel gehört, seit er sie am Morgen des zweiten Weihnachtstages gesehen hatte. Sie mußte ihn für undankbar halten, daß er sich nicht früher mit ihr in Verbindung setzte nach all der Hilfe, die sie ihm geleistet hatte. Und sie hatte gesagt, am Fünften sei sie zurück in Dublin.

Beim ersten Klingeln ging Hazel ans Telefon, und er stürzte sich in die Geschichte, was geschehen war, seit er sie zuletzt gesehen hatte. »Das ist toll«, sagte sie jedes Mal, wenn er eine Pause machte, um Luft zu holen. Aber erst mitten in seinem Wortschwall fiel Francey auf, daß sie sich ein wenig ruhig anhörte, und bekam Gewissensbisse, daß er so egoistisch war. »Tut mir leid«, sagte er, »ich rede und rede und frage dich gar nicht, wie es dir geht. Ist mit dir alles in Ordnung, Hazel?«

»Klar, wieso nicht? Alles ist phantastisch«, lachte sie, »und die Tour war toll. Gerammelt voll.« In Franceys Ohren klang das Lachen nicht ganz echt. Dann hörte er im Hintergrund ein lautes Scheppern. »Was war das?« fragte er. »Habe ich zu einer unpassenden Zeit angerufen?«

»Nein, überhaupt nicht«, erwiderte Hazel. »Draußen wird die Straße repariert, die treiben mich noch in den Wahnsinn. Um die Wahrheit zu sagen, habe ich entsetzliche Kopfschmerzen.« Sie hörte sich so seltsam an, daß Francey sich noch einmal entschuldigte, versprach, sie bald wieder anzurufen, und auf Wiedersehen sagte.

Wieder draußen, ärgerte er sich, daß er überhaupt telefoniert hatte. Seine Hochstimmung von vor wenigen Minuten war verflogen. *Frauen*! dachte er. Am Nordpol oder auf einer einsamen Insel war man besser dran. Zumindest befände er sich dann nicht auf dieser gefühlsmäßigen Berg-und-Tal-Bahn. Er wollte verdammt sein, wenn er seine Gefühle noch einmal so durch die Mangel drehen lassen würde. Nächstes Mal konnte Fleur, verdammt noch mal, ihn anrufen – und was Hazel betraf ... Sobald er seine eigenen Gedanken wahrnahm, schämte Francey sich. Er hatte kein Recht, über einen der Anrufe aufgebracht zu sein. Es schien nur einfach im Augenblick nichts richtig zu klappen, wo Gefühle im Spiel waren.

Um sich aufzuheitern, ging er in eine Buchhandlung, aber jeder Band, den er zum Schmökern auswählte, erinnerte ihn an seine Misere. Er bemerkte, daß selbst die hartgesottensten Detektive in den spritzigsten Thrillern sich in die eine oder andere Dame zu verlieben schienen; die guten alten Geschichten von P. G. Wodehouse drehten sich anscheinend viel stärker um Herzensangelegenheiten, als ihm bisher aufgefallen war. Und was die Klassiker anbelangte: Francey konnte darin nur wenig anderes entdecken als Berichte über Beziehungen in den verschiedensten Stadien von Schwierigkeiten. Spontan kaufte er die drei teuersten Bücher, die er im Geschäft finden konnte. Keines von ihnen hatte irgend etwas mit Liebe oder Romantik zu tun: ein riesiger Atlas, ein voluminöses englisches Wörterbuch und ein Hochglanzbildband über Wildblumen im Atlasgebirge, die ihn nicht im mindesten interessierten. Aus irgendeinem Grund bereitete es ihm eine grimmige Befriedigung, dem Mann an der Kasse die unerhörte Summe, die er verlangte, zu überreichen. Der Akt der Geldverschwendung schien die Angst zu lindern.

Als er seine Einkäufe auf die Straße schleppte, wußte er, daß er seine zweite Lektion über Geld gelernt hatte, und die war fast so wertvoll wie die erste. Geld auszugeben vermittelte einem ein fast so gutes Gefühl, wie es zu verschenken.

13

Hazel hatte zwar die Straßenarbeiten erfunden, aber nicht gelogen, als sie Francey erzählte, sie habe Kopfschmerzen – eine Folge von zuviel Rotwein in der vergangenen Nacht.

Sie starrte auf den stummen Telefonhörer in ihrer Hand. Sie war ihrer selbst überdrüssig und auch des selbstzerstörerischen Kurses, den sie eingeschlagen hatte, seit sie erkannt hatte, wie unangemessen es war, zu hoffen, daß zwischen ihr und Francey Sullivan etwas anderes als Freundschaft bestehen könne. Francey machte sie nicht den geringsten Vorwurf, es war alles ihr eigener dummer Fehler. Seine Stimme hatte solch eine Wut und Selbstverachtung in ihr entfacht, daß sie am liebsten das Telefon aus dem Fenster geworfen hätte.

Der Lärm in der Küche ging weiter, und sie stolperte aus dem Bett und rannte durch das Wohnzimmer zur Küche. »Was machst du da, Larry?« wollte sie wissen. »Was soll der verdammte Radau?«

Verletzt drehte sich der junge Mann am Mülleimer um, in den er gerade die Überreste einer großen Schüssel warf. Gestern abend in der dämmrigen Beleuchtung bei Collins hatte er ganz annehmbar ausgesehen und auch erst einige Biere getrunken. Jetzt fiel die unbarmherzige Januarsonne durch das Küchenfenster auf ein stoppeliges Kinn, die schlaffe, bleiche Haut seiner Brust und die nicht allzu saubere Unterhose. »Es war nicht meine Schuld«, beschwerte er sich und hielt die Scherben hoch, »sie stand nicht richtig im Schrank, und als ich ihn aufmachte, um nach einer Tasse zu suchen, fiel sie heraus.«

»Ich habe meine Meinung wegen des Kaffees geändert«, gab Hazel zurück. »Es war ein Fehler. Jetzt ist Feierabend, klar?«

Während er sie weiterhin anstarrte wie ein geprügelter Hund, warf sich Hazel selbst insgeheim vor: *Du bist ja eine Masochistin*, und fragte sich, was in sie gefahren war, diesen Vollidioten noch mal mit nach Hause zu nehmen. Sie hätte vom letzten Mal lernen sollen: Im vergangenen Jahr hatten sie beide ein paar Wochen lang eine Affäre, aber es hatte nicht lange gedauert, bis Hazel herausfand, daß er Alkohol den Frauen vorzog; darauf hatte sie ihn hinausgeworfen.

Er starrte sie an. »Was?« fragte er sie gekränkt. »Du meinst, ich soll jetzt sofort gehen?«

Selbst wenn man ihre Vorgeschichte in Rechnung stellte, hatte Larry Pech, ausgerechnet derjenige zu sein, der in die Schußlinie geriet. »Ja, jetzt!« schrie sie, packte ihn am Arm und zerrte ihn zur Tür. »Zieh dich an und raus hier.«

»Jesus«, er leistete keinen Widerstand, sondern ließ sich von ihr zur Tür schieben, »du bist vielleicht 'ne seltsame Pflanze!«

»Ein Wurm wie du kennt sich damit natürlich aus.« Hazel wußte, daß sie völlig unvernünftig war.

»Wenigstens vergreife ich mich nicht an kleinen Kindern«, höhnte Larry. »Wie geht es denn diesem Riesenbaby, mit dem ich dich vor nicht allzulanger Zeit bei Neary's gesehen habe? Du hast es wohl nötig, eh, Hazel? Die Zeiten werden schwerer?«

Hazel keuchte. Sie hatte vergessen, daß Larry an jenem Abend an der Bar herumgehangen hatte. »Raus!« schrie sie.

»Ich geh ja schon, ich geh ja schon.« Mit einem unangenehmen Grinsen hob Larry in gespielter Kapitulation die Hände.

Zumindest, dachte Hazel, als sie wenige Minuten später die Tür hinter ihm schloß, war dieses Mal ihre sexuelle Odyssee mit diesem Arschloch kurz gewesen. Unglaublich dämlich, aber kurz. Sie ließ Wasser in die Badewanne laufen und drehte auch die Dusche auf: Sie brauchte so viel kochendheißes Wasser auf ihrem Körper, wie sie kriegen konnte, und das so schnell wie möglich. Sie stieg in die Wanne und begann, sich mit einem Schwamm abzurubbeln. Sie haßte sich, verachtete sich, empfand Widerwillen gegen sich ...

Ihr Körper war rosig und wund, als sie wieder aus dem Bad stieg, aber zumindest fühlte sie sich ein bißchen besser. Ihre Kopfschmerzen klopften noch immer, aber dagegen halfen ein paar Alka-Seltzer oder die Flasche Fernet Branca, die sie für Notfälle bereithielt.

Hazel wünschte sich, als sie sich abtrocknete, sie hätte abends keinen Auftritt. Sie wünschte sich, nie ein Auge auf Francey Sullivan geworfen zu haben. Sie wünschte sich, sie wäre Thailänderin. Sie wünschte sich, sie wäre jung. Den ganzen Tag über, wo sie auch hinschaute, stach ihr Jugend in die Augen. Junge Pärchen turtelten miteinander, während sie die Straße entlangschlenderten, Reklametafeln für Lebensmittel waren bevölkert von jungen Mädchen diesseits der Zwanzig, und als sie in das Eckgeschäft ging, um Zigaretten und Milch zu kaufen, war die mütterliche Frau, die sonst dort arbeitete, nicht da, sondern an ihrer Stelle eine junge bleiche Person, deren Make-up und schwarzer Lippenstift ihre Gesichtsfarbe betonten. »Wo ist Mrs. Cotter?« fragte Hazel, als sie ihre Einkäufe bezahlte.

»Krank«, erwiderte das Mädchen durch einen Mund voller Kaugummi. Hazel war zu niedergeschlagen, um auch nur zu fragen, wann die andere Frau wiederkommen würde.

Selbst bei der Arbeit blieb sie nicht verschont. An jenem Abend erschien ihr sogar das Publikum jünger, als bei einem Auftritt im Valley Ballroom mitten in der Woche üblich war.

Während der Pause saß sie rauchend auf einem dreibeinigen Stuhl in dem Witz von Umkleideraum hinter der Bühne. Durch die dünnen Satinvorhänge, die der Band ein Minimum an Ungestörtheit gewährten, klangen ihre Ohren vom Schlurfen der Füße auf dem Tanzboden, dem Tosen der Unterhaltung und dem grauenhaften, schiefen Dröhnen der Pausenband. Ihre Kopfschmerzen kamen zurück, und sie wünschte sich von ganzem Herzen, sie wäre irgendwo anders.

Der Rest der High Rollers stand oder saß herum, nippte an Getränken und erzählte die üblichen Zoten. »Hört auf damit, Jungs!« rief sie, als sie über etwas losbrüllten, das sie normalerweise genossen hätte, heute aber anstößig fand.

»Was ist denn in dich gefahren, Queenie?« Der Bandleader drehte sich zu ihr um.

»Nichts«, fauchte Hazel, »ich möchte euch nur einmal in eurem versifften Leben daran erinnern, daß eine Dame anwesend ist.« Drohend blickte sie um sich, ob es einer von ihnen wagte, zu sagen, sie sei keine Dame.

Keiner tat es. »Nun komm schon«, bat der Saxophonist, »es ist doch nur ein Spaß.«

»Davon habe ich die Nase voll.« Hazel trat ihre Zigarette auf dem Betonfußboden aus. »Wird Zeit, daß ihr alle ein bißchen Respekt zeigt.« Sie ging hinüber zu dem Tisch, auf dem ihr Kosmetikkoffer stand, klappte ihn auf und beugte sich vor, um ihr Make-up im Spiegel zu kontrollieren.

Sie brachte gerade eine ihrer falschen Wimpern wieder in Ordnung, als Vinnie, der bei der Suche nach Franceys Bruder geholfen hatte, zu ihr herüberkam. »Es ist dieser Typ, nicht wahr?« fragte er mit leiser Stimme, damit die anderen es nicht hören konnten. »Möchtest du darüber reden?«

»Natürlich ist er es nicht«, murmelte Hazel, »es gibt nichts zu reden ...«

Dann: »Verdammt!« Sie hatte die Wimper abgezupft. Als sie darauf hinunterstarrte – wie ein haariges Insekt aus einer Falle ragte sie aus der Wimpernzange hervor –, war ihr nach Heulen zumute. »Beachte mich gar nicht, Vinnie«, sagte sie, »ich bin wohl fällig.«

»Also, falls du deine Meinung änderst«, wiederholte er sein Angebot, »ich habe heute nichts vor.«

Die zweite Hälfte des Auftrittes schien sich ewig hinzuziehen, bis sie am liebsten geschrien hätte. Hazel war jedoch erfahren genug, um sich selbst zur Ordnung zu rufen. Keiner der Zuschauer hätte geahnt, daß sie nicht in Topform war, als sie schwungvoll im blitzenden Scheinwerferlicht ihre Nummern absolvierte. Lässig schnipste sie bei »High School Confidential« mit den Fingern, bewegte sich im Bebop-Rhythmus Seite an Seite mit den anderen Bandmitgliedern zu Michael Hollidays »The Stairway of Love« und versuchte, die persönliche Ironie in Lees »All Alone Am I« zu überwinden, indem sie einen Punkt oberhalb der Köpfe der Tänzer auswählte und ihn mit seelenvollem Blick anstarrte.

Das vorletzte Set von Nummern, in dem sie mit zwei der Männer zusammen sang, war langsam. Fast alle waren auf den Beinen, selbst die Mauerblümchen, und tanzten eng umschlungen unter dem Blitzen und Gleißen der Drehkugel, und wenn sie es nicht besser wüßte, hätte Hazel diese Szene als romantisch bezeichnet. Für die Jim-Reeves-Nummer »Put Your Sweet Lips a Little Closer to the Phone« trat sie ein wenig aus dem Rampenlicht zurück, als ein spezielles Paar ihre Aufmerksamkeit erregte. Das Mädchen, dessen farbloses Haar zu einem schlaffen Büschel hochtoupiert war, hatte ein süßes junges Gesicht. Gekleidet war sie in pfirsichfarbene Seide und starrte auf ihre Füße, als sie und ihr Partner an der Bühne vorbeikamen.

Es war nicht schwierig für Hazel, festzustellen, warum dieses Mädchen so elend aussah. Der Mann, mit dem sie tanzte, preßte sie so an seine Brust, daß sie leicht nach hinten gebeugt war, und seine Kinnspitze bohrte sich in ihre Halsbeuge. Sein Haar war glatt und strähnig, sein Gesicht glänzte selbst unter dem Schutz dieser wohlwollenden Beleuchtung vor Schweiß und Fett. Bestimmt war er keinen Tag jünger als fünfzig.

In ihrer gegenwärtigen Verfassung wäre Hazel am liebsten von der Bühne gesprungen und hätte ihm das Gebiß aus dem Mund geschüttelt. Und als sie an die Reihe kam mit »Save The Last Dance For Me« und danach Elvis' »The Hawaiian Wedding Song« legte sie, obwohl sie das Paar aus den Augen verloren hatte, solch ein Tempo vor, daß einige aus der Menge anfingen, einen langsamen Jive zu tanzen, und der Bandleader sie über das Saxophon hinweg finster anschaute. Ihr war das egal. Sie wollte nur noch den Auftritt hinter sich bringen und nach Hause ins Bett.

Allein.

Aber da es seit dem Unfall der erste Auftritt der High Rollers im Valley war, wurde die Bühne hinterher von einer jubelnden Menge belagert.

Zum Teufel mit Francey Sullivan und seiner verdammten Jugend. Zum Teufel mit dem siamesischen Zwilling. Hazel lächelte und klimperte mit den Wimpern und riß Witze, bis sie entfliehen konnte.

Francey wartete voller Ungeduld darauf, daß es Dessie gut genug ging, um nach England zu reisen. Damit George seine Rolle bei der Rettung seines Sohnes spielen konnte.

Obwohl er Geld ausgab für Geschenke für seine Großmutter und für zu Hause, für Kleidung für ihn und Dessie, für Taxis, für alles, das ihm einfiel, gab es während der drei Tage und zwei Nächte, die er mit seinem Bruder in dem geräumigen Blackrock-Haus verbrachte, Zeiten, in denen er all seine inneren Reserven mobilisieren mußte, um nicht alle Hoffnung aufzugeben, jemals wieder so etwas wie eine ausgeglichene Gemütsverfassung zu erlangen.

Mit seinem Bruder mußte er allein fertig werden. Seine Großmutter, eine elegante Dame, deren unerschütterliche Kaltblütigkeit und untadelig gepflegte Erscheinung Francey immer ein wenig eingeschüchtert hatten, war während der ersten Stunden nach ihrer Ankunft aufmerksam und gastfreundlich, aber obwohl sie ihr Bestes versuchte, merkte er, daß sie nicht imstande war, Dessies entsetzliche Tischmanieren, sein ungehemmtes Rülpsen und den ständigen Zigarettenqualm in ihren geschmackvollen, in dezenten blassen Farben gehaltenen Räumen zu übersehen. Es war eine Erleichterung, als sie sich für den Rest des Tages in ihr Zimmer zurückzog und ihnen das Haus zur Verfügung stellte. Während des größten Teils ihres Besuches hatte sie sich entweder dort eingeschlossen oder besuchte Freunde.

Ihre alte Haushälterin Maeve, die Francey in seiner Kindheit sehr geliebt hatte, wäre vielleicht eine größere Hilfe gewesen, aber sie war zu alt und schwach, um viel zu tun, und verbrachte eine Menge Zeit am Feuer sitzend, mehr ein Gast als jemand, der im Haus bestimmte Aufgaben wahrnahm. Und das neue Mädchen war zwar willig, aber zu jung und unerfahren, um sich um solch einen ungehobelten Menschen zu kümmern.

In gewisser Hinsicht war er dankbar, daß Dessie ständig für Ablenkung sorgte. Nach seinem ersten Besuch beim Zahnarzt – zwei Abzesse mußten trockengelegt, Zähne gezogen, gefüllt und gereinigt werden – hatte sein Bruder entsetzliche Angst, dort noch mal hinzugehen, und weigerte sich, bis Francey den Zahnarzt überredet hatte, ihn unter Vollnarkose zu behandeln. Im Hinblick auf den allgemeinen Gesundheitszustand des Patienten hatte der Arzt dem nur unter großen Vorbehalten zugestimmt. Aber selbst dann gelang es Francey nur unter den größten Schwierigkeiten, ihn wieder in der Praxis abzuliefern, und als er dem Anästhesisten übergeben wurde, war Dessie einem Nervenzusammenbruch nahe.

Als Francey die Zahnarztpraxis verließ, fühlte er sich durch die Auseinandersetzung so schwach und leer, als habe Dessie alle Energie aus ihm herausgesogen. Zum ersten Mal begann er zu bezweifeln, daß es ihm gelingen könne, seinen Bruder wieder in die Gesellschaft zu integrieren. Oder daß dies überhaupt eine gute Idee sei. Er versuchte, objektiv zu sein, während er überlegte, was er am besten als nächstes tun sollte, dabei durch die ruhigen Nebenstraßen der Stadt wanderte und die Frauen beneidete, die über die Gartenmäuerchen miteinander tratschten. Obwohl er nichts Genaues verstand, als er vorüberging, konnte er sich ihre Sorgen vorstellen: der Butterpreis, das skandalöse Verhalten von Söhnen und Ehemännern. Normale, alltägliche Sorgen, die Francey gerne getauscht hätte gegen dieses dunkle, niederdrückende Gewicht der Angst.

Um der Gefahr entgegenzuwirken, in Selbstmitleid zu versinken, beschloß er, daß jetzt unorthodoxes Denken nötig sei. Eines nach dem anderen. Das dringendste Problem war Dessie.

Er durfte es nicht zulassen, daß er wegen Dessie die Dinge nicht mehr im richtigen Verhältnis sah. Genau betrachtet, stellte Francey fest, gab es viele Dinge, die ihm ein gutes Gefühl verursachten. Während er die MacCurtain Street entlang am Metropole Hotel vorbeiging, sich dann in Richtung Arbutus Lodge Hotel wandte, dachte er intensiv nach, trieb sich an, benutzte das Klacken seiner Absätze auf dem Pflaster wie das rhythmische Klappern der Perlen eines Abakus, um die positiven Aspekte seines Lebens aufzuzählen. Dieses Auflisten von Segnungen war eine weitere Gewohnheit, die er vor Jahren im Internat erlernt hatte.

Stabile Gesundheit. Geld. In Hazel den ersten guten Freund, den er je hatte, gefunden zu haben. Vielleicht, so dachte er zum ersten Mal, war es für ihn von Vorteil, daß sie älter war als er. Sie ängstigte ihn nicht, wie jüngere Frauen es taten. Der zufriedenstellende Höhepunkt der Suche nach seinem Vater. Eine robuste und verläßliche Familie seitens seiner Mutter.

Und Fleur.

Noch hundert Meter weiter, und er stand vor dem Eingang des Arbutus Lodge Hotel, das sich an die Seiten des steilen Hügels klammerte. Die Parkanlagen vor dem Hotel waren abschüssig, so daß man einen ungehinderten Blick auf Cork hatte. Francey verblüffte es am meisten, daß man dort oben nichts vom Lärm der Stadt hörte. Alles, was sich bewegte, bewegte sich lautlos. Alles war so weit unten, daß es wie Spielzeug wirkte, die Autos und Laster, die schweren Kräne, die sich über die Schiffe schwangen, die Schiffe, die Bug an Heck an den Quays angedockt lagen, der Zug, der sich im Schneckentempo in Richtung Bahnhof bewegte. Francey folgte dem Weg des Lee, erspähte den massigen Komplex der Fordwerke und zählte all die Kirchtürme, die ihre mahnenden Finger in den bewölkten Himmel streckten.

Erst spätabends, als er so müde war, daß er die Augen kaum offenhalten konnte, fand Francey die Ruhe, über seine eigenen

Angelegenheiten nachzudenken. In der letzten Zeit war Hazel in diese Tagträume eingedrungen, ihr Körper und Fleurs blitzten abwechselnd auf, als sollte daraus eine Mischung entstehen. Das war seltsam, weil die beiden sexuellen Erfahrungen überhaupt nicht vergleichbar waren. Fleurs auserlesene Zartheit hatte wenig Ähnlichkeit mit Hazels wilder Kraft und Freude, die zwar faszinierend, aber im nachhinein zu robust, zu schockierend für ihn gewesen waren.

Er vermutete, daß diese herzzerreißende Qual der Preis war, der für wahre Liebe gezahlt werden mußte. Kurz vor dem Einschlafen wünschte Francey sich, daß Fleur in mancherlei Hinsicht so offen und unkompliziert sein könnte wie Hazel. Das würde ihre Affäre viel leichter machen.

Zehn Tage später kamen Francey und Dessie während eines Schneesturmes in Inverary an. Francey, der erst einmal während eines denkwürdigen Wochenendes in Dublin Schnee gesehen hatte, hätte diese Neuartigkeit genießen können, wenn er nicht so nervös gewesen wäre. Er hatte keine Ahnung, wie die nächsten Stunden verlaufen würden, vom Wochenende ganz zu schweigen.

Als sie in dem Wagen, den er am Flughafen gemietet hatte, die Auffahrt hinauffuhren, war er enttäuscht, daß die Luft so voll wirbelnder weißer Flocken war, daß sie das Haus erst in letzter Minute sehen konnten und Dessie so keinen Eindruck der Pracht gewinnen konnte. »Ich wünschte, du hättest es sehen können, es ist so eindrucksvoll.« Er fuhr um den Springbrunnen herum. »Alles klar?« Seine Stimme erschien zu laut in der abrupten Stille, die sich wie ein Leichentuch über sie gelegt hatte.

»Sehe ich passabel aus?« Dessie zupfte an den Ärmeln seines neuen Mantels.

»Du siehst wunderbar aus.« Franceys Herz schmolz vor Mitgefühl angesichts des bettelnden Blickes in den Augen seines Bruders. »Ganz ehrlich.« Er versuchte, Zuversicht auszustrahlen.

Dessie war vollgestopft mit Lebertran, Malzextrakt und anderen Vitamin- und Mineralpräparaten, und so hatte sich sein Aussehen seit dem Tag, als er aus Montgomerys Hütte herausgetragen worden war, schon gewaltig verbessert, obwohl er immer noch dünn und bleich war. Die frisch gereinigten Zähne wirkten riesig in seinem hageren Gesicht, das kurzgeschorene Haar betonte den ausgemergelten Hals, und ohne den schrecklichen Bart sah die Gesichtshaut, die zwischen Kiefer- und Wangenknochen in eine tiefe Höhlung fiel, aus wie von einem fünfzehn Jahre älteren Mann. »Hier, nimm ein Pfefferminz.« Francey schob das Bonbon seinem Bruder, der keinen Widerstand leistete, in die Hand und wartete, bis es in seinem Mund verschwunden war. Er hatte George telefonisch über Dessies Probleme informiert, einschließlich seiner Alkoholabhängigkeit, obwohl er betont hatte, daß dies zumindest im Augenblick unter Kontrolle zu sein schien.

»Glaubst du, sie mögen mich?« Dessies Stimme war heiser vor Angst, als die beiden mit knirschenden Schritten über den Schnee auf die beleuchtete Haustür zugingen.

»Natürlich werden sie das, mach dir keine Sorgen. Ich bin die ganze Zeit da, direkt hinter dir.« Francey bemerkte, wie der neue Kamelhaarmantel Falten warf und an den gebeugten Schultern seines Bruders herunterhing wie an einem Kleiderbügel. Wie eine Mutter bei ihrem Kind am ersten Schultag zog er ihn gerade und klingelte dann.

George kam selbst an die Tür. Ein oder zwei Sekunden lang musterte er seine Besucher schweigend, und Francey, der unter dem durchdringenden Blick erstarrte, blieben seine eigenen Begrüßungsworte im Halse stecken. Ihm wurde bewußt, was für ein Bild sie abgeben mußten: Dessie und er standen mitten in einem Schneesturm auf der Türschwelle ihres Vaters.

Dann trat George zurück, um sie hereinzulassen. »Kommt herein.« Sein Ton war ernst. »Guten Flug gehabt?«

»Toll.« Francey fand seine Stimme wieder. Er war verärgert darüber, daß sie alles andere als enthusiastisch begrüßt wurden, und ließ sich von der allzu raschen Wärme nicht täuschen. »Was ist mit den Koffern?«

»Die lasse ich später reinholen. Kommt, um Gottes willen, rein.«

Als sie die warme Diele betraten, drückte Francey, der Dessies Arm genommen hatte und seine Anspannung durch die Muskeln spürte, ihn, um ihm dadurch Trost und Beistand anzubieten. Die nächsten ein oder zwei Minuten waren damit ausgefüllt, daß sie sich ihrer Mäntel und Schals entledigten. »So, so, so«, George begutachtete seinen neuesten Sohn, »dies ist also der berühmte Desmond.«

»Das stimmt«, flüsterte Dessie.

»So, so«, wiederholte George herzlich, »nach all der Zeit. Guten Tag.« Er streckte seine Hand aus. »Obwohl ich glaube, daß das unter den gegebenen Umständen kaum angemessen ist –«

Dessie, dem keine Antwort einfiel, schaute Francey hilfesuchend an. »Er ist ein bißchen überwältigt«, sagte Francey steif und beobachtete die Reaktionen seines Vaters genau. »Es ist alles ein bißchen viel.«

»Das kann ich mir vorstellen«, George ließ Dessies Hand fallen, »aber es hat ja keine Eile. Wir haben hier reichlich Platz, wir brauchen einander nicht einmal zu sehen, wenn uns nicht danach ist.« Dann lächelte er, und wieder bemerkte Francey, daß dieses breite Grinsen mit einer Andeutung von jungenhaftem Übermut die stärkste Waffe seines Vaters war. Bei ihrem ersten Treffen hatte es ihn entwaffnet, und jetzt rief es sogar ein schwaches Lächeln als Reaktion des verschreckten Dessie hervor.

»Komm herein, damit du den Rest der Familie kennenlernen kannst«, drängte George und wandte sich ab, um zum Wohnzimmer zu gehen.

Franceys Magen machte einen Satz. Fleur hatte gesagt, daß Colin weg sei. »Sind sie da?« fragte er.

»Ja«, rief George über die Schulter, »ich habe es geschafft, Colin davon zu überzeugen, seine Termine zu verschieben. Er und Fleur sind nicht lange vor euch eingetroffen, aber Tommy ist noch nicht da, er kommt heute abend mit seinem Kindermädchen.« Er stieß die Tür zum Wohnzimmer auf. »Hier herein, Desmond.«

Über den Kopf seines Bruders hinweg warf Francey einen Blick auf Fleur, die ein blaßlila Kleid mit Rollkragen trug. Sie und Colin erhoben sich und kamen ihnen entgegen, um das neue Familienmitglied zu begrüßen, aber als George sie einander vorstellte, sah Francey, daß sie seinem Blick auswich. Ihre Persönlichkeit schien wieder unterdrückt zu sein, genau wie beim ersten Mal. Ohne Zweifel paßte sie auf, dachte er, daß ihr Mann nichts bemerkt. Zumindest hoffte er, daß sie das tat...

Er zwang sich, seine Aufmerksamkeit wieder Dessie zuzuwenden, der errötete und mit den Füßen scharrte, während er sich bemühte, auf die Annäherungsversuche der anderen so zu reagieren, wie Francey es ihm beigebracht hatte. Ungläubig sah Francey, wie der Blick seines Vaters zum Tisch mit Flaschen schoß, und handelte, um eine Katastrophe zu verhindern. »Wir sehnen uns nach einer anständigen Tasse Tee«, platzte er heraus.

Zu seiner Erleichterung nahm George den Hinweis auf: »Natürlich. Ihr habt ja nicht zu Mittag gegessen« und klingelte mit einer kleinen Glocke, um den Butler herbeizuzitieren.

Francey setzte sich auf das nächstgelegene Sofa, und Dessie, der ihm folgte wie ein Schatten, setzte sich so dicht neben ihn, daß er seinen nach Pfefferminz duftenden Atem riechen konnte. Francey wie ein Schatten zu folgen, hatte er sich angewöhnt, seit sie aus Cork nach Lahersheen zurückgekehrt waren. Fast überall, wo Francey hinging, folgte Dessie ihm so hartnäckig, wie der scheckige Terrier ihnen beiden folgte. Es wäre komisch gewesen, wenn es nicht so mitleiderregend gewesen wäre.

Colin und Fleur setzten sich wieder hin, nur George stand noch mitten im Raum wie der Hauptdarsteller in einem Theaterstück. Er rieb sich die Hände, dann räusperte er sich. »Ich verstehe!« sagte er zu niemandem und ohne besonderen Grund, dann wurde er durch das Eintreten des Butlers gerettet.

Während sie auf ihren Tee warteten, wagte Francey, der plötzlich von Schuldgefühlen eines Ehebrechers geplagt wurde, es nicht, zum Sofa zu blicken, auf dem Colin und seine Frau nebeneinander saßen. Dieses Schuldgefühl kam unerwartet: Bis jetzt war er sich seiner Haltung sicher gewesen.

»Ich bin froh, daß Francey dich gefunden hat.« Nach einem langen peinlichen Schweigen wandte George sich wieder an Dessie. »Ich wollte schon selbst eine Agentur beauftragen – sicher hat Francey dir von den Briefen erzählt, die meine verstorbene Frau uns allen hinterlassen hat. Sie bat uns, also mich besonders, die Suche nach dir fortzusetzen, aber dieser Bursche hier ist mir zuvorgekommen.«

Dessie warf Francey einen fragenden Blick zu, was er darauf tun oder sagen sollte, und als Francey, der kein Wort glaubte, ihn nur ermutigend anlächelte, lächelte Dessie auch und nickte heftig.

Francey selbst mußte sich nicht nur um die Auswirkungen von Fleurs Gegenwart auf ihn kümmern, sondern auch um die überraschende Tatsache, daß er gegen Colin Mannering keine Abneigung mehr empfand. Was er und Fleur zusammen getan hatten, hatte den Wetterhahn seiner Gefühle für seinen Bruder um komplette hundertachtzig Grad gedreht. Und während Fleur und Dessie die Blicke niedergeschlagen hatten, stellte Francey fest, daß er die Unterhaltung in Gang halten konnte, indem er Colin eine Reihe von Fragen über sein Geschäft und seine Reisen stellte. Daß Colin anscheinend so bereitwillig erzählte, verstärkte seine Schuldgefühle.

George nahm an der Unterhaltung nicht teil, während Francey, der den Anschein erweckte, von Colins Bericht über die Kavaliersdelikte seiner Handelspartner im Fernen Osten gefesselt zu sein, versuchte, das Rätsel der Persönlichkeit seines Bruders zu lösen. Er sah, daß Colin sein Bestes tat, um das neueste Familienmitglied in die Unterhaltung einzubeziehen, indem er die Grundlagen seines Geschäftes erklärte. Er schien ein ganz normaler Typ zu sein, ein bißchen wichtigtuerisch, angeberisch vielleicht, aber überhaupt nicht mißtrauisch oder verärgert, was unter den Umständen nach Franceys Meinung natürlich gewesen wäre; schließlich waren Dessie und er Kuckucke, die sich in Colins wohlgepolstertes Nest setzten.

Nach einer Weile war Francey gezwungen, den Schluß zu ziehen, daß Colin sich mit der Tatsache abgefunden hatte, sein Erbe zu teilen. Und während sein Bruder weiterredete, stellte Francey einen erstaunlichen Unterschied zwischen dem Familien-Colin und dem Geschäftsmann Colin fest. Seine Arbeit war offenbar ein Gebiet, das er beherrschte. »Mir fällt gerade ein«, wandte Colin sich an George, nachdem er das Thema Zollbeamte erschöpfend behandelt hatte, »vielleicht könnten wir Dessie irgendwo hier in England unterbringen, vielleicht sogar in der Nähe des Hauses, bis er Boden unter die Füße bekommt und sich selbst etwas Neues sucht. Wäre das keine tolle Zwischenlösung, Dad? Oder vielleicht«, er wandte sich wieder an Dessie, »möchtest du nach Irland zurück?«

»Was meinst du, Dessie?« Georges Gesichtsausdruck war unergründlich. »Vielleicht wäre Irland besser für dich?«

Dessie drängte sich auf dem Sofa näher an Francey. »Was meinst du?«

»Ich finde, es ist noch zu früh, um Pläne zu schmieden«, warf Francey rasch ein. Sein Vater sollte nicht glauben, daß er das Problem so leicht los würde.

»Wir wollen doch unter den gegebenen Umständen nur das Beste tun.« George blieb verbindlich.

Dann machte Colin so rasch und so eifrig eine Reihe von genaueren Vorschlägen, daß die Puzzleteile in Franceys Gehirn endlich ein Bild ergaben. Tief im Inneren hatte sein Halbbruder ein unersättliches Bedürfnis nach Zustimmung, Zustimmung durch seinen Vater, durch jeden, den er traf. Es blieb nur noch das Rätsel, warum Fleur in seiner Gegenwart so ängstlich erschien. Selbst vor ihrer Beziehung zu Francey hatte sie nie aktiv an einer Unterhaltung teilgenommen, wenn ihr Mann anwesend war, und sie wurde ganz offensichtlich von ihm beherrscht. Jetzt saß sie da, den Blick auf ihren Schoß gerichtet, als warte sie auf eine Einladung, sich am Gespräch zu beteiligen.

Während Francey sich mit all dem abquälte, hörte er Georges und Colins Diskussion darüber, welche Möglichkeiten sich für Dessies Zukunft boten, nur mit halbem Ohr zu; er konnte seine Aufmerksamkeit nicht einmal auf Dessies einsilbige Antworten und ängstliche Blicke konzentrieren.

Er riß sich erst zusammen, als er merkte, daß das Gespräch wieder peinlichem Schweigen gewichen war.

»Das ist doch nett«, sagte George und schaute sich im Zimmer um. »Jool hätte das gefallen. Das ist schließlich genau das, was sie gewollt hat, nicht wahr? Die ganze Familie vereint ...« Obwohl sein Vater jetzt einen heiteren Gesichtsausdruck hatte, konnte Francey, den die subtilen Strömungen der Beziehungen zwischen den Menschen im Raum immer noch verwirrten, sich nicht entscheiden, ob George gehässig war oder nicht.

»Das ist wirklich ein Ding«, Colins Reaktion war ausgeglichen. »Ich muß schon sagen, Jool hat anscheinend an alles gedacht.«

»Das erinnert mich an etwas.« George ging zu einem Schreibpult und öffnete die Schublade. »Hier habe ich ihre Briefe, die sie beiden irischen Jungen hinterlassen hat.«

»Ich nehme sie.« Francey stand auf. Er wollte nicht, daß Dessie, der nicht lesen und schreiben konnte, vor diesen Leuten erniedrigt wurde.

Eine halbe Stunde später zog Dessie in Franceys Zimmer an einer seiner Woodbines und starrte auf den ungeöffneten Brief in seiner Hand, als enthielte er ein Reptil.

»Liest du ihn für mich?« Francey nahm ihn, schlitzte den Umschlag auf und sah, daß er nicht nur einen Brief, sondern auch einen kleinen Schnappschuß enthielt, eine Kopie des Hochzeitsfotos, das ihn zu George geführt hatte. Ohne Kommentar reichte er Dessie den Schnappschuß und überflog den Inhalt des Briefes. Da er seinen noch nicht gelesen hatte, sah er jetzt zum ersten Mal Jools Handschrift. Er war kein Graphologe, aber diese runde, fließende Schrift verriet eine großzügige Frau voller Selbstvertrauen.

Francey hatte bereits beschlossen, daß er Ausflüchte über den Inhalt des Briefes machen würde, falls er irgend etwas enthielte, das Dessie noch weiter verwirren würde. Während der vergangenen Wochen hatte er Dessie in kleinen Schritten die Geschichte seiner Herkunft enthüllt, aber auch, wie Jool gestorben war und daß sie so freundlich gewesen war, ihnen genug Geld zu hinterlassen, so daß sie alle für den Rest ihres Lebens ausgesorgt hatten. Aber irgendwie konnte Dessie nicht begreifen, daß er jetzt zwei Familien besaß, die bereit waren, ihm zu helfen. In den klaren Momenten zwischen der Einnahme seiner Medikamente, die langsam abgesetzt wurden, war er immer noch ängstlich und unsicher und erinnerte Francey an ein wildes Tier, das sich weigerte, sich zähmen zu lassen aus Furcht vor einem noch schlimmeren Schicksal als ein leerer Magen. Und da sein Bruder keinerlei Vorstellung vom Wert des Geldes hatte, außer ob es für die nächste Flasche oder ein trockenes Bett für eine Nacht reichte, hatte Francey ihm den Umfang seines Erbes nicht preisgegeben.

Da er in Jools Brief nur auf Freundlichkeit stieß, begann er laut vorzulesen.

Lieber Desmond [begann der Brief], *ich hoffe, es macht Dir nichts aus, daß ich so weit in Dein Leben eingedrungen bin, daß ich glaube, Dich zumindest bis vor ein paar Jahren ein wenig zu kennen. Und wenn Du dies liest, bedeutet das, meine Bemühungen waren nicht vergeblich.*

Ich will Dir nur sagen, Desmond, daß der Herr ein guter Hirte ist, der Dich suchen und wenn nötig hetzen wird, bis Du sicher beim Rest seiner Herde zu Hause bist. Und er wird sich viel besser um Dich kümmern, als Du es Dir möglicherweise vorstellen kannst. Vertrau ihm in dunklen Tagen, in Ordnung?

Ich habe mir vorgestellt, wie Du aussiehst, Desmond. Groß? Mit solch umwerfenden Augen wie George? Oder gleichst Du vielleicht mehr Deiner Mutter? Mein Informant war kein Mann von vielen Worten und erzählte mir nur, Du seiest sanft. Sanft finde ich sehr gut, mein Junge.

Du hast weiß Gott Probleme, aber keine, die sich nicht lösen ließen. Und vergiß nie, hörst Du, daß ich dort oben bin und Dich beobachte. Wir alle lieben Dich.

Ich weiß, Du reist gerne mit leichtem Gepäck, aber vielleicht schaffst Du ein wenig Platz für ein persönliches Erin-

nerungsstück, das Dich daran erinnert, daß die alte Jool Dich von da oben anfeuert. Es wäre eine große Ehre für mich, wenn Du mich in Deine Brieftasche stecken würdest! Stell Dir mich vor wie eine Großmutter aus dem Märchen, wenn Du möchtest.

In Liebe, Jool

»Sie war eine nette Frau«, Francey reichte Dessie den Brief und den Umschlag.

»Das ist der erste Brief, den ich je im Leben bekommen habe.« Dessie gab ihn zurück und steckte sich eine weitere Zigarette an. »Liest du ihn mir bitte noch einmal vor, Francey?« Geduldig wiederholte Francey den Wortlaut des Briefes, diesmal langsamer. Zwischen den Sätzen blickte er auf und stellte fest, daß sein Bruder mit brennenden Augen seinen Worten folgte und sie den Bruchteil einer Sekunde, nachdem er sie ausgesprochen hatte, nachsprach. »Was bedeutet das, mich ›anfeuern‹?« wollte er am Schluß wissen.

»Es bedeutet, auf deiner Seite zu sein, für dich Partei zu ergreifen.«

»Lies jetzt deinen.« Dessie ließ sich an der Seite von Franceys Bett nieder.

Franceys Brief war länger als Dessies, und auch er bekam einen Abzug des Hochzeitsfotos. Es war noch ein weiterer Schnappschuß dabei, wie er mit Erstaunen feststellte, einer von ihm selbst, wie er bei Ledbetters herauskam. »Ich lese ihn leise, wenn du nichts dagegen hast«, sagte er plötzlich vorsichtig.

Dies war eine ungewöhnliche Situation: Er war drauf und dran, einen Brief zu lesen, der ihm von jenseits des Grabes geschickt worden war und Beweise enthielt, daß die Person, die ihn geschrieben hatte, ihm nachspioniert hatte. Bis jetzt hatte er sich noch nicht klargemacht, was das eigentlich bedeutete. Wie lange hatte Jool ihn beobachten lassen – und wie genau? Wußte sie von Lahersheen – und von Hazel?

Die alte Dame hatte seine Reaktion vorhergesehen:

Lieber Francey, bekomm keinen Schock, mein Lieber, aber, wie Du siehst, bin ich über Dein Leben auf dem laufenden, und ich glaube, Dich gut zu kennen.

Mach Dir keine Sorgen, ich war nicht persönlich vor dem Geschäft, das Foto ist mir von meinen Informanten in Dublin geschickt worden. Ich füge es nur bei, um Dir zu zeigen, wie ich Dich sehe. Dies war mein Lieblingsbild von Dir. Die anderen, die sich bei meinen persönlichen Papieren in meinem Schreibtisch befinden, hast Du vielleicht schon gefunden.

Falls Du beunruhigt bist: Du hast nicht unter ständiger Überwachung gestanden. Ich hatte nur dafür gesorgt, daß ich von Zeit zu Zeit, alle paar Jahre vielleicht, Deine Fortschritte kontrolliert habe. (Du bist übrigens ein recht hübscher junger Mann, nicht wahr? Und wenn Du in Deiner Persönlichkeit meinem George auch nur ein wenig gleichst, haben die armen irischen Mädchen keine Chance!)

Vielleicht wunderst Du Dich, warum ich Dich nicht kennengelernt habe oder George eröffnet habe, daß ich von Dir wußte, aber, ob Du es glaubst oder nicht, ich habe Deinen Dad sehr geliebt (auch wenn er ein alter Gauner ist!), und wir sind prima miteinander ausgekommen. Wenn man ein bestimmtes Alter erreicht, läßt man gerne die Dinge auf sich beruhen.

Aber nicht daß Du glaubst, ich hätte nicht viel an Dich gedacht, das habe ich ganz bestimmt. Und von dem, was ich von Dir weiß, glaube ich, wir hätten einander gemocht. Daher tut es mir leid, daß wir nicht zusammenkommen konnten, aber, wie Du weißt, ist Gott im Leben gut zu mir gewesen, und ich hoffe, daß Du jetzt freundlich über mich denkst und daß das, was ich Dir an materiellen Gütern geben konnte, ein wenig aufwiegt, daß wir uns nicht kennengelernt haben.

Vergiß nicht, daß ich, wie ich auch Deinen Brüdern gesagt habe, von dort oben nach Euch Ausschau halte. Ich bin diejenige, die Euch von hinterm Mond zuzwinkert!

Denk manchmal an mich, hörst Du? Ich bin/war eine gute alte Protestantin, wie Du zweifelsohne mittlerweile weißt, aber ich hätte nichts dagegen, wenn Du vielleicht hin und wieder eine katholische Kerze für die alte Jool anzünden würdest. Du bist ein guter Junge, das weiß ich bereits. Und, Francey, ich hoffe, es macht Dir nichts aus, dies aufgebürdet zu bekommen, aber ich habe das Gefühl, daß Du am Ende derjenige sein wirst, der sich um die ganze Familie kümmern muß. Hab keine Angst, mein Lieber, der Herr hat Dir ein breites Kreuz gegeben, um Deine Last zu tragen. Du bemerkst es vielleicht nicht immer, aber Du bist derjenige, den er auserwählt. Also paß auf alle auf, auf meinen geliebten George, Deine Brüder und besonders auf den kleinen Tommy und seine Mutter. Ich habe so ein komisches Gefühl, daß sie Dich am meisten brauchen werden.

Herzliche Grüße von Deiner alten Yankee-Oma Jool

Bewegt, neugierig und mit einem seltsamen kleinen Zittern, was, wie er hoffte, die Voraussicht der alten Dame in bezug auf Fleur und ihren Sohn anbelangte, faltete Francey den Brief zusammen und steckte ihn in den Umschlag zurück. Als er in das hübsche Gesicht seiner Stiefmutter auf dem Foto starrte, fürchtete er einige Augenblicke lang, diese Frau habe die Macht, ihn von jenseits des Grabes zu erreichen. »Du wolltest, daß wir alle zusammen sind, und da sind wir. Hilf mir, das durchzustehen.« Im nächsten Augenblick wurde ihm klar, daß er das Unmögliche verlangte: Jool Gallaher würde ihm wohl gerne dabei helfen, Dessie in die Gesellschaft zu integrieren, aber er konnte sie nicht bitten, insgeheim seinen Ehebruch zu billigen und zu unterstützen.

Dessie ließ das Mittagessen aus, nahm einige seiner Tabletten und legte sich hin; dadurch hatte Francey Zeit, den Ställen einen Besuch abzustatten.

Der Hof zwischen den Ställen lag gespenstisch still und anscheinend verlassen unter dem Schnee da, der immer mehr wurde. Dann bemerkte er am entgegengesetzten Ende eine Bewegung und sah, daß ein Gesicht aus einer Tür herausspähte. »Hallo-oo«, rief er und war fasziniert davon, daß seine Stimme durch den fallenden Schnee nicht weit trug.

»Francey? Bist du das?« Mick O'Dowd schirmte seine Augen mit den Händen ab, als Francey näher kam.

»Ich bin es.« Francey schüttelte seinem irischen Landsmann die Hand. »Immer noch hier, wie ich sehe!«

»Schlechte Gewohnheiten sind schwer umzubringen. Dachte schon, es sei der Chef.« Mick trat zurück, so daß Francey hereinkommen konnte. »Heute drücken wir uns alle vor der Arbeit. Ist eh nicht viel zu machen. Komm rein, wir machen gerade Tee.«

»Könnte ich mir zuerst die Pferde ansehen?«

»Klar«, Mick lächelte, »willst du, daß ich mitkomme?«

Francey schüttelte den Kopf. »Wenn du nicht mußt.«

»Du kennst den Weg. Achte darauf, daß du die Türen hinterher schließt. Komm rein, wenn du fertig bist.«

Francey steuerte geradewegs auf die nächste Box zu. Er fühlte sich von den Shires besonders angezogen, aber er hatte herausgefunden, daß Tarzan, der schläfrig alles hinnahm, was mit ihm oder für ihn getan wurde, sein Liebling war. Er vermutete, daß das riesige Pferd ihn in vielerlei Hinsicht an einen soliden unverrückbaren Felsen in der Brandung einer schnellebigen Zeit erinnerte. »Hallo«, rief er leise, als er die Stalltür öffnete.

Tarzan, der an der Betonwand seiner Box lehnte wie jemand, der ständig in einer Bar herumhängt, öffnete seine sanften Augen, betrachtete seinen Besucher ein paar Sekunden lang ohne das geringste Interesse und schloß sie dann wieder. »Nun komm schon«, sagte Francey, schloß die Tür hinter sich und kam herüber, um ihn zu liebkosen. »Zeig mal ein wenig Liebe.« Als er das glatte Gesäß des Shires unter der haarigen Pferdedecke streichelte, erinnerte er sich mit einem halben Lächeln daran, daß Tarzan einer der Kosenamen gewesen war, die Hazel ihm in der Woche gegeben hatte, als er in die Mysterien des Sex eingeweiht wurde.

Er redete jetzt, vertraute Tarzan den grandiosen Plan an, der in seinem Unterbewußtsein gebrodelt hatte, seit er diese prächtigen Tiere zum ersten Mal gesehen hatte. Je mehr Francey von ihnen sah, desto mehr dachte er darüber nach, selbst einige anzuschaffen, um sie in Irland zur Schau zu stellen. Er war überzeugt davon, daß bei solch einer pferdeliebenden Nation ein Gespann von Shires eine Hauptattraktion bei den Jahrmärkten und Pferdeschauen im ganzen Land sein würde. Die größte Pferderasse, die er in Irland je gesehen hatte, waren die geduldigen Guinnesspferde, die unbeeindruckt vom chaotischen Autoverkehr um sie herum ihre Wagen aus der Brauerei am St. James Gate die Dublin Quays hinaufzogen. Obwohl diese Tiere groß und gepflegt waren, machten sie längst nicht so einen Eindruck wie der schnaubende Tarzan und seinesgleichen.

Ein Rechteck schneegefilterten Lichtes fiel durch die Tür auf die Haufen von neuem Stroh und Heu, die den Stall isolierten, und Francey gab sich ganz seinen Phantasien hin. Während er Tarzan weiter streichelte, sah er sich selbst als Zirkusdirektor, der eine lange Peitsche knallen ließ, während eine Reihe dieser wundervollen Riesen schwerfällig um das Rund trabten. »Aber ich würde euch nie ein Haar krümmen«, flüsterte er in den seidigen Nacken des Pferdes, »und ihr müßtet nie etwas Erniedrigendes tun.« Statt dessen würde er Anmut und Stärke seiner Schützlinge vorführen, vielleicht würde er sie anschirren, um Ambosse oder schwere Anker zu ziehen oder Doppeldeckerbusse und Dampfwalzen. Er könnte sie als zusätzliche Attraktion bei den jährlichen nationalen Pflügemeisterschaften anbieten, wo sie nicht etwas so Ordinäres leisten müßten wie einen Pflug zu ziehen wie gewöhnliche Pferde, sondern riesige Findlinge aus der Erde reißen oder alte Bäume fällen könnten. Man könnte auch fünf oder sechs Kinder gleichzeitig auf ihnen reiten lassen.

Außer den Tourneen könnte er auch ein Quartier für sie einrichten, an dem ständig Vorführungen stattfinden, zu denen die Leute aus der Gegend, aber auch Touristen reisen könnten. Er könnte Mick O'Dowd einen Job anbieten, sich um ihr körperliches Wohlbefinden zu kümmern. Er würde wundervolles Zaumzeug speziell für sie anfertigen lassen ... Hazel und ihre High Rollers könnten auftreten, auch Kabarettisten, andere Sänger und Bands und sogar Schauspieltruppen, die Einakter aufführten ... Vielleicht sogar sein Vater? Zum guten Schluß war Francey dabei, ein kleines Varieté zu leiten. »Glaubst du, du würdest gerne mitmachen?« fragte er Tarzan, der mit keinem Muskel zuckte.

Francey lehnte den Kopf gegen die Decke und hörte das langsame Klopfen des mächtigen Herzens. »Vielleicht nicht du«, gestand er zu. »Du könntest das Maskottchen sein. Sie könnten dich einfach anschauen.«

»Alles in Ordnung?« Die Tür ging auf, und Mick O'Dowd erschien als Silhouette vor dem wirbelnden Schnee.

»Sicher.« Francey, der hoffte, daß Mick nicht gehört hatte, wie er mit dem Pferd redete, tätschelte Tarzan zum letzten Mal und ging zur Tür. »Der ist nicht gerade nervös, was?« fragte er und deutete mit dem Daumen über die Schulter auf das Tier.

»Eine Bombe könnte explodieren, und der Bursche würde durchschlafen«, erwiderte Mick fröhlich. »Keiner von denen ist, was man sensibel nennen könnte«, fügte er hinzu, »und wenn man sie ängstigt, gehen sie einfach weg. Amazone ist am ehesten das, was man eine Primadonna nennen könnte. Sie ist temperamentvoll wie die meisten Frauen«, lachte er, »besonders wenn sie trächtig ist. Aber sie ist nicht wirklich ein Problem. Und es sind nicht die Nerven, nur ihr Temperament. Du könntest vor ihrer Nase eine Pistole abfeuern, und sie würde nicht davonlaufen, vorausgesetzt, sie kann es sehen. Mach keine plötzlichen Bewegungen hinter ihr, bleib vor ihr, wo sie ein Auge auf dich haben kann. Du gehst vor«, fügte er hinzu, »ich schließe ab.«

Aber als Francey vor dem Stallburschen her zum Sattelraum ging, fiel ihm eine Bewegung an der Tür einer anderen Box auf, und im nächsten Augenblick erkannte er Dessies Gestalt, die zum Teil vom wirbelnden Schnee verdeckt wurde. »Dessie?« Er hatte ihn schlafend zurückgelassen, was tat er jetzt hier draußen?

»Ich bin wach geworden, und du warst nicht da.« Dessie eilte auf ihn zu.

»Woher wußtest du, wo ich war?«

»Ich habe Colin gefragt. Er sagte mir, daß du wahrscheinlich hier wärst, und beschrieb mir den Weg.« Trotz seines teuren neuen Mantels zitterte Dessie.

»Du mußt aufhören, dir Sorgen zu machen, wo ich bin«,

schimpfte Francey. »Ich habe dir doch gesagt, daß ich nie weit weg bin und immer zurückkomme.« Ihm wurde bewußt, daß er mit Dessie wie eine Mutter mit einem vierjährigen Kind sprach. Irgend etwas mußte geschehen wegen Dessies Abhängigkeit von ihm, sie geriet langsam außer Kontrolle. Und wenn er ehrlich war, begann sie ihn auch ein wenig zu irritieren.

»Komm hier raus«, drängte er und wollte seinen Bruder schon zum Sattelraum führen, als ihm einfiel, daß es weder den Stallburschen noch Dessie gegenüber fair war, sie einander aufzudrängen, und änderte seine Meinung. »Möchtest du die Pferde sehen?« fragte er statt dessen. »Sie sind wunderbar – oh, hier ist Mick! Er ist einer der Männer, die hier arbeiten.« Nachdem er sie einander vorgestellt hatte, gewann Francey den wenig überraschenden Eindruck, daß Mick wußte, wer Dessie war.

Alle drei waren jetzt von Schnee bedeckt. »Geh ruhig rein, Mick«, fuhr Francey fort und fügte hinzu, daß er dafür sorgen werde, daß jede Stalltür verschlossen war, nachdem er Dessie alles gezeigt hatte.

»Achte darauf, daß er da drinnen nicht raucht.« Mick deutete auf die Woodbine, die – Schnee hin, Schnee her – gleichmäßig in der Hand des neuen Familienmitgliedes brannte.

»Das wird er nicht«, versprach Francey.

Dessie trat die Zigarette aus, folgte Francey durch die Ställe und wurde mit jedem Tier stärker in Entzücken versetzt. Die Tiere stellten die Ohren auf und schnaubten vor Freude, und Francey erinnerte sich daran, daß Tilly gesagt hatte, sein Bruder könne anscheinend gut mit Tieren umgehen. »Du magst sie?«

»Oh, ja.« Zum ersten Mal strahlten Dessies Augen. Er sah wie ein ganz anderer Mensch aus, sogar glücklich.

In seinem Arbeitszimmer stand George mit den Händen hinter dem Rücken da und schaute auf den Schnee hinaus. Er erinnerte sich an das letzte Mal, als es in Inverary geschneit hatte. Es war vor zwei Jahren gewesen, etwa drei Wochen vor Weihnachten, und Jool, die Tommy zu einer ihrer Einkaufsexpeditionen nach London mitgenommen hatte, war nach Hause zurückgekehrt, voller Pläne, in dem kleinen Wäldchen ein Disney-Wunderland zu schaffen. Sie wollte nicht warten, bis es aufhörte zu schneien, sondern hatte darauf bestanden, George auf ihrem Erkundungsgang durch den Wald mitzunehmen, wo sie die Plätze für die einzelnen Figuren auswählte und überlegte, was man erreichen konnte, wenn man die Bächlein staute.

An einem Punkt, als sie den umgestürzten Baum als geeigneten Platz für das Baumhaus entdeckte, hatte sie sich zu ihm umgedreht, und ihr Gesicht strahlte wie das eines jungen Mädchens. »Oh, George, es wird einfach perfekt!« Obwohl sie weit über Siebzig war, in Pelze gehüllt, mit leuchtenden Augen, ihr Gesicht von grünlich-weißem Licht beschienen, wirkte sie einen Augenblick lang beinahe schön. George, der nur zögernd mitgekommen war, hatte sie in die Arme genommen und geküßt – die erste spontane Aktion dieser Art seit Jahren.

»Wofür war das?« Jool hatte verblüfft dreingeschaut.

»Weil du meine Frau bist und ich dich liebe«, hatte George ausnahmsweise in ungezwungener Aufrichtigkeit erwidert.

»Meine Güte!« Jool hatte sich in seinen Armen ein wenig zurückgelehnt. »Wirst wohl noch sentimental auf deine alten Tage, George?«

»Vielleicht.« Aber der Augenblick war so schnell vergangen, wie er gekommen war, und hinterher hatte er ein untypisches Gefühl von Peinlichkeit. Er umarmte sie noch einmal rasch und sagte ihr, da der Schnee dichter wurde, daß sie besser hineingehen sollten. »Ich will doch nicht, daß du dich erkältest.«

»Du lieber Himmel«, Jool hatte voll ansteckender Belustigung gelacht, »wann warst du zum letzten Mal in Neuengland?«

George lachte mit ihr, die Peinlichkeit verflog, und sie hielten sich bei den Händen wie Schulkinder, als sie durch den Wald zurückgingen. Erst als sie wieder ins Freie hinaustraten, ließen sie einander los. In ihrem Alter, so gaben sie beide zu, war Händchenhalten ein wenig albern.

Unausgesprochen hing so zart wie die treibenden Flocken um ihre Köpfe zwischen ihnen der Gedanke, daß es zu spät war. Und obwohl sie bis zum Ende sehr liebenswürdig zueinander waren und miteinander schliefen, wenn es beiden paßte, so war es doch das letzte Mal, daß sie so romantisch gewesen waren.

Obwohl George den Waldrand sehen konnte, deutete wenig darauf hin, wieviel Mühe und Entzücken seine Frau in Entwurf und Ausführung des Planes gesteckt hatte, ihrem Enkel eine Freude zu bereiten. Wie wäre sie mit diesem neuen Eindringling fertig geworden? Je mehr sich die Komplikationen in seinem Leben häuften, desto mehr wünschte er, Jool wäre nicht tot.

14

Nach der Kälte draußen mußte Francey von dem warmen Luftschwall, der ihm ins Gesicht schlug, sobald er die Hintertür öffnete, niesen. Er schloß die Tür rasch, damit die Wärme nicht entweichen konnte, stampfte auf der Fußmatte drinnen den Schnee von den Füßen und schwor sich, daß die Zentralheizung in seinem Haus einmal mäßigere Temperaturen bringen würde. »Ganz schön kalt«, meinte er zu der Köchin, als er durch die Küche ging. Die Frau nickte ihm zu und ging an ihre Arbeit zurück. Francey bemerkte, daß die Küche im entspannten Tempo von Profis, die sich ihrer Sache sicher sind, vor sich hin zu murmeln schien. Auf die Wunschliste seiner Neuanschaffungen, wenn er erst ein eigenes Haus hatte, setzte er jetzt noch eine Köchin.

Vorsichtshalber hatte er Mick O'Dowd Bescheid gesagt, daß er seinen Bruder im Stall ließ, und Mick schien keine Einwände zu haben, aber Francey machte sich bereits Sorgen. Wer wußte schon, was in Dessies Kopf vorging?

Auf der anderen Seite war die Persönlichkeitsveränderung, die die Pferde bei seinem Bruder hervorriefen, so spontan und außergewöhnlich, daß Francey sich am liebsten in den Hintern getreten hätte, weil er nicht eher daran gedacht hatte, welch therapeutischen Wert Tiere haben können. Es wäre ein leichtes gewesen, in Béara Pferde oder Ponys zu leihen oder sogar zu kaufen, und der Bauernhof in Lahersheen verfügte über genügend Nebengebäude. Besser spät als nie, dachte er, als er den mit Teppichboden ausgelegten Flur zu seinem Zimmer entlangging. Vielleicht sollte er darüber nachdenken, Dessie in seine Zukunftspläne einzubeziehen ...

Er wollte gerade ins Zimmer gehen, als er seinen Vater auf sich zukommen sah. Er hob die Hand zum Gruß, aber George erwiderte ihn nicht. Statt dessen verschwand er durch eine Tür aus dem Blickfeld.

Francey war verblüfft: Hatte er sich das nur eingebildet, oder war George abgetaucht? Spontan entschloß er sich, das herauszufinden, und klopfte an die geschlossene Tür, durch die sein Vater verschwunden war, dann öffnete er sie, ohne auf eine Einladung zu warten.

George stand in einem großen Raum, einer Mischung aus Arbeits- und Ankleidezimmer, an dessen Wänden sich teure Bücherregale mit Glastüren reihten. Hinter einer Doppeltür lag ein vollständig ausgestattetes Schlafzimmer. Als Francey ihn jetzt fragte, ob die Gelegenheit günstig für ein Schwätzchen sei, wirkte er bestürzt. »Bißchen viel zu tun im Moment«, meinte er bittend.

Francey wollte sich nicht abwimmeln lassen. Bedeutungsvoll blickte er auf die glänzende – und leere – Schreibtischplatte, die sich zwischen ihnen erstreckte. »Wann wäre es denn günstig?«

»Mal sehen.« George zog ein ledergebundenes Notizbuch aus einer der Schubladen und blätterte.

Francey wartete ein oder zwei Augenblicke, dann verlor er die Geduld. »Wann ist dein nächster Termin, George?« fragte er und hörte den Namen zum ersten Mal über seine Lippen kommen. Es hörte sich unangemessen an, aber nachdem dieser Mann ihn so viele Jahre vernachlässigt hatte, wollte er verdammt sein, wenn er Colin nachäffte und ihn »Dad« oder »Daddy« nannte. »Was ist denn jetzt nicht in Ordnung?« beharrte er. »Ich will deinen Terminplan ja nicht stören. Sobald du dich um die nächste geschäftliche Angelegenheit kümmern mußt, verlasse ich den Raum.«

George, der gehetzt wirkte, klappte das Notizbuch zu und setzte sich in den Lederschwingsessel hinter den Schreibtisch. Er lud Francey ein, sich ebenfalls hinzusetzen. »Leg los«, sagte er. »Zufälligerweise habe ich ein bißchen Zeit.«

Francey starrte auf das von Silberhaar umrahmte Gesicht, das auf keiner Zeitschrift fehl am Platze wäre. Immer wenn er sich dieses Treffen vorgestellt hatte, hatte er geglaubt, es würde höflich, sogar versöhnlich sein, aber jetzt stellte er zu seiner Bestürzung fest, daß sich Worte und Gefühle wie ein Bündel Dynamit auf seiner Zunge aufgetürmt hatten. »Ehrlich gesagt, weiß ich nicht, wo ich anfangen soll«, sagte er, und angewidert merkte er, daß seine Stimme zitterte.

George schwieg.

Francey blickte auf seine Hände, die geballt in seinem Schoß lagen. »Schon sehr lange, mein ganzes Leben lang, wollte ich mit dir sprechen«, begann er. »Ich habe es geprobt, ich kannte deine Antworten, ich habe mir ausgemalt, was geschehen würde ...« Als er aufschaute, explodierte das Bündel Worte auf seiner Zunge. »Als erstes wollte ich wissen«, schrie er, »*warum*?«

Er gab George keine Gelegenheit zu antworten, als er schneller und schneller redete. »Warum hast du all diese Jahre kein einziges Wort von dir hören lassen? Wenn ich dich nicht gesucht hätte, wärst du dann je mit mir in Verbindung getreten? *Jemals*?« Er packte die Kante des Schreibtisches. »Ich dachte an dich, träumte von dir. Für mich standest du auf einem Podest. Jede Woche dachte ich, du würdest nach Hause kommen. Meine Mutter hat nie ein böses Wort über dich verloren. Wußtest du das? Hast du je auch nur einen Augenblick an sie gedacht, nachdem du Irland verlassen hattest, hast du an mich gedacht, an Dessie, an Kathleen?«

George versuchte etwas einzuwerfen, hob die Hände, um ihn zu unterbrechen, aber nichts konnte Francey jetzt aufhalten. »Und wage es ja nicht, mir diesen Scheißdreck aufzutischen, daß du uns damals besucht hast«, schrie er. »Ich weiß nur zu gut, daß du ein Mal gekommen bist. *Ein Mal.*«

Er sprang von seinem Stuhl hoch und begann hin und her zu

gehen. »Ich erinnere mich daran, als sei es erst eine Stunde her, aber vermutlich war es für dich nur ein kleiner Umweg, was George? Es wäre besser gewesen, wenn du gar nicht gekommen wärst, weißt du das? Glaub ja nicht, ich wüßte nicht, warum du kamst. Es interessierte dich, den kleinen Bastard zu sehen, genau wie man sich ein Raritätenkabinett anschaut. Und selbst dann konntest du nicht allein wieder gehen, oder? Was hast du statt dessen getan? Du hast Kitty mitgenommen und damit alles schlimmer, doppelt so schlimm, hundertmal so schlimm gemacht.« Mittlerweile war er so aufgebracht, daß er aufhörte, auf und ab zu tigern, und sich über den Schreibtisch beugte, als wolle er George schlagen. »Weißt du, was wir durchgemacht haben, wir alle? Hat es dir etwas ausgemacht, George? Macht es dir jetzt etwas aus?«

Sein Vater zuckte zurück, als hätte er Angst, geschlagen zu werden. »Ich dachte, du hättest gesagt, deiner Mutter geht es gut –«

Francey ließ ihn nicht ausreden. »Natürlich geht es ihr jetzt gut«, brüllte er. »›Gut‹ bedeutet, daß sie jetzt zum zweiten Mal verwitwet ist. Sie ist fünfundvierzig oder sechsundvierzig, ihre Hände sind rauh, ihr Haar ist grau – und sie war doch die Tochter eines Anwalts. Weißt du, was das in Cork bedeutet? Es bedeutet wohlhabend, Teil des Landadels. Sie hätte ein schönes Leben haben können, statt in Mist und Dreck und Sturm bis auf die Knochen zu schuften – statt zum Gerede der ganzen Gemeinde zu werden –«, er hielt inne, weil ihm klar wurde, daß er sich der Geschichte von George und seiner Mutter zugewandt hatte, statt der Geschichte von George und ihm selbst.

Das Gesicht seines Vaters zuckte, dehnte sich aus und zog sich zusammen im Rhythmus des Blutes, das hinter Franceys Augen pulsierte. Irgendwie bemerkte er, daß George nicht länger lächelte, sondern ängstlich aussah. Kurz versuchte er, sich zu beherrschen, aber er schaffte es nicht. Er ließ beide Handflächen auf die Schreibtischplatte krachen, so daß ein Kristallaschenbecher hochsprang. »Was glaubst du, wo Kathleen jetzt ist, George?« schrie er. »Und deinen anderen Sohn, der ein geistiges und körperliches Wrack ist, habe ich draußen bei den Tieren gelassen. Weil du es so haben wolltest. Dir ist es zu verdanken, daß dein jüngster Sohn denkt und sich verhält wie ein Tier, weil er so aufgezogen worden ist. Vielleicht hätten wir ihn ertrinken lassen sollen. Das hätte dir doch gepaßt, oder?«

Sein Vater stand auf. »Das reicht! Mehr werde ich mir nicht bieten lassen.«

»Nein?« Als sie einander gegenüberstanden, war Francey froh, daß er größer war. »Warum, George?« fragte er mit ruhigerer Stimme. »Warum hast du das getan?«

»Wenn du die Sache nicht vernünftig sehen kannst –«

»Vernünftig?« Franceys Wut begann jedoch zu verebben, als er die Leere hinter der Aufgeblasenheit seines Vaters bemerkte. »Daß ich nicht lache.«

»Ich rede mit dir, wenn du dich hinsetzt.«

Abrupt nahm Francey wieder seinen Platz ein, und nach einigem Zögern tat George das auch. »Ich kann dir keine Erklärung geben«, sagte er mit wachsamem Blick, als warte er auf den nächsten Ausbruch, »zumindest keine, die dich beschwichtigen würde.«

»Versuch es«, sagte Francey mit knirschenden Zähnen, »irgend etwas genügt schon.«

George schien nachzudenken. »Ich glaube nicht, daß es Zweck hat, zu lügen oder Ausflüchte über mein eigenes Leben zu machen«, sagte er dann. »Es gibt keine Erklärung. Es ist einfach, weil ich so bin, wie ich bin.«

Die Dreistigkeit raubte Francey den Atem, allerdings verflog dadurch auch endgültig seine Wut. Eine Weile lang ließ er nicht locker, aber ganz gleich, wie sehr er George bedrängte, es führte zu nichts, und sie drehten sich im Kreise, während George denjenigen Charakterzug zur Schau stellte, der Francey am stärksten wütend machte – Passivität. George entschuldigte sich, gab zu, daß er alles andere als ein Vater gewesen war, entschuldigte sich wieder. Aber alles lief stets auf den Lehrsatz hinaus, daß er nun einmal so war und er nur wenig daran ändern konnte. Francey ging die Munition aus, und der Streit verebbte. »Es tut mir leid, wirklich«, sagte George zum fünften oder sechsten Mal in das Schweigen hinein, die veilchenblauen Augen weit aufgerissen.

Die noch verbliebenen Scheuklappen fielen herab und verstellten Francey nicht länger die Sicht. Dieser Mann würde nie das sein, was er sich erträumt hatte. »Was ist mit Dessie?« fragte er kalt. »Wie willst du ihm helfen? Ich tue mein möglichstes, aber du bist verantwortlich für ihn.«

George wich ihm aus. »Wir müssen es abwarten.«

Einen Augenblick lang starrte Francey über den Tisch, dann stand er wieder auf. »Warte nicht zu lange«, sagte er.

»Meinst du, er mag vielleicht eine kleine Dinnerparty?« Francey folgte dem Blick seines Vaters und sah, daß seine Augen aufgeleuchtet hatten, als sein Blick auf ein silbergerahmtes Foto von ihm selbst, seiner Frau und einer Reihe anderer Leute gefallen war, die an einem sonnigen Tag draußen saßen und die Gläser in Richtung Kamera erhoben. »Wir könnten ihn sozusagen in der Familie willkommen heißen.« George schaute seinen Sohn hoffnungsvoll an, als hätte er gerade die perfekte Lösung präsentiert.

Francey lachte laut. »Eine Dinnerparty?« rief er. »Dessie hat nicht die mindeste Ahnung, was eine Dinnerparty ist, ganz zu schweigen davon, wie er sich auf einer benehmen soll. Er hat weit weg von Dinnerpartys gelebt – und ich übrigens auch.«

»Also, wie wäre es dann mit einer anderen Party? Mit mehr Leuten – wo er nicht das Gefühl hat, etwas anderes sein zu müssen als er selbst.«

Francey starrte ihn an. Und zum ersten Mal, seit sie sich kennengelernt hatten, stellte er fest, daß sein Vater genervt war. »Ich will doch nur helfen«, bat George, der seinem kritischen Blick nicht standhielt. »Sag du mir doch, was Dessie mag, ganz gleich, was es ist. Würde er beispielsweise gerne in Urlaub fahren?«

»George«, sagte Francey jetzt kalt, »hör dir doch bloß einmal an, was du redest.«

Zurück in seinem Zimmer, saß Francey lange Zeit auf der Bettkante und starrte ins Leere. Jetzt, da er sich beruhigt hatte, stellte er fest, daß er seinem Vater nicht böse war. Das lange erwartete Treffen war so enttäuschend gewesen, daß er eher frustriert als traurig war. Es hatte sich herausgestellt, daß George Gallaher so wenig Substanz hatte wie ein Rauchwölkchen. Man konnte nichts hassen oder verachten, das keine Substanz hatte.

Und sein Vater gab sich offenbar alle Mühe, nicht mit Dessie allein zu sein und die Last seiner Rehabilitation zu verteilen. Da beschloß Francey, sich seinerseits alle Mühe zu geben, George die Folgen seiner Handlungen vor Augen zu führen.

Francey fühlte sich wie ein Apfel ohne Kern: So lange hatte er geglaubt, es sei wichtig, seinen Vater kennenzulernen. Vielleicht stellte es sich ja noch als wichtig heraus, aber im Augenblick war er nur wütend darüber, solch ein Trottel gewesen zu sein. Er fühlte sich billig: Die Hälfte seiner eigenen Gene waren ihm von diesem Mann gegeben worden. Er fühlte sich einsam, elend und beschämt, seinetwegen und wegen George, wegen George, weil er sein Vater war, der so oberflächlich war, seinetwegen, weil er einen Mangel an Loyalität empfand. Er ließ sich auf das Bett fallen und dachte nach.

Als er begriff, welche Gelegenheiten er vergeudet hatte, während er sich für George bereit hielt, wurde Francey wieder wütend. Weil er so vernarrt gewesen war in ein Phantasiegebilde, hatte er seiner Beziehung zu Mossie nie eine richtige Chance gegeben, und jetzt war es zu spät.

Er gab seiner Mutter die Schuld. Sicher, George war charmant, liebenswürdig und sexy – selbst Francey konnte das sehen –, aber wieso hatte sie ihn nicht durchschaut? Wie konnte sie sich ... Einen Augenblick lang spielte Francey mit dem Gedanken, in Lahersheen anzurufen und das mit ihr hier und jetzt zu klären, aber die Vernunft siegte. Sie trauerte um Mossie und war aus dem Gleichgewicht geworfen durch Abbys Entscheidung, ins Kloster zu gehen, so daß der Zeitpunkt völlig unfair gewesen wäre. Er wußte jedoch, daß er mit ihr darüber würde reden müssen. Und mit George war er auch noch nicht fertig.

Trotzdem hatte er das Gefühl, sofort mit jemandem sprechen zu müssen. Er hatte Hazel versprochen, sie auf dem laufenden zu halten, wie es mit Dessie ging. Er schaute auf die Uhr. Sie hatte ein paar Tage frei, und da es mitten am Nachmittag war, sollte sie eigentlich zu Hause sein.

Nachdem sie ans Telefon gekommen war, brachte Francey sie nach einigem Vorgeplänkel auf den neuesten Stand, wieweit Dessie sich mittlerweile der Situation in Inverary angepaßt hatte, dann schüttete er ihr sein Herz aus über die heftige Auseinandersetzung mit George. Das mußte man Hazel lassen, dachte er am Ende, sie hatte nicht ein Mal der Versuchung nachgegeben und gesagt: »Das habe ich dir ja gesagt!«, eine überraschende Demonstration von Taktgefühl, für die er dankbar war. »Und du errätst nie, was seine Lösung für Dessies Problem ist«, fügte er voller Verachtung hinzu.

»Was denn?« wollte Hazel wissen.

»Er fragte mich, ob er vielleicht eine Party mag«, schnaubte er verächtlich, »ich bitte dich – eine *Party*!«

»Weise das mal nicht so schnell von der Hand«, sagte Hazel nach einer kurzen Pause. »Wenn es eine kleine Party ist, sorgfältig geplant, wäre das vielleicht nicht das schlechteste.«

»Hazel!« Francey war außer sich. »Dessie würde sterben!«

»Nicht, wenn er wüßte, daß diese Party extra veranstaltet wird, um ihn willkommen zu heißen. Wann hat er im Leben denn schon mal das Gefühl gehabt, etwas Besonderes zu sein? Wann hat ihm denn schon jemand zum Geburtstag gratuliert oder ihm frohe Weihnachten gewünscht? Was ist also verkehrt daran, wenn jemand feiert, daß Dessie gesund und munter ist und endlich aufgetaucht ist?«

»Aber, Hazel«, Francey traute seinen Ohren nicht, »mein Vater hat das einfach so dahergesagt –«

»Ja, und?« sagte Hazel. »Er hat es gesagt, oder nicht? Wird auch Zeit, daß der Kerl sich ein bißchen Mühe gibt! Vielleicht solltest du Dessie selbst fragen, ob er eine Party mag oder nicht.«

Francey stritt weiter mit ihr, aber je mehr Argumente er ins Feld führte, desto weniger stichhaltig schienen sie zu sein. Er versprach Hazel, daß er Dessie entscheiden lassen würde.

»Wie geht es deiner kleinen Freundin?« fragte Hazel.

»Welche kleine Freundin?« entgegnete Francey verärgert.

»Keine Spielchen mit mir«, erwiderte Hazel.

Francey erinnerte sich. »Es geht ihr gut«, erwiderte er vorsichtig. »Ich habe sie nicht besonders viel gesehen. Aber ich mache mir Sorgen, daß Colin etwas bemerkt.«

»Na ja«, Hazel machte einen Moment Pause, »ich sollte dir wohl viel Glück wünschen –«

»Danke«, erwiderte Francey warm. »Ich melde mich wieder, in Ordnung?«

Hazel legte auf und zögerte dabei das Klicken, wenn der Hörer auf die Gabel traf, hinaus. Während der letzten Tage hatte sie kaum etwas anderes getan als über Fehler ihres Charakters und den gefühlsmäßigen Morast, in den sie sich hatte versinken lassen, nachzugrübeln. Der nächste Auftritt war erst Ende der Woche, und sie fürchtete die leeren Tage, die vor ihr lagen. Sie versuchte sich selbst davon zu überzeugen, daß ihre Depression ein verzögerter Schock als Folge des Unfalls war, aber schließlich mußte sie der Tatsache ins Auge sehen, daß das Quatsch war. Wie konnte sie nur so dumm sein, sich in einen Mann zu verlieben, der so viel jünger war als sie?

Jemand, der sich an Kindern vergreift ... Die Worte, die dieses Arschloch Larry benutzt hatte, verfolgten sie. Mit voller Absicht quälte Hazel sich selbst, indem sie die verschwommene Erinnerung an den kleinen flachsköpfigen Jungen wachrief, der sie und seinen Vater an jenem Tag vor so langer Zeit in der Küche des Bauernhauses so eindringlich angeschaut hatte. Sie hatte Francey nicht verraten, daß es ihre verdammte Idee gewesen war, diesen Besuch zu machen. Erst siebzehn, aber über ihre Jahre hinaus reif und erfahren, hatte Hazel damals eine offizielle Affäre mit dem großartigen George, wie er allgemein in ihrem Gewerbe genannt wurde. Er hatte sich auf junge Mädchen spezialisiert, das wußte sie, aber er war so charmant und hatte ihr so geschmeichelt, war so ernsthaft gewesen, so großartig, daß Hazel, wie so viele vor und nach ihr, auf seine Masche hereingefallen war. Und sein Talent im Bett war wirklich außergewöhnlich: Obwohl er so egozentrisch war, verstand George Gallaher mehr davon, wie man Frauen befriedigte, als jeder andere Mann, dem Hazel begegnet war.

Bis Francey kam.

Francey war noch zu unerfahren und fohlenhaft, aber am Ende der Woche, die sie miteinander verbracht hatten, wußte Hazel ohne jeden Zweifel, daß George seinem Sohn sein Talent auf diesem Gebiet vererbt hatte. Der Unterschied bestand jedoch darin, daß Franceys Liebesspiel, das richtige Mädchen vorausgesetzt, nicht mit Sex beginnen und enden würde. Er war ein anständiger, intelligenter Mensch, der, dessen war sie sich sicher, uneigennützig genug war, um eine gute zweiseitige Beziehung zu unterhalten.

In jenem Sommer – war es 1943, 44 oder 45 – hatte Hazel mit Blick auf die Zukunft versucht, George zu ändern. Jedes Mädchen in ganz Irland, das einen Blick auf ihn geworfen hatte, bildete sich ein, Chancen bei ihm zu haben, aber damals hatte Hazel geglaubt, das sei das richtige für sie. Tage, an denen man sich öffentlich zur Schau stellte, und Nächte voller geheimer Leidenschaft wurden unterbrochen von langen, intensiven Gesprächen, in denen sie versuchte, ihren Liebhaber zu verstehen. Er war ihr ausgewichen und unbeschwert über alles hinweggegangen, aber es war ihr doch gelungen, ihm einige Geschichten aus seiner Vergangenheit zu entlocken, so auch die, daß er in irgendeinem gottverlassenen Nest in West Cork einen Sohn hatte.

Hazel, in der Rolle der fürsorglichen, verantwortungsbewußten, reifen Partnerin in der Beziehung, hatte ihn überzeugen können, einen Umweg zu machen, als sie auf dem Weg zur Sommerspielzeit in Killarney waren. Es war ebenfalls ihre Idee gewesen, ein großes Geschenk mitzunehmen.

Aber das Ergebnis dieses Besuches, das pfiffen die Spatzen mittlerweile von den Dächern, war eine Katastrophe gewesen. Als Hazel bemerkt hatte, woher der Wind wehte zwischen ihrem Liebhaber und dem umnachteten Mädchen, das ihnen nach Killarney folgte, war sie wütend geworden und hatte George vors Schienbein getreten, daß er drei Tage humpeln mußte. Und obwohl er genug Verstand bewiesen hatte, keinen weiteren Annäherungsversuch bei ihr zu machen, nachdem Kathleen abgereist war, hatte sie ihn verlassen und keinen Zweifel darüber gelassen, was sie für ihn empfand. Es war Hazels erste Lektion, wie schnell sich Leidenschaft in Verachtung verwandeln kann.

Mit ihrem Ehemann, den sie bei einer Varietévorführung zugunsten des Ordens St. Vincent de Paul kennengelernt hatte, hatte sie einen weiteren schrecklichen Fehler begangen. Es war zu einer Zeit gewesen, als es die High Rollers noch nicht gab, Hazel zweiundzwanzig war und sich zum ersten Mal mit Singen versuchte. Seit George hatte sie alle Arten Männer gehabt, einer unzuverlässiger als der andere, aber dieser schien anders zu sein. Zunächst einmal hatte er nichts mit dem Showgeschäft zu tun. Sicher, solide, methodisch und eine Zukunft mit einer Pension in Aussicht, war er das genaue Gegenteil von allen in dieser Branche, und auf seine Weise sah er auch gut aus. Nachdem sie verheiratet waren, bestand er darauf, daß sie mit dem Showgeschäft aufhörte, und Hazel gab es erleichtert – zumindest glaubte sie das – auf.

Bis sie heiratete, hatte Hazel, die ein Einzelkind war, nie ein richtiges Zuhause gehabt. In eine Zirkusfamilie hineingeboren, war sie fast vom Augenblick an, da sie laufen konnte, als Teil der Familientruppe von Akrobaten und Tänzern aufgetreten, hatte Karten für die Menagerie verkauft, Geld für die Tombola eingesammelt und war immer weitergezogen, weitergezogen, weitergezogen. Ihr Vater ertrank bei einem Bootsunfall, als sie neun war, und ihre Mutter starb weniger als zwei Jahre später an Schwindsucht, aber Hazel trat weiter mit ihren Cousins auf. Als sie fünfzehn war, geriet der Zirkus in finanzielle Schwierigkeiten, und seine plötzliche Auflösung in einer kleinen Provinzstadt im County Waterford war ein Schock für sie gewesen; aber sie war stets imstande gewesen, Widrigkeiten die Stirn zu bieten, und machte sich sofort auf die Suche nach Arbeit. Wie der Zufall es wollte, spielte gerade eine Truppe von Wanderschauspielern in Waterford, und Hazel gelang es nach einem Vorsprechen – über ihr Alter und ihre Erfahrung log sie –, sich einen Job als Schauspielerin und Tänzerin zu sichern.

Obwohl sie nur ein Wanderleben kannte, nährte sie doch in ihrem Herzen eine Vorstellung eines kleinen Hauses mit Kamin, in dem sich ein Feuer türmte, wohlgefülltem Geschirrschrank, gepunktetem Porzellan und so weiter. Sie stellte sich vor, wie sie den Boden mit einem altmodischen Besen fegte und zusammengeknülltes Zeitungspapier benutzte, um die kleinen Fensterscheiben zu polieren, bis sie blitzten.

Dieser Mann, der sie heiraten wollte, schien solche Sicherheit zu versprechen, und eine Weile lang schien ihr kleiner Traum in ihrer kleinen Mietwohnung in Erfüllung gegangen zu sein, während sie auf ein Haus sparten – Hazels Mann hielt nichts davon, Schulden zu machen. Voller Begeisterung stürzte sie sich darauf, ihr Heim behaglich zu gestalten, und obwohl Kochen sie überforderte, bedeckten handgenähte Vorhänge ihre Fenster, und auf ihren billigen Möbeln prangten selbstgemachte Kissen, die sie aus Resten hergestellt hatte. Hazel ging zum Einkaufen und diskutierte mit anderen jungen Hausfrauen über die Preise von Milch und Brot, begleitete ihren Mann ins Kino, plante mit ihm ihre zukünftige Familie. Ihre Liebe war keusch und ziemlich langweilig, da ihr Mann schockiert gewesen wäre, wenn sie auch nur einen Bruchteil der Tricks, die sie in ihrer farbigen Liebeskarriere gelernt hatte, vorgeführt hätte. Er brachte ihr bei, ihr Kopfkissen an den Tagen, an denen es »sicher« war, auf eine bestimmte Art zu falten, so daß er dann ohne etwas so Unanständiges wie eine vorherige Diskussion den Geschlechtsverkehr einleiten konnte. Eine Weile glaubte sie, glücklich zu sein.

Am Ende jedoch bekam sie jedes Mal eine Gänsehaut, wenn sie den Schlüssel ihres Mannes in der Wohnungstür hörte. Und dennoch, als er sie verließ, war sie, ganz im Gegensatz zu dem, was sie Francey erzählt hatte, völlig durcheinander. Seither hatte es viele Männer gegeben, aber niemand hatte sie gefühlsmäßig berührt – bis Francey kam.

Jedes Mal, wenn sie an Francey dachte, machte sie sich Vorwürfe, sich lächerlich zu machen. Ganz gewiß gab es nichts so Bedauernswertes wie eine Sechsunddreißigjährige, die sich danach sehnte, von einem jungen Mann einmal richtig gebumst zu werden. Aber jedes Mal, wenn Hazel das dachte, erschien vor ihrem inneren Auge das Bild dieses alten Burschen im Valley Ballroom und machte sie wütend. Dieser Scheißkerl hielt sich für gut genug, um mit einem hübschen jungen Mädchen in einem pfirsichfarbenen Kleid herumzutändeln. Er war ein Mann, also war das in Ordnung, trotz Bierbauch und allem, oder? Aber bei ihr, die tipptopp in Form war, nicht ... Hazel marschierte ins Badezimmer ihrer Wohnung und zog sich splitternackt aus. Kritisch betrachtete sie sich im Spiegel, zog den Bauch ein, streckte ihn dann wieder so weit wie möglich heraus, um zu sehen, wieviel Schaden die Jahre angerichtet hatten. Sie drehte sich zur Seite, um zu sehen, ob ihr Hinterteil abgesackt war, dann kehrte sie dem Spiegel ihr Hinterteil zu, um ihre Popobacken zu betrachten. Das frühe Tanz- und Akrobatentraining hatte sie nicht im Stich gelassen: Die Dinge lagen nicht schlecht. Keine sechzehn mehr, aber auch nichts, dessen man sich schämen müßte, selbst wenn sie die Luft nicht anhielt. Und die Narbe auf ihrem Schenkel heilte.

Sie hatte es satt, Trübsal zu blasen und sich hilflos zu fühlen. Sie hatte auch die Nase voll davon, als barmherzige Samariterin aufzutreten: All dieses Verständnis und der ganze Sozialarbeiterquatsch waren für die Katz. Action. Das war jetzt nötig. »Genau«, sagte sie laut zu ihrem Spiegelbild, »wird Zeit, aus deinem Versteck herauszukommen ...«

Irgendwie mußte sie feststellen, ob sie irgendeine Chance hatte bei Francey Sullivan. Ein Versuch lohnte sich, und wenn sie Glück hatte, gewann sie; wenn nicht, litt nur ihr Stolz darunter. Und für Stolz konnte man sich nichts kaufen.

Als erstes mußte sie sich ein Bild von der Konkurrenz verschaffen. Hazel arbeitete nicht gerne im dunkeln.

Als Francey nach mehr als einer Stunde zu den Ställen zurückging, hätte er sich keine Sorgen machen brauchen, daß Dessie dort lästig geworden war. Er fand seinen Bruder in Amazones Box, und wenn man von einem Pferd sagen könnte, daß es schnurrt, träfe das auf Amazone, die hochträchtig war, haargenau zu. Sie lehnte sich gegen Dessie, rieb ihre Wange an seiner und gab zufrieden schnaubende Geräusche von sich. Obwohl es draußen schneite, war die Temperatur im Stall angenehm, und Francey hätte es nicht überrascht, zu erfahren, daß er Zentralheizung hatte. Ohne ein Wort zu sagen, beobachtete er, wie sein Bruder mit der Stute umging. »Das ist verblüffend«, staunte er, »dieses Pferd terrorisiert doch alle hier.«

Dessie hatte nicht gehört, wie er hereingekommen war, und drehte sich mit ruhigem Gesichtsausdruck um. »Sie ist wunderschön«, er wandte sich wieder Amazone zu und streichelte mit einem Finger das Pferd zwischen den Nüstern, »nicht wahr? Du bist mein Liebling.« Seine Stimme war leise und sanft, hatte wenig gemein mit den hervorgewürgten Silben, an die Francey gewöhnt war.

Als Amazone, die Augen selig geschlossen, ihren Körper näher an ihren neuen Freund drängte, wischte Francey sich die Schneeflocken von den Schultern. »Ich wollte nur sehen, ob du ins Haus zurückkommen willst, aber wie ich sehe, bist du hier glücklicher.«

»Ja«, sagte Dessie, »hier könnte ich leben.«

»Also, ich glaube, das wäre keine so gute Idee.« Francey wurde wachsam. Es sprach alles dafür, daß es für seinen Bruder, nach dem Leben, das er geführt hatte, bequemer war, auf Stroh in der Gesellschaft von Tieren zu schlafen als in einem Luxusschlafzimmer unter einer Satindecke, aber solche Vorstellungen sollte man nicht ermutigen. »Ich glaube nicht, daß unserem Vater das gefiele.«

»Wieviel Geld habe ich?« fragte Dessie ohne Vorwarnung.

»Habe ich dir das nicht gesagt?« wich Francey aus.

»Nein, das hast du nicht.« Dessie kam zu Francey herüber und schaute ihm in die Augen. Im schneegedämpften Licht, das durch die offene Tür fiel, wirkte sein Gesicht verändert: Die Falten hatten sich entspannt, und obwohl er nicht gesünder aussah, schien er nicht mehr älter zu sein, als er tatsächlich war.

»Also«, sagte Francey, »du hast eine Menge Geld –«

»Genug, um diese Pferde zu kaufen?«

Francey keuchte. »Ich glaube nicht, daß sie zu verkaufen sind.«

»Also, dann solche wie diese?« beharrte sein Bruder.

»Was würdest du mit ihnen machen?« Dessies Reaktion auf die Pferde glich so sehr seiner eigenen, daß es Francey einen Schrecken einjagte.

Aber dann beruhigte Dessie ihn. »Ich würde sie einfach haben«, erwiderte er, »ich hätte sie gerne für mich selbst.« Er drang in Francey und zwang ihn aus der Reserve. »Habe ich genug dafür oder nicht?«

Während Francey so kurz und bündig wie möglich erklärte, wieviel sie beide besaßen und welche Bestimmungen das Testament umfaßte, sah er, daß für seinen Bruder Geld nicht Reichtum, Sicherheit oder Eigentumserwerb bedeutete, sondern nur wichtig war für die Befriedigung unmittelbarer Wünsche oder Bedürfnisse. Dessie nahm das alles ohne besondere Reaktion oder Aufregung auf.

»Pferde zu pflegen ist ein harter Job, Dessie.« Francey wußte, noch bevor sein Bruder antwortete, daß ein Versuch, ihn davon abzubringen, vergeblich war.

»Wie hart kann das schon sein?« Dessie lächelte. »Sie füttern, sie lieben, sie pflegen, sie trainieren. Wie Hunde.«

»Da gibt es aber einen großen Unterschied«, entgegnete Francey. »Du brauchst Hufeisen und Tierärzte und Ställe für den Winter und Land, du brauchst Land –«

»Habe ich genug Geld für Land?«

»Das habe ich dir gerade gesagt. Sicher hast du das.«

»Also dann.« Dessie ging zu Amazone zurück und tätschelte ihren Widerrist.

»Da ist noch mehr«, sagte Francey nach einem kurzen Schweigen. »Du übernimmst Verantwortung. Du könntest nicht mehr trinken, so wie du es getan hast«, fuhr er fort und dachte daran, daß das Klischee vom Eisen, das man schmieden muß, solange es heiß ist, besonders in bezug auf Pferde angemessen war.

»Wenn ich Pferde wie diese hätte, würde ich nicht trinken.« Als Dessie sich Francey zuwandte, strahlten seine Augen im

Licht der nackten Birne. »Ich hätte keine Zeit dazu, Francey. Ich würde mich die ganze Zeit um sie kümmern.«

»Aber du trinkst sehr gerne«, machte Francey sich seinen Vorteil zunutze.

»Ich weiß«, gab Dessie zu, »und ich weiß, es ist ein Problem, aber ich bin bereit, mir helfen zu lassen.«

Es ging besser, als Francey zu hoffen gewagt hätte. »Du meinst richtige Hilfe?« fragte er. »Selbst in einem Krankenhaus – falls das nötig sein sollte«, fügte er hastig hinzu, als er sah, wie Furcht über das Gesicht seines Bruders glitt.

Dessie dachte eine Weile nach. »Ja, Francey«, sagte er. »Und würdest du mir helfen, mit dem Geld und allem? Und mir Land besorgen?« fuhr er so eifrig wie ein Kind fort.

Erst dann bemerkte Francey, welchen Schönheitsfehler die Sache hatte. Die Begeisterung seines Bruders war wie die eines Kindes, weil er gefühlsmäßig noch eines war. Er würde versprechen, brav zu sein, den Mond verpfänden für das, was er wollte. Es wäre jedoch kriminell, dieses erste Anzeichen von Lebensfreude zunichte zu machen. »Natürlich werde ich dir helfen«, sagte Francey, »aber könntest du als Gegenleistung direkt anfangen, mit dem Trinken aufzuhören? Ich bin sicher, daß es zum Essen heute abend Wein gibt«, fuhr er fort, »das ist eine gute Gelegenheit, um anzufangen.«

»Aber ich mag keinen Wein!«

Angesichts des hilflosen Gesichtsausdrucks seines Bruders mußte Francey lachen. Dessies Gesichtsausdruck war eine weitere Lektion für Francey, wieviel »Zivilisiertheit« sein Bruder noch lernen mußte. Alle um ihn herum mußten daran denken, daß er die meisten Dinge wörtlich nahm.

»Was ist so lustig?« Dessies Blick wurde verhangen.

Zum ersten Mal nahm Francey ihn in die Arme. »Nichts«, sagte er, »du verrückter alter Bursche.«

Dessie schien nicht zu wissen, wie er auf die Umarmung reagieren sollte, und stand unbeweglich da. »Nun komm schon«, Francey drückte seinen mageren Rücken, »umarm mich auch, das bringt dich nicht um.«

Nach einer Weile merkte er, wie sich die Arme seines Bruders hoben und um seinen Rücken schlossen. Er spürte jedoch keinen Druck. »Nun komm schon«, drängte er. »Das ist auch etwas, das du lernen mußt, wenn du Teil meiner Familie bist. Drück mich!«

Weil sie es leid war, übersehen zu werden, kam Amazone auf sie zugetrappelt und stieß die beiden mit dem Kopf an. Dessie lachte – auch das zum ersten Mal.

»Hör mal, Dessie.« Als sie sich voneinander gelöst hatten, hielt Francey den Zeitpunkt für gekommen, Hazels Rat zu beherzigen. »Ich weiß, daß du gerade hergekommen bist und dir alles noch sehr fremd ist«, sagte er, »aber George, ich meine, unser Vater hatte eine Idee, und ich wollte dich jetzt einmal fragen. Er hatte überlegt, ob du wohl eine Party magst – eine kleine«, korrigierte er sich, um fair zu sein und nicht seine eigenen Vorurteile durchklingen zu lassen.

Zu seiner Überraschung zuckte Dessie nicht erschrocken zurück, wie er erwartet hatte. »Wie du meinst, Francey«, sagte er und streichelte Amazone.

»Ich meine das nicht.« Francey zögerte. »Glaubst du, du bist dem gewachsen?«

»Wer wäre denn da?«

»Ich vermute, hauptsächlich die Familie. Magst du Colin und Fleur?«

»Sie ist schön«, Dessie stand sehr ruhig da, »wie ein – Kalender.« Dann, als Francey ihn anstarrte, nickte Dessie nachdrücklich. »O ja, sie ist sehr nett.« Und fügte jovial hinzu: »Schade, daß sie verheiratet ist.«

Franceys Gedanken wirbelten im Kreis. Es waren also nicht nur die Pferde – er hatte übersehen, daß Dessie ein neunzehnjähriger Mann war, dessen Geschlechtstrieb vermutlich normal funktionierte. »Um auf die Party zurückzukommen«, sagte er, »sicher willst du nicht mit so etwas behelligt werden. Es ist alles so neu, und du hast dich noch nicht eingelebt. Was meinst du?«

»Das ist mir egal. Ganz wie du meinst, Francey«, sagte Dessie. »Gibt es auch einen Kuchen?«

Francey fragte sich, was Dessie für eine Vorstellung von Partys hatte. »Meinst du nicht, es wäre ein bißchen zu früh?« versuchte er es noch einmal. »Du hattest Angst, hierherzukommen – erinnerst du dich, wie nervös du warst? Das ist erst einige Stunden her, Dessie.«

So ärgerlich es für Francey auch war, der Georges Idee immer noch für Quatsch hielt, sein Bruder stand der Aussicht einer Party zu seinen Ehren mit Wohlwollen gegenüber, ganz gleich, welche Einwände Francey auch vorbrachte. Daher mußte er wohl oder übel anbieten, die Idee mit ihrem Vater zu besprechen.

Im Haus gingen die beiden Brüder in ihre Räume, um sich vor dem Dinner auszuruhen. Als Francey das nächste Mal nachschaute, schlief Dessie tief und fest.

Das Abendessen war auf sieben Uhr festgesetzt worden. Tommy und sein Kindermädchen nahmen nicht daran teil. Sie waren zwar mittlerweile eingetroffen, hatten aber bereits früher gegessen. Während der Mahlzeit saß George wie ein Patriarch an seinem gewohnten Platz an der Spitze der Tafel und hielt ein wachsames Auge auf seine drei Söhne, wenn eine der häufigen Gesprächspausen auftrat. Von Anfang an wurden Colin und Fleur ihren Rollen ganz und gar gerecht: Colin war redselig und wollte gefallen, Fleur passiv. Francey, dessen Aufmerksamkeit geteilt war zwischen dem Bewußtsein, daß Fleur anwesend war, und dem Wunsch, Dessie zu beschützen, fühlte sich so unbehaglich, daß er das Essen kaum anrühren konnte.

Vor dem Eßzimmer glitzerte der Schneeteppich, der mit hereinbrechender Nacht gefroren war, im Lichtschein des Zierteiches. Francey heftete seine Blicke auf diese ruhige Schönheit, während das Klappern des Bestecks auf dem Porzellan, das Rascheln des Kleides des servierenden Mädchens, das ewige Rauschen und Glucksen des Wassers ein Gegengewicht bildeten. Er dachte, welche Ironie es war, daß Dessie der einzige an diesem Glastisch war, der sich nicht im übertragenen Sinne auf irgendeine Weise maskiert hatte.

Er konnte nicht genug staunen, wie sehr sich Dessies Verhalten verändert hatte. Sein Bruder war lebhafter, als Francey ihn je erlebt hatte, er benahm sich entschieden weniger linkisch. Francey hatte ihn angewiesen, bei Besteck und Gläsern seinem Beispiel zu folgen und langsam mit geschlossenem Mund zu essen. Und so saß Dessie so aufrecht wie ein Kind da, das sich vorbildlich betragen will, und sprach nur, wenn er angesprochen wurde. Aber er reagierte einigermaßen lebhaft auf die unzusammenhängenden, aber höflichen Fragen seines Vaters und Colins. Nachdem er Francey einen Blick zugeworfen hatte, lehnte er den Wein, der ihm angeboten wurde, ab. Zum ersten Mal, so stellte Francey fest, versuchte Dessie, eine soziale Rolle zu spielen.

Der einzige wesentliche Faux pas waren die Zigaretten. Keiner der übrigen rauchte, aber während der ganzen Mahlzeit, sogar zwischen einzelnen Bissen, zog Dessie voller Wohlbehagen an seinen Woodbines, und trotz der Größe und Höhe des Raumes stank es, obwohl George mindestens viermal durch Handzeichen darum gebeten hatte, daß Dessies Aschenbecher entfernt und ein sauberer gebracht wurde.

Während das Schweigen andauerte, dachte Francey, daß die Reihe jetzt an ihm sei, etwas zu sagen, und er suchte sein träges Gehirn nach einer Idee ab. Wieder einmal fiel ihm auf, daß Fleur kaum Schmuck trug außer einem Paar winziger Diamantohrringe, die jedes Mal aufblitzten, wenn sie sich bewegte, und er erinnerte sich daran, daß sie noch nicht bestätigt hatte, seine Brosche erhalten zu haben. Wenn sie sie nicht bekommen hatte, würde er diesem Hotelportier aber einiges erzählen.

»Dein Kleid ist wunderschön, Fleur«, sagte er schließlich. Selbst wenn sie es nicht getragen hätte, wäre es eindrucksvoll gewesen: Mit Silberfäden reich bestickt, ärmellos, mit einem hohen, geschlitzten Kragen, betonte es die Zartheit ihres Körpers. Jedoch nicht Fleur antwortete ihm, sondern ihr Mann, der ihn informierte, daß es ein echter Cheong-sam sei, den er in Hongkong gekauft habe. Wieder brach die Unterhaltung ab.

»Fleur erzählte mir, daß du mit einem Geschenk für Tommy vorbeigekommen bist. Das war nett von dir, Francey.«

Als Reaktion darauf fingen Franceys Nerven an zu zittern,

und er schaute seinen Bruder scharf an. Anscheinend verbarg sich hinter Colins Worten jedoch nur der Versuch, seinerseits die Unterhaltung in Gang zu halten. »Oh, das war doch nichts«, murmelte Francey, »ich war nur zufällig in der Stadt.«

Er wagte es nicht, Fleur direkt einen Blick zuzuwerfen, aber als er es dann tat, war sie ruhig und gefaßt.

»Hat Francey dich gefragt, was du von meinem Vorschlag hältst, eine Party für dich zu geben, Desmond?« fragte George nach der Pause, in der das Dessert serviert wurde.

»Ja.« Dessie nickte heftig.

George wartete auf eine weitere Erläuterung, aber Dessie zog nur tief an seiner Woodbine und aß dann einen Löffel Eis. »Was meinte er denn?« wandte George sich an Francey. »Hast du darüber nachgedacht?« Er konzentrierte sich auf seinen Löffel und vermied es, Francey anzuschauen.

»Ich weiß es noch nicht«, Francey blieb unverbindlich. »Ich finde immer noch, es ist ein wenig zu früh.«

»Was für eine wunderbare Idee, Dad«, stimmte Colin zu. »Eine kleine Dinnerparty, ja?« Zum ersten Mal an diesem Abend sprach er seine Frau an. »Fleur, du kennst doch einige gute Firmen, die uns mit Essen beliefern könnten, nicht wahr?«

»O ja.« Aber sie schien nicht besonders interessiert zu sein, als Colin und George das Projekt diskutierten.

Sie entdeckten, daß der Valentinstag bevorstand. »Wie wäre es damit, Dessie?« George war entzückt. »Das ist doch *der* Anlaß für eine Party und nimmt dich auch ein wenig aus der Schußlinie. Wir wissen und du weißt, daß es für dich ist, aber jeder könnte sich entspannen und es einfach genießen.«

»Bist du sicher, daß du das möchtest, Dessie?« Francey, der sich ärgerte, daß die Idee sich zu verselbstandigen schien, fiel ihnen ins Wort.

»Klar, Francey.« Dessie lächelte ihn voll naivem Vertrauen an. »Ich glaube, das wäre toll. Ich war noch nie auf einer Party.«

»Du bist herzlich eingeladen, bis dahin hierzubleiben«, bot George ihm an, »oder vielleicht möchtest du lieber nach Irland zurückkehren und später wiederkommen?«

Francey erkannte ganz klar, welche Möglichkeit sein Vater vorziehen würde, aber so leicht wollte er ihn nicht davonkommen lassen. »Wir werden sehen«, sagte er.

Später am Abend, als Dessie wohlbehalten in seinem Zimmer war, ging Francey in seinem Zimmer auf und ab. Seine Zweifel wegen der Party waren nicht zerstreut worden. Er hatte gewußt, daß es schwierig sein würde, mit Fleur unter einem Dach zu sein und keine Gelegenheit zu haben, mit ihr allein zu sprechen, aber er hatte sich selbst davon überzeugt, daß es besser war, sie so zu sehen als überhaupt nicht. Das erwies sich als falsch. Sie auf der anderen Seite des Tisches zu sehen oder im Salon, stets in Begleitung ihres Ehemannes, war so frustrierend, daß es ihn verrückt machte. Vielleicht stellte sich diese Party doch als ein Segen heraus. Wenn andere dabei waren, würde sich bestimmt die Gelegenheit ergeben, mit ihr zu reden oder vielleicht sogar ein paar Augenblicke allein zu sein.

Was ihn jedoch am meisten verwirrte und was er nicht erwartet hatte, war die Wand der Leere, die sie zwischen ihnen errichtet zu haben schien. Während des Essens hatte er es von Zeit zu Zeit gewagt, ihren Blick zu suchen, einmal hatte er sie sogar etwas Harmloses, das ihren Sohn betraf, gefragt, bekam aber als Antwort nur ein unverbindliches Gemurmel in Richtung Teller. Francey konnte das einfach nicht verstehen. Als er sich für das Dinner gewappnet hatte, erwartete er verdeckte Verlegenheit, Kühle, selbst vorgetäuschte Abneigung, aber dieses sphinxhafte Verhalten überstieg sein Begriffsvermögen. Er begann sogar zu bezweifeln, daß sie jemals etwas miteinander gehabt hatten. Er mußte mit Fleur reden – dringend.

Jedoch erst am folgenden Vormittag erwischte er sie allein.

Nachdem er Dessie zu den Stallburschen gebracht hatte, trank er trübselig eine Tasse Kaffee, während er versuchte, sich auf die winzig gedruckten Hofmitteilungen des *Daily Telegraph* zu konzentrieren. Da kam Fleur, begleitet von Tommy und seinem Kindermädchen, in das Zimmer, um spät zu frühstücken.

Francey sprang auf. »Ich sage in der Küche Bescheid, daß ihr hier seid. Kommt Colin auch?«

Fleur erzählte ihm, daß Colin früh gefrühstückt und sich dann mit dem Telefon eingeschlossen hatte. Dann teilte sie ihm mit, daß sie alle binnen einer Stunde nach London zurückkehren würden. »Du brauchst niemanden zu holen«, fuhr sie fort und klingelte mit einer kleinen Handglocke, die Francey vorher noch nicht gesehen hatte. »Normalerweise ist es so warm in diesem Haus«, sie rieb sich die Hände, »man braucht nicht viel Kleidung für Inverary. Aber ausnahmsweise ist es kalt hier drinnen.«

»Soll ich ihnen sagen, daß sie die Heizung höher stellen sollen?« Francey, der fand, daß es so warm sei wie im Palmenhaus des Botanischen Gartens von Dublin, machte Anstalten, den Raum zu verlassen.

»Bemüh dich nicht«, Fleur zuckte die Achseln, »wie gesagt, fahren wir sowieso bald.« Dann machte sie Tommy Zeichen, der daraufhin aus dem Zimmer trabte.

Sie wandte sich wieder Francey zu und stellte ihn dem Kindermädchen vor, einem hochgewachsenen, blassen Mädchen Mitte Zwanzig. Für Francey war es eine Offenbarung, daß Kindermädchen genauso alt sein konnten wie er selbst. In Büchern waren sie immer alt, von üppiger Erscheinung und stammten aus Schottland. Da Tommy das Zimmer verlassen hatte, packte er die Gelegenheit beim Schopfe. »Könnte ich rasch ein paar Worte mit dir wechseln, Fleur?«

»Natürlich.« Fleur kam zum Tisch. »Setzen wir uns doch hin. Wie ich sehe, schneit es wieder.« Während sie den Stuhl herauszog, schaute sie weg von ihm auf die wirbelnden Flocken.

»Ich meine allein.« Francey lächelte das Kindermädchen an, um zu zeigen, daß es sich um nichts Persönliches handelte. »Familienangelegenheiten.«

»Kein Problem«, das Mädchen lächelte zurück. »Ich kümmere mich darum, daß Tommy Ihnen den richtigen Pullover bringt, Mrs. Mannering.« Sie eilte davon.

»Oh, Fleur!« Mit drei Schritten hatte Francey das Zimmer durchquert und saß ihr gegenüber am Tisch. »Ich dachte schon, ich erwische dich nie allein.«

Als er sah, daß ihr Gesicht ausdruckslos blieb, zögerte er. »Ich habe mich so verzweifelt danach gesehnt, mit dir zu reden –« Er mußte seinen Redefluß unterbrechen, weil eines der Hausmädchen mit einer frischen Kanne Kaffee, einem Ständer mit Toast und einer silbernen Teekanne hereinkam.

Fleur, die sich genausogut im Tea-room bei Harrods in Begleitung einer altjüngferlichen Tante befunden haben könnte, bestellte Cornflakes für Tommy und sagte dem Mädchen, daß sie und das Kindermädchen sich von den Warmhalteplatten auf dem Sideboard selbst bedienen würden. Francey, dem es egal war, ob das Hausmädchen ihn ertappte, verschlang Fleur mit seinen Blicken, während sie sprach. Ihr Haar wurde heute morgen von einem Haarreifen aus dem Gesicht gehalten, und statt eines T-Shirts trug sie über der Jeans, an die er sich von seinem Besuch in der Wohnung erinnerte, eine Madrasbluse. Nachdem das Hausmädchen endlos lange kontrolliert hatte, was sich unter den silbernen Abdeckhauben, die sich auf dem Sideboard aneinanderreihten, befand, verließ es endlich das Zimmer. »Bitte, Fleur«, bettelte Francey, »wir haben nicht viel Zeit. Du mußt sagen, wann wir uns wiedersehen können.«

»Danke für dein Geschenk«, erwiderte Fleur. »Es war ganz reizend.«

»Hat es dir wirklich gefallen?« Francey war wieder völlig aus dem Gleichgewicht geraten. Sie hatte so eine Art, ihm den Boden unter den Füßen wegzuziehen. Daß das Gespräch diese Wendung nehmen würde, hatte er nicht erwartet, und im Augenblick gab er keinen Deut um gesellschaftliche Feinheiten.

»Es hat mir sehr gut gefallen, es ist so klein und zart.« Mehr sagte sie nicht, goß sich nur Tee in ihre Tasse.

»Ich wußte ja nicht, was du magst«, sagte Francey zögernd. »Anscheinend trägst du nicht viel Schmuck.«

Fleur berührte einen ihrer Ohrringe, die gleichen, die sie am vergangenen Abend getragen hatte. »Ich liebe Schmuck.«

Francey glaubte, das diskrete Hüsteln des Kindermädchens vor der Tür gehört zu haben, unterbrach sie und bat: »Schnell, Fleur, wann?«

Aber Fleur ließ sich Zeit, betrachtete ihn eingehend. »Ruf mich an, wenn du nach London kommst«, murmelte sie schließlich, als Franceys Furcht, das Kindermädchen könne jeden Moment hereinkommen, schon alptraumartige Ausmaße angenommen hatte, »jederzeit nach dem Mittagessen am Montag.«

»Entschuldigung«, das Kindermädchen stand in der Tür, »sind Sie fertig?«

»Kommen Sie herein«, bat Fleur das Mädchen, dann machte sie auch Tommy ein Zeichen, hereinzukommen. »Komm herein, mein Liebling, vielen Dank.« Als sie ihren Sohn anlächelte und den Pullover von ihm entgegennahm, schien sie nur wenig älter zu sein als er.

Hazel wartete bis Sonntag abend, bis sie in Inverary Manor anrief. »Na, wie geht's, Kumpel?« fragte sie, als Francey an den Apparat kam.

»Toll!« Zu ihrer Überraschung hörte Francey sich euphorisch an, seine Stimme hob und senkte sich erregt. »Absolut phantastisch.«

»Wow!« Hazel nahm sich in acht. »Was hat sich denn geändert, daß jetzt alles so toll ist? Letztes Mal –«

»Alles, Hazel, einfach alles.« Francey überstürzte sich fast, um die Worte herauszubringen. »Dessie geht es gut, er betet die Pferde hier an, und er kommt sogar ein wenig aus seinem Schneckenhaus heraus.«

»Ich freue mich, daß die Dinge endlich glatt für dich gehen, mein Junge, du hörtest dich schon vorzeitig ergraut an.« Dann spannte Hazel jeden Muskel in ihren Beinen an, ihre Stimme klang jedoch unbeschwert. »Und? Nun komm schon, Francey, was noch?«

»Al – so –«

»Ja?« lud sie ihn ein.

»Fleur ist natürlich hier.« Francey senkte die Stimme.

»Natürlich«, soufflierte Hazel, »und was passiert an dieser Front?« Sie zwang sich zu lachen. »Kannst du es deiner Tante Hazel nicht erzählen?«

»Oh, nicht viel!« Franceys Stimme war voller Heiterkeit.

»Verstehe!« schaffte sie, dem entgegenzuhalten. »Paß auf, wenn noch mehr von ›nicht viel‹ passiert, hebst du ab ins Weltall – ach, übrigens«, fuhr sie mit gezwungen lässiger Stimme fort, »ich wollte dich noch fragen, ob du mit Dessie über diese Party geredet hast?«

»Ja«, sagte Francey, »und du wirst es nicht glauben, aber du hattest recht, Hazel. Du solltest Psychiater werden. Er hat überhaupt nichts gegen die Idee.«

»Wer sagt's denn!« Hazel grinste – *so weit, so gut* –, dann schaute sie wieder ernst drein, falls er ihr Lächeln durch das Telefon mitbekäme. »Wann steigt die Sache denn?«

Während er ihr über die Party und die Gästeliste berichtete, hörte sie nur halb zu, weil sie den kleinen Terminkalender, den sie neben dem Telefon liegen hatte, durchging. *Verdammt*, dachte sie, *wo ist denn diese Seite* ... »Rede weiter«, ermutigte sie ihn.

Dann sah sie, daß das Schicksal auf ihrer Seite war. Der Valentinsabendauftritt der Rollers war bei einer privaten Party; am Samstag, dem Abend der Party in Inverary, hatte sie frei, und der Termin am Sonntag – sonntags waren die größten Tanzveranstaltungen in Irland – war in Kildare, nicht weit von Dublin. Wenn sie von Cork aus mit dem Flugzeug nach Dublin zurückflog, konnte sie es leicht schaffen. »Hört sich toll an«, sagte sie, als Francey eine Pause machte, um Luft zu holen. »Bist du sicher, daß Dessie dazu in der Lage ist?«

»Langsam fange ich an, es zu glauben.«

»Wer ist denn für dich da?« Hazel verkrampfte sich wieder, diesmal nicht nur in den Beinen, sondern auch in Rücken und Armen. Das war die entscheidende Frage ...

»Wie meinst du das?«

Hazel hätte lachen können, wenn es nicht so wichtig gewesen wäre. »Ich meine, mein Sonnenschein«, erwiderte sie forsch, »wer ist da, um dich ein wenig moralisch zu unterstützen?«

»Also«, Francey schien nachzudenken, »der Rest der Familie, denke ich.«

»Ja, dann ist es gut«, antwortete sie. »Wenn du sicher bist, daß das reicht. Ich meine, du solltest vielleicht jemanden aus deiner eigenen Familie bitten zu kommen.«

»Sie würden nicht den ganzen Weg hierher nur für eine Party kommen, Hazel. Außerdem sind sie in Trauer.«

»Tut mir leid.« Hazel machte eine Pause. »He! Samstag abend habe ich frei. Soll ich kommen? Schließlich gehöre ich ja jetzt auch mehr oder weniger zur Familie.«

»Also –«

Sie redete weiter, bevor seine Bedenken sich festsetzen konnten. »Ich muß sowieso in den nächsten Wochen einige Zeit nach London. Ich habe gute Neuigkeiten für dich, Francey. Es gibt da einen Agenten, der mich übernehmen will. Ich wollte das aufschieben bis zu unserer Fastenzeittour, aber so könnte ich zwei Fliegen mit einer Klappe schlagen.« Mit Ausnahme des St.-Patrick-Abends waren alle irischen Ballsäle während der Fastenzeit geschlossen. Daher packten die meisten Bands ihre Sachen zusammen und gingen in England auf Tour.

»Ich fahre morgen selbst nach London«, sagte Francey langsam. »Um sie zu besuchen ...« Er machte eine Pause. »Verstehst du? Ich bin *eingeladen*, Hazel.«

Hazel, die genau wußte, worauf er anspielte, hielt ihre Reaktion unter Kontrolle. »Das ist phantastisch, Francey«, sagte sie. »Mit dir kann man nicht Schritt halten. Aber laß mich wissen, wie es weitergeht, hörst du?«

Franceys Stimme am anderen Ende wurde sanft. »Natürlich halte ich dich auf dem laufenden; du bist mein bester Freund. Und du bist die einzige, die irgend etwas darüber weiß.« Er klang vorsichtig. »Wenn du also zu dieser Party kommst, denk daran, hörst du?«

Obwohl sie selbst kein Engel gewesen war, nagte die Eifersucht an Hazel, als sie Francey versicherte, daß sie den Mund halten würde, falls es klappte und sie zu der Party kam.

Eine Chance, sagte sie zu sich selbst, als sie aufgelegt hatte, *gib mir nur eine Chance*. Einen Vorteil hatte sie gegenüber dem siamesischen Zwilling. Zumindest war sie ungebunden.

15

Vor seiner Verabredung spät am Montag nachmittag in Fleurs Wohnung ging Francey einkaufen. Er kaufte einen riesigen Strauß Blumen, die er nicht beim Namen hätte nennen können, und für Tommy, obwohl er in der Schule war, ein Paar exotischer, regenbogenfarbener Fische, Fischfutter, Kies, Wasserpflanzen und ein kleines Aquarium. Er nahm ein Taxi zum Juweliergeschäft, das er vor Weihnachten beehrt hatte, ließ alles auf dem Rücksitz liegen und sagte dem Fahrer, es werde nicht lange dauern. Zu seinem Entzücken war die Brillantarmbanduhr noch da, aber als er mit dem ersten Scheck, den er je ausstellte, dafür zahlte, achtete er nicht auf die lächelnden Gesichter, die vor weniger als einem Monat solch eine Wirkung auf ihn gehabt hatten.

Anscheinend gefiel Fleur die Uhr sehr. »Vielen herzlichen Dank«, sagte sie, als sie ihm gestattete, sie an ihrem Handgelenk zu befestigen, für das sie aber einige Zentimeter zu weit war.

»Ich nehme sie wieder mit und lasse das Armband kürzen«, bot Francey ihr eifrig an, aber sie schlug das aus und sagte ihm, sie werde sich selbst darum kümmern. Dann klingelte sie nach dem Tee.

»Ich möchte keinen Tee.«

»Aber ich.« Fleur wich Franceys glühenden Versuchen aus, sie in den Arm zu nehmen. »Es ist so kultiviert, findest du nicht?«

Francey, der sich überlegte, daß Fleur ihn schon wollte, da sie ihn schließlich eingeladen hatte, kam zum üblichen Schluß, daß ihre Kaltblütigkeit auf ihre asiatische Herkunft zurückzuführen sei. Für jemanden, der vorhatte, einen anderen körperlich zu lieben, war sie bemerkenswert kühl. Ihm fiel es dagegen schwer, stillzusitzen; er schaffte es aber, dem Hausmädchen freundlich zuzulächeln, das den Tee brachte und sein Lächeln mit einer kleinen Verbeugung des Wiedererkennens erwiderte.

Während der fünfzehn oder zwanzig Minuten, die es dauerte, die Delikatessen zu verzehren, die Francey gar nicht essen wollte und deren Geschmack er nicht wahrnahm, versuchte er, sich so zu benehmen, als sei das ein normales Vorgehen. Fleurs Haar wurde von zwei Kämmen in einer dicken Haarrolle oben auf ihrem Kopf festgehalten, sie trug die Jeans, die sie anscheinend liebte und er jetzt in Gedanken »seine« nannte, und einen apricotfarbenen Angorapullover. Seinen geblendeten Augen erschien ihr Haar im Kontrast zu der Pastellfarbe noch schwärzer als zuvor, die Haut an ihrem Hals noch weicher und zarter. Anscheinend trug sie keinen Büstenhalter. Während Francey noch ein Bröckchen in den Mund steckte, konnte er bereits spüren, wie seine Hand unter der weichen Wolle entlangglitt, wie warm ihre Haut war, wie fest die kleinen Brüste. Seine Erregung wuchs mit jedem Augenblick. Sie mußte blind sein, wenn sie das nicht bemerkte, dachte er, aber sie ließ sich nichts anmerken.

Als Fleur schließlich fertig war, tupfte sie mit einer Serviette den Mund ab, stand auf und lächelte ihn an. Franceys Herz schien sich bis zum Magen auszudehnen, als sie ohne einen Blick zurück in ihr Boudoir ging. Als er dort angelangt war, höchstens dreißig Sekunden später, war Fleur bereits nackt bis auf die Brillantuhr, die an ihrem Handgelenk baumelte. Francey den Rücken zugewandt, stand sie da und löste die Kämme aus ihrem Haar. In dem gedämpften Licht, in dieser Umgebung voller lebhafter Farben, wirkte ihr honigfarbener Körper zu kostbar, um ihn zu berühren, wie der einer Göttin in einem Schrein. Sie drehte sich um und lächelte. »Da bist du ja. Ich habe nicht gehört, wie du hereingekommen bist.«

Sie ging auf ihn zu, die Brillanten auf der Uhr blitzten im Schein einer Lampe, und berührte seine Brusttasche. »Du mußt deinen Anzug ausziehen.«

»Ja«, flüsterte Francey und fragte dann mit wiedergewonnenem Selbstvertrauen: »Hilfst du mir dabei?«

Sie zog ihm das Jackett von der Schulter, drehte ihm wieder den Rücken zu und faltete es mit dem Futter nach außen. Dabei ließ sie sich Zeit. Als sie sich nach vorne beugte, um es auf die Chaiselongue zu legen, bemerkte Francey, daß sie sich weiter bückte, als eigentlich notwendig war, so daß sie ihm ihr Hinterteil präsentierte. Diese unausgesprochene Einladung nahm er an, trat hinter sie und zog sie an sich, eine Hand auf einer ihrer Brüste, die andere zwischen ihren Schenkeln. Fleur wölbte den Rücken und erstarrte.

Er drehte sie um und hob sie hoch. Sie lag quer über seinen Armen auf dem Rücken, die Augen geschlossen, den Kopf zurückgeworfen, so daß er ihren gesamten Körper sehen konnte. Sie wog so wenig wie ein Kind. In seinen Ohren hörte er ein Singen. Er setzte sich auf das Bett und spielte mit ihr, hob ihr Haar hoch, küßte ihren Hals, biß sie sanft in die Schultern. Während er die weichen Stellen unterhalb ihres Kiefers leckte, flüsterte er ihr Liebkosungen zu, sagte ihr, wie sehr er sie liebte, liebte, liebte ...

Fleurs Augen öffneten sich. »Ich will dir Freude bereiten«, sagte sie.

»Liebe mich, Fleur.« Franceys Stimme war heiser.

»Natürlich.« Sie glitt von seinem Schoß, aber als er wieder nach ihr griff, kam sie seinen Händen zuvor. Amüsiert blitzten ihre Augen auf. »Willst du deine Sachen anbehalten, während wir uns lieben?« Sie griff nach seinem Hosengürtel. »Was hättest du gerne? Du mußt es mir sagen.«

Irgendwie hielt Francey einen Anschein von Beherrschung aufrecht. Dieses Mal war er entschlossen, nicht der passive Teil zu sein, der Dinge mit sich oder für sich tun ließ. Er hatte dieses Zusammentreffen zu lange geplant und davon geträumt, um das geschehen zu lassen. »Nein«, er hielt ihre Hände an seinem Bauch fest, »dieses Mal ist für dich. Ich bin an der Reihe, dir Freude zu bereiten. Du mußt mir jetzt sagen, was du magst.«

»Ich möchte dich glücklich machen.« Sie setzte sich auf seinen Schoß und ließ eine ihrer Hände nach unten gleiten in Richtung auf seine Leisten.

Francey stöhnte, als er feststellte, daß sein Hosenschlitz irgendwie geöffnet worden war und ihre Hand dort drinnen war. Er küßte eine ihrer Brüste. »Nicht«, bettelte er, »bitte nicht, ich möchte, daß es diesmal –« Er konnte nicht weitersprechen. Fleur öffnete seinen Gürtel mit der anderen Hand, ihre Lippen ruhten auf seinem Bauch, ihre Zunge stellte jetzt etwas mit seinem Bauchnabel an ... Mit übermenschlicher Anstrengung riß er sie von sich los und rollte sie auf das Bett. »Willst du wissen, was ich möchte?« fragte er und zog an seiner Krawatte, zerrte an seinem Hemd. »Ich möchte dich besser lieben, als du je zuvor in deinem Leben geliebt worden bist.« Fleurs dunkle Augen waren undurchdringlich; ausgestreckt auf den üppigen Bettdecken beobachtete sie, wie er sich die restliche Kleidung herunterriß.

Während der nächsten zehn Minuten war sie eine willige Mitverschwörerin, als sie vortäuschte, sie sei diejenige, die erfreut würde. Francey, der sich an einige Lektionen, die er bei Hazel gelernt hatte, erinnerte und feststellte, daß Fleur auf jeden Vorstoß reagierte, wurde immer kühner. Zu seinem Entzücken stöhnte sie und feuerte ihn gelegentlich an, wand sich unter seinen forschenden Fingern, Lippen und seiner Zunge. Alles schien sie zu genießen, selbst als ihre intimsten Körperteile zur Schau gestellt und stimuliert wurden. Aber als er mit ihrem Körper herumexperimentierte – »Ist das schön? Magst du das?« –, wurde es für ihn zuviel, sie zu sehen, zu hören und zu spüren, und er rollte sich, zitternd vor Erregung, auf den Rücken und zog sie auf sich. Er hörte, wie sie schrie, als sie sich auf ihm aufpfählte, und binnen Sekunden kam er.

Einige Minuten später, als sie sich wieder voneinander trennten und sie Anstalten machte, aufzustehen, zog er sie zurück. »Geh noch nicht, warum hast du es so eilig?«

»Ich habe es nicht eilig.« Sie legte sich wieder neben ihn, aber er konnte bereits spüren, wie die Fasern, die sie verbunden hatten, sich voneinander lösten. »Hat es dir wirklich gefallen?« fragte er und stützte sich auf einen Ellenbogen, um ihr Gesicht zu erforschen.

»Ja.« Ihr Gesichtsausdruck war ernst und aufrichtig. »Ich glaube, das weißt du.«

»Du bist aber nicht gekommen.«

»Nein.« Diese ungeschminkte Antwort überraschte ihn nicht. Langsam gewöhnte er sich an Fleurs Direktheit.

»Habe ich nicht genug für dich getan?«

»Ich komme nicht«, stellte Fleur unwiderruflich fest.

Aber Francey fiel auf, welches Verb sie gewählt hatte. Sie hatte nicht gesagt, sie könnte nicht kommen. »Darf ich es noch einmal versuchen?« bat er. »Diesmal bin ich nicht so schnell, das verspreche ich.«

»Vielleicht beim nächsten Mal.« Fleur lag ganz still da, was ihm jede Möglichkeit bot und auch keine.

Francey nahm zur Kenntnis, welches Versprechen sich darin verbarg, und beschloß, jetzt nichts Körperliches zu erzwingen, aber das Gefühl der Befriedigung machte ihn wagemutig. »Ich möchte alles über dich wissen, Fleur«, mit einem Finger streichelte er ihre entzückende Wange, »alles. Manchmal, wenn wir uns lieben, glaube ich, daß ich dich kennenlerne, aber dann entgleitest du mir wieder. So wie jetzt, zum Beispiel. Ich fühle mich dir sehr nahe, spüre aber auch, daß du in Gedanken bereits woanders bist.«

Sie schloß die Augen. Dies und ihre Reglosigkeit entmutigte ihn. Er zog seine Hand von ihrem Gesicht zurück. »Ist es Colin? Machst du dir Sorgen über das, was wir hinter seinem Rücken tun?«

»Ich habe dir, glaube ich, schon einmal erzählt, daß Colin und ich in vielerlei Hinsicht unser eigenes Leben führen.«

Alarmglocken klingelten in Franceys Kopf. Eigenes Leben? Bedeutete das, sie hatten die Freiheit, Affären zu haben – und tat sie so etwas häufig? »Ich bin nicht der erste, oder?« Er zog sich ein wenig von ihr zurück, aber als er seinen Ton besitzergreifender Eifersucht hörte, bereute er seinen Ausbruch. »Tut mir leid«, er nahm sie in die Arme, »dumm von mir, das zu sagen. Vergiß es. Es ist nur –« Die Worte gingen ihm aus, und er umarmte sie.

Sie ließ es zu, bis er von ihrer Passivität besiegt wurde; dann öffnete sie endlich die Augen. »So viele Fragen«, sagte sie sanft.

»Tut mir leid«, wiederholte er voller Furcht, daß er die Grenze zu ihrem Privatleben bereits unerlaubt überschritten hatte. Er hätte es nicht ertragen können, sie jetzt zu vertreiben, und im

Augenblick war er bereit, alle unausgesprochenen und verwirrenden Bedingungen zu akzeptieren, die ihre Beziehung schützten. Er ließ sie los und versuchte ein schiefes Lächeln. »Ich versuche, in Zukunft daran zu denken, meinen Mund zu halten. Keine Fragen. Wir genießen einander nur, wann immer wir können, einverstanden? Gefällt dir die Uhr?« Er wußte, wie ängstlich diese Frage war.

»Ich finde sie sehr schön, Francey.« Sie ließ sie über ihre Hand gleiten, ohne das Schloß zu öffnen, und legte sie auf das Kissen zwischen ihnen. »Ich werde sie ganz sicher aufbewahren und nur bei feierlichen Gelegenheiten tragen.« Sie stand auf und ging, wie sie es auch beim letzten Mal getan hatte, zum Schrank hinüber und zog ihren Kimono an. Dann wrang sie ein Handtuch aus und kam zurück, um ihm den abgekühlten Schweiß vom Gesicht zu wischen. »Lieber Francey«, sagte sie, »du bist ein sehr großzügiger und freundlicher Junge.«

»Ich liebe dich, Fleur.« Er schloß die Augen, um den seltsamen Schmerz zu unterdrücken, der ihn durchzuckte, als sie seinen Namen mit solcher Zuneigung aussprach. Francey konnte nicht länger Spielchen spielen. »Es ist mir egal, daß du verheiratet bist. Es ist mir alles egal, ich liebe dich. Ich liebe dich bis zu meinem Tod.«

Fleur küßte ihn auf die Lippen. »Unsere Zeit ist kurz, aber gut. Denk an die guten Dinge.«

Dann war sie außer Reichweite, auf dem Weg zur Tür.

Anders als beim letzten Mal, als er und Fleur zusammengewesen waren, erholte er sich rasch wieder. Er vermutete, daß es damit zu tun hatte, wie lange sie sich geliebt hatten. Beim nächsten Mal, schwor er sich, wollte er dafür sorgen, daß er sich besser beherrschen konnte.

Während er sich wusch, erinnerte er sich daran, daß mehr als nur Entschlossenheit dazu nötig sein würde, Fleur Mannering zu gewinnen, und erkannte, daß er nicht nur an eine Affäre dachte. Nicht eher würde er zufrieden sein, bis sie die Seine war. Wenn man die Moral einmal beiseite ließ – und im Grunde seines Herzens war Francey sich nicht sicher, ob er das wirklich konnte –, was war dazu nötig? Mehr als Sex, das war klar. Oder zumindest mehr als der Sex, den er ihr jetzt bieten konnte. Er dachte über ihr Zusammentreffen nach, das in vielerlei Hinsicht so gut für ihn gewesen war, und dennoch war es nicht so allumfassend wie beim ersten Mal, weil er diesmal eine andere Tagesordnung hatte. Er hatte Fleur zum Schreien bringen wollen, wie Hazel es getan hatte.

Hatte er versagt? Anscheinend hatte sie es genossen, aber in Franceys Hinterkopf nagte der Verdacht, daß Fleur nicht für eine Sekunde die Beherrschung verloren hatte. Sie erinnerte ihn an das unendlich verformbare Plastilin, mit dem er und seine Schulkameraden im ersten Schuljahr gespielt hatten. Es nahm jede Form, jeden Ausdruck an, und war genau deshalb unbefriedigend. Das nächste Kind, das daherkam, konnte mit einem Handgriff deine ganze sorgfältige Arbeit zunichte machen und sein eigenes Wesen erschaffen.

Er betrachtete sein zerzaustes Spiegelbild im lichtumkränzten Spiegel. »Kopf hoch, Francey«, flüsterte er sich zu, »hör auf zu philosophieren und entscheide dich ein für allemal, wie du bekommst, was du willst.« Als er zurückging, um seine Kleider zu holen, fiel sein Blick auf die Uhr, er hob sie auf und wog sie auf seiner Hand.

Sie war davon fasziniert gewesen, das hatte man ganz klar sehen können. Es war wahrscheinlich bei Menschen so armer Herkunft üblich, viel Wert auf materielle Dinge zu legen, vermutete er. Francey hatte geglaubt, Armut in den Berghütten Béaras und den Slums von Dublin kennengelernt zu haben, hatte seine Vorstellungen aber revidiert, als er aus erster Hand erfuhr, wie die Armen in ihren Teerpappeverschlägen am Fluß in Bangkok hausten.

Kein Wunder, daß Fleur eine komplexe Persönlichkeit war. Jeder, der solch einer notdürftigen Existenz entronnen war und in einer Welt lebte, die nicht nur Colin Mannering und seine luxuriöse Wohnung, sondern auch George Gallaher und Jool mit ihrem Phantasieanwesen auf dem Lande umfaßte, mußte von dieser Veränderung überwältigt werden. Es war nur natürlich, daß sie vorsichtig war und sich zu schützen versuchte. Wenn er sich an Fleurs Stelle versetzte, erkannte Francey ihre tägliche Furcht, irgendwie wieder in Not zu geraten. Wenn Geschenke hilfreich waren, um um Fleur zu werben und sie zu gewinnen, dann sollte sie welche bekommen. Zumindest verfügte er über die Mittel. Noch einmal dankte Francey seinen Schicksal für Jool Dill Smith Gallaher. Aber bevor er ins Empfangszimmer ging, nahm er sich ein paar Minuten Zeit, sich zu fassen und zu überlegen, was er sagen wollte. Zu oft war er in die Klemme geraten, weil er geredet hatte, ohne vorher nachzudenken. Mit gewöhnlichen Mitteln konnte er ihre Reserviertheit nicht durchbrechen, das war sicher.

Sie stand am Fenster und schaute zwischen den Vorhängen hindurch in den dunklen Abend. »Ich glaube, es wird schneien«, sagte sie, ohne sich umzudrehen. »Ich wünschte, es wäre Sommer.«

»Der Sommer kommt früh genug«, erwiderte Francey, »und ich will nicht, daß es Sommer wird, bevor wir uns wieder lieben.« Da drehte sie sich um, aber er hob die Hand, bevor sie reagieren konnte, und verteidigte seinen Standpunkt. »Sag diesmal nicht, wir sollten es dem Schicksal überlassen«, sagte er, »oder so etwas Verrücktes. Ich muß dich wiedersehen. Ich lasse mich nicht vertrösten, Fleur, du kannst es mir genausogut jetzt sagen. Selbst wenn es Monate dauert, brauche ich einen bestimmten Tag, auf den ich mich freuen kann, oder ich werde verrückt. Du willst doch keinen Wahnsinnigen am Hals haben, oder? Der tobt, auf deiner Türschwelle lauert und dich bei den Nachbarn unmöglich macht?« Er grinste sie an mit dem verruchtesten, selbstbewußtesten Grinsen, das er zustande brachte. Dann ging er auf sie zu. »Du hast deine neue Uhr vergessen«, sagte er und hielt sie hoch. »Reich mir mal dein Handgelenk.«

Sie streckte es aus, und er befestigte die Uhr. »Na bitte«, sagte er fröhlich. Er drehte ihre Hand um, dann küßte er ihre Innenfläche und ließ sie sinken, ohne ihr Gelegenheit zu geben, positiv oder negativ zu reagieren. »Ich kaufe dir schrecklich gerne Geschenke«, sagte er. »Wann hast du Geburtstag, Fleur?«

»Ich bin mir nicht sicher«, sagte Fleur, aber als er sie drängte, meinte sie, sie sei vielleicht im November geboren. »An welchem Tag im November feierst du ihn denn?« Francey behielt seinen ungezwungenen Ton bei.

»Wann immer Colin zu Hause ist.« Sie sagte es, als sei sie erstaunt, daß er fragen müsse.

»Was hältst du von Scheidungen?« Er wechselte das Thema.

Wie immer, wenn sie mit einer plötzlichen Frage konfrontiert wurde, dachte Fleur nach, bevor sie antwortete. »Man kann unmöglich in einer Kultur leben, in der es Scheidungen gibt, ohne ihre Vor- und Nachteile zu erkennen«, sagte sie.

»Was überwiegt denn deiner Meinung nach?«

»Das hängt von den individuellen Umständen ab.« Fleur zuckte die Achseln, aber Francey, der sie scharf beobachtete, sah die kleine Falte der Unsicherheit zwischen ihren Augen.

Seine Absicht war es gewesen, zu sehen, ob er sie ein wenig aus der Fassung bringen konnte, und das war ihm gelungen. Fortwährend mußte er ihre Einzigartigkeit bewundern: Er konnte sich nicht vorstellen, daß Hazel oder seine Mutter oder irgendeine seiner Schwestern auf seine Frage nicht eingegangen wäre und gefragt hätte, warum er dieses Thema angeschnitten hatte. »Schon gut«, er küßte sie so zärtlich, wie er es vermochte, »das ist kein Thema für heute. Wir reden ein anderes Mal darüber. Wann treffen wir uns also wieder?«

Sie hielt seinem Blick ein paar Sekunden stand. »Ruf mich an.«

»Heute abend, morgen?« Dann sah er, daß er zu weit gegangen war, und machte einen Rückzieher. »Irgendwann diese Woche also«, stellte er fest, als sei die Sache geregelt. Er fiel aus der Rolle und nahm sie in die Arme. »Du weißt nicht, was du an mir hast, Fleur«, sagte er mit heiserer Stimme. »Ich warne dich.«

»Falls ich nicht hiersein sollte, wenn du anrufst, sehe ich dich auf der Party. Ich freue mich darauf, unseren neuen Bruder wiederzusehen.« Fleur lehnte sich in seiner Umarmung zurück.

»Auf Wiedersehen, Fleur«, er ließ sie los. »Ich rufe dich in einigen Tagen an.«

Francey wagte kaum zu atmen, bis er wieder auf der Straße

war. Die meisten seiner Ziele hatte er erreicht: Sie war mit einer weiteren Verabredung einverstanden, und das Thema Scheidung hatte er zumindest angesprochen. Damit mußte er sich in Zukunft befassen. Zwar machte er sich Sorgen, ob eine Scheidung moralisch war, aber darüber würde er später noch nachdenken müssen. Bis jetzt, dachte er, hatten er und Fleur niemanden verletzt, und das war doch die Hauptsache, oder?

Mit nachdenklichem Gesicht klingelte Fleur mit der Glocke, damit das Filipinomädchen das Teegeschirr abräumte.

Mit seiner plötzlichen Erwähnung von Scheidung hatte Francey sie getroffen. Ihr Plan sah keine solche Möglichkeit vor. Sie plante, still und leise aus Colins Leben zu verschwinden, und hatte nicht den Wunsch, ihm mehr Unannehmlichkeiten als unvermeidlich zu bereiten. Man durfte Colin auch nicht unrecht tun, ihre Abneigung ihm gegenüber war rein instinktiv. Ganz gewiß hatte er nichts getan, um zu verdienen, daß man ihm absichtlich Kummer zufügte. Von seiner Sicht aus war er ein guter Ehemann, und Fleur empfand sogar überraschenderweise eine gewisse Sympathie für ihn, nachdem sie seine Geschichte kennengelernt hatte. Obwohl ihr Hintergrund verschieden war, waren sie sich doch in vielerlei Hinsicht ähnlich – Einzelkämpfer, die sich aus wenig versprechenden Anfängen emporgekämpft hatten. Sie vermutete, daß sie sich noch lange, nachdem Colin und seine Familie nur noch schemenhaft in ihrer Erinnerung existierten, erinnern würde, wie sehr er sie unterstützt hatte, als Tommys Taubheit kaum zwei Monate, nachdem sie in England eingetroffen waren, diagnostiziert wurde.

Fleur tat, was sie immer tat, wenn sie sich beruhigen wollte. Sie ging in ihr Boudoir, schloß die Tür ab und kontrollierte den Inhalt ihres Safes. Im Augenblick hatte sie außer der neuen Brillantuhr zwei Dinge, die sie gegen Geld einlösen wollte, eines war ein antiker Zerstäuber aus Gold und Muranoglas, das andere Franceys erstes Geschenk, eine seltsame Anstecknadel aus Gold, Silber und Türkis, ein stilisiertes Tier, soweit Fleur es erraten konnte, eine Katze. Sie war per Post am Heiligabend in die Wohnung gekommen, kurz bevor sie nach Inverary abgereist waren.

Anders als die Uhr war die kleine Katze es kaum wert, die Zeit ihres Juwelierfreundes zu verschwenden, und als sie sie betrachtete, wußte Fleur, daß sie sich bei Colins Bruder verkalkuliert hatte. Vielleicht hatte sie sich täuschen lassen, weil er der erste Ire war, mit dem sie persönlich Kontakt hatte. In Bangkok hatte sie keine irischen Kunden gehabt, und obwohl sie einige Iren bei Dinnerpartys kennengelernt hatte, hatte keiner sie gebeten, mit ihm auszugehen. Seit den Tagen im Lily Garden hatte sie sich angewöhnt, nationale Charakterzüge zu verallgemeinern, und so hatte sie festgestellt, daß sie die Iren genausowenig mochte wie die Engländer. Sie waren ein wenig unterhaltsamer, weil sie mehr redeten als irgend jemand sonst und viele Witze erzählten, aber sie wurden leicht betrunken und neigten dann dazu, die Leute zu beleidigen.

Bis zum heutigen Abend hatte Francey sie an einen großen, ungeschickten Bernhardinerwelpen erinnert, schön aber naiv. Aber unter all dieser Unbeholfenheit glaubte sie eine solide Aufrichtigkeit zu verspüren, die sie, weil sie ihr neu war, faszinierte. So sehr, daß sie während ihres Spazierganges im Wald und bei ihrem gemeinsamen Essen alle Vorsicht fallengelassen hatte. Aber als er sie immer weiter bedrängte, erkannte Fleur, daß sie unvorsichtig geworden war. Sie hatte ihm zuviel erzählt. Dieser Mann hier kam ihr zu nahe, und, was noch schlimmer war, er besaß anscheinend nicht genug Vernunft oder Erfahrung, zu erkennen, was verboten und was erlaubt war. Er war verliebt.

Und dieses Gerede über Scheidung war gefährlich.

Vielleicht hatte Francey ihr aber auch einen Gefallen getan. Fleur erkannte, daß sie nicht nur unvorsichtig, sondern vielleicht auch ein bißchen gierig geworden war. Wenn sie die Diamanten, die sie angehäuft hatte, zu dem Einkommen hinzuzählte, das Jool ihr gewährt hatte, und zu Jools eigenem Schmuck, dann hatte sie bereits mehr als genug für den Rest ihres Lebens. Vielleicht war jetzt die Zeit gekommen, innezuhalten und zu überlegen, ob sie ihren Plan durchführen sollte.

Als Francey nach seiner Verabredung mit Fleur in London nach Inverary zurückkehrte, fand er Dessie im Koma liegend im Empfangszimmer vor, eine umgekippte Whiskyflasche lag auf dem Boden neben dem Sofa, auf dem er ohnmächtig geworden war. Er beschloß, kein Theater zu machen, und trug seinen Bruder ins Bett.

Dessie schlief seinen Rausch aus, und am nächsten Morgen schien es ihm nur wenig schlechter zu gehen als sonst. »Es wird nicht wieder vorkommen«, sagte er Francey am Frühstückstisch, »tut mir leid.«

»Ist es die Party? Machst du dir darüber Sorgen?«

»Ein bißchen«, sagte Dessie, dann machte er eine Pause. »Um die Wahrheit zu sagen«, gab er zu, »ist das nicht der Grund. Es hat überhaupt nichts mit der Party zu tun. Die Flasche war einfach da, und ich war auch da. Ich freue mich auf die Party, Francey, ehrlich.«

»All die Menschen? Das ganze Theater, der Lärm, jeder schaut dich an? Meinst du nicht, es wäre besser, das ein wenig zu verschieben, bis du dich besser fühlst? Oder es kleiner zu machen, nur ein paar Leute zum Lunch einzuladen oder so?«

»Mir geht es gut, ehrlich. Und bist du nicht auch da? Und Vater?« Dessies vertrauensvolle Augen waren weit aufgerissen.

Diese Bezeichnung für George Gallaher erschien Francey so überraschend und anachronistisch, daß er ein Lächeln verbergen mußte. »Natürlich sind wir da«, sagte er und beschäftigte sich mit seinem Frühstück, damit Dessie nicht glaubte, er würde über ihn lachen.

»Und schaut nicht jeder jeden an? Und nicht nur mich?«

Als Francey ihn über den Tisch hinweg ansah, mußte er zugeben, daß er seine eigenen Ängste auf ihn projizierte. Dessie war so kindlich, daß er dieses verdammte Ereignis vielleicht sogar genoß.

Aber noch war er nicht bereit, das Thema ganz fallenzulassen. »Um auf das Trinken zurückzukommen«, sagte er, »natürlich gibt es auf dieser Party massenhaft zu trinken. Bist du in der Lage, damit fertig zu werden?«

»Ich verspreche es, Francey, ich verspreche es. Können wir jetzt über etwas anderes reden?« Dies war Dessies erster ansatzweiser Versuch, in einem Gespräch die Initiative zu ergreifen. Diese Zurschaustellung von Unabhängigkeit machte Francey so froh, daß er sofort aufhörte zu nörgeln. Der Vorfall des gestrigen Abends war ihm jedoch eine Warnung, daß er sich der Fortschritte seines Bruders nicht allzu sicher sein durfte, und er machte sich weiter Sorgen.

Aber der Rest der Woche verging ruhig, und mit früher verglichen, ging es Dessie so gut, daß Francey, der sah, wie er von Tag zu Tag kräftiger und selbstbewußter wurde, es für richtig hielt, ihn immer länger sich selbst zu überlassen. Sein Bruder verbrachte die meiste Zeit im Stall, schaffte es sogar, wegen des strikten Rauchverbots dort seinen Konsum an Woodbines zu drosseln. Er freundete sich mit den Stallburschen an, und jedes Mal, wenn Francey kam, um nach ihm zu sehen, war er entweder mit Pferdepflege beschäftigt oder machte eine Tee-und-Zigaretten-Pause im Sattelraum.

Frei, seinen eigenen Interessen nachzugehen, erkundete Francey das Hinterland des Herrenhauses in einem robusten Morris Oxford, den er am Dienstag jener Woche in Leamington Spa gekauft hatte. Der frühere Francey hätte das für ein riskantes Unternehmen gehalten, schließlich hatte er noch nicht entschieden, wo er leben wollte. Der neue freigebige Francey sagte jedoch, zum Teufel damit, wenn er sich nicht hier niederlassen würde, würde er das Auto eben verschenken oder verkaufen oder es vor dem Inverary Manor vergammeln lassen, um George und den pingeligen Butler in den Wahnsinn zu treiben. Es war noch genug von dem alten Francey übrig, daß er das Gefühl hatte, den ersehnten Morgan noch nicht zu verdienen, und daß dies noch ein Zukunftstraum war.

Man mußte George allerdings zugestehen, daß er Francey die Benutzung eines Wagens für die Dauer seines Aufenthaltes angeboten hatte. Aber er zog es vor, seinem Vater gegenüber keine Verpflichtungen einzugehen, und auf jeden Fall hielt er sich für einen Fahrer, der nicht erfahren genug war für die protzigen Autos des Herrenhauses. Im Augenblick war ihm der Morris genau recht, wenn er durch die Dörfer zockelte. Dessies wegen war Francey allerdings mehr als höflich zu seinem Vater. Der Streit hatte ihre Beziehung so sehr zurückgeworfen, daß Francey das Gefühl hatte, er und George würden wahrscheinlich nie gut miteinander zurechtkommen. Wie der Zufall es wollte, hatten sie nur wenig Gelegenheit, sich zu versöhnen, da George anscheinend die meiste Zeit in London verbrachte.

Zwischen seinen Ausflügen telefonierte Francey viel, sprach mit Mr. Solomons in London, der Dessies Angelegenheiten übernehmen wollte, mit Lahersheen, mit Hazel, deren Pläne, zur Party zu kommen, sich bestätigten. Jetzt war er froh, ihr Angebot, zu kommen, angenommen zu haben; die Aussicht auf ihre handfeste Unterstützung an einem möglicherweise schwierigen Abend war ihm willkommen. Er freute sich auch darauf, ihr Gesicht zu sehen und ihre Kommentare zu hören, wenn er ihr das Haus zeigte. Er konnte sich so richtig vorstellen, was sie von dem Eßzimmer und dem Glastisch hielt. Das Haar in der Suppe war die geringe Gefahr, daß sie Fleur irgendwie verraten könnte, daß auch sie mit ihm im Bett gewesen war. Aber je mehr Francey darüber nachdachte, desto mehr vertraute er ihr. Solche Situationen hatte sie sicher schon millionenfach erlebt.

Den Anruf bei Fleur hatte er eine ganze Weile aufgeschoben, aber am Donnerstag morgen überfiel ihn heftige Sehnsucht nach ihr. Er entschloß sich, sie nachmittags anzurufen, etwa um die Zeit, wenn sie Tee trank, und um sich in der Zwischenzeit abzulenken, fuhr er in seinem Auto los.

Als er Stunden später nach Hause zurückkehrte und Fleur anrief, kam zu seiner Enttäuschung das Hausmädchen an den Apparat und sagte, ihre Herrin sei ausgegangen und werde erst spät am Abend wieder zu Hause erwartet.

Da er annahm, das Mädchen werde Fleur erzählen, daß er angerufen habe, und er nicht zu hartnäckig erscheinen wollte, um sie nicht zu verschrecken, entschloß Francey sich, am jenen Abend nicht mehr anzurufen, sondern bis zum nächsten Morgen zu warten.

Als der Freitag heraufdämmerte, erschien es ihm jedoch unwahrscheinlich, daß sie ihn wieder nach London einladen würde, also hatte es wenig Zweck, anzurufen. Da konnte er genausogut abwarten, bis er sie am folgenden Abend bei der Party sah, dachte er trübsinnig beim Frühstück.

Die Vorbereitungen für die Party liefen so entspannt und unsichtbar ab, daß man kaum etwas davon merkte. Das bedeutete es also, Dienstboten zu haben, dachte Francey, und setzte einen Butler auf seine immer länger werdende Liste geplanter Anschaffungen, wenn er sich erst häuslich niedergelassen hatte. Ihm war heute nicht danach, allein herumzufahren, daher überlegte er, ob er Dessie nicht von seinen geliebten Pferden weglocken könnte, um ihn zu begleiten, und ging zum Stall, um ihn zu fragen.

Anders als Francey war Dessie eine erfahrene Kraft im komplizierten Geschäft der Pflege und des Schmückens der Pferde geworden und kletterte jetzt auch auf die Rücken der Pferde. Obwohl es eigentlich keine Reitpferde waren, hatten sie solch ein friedfertiges Temperament, daß Mick O'Dowd ihm beigebracht hatte, wie man sie mit Knien und Fersen antrieb. So kam es, daß sein Bruder, als Francey zu den Ställen kam, mit einem breiten Lächeln auf dem Gesicht und weit gespreizten Beinen auf Jumbos bloßem Rücken saß – so glücklich wie ein Kind, das in den Ferien an der See auf einem Esel reitet.

»Hallo«, rief Francey, »Lester Piggott.«

Dessie schaute sich um und winkte. »Willst du hochkommen?« lud er ihn ein.

»Hast du Lust, mit mir einen Ausflug zu machen? Heute ist solch ein schöner Tag.«

»Ich glaube, ich bleibe hier.« Dessie liebkoste Jumbos Ohren. »Ich bin jetzt beschäftigt, Francey. Hier im Stall gibt es eine Menge zu tun, weißt du.«

Seine Wichtigtuerei ließ Francey lächeln. »Wie wäre es dann mit einer zusätzlichen Arbeitskraft?«

»Ich frage den Chef.« Dessie glitt vom Rücken des Pferdes. Francey war erfreut, wie sehr sich Dessies körperlicher Zustand verbessert hatte, und amüsiert darüber, wie rasch er den Slang der Stallburschen aufschnappte.

Trotz Dessies Versicherung, daß es viel zu tun gäbe, sah Francey nur wenig, womit er sich in den Ställen beschäftigen konnte, da die Pferde weder arbeiten noch für eine Vorführung vorbereitet werden mußten. Die Geschirre glänzten bereits wie Gold und Silber, alle Mähnen und Schwänze waren mit Bändern geschmückt, und die Boxen dufteten von frischem Stroh. Aber Dessie fand immer etwas: eine Abflußrinne, die übersehen worden war, ein Trog, der nicht ganz voll war. Seine Stimme zitterte vor Begeisterung über das neuerworbene Wissen, das er Francey vorführte, als er ihm die Feinheiten der Kleiderordnung der Shires erläuterte: daß Messingverzierungen, wie er sie gerade an Jumbos Martingal befestigte, traditionell den Stallburschen und nicht den Besitzern der Pferde gehörten.

»Und schau dir das mal an, Francey – hier, Francey, sieh mal«, er zog Francey am Ärmel, »dieser Bursche hat einen Körperumfang von mehr als zwei Meter fünfundachtzig. Und er wiegt beinahe anderthalb Tonnen. Kannst du dir das vorstellen? Ich nehme an, du weißt, daß er sich mit dem Schwanz die Fliegen wegwischt, aber wußtest du auch, daß die Pferde vorne, wo sie mit dem Schweif nicht hinlangen, spezielle Muskeln haben, um die Haut zu bewegen, damit sie die Fliegen loswerden können – ich wette, das wußtest du nicht.«

»Man lernt jeden Tag etwas Neues!« Francey lächelte. Dessies Begeisterung war ansteckend, im übrigen war das, was Dessie erzählte, Wasser auf Franceys Mühlen.

So verging der frühe Vormittag erfreulich, und während er Dessie half, die Haarbüschel rund um Goliaths Mammutfüße hochzuzupfen, ergriff Francey die Gelegenheit und fragte seinen Bruder, was ihn schon länger beschäftigte: »Denkst du je an deine Mutter, Dessie?«

»Manchmal.« Dessie schien sich mehr um seine Arbeit als um die Frage zu kümmern.

»Ich meine, was hast du für Gefühle in bezug auf sie? Meinst du, wir sollten versuchen, sie zu finden?« Francey gab vor, sich den Huf, an dem er gerade arbeitete, näher ansehen zu wollen, und hockte sich hin, damit er das Gesicht seines Bruders besser sehen konnte.

Dessie zuckte die Achseln. »Ist mir völlig gleichgültig.«

»Das glaube ich dir nicht, Dessie. Ganz gleich, was sie getan hat, sie ist deine Mutter.«

»Ich sagte doch, es ist mir völlig gleichgültig.«

Als Francey sah, daß Dessie sich aufregte, beschwichtigte er ihn. »In Ordnung, beruhige dich, ich glaube dir ja. Und mach dir keine Sorgen, ich werde nichts tun ohne dein Wissen.«

Dessie zögerte. Dann sagte er mit leiser Stimme: »Wahrscheinlich ist sie tot.«

»Mach dir darüber jetzt keine Sorgen, Dessie. Tut mir leid, daß ich davon angefangen habe. Daß du nur weißt, ich bin jederzeit für dich da, wenn du darüber reden willst. Was ist jetzt mit dieser Arbeit, die wir erledigen sollen?« Francey bemühte sich, das Gefühl von Harmonie erneut zu entfachen, das zwischen ihnen geherrscht hatte, bevor er Kathleen erwähnte. Binnen fünf Minuten gelang es ihm, die gute Laune seines Bruders wiederherzustellen: Dessie kommandierte ihn herum und sagte ihm, daß sein Versuch, Goliaths Schwanz zu flechten, völlig verunglückt sei.

Francey fragte sich, während er beobachtete, wie Dessie mit geschickten Händen das dicke Haar entflocht, ob er eine ernsthafte Suche nach Kitty Scollard, tot oder lebendig, einleiten sollte. Er könnte damit beginnen, einen Totenschein aufzutreiben. Dann dachte er, vielleicht sollte er lieber warten, bis Dessie selbst etwas vorschlug. Bei nächster Gelegenheit wollte er sich in Ruhe hinsetzen und sich die Sache durch den Kopf gehen lassen.

Später an jenem Morgen während einer der vielen Teepausen enthüllte Francey zu seiner eigenen Verblüffung seinen ehrgeizigen und wenig wahrscheinlichen Plan, in Irland ein Zentrum für Shires zu errichten, nicht nur vor Dessie, sondern auch vor den übrigen Männern. Daß Dessie ganz unkompliziert mit freudiger Erregung reagieren würde, hätte er vorhersagen können, aber zu seiner Überraschung lachte auch keiner der anderen ihn aus. »Das ist doch was«, meinte Mick O'Dowd. »Wenigstens haben die armen Viecher dann etwas zu tun. Der Boß ist seit Monaten nicht mehr in die Nähe des Stalls gekommen.«

»Ja«, pflichteten die anderen bei, »wir machen uns alle ein bißchen Sorgen.«

Es war Francey schon früher in den Sinn gekommen, daß die Shires ein teueres Hobby für George waren, besonders da er seit dem Tod seiner Frau mehr Interesse daran zu haben schien, nach London zu fahren und dort mit seinen Freunden zusammenzusein, als an irgend etwas, das mit Haus oder Stall zu tun hatte. Dann erinnerte er sich daran, daß er schon vor Ewigkeiten versprochen hatte, sich zu erkundigen, welche Pläne sein Vater mit den Pferden hatte. »Ich weiß, daß ich gesagt habe, ich würde es herausfinden. Ich habe es einfach vergessen«, entschuldigte er sich. »So bald wie möglich bringe ich das zur Sprache. Vielleicht will mein Vater sie loswerden und überläßt sie mir. Aber wenn ich sie vorführe, dann in Irland«, wiederholte er vorsichtig, als er sah, wie sehr die meisten Männer daran interessiert waren. Er hoffte, keine falschen Hoffnungen geweckt zu haben.

»Wir könnten es gemeinsam machen – Sullivan und Scollard!« Dessies Augen leuchteten in seinem schmalen Gesicht. »Wie wär's, Francey?«

»Hört sich toll an«, stimmte Francey zu. Was hatte er nur angefangen? Aber bevor er sich im Zaum halten konnte, bot er jedem im Stall einen Job in Irland an, falls und wenn das Unternehmen Gestalt annahm.

»Das wäre phantastisch«, Mick O'Dowd schaute sich im Kreis der wettergegerbten Gesichter um, und alle begannen über Irland zu reden. Auch wenn Francey sie warnte, daß vielleicht nichts daraus würde, ließen sie sich jetzt nicht mehr von der Idee abbringen.

Als Francey aufstand, um zu gehen, zog Mick O'Dowd ihn beiseite. »Könnte ich ein Wort mit dir reden?« murmelte er.

»Klar.« Francey ging ein paar Schritte mit ihm, bis sie außer Hörweite der anderen waren. »Was ist los?«

»Morgen habt ihr eine Party oben im Haus.« Mick spuckte in einen nahe gelegenen Abfluß, dann gab er Francey einen Tip über einen der erwarteten Gäste, einen Colonel Shottley aus Oxfordshire, der seiner Meinung nach den besten Shire-Hengst in ganz England besaß. »Du könntest neues Blut gebrauchen«, fuhr er fort und sprach dann über die Details von Beinen und Fell und Körperbau, und vieles davon ging über Franceys Horizont. Wo war er hineingeraten? Mick schien davon auszugehen, daß er die Pferde übernahm. Genau wie bei der Party schien die Idee, sobald sie ausgesprochen war, ein eigenes Leben zu entfalten.

»Ich werde an den Colonel denken«, sagte er schwach, als der andere Mann zum Ende zu kommen schien.

»Gut«, Mick spuckte erneut. »Übrigens«, fügte er hinzu, »dein Bruder da kann gut mit den Tieren umgehen. Du könntest etwas Dümmeres anstellen, als ihn zum Partner in deiner neuen Show zu nehmen. Laß uns ein paar Monate Zeit, und er ist fast so gut wie ich selbst.«

Am nächsten Nachmittag sprudelte all das aus Francey heraus, als er Hazel vom Bahnhof in Leamington abholte und sie zum Manor brachte. »Das gibt ihnen Hoffnung«, sagte sie, »mach dir keine Sorgen deswegen, Francey. Um Gottes willen, du mußt dir doch nicht alles aufhalsen – du bist wie Charles Atlas, siehst aus, als ruhte die ganze Welt auf deinen Schultern.«

»Das Gefühl habe ich auch«, gab Francey zu.

»Du versuchst, alles viel zu schnell zu erledigen.« Sie berührte sein Knie. »Laß dir Zeit. Und du bist auch nicht für all diese Arbeiter verantwortlich, ganz gleich, was du denkst. Jetzt wechsele um Gottes willen das Thema. Erzähl mir, was heute abend los ist.«

»Also, die Dienstboten bereiten natürlich alles vor, und ich versuche, nicht zu viel zu wissen.« Francey mußte bremsen, um ein Unglück zu verhindern, als eine winzige Spitzmaus dreißig Meter vor ihnen über die Straße sauste. »Sonst werde ich noch wahnsinnig vor Sorge um Dessie.«

Irgend etwas hielt ihn davon ab zu erwähnen, daß er sich noch mehr als um Dessie darüber Sorgen machte, wie er mit der Gegenwart Fleurs fertig wurde. Statt dessen erzählte er ihr, daß die Engländer anscheinend nicht die Trauerfristen einhielten, wie sie es in Irland gewohnt waren. »Jool ist erst seit vier Monaten tot«, erläuterte er. »Um so besser, dann steht Dessie nicht so sehr im Mittelpunkt. In einer großen Menge kann man besser verschwinden.«

»Wir werden schon auf ihn aufpassen. Ich bin ganz verrückt darauf, ihn kennenzulernen. Richtig, meine ich. Das letzte Mal lag er in einem Koma oder so was.«

»Wohl kaum ein Koma, Hazel.« Francey grinste zu ihr hinüber, durch ihre heitere Gegenwart bereits mit neuem Mut erfüllt.

»Wie auch immer«, Hazel bewegte auf dem Beifahrersitz nervös ihre Schultern hin und her, »ich liebe Parties und bin froh, daß ich hierhergekommen bin. Gefällt dir mein neues Kleid?«

»Hübsch.« Francey warf einen Blick zur Seite. Als er sie abholte, war er so sehr mit sich und seinen Problemen beschäftigt gewesen, daß er gar nicht merkte, was Hazel trug. Jetzt sah er, daß sie tatsächlich sehr gut aussah in einem blaßtürkisfarbenen Mantel über einem passenden Kleid. »Hübsch«, wiederholte er, »die Farbe steht dir. Und du hast etwas Neues mit deinen Haaren gemacht?« Es lag eng an ihrem Kopf an wie eine glänzende Kappe und schien weniger blond zu sein als üblich, mehr die Farbe reifen Weizens.

»Ja«, Hazel zwinkerte ihm zu. »Hab ein Vermögen dafür ausgegeben – alles für dich!«

»Gut, daß wir nicht miteinander verheiratet sind, Hazel, wir hätten keinen Pfennig.« Francey gluckste in sich hinein, als er ihr beschrieb, daß er mit dem Geld nur so um sich warf, sowohl im wirklichen Leben als auch in seinen Träumen, und wie sehr er es genoß. Es kam ihm in den Sinn, daß sie die einzige war, mit der er so reden konnte. Hazel, so hatte es den Anschein, war es egal, ob er zwei Pfennig oder zehn Millionen hatte. »Du hast eine tolle Einstellung zum Geld, weißt du das?«

»Findest du?«

»Ganz bestimmt«, meinte er hitzig. »Jeder sollte einen wahren Freund wie dich haben.«

Francey redete sich noch eine Menge mehr von der Seele, bevor sie zum Herrenhaus kamen. Er vertraute ihr seine Reise nach London an, und wie Fleur ihn frustrierte und verwirrte. »Oh, ich kann es nicht beschreiben«, meinte er, »einen Augenblick bin ich mir sicher, absolut sicher, daß sie mich mag, und im nächsten Augenblick denke ich, sie schert sich den Teufel um mich.« Sie warteten an einem Stoppschild, daß ein anderer Wagen die Kreuzung überquerte, und weil sie über ihre Schulter schaute, konnte er Hazels Blick nicht auf sich lenken. »Ich hatte gehofft, du könntest mir einen Rat geben?« Er berührte ihr Knie, um ihre Aufmerksamkeit zu erregen.

»Oh, ja.« Als Reaktion auf die Berührung schaute sie ihn an.

»Hast du jemals für irgend jemanden so empfunden?«

Hazel lächelte. »Ich weiß *genau*, wie das ist.«

Francey legte den Gang ein und fuhr los. »Wie bist du damit umgegangen?«

»Ich habe gewartet«, erwiderte Hazel kurz und bündig.

Francey dachte darüber nach, während sie die Umfassungsmauer des Anwesens entlangfuhren. »Fast da.« Er drosselte das Tempo. »Offensichtlich hat es bei dir nicht geklappt?«

»Mm.« Dann rief sie: »Mein Gott!« Hazel führte einen kleinen Stepptanz auf dem Boden des Autos auf. »Schau dir das bloß an! Das ist genausogut wie die Aras.«

Francey kannte bereits die Geschichte, wie Hazel wegen einer Wette in die Residenz des Präsidenten im Phoenix Park eingedrungen war, indem sie die Gardesoldaten einfach überredete. »Warte, bis du das Haus gesehen hast«, erwiderte er. »Ich bezweifle, daß das Haus des Präsidenten so stinkvornehm ist wie das von Jool.« Es war seltsam, dachte er, aber seine Stiefmutter war für ihn eine reife Persönlichkeit, obwohl er sie nie kennengelernt hatte. Auf gewisse Weise glaubte er nicht, daß sie tot war. Mit Sicherheit spürte er ihre Gegenwart in allen Zimmern des Hauses. »Wie ist es denn mit dem Agenten gelaufen?« fragte er.

»Er hatte heute doch keine Zeit. Ich muß noch einmal wiederkommen, sobald wir eine Auftrittspause haben.«

»Hazel!« Francey war gerührt. »Willst du damit sagen, daß du extra wegen der Party hier gekommen bist?«

»Warum nicht? Du kennst mich doch, ich liebe gute Parties.«

»Bist du sicher, daß es dir nichts ausmacht, George nach all den Jahren wiederzusehen?« Francey ging nicht weiter auf das Thema Agent ein. Über Hazels Wiedersehen mit seinem Vater hatten sie bisher nur flüchtig gesprochen, aber sie schien sich nicht die geringsten Sorgen zu machen.

»Ja«, sagte sie jetzt, »seit damals ist schon viel Wasser den Liffey hinuntergeflossen.«

»Weißt du, daß ich ihm nicht gesagt habe, daß du kommst?«

»Warum nicht?« Sie war neugierig.

»Geschieht ihm recht!« gab Francey zur Antwort, enthüllte aber nicht den wahren Grund. Es war sicher nicht allzu üblich, daß Vater und Sohn, wenn auch mit großem zeitlichen Abstand, mit der gleichen Frau ins Bett gegangen waren? Dies war ihm in den Sinn gekommen, nachdem es beschlossene Sache war, daß Hazel kommen würde. Francey hätte George vorher warnen können, war sogar schon dabei, es zu tun. Aber als er seinem Vater mitteilte, eine Freundin aus Irland käme zu der Party, hatte dieser nur mit einem das Thema erledigenden: »Phantastisch, hervorragend, sag Lewis Bescheid, hörst du?«, reagiert, und Francey hatte sich gekränkt zurückgezogen, wütend darüber, so gönnerhaft behandelt zu werden.

George und Hazel würden selbst damit zurechtkommen müssen. »Da sind wir«, sagte er jetzt, als sie um die letzte Kurve der Auffahrt bogen und das Haus in Sicht kam. »Na, was meinst du?«

Hazel pfiff durch die Zähne. »Und hier gehst du ein und aus?«

Ihre Reaktion auf die Inneneinrichtung des Hauses war ebenfalls zufriedenstellend. Außer den Dienstboten hatten sie das Haus ganz für sich allein. George wurde am späten Nachmittag aus London erwartet, Colin und seine Familie etwa um dieselbe Zeit, und Dessie war wie üblich in den Ställen. Die Aktivitäten für die Vorbereitungen der Party hatten zugenommen, und als Francey Hazel ins Eßzimmer führte, das er sich bis zuletzt aufgespart hatte, sah er, daß der Butler das Herrichten des Büffets überwachte: Zwei Hausmädchen arrangierten weißes Porzellan und Silberbesteck auf dem Sideboard; die Blumen standen bereits mitten auf dem Glastisch. »Tut mir leid, Lewis«, entschuldigte Francey sich, »ich wußte nicht, daß Sie hier sind, wir kommen später wieder.«

Davon wollte Hazel nichts wissen. »Jesus«, flüsterte sie und steuerte an Francey vorbei in den funkelnden Raum. »So was hab ich mein Lebtag noch nicht gesehen – hallo, Mädels!« Sie lächelte den beiden Hausmädchen zu, die am Sideboard arbeiteten, ging zum Fenster, um auf den Springbrunnen hinaus zu schauen, dann drehte sie sich um und inspizierte den Raum vom Fußboden bis zur abfallenden Decke. »Schau dir das bloß an ...« Sie streckte dem Butler ihre Hand entgegen. »Ich bin Hazel Slye.«

»Guten Tag, Madam.« Der Mann verbeugte sich, dann gab er den Hausmädchen ein Zeichen mit den Augen. »Wir können später wiederkommen, Sir«, sagte er zu Francey, als die drei sich aus dem Zimmer zurückzogen.

Hazel stand mit großen Augen vor dem Aquarium und schien nicht zu bemerken, daß sie gegangen waren. »Das ist wie im Film. Du wartest regelrecht darauf, die verdammte Esther Williams zu sehen.« Sie ging weiter, um das Gemälde am Ende des Raumes zu betrachten, dasjenige, das Francey gehörte. »Was soll das sein?« Sie schob die Lippen vor.

»Ich bin mir nicht sicher.« Francey dachte über das große abstrakte Gemälde nach. Für ihn war das Bild mit dem Titel *Melliflous Nr. 6* nichts als zufällige Farbflecke in Dunkelgrün und stumpfem Rot auf einem schmutzigweißen Untergrund, aber man hatte ihm versichert, es sei wertvoll.

»Gefällt es dir?« Hazels lebhafter Blick fiel auf ihn.

»Ich weiß es nicht«, sagte Francey, »ich habe mich noch nicht daran gewöhnt.«

»Wenn es so viel wert ist, wie du sagst, würde ich es an deiner Stelle verkaufen«, riet Hazel ihm, »und wenn du ein nettes Bild für deine vier Wände haben möchtest, ich habe Kontakt zu jemandem, der dir eines für 'nen Appel und 'n Ei verkauft. Er hat mir ein ganz tolles von Howth Head besorgt.« Francey wollte gerade Einwände erheben, als er aus dem Augenwinkel einen gelben Blitz hinter dem Springbrunnen sah. Colins MGB.

»Würdest du gerne –?« Hazel drehte sich um und bemerkte die Anspannung auf seinem Gesicht. »Was ist?«

»Sie sind da«, sagte er. »Fleur und Colin sind angekommen.«

In Hazels Augen blitzte es auf, aber das ging schnell vorüber, und Francey war zu sehr mit sich selbst beschäftigt, um es zu deuten, bevor sie hastig auf ihn zukam und ihn an beiden Armen packte. »Ruhig«, sagte sie. »Vergiß nicht, ich bin direkt um die Ecke. Wo ist die Damentoilette in dieser Kneipe? Ich muß mir die Nase pudern.«

»Ich fürchte, du mußt in dein Zimmer gehen.«

»In Ordnung«, erwiderte Hazel. »Dauert nur einen Augenblick. Außerdem ist mein Kleid aus Wolle, viel zu warm für hier. Was hattest du noch mal gesagt, wo diese Amerikanerin herkommt, aus dem gottverdammten Dschungel?«

Francey sagte ihr, er werde sie im Vestibül neben der Eingangshalle erwarten, blieb aber noch im Empfangszimmer, bis er sicher sein konnte, daß die Mannerings in ihrem Zimmer waren. Sein eifersüchtiges Herz beschwor bereits ein Bild der beiden herauf, wie sie das Schlafzimmer betraten, sich vielleicht küßten, sich vielleicht sogar auf das Bett legten ...

Um sich abzulenken, spielte er mit dem Gedanken, zu den Ställen zu gehen und Dessie abzuholen. Aber er fühlte sich verpflichtet, auf Hazel zu warten. Er hegte zwar keinerlei Zweifel, daß sie auf sich selbst aufpassen konnte, aber schließlich war sie sein Gast.

Als sie zurückkam, trug sie eine blaßgelbe Bluse, die in einem kurzen braunen Rock steckte, und Riemchenschuhe mit so hohen Absätzen, daß sie ganz kleine Schritte machen mußte, um nicht umzufallen. Franceys Blick wanderte zu ihren Beinen. »Heute abend wirst du wie eine Bombe einschlagen, Hazel«, sagte er und meinte es auch so. Er war überrascht, wie toll sie aussah.

»Ach, dieses alte Ding?« Sie lachte und stopfte die Bluse fester in den Rockbund, aber er merkte, daß sie sich freute. »Irgendwelche Anzeichen von ihnen?« fragte sie.

»Noch nicht.« Er schüttelte den Kopf und wandte den Blick ab von einem Saum, der an einer besonderen strategischen Stelle der Bluse Hazels Brüste betonte.

»Na los«, sie schaute zu ihm hoch, »worauf wartest du? Bring's hinter dich. Geh und hol sie.«

»Was, jetzt?« Er konnte nicht verstehen, warum sie es so eilig hatte.

»Wozu bin ich denn hier, du Dummkopf?« beharrte Hazel. »Überlaß das ruhig mir. Wenn ich mit der fertig bin, frißt sie dir aus der Hand. Der zaubere ich die Höschen runter.« Mit einem frechen Grinsen fügte sie hinzu: »Wahrscheinlich ist es noch besser, wenn ich ihm die Hose runterzaubere. Geh jetzt.«

Bevor er an die Tür der Mannerings klopfte, ließ sich Francey einen Augenblick Zeit, sein Gesicht unter Kontrolle zu bringen. Er lernte schnell. Vor einem Monat wäre er noch hineingeplatzt wie ein Schuljunge.

Colin kam zur Tür. »Oh, hallo, Francey«, sagte er, »hab dich gar nicht gesehen, als wir reinkamen. Alles klar?«

»Meine Freundin aus Irland ist angekommen«, sagte Francey. »Sie würde dich und Fleur gerne kennenlernen – falls ihr fertig seid. Hat keine Eile.«

»Bist du angezogen, Liebling?« rief Colin über die Schulter und verursachte ein Tohuwabohu in Franceys Herz. Fleur erschien barfuß, ihr Haar aufgesteckt, wie er es so gut in Erinnerung hatte. Sie trug einen weißen Bademantel, der ihr etliche Nummern zu groß war, und Franceys Nerven zitterten, als er sich vorstellte, was darunter war.

»Franceys Freundin aus Irland möchte uns kennenlernen, Liebling.« Colin legte den Arm um Fleurs Taille, und Francey fand, daß er noch nie eine solch besitzergreifende Geste gesehen hatte.

»Sie ist nicht eigentlich meine Freundin.« Er stolperte über das Wort und fing an zu erklären: »Sie ist einfach ein sehr guter Freund. Wir kennen uns schon eine ganze Weile.«

»Natürlich.« Fleurs Augen waren ausdruckslos wie eh und je, als sie zu ihm aufschaute, und er konnte sich nur abwenden.

»Kommt, wenn ihr fertig seid«, sagte er. »Wir sind im Empfangszimmer.«

Er konnte nicht sitzen bleiben und ging im Zimmer auf und ab, während er und Hazel warteten. Er hätte sich von Hazel nicht so beeinflussen lassen sollen. Es wäre viel besser gewesen, wenn sie und Fleur sich einfach im Laufe der Party begegnet wären. Was noch schlimmer war, er konnte das Bild nicht aus seinem Kopf verbannen, wie Fleur vor Colin ihren Bademantel auszog und was dann passierte ...

»Ah, da haben wir es ja!« Nachdem sie fünf Minuten lang versucht hatte, ihn zu beruhigen, ging Hazel zum Barschrank. »Was du brauchst, ist ein steifer Gin Tonic, Gin ist die beste Medizin für die Nerven.« Sie setzte sich über seine Proteste, daß er den Geschmack des Zeugs nicht ausstehen könne, hinweg und mixte die Drinks. »Jetzt runter damit, schnell!« Sie stand dabei und schaute zu, wie er unter Grimassen die Hälfte davon trank. »Laß es einen Augenblick wirken«, riet sie ihm, »und setz dich hin. Ich hab sonst das Gefühl, ich sei einer der sieben Zwerge.«

Zu seiner Überraschung fühlte Francey sich nach gut einer Minute ein wenig ruhiger. »Ich hasse ihn, Hazel«, sagte er. »Wenn du gesehen hättest, wie hochmütig er sie behandelt.«

»Wahrscheinlich wie ein Ehemann«, erwiderte Hazel sarkastisch. »Auf jeden Fall werde ich das ja selbst in einigen Minuten sehen und mir eine eigene Meinung bilden. Jetzt trink den Rest von dem Gin!« Sie setzte sich in einen Sessel neben Francey und bewunderte das Mobiliar des Zimmers. »Nur schade mit dem Feuer«, sagte sie. »Ich hasse dieses Plastikzeug.«

»Oh, Hazel –« Francey wollte sie mit den Plüschtieren in ihrer Wohnung aufziehen, wandte aber den Blick rasch zur Tür, als Colin, gefolgt von Fleur, den Salon betrat.

Dann verblüffte Hazel ihn so sehr, daß er beinahe sein Glas

fallen ließ. »Ja, hallo-oo!« rief sie mit einer schrillen Stimme, die er noch nie gehört hatte, schoß aus ihrem Sessel hoch und trippelte mit winzigen Schrittchen über den Teppich. »Du mußt Colin sein – und das ist die berühmte Fleur!« Bevor Francey einschreiten konnte, schüttelte sie Fleurs Hand wie einen Pumpenschwengel. »Ich freue mich so-oo, dich kennenzulernen!«

»Hazel«, begann Francey, als er an ihre Seite trat, aber sie wandte den Blick von Fleur zu ihm und schaute ihn mit lebhaft blitzenden Augen an.

»Francey hier hat mir aa-alles über euch erzählt – stimmt's nicht, Francey?« Dann wandte sie sich wieder an Fleur. »Ich wollte schon immer in den Fernen Osten, seit ich ein kleines Mädchen war und wir unsere Pfennige für die Missionen in der Dritten Welt spenden mußten.«

16

Jemand stellte den Plattenspieler an, und binnen Sekunden sprachen alle lauter, um gegen den Gesang von Shirley Bassey anzukommen. Francey, der im Augenblick allein war und an seinem engen Hemdkragen herumzerrte, wünschte sich, der Abend wäre vorüber oder er könnte zumindest sein Jackett ausziehen.

George – oder das Personal – hatte sich große Mühe gegeben, die Räume zu dekorieren. Trauben von herzförmigen Ballons hüpften in der überheizten Luft umher, und auf den meisten ebenen Flächen spielten Pappcupidos zwischen roten Rosen Verstecken. Die Party, die sich bereits auf den Gang ausgebreitet hatte, gewann an Tempo.

Francey, der neben der Tür stand, sah, daß fast jeder jeden zu kennen schien. Da er so groß war, konnte er den Raum als Ganzes betrachten. Es war wie ein Blick durchs Mikroskop auf Mikroorganismen, die sich zu Gruppen zusammenballten und wieder auseinanderbrachen, sich mit Häppchen und Getränken von Silbertabletts versorgten, die die Diener herumtrugen. Es war einfach, Georges Londoner Freunde vom ortsansässigen Landadel zu unterscheiden. Die Männer der letzteren Gruppe bevorzugten sportliche Anzüge, die Frauen geschmackvolle, aber langweilige Kleider klassischen Zuschnitts, die Londoner waren insgesamt auffallender und extravaganter, die Frauen viel jünger, ihre Zähne weißer, ihre Haare und Beine länger und ihre Stimmen am lautesten.

Die Gäste waren pünktlich erschienen, trafen in Paaren und größeren Gruppen ein, und Francey, der neben Dessie stand, war während der ersten fünfzehn Minuten so vielen vorgestellt worden, daß er wußte, es war völlig aussichtslos, mehr als eine Handvoll Namen zu behalten. Alle waren offensichtlich gut informiert worden, denn während sie den Leuten vorgestellt wurden, begegnete man ihnen stets mit Höflichkeit. Ein Punkt für die Engländer, dachte er. Er und Dessie wären zu Hause in einer vergleichbar spektakulären Situation nicht so leicht davongekommen.

Dessie, der heute mit einem neuen Anzug ausstaffiert war, blieb während dieser Phase der Veranstaltung ganz in seiner Nähe, aber als Mick O'Dowd und seine Frau etwa zwanzig Minuten nach dem Hauptansturm eintrafen, hängte er sich an sie, und Francey hatte ein bißchen mehr Freiheit. Als sein Bruder ihn am Abend zuvor gefragt hatte, ob er Mick einladen könne, hatte Francey von sich aus ja gesagt und dem Butler mitgeteilt, wieviel Gäste mehr kommen würden, ohne sich an George zu wenden. Er bezweifelte, daß es George etwas ausmachte – oder daß er es überhaupt bemerkte.

Er sah jetzt, daß sein Vater, lässig-elegant in einem phantastischen weißen Dinnerjackett mit passender Fliege, ein Glas in der Hand, den Mittelpunkt eines Kreises von Zuhörern in dem Arrangement von Sofas bildete. Francey bedauerte es in vielerlei Hinsicht, den wirklichen George gefunden zu haben. Die Phantasiefigur seiner Kindheit hatte ihm so viel mehr bedeutet. Auf der anderen Seite hatte die erste Enttäuschung nach dem Streit sich jetzt gelegt. George war solch ein leicht zu durchschauender, alter Gauner, daß es unmöglich war, ihm lange böse zu sein.

Francey wußte, daß er noch viele Fragen an seinen Vater hatte und daß ein Teil von ihm sich immer noch nach befriedigenden Antworten sehnte. Vielleicht war es ja noch möglich, daß George und er im Laufe der Zeit eine vernünftige Beziehung zueinander aufbauten.

»Ganz allein, Kumpel? Wie läuft's denn so?« Hazel stand neben seinem Ellenbogen.

Wenn ihn jemand gefragt hätte, wie Hazel sich wohl für eine große Party kleiden würde, hätte er vermutet, in etwas Glitzerndes wie ihre Bühnenkleidung. Sie hatte ihn jedoch überrascht, als sie in einem ärmellosen Kleid mit U-Boot-Ausschnitt in schlichtem Cremeweiß auftauchte, elegant und geschmackvoll, aber kurz genug, um ihre phantastischen Beine zur Geltung zu bringen. Obwohl sie normalerweise mit Armbändern und Ketten behangen war, trug sie heute nur einen dicken goldenen Armreif und seine Schmetterlingsbrosche hoch auf ihrer linken Schulter. Ihr Haar, das eng um den Kopf anlag, war hinter die Ohren zurückgekämmt und betonte so ihren schlanken Hals.

Francey war bereits aufgefallen, daß die Augen aller Männer im Raum ihr folgten. »Benimmst du dich auch?« Er machte sich Sorgen, was im Laufe des Abends passieren könnte. Obwohl Fleur auf Hazels elektrisierende Vorstellung am Nachmittag nicht reagiert hatte, blieb doch das unbehagliche Gefühl, daß seine irische Freundin eine tickende Zeitbombe war.

»Francey!« Hazel sah verletzt aus. »Ich bin doch nur für dich da.«

»Ich weiß«, meinte er nachgiebig, »ich weiß deine Unterstützung zu schätzen – obwohl«, fügte er kläglich hinzu, »ich hatte sie mehr im Hinblick auf Dessie erwartet.«

»Na gut, wenn du nicht möchtest, daß ich mit Fleur rede –«

»Natürlich kannst du das.« Hastig sprach Francey weiter, um zu vermeiden, daß sie beleidigt wäre. »Hast du sie während der letzten Minuten gesehen?« Obwohl Colin sich in dem Getümmel rund um ihren Vater befand, hatte Francey bei seinem letzten forschenden Blick über den Raum Fleur nicht gefunden. »Ist mal zur Toilette gegangen«, Hazel lächelte zu ihm hoch. »Entspann dich. Ich rackere mich ab. Wir sind bereits die besten Kumpel.«

»Magst du sie?« Francey senkte die Stimme und schirmte mit seinem Körper Störungen ab.

»Das fragst du mich jetzt zum zwanzigmillionsten Mal. Sie ist reizend, wunderschön, das habe ich dir doch schon gesagt.«

»Was ist mit Colin?«

»Ungefährlich«, sagte Hazel und nahm einen Schluck von ihren Wodka-Orange. »Und bevor du mich fragst, ich habe noch keine Ahnung, was deine Frau für ihn empfindet. Gib mir 'ne Chance, ich fange doch gerade erst an. Sie ist ein bißchen, also ...« sie suchte nach dem richtigen Wort, »ein bißchen sehr makellos.«

»Ich weiß, was du meinst‹, sagte Francey, fühlte sich dann aber unloyal. »Hast du schon mit George geredet?« Er begab sich lieber wieder auf sicheren Boden.

»Das spar ich mir auf«, meinte Hazel genüßlich. Als sie sein Gesicht sah, rief sie: »Oh, Francey, hör um Gottes willen auf!« Sie klopfte auf seinen Arm. »Geh und amüsier dich, du stehst hier herum wie ein begossener Pudel. Ich blamiere dich schon nicht vor all deinen neuen vornehmen Freunden. Ich bin schon auf einigen Parties gewesen, weißt du.«

Sie schaukelte davon, und bevor Francey ihr folgen konnte, hatte Dessie Mick und dessen Frau zu ihm gebracht. »Shottley ist gekommen«, Mick deutete quer durch den Raum, wo ein Mann mittleren Alters mit kurzgeschnittenem graumeliertem Haar mit Franceys Vater redete.

Hengste waren das letzte, wofür Francey sich im Moment interessierte, aber er täuschte Begeisterung vor. »Oh, prima, ich werde mich ihm später vorstellen.« Beim Plaudern mit Mick und seiner Frau sah er über ihre Köpfe hinweg, daß Fleur ins Zimmer zurückgekommen war. In ihrem gelben Cheong-sam war sie für Francey die schönste Frau im Zimmer, und einen Augenblick lang, während Mick und Dessie wieder ihre endlosen Diskussionen über Pferde anfingen, schmerzte Franceys Brust vor Liebe und Stolz, als er sich darüber wunderte, daß ein so wunderschönes Geschöpf nackt in seinen Armen gelegen hatte. Dieses Vergnügen verflog jedoch rasch, als er sah, wie Hazel zu ihr ging.

Er warf einen Blick in Richtung Sofa und sah zu seiner Erleichterung, daß Colin sich immer noch angeregt mit George unterhielt. Francey entschuldigte sich bei der Gruppe, bei der er stand, und ging zu den beiden Frauen hinüber, weil er befürchtete, daß Hazel in dem Bemühen, ihm zu helfen, etwas sagte, das den gegenteiligen Effekt hatte. »Alles in Ordnung?« Er lächelte beiden zu.

»Tja, wenn man vom Teufel spricht!« Hazel lächelte boshaft und bestätigte seine Befürchtungen. »Ich war gerade dabei, Fleur zu erzählen, wie du mir das Leben gerettet hast. Du hättest ihn sehen sollen, Fleur«, schwärmte sie und wandte sich wieder der anderen Frau zu. Dann erging sie sich in einem peinlichen Loblied auf Franceys Ritterlichkeit und Stärke. Für sein Ohr klang es so, als ob sie ihren Dubliner Akzent absichtlich stark übertrieb.

Fleur nippte in winzigen Schlückchen von ihrem Sherryglas, während sie dieser Litanei zuhörte. Trotz allem, was Hazel über eine dicke Freundschaft gesagt hatte, schien diese Beziehung entschieden einseitig zu sein. »Ich bin sicher, daß die arme Fleur für einen Tag genug über mich gehört hat«, griff er ein, als Hazel einmal Luft holte. »Hättest du gerne noch einen Drink, Fleur?«

Zu seinem Kummer war es Hazel, die ihren Drink hinunterstürzte und ihm mit einem fröhlichen Lächeln – »Tausend Dank, mein Liebling« – ihr Glas hinhielt.

»Entschuldigt mich«, Fleur neigte den Kopf, »ich muß mit meinem Mann sprechen.«

Als sie davonschwebte, packte Francey die andere Frau am Arm. »Was hast du vor, Hazel?«

»Natürlich versuche ich, dich aufzubauen!« Hazel schaute verletzt drein. »Das bringt mir aber reichlich Dank ein.«

»Tut mir leid«, entschuldigte Francey sich und ließ ihren Arm los. »Ich bin einfach nervös. Ich weiß, daß du dein Bestes tust, und weiß das auch zu schätzen, aber vielleicht solltest du nicht ganz so *aktiv* sein.«

»Vertraust du mir nicht?« Als er in ihre kajalumränderten grünblauen Augen starrte, war Francey gezwungen, zuzugeben, daß er ihr traute. »Also, dann halt die Klappe und laß mich weitermachen.« Wie ein Kindermädchen tätschelte Hazel ihn. »Du wirst mir noch danken, wart es ab.« Und bevor er sie aufhalten konnte, war sie Fleur zur Gruppe um seinen Vater gefolgt und drängelte sich auf einem Sofa zwischen George und einen anderen Mann. Freundlich winkte sie Francey im Stil der Königinmutter zu und deutete dann zu seinem Entsetzen auf Fleur, die zufälligerweise gerade wegschaute. Daraufhin folgte eine zweite Geste – ein fröhliches doppeltes Daumen-hoch.

Jemand, an dessen Namen er sich nicht erinnerte, stürzte sich auf ihn, und instinktiv blickte Francey sich hilfesuchend zu Mick O'Dowds Dreiergruppe um. Die Alarmglocken in seinem Kopf klingelten, als er sah, daß Dessies Wangen erhitzt waren und er mit einem Arm über dem Kopf herumfuchtelte, als er eine Geschichte erzählte. Noch bedenklicher stimmte ihn, daß er jetzt ein Glas mit etwas, das wie Whisky aussah, in der Hand hielt. Binnen fünf Minuten begann dieser Abend sich in einen Alptraum zu verwandeln.

Francey zögerte noch, welcher Gruppe er sich anschließen sollte, als angekündigt wurde, das Essen sei serviert.

Hazel paßte auf, Francey aus dem Weg zu gehen, als das Essen in dem Eßzimmer begann. Es klappte alles ganz gut, dachte sie, und das Vermögen, das sie für neue Kleider ausgegeben hatte, hatte sich ausbezahlt – und sei es auch nur für den Ausdruck auf Georges Gesicht, als Francey sie vorstellte. »Lange nicht gesehen!« Sie hatte George angelächelt und ging, ohne ihm Zeit zu lassen, irgend etwas zu antworten, weiter, um sich den nächsten Gast vorstellen zu lassen, als sei sie die Königin von Saba.

Gleich nachdem das Essen begonnen hatte, kam George auf sie zu und blockte die Blicke der anderen mit seinem mächtigen Körper ab. »Du willst doch keinen Ärger machen, oder?«

Hazel versicherte ihm nicht nur, daß sie keinen Ärger machen würde, sondern auch, daß ihr Interesse an ihm kleiner als Null sei. »Nicht mal im Traum würde ich mich mit dir abgeben, George!«

Da hatte sie eine schwache Stelle erwischt. »Ich auch nicht mit dir, Herzchen.«

Woraufhin Hazel ihren Sieg in eine Schlappe verwandelte: Als er sich umdrehte, um wegzugehen, griff sie nach oben und zwackte ihn in die Nase. »Ts, ts! Wie die Zeiten sich doch ändern! Das soll das Beste sein, mit dem deine scharfe Zunge aufwarten kann, George?« Sie ließ ihm keine Gelegenheit zu antworten, sondern wandte sich ab und nahm ein Appetithäppchen mit frischem Lachs, das ihr ein Hausmädchen mit weißen Handschuhen anbot, und als sie sich wieder umdrehte, war er verschwunden.

Während sie sich ihr Essen schmecken ließ, dachte Hazel über ihre eigentliche Aufgabe heute abend nach. Bis jetzt klappte alles nach Plan. Es war ihr gelungen, den ganzen Abend über an dem siamesischen Zwilling zu kleben, trotz Fleurs Bemühungen, sie abzuschütteln. Fleur war, was einer von Hazels Schauspielkollegen ein »Enigima« zu nennen pflegte. Wie sie jetzt am entgegengesetzten Ende des Raumes neben ihrem Mann stand, den Glastisch sicher zwischen ihr und Hazel, mit völlig leerem Gesichtsausdruck, war, gelinde gesagt, unangenehm. Diese Frau gab dem Wort »unaufdringlich« einen üblen Klang, dachte Hazel. Schön war sie, das war nicht zu leugnen. Aber genauso schön war auch ein Schwert oder Glas aus Waterford. Man könnte sie an die Wand hängen oder in die Porzellanvitrine stellen. Und was ihre Menschlichkeit anbelangte: Hazel, die sich auf ihr Talent, Menschen einzuschätzen, etwas einbildete, fiel es schwer, zu glauben, daß ein Mann mit der intuitiven und warmherzigen Fähigkeit zu lieben wie Francey Sullivan sich so radikal in jemanden verlieben konnte, der so kalt war. Entweder war es das alte Klischee, daß Gegensätze sich anziehen, oder Fleur Mannering war außergewöhnlich talentiert, was die körperlichen Fähigkeiten anbelangte. Wenn das der Fall sein sollte, war die Situation nicht hoffnungslos. Diese Art von Feuer verbrannte normalerweise schnell zu Asche.

Wenn man sich die Frau jetzt jedoch anschaute, ganz und gar schmeichlerisch und sittsam, fiel es Hazel schwer, zu glauben, daß sie ein Tiger im Bett war. Nicht nur, daß Fleur äußerlich so kühl war – einige der erotischsten Leute rührten in der Öffentlichkeit keinen Muskel –, es ging bei ihr tiefer. Hazels Instinkte sagten ihr, daß ihr etwas Entscheidendes entging, aber wenn sie ihre Fühler in alle Richtungen ausstreckte, würde sie es schon mitbekommen. Sie hätte wetten können, daß bei Fleur Mannering nicht alles so war, wie es schien.

Als Hazel dies plante, war es ihr ganz einfach erschienen: Fleur gegen sie, und möge die bessere Frau gewinnen. Die Wirklichkeit war jedoch keine Boulevardkomödie, sondern eher ein Horrorfilm oder zumindest ein Melodram. Und Fleur war eine verdammt gute Schauspielerin, zumindest das mußte Hazel zugestehen. Niemand im Zimmer hätte ahnen können, daß sie mit Francey im Bett gewesen war.

Aber je mehr Hazel darüber nachdachte, desto mehr spürte sie, daß diese Frau Francey nicht liebte. Und dieses ganze Zeug über den Unterschied ihrer Nationalitäten war Scheiße: Liebe war Liebe, und Sex war Sex, ganz gleich, wo auf der Welt.

Aber vielleicht war es nur ihr eigenes Interesse, das aus ihr sprach – vielleicht verlor sie ja ihr Feingefühl, dachte Hazel trübselig. Sie blickte finster, als sie den komischen Kauz sah, der sich auf sie stürzte. Sie stand gerade hinter einer riesigen Zimmerpalme, um ein bißchen Ruhe zu haben und nachzudenken.

Es war nicht das erste Mal, daß dieser wunderliche alte Kauz sie herauspickte, und auch von ihrem abschreckenden Gesichtsausdruck ließ er sich nicht abhalten. »Nochmals guten Tag«, säuselte er durch eine Reihe von Zähnen, die so lang und gelb waren wie die eines Pferdes. Angetrunken war er auch noch. Hazel, die im Umgang mit solchen Situationen sehr erfahren war, wollte ihn mit einem eisigen Blick abwimmeln, aber das ließ er nicht zu. »Shottley«, keuchte er, »Colonel, Freund der Familie. Und Sie haben gar nichts zu sagen, eh?«

Bevor Hazel das entschlüsseln konnte, streckte er unsicher die Hand aus, als wollte er sie auf ihre Taille legen. »Behalten Sie Ihre Pfoten bei sich, Colonel«, sie stieß seine Hand zurück, »das ist ein neues Kleid, und ich möchte, daß es sauber bleibt.« Zu ihrer Verblüffung reagierte er darauf mit einem vergnügten Glucksen, dann tippte er mit dem Zeigefinger an seine Nase, als hätte sie ihm gerade eine wichtige Nachricht übermittelt.

Hazel wartete nicht ab, bis sie herausgefunden hatte, was er meinte, sondern ging zum Tisch, wo ein Junge mit einer hohen weißen Mütze ein Lamm aufschnitt. Sie drehte jedoch ab, als sie sah, daß Francey in ihre Richtung schaute, als wollte er herüberkommen und mit ihr reden. Ihr war aufgefallen, daß er Schwierigkeiten mit Dessie hatte, der ein wenig trank, aber sie konnte sich nur um ein Projekt kümmern.

»Ah – da seid ihr ja.« Sie wußte genau, daß sie sich wie ein Monster aufführte, als sie Fleur und Colin begrüßte, die am entgegengesetzten Ende des Raumes standen.

»Hallo.« In deutlichem Gegensatz zu seiner Frau blieb Colin höflich, eine Eigenschaft, die angeboren zu sein schien. »Francey hat uns erzählt, daß du in Irland ein Gesangsstar bist«, fuhr er fort. »Du mußt ein sehr interessantes Leben führen.«

»Ja«, meinte Hazel begeistert, »aber bestimmt nicht so interessant wie das, was du und Fleur tut. All diese Reisen – reist du viel mit Colin, Fleur?« Sie riß die Augen weit auf, daß sie so unschuldig wie möglich aussah, während sie den letzten Lachskrümel von ihrem Teller verputzte.

»Nein«, erwiderte Fleur mit niedergeschlagenem Blick. »Ich muß mich um meinen Sohn kümmern.«

»Muß ja ganz schön einsam sein«, Hazel lächelte, »die ganze Zeit allein. Francey sagt, ihr lebt in London?«

Aber sie schaffte es nicht, die andere Frau aus der Ruhe zu bringen, die den Blick nicht hob und gelassen blieb. »Das stimmt.«

»In einer Wohnung, glaube ich?«

»Ja«, das war wieder Colin, »aber erzähl doch mal etwas über dich.«

Hazel war gezwungen, all diese Standardfragen über ihre Showkarriere und über Irland zu beantworten. Dann versuchte sie, auf einem Umweg zu ihrem Thema zurückzukommen. »Du bist noch nie in Irland gewesen, Colin?« Mittlerweile standen alle drei am Büffet, wo der nächste Gang serviert wurde: Platten mit Salat, Fisch, Wild und den üblichen Fleischsorten. »Salat? Hier, laß mich das machen«, und sie häufte Löffel um Löffel in Streifchen geschnittener, grüner Blätter auf Fleurs Teller. »Bestimmt hat dir Francey alles über Irland erzählt, Fleur«, sprudelte sie hervor, während sie auf eine Reaktion von ihr oder Colin achtete. Als keine erfolgte, außer einem unverbindlichen Lächeln von Fleur, stürzte sie sich weiter in ihr Thema. »Bestimmt würdet ihr gerne einmal sehen, wo er aufgewachsen ist. Am Arsch der Welt ist das«, erklärte sie und quasselte weiter über die Halbinsel Béara, während sie ihren nächsten Angriff plante.

Zehn Minuten lang redete sie auf Fleur ein und versuchte, einen Riß in ihrer glatten Oberfläche zu finden. Und jedes Mal, wenn ihr und Franceys Blick sich trafen, lächelte sie ihm ermutigend zu oder winkte und signalisierte ihm, daß sie alles unter Kontrolle hatte.

Sie mußte zugeben, daß die gehetzten Blicke, die er ihr zuwarf, ihr Schadenfreude bereiteten.

Nachdem er dafür gesorgt hatte, daß alle bedient wurden, stellte George fest, daß er allein war. Mit einem gewissen Stolz blickte er sich in seinem Eßzimmer um. Der riesige Raum, in dem in letzter Zeit so wenig passierte, klang wider vom vergnügten Geplauder seiner Gäste, die ihr Essen genossen. Jetzt, da er sein eigener Herr war und der wahre Herr des Hauses, müßte er das eigentlich öfter machen: Partys veranstalten, die in den langweiligen alten Shires für ein bißchen Wirbel sorgten.

Zu Jools Zeiten hatten sie eine Menge Gesellschaften gegeben, aber viele ihrer Partys waren notwendigerweise viel aufgeblasener gewesen als diese. Die meisten waren Wohltätigkeitsveranstaltungen gewesen mit herrischen Komiteefrauen aus

London und ihren farblosen Ehemännern. Heute abend war die Mischung gut, ein bißchen Familie, ein paar Verpflichtungen, einige tweedgekleidete Nachbarn aus den Häusern ringsherum, selbst der alte Shottley aus – wo auch immer er her war, George konnte sich nicht genau erinnern. Als er Shottley wiedersah, hatte sich sein Gewissen wegen der Pferde geregt. Er hatte es bisher versäumt, eine Entscheidung wegen der Ställe zu treffen. Irgendwie hatte er das Interesse daran verloren. Solange Jool lebte, brauchte er ein ernsthaftes Hobby, um sich die Zeit zu vertreiben. Jetzt hatte er alle Hände voll zu tun mit Dingen, die weit erfreulicher waren. Ja, dachte er, wegen dieser Tiere mußte er wirklich etwas unternehmen. Allerdings nicht jetzt. Es wäre zu unangenehm, all die arbeitslosen Männer auf dem Gewissen zu haben. Und er würde sich die Mühe machen müssen, Käufer zu finden und so weiter. Was machte es schon aus, wenn die Shires jeden Monat ein kleines Vermögen auffraßen, er konnte sich das leisten: Jools Haushaltsgeld kam dafür auf. Aber bald würde er darüber nachdenken.

Seit dem Tod seiner Frau war George davon überrascht worden, wieviel Grips man brauchte und wie sehr man auf Details achten mußte, um ein Haus und ein Bankkonto reibungslos zu führen.

Und was die persönliche Seite anbelangte, wer hätte gedacht, daß ein Mann binnen vier Monaten eine Frau verlieren und zwei Söhne finden könnte? Als er seinen Blick durch das Zimmer schweifen ließ, sah er alle drei: Francey und Dessie mit dem Vormann und seiner Frau, Colin war mit Fleur zusammen – und Hazel Slye. Als er zur Party heruntergekommen war und festgestellt hatte, daß Hazel die »Freundin aus Irland« war, die sein Sohn eingeladen hatte, mußte er seine ganze Schauspielkunst aufbieten, damit man nicht merkte, wie überrascht er war. Obwohl es fast zwanzig Jahre her war, seit er sie zuletzt gesehen hatte, entsann er sich nur zu gut, unter welchen Umständen sie sich getrennt hatten. Es fiel ihm nicht schwer, sich an die Schmerzen in seinem Schienbein, wo sie ihn getreten hatte, zu erinnern.

Er warf ihr erneut einen Blick zu, wie sie gestikulierte, in angeregte Unterhaltung vertieft. Georges Lippen zuckten in zärtlicher Erinnerung an Hazels Begeisterung, alles über Sex zu lernen, und an ihre raschen Fortschritte. Sie gehörte zu seinen besten Schülerinnen. Sicherlich hatte sie sich verändert, aber nicht zum Schlechteren. Ihre Figur war, wenn möglich, noch besser als vor all den Jahren, und ihren ziemlich schrillen Geschmack bei Kleidern schien sie gemäßigt zu haben.

Alles in allem hätte er nichts gegen eine weitere Runde mit ihr einzuwenden, überlegte George ...

Während er über Hazel nachdachte und gleichzeitig automatisch die anderen attraktiven jungen Frauen im Raum sichtete, passierte etwas Erstaunliches. Zum ersten Mal in seinem Leben erhob sich die Vorstellung, einen präkoitalen Tanz absolvieren zu müssen, all dieses Vorgeplänkel und Geplauder, wie ein Schreckgespenst vor ihm. Als wäre das noch nicht genug, fiel sein Blick auf Francey und Dessie, die gemeinsam mit Mick O'Dowd und dessen hübscher kleiner Frau in einer Ecke zusammen saßen. George, der offen damit prahlte, eine Konstitution wie ein Ochse zu haben, stellte fest, daß sein Herz ungemütlich klopfte. Während er versuchte, mit dieser Entdeckung fertig zu werden, schien der Geräuschpegel im Raum anzuschwellen, bis er, der gesellschaftliche Zusammenkünfte über alles liebte, es unerträglich laut fand. Nachdem er jemandem vom Personal ein Zeichen gegeben hatte, nochmals mit dem Wein herumzugehen, entschuldigte George sich bei der Gruppe neben ihm, bahnte sich den Weg zur Tür und ging zum nächsten Badezimmer, schloß die Tür, lehnte sich dagegen und zwang sich, langsam und tief durchzuatmen.

Nach ein oder zwei Minuten fühlte er sich ruhiger, und sein Herz schlug wieder normal. Was war bloß heute abend mit ihm los?

Erst viel später am Abend bot sich Hazel die Gelegenheit, einen ernsthaften Versuch bei Fleur zu starten. Etwa eine Stunde nach dem Essen teilte sich die Party in lockere, größere Gruppen auf, grob getrennt nach Alter und Interessen. Die jüngeren Leute tanzten oder lungerten an den Sitzmöbeln herum, während die älteren bei ihrer Plauderei saßen oder standen. Franceys Gruppe, die den ganzen Abend zusammengeblieben war und zu der jetzt auch der mißtrauische Colonel Shottley gehörte, besetzte weiterhin eine Ecke des Empfangszimmers. Hazel übersah geflissentlich alle Hinweise, daß sie nicht willkommen war, und trieb sich bei den Mannerings herum wie eine Hexe.

Als sie das süßliche Aroma von Haschisch wahrnahm, das von der Tanzfläche zu ihr herüberschwebte, war sie froh, daß sie ihre sieben Sinne beieinander hatte und nicht angetrunken war. Sie spürte, daß es nur eine Frage der Zeit war, bis Fleur zusammenbrach. Nicht daß es Fleur anzumerken gewesen wäre. Das Objekt von Franceys Verehrung benahm sich weiterhin, als sei sie einer jener Schauspieler mit verkniffenen Gesichtern bei einer Aufführung des Dubliner Peacock Theatre, die Hazel über sich ergehen lassen mußte, weil einer ihrer alten Liebhaber zum Ensemble gehörte.

Etwa um elf Uhr, als das Empfangszimmer nicht mehr so überfüllt war und die Party sich auf den Korridor und angrenzende Räume verlagerte, bot sich ihr die Chance zum entscheidenden Vorstoß gegen Fleur.

Hazel, die gegen Kopfschmerzen ankämpfte, war kein Shirley-Bassey-Fan und daher froh, als ihre dröhnenden Arrangements durch sanftere Weisen von Sängern wie Matt Monro, Ruby Murray und Peggy Lee ersetzt wurden. Sie tanzte gerade mit einem Mann, der sie schon so oft gefragt hatte, daß sie es ihm nicht länger abschlagen konnte, als sie aus dem Augenwinkel bemerkte, wie Fleur ihren Mann am Ärmel berührte, ihm etwas zumurmelte und dann zur Tür ging. Hazel suchte nach Francey, der ausnahmsweise nicht zu sehen war, entschuldigte sich dann bei ihrem Begleiter und eilte durch den Raum. »He, Fleur! Warte einen Augenblick, Fleur.«

»Ja?« Die andere Frau drehte sich um, und zu Hazels Vergnügen flatterten ihre Augenlider.

»Hast du etwas dagegen, wenn wir uns in Ruhe ein wenig unterhalten?« Hazel kam ihr sehr nahe.

»Worüber?« Fleurs Alabasterstirn wurde durch eine winzige Falte verunstaltet, als sie zurückwich.

»Etwas Persönliches«, sagte Hazel ruhig und legte die Rolle ab, die sie den ganzen Abend gespielt hatte.

»Dauert es lange?« Fleurs Falte vertiefte sich. »Ich bin ein wenig müde.«

»Ich verspreche dir, ich halte dich keine Sekunde länger auf als nötig. Wir gehen in mein Zimmer – es ist nicht weit.« Sie ging voran.

»Au!« Hazel fluchte, als die Berührung der Türklinke ihr einen elektrischen Schlag versetzte. »Man sollte etwas dagegen unternehmen, daß alles statisch aufgeladen ist, zum Beispiel die Fenster öffnen!« Sie saugte an ihren Fingern, als sie zurücktrat, um Fleur hineinzulassen. Als sie die Tür hinter ihnen schloß, hörte man von der Party nur noch ein sanftes Murmeln.

Hazels Zimmer war genausogroß wie alle Gästezimmer im Herrenhaus. Die Innenausstattung war in Pink- und Grautönen gehalten, beleuchtet war es von mindestens sieben Lampen, die alle brannten. »Entschuldige bitte die Unordnung.« Flüchtig versuchte sie aufzuräumen, nahm ein Paar Strümpfe von einer Stuhllehne und zog die Bettdecke glatt. »Das Hausmädchen kam, um das Zimmer in Ordnung zu bringen, aber ich habe sie weggeschickt. Die kleinen Dinge erledige ich gerne selbst«, vertraute sie ihr von Hausfrau zu Hausfrau an. »Du weißt, wie das ist, Fleur, übrigens finde ich dein Kleid wunderbar, siamesisch, nicht wahr?«

»Danke, nein, es ist nicht thailändisch, und das Zimmer ist vollkommen in Ordnung. Könntest du bitte zur Sache kommen?«

Erfreut stellte Hazel fest, daß sie endlich ein kleines Loch in die glatte Fassade gebohrt hatte. »Gut, meine Liebe.« Sie sah Fleur direkt in die Augen. »Ich möchte gerne wissen, welche Absichten du in bezug auf Francey Sullivan hast.«

Als Fleur hörte, wie auf dem Korridor ihr Name gerufen wurde, und sah, daß es wieder diese schreckliche Frau war, mußte sie zum ersten Mal seit Monaten darum kämpfen, ihre Gefühle zu verbergen. Sie hatte gehofft, ohne viel Aufhebens in ihr Zimmer zu schlüpfen, aber sie hätte wissen müssen, daß das eine vergebliche Hoffnung war: Diese Frau hing an ihr wie eine Klette.

Dieser Abend war eine noch größere Prüfung gewesen, als sie befürchtet hatte. Daß ein oder zwei ihrer großzügigen Freunde in die Nähe des anderen kamen, betrachtete sie als überhaupt nicht gefährlich, denn die wichtigste Regel in dem Spiel, das sie alle spielten, war Diskretion. Aber Colins Bruder hatte sich keinerlei Zurückhaltung auferlegt und sie mehr als einmal angehimmelt. Diamantuhr hin oder her, Fleur hatte bereits beschlossen, daß sie sich nicht mehr mit ihm abgeben würde. Zumindest bis er die Spielregeln begriff.

Franceys Verhalten war jedoch nicht am schlimmsten gewesen, sondern das Benehmen dieser sie zutiefst verwirrenden Irin. Als sie sie jetzt nach dieser unerträglichen Frage anstarrte, verspürte sie einen ungewöhnlichen Drang: Liebend gerne hätte sie dieser Frau körperlichen Schmerz zugefügt: »Ich weiß nicht, was du meinst«, sagte sie steif.

»Doch, das tust du«, beharrte Hazel. »Hör zu, Fleur, dieser arme Bursche bringt sich für dich um. Und ich glaube, du weißt das. Ich will nur wissen, was du für ihn empfindest.«

Fleur betrachtete sie, das kurze Kleid, die gräßlichen Schuhe, die Augen, die von der Palette eines avantgardistischen Künstlers stammen könnten. »Was ich empfinde oder nicht, ist nicht deine Angelegenheit«, sagte sie sanft.

»O doch, das ist es, mein Sonnenschein«, entgegnete die andere Frau, »weil ich nämlich auch mit ihm im Bett gewesen bin. Ich will nicht um den heißen Brei herumreden, Fleur, ich hätte nichts dagegen, wenn es wieder passierte, aber der arme Teufel kann deinetwegen keinen klaren Gedanken fassen. Du bist nicht zufällig eine Hexe, oder?« Diese letzte Frage hatte sie in ganz beiläufigem Ton gestellt, und wenn sie Fleur damit aus der Fassung bringen wollte, hatte sie ins Schwarze getroffen.

»Wie bitte?« Fleur spielte auf Zeit.

»Du hast mich genau verstanden. Eigentlich war es als Scherz gemeint, aber jetzt bin ich mir nicht mehr so sicher. Also? Liebst du ihn oder was? Er scheint zu glauben, daß er eine Chance hat.«

Da erkannte Fleur, welche Möglichkeiten in dieser Unterhaltung steckten. Francey könnte sich als lästig erweisen. Wenn sie in dieser Situation richtig reagierte, konnte diese Frau ihr eine peinliche Szene ersparen. Während Fleurs Gehirn blitzschnell kalkulierte, dachte sie, wie närrisch es von ihr gewesen war, sich mit ihm überhaupt zu verabreden, und daß sie solch einen Fehler nie wieder begehen würde. »Ich gab ihm keinerlei Grund, das zu glauben«, sagte sie jetzt. »Wenn er beschließt, mich zu lieben, ist das nicht meine Angelegenheit.«

»Mein Gott«, sagte Hazel, »das ist doch wirklich das allerletzte! Ich warne dich, Fleur«, die Augen, die nur wegen Hazels Schuhen höher waren als Fleurs, verengten sich zu schwarzen Schlitzen, »komm nie wieder in die Nähe des Burschen oder«, sie stieß den Kopf vor, so daß einige ihrer Haare senkrecht standen wie der Kamm eines kleinen weißen Hahns, »ich werde dir aufs Dach steigen.«

Obwohl sie diesen Ausdruck noch nie gehört hatte, wußte Fleur, als sie Hazel anstarrte, was er bedeutete und daß die Frau nicht zögern würde, ihre Drohung wahr zu machen. »Wie du meinst.« Sie zuckte die Achseln.

»Du glaubst mir wohl nicht?« Hazels Lippen verzogen sich zu einem dünnen Lächeln. »Aber ich kann dir sagen, daß es mir noch nie so ernst war in meinem Leben. Angeblich hast du eine Kindheit in Armut verbracht, und das gibt dir wohl das Recht, herumzubumsen? Also, ich kann dir sagen, ich habe Gegenden in Dublin überlebt, wo die Kinder deine Augäpfel herausholen, um damit Murmeln zu spielen, also komm mir nicht in die Quere. Und komm auch meinen Freunden nicht in die Quere. Haben Sie das verstanden, Mrs. Mannering?«

Während dieser Ansprache, an deren Ende ihre Gegnerin zitterte, bediente Fleur sich eines Tricks, der ihr stets gute Dienste geleistet hatte, wenn sie sich einem Kunden unterwerfen oder irgend etwas Unangenehmes ertragen mußte. Geistig trennte sie ihre Seele von ihrem Körper und stellte sich vor, wie ihre Seele hoch in den Himmel aufstieg, um alles leidenschaftslos anzusehen, das dort unten vor sich ging und sie nicht berühren konnte. »Fluche bitte nicht«, hörte sie ihre Seele zu der Person sagen, die vor ihrem Körper stand. »Bist du fertig?« Dann beobachtete die Seele, wie der Körper das Zimmer verließ.

Auf einmal tanzte oder, genauer gesagt, schob Francey mit einem langhaarigen Mädchen, die sich gegen seine Brust lehnte, zu den Klängen von Ruby Murrays »Softly, Softly« über das Parkett. Es war ihm schrecklich unangenehm.

Obwohl er in den letzten Monaten überwunden hatte, was er für seine Schüchternheit gehalten hatte, haßte er immer noch diese künstlichen Ansammlungen einer beliebigen Zahl von Männern und Frauen, denen man etwas zu trinken und Musik vorsetzte und sie sich dann selbst überließ. Er wußte, daß die meisten Leute glaubten, auf Partys entwickelten sich magische Kräfte oder sogar ein romantischer Zauber, aber er hätte es vorgezogen, irgendwo anders zu sein, sogar, was Gott verhüten möge, wieder hinter der Ladentheke von Ledbetters.

Die kleine Gruppe, mit der er die letzte Stunde verbracht hatte, war ein einziges Katastrophengebiet: Dessie trank, der Colonel war auf dem besten Wege, betrunken zu werden, während er mit Mick die Abstammung schwerer Pferde bis zurück zu den Kreuzzügen und der Schlacht von Hastings verfolgte, und seine Frau saß mit versteinertem Gesicht daneben. Aber noch katastrophaler war, daß Francey seit geraumer Zeit weder Fleur noch Hazel erspähen konnte.

Das Lied schleppte sich weiter dahin, während das Mädchen sich an ihn klammerte. Sie bewegte sich jetzt langsam und lag so schwer in seinen Armen, daß Francey sich fragte, ob sie schlief.

Zu seiner Erleichterung sah er, wie Hazel den Raum betrat und sich umschaute. Er wartete, bis sie in seine Richtung schaute, dann gab er ihr ein Zeichen mit den Augen, indem er sie in Dessies Richtung rollte. Sie winkte ihm flüchtig zu, um ihm zu zeigen, daß sie ihn verstanden hatte, und ging zu der Gruppe hinüber.

Bald darauf war das Lied zu Ende. »Danke sehr«, sagte Francey und ließ dem Mädchen keine Chance, mehr zu erwarten. Einen Augenblick später war er in seine Ecke zurückgekehrt. »Hättest du Lust, mitzukommen, Hazel?« Er mußte herausfinden, ob sie und Fleur sich noch unterhalten hatten – und wenn ja, worüber.

»Klar.« Hazel folgte ihm in eine ruhige Ecke des Zimmers.

»Nun?« fragte Francey, als er sich umdrehte und Hazel in die Arme nahm.

»Nun was?« Hazels Gesichtsausdruck war grimmig – völlig untypisch für sie.

»Du warst Ewigkeiten weg und Fleur auch. Habt ihr miteinander geredet?«

»Ich möchte jetzt nicht darüber sprechen.« Hazel schaute zu ihm hoch. »Hier drinnen ist zuviel Lärm, Francey.«

»Du hast ihr etwas gesagt, ich wußte es.« Panik ergriff Francey. »Hazel, wie konntest du –«

»Immer mit der Ruhe, hörst du? Du stehst auf meinen Zehen.« Sie starrte ihn an.

»Sag es mir!« Francey packte sie so fest an der Schulter, daß er ihre Knochen spüren konnte.

»Au! Das tut weh.« Sie stieß ihn weg. »In Ordnung«, sagte sie, »aber nicht hier. In meinem Zimmer.«

Francey folgte ihr nach draußen. Jetzt war es ihm egal, ob Dessie einen ganzen See leer trank. Sobald Hazel die Tür des Schlafzimmers hinter ihnen geschlossen hatte, packte er sie wieder, diesmal bei beiden Schultern. »Was ist passiert? Sag es mir, um Himmels willen.«

»Wieso glaubst du, es sei etwas passiert?« Sie versuchte sich loszumachen.

»Hazel!« warnte er sie.

»Laß mich los«, sagte sie ruhig. »Und setz dich, ich bekomme noch die Genickstarre, wenn ich immer so zu dir hochschaue.«

»Hör auf, mich hinzuhalten, und rede, Hazel.« Aber er merkte, daß sie den Mund nicht aufmachen würde, bis er gehorchte, daher setzte er sich auf die Bettkante.

»Nichts ist passiert«, Hazel begann im Zimmer auf und ab zu gehen, »also, nicht viel. Ich konnte nichts aus ihr herausbekommen.«

»Nichts über was?« Francey war entsetzt. »Hast du mit ihr über mich geredet? Um Himmels willen, Hazel, dazu hattest du kein Recht.«

Mitten im Zimmer blieb Hazel plötzlich stehen und drehte sich mit hocherhobenem Kopf ihm zu. »Wer sagt denn, daß wir über dich geredet haben?« fragte sie. »Ich habe nur versucht herauszufinden, was in der Frau vorgeht. Deinetwegen natürlich, aber ich bin doch nicht so dumm, direkt damit rauszuplatzen.«

Damit war Francey der Wind aus den Segeln genommen. »Bist du sicher? Warum dann diese Heimlichtuerei?«

»Keine Heimlichtuerei«, sagte Hazel. »Ich fand nur, daß wir über ein Gespräch, das ich mit Fleur Mannering geführt habe oder auch nicht, nicht vor all diesen Leuten da draußen reden sollten, oder?«

Francey sah ein, daß das logisch war. »Also, was hast du herausgefunden?« fragte er jetzt weniger hektisch.

»Sieh mal«, Hazel kam zu ihm herüber und nahm sein Gesicht zwischen ihre Hände, »ich habe nichts herausgefunden, Liebling. Aber jeder Knochen in meinem Leib sagt mir, daß ich an deiner Stelle vorsichtig wäre.«

»Du meinst Colin? Ich bin vorsichtig.« Vor Erleichterung hatte er ein Gefühl, als ginge die Sonne auf. »Wenn du meinst, ich muß vorsichtig sein, mußt du bei ihr etwas bemerkt haben. Oh, Hazel –« Er packte eine ihrer Hände und küßte sie. »Tut mir leid, daß ich an dir gezweifelt habe.«

»Findest du nicht, daß du wieder nach draußen gehen solltest? Du bist schließlich einer der Ehrengäste.« Hazel senkte den Blick. Sie war niedergeschlagener, als er sie je erlebt hatte.

»Natürlich.« Er sprang vom Bett hoch, nahm sie in die Arme und drückte sie fest an sich. »Ärger dich nicht«, bettelte er, »tut mir leid, daß ich so mit dir gesprochen habe. Die Angst hat mich um den Verstand gebracht.« Er schob sie ein wenig von sich weg und strich glättend über ihre Frisur. Als sie Anstalten machte zu protestieren, umarmte er sie erneut. »Du bist ein Pfundskerl, Hazel, ich weiß nicht, was ich ohne dich tun würde. Komm mit zurück zur Party, ich mache mir Sorgen um Dessie.«

»Oh, Francey, was soll ich bloß mit dir machen?« Verblüfft sah Francey, daß Tränen in Hazels Augen standen, als sie ihm einen ihrer üblichen Stöße verabreichte. »Du bist wie die gottverdammte Mrs. Kennedy« – die Hauptfigur der täglichen Seifenoper in Radio Eireann –, »ständig machst du dir Sorgen um jemanden. Sieh mal«, sie wischte ihre Tränen weg, »das ist eine Party. Und ich muß morgen in aller Herrgottsfrühe aufstehen, dürfte ich also hinausgehen und mich noch diese letzte Stunde amüsieren?«

»Was ist mit –?«

»Was ist mit niemandem«, unterbrach Hazel ihn, »was ist mit mir? Ich brauche einen Drink, klar?«

Die Party hatte ihre vorletzte Phase erreicht, in der einige begannen, von langen Heimfahrten zu murmeln, während die meisten Wange an Wange tanzten und damit beschäftigt waren, die Knochenstruktur ihres Partners zu erforschen. Franceys Gruppe befand sich immer noch an Ort und Stelle. Dessie, der an einer seiner Woodbines zog, starrte ausdruckslos in den Raum, und da er anscheinend im Augenblick keine Gefahr für sich oder sonst jemanden bedeutete, ließ Francey ihn in Ruhe.

Sobald er mit Hazel auftauchte, bat der Colonel, der schwer getrunken hatte, aber immer noch sicher auf den Beinen war, sie um einen Tanz. Francey fühlte sich verpflichtet, Shottleys farblose Frau aufzufordern, die aufstand, ohne ein Wort zu äußern, und die Arme hob – an einem gebeugten Ellenbogen baumelte ihre Handtasche –, so daß er sie führen konnte. Nach ein oder zwei Augenblicken gab Francey seine Versuche auf, sich mit ihr zu unterhalten, und konzentrierte sich darauf, ihr nicht auf die Zehen zu treten. Dann bemerkte er, daß Hazel und der Colonel mitten auf der Tanzfläche stehengeblieben waren. Er drehte

Mrs. Shottley so herum, daß er sehen konnte, was vorging. Hazel starrte dem Colonel ins Gesicht, als hätte sie der Blitz getroffen.

Fleur lag auf einem der Doppelbetten in dem Zimmer, das sie mit Colin teilte. Sie war wütend auf sich, weil sie zugelassen hatte, daß diese Frau ihr unter die Haut gegangen war. Die Wände des Herrenhauses waren gut isoliert, aber obwohl ein kleines privates Wohnzimmer zwischen dem Salon und ihrem Schlafzimmer lag, drang das Dröhnen der Party zu ihr. In der letzten Zeit waren Colin und sie zu oft in Inverary Manor gewesen. Beim nächsten Mal könnte Colin allein hierherkommen. Jetzt, da Jool tot war, sah Fleur wenig Notwendigkeit, herzukommen. Sie konzentrierte sich einige Augenblicke, ließ den Ärger versickern, stellte sich vor, wie er an ihrem Körper hinablief durch die Sohlen ihrer Füße hinaus, bis sie wieder ruhig und heiter war wie immer.

Fleur lächelte, als Tommys Gesicht die kalten schweigenden Stellen in ihrem Kopf ausfüllte. Wenn Fleur an Tommy dachte, waren ihre Gefühle widersprüchlich: warm und voller Freude, aber auch schneidend wie die Klinge eines Dolches – zu leicht konnte er ihr genommen werden. Ein Schritt auf die Straße vor einen Laster, den er nicht hörte, einen Sprung ins Schwimmbad, wo er mit dem Kopf auf dem Grund auftraf. Manchmal wußte Fleur nicht, woher sie den Mut nehmen sollte, Tommy außer Sichtweite zu lassen. Sie schaute auf ihre Nachttischuhr: fast halb zwölf. Die Chance, daß Tommy noch nicht schlief, war gering. Obwohl er samstags abends um zehn Uhr im Bett sein sollte, wußte Fleur, daß das Kindermädchen manchmal nachgab und ihn aufbleiben ließ. Sie sehnte sich danach, ihn zu sehen.

Sie hatte Glück. Das Kindermädchen rief ihn ans Telefon, und als er da war, begann sie ihr spezielles Ritual, um zu sagen, daß sie einander liebten. Wenn sie den Hörer dreimal auf eine harte Oberfläche schlug, konnte Tommy die Schwingungen spüren, indem er sich seinen Hörer an die Kehle hielt. »Wie geht es ihm?« fragte sie das Kindermädchen, als sie an den Apparat kam, nachdem sie ihr Ritual beendet hatten.

»Es geht ihm gut, Mrs. Mannering, er ist frech wie Oskar. Ich weiß nicht, was sie ihm an dieser Schule beibringen ...« Fleur, die am Redetempo des Kindermädchens erkannte, daß es seine Worte gleichzeitig seinem Schützling in Gebärdensprache übersetzte, wurde von Eifersucht durchbohrt. Sie sollte eigentlich bei ihrem Sohn sein und nicht irgendeine gemietete Hilfskraft.

»Sagen Sie ihm von mir gute Nacht«, bat sie und legte auf.

Immer noch angezogen, legte sie sich aufs Bett und starrte an die Decke. Sie hatte vorgehabt, noch ein Jahr oder so zu warten, aber plötzlich hatte Fleur das Gefühl, die Dinge nicht länger aufschieben zu können. Die Zeit war gekommen, daß sie und Tommy ihren Schachzug machten.

Im Empfangszimmer hatte Dessie seine eigenen Pläne: mehr zu trinken und eine Frau zu finden. Es war lange her, seit Dessie eine Frau gehabt hatte – seine Jungfräulichkeit hatte er schon vor Jahren verloren, ganz beiläufig, bei einem der Mädchen aus der Einbrecherbande –, und er freute sich auf das, was ihn erwartete. Er hatte keine Zweifel, daß das Mädchen, das neben ihm saß, eine leichte Beute war – aber er mußte vorsichtig sein. Er war sich sicher, daß der gefühlduselige alte Francey das nicht gutheißen würde.

Dessie wünschte sich, sein Bruder würde nicht wie eine Klette an ihm hängen. Heute abend ging ihm Francey ernsthaft auf die Nerven, wohin er auch ging, er wurde kontrolliert. In Ordnung, er war ihm dankbar für das, was er getan hatte – und er war sehr froh, daß er damals nicht ertrunken war. Schade nur, daß er das dem kleinen Hund angetan hatte, aber er konnte es ja wiedergutmachen, und jetzt konnte er sich so viele Hunde anschaffen, wie er wollte. Er konnte das ganze Battersea-Tierheim aufkaufen, wenn er wollte. Übersprudelnd vor Whisky fühlte Dessie sich wohler und selbstbewußter als seit Jahren.

Nicht nur Hunde, sondern auch Pferde. Während er mit halbem Ohr Micks Geschichten über die Shires zuhörte, nickte

Dessie und beschloß, daß Franceys mißglückter Plan mit den Pferden zum Teufel gehen konnte. Dessie Scollard wurde niemandes zweiter Depp. Er würde seine eigenen Pläne machen, seine eigenen Pferde anschaffen.

Eines war sicher, er war jetzt froh, daß er herübergekommen war, um seinen Vater kennenzulernen. George war wirklich ein toller Typ, dachte er, locker, ein richtiger Mann. Er wußte auch, wie man sich amüsierte, das konnte man sehen. Francey hatte den ganzen Tag auf ihm herumgehackt, mit seinem Vater ein ernsthaftes Gespräch unter vier Augen zu führen, aber Dessie sah keinen Grund dafür. Was würde es ihnen beiden nützen? Er war glücklich, so wie es war, und es konnte nur noch besser werden. Er wollte sich zwar nicht mit Francey streiten, aber er wurde langsam sauer darüber, daß sein Bruder immer alles besser zu wissen schien.

Von Dessies Standpunkt aus waren einige Dinge, die Francey über ihren Vater sagte, eine Frechheit. George mußte schließlich nicht so gut zu ihnen sein. Er bot beiden die Gelegenheit, in diesem phantastischen Haus ein und aus zu gehen, sich um die Pferde zu kümmern. Er hatte ihnen diese tolle Party gegeben. Da bemerkte Dessie, daß mitten im Zimmer etwas vor sich ging. Er schaute hin und sah, daß Franceys Freundin Hazel vor dem Colonel stand. Francey ging jetzt dort hin …

Dessie beobachtete, daß Hazel den Kopf senkte, Francey ihren Arm berührte, der Colonel zurückwich und den Arm seiner Frau ergriff.

Da Francey abgelenkt war, sagte Dessie zu Mick, daß er einen Mann wegen eines Hundes treffen wollte. Aber auf dem Weg aus dem Zimmer schnappte er dem Burschen am Bartisch eine dreiviertel volle Whiskyflasche vor der Nase weg.

George tanzte gerne, das Gefühl eines weichen warmen Körpers, harmonische Bewegungen, die etwas noch Besseres, das kommen würde, andeuteten. Jool, Gott segne sie, hatte zwei linke Füße gehabt. Tanzen war ein kleiner Luxus, den er während seiner Ehe vermißt hatte, aber heute abend mußte er hart arbeiten, um sich genauso zu vergnügen wie sonst. Alles sollte erstklassig sein, die Party, die Musik, die hübsche Schauspielstudentin, mit der er tanzte und in die er große Erwartungen setzte.

Aber nach dieser verwirrenden Episode im Badezimmer hatte George sein Gleichgewicht nicht richtig wiedergefunden, und obwohl er, oberflächlich betrachtet, seine Pflichten als Gastgeber mit der üblichen Routine absolvierte – und das Mädchen in seinen Armen, eine Pastorentochter aus Portsmouth, schaute ihn mit sanften Augen an –, konnte er ein Gefühl des Unbehagens nicht abschütteln. Er versuchte, es zu analysieren, aber nur ein vages Gefühl, daß nicht alles auf dieser Welt richtig war, kam dabei heraus. Zum Teufel damit, dachte er jetzt und küßte das Ohr seiner Tanzpartnerin. Ich bin zu alt, um das mitzumachen. Dann schaute er hoch und sah, wie Dessie mit einer Flasche in der Hand durch die Tür entwischte. Er runzelte die Stirn. Wahrscheinlich bedeutete das Ärger.

Bis jetzt schien George den Zweck, weshalb er diese Party veranstaltete, erreicht zu haben – nämlich zu vermeiden, Dessie allein von Angesicht zu Angesicht gegenüberzustehen. Ein Pluspunkt war, daß der Junge sich, soweit er das beurteilen konnte, phantastisch zu amüsieren schien. Für ihn war es eine Belohnung – trotz Franceys Warnungen.

Als er sah, wie Dessie hinausschlüpfte, wurde sich George erneut dieses verwirrenden Gefühls von Unruhe bewußt.

Erst dann begriff er, was mit dieser Party und mit seinem unruhigen Herzen nicht stimmte – die Gegenwart der beiden Jungen, Francey und Dessie. Die beiden zusammen. Alles war in Ordnung gewesen, bis Francey Dessie mit auf den Plan gezerrt hatte. Er erkannte, daß seit dem Tag, als er den beiden, die dort im Schnee standen wie Bambi und seine Mutter, die Tür geöffnet hatte, nichts mehr wie früher gewesen war.

Mit Colin hatte er solche Probleme nicht gehabt, und das, machte er sich selbst ein Kompliment, war nicht nur Jools Einfluß zu danken. Colin hatte einen unendlich anpassungsfähigen Charakter, der George bis ins Mark behagte. Colin und George akzeptierten die Grenzen ihrer Beziehung und kamen gut miteinander zurecht. Aber diese anderen beiden ... Sie verlangten Aufmerksamkeit.

Besonders Dessie.

Als Dessie nach Inverary gekommen war, war er nur ein Schatten seines Bruders gewesen, aber im Laufe der Zeit schien seine Ergebenheit sich auf ihn zu verschieben.

Wenn er jetzt darüber nachdachte, hatte George den Eindruck, daß er sich in seinem eigenen Haus nicht mehr drehen und wenden konnte, ohne von diesen weitaufgerissenen, unschuldigen Augen angeschaut zu werden. Fast als sei er Dessies Held geworden. Nur gut, dachte er, daß er hin und wieder nach London fahren konnte, um Luft zu schnappen. Verdammt, warum mußte ihm das jetzt passieren.

Und dennoch ... alt zu sein und eine Familie um sich zu haben, wie Jool es sich immer erträumt hatte? Vielleicht war es gar nicht so übel, zumindest einen Sohn zu haben, der einen für den Nabel der Welt hielt? Vielleicht war die Zeit gekommen, daß er sein Leben ein wenig in Ordnung brachte. Und vielleicht hatte Francey ja recht, wenn er ihm in den Ohren lag wegen Vernachlässigung und all dem Kram ...

Pah! Diese Gedanken waren so verwirrend, daß George beinahe stolperte und sich bei seiner Partnerin entschuldigen mußte. Dann wurde er abgelenkt durch das Gefühl, daß in der Mitte des Zimmers etwas Seltsames geschah. Als er hinüberschaute, sah er, daß Shottley dort war. Und wieder Hazel. Mittendrin – sie hatte sich nicht verändert.

Und dann kam Francey, er ging hinüber, um Hazel am Arm zu packen ...

George wollte schon seiner Pflicht nachkommen und hinübergehen und herausfinden, was los war, zögerte aber, als er sah, wie der rotnasige Colonel davonging, während Francey mit Hazel ein Gespräch anfing.

Da Francey alles unter Kontrolle zu haben schien, entschloß George sich, es ihm zu überlassen. Er lächelte hinunter zu dem netten Mädchen in seinen Armen und konzentrierte sich auf den Tanz.

Francey hatte nicht das Gefühl, mit der Situation gut fertig zu werden.

Fünf Minuten, nachdem der verblüffte Shottley sich mit seiner Frau zurückgezogen hatte, um die Mäntel zu holen, weigerte sich Hazel immer noch, Francey zu erzählen, was geschehen war. »Es muß doch etwas gewesen sein«, drängte Francey. »Hat er dich beleidigt?«

»Das könnte man sagen«, murmelte Hazel schließlich.

»Willst du, daß ich mit ihm rede? Was hat er denn gesagt, um dich zu beleidigen?«

»Schau, Francey, laß es auf sich beruhen, es war nichts, in Ordnung?« Der Ausdruck in ihren Augen war nicht zu entschlüsseln, was ungewöhnlich für sie war. Francey bedrängte sie noch eine Weile, aber sie wollte nicht mehr preisgeben. Schließlich, als sie sagte, sie wolle zu Bett gehen, weil sie müde sei, mußte er sie gehen lassen.

Zehn Minuten später kuschelte Hazel, das Gesicht geschrubbt und glänzend vor Feuchtigkeitscreme, sich unter ihre Bettdecke. Sie konnte es noch immer nicht glauben. Dieser verdammte alte Kauz. Glaubte, sie würde mit ihm ins Geschäft kommen. Weil er sie den ganzen Abend mit Fleur Mannering zusammen gesehen hatte und dachte, sie gehöre dem gleichen Kreis an.

Und er merkte nicht einmal, was er ausgeplaudert hatte.

17

Stunde um Stunde rang Hazel mit dem Problem, wie sie Francey beibringen sollte, was sie entdeckt hatte. Sie konnte sich vorstellen, wie er auf die Enthüllung reagieren würde, daß die Frau, die er liebte oder die er begehrte – Hazel brachte es nicht über sich, zu glauben, daß man seine Empfindungen für diese Frau Liebe nennen konnte –, eine Prostituierte war. Und sie war alt genug, um zu wissen, daß in solchen Fällen oft der Überbringer einer solchen Nachricht den Kopf hinhalten mußte.

Hazel wäre nicht aufgefallen, welches Spiel Fleur spielte. Aber jetzt, als sie es wußte, bildeten die Mosaiksteinchen ein Gesamtbild: ihr Understatement, das Gefühl von Distanziertheit, das die Frau vermittelte, so als ginge sie die Menschheit nichts an. Das leuchtete ein. Die Zeitungen in Irland waren genauso erpicht auf die Profumo-Affäre wie die in England, und es war erst zwei Monate her, seit Christine Keeler verurteilt worden war für etwas, das ganz ähnlich war wie das, womit Fleur sich auskannte: nicken, blinzeln, über Geld reden, insgeheim ein paar Namen nennen.

Nicht daß Fleur Mannering in irgendeiner Weise dem Klischee eines Showgirls oder Models entsprochen hätte – nein, diese Eiskönigin spielte in einer ganz anderen Klasse. Ein paar Minuten spekulierte Hazel darüber, wie gut sie wohl sein mußte, gab es dann aber schnell auf, weil die Vorstellung von Fleur mit Francey im Bett zu qualvoll war.

Dann tauchten die praktischen Probleme auf. Hazel war kein Anhänger der Theorie von der Prostituierten mit dem goldenen Herzen, und Mrs. Mannering, darauf wäre sie jede Wette eingegangen, war nicht billig. Soweit sie bei Franceys Berichten von seinen »Besuchen« in der Londoner Wohnung zwischen den Zeilen lesen konnte, war Fleur mindestens zweimal mit ihm im Bett gewesen, und sie hatte bereits festgestellt, daß die Frau ihn nicht liebte – hatte er sie also bezahlt? Oder wen hatte er bezahlt?

Weiter und weiter ging es, bis Hazel glaubte, den Verstand zu verlieren.

Um halb drei sprang sie aus dem Bett und tapste ins Badezimmer, um sich ein Glas Wasser einzuschenken. Sie konnte nicht glauben, daß Bargeld direkt den Besitzer gewechselt hatte: Zum einen hatte die Frau dazu zuviel Klasse, zum anderen war selbst Francey nicht so naiv, zu glauben, daß Fleur sein Geld nehmen und sich dann so sehr in ihn verlieben würde, daß sie sich von ihrem Mann scheiden ließ und Francey heiratete.

Also, wie dann? Hatte sie einen Zuhälter? Nein, Francey hätte dann sein Fett abgekriegt ...

Während sie das Wasser trank und ihr ungeschminktes Spiegelbild betrachtete, kam ihr in den Sinn, daß das für einen Abend eine phantastische Arbeitsleistung gewesen war. Die Aufgabe war jetzt, wie sie dieses Wissen zu ihrem eigenen Vorteil nutzen konnte. Als sie ins Schlafzimmer zurückkam, betrachtete Hazel ihr zerwühltes Bett mit Widerwillen. Normalerweise schlief sie sehr gut, aber jetzt fühlte sie sich quicklebendig wie eine Maus und bedauerte es, keine Flasche zollfreien Alkohols mitgebracht zu haben.

Während der vergangenen anderthalb Stunden war sie sich der gedämpften Geräusche abfahrender Wagen bewußt gewesen, aber das Empfangszimmer kam nicht in Frage für einen Raubzug wegen eines Drinks. Hazel war in ihrem Leben auf genug Partys gewesen, um sicher zu sein, daß einige Bummler dort noch immer das Mobiliar dekorierten. Aber es mußte einen Ort geben in diesem Haus, wo die Vorräte aufbewahrt wurden, wahrscheinlich in der Küche ...

Sie ging zur Tür, die dem Foyer gegenüberlag, öffnete sie und spähte hinaus. Die Diele, die von einer einzigen Tischlampe beleuchtet wurde, war leer und auch der Flur in beiden Richtungen. Obwohl sie die Luft anhielt, um auf irgendwelche Lebenszeichen zu lauschen, hörte sie nur das dumpfe Rauschen der Zentralheizung. Sie zog einen Morgenmantel an, der zu ihrem Rüschenbabydoll paßte, und stahl sich in den Korridor hinaus. Es war so still, daß sie das Nylon gegen ihre Beine rascheln hörte, als sie auf dem dicken Teppich barfuß in Richtung Küche schlich.

Sie konzentrierte sich so sehr darauf, leise zu sein, daß sie erschrocken zurücksprang, als die vorletzte Schlafzimmertür sich öffnete, gerade als sie davor war. »Jesus, Maria und Josef.« Ihr Herz klopfte, als sie das Mädchen im Türrahmen anstarrte.

»Ich glaube, mit dem ist was nicht in Ordnung.« Das Mädchen, dessen nackte Schultern aus dem Laken guckten, das sie über den Boden zog, sprach undeutlich. Sie starrte Hazel mit glasigen Augen an.

Hazel brauchte nicht zu fragen, wer »der« war. Sie rannte an dem Mädchen vorbei und nahm die Situation im Schlafzimmer in sich auf: die zerknüllten Laken, die leergetrunkene Whiskyflasche auf dem Boden, der Aschenbecher, der überquoll von Zigarettenkippen und Papierchen mit Stoff.

Dessie war in einer halb sitzenden Stellung auf dem Bett zusammengesunken, sein Kopf baumelte auf einer Seite gegen einen Haufen zerwühlter Kissen. Sein dünner Körper war nackt. Ein leuchtendroter Fleck hatte sich von seinem Mund über das Kopfkissen und über die Laken ausgebreitet. »Er blublu-« Das Mädchen, das Hazel ins Zimmer gefolgt war, brachte das Wort nicht heraus.

Hazel, die sich um solche Dramen schon öfter gekümmert hatte, betrachtete den Fleck eingehend. »Nein, es ist kein Blut«, sagte sie, »das ist Wein und anderes Zeug. Er hat gebrochen.«

Ihr erster Impuls war, Francey zu holen, aber dann dachte sie, daß er auch nicht mehr als sie tun könnte. Dessie mußte ärztlich versorgt werden. »Hilf mir mal«, ordnete sie so entschieden an, daß selbst das marihuanaumnebelte Mädchen reagierte. Die beiden zogen Dessie höher und stützten ihn so ab, daß er nicht ersticken konnte, selbst wenn er sich wieder erbrach. »Paß auf ihn auf«, ermahnte Hazel sie und ging zum Telefon, wo sie 999 wählte und einen Krankenwagen anforderte.

Sie vermutete, daß Francey im Schlafzimmer nebenan war, klopfte und schaute hinein, gerade als zwei Köpfe, die zu zwei nackten, ineinander verschlungenen Körpern gehörten, sich hoben. »Tut mir leid!« Hazel schloß die Tür und versuchte es mit dem Schlafzimmer auf der anderen Seite. Im Strahl des Lichtes aus dem Flur sah sie zu ihrer Erleichterung Franceys blondes Haar. »Francey!« Sie schüttelte ihn.

»Was ist?« Er wachte sofort auf und riß die Augen vor Angst weit auf.

Hazel knipste die Nachttischlampe an. »Keine Sorge, alles unter Kontrolle, aber Dessie ist in Schwierigkeiten.«

»Was für Schwierigkeiten?« Er setzte sich auf.

»Komm und sieh selbst.« Schockiert darüber, daß ihr Blut so völlig unpassend in Wallung geriet, *um Gottes willen, nicht jetzt,* wandte Hazel den Blick von seinem herrlichen nackten Körper ab, als Francey aus dem Bett sprang. Während er sich einen Morgenmantel überwarf, fragte sie sich verärgert, warum niemand in diesem Haus etwas von Schlafanzügen gehört zu haben schien.

Als sie ihn in Dessies Zimmer führte, erfaßte er die Situation ohne weitere Erklärungen. »Oh, mein Gott!«

»Es ist nicht so schlimm, wie es aussieht«, versicherte Hazel ihm, »aber er braucht Hilfe. Ich habe einen Krankenwagen gerufen.«

»Ich glaube, du solltest dich besser rar machen«, wandte Francey sich an das Mädchen, das, immer noch in ihr Laken eingewickelt, mitten im Zimmer leicht hin und her schwankte. »Du kannst mein Zimmer benutzen, es ist nebenan – ich bleibe hier.« Als das Mädchen gegangen war, setzte er sich neben Dessie und bettete seinen bewußtlosen Kopf an seine Schulter. »Es ist meine Schuld. Ich hätte dieser Party nie zustimmen sollen.«

»Niemand hat schuld.« Hazel zog ihren Morgenmantel fester um sich. Das Zimmer war so warm wie immer, aber sie fröstelte. »Ich habe dich ja auch gedrängt, wir alle dachten, es geht ihm phantastisch. Es war einfach zu früh, das ist alles. Welches Zimmer ist das von George Gallaher?«

Francey sagte es ihr, und sie ging, um ihn zu holen. Grimmig dachte Hazel, falls George seine alten Tricks bei einem der jungen Mädchen, die den ganzen Abend um ihn herumgehangen hatten, ausprobierte, wäre für ihn frühzeitig Feierabend. Aber als sie an seine Tür klopfte und als Reaktion auf seine genuschelte Aufforderung das Zimmer betrat, stellte sie fest, daß sie ihm ausnahmsweise unrecht getan hatte. Er war erschöpft und verschlafen, aber allein. Sie ließ ihm keine Gelegenheit, irgendwelche Fragen zu stellen, sondern informierte ihn kurz und bündig, was geschehen war, und überließ es ihm, mitzukommen oder nicht.

George tauchte ein paar Minuten später auf, nachdem sie wieder in Dessies Zimmer zurückgekommen war, gerade als man das Heulen der Sirenen des Krankenwagens hörte. Alles ging rasch. Die Sanitäter waren gewandt und schnell, sie spendeten Trost, packten Dessie in eine Decke und legten ihn auf eine Trage. Francey zog sich an, um mitzufahren, und als er fertig war, war Dessie bereits sicher im Krankenwagen untergebracht, und die Türen wurden geschlossen.

Die Sirenen hatten alle Leute im Haus aufgeweckt. In Trauben ballten sich Gäste und Dienstboten um die Tür, ihre Gesichter erschienen bleich im zuckenden Schein des Blaulichtes des Krankenwagens. Colin und George standen an der Tür, von Fleur war keine Spur zu sehen.

Der Fahrer schaltete die Sirene wieder ein, als das Fahrzeug die Auffahrt hinabbrummte. »Vielen Dank, Gott«, flüsterte Hazel sich selbst zu, als sie beobachtete, wie er abfuhr. Dessies Wahl des Zeitpunktes war makellos. Jegliche Hoffnung, die sie vielleicht noch gehegt hatte, das Thema Fleur mit Francey zu klären, war jetzt notwendigerweise auf Sparflamme geschaltet.

»Keine Sorge«, meinte der Sanitäter zu Francey, als sie über die quer liegenden Rundhölzer der Kuhsperre am Ende der Auffahrt ratterten und in die schmale Straße einbogen. »Er kommt schon wieder in Ordnung, er ist jung, sein Puls ist stabil. Wahrscheinlich werden sie ihm den Magen auspumpen, und morgen ist er wieder kerngesund.«

Francey entschuldigte sich für den Ärger, den Dessie verursachte. Der Geruch in dem beengten Krankenwagen war entsetzlich und erinnerte ihn an das erste Mal, als er seinen Bruder von dem Feldbett in Salladerg mit in das Haus in Lahersheen genommen hatte. Trotz Hazels Beschwichtigungen machte er sich Vorwürfe wegen seiner egoistischen Nachlässigkeit. Er hätte Dessie nicht von der Seite weichen sollen. Und im selben Augenblick, als er sah, daß Dessie trank, hätte er eingreifen sollen, statt seine eigenen Pläne zu verfolgen. Und wer war das Mädchen?

Dann wurde Francey wütend. Warum er? Was hatte er der Menschheit angetan, daß er ihr Sündenbock wurde? Je mehr er sich bemühte und arbeitete und anderer Leute Probleme auf seine Schultern lud, desto komplizierter wurde alles für ihn.

In dem Augenblick, als er sich entschloß, nach George Gallaher zu suchen, war er in einen Teufelskreis geraten. Und was hatte ihm das eingebracht? Geld, das war klar, aber was noch? Trotz seiner Abenteuer mit Fleur und der Tatsache, daß er wieder mit Dessie vereint war, brachte sein Leben ihm jetzt nur Herzensqualen. Francey begann zu glauben, daß er bei Ledbetters besser dran gewesen wäre. Es war vielleicht langweilig, aber zumindest hatte er sein Leben ein wenig unter Kontrolle. Ging es ihm jetzt mit diesem Gefühlswirbel so viel besser? Wenn man ihn sich jetzt zum Beispiel anschaute: Um drei Uhr morgens raste er in einem Krankenwagen daher, zusammengekrümmt auf einem unbequemen, engen Sitz, damit er mit dem Kopf nicht an die Decke stieß. Das machte doch Spaß, oder?

Nach all den Selbstvorwürfen und der Gewissenserforschung war das Gefühl der Wut etwas Reines, beinahe Erfrischendes. Dessie würde also der Magen ausgepumpt, und dann ginge es ihm wieder gut, ja? Und was dann? Vielleicht ging er dann dazu über, Glasscherben zu schlucken?

Schon lange hätte er Hazels Rat annehmen sollen. Noch war es nicht zu spät. Er sollte das ganze Volk im Stich lassen – Dessie, George, seine Mutter, Abby und ihre Berufung, die ganze Bande – und auf eine Südseeinsel oder irgendwohin verschwinden. Er hatte die Nase voll davon, Charles Atlas oder Mrs. Kennedy aus der Seifenoper oder irgendeine andere gräßliche Tante zu sein, mit der Hazel ihn verglich. Sie hatte völlig recht: Ständig machte er sich Sorgen. Francey Sullivan, und nicht länger ein bereitwilliger kleiner Helfer des Weihnachtsmannes, schlug jetzt ein neues Kapitel auf. Er wollte sich amüsieren. Er war jung, er hatte Geld, die Welt lag ihm zu Füßen. Fleur konnte ihn auf seiner Reise begleiten, aber sie mußte nicht – das lag bei ihr. Und er würde nicht darum betteln.

Eine andere Sache war – Francey steigerte sich jetzt richtig in Rage –, er war es leid, sich ständig zu fragen, was Fleur dachte, was Fleur empfand, ob Fleur ihn liebte oder nicht. Er war eine Flasche gewesen, wie eine ergebene eifrige Hummel um sie herumzuschwirren und Angst zu haben, etwas zu tun, das sie beleidigte. Kein Wunder, daß sie ihn als eine Selbstverständlichkeit hingenommen hatte – er hatte ja förmlich darum gebeten. Von jetzt an sollte sich Fleur wie all die anderen vorsehen. »Ergeben« war ein Wort, das nie wieder auf Francey Sullivan angewendet werden sollte.

Sollte sie doch im Handtuch vor ihrem Mann stehen, dachte er, sollte sie doch das Tuch auf den Boden fallen lassen, sollte sie doch mit diesem Halbidioten tun, was sie wollte – Francey Sullivan scherte sich einen Dreck darum.

Und Brillantuhren gab es keine mehr. Für das, was sie gekostet hatte, hätte er sich eine Südseeinsel *kaufen* können. »Danke schön«, sagte sie kühl und gelassen. *Danke*! Wie die Königin von England.

»Wir sind da, Sir.« Der Sanitäter beschäftigte sich mit Dessie. Francey befand sich in solch einem seelischen Aufruhr, daß er nicht bemerkt hatte, wie das Fahrzeug langsamer wurde. Als es anhielt, wurden die Türen von außen aufgerissen und Dessie ohne weitere Umstände in die Notfallambulanz des Krankenhauses gebracht. Man schob ihn dort in eine Kabine, und Francey konnte sich im Wartezimmer die Beine in den Bauch stehen. In einem Handwaschbecken füllte er einen Pappbecher mit Wasser, da dies die einzige Erfrischung zu sein schien, die vorrätig war, und nickte einer Frau, die sich ebenfalls im Raum befand und die er auf etwa fünfzig schätzte, zu. Rauchend vor Wut setzte er sich mit dem Becher auf einen Stuhl, trommelte mit den Fingern auf die kunstlederne Armlehne und trank den lauwarmen Inhalt schluckweise.

Seine Laune änderte sich nicht, bis er kurz nach sieben ins Herrenhaus zurückkehrte, nachdem er sich vergewissert hatte, daß Dessie sich wieder erholen würde.

Er fand Hazel angezogen vor, bereit zum Abflug. »Ich habe nicht gedacht, daß du zurückkommst.« Sie saß bei Speck und Eiern im Frühstückszimmer und musterte ihn. »Ich wollte gerade ein Taxi bestellen. Wie geht es ihm?«

»Er tut sich selbst leid.« Francey goß sich eine Tasse Tee ein und schaufelte sich Rühreier und Würstchen auf einen Teller.

»Er wird noch zur Beobachtung dabehalten, aber es geht ihm wieder gut. Um die Wahrheit zu sagen, habe ich ihn satt«, fügte er hinzu und kam mit seiner Mahlzeit an den Tisch. »Ich habe das ganze Volk satt. Du hast recht mit dem, was du gestern abend sagtest, ich bin ein alter Packesel geworden. Ein paar Dinge werden sich hier ändern, und das erste davon bin ich.«

»Gut für dich.« Sie boxte ihn gegen seinen Bizeps. »Da bin ich völlig mit dir einig. Wo willst du anfangen?«

Nur sehr widerwillig gab er zu, daß seine Pläne noch im Anfangsstadium steckten, aber er vertraute Hazel an, daß ein langer und sehr teurer Urlaub auch dazugehörte. »Allein?« Sie riß die Augen auf, ob aus Interesse oder in amüsierter Herausforderung, konnte er nicht sagen, aber er wußte, wen sie meinte.

»Wer weiß?« erwiderte er. »Vielleicht fahren ja nur du und ich, Hazel.«

»Aber klar!« Ihre vergnügte Stimme wirkte nach einer Nacht voll wütender Nabelschau belebend.

Während sie die Mahlzeit beendeten, war es nicht nötig, weiter zu reden. Obwohl das Frühstückszimmer am westlichen Ende des Hauses lag, war es so konstruiert, daß der Tisch in einem Erker stand und die Strahlen der aufgehenden Sonne durch die bodentiefen Fenster fielen. Francey vermutete, daß sein Frösteln auf Müdigkeit zurückzuführen war, und begrüßte die zusätzliche Wärme. Während er sein Frühstück hinunterschlang, kam ihm in den Sinn, daß er nicht lange gebraucht hatte, sich an einen solch üppigen Lebensstil zu gewöhnen und die Mühe und Sorgfalt nicht mehr zu bemerken, die auf einfache Dinge verschwendet wurde: das Silber, die makellos saubere Tischwäsche, die funkelnden Gläser, mit denen der Frühstückstisch gedeckt war, der Tischschmuck aus Krokussen und Schneeglöckchen, selbst die unaufdringliche Gegenwart der Dienstboten.

»Daran könnte ich mich gewöhnen!« Wiederum griff Hazel seine Gedanken auf, als sie den letzten Schluck Kaffee trank und mit einem befriedigten Seufzer ihre Serviette zusammenfaltete.

Von Birmingham aus flog sie nach Dublin zurück, und weil es solch ein schöner Tag war, setzte Francey sich über ihre Behauptung hinweg, daß sie gerne mit dem Zug von Leamington nach Birmingham fahren würde, und sagte, er würde sie zum Flughafen bringen. »Was ist mit dem Krankenhaus?« fragte sie, als sie ins Auto stiegen, aber Francey sagte ihr, er werde auf dem Rückweg einen Besuch machen. »Und außerdem«, erneuerte er seinen Entschluß, »hat er auch einen Vater und einen weiteren Bruder, oder? Heute morgen werde ich ihn besuchen, aber dann sind sie an der Reihe.«

Sie machten sich auf den Weg, ohne George, dem Rest der Familie oder einem der Gäste begegnet zu sein. Francey war froh, so enthaltsam gewesen zu sein – bis ihm klar wurde, daß auch das eine altjüngferliche Empfindung war, die zu seinem neuen Selbstverständnis als forscher Draufgänger nicht paßte.

Die Fahrt verlief ereignislos, und als sie am Flughafen ankamen, hatten sie noch reichlich Zeit. Hazel checkte ein und lud ihn dann ein, noch etwas mit ihr zu trinken, bis es Zeit war, an Bord zu gehen. Da es ein Sonntagmorgen war, hatte kein Lokal geöffnet außer einem Stand, der Kaffee und lauwarmen Tee in Plastikbechern verkaufte. »Es gibt etwas, über das wir nicht reden, nicht wahr?« Hazel, die darauf bestanden hatte zu bezahlen, erwischte ihn unvorbereitet, als sie seinen Tee auf den Tisch vor ihn knallte.

Fleurs gelassenes wunderschönes Gesicht schob sich zwischen sie, und Francey sah keinen Grund, sich dumm zu stellen. »Ich bin mir nicht sicher, was ich empfinde«, sagte er. »Wahrscheinlich bin ich zu müde, um vernünftig zu denken, aber als ich sagte, sie sollten alle zum Teufel gehen, meinte ich sie auch. Man kann einen Mann nur eine Weile zum Narren halten, Hazel.«

»Aber was hat sie denn gestern abend so Schreckliches getan?« Einer von Hazels langen Nägeln schien sie zu stören. Sie konzentrierte sich darauf, die Nagelspitze an einem Finger der anderen Hand entlangzureiben.

Jetzt, da sie es so formuliert hatte, erkannte Francey, daß Fleur nichts getan hatte, um zu verdienen, in diese allgemeine Verdammnis eingeschlossen zu werden. Sie hatte sich nur schuldig gemacht, sie selbst zu sein. Bevor er antworten konnte, blickte Hazel von ihrem Nagel auf. »Ihr Kleid war einfach phantastisch. Und hast du diese Ohrringe gesehen? Francey, daß muß ich dir lassen, du hast einen hervorragenden Geschmack. Die Brillanten in diesen Ohrringen waren echt, weißt du. Wahrscheinlich kann man mit denen eine Hypothek abbezahlen.«

Francey wurde unbehaglich zumute. Ahnte sie möglicherweise etwas von der Brillantuhr? Er war froh, daß Fleur sie gestern abend nicht getragen hatte. Dieses Gespräch vermittelte ihm das Gefühl, Hazel gegenüber nicht loyal gewesen zu sein, als er ihr nur einen unbedeutenden kleinen Schmetterling schenkte und Fleur solch ein teueres Geschenk machte. »Ich fand dein Kleid auch sehr hübsch, Hazel.« Er lächelte sie an.

»Dieses alte cremefarbene Ding? Das war nicht ihre Preisklasse, mein Süßer.« Sie gähnte und blickte zur Abflugtafel. »Noch ein paar Minuten, bevor ich gehen muß. Die müssen steinreich sein«, fügte sie hinzu, »diese beiden. Ist die Wohnung hübsch? Haben sie viele hübsche Sachen?«

»Wunderschön.«

»Na los, beschreib sie mir.«

Es war wohlbekannt, daß irische Showbands ein Vermögen verdienten, und Francey wußte, daß Hazel reichlich Geld hatte. Es war gar nicht typisch für sie, neugierig zu sein auf den Besitz anderer Leute, und er wünschte, sie würde das Thema wechseln. Er tat jedoch sein Bestes, ihr von der zweigeschossigen Wohnung, der geräumigen Eingangshalle, dem östlichen Flair des Salons und all den Blumen zu erzählen.

»Ich kann mir schon denken, daß sie mit Plüschtieren nichts im Sinn hat.« Hazel lächelte, aber dann verschwand das Lächeln ohne Vorwarnung, und sie starrte in ihre leere Tasse.

»Was ist?« Francey war schockiert über diese Veränderung.

»Nichts. Ich dachte nur gerade an etwas, das ist alles – mach ruhig weiter«, drängte sie ihn. »Erzähl mir noch was.«

Francey war es egal, daß seine guten Vorsätze mit dem Flugzeug, das draußen auf der Startbahn abhob, davonflogen. »Hazel, bitte, hat es etwas mit Fleur zu tun?«

»Natürlich nicht! Haben sie hübsche Möbel?« Aber daß Hazels Blick, der normalerweise so offen war, ihm auswich, alarmierte Francey, daß sie ihm nicht die volle Wahrheit sagte. »Ich muß es wissen.« Es wurde für ihn von entscheidender Bedeutung, herauszufinden, was sie vor ihm verbarg. »Du weißt, was ich für sie empfinde, bitte, Hazel.«

»Genau das ist es«, murmelte Hazel, die sich wieder auf ihre Tasse konzentrierte.

Eiszapfen bohrten sich in Franceys Herz. Es *hatte* etwas mit Fleur zu tun. »Was?« bettelte er. »Bitte, was?«

»Sieh mal«, Hazel sah ihm endlich in die Augen, »ich habe ihm gesagt, daß ich ihm nicht glaube.«

»Wem? Wem gesagt?«

»Diesem Colonel-Typen da, wie auch immer er hieß ...«

»Was sagte er?« Francey erinnerte sich nur zu gut an jene seltsame kleine Szene gestern abend auf der Tanzfläche.

»Ich habe bereits zuviel gesagt«, Hazel warf einen Blick auf ihre Uhr. »Es ist nichts dran – er ist ein widerlicher Kerl, Francey, er versuchte mich aufzureißen –«

»Offensichtlich hat er etwas über Fleur gesagt.« Francey wurde jetzt wütend. »Du kannst doch nicht einfach damit anfangen und dann nicht weitermachen, Hazel.«

»Er hat überhaupt nichts gesagt«, antwortete Hazel, die zu einem plötzlichen Entschluß gekommen zu sein schien. »Du mußt Fleur schon selbst fragen. Mich geht das nichts an.«

»Sie was fragen?« Francey packte die Tischplatte. »Ich lasse dich nicht in dein Flugzeug, bis du mir nicht erzählst, worüber du redest, Hazel. Ich warne dich.«

Hazel machte einen Schmollmund. »Reg dich ab!« Obwohl er aufgebracht war, merkte er, daß sie ihn endlich ernst nahm. »In Ordnung«, erwiderte sie nach einigen angespannten Augenblicken. »Ich sage nur, daß dieser alte Kauz zu glauben schien, daß Fleur nicht so rein ist wie frischgefallener Schnee, Francey.«

Empört sprang Francey auf und kippte dabei die Tassen auf dem wackligen Tisch um. »Wie kann er es wagen? Ich bringe ihn um.«

»Nimm's nicht so schwer.« Hazel schien gelassen zu sein, als sie ebenfalls aufstand und die Tassen wieder hinstellte. »Mach dich nicht zum Gespött der Leute, Francey, die gucken ja schon.«

»Ist mir doch völlig egal, wer zuguckt.«

Hazel ergriff ihre Handtasche. »Wahrscheinlich gibt es eine ganz einfache Erklärung – vielleicht bezog er sich auf dich? Vielleicht warst du ja nicht so diskret, wie du dachtest?«

Da verrauchte Franceys Wut ein wenig, aber er konnte sich nicht vorstellen, wie der Colonel herausgefunden haben könnte, daß er und Fleur sich geliebt hatten.

Plötzlich wurde es ihm klar. Es mußte das Hausmädchen gewesen sein. Außer Hazel war das Hausmädchen die einzige – neben Tommy und Colin natürlich –, die wußte, daß er die Wohnung betreten hatte.

Vielleicht war es George? Francey fiel ein, daß sein Vater am Tisch gesessen hatte, als Colin sich bei Francey für Tommys Geschenk bedankt hatte. Hatte George möglicherweise zwei und zwei zusammengezählt?

Dann wurde Francey die schreckliche Tatsache bewußt, daß es gleichgültig war, wer es wußte. »Ich muß Fleur warnen«, flüsterte er.

Diesmal tat oder sagte Hazel nichts, um seine Panik zu beruhigen. »Das solltest du wohl besser tun«, stimmte sie ihm zu, während sie wieder einen Blick auf die Abflugtafel warf. »Hör mal, ich muß gehen, ja?« Sie versicherte ihm, daß sie sich melden würde, wenn sie mit den Rollers zu ihrer Fastenzeittour zurückkam, küßte ihn auf die Wange und stöckelte zum Abflugsteig davon.

Erst nachdem sie gegangen war, erinnerte sich Francey, daß er gar nicht gefragt hatte, wie Fleurs Name in dem unglückseligen Gespräch mit dem Colonel überhaupt aufgetaucht war. Egal, das konnte er auch später herausfinden. Am dringlichsten war jetzt, Fleur mitzuteilen, daß ihr Hausmädchen aller Wahrscheinlichkeit nach eine Klatschbase war. Natürlich konnte er nicht einfach im Manor anrufen und nach ihr fragen. Verdammt, dachte er, während er zum Auto zurückging, warum mußte alles so kompliziert sein?

Im Krankenhaus fand er Dessie ungekämmt wie eine Vogelscheuche in einem Krankenhausschlafanzug auf dem Bett sitzend vor. »Bevor du irgend etwas sagst, Francey«, sein Bruder drückte den Stummel seiner Woodbine in dem Aschenbecher aus, »es tut mir leid, es tut mir leid, es tut mir leid. Es wird nie wieder vorkommen. Ich weiß, daß ich etwas falsch gemacht habe.«

Als er seinen kummervollen Gesichtsausdruck sah, mäßigte Francey sich, der ihm eine Lektion erteilen wollte. Als einziger Besucher auf der Station fühlte er sich riesenhaft und auffällig. »Diesmal muß es dir wirklich ernst sein«, flüsterte er, »und du mußt damit einverstanden sein, daß wir dir Hilfe besorgen, Dessie. Allein schaffst du das nicht.«

»Ich weiß«, Dessies Reue war vollkommen. »Ich weiß das jetzt, Francey. Du wirst sehen – von heute an bin ich ein neuer Mensch. Ich werde alles tun, was du sagst.«

Da Francey erkannte, daß er in Zukunft vielleicht nicht immer so gefügig sein würde, bestand er darauf, daß sie jetzt gleich darüber redeten, welche Art von Hilfe das sein sollte und ob diese Maßnahmen in Irland oder hier in England erfolgen sollten. Wenigstens war Geld kein Thema, Dessie konnte sich die beste Behandlung leisten. Er zögerte jedoch, sich zu weit von seinen geliebten Pferden zu entfernen, deshalb entschieden sie, daß er am besten in London entweder in einer Klinik oder in einer Privatpraxis behandelt werden sollte. Francey versprach, das in den nächsten Tagen soweit wie möglich zu organisieren, und ging dann hinaus, um sich zu erkundigen, wann Dessie entlassen würde.

Wie sich herausstellte, war das sofort, aber da er für seinen Bruder keine Kleidung mitgebracht hatte, mußte Francey erst zum Manor fahren, um sie zu holen. Da haben wir es wieder, dachte er, und sein Zorn entfachte sich erneut, als er mit dem Morris durch die sonnenbeschienenen Straßen jagte: Francey Sullivan, der für jedermann die Dreckarbeit machte.

Seine Laune besserte sich nicht, als er bei seiner Ankunft im Haus feststellte, daß Fleur und Colin bereits abgereist waren und sein Vater dem Personal Anweisung gegeben hatte, nicht gestört zu werden. »Danke, Lewis, das werden wir sehen!« Ohne dem Butler eine Chance zu lassen, einzugreifen, schritt er zum Arbeitszimmer, dem Ort des jüngsten schmerzlichen Streites.

Nach einem flüchtigen Klopfen platzte er hinein und fand seinen Vater hinter dem Schreibtisch sitzend vor, den gebeugten Kopf in beiden Händen über einem großen Stapel Papiere. »Dessie wird entlassen«, verkündete er mit vor Wut zitternder Stimme von der Türschwelle aus.

»Wa –« Georges Kopf fuhr mit einem Ruck hoch, und er starrte durch das Zimmer.

Francey sah, daß der Blick seines Vaters glasig und voller Unverständnis war, und erkannte, daß er geschlafen hatte. »Hast du mich gehört?« fragte er grob. »Dessie wird aus dem Krankenhaus entlassen. Und ich kann mich heute nicht um ihn kümmern, ich muß nach London fahren.«

»Wovon redest du?«

Als Francey Georges Verwirrung sah und die weißen Stoppeln, die den Großteil seines Gesichtes bedeckten, legte sich Franceys Wut. Es war schwer, auf einen alten Mann wütend zu sein. »Ich muß nach London fahren«, wiederholte er mit ruhigerer Stimme.

Das Zimmer lag im Schatten, und er ging um den Schreibtisch herum, um die Jalousien an einem der Fenster hochzuziehen und so eine Flut von Sonnenlicht ins Zimmer strömen zu lassen. »Oh, Gott!« winselte George angesichts des gnadenlosen Lichts. »Muß das sein?«

»Ja. Du mußt sofort ins Krankenhaus fahren. Dessie hat nichts anzuziehen. Ich gebe dir ein paar Minuten, um dich fertigzumachen, und seine Tasche bringe ich dir in die Eingangshalle.«

Und bevor er wieder schwach werden konnte, drehte Francey sich auf dem Absatz um und ging.

Die Zimmermädchen waren bereits in Dessies Zimmer gewesen – das Bett war frisch bezogen, der Aschenbecher sauber, keine leere Flasche mehr oder irgendeine andere Spur der Verwüstungen der vergangenen Nacht. Francey fragte sich, welche Meinung diese schweigsamen, schnellen und fleißigen Mädchen von den Leuten haben mußten, die sie bedienten. Keine besonders hohe, vermutete er.

Und warum auch? Er selbst war so in seine eigenen Angelegenheiten versunken gewesen, daß er sich nicht einmal die Mühe gemacht hatte herauszufinden, wie sie hießen – und er hatte auch noch nie gehört, daß eines der Hausmädchen beim Namen genannt worden wäre. Das mußte sich ändern. Wenn er das nächste Mal herkam, würde er sich darum kümmern, daß er jedes Mitglied des Personals als ein Individuum kennenlernte. Er packte Dessies Sachen in eine Tasche, brachte sie in die Eingangshalle und ging dann zum Arbeitszimmer zurück.

Diesmal wartete er, bis er aufgefordert wurde hereinzukommen. George hatte sich rasiert, glich jetzt seinem normalen munteren Selbst. »Du hast mir gar keine Gelegenheit gegeben, zu fragen, wie es dem Jungen geht«, beklagte er sich. Francey sah, daß die Papiere vor George jetzt so ordentlich dalagen, daß der Füller, den er in der Hand hielt, bestimmt nur eine Requisite war.

Er haßte die Vorstellung, daß sein Vater sich genötigt sah, ihm eine Rolle vorzuspielen, er haßte ihn wegen dieser Schwäche. Er ging um den Schreibtisch, um auch die übrigen Jalousien zu öffnen. »Ihm geht es gut«, sagte er mit barscher Stimme. »Aber wenn wir nicht wollen, daß sich die Vorfälle von vergangener Nacht wiederholen, muß er entsprechend versorgt werden. Das ist einer der Gründe, weshalb ich nach London fahre, um zu sehen, ob ich eine Lösung finden kann.«

»An einem Sonntag?« George legte den Füller hin und drehte sich um, um die Operation mit den Jalousien zu beobachten.

»Ich fange gleich morgen früh an.« Für den heutigen Abend hatte Francey andere Pläne.

»Was soll ich den ganzen Tag mit ihm machen? Wann kommst du zurück?« Der Ärger seines Vaters war spürbar, und Francey tat sein Bestes, um sich zu beherrschen.

»Er ist dein Sohn«, erwiderte er, »es gibt dir die Möglichkeit, ihn kennenzulernen. Er liebt die Pferde«, fügte er hinzu und fragte sich dann, ob ihm nur das an Dessie aufgefallen war. »Und da du sie auch magst – oder mochtest –, ist das doch ein guter Ausgangspunkt.«

George öffnete den Mund, aber Francey unterbrach ihn. »Ich muß fahren, seine Tasche steht in der Eingangshalle.« Dann zögerte er. »Da ist noch etwas ...«

»Noch mehr Ärger?« Mit einem theatralischen Seufzer lehnte George sich in seinem Sessel zurück.

»Ich bin mir nicht sicher«, sagte Francey und beobachtete ihn dabei genau: »Ich frage mich nur, ob – ob du etwas weißt von Gerüchten über Fleur?«

»Welche Gerüchte?« Georges Blick blieb ruhig, aber sein Körper wurde ein wenig steif, und Francey, sensibilisiert wie er war, glaubte einen leisen Schatten des Zweifels gesehen zu haben.

»Über sie und – und – einen anderen.« Er brachte es nicht über sich, den gräßlichen Colonel beim Namen zu nennen. Aber er konnte seinem Vater ja kaum anvertrauen, daß er selbst in die Angelegenheit verwickelt war.

»Wer ist dieser andere?« Jetzt war Georges Blick wachsam, und Francey, dessen Magen sich verkrampfte, stellte fest, daß er die angedeutete Vermutung nicht geäußert hatte.

»Zu diesem Zeitpunkt bin ich nicht in der Lage, das zu sagen«, antwortete er zitternd. »Ich wollte nur wissen, ob du irgend etwas gehört hast.«

»Nein«, sagte George langsam. »Ich glaube auch nicht alles, was ich höre. Das solltest du auch nicht, Francey.« Dann machte Franceys Vater, was ungewöhnlich für ihn war, eine Pause, um seine nächsten Worte zu wählen. »Gehe ich recht in der Annahme, daß du ein, sagen wir mal, besonderes Interesse daran hast?«

Francey starrte ihn an. Er fühlte sich, als stünde er am Rande eines Abgrundes und wollte gerade in die Luft springen. »Ich finde, Fleur ist ein wundervoller Mensch«, sagte er und hielt dabei dem Blick seines Vaters stand, »und ich bin sehr besorgt darüber, was die Leute über sie reden. Ich möchte sie beschützen.«

»Dafür hat sie einen Ehemann.« Georges veilchenblaue Augen waren ausdruckslos.

»Das weiß ich. Aber wir sind doch ihre Familie. Meiner Meinung nach, George«, sagte Francey, »braucht sie uns alle.«

»Da stimme ich dir zu.« Georges Gesicht entspannte sich, und Francey dachte, er sähe einen Anflug von Mitgefühl. Aber der Meinungsaustausch war so subtil geworden, daß er ihn nicht länger fortführen konnte. Auf jeden Fall war es nicht seine Absicht, seinen Vater zum Komplizen zu machen.

»Ich gehe jetzt wohl besser.« Die Unterredung war ganz und gar nicht so verlaufen, wie Francey es erwartet hatte, und wenn man Georges Reaktion trauen durfte, wußte sein Vater entweder über ihn und Fleur Bescheid, oder an den Andeutungen, daß Francey nicht als erster eine ehebrecherische Affäre mit seiner Geliebten hatte, war etwas dran.

Nachdem Francey gegangen war, sank George gegen die Rücklehne seines Sessels. When troubles come they come not singly ... Wie üblich tauchte Shakespeare auf, um ihm zu helfen, aber ohne Publikum war das Zitat kein Erfolg.

Da gibt es keine Zweifel, George Gallaher, dachte er, wenn du schon mal ein Problem hast, dann aber richtig. Francey und Fleur? Dann hatte er mit seinem Verdacht an dem Tag, als er sie so verstohlen am Waldrand gesehen hatte, also richtig gelegen. Die armen Kinder, dachte er.

Während er ins Leere starrte, wurde George klar, daß er alt wurde. War es erst ein paar Monate her, daß er gedacht hatte, gegen ein kleines Techtelmechtel mit Fleur hätte er nichts einzuwenden? Erst ein paar Wochen, daß er eine tolle Zeit mit seiner eigenen kleinen Freundin in London verbracht hatte? Erst ein paar Tage, daß er, wenn man ihn gefragt hätte, geantwortet hätte, daß Ehebruch natürlich das Tüpfelchen auf dem I beim Sex war, daß der Hauch von Illegalität ihm einen besonderen Reiz verlieh? Daß eine Reaktion wie Mitgefühl für die mißliche Lage von Francey und Fleur ihm als letztes in den Sinn gekommen wäre.

Sollte er eingreifen wie ein Vater? Wie ein Schwiegervater?

Das war alles zu viel. Mit plötzlicher Entschlossenheit stand George auf. Noch war Leben in dem alten Hund, und die Zeit war noch nicht gekommen, sich ein sonnenbeschienenes Fleckchen zum Ausruhen zu suchen und zuckend dem Ende entgegenzusehen. In der Zwischenzeit konnte er ganz gut den Anweisungen folgen und den Außenseiter abholen, der dritte seiner ungleichen Brut. Als er die Autoschlüssel holte, mußte George lächeln über die Ironie, daß sich die Rollen zwischen ihm und Francey vertauscht hatten. Was auch immer mit Colin und dem unglücklichen Dessie sein mochte, es sah so aus, als ob Francey sich als schwer in Ordnung herausstellen würde.

Francey kannte sich in London nicht gut genug aus, um sich mit dem Auto dort zurechtzufinden, daher entschloß er sich, in Oxford zu parken und den Zug zu nehmen. Da es Sonntag war, verkehrte nur ein Bummelzug, der an vielen Stationen auf dem Wege anhielt. Er döste ein wenig, aber nicht genug, um sich zu erfrischen.

Es war später Nachmittag, als das Taxi ihn am Hotel in der Nähe der Kensington High Street absetzte. Das Wetter war umgeschlagen, und als er das Taxi bezahlte, weckte der dichte Nieselregen ihn ein wenig auf. Dieses Hotel war etliche Klassen besser als das vom letzten Mal, aber nicht so luxuriös, daß es einschüchternd gewesen wäre. Noch war er nicht in der Super-Playboy-Liga: Das kam noch, dachte er, als er dem jungen Pagen gestattete, seine Übernachtungstasche zu tragen, und seinen Impuls, es selbst zu tun, beherrschte.

Zwischen den Nickerchen im Zug hatte er versucht zu entscheiden, wie er sich Fleur nähern sollte. Ganz gleich, wie er die Sache betrachtete, er spürte, daß ihm keine Wahl blieb, als persönlich zur Wohnung zu gehen und zu hoffen, daß das Schicksal ihm eine Gelegenheit bot, ein paar Augenblicke mit ihr allein zu sein, oder, falls es das nicht tat, das zu bewerkstelligen. Anrufen konnte er nicht, weil er bereits aus Inverary wußte, daß an den Nebenanschlüssen jeder mithören konnte, und obwohl er nach der Erfahrung mit der Brosche sicher zu sein glaubte, daß niemand außer ihr selbst Fleurs Post öffnete, würde es die Angelegenheit verzögern, zu schreiben.

Er machte sich nicht die Mühe, seine Tasche auszupacken, sondern ging ins Badezimmer und spritzte sich eiskaltes Wasser ins Gesicht. Minuten nach seiner Ankunft verließ er das Hotel wieder, nahm ein Taxi und nannte Fleurs Adresse. Er hatte nicht überlegt, was er sagen würde, und als das Taxi durch die nassen sonntäglichen Straßen raste, gab er der Versuchung, es zu tun, nicht nach. Jetzt, da die Aufgabe unmittelbar vor ihm lag, hatte er seine Entschlossenheit wiederentdeckt und das Gefühl, einen klaren Kopf zu haben.

Eine weibliche Stimme, nicht Fleurs, antwortete auf das Türklingeln und ließ ihn ein. Als die Fahrstuhltür im Foyer der Wohnung aufglitt, begrüßte ihn das Kindermädchen mit der Entschuldigung, daß weder Fleur noch Colin zu Hause seien, aber beide würden in Kürze erwartet. »Kommen Sie herein und warten Sie«, lud sie ihn ein, »nehmen Sie sich etwas zu trinken. Tommy und ich sehen gerade fern. Ja«, fuhr sie fort und deutete damit Franceys überraschten Blick richtig, »er liebt Fernsehen, und es ist erstaunlich, wieviel er nur durch die Bilder versteht. Was er nicht mitbekommt, übersetze ich ihm.«

Der Fernseher stand in einem kleinen warmen Zimmer, fröhlich gelbe Vorhänge vor den Fenstern schirmten es gegen den Nachmittagsnieselregen ab. Der kleine Junge lag der Länge nach auf dem Bauch, das Kinn auf die Hände gestützt, umgeben von einer Spielzeugflut, zu der, wie Francey bemerkte, auch sein Hubschrauber gehörte. Tommy konzentrierte sich so sehr auf das Tierprogramm, daß er Franceys Ankunft nicht bemerkte, bis ihm das Kindermädchen auf die Schulter klopfte und ein Zeichen gab, daß sie einen Besucher hatten.

Er drehte sich um und lächelte – Francey fiel auf, daß das Kind Fleurs Lächeln hatte –, sprang auf die Beine und streckte Francey die Hand entgegen. Als die kleine Zeremonie vorüber war, ließ er sich wieder auf den Bauch plumpsen und vertiefte sich erneut in das Programm. »Tut mir leid«, entschuldigte sich das

Kindermädchen bei Francey. Sie verließ das Zimmer, um Francey ein Bier zu holen.

Francey konnte den Blick nicht abwenden von dem auf dem Bauch liegenden Körper des kleinen Jungen. Das war ein Faktor, den er bei seinem langfristigen Ziel, Tommys Mutter für sich zu gewinnen, nicht berücksichtigt hatte. Eine alltägliche, gemütliche Beschäftigung: an einem regnerischen Sonntagnachmittag in dem Zuhause, das einem sein ganzes Leben lang vertraut ist, fernzusehen, all seine Besitztümer um sich geschart, das Kindermädchen nur einen Schritt weit weg, Mum und Dad sind ausgegangen, werden aber bald zurückerwartet.

Bis jetzt hatte er die Haken nicht berücksichtigt, wenn diese Ehe zerbrach. Ganz bestimmt würde Colin nicht einfach beiseite treten und einem Eindringling gestatten, bei seiner Frau einzuziehen, so daß sie, selbst wenn Franceys Werbung erfolgreich sein würde, irgendwo anders wohnen müßten. Seinen Entschluß vergesssend, daß er von jetzt an nur noch an sich denken wollte, fragte Francey sich, ob er diesem Kind all dies hier einfach unter den Füßen wegziehen konnte. Keinem gewöhnlichen Kind, sondern einem, das taub war.

Das Kindermädchen kam mit dem Bier zurück, und er versuchte sich häuslich niederzulassen, um mit den beiden das Programm anzusehen, nahm aber nur eine Folge von sich bewegenden Bildern wahr, hörte nur undeutliche Geräusche.

Colin und Fleur kamen weniger als eine halbe Stunde später nach Hause, wo sie die drei, Francey, das Kindermädchen und Tommy, vorfanden, die immer noch auf die flackernden Bilder starrten. »Das ist aber gemütlich.« Colin stand lächelnd an der Tür. Franceys Blick flog über Colins Schulter, wo Fleur sich aufhielt. Fleurs Gesicht war wie immer völlig teilnahmslos, als sie hereinkam, um Tommy zu umarmen. Als Mutter und Kind sich in Zeichensprache verständigten, fragte Colin Francey, welchem Umstand sie die Ehre seines Besuches verdankten. »Geht es Dessie gut?«

Francey brachte ihn auf den neuesten Stand, was den Zustand ihres Bruders anbelangte, und erwähnte dann, warum er offiziell in London war. »Ich würde deine Hilfe in dieser Angelegenheit zu schätzen wissen, Colin«, sagte er. »Ich weiß, daß theoretisch George derjenige ist, der das meiste für Dessie tun sollte, aber ich bin mir nicht sicher, ob wir uns auf ihn verlassen können.« Während er sprach, beobachtete Francey die dreiseitige schweigende Unterhaltung zwischen dem Kind, dem Kindermädchen und Fleur, deren Haar, das in zwei dunklen Vorhängen zu beiden Seiten ihres Gesichtes herabfiel, ihre Züge verbarg. Der einzige unter den Falten ihres Astrachanmantels sichtbare Teil ihres Körpers war die Rückseite einer ihrer Hände, an deren Berührung er sich so gut erinnerte.

Er konnte sie sich auf der Haut des Rückens eines anderen Mannes vorstellen ...

Francey mußte schlucken. »Ich glaube, unser Vater wünscht sich, wir drei würden einfach verschwinden«, sagte er zu Colin und zwang sich dabei, sich auf die Worte, die aus seinem Mund kamen, zu konzentrieren und dem anderen Mann in die Augen zu sehen.

»Würdest du das nicht auch?« Colins Grinsen war schief.

»Ich verstehe, was du meinst«, aber dann wurde Franceys Aufmerksamkeit wieder abgelenkt, als Fleur aufstand.

»Hättest du gerne einen Tee?« fragte sie, ganz die perfekte Gastgeberin.

Dieses Echo der Vorworte ihres Liebesspiels verwirrte ihn so, daß er stotterte. »J-ja, bitte.«

»Ich lasse ihn bringen. Komm, Tommy«, signalisierte sie ihm, und der kleine Junge gab ihr die Hand, als die beiden hinausgingen.

»Ich gehe nur eben in mein Zimmer, wenn Sie mich entschuldigen wollen.«

Auch das Kindermädchen ging und ließ Francey mit dem Mann allein, den er betrogen hatte.

»Komm mit in den Salon«, lud Colin ihn ein, »dort haben wir es bequemer.«

»Aber hier ist es doch sehr nett«, protestierte Francey, war dann aber gezwungen, seinem Bruder durch die Diele, die

Treppe hinauf, zum Ort seines Verbrechens zu folgen. Diese ganze Idee war ein Fehler gewesen. Er war nicht in der Lage, zielstrebig vorzugehen, war zu nervös und würde zwangsläufig verraten, daß er die Wohnung besser kannte, als wenn er nur einmal mit Spielzeug für den Jungen vorbeigekommen wäre.

»Ich muß ins Badezimmer.« Er mußte Zeit gewinnen.

»Aber sicher.« Colin deutete auf die Tür gegenüber vom Salon, »wenn du fertig bist, wir sind hier drinnen«, sagte er und zeigte auf die Tür, die Francey nur zu gut kannte.

Im Badezimmer wusch er seine Hände und beruhigte sich. »Reiß dich zusammen«, sagte er zu seinem Spiegelbild und beschloß, daß er gehen würde, wenn er es binnen der nächsten zehn Minuten nicht schaffte, mit Fleur allein zu sein.

Als er jedoch das Badezimmer verließ, kam sie gerade die Treppe hoch. Und sie war allein.

»Fleur«, fing er sie ab, als sie etwa zwei Drittel des Weges nach oben gekommen war. »Gott sei Dank«, flüsterte er und nahm ihren Arm. »Wir müssen miteinander reden.«

Sie runzelte die Stirn. »Dies ist kein geeigneter Ort, um zu reden.«

»Wo denn dann?«

»Im Augenblick nirgendwo.« Sie ging weiter, als wollte sie an ihm vorübergehen, aber er verstärkte den Griff um ihren Arm.

»Du verstehst nicht richtig, wir müssen.«

Sie warf einen Blick in Richtung Salon. »Laß bitte meinen Arm los. Wir dürfen uns nicht mehr so wiedersehen wie bisher, niemals.« Geschickt löste sie seine Finger. »Ich hoffe, du verstehst das. Wenn du mich jetzt entschuldigen würdest, wir dürfen hier nicht so herumstehen.« Sie stieg die letzten Stufen hoch.

Um Franceys Entsetzen noch zu vergrößern, steckte Colin, gerade als Fleur oben an der Treppe angelangt war, den Kopf durch die Salontür. »Ich dachte, ich hätte Stimmen gehört. Alles in Ordnung, alter Junge?«

Von der obersten Stufe lächelte Fleur auf Francey hinunter, als wolle auch sie hören, über was er geredet hatte.

»Ich glaube, ich habe im Badezimmer etwas vergessen.« Irgendwie gelang es Francey, die Treppe wieder hochzusteigen und auf das Zimmer zuzugehen, das er gerade verlassen hatte. Sobald er drinnen war, setzte er sich auf den Rand der Badewanne. Sein Gesicht fühlte sich so kalt wie Porzellan an. Sie war ihn losgeworden – so elegant, präzise und brutal wie die Sektion eines Insektes mit einem Skalpell.

Er saß dort, bis er bemerkte, daß jemand an die Tür klopfte. »Geht es dir gut da drinnen?« Colins gedämpfte Stimme schien besorgt.

»Sicher.« Francey zwang sich zu sprechen. »In einer Sekunde bin ich draußen.« Er ließ Wasser ins Becken laufen, bis es voll war, und wieder ablaufen. Das machte er zweimal. Dann füllte er es ein drittes Mal.

»Du bist schon schrecklich lange da drinnen. Bist du sicher, daß es dir gutgeht, alter Knabe?« Colin öffnete die Tür und spähte herein.

»Mir geht es gut.« Francey tat so, als wasche er sich das Gesicht. Seine Hände zitterten so stark, daß er Wasser auf den Boden spritzte. Blind tastete er nach einem Handtuch.

»Hier, laß mich mal – du siehst ja schrecklich aus, Francey, ich hole dir einen Brandy.« Colin hob das Handtuch auf.

»Mir geht es gut«, krächzte Francey. »Das ist nur Schlafmangel. Ich war die ganze Nacht im Krankenhaus.«

»Natürlich.« Colin zögerte. »Kann ich irgend etwas für dich tun?«

»Wegen Dessie? Nein.« Francey hatte die Absicht, zu wiederholen, daß Dessie ein gemeinsames Problem für alle drei war – für ihn, Colin und George, aber etwas an Colins Benehmen hielt ihn davon ab. »Entschuldigung, was meinst du?«

»Es war nicht zufällig etwas, das Fleur gesagt hat?«

»Wie bitte?« Franceys Herz hörte beinahe auf zu schlagen. »Natürlich nicht«, flüsterte er.

Colin betrachtete das Handtuch, das er in der Hand hielt, eingehend. »Es ist nur, weißt du ... sie war mit dir auf der Treppe, und da dachte ich ...«

Francey bemerkte, daß die dunkelgrünen Kacheln im Badezimmer ein Lilienmuster hatten. Bevor er irgend etwas sagen konnte, blickte Colin von seinem Handtuch auf. »Sie ist ein wunderbarer Mensch. Wirklich.« Eine seltsame kleine Grimasse huschte über sein Gesicht, als hätte er sich gerade an etwas erinnert, das er sehr bedauerte. »Ich hole dir deinen Brandy.« Er ging zur Tür, zögerte aber und drehte sich noch einmal um. »Sie ist – ach, ist ja egal ...« Er überlegte es sich anders. »Komm herüber, wenn du fertig bist«, sagte er, »brauchst dich nicht zu beeilen.«

18

Nach Fleurs Unterhaltung mit ihm, genauer gesagt, nachdem Colin das Badezimmer verlassen hatte, war Francey wie erstarrt. Irgendwie schaffte er es, in den Salon zu gehen und mit seinem Bruder, Fleur und ihrem Sohn Tee zu trinken, aber die Porzellantasse in seiner Hand fühlte sich an wie ein Kaktus. Falls Fleur etwas auffiel, ließ sie es sich nicht anmerken, und Colin führte die Unterhaltung – über Dessie, ihren Vater und Inverary.

Auf dem Weg ins Hotel zurück hörte er ständig ihre Worte: *Wir dürfen uns nicht mehr so wiedersehen wie bisher, niemals*, wieder und wieder und wieder wie einen Kindervers oder den Rhythmus eines Liedes, das er im Radio gehört hatte und ihm den Rest des Tages nicht mehr aus dem Kopf ging. Von seinem Zimmer aus telefonierte er und bat um eine Flasche Whisky, aber das Riesenglas, das er direkt, nachdem der Kellner gegangen war, trank, konnte den Eispanzer um seine Gefühle nicht lösen. Alles im Zimmer schien die falsche Farbe zu haben oder aus dem verkehrten Material zu sein. Die Vorhänge waren so grob wie Stroh, die Satintagesdecke so konturlos wie Wasser. Selbst die Luft in diesem Zimmer schien nicht die richtige Beschaffenheit zu haben: körnig, als käme sie nicht durchs Fenster, sondern sei mit einer dickeren, fremdartigen Substanz erfüllt.

Erst als er den dritten Whisky getrunken hatte, wurde ihm

plötzlich klar, was wirklich geschehen war. Alles war vorbei, alle seine Pläne – nein, nicht nur seine Pläne, sein ganzes Leben.

Sie hatte ihn zurückgewiesen, seine Erniedrigung war vollkommen. Nein, sie hatte ihn nicht zurückgewiesen, es war schlimmer als das. Sie hatte ihn behandelt, als hätte es ihn nie gegeben.

Er versuchte, wütend zu werden, wieder die Tapferkeit aufzubauen, die ihm gestern nacht im Krankenwagen Energie verliehen hatte. Sie hatte ihm geholfen, seinem Vater mit solchem Elan gegenüberzutreten. War das erst vergangene Nacht? Er konnte sich nicht erinnern, der Whisky tat seine Wirkung, die Zeit verschwamm ...

Er wußte, daß er nicht geschlafen hatte und jetzt betrunken war, es konnte also irgendwann im vergangenen Jahrhundert gewesen sein, daß er von einer Südseeinsel geträumt hatte. Mit Fleur. Ohne Fleur.

Ohne Fleur ... *wie bisher, niemals* ... Der Schmerz stieg in seinem Körper auf, bis er ihn nicht mehr ertragen konnte, er sprengte beinahe seine Brust.

Schnell: den Blickwinkel auf die Südseeinsel gerichtet, Palmen, warme Haut, die sich in den weißen Sand eingrub, türkisgrünes Meer ... Francey goß sich ein weiteres Glas Whisky ein, aber für einen Moment sah er klar und nahm sich so wahr, wie andere ihn sehen mußten: ein mitleiderregender Riese in einem gemieteten Zimmer, der Träumen hinterherjagte.

Er trank, bis die Whiskyflasche zu drei Vierteln leer und er zu betrunken war, um noch mehr zu trinken.

Den nächsten Tag blieb er im Bett. Bis zur Unerträglichkeit wütend über das unglückliche Hotelpersonal, das ständig in sein Zimmer platzte, brüllte er ins Telefon, daß er nicht mehr gestört werden wollte. Solch einen Kater hatte er noch nie gehabt. *Männer mit kleinen Hämmern* – irgendwo in der Folly war ein Buch mit diesem Titel, und jetzt wußte Francey zum ersten Mal, was das bedeutete. Trotz seiner körperlichen Schmerzen und seiner Übelkeit fühlte er sich gereinigt. Es war, als habe sein Körper genug damit zu tun, sich um sich selbst zu kümmern, und konnte sich nicht auch noch mit Kummer oder Selbstmitleid beschäftigen, und zwischen den Phasen tiefen Schlafes hieß er den Kater als eine Art Katharsis willkommen.

Als er sich schließlich imstande fühlte, schwankend aus dem Bett aufzustehen und unter die Dusche zu gehen, hatte der Schmerz sich zumindest so weit zurückgezogen, daß er laufen konnte, ohne sich den Kopf halten zu müssen. Den Teufel mit dem Beelzebub austreiben, hätte Hazel ihm sicher geraten, aber als Francey über den in der Flasche verbliebenen Whisky nachdachte, wurde es ihm bei der Vorstellung, ihn zu trinken, schlecht. Zwanzig Minuten lang stand er unter der Dusche, und als er herauskam, fühlte er sich schwach und wackelig, aber beinahe menschlich. Er rief den Zimmerservice an und bestellte ein Steak mit Pommes frites.

In den folgenden Tagen streunte Francey durch die schäbigeren Stadtteile Londons wie ein Mann ohne Zuhause, der er ja war. Er hätte in einem Hotel wohnen können mit soviel Essen, wie er verdrücken konnte, sauberer Bettwäsche, Personal in Rufweite, aber er fühlte sich wurzel- und richtungslos, als lebte er auf einem unbebauten Grundstück oder unter einer Eisenbahnbrücke.

Er trat in Dessies Fußstapfen. Zwar konnte nichts die verzweifelte Armut und Hoffnungslosigkeit eines Obdachlosen aufwiegen, aber aus den bruchstückhaften Erzählungen seines Bruders hatte er ein oder zwei Dinge herausgehört, die für manches entschädigten, zum Beispiel konnte man alle Täuschung, etwas anderes zu sein, als man war, fallenlassen. Die Leute schauten einen an? Du brauchst ihren Blick nicht einmal zu erwidern.

Zwar empfand Francey nur Mitleid für diejenigen, die an den Hintertüren von Restaurants auf Zeitungen aßen, aber zumindest gab ihr Zustand ihm Gelegenheit zum Nachdenken. Er war sich sicher, daß sie schon lange jegliche Erwartungen verloren hatten, aber dafür konnten sie jetzt auch nicht mehr niederschmetternd enttäuscht werden.

Ein Teil von ihm wußte, daß er einen Schock erlitten hatte und deshalb nicht vernünftig denken konnte, aber zum ersten

Mal, seit er auf der Welt war, folgte Francey ausschließlich seinen Instinkten, ließ zu, daß er sich elend fühlte, wanderte umher, um den Schmerz aus seinem Körper zu vertreiben, bis seine Füße wund waren. Gesprächen, selbst den trivialsten, ging er aus dem Weg, er saß allein da und aß Fritten in heruntergekommenen Cafés, trank in dreckigen, gefährlichen Kneipen. Dann, wenn er nicht betrunken, aber auch nicht ganz nüchtern war, suchte er sich ein Taxi oder einen Bus, um zu den hellen Lichtern der Kensington High Street und seinem Hotel zurückzufahren. Wenn die Hotelangestellten es seltsam fanden, daß er jeden Abend nach Hause kam und wie ein Landstreicher aussah und roch, so zeigten sie es nicht.

Jeden Abend rief er im Inverary Manor an, um mit Dessie zu reden, der reumütig und gehorsam seinen ersten Termin bei einem Facharzt in der Harley Street erwartete, den George vereinbart hatte. Dieser Facharzt sollte feststellen, welche Art von Behandlung Franceys Bruder benötigte.

Dessie versicherte Francey jedes Mal, daß es ihm gutgehe. Und obwohl Francey genau hinhörte, konnte er keinerlei Anzeichen von Alkohol oder anderen Drogen bei seinem Bruder bemerken.

Am vierten Tag seiner Wanderungen, dem Donnerstag, nachdem Fleur ihn losgeworden war, ging Francey über einen Platz irgendwo im East End. Das Gebiet, das als Autofriedhof benutzt wurde, war voller Lagerhäuser, von denen viele versiegelt waren. Er glaubte, die charakteristische Karosserie eines Jaguar entdeckt zu haben, und ging gerade dorthin, als sich in der Nähe etwas bewegte. Als er genauer hinschaute, sah er ein Lumpenbündel. Allerdings war es menschlich, genau wie Dessie, als er ihn das erste Mal gefunden hatte.

»Ist mit dir alles in Ordnung?« Er ging zu dem Bündel, das auf einem Pappkarton lag. Man sah das Weiße der Augen in einem Gesicht, das mehr einer verdreckten Reliefkarte als einem menschlichen Antlitz glich. »Ist mit dir alles in Ordnung?« Francey wiederholte die Frage lauter, beugte sich über die Person – er konnte nicht sagen, ob es ein Mann oder eine Frau war – und berührte die Schulter.

»Mir ist sehr kalt.« Die Antwort war geflüstert.

»Hier.« Francey zog seinen Mantel aus. Er legte einen Arm unter das Geschöpf, hob es an und sah, als einige der Lumpen beiseite fielen, daß es ein Mann war mit einem Bart so lang und schrecklich, wie Dessies gewesen war.

»Sind Sie von der Wohlfahrt?« Der Mann zitterte wie Espenlaub, als er Francey gestattete, seine Arme in die Ärmel des Mantels zu stecken.

»Nein, ich bin aus Irland.« Francey mußte über diese irrige Folgerung beinahe lachen, hielt sich über zurück, weil er Angst hatte, es erklären zu müssen.

»Ich war auch einmal ein Ire.« Der Mann hockte sich in dem teuren Mantel hin, als sei er ein Mehlsack. »Danke, Kumpel.«

»Hast du Hunger?«

Der Mann schaute Francey an, als sei er vom Mars, und dann verzogen sich die schwarzen Falten in seinem Gesicht listig. »Ich könnte was zum Qualmen gebrauchen und auch was zum Schlucken. Du weißt ja, wie das ist«, er übertrieb seinen irischen Akzent.

»Aus welchem Teil Irlands kommst du denn?« Der Nieselregen, der Francey den ganzen Tag verfolgt hatte, war jetzt zu Regen geworden.

»Kann mich nicht erinnern«, erwiderte der Mann.

»Wie heißt du?« Aus der Innentasche des Jacketts zog Francey die Brieftasche heraus und sah nach, wieviel Geld er noch hatte.

Die Augen des Obdachlosen wurden von der Brieftasche angezogen. »Maleachi.«

»Komm mit, Maleachi«, Francey versuchte, ihn hochzuziehen. »Wir werden dir etwas zu essen besorgen.«

»Ich kann nicht«, sagte der Landstreicher, und dann schmeichelnd: »Es sind meine Füße, weißt du.« Seine Hand kroch aus dem Ärmel von Franceys Mantel heraus in Richtung Brieftasche. »Aber wenn du mir ein paar Pfund daläßt, Kumpel, geht es mir sicher bald besser, und ich kann mir selbst was besorgen.«

Francey stand erleichtert auf. »Wie du meinst, Maleachi.« Er nahm alle Geldscheine außer einem Zehner aus der Brieftasche und gab dem erstaunten Landstreicher das Geld, der das Bündel in seiner Hand anschaute, als sei es eine Bombe.

»Wieviel ist das?« Er blickte zu Francey auf.

»Ein paar hundert.« Francey wandte sich ab, ganz krank von dem, was er tat. »Nicht genug.«

Er schaute sich um, bevor er hinter einem der Lagerhäuser verschwand, und sah, daß sein Freund von einem anderen Gesellschaft erhalten hatte. Die Schöße von Franceys Mantel flogen »seinem« Landstreicher um die Füße, als sie einander fürchterlich verdroschen.

Am nächsten Tag fuhr Francey nach Hause nach Irland, um zu Abigails Eintritt ins Kloster bei seiner Familie zu sein.

Bis zu jener abschließenden Episode in Fleurs Wohnung wäre es für ihn das letzte gewesen, in die klaustrophobische Enge von Lahersheen zurückzukehren, und während der Woche danach stand er so unter Schock, daß er mit niemandem Kontakt aufnehmen wollte, nicht einmal mit Hazel.

Nach der Szene mit dem Landstreicher, die ihn entsetzt hatte und wieder zu Verstand brachte, hatte er zu Hause angerufen, um seine Mutter wissen zu lassen, daß er noch lebte. Es war jedoch Abigail, die ans Telefon kam. »Ich habe dich noch nie gebeten, etwas für mich zu tun, Francey«, hörte er ihre sanfte Stimme durch die Telefonleitung, »aber Mam wird ein paar Tage lang etwas Unterstützung brauchen. Es ist ja nicht, als ginge ich nach Timbuktu oder so, aber es ist ein bißchen bald nach Mossies Tod.«

»Warum wartest du dann nicht noch?« Aber Francey zögerte. Plötzlich war die Vorstellung, einen Platz zu haben, der irgendwie sicher und vertraut war, wo er seine Wunden lecken konnte und sich nicht anstrengen mußte, damit man ihn verstand, ganz verlockend. Ob Abigail seinen Mangel an Entschlossenheit spürte oder nicht, ihre Antwort auf seine Bitte war entschieden. »Ich habe so lange ich konnte gewartet, Francey. Jetzt ist es Zeit.«

Und so stimmte er zu.

Mehr um seine Stimmung aufzuheitern, als um anzugeben, mietete er sich bei seiner Ankunft am Flughafen von Cork am nächsten Tag einen Ford Consul, das größte Auto, das zur Verfügung stand. Zu dem Zeitpunkt, als er durch das Tor in den Hof einbog, wußte daher jeder auf Béara, daß Francey Sullivan wieder zu Hause war, und alle erwarteten ihn in der Küche: seine Mutter, Abby, Margaret, Connie und Tilly.

Francey, der dankbar war für den unkomplizierten Lebensrhythmus in der Küche, brachte sie nach dem anfänglichen Geplauder auf den neuesten Stand der Dinge, was Dessie betraf. Im Laufe der nächsten Stunde stellte Francey erfreut fest, daß seine Mutter, obwohl ihre Augen immer noch trüb waren, Mossies Namen in der Unterhaltung ganz normal benutzte. »Hazel Slye hat übrigens heute morgen angerufen.« Sie füllte seine Tasse während einer behaglichen Pause im Gespräch neu. »Ich sagte ihr, daß du für ein paar Tage hier seiest, da meinte sie, sie würde nächste Woche wieder anrufen.«

»Hazel hat angerufen? Weswegen?« Francey war verblüfft, wie vertraut und ohne Unbehagen ihr Name benutzt wurde.

»Was ist los mit dir?« Seine Mutter schien überrascht über seinen Gesichtsausdruck. »Es hat nichts mit dir zu tun. Seit Mossie gestorben ist, hat sie einige Male angerufen. Nur um sich zu erkundigen, wie es so geht. Guck doch nicht so.« Sie stupste ihn an der Schulter. »Warum sollten wir nicht miteinander reden? Sie ist sehr nett.«

»Das weiß ich.«

Es war Francey neu, daß Hazel regelmäßig bei ihm zu Hause anrief. Warum hatte sie das nicht erwähnt? »Von wo aus hat sie angerufen?« fragte er, unsicher über seine Gefühle. In vielerlei Hinsicht schien es so, als hätte er nicht nur über sein Liebesleben, sondern auch über seine Freundschaften die Kontrolle verloren.

»Ich nehme an, sie rief von zu Hause an«, seine Mutter schob die Haarnadeln tiefer ins Haar, »aber es hat keinen Zweck, es jetzt dort zu versuchen, falls du das vorgehabt haben solltest. Vor etwa einer Stunde ist sie mit ihrer Band nach England gefahren.«

Natürlich, die Fastenzeittour.

Als Hazel ein paar Tage später wieder anrief, zögerte Francey, vor den anderen mit ihr zu reden. Nicht zum ersten Mal wünschte er sich, das Telefon wäre nicht in der Küche, wo sich alle aufhielten, außer wenn sie schliefen. »Es wird Zeit, daß dieses Haus ein Wohnzimmer bekommt«, beklagte er sich, als er den Hörer von Margaret entgegennahm.

»Tja, Herr Geldsack«, gab sie zurück, »warum baust du uns dann keines?«

»Wenn du Geld haben willst, bitte, du kannst es alles haben, ich will es nicht.« Francey war, was die spöttischen Bemerkungen über seinen Reichtum anbelangte, am Ende seiner Geduld angelangt. Er plante, jeder seiner Schwestern eine beträchtliche Summe zu geben, war aber noch nicht dazu gekommen, und so wie Margaret sich benahm, glaubte er, daß er es schließlich doch nicht machen würde. Nach seiner gehobenen Stimmung bei seiner Ankunft stellte er jetzt fest, daß er doch wieder in seinen eigenen Sorgen gefangen war und das Leben zu Hause nur mit Mühe ertrug. Er konnte nicht warten, bis Abby ins Kloster ging, damit er wieder flüchten konnte.

»Das hört sich interessant an.« Hazels Stimme war weit weg.

»Tut mir leid, das sind nur die normalen Freuden des Familienlebens – man ist nie ungestört hier, nicht einmal, wenn man telefoniert.« Francey nutzte die Gelegenheit, ihr zu signalisieren, daß sie ihn nichts Persönliches fragen sollte. Selbst wenn er allein gewesen wäre, war er noch nicht bereit, über Fleur zu reden. »Wo bist du, Hazel?«

Sie sagte ihm, sie wären in Glasgow und würden im Zickzack durch Schottland reisen, bevor sie nach England hinunterfuhren. Dann erwähnte sie, daß sie während der ersten Märzwoche einen Auftritt in Birmingham hätten. »Das ist doch nicht so weit vom Familiensitz entfernt«, sagte sie, »wenn du also in der Gegend bist, warum kommst du dann nicht vorbei und sagst hallo?«

»Vielleicht.« Francey zögerte. Er wußte jetzt noch nicht, was er für Pläne hatte, aber keine Macht auf Erden brachte ihn auch nur in die Nähe von Inverary, wenn Fleur dort war.

»Nun komm schon«, drängte sie, »was ist mit dem neuen Nach-mir-die-Sintflut-Francey passiert? Wohin ist er verschwunden?«

Francey hatte sich das schon selbst gefragt. Im Augenblick überrollte ihn der Schmerz anfallartig, und es fiel ihm schwer, ohne Zaudern bei seinem Entschluß zu bleiben, sein Leben zu ändern. Aber Hazels Scherzen konnte er unmöglich widerstehen. »Oh, der alte Francey? Der ist oben in Nellies Zimmer hinter der Tapete«, wiederholte er einen ihrer eigenen Sprüche.

»Ist was passiert?« Hazels Stimme klang jetzt vorsichtig.

»Nichts, nichts, nur ein Schritt vorwärts, zwei zurück«, gab Francey wahrheitsgemäß zu, »aber von heute an geht es wieder vorwärts. Ich werde versuchen, zu der Veranstaltung zu kommen, Hazel«, drängte er das Gespräch von heiklen Themen weg. Zu seiner Erleichterung verstand sie seinen Hinweis und fing wieder an zu plaudern, als hocke Fleur Mannerings Geist nicht wie eine Walküre auf der Telefonverbindung zwischen ihnen.

Als Francey dann noch einmal zu Wort kam, fragte er sie, ob sie mit seiner Mutter sprechen wollte. »Ich höre, du hast mit ihr telefoniert?«

»Warum nicht? Ist das ein Problem für dich, Francey?« fragte Hazel unbekümmert. »Sie ist doch auch ein Mensch, oder nicht? Ich mag sie, zufälligerweise mögen wir einander, und im Moment macht sie eine schwere Phase durch.«

Darauf gab es keine Antwort. Francey versprach noch einmal, zu der Veranstaltung in Birmingham zu kommen, falls er in der Nähe war, reichte dann das Telefon weiter und ließ sich in einen Sessel am Fenster fallen, um weiterzulesen. Da bemerkte er, daß der Blick aus Abigails braunen Augen auf ihm ruhte. »Was ist, Abby?«

»Ist sie das besondere Vorhaben?« Abigail senkte ihre Stimme, so daß die anderen sie nicht hören konnten.

»Wer, Hazel? Natürlich nicht.« Zu seiner Überraschung stellte Francey fest, daß er sauer auf Abby war, daß sie so etwas denken konnte. »Hazel ist eine tolle Freundin, das ist aber auch alles«, beharrte er.

Abigail sagte dazu nichts, sondern senkte ihren Blick auf die nicht enden wollende Aufgabe, Namensschildchen in ihre Aussteuer zu nähen. »Ich gehe aus.« Francey warf sein Buch beiseite, sprang auf die Beine und nahm seinen Mantel.

»Bist du zum Essen zurück?« Seine Mutter unterbrach ihr Gespräch mit Hazel und bedeckte das Mundstück des Telefons mit der Hand.

»Vielleicht.« Er knallte die Tür hinter sich zu.

Was, zum Teufel, war los? Francey brachte den Motor des großen Ford auf Touren und überfuhr Rex beinahe, als er aus der Hofeinfahrt schoß. Warum ärgerte es ihn so, daß Hazel Slye eine Busenfreundin seiner Familie geworden war? Und was war schlimmer? Das oder Abigails Irrtum über seine Beziehung zu der Sängerin? Er bedauerte bereits sein schlechtes Benehmen und entschied, daß es keines von beidem war. Es lag daran, daß er nicht auf der Höhe war. Er mußte Geduld haben. Es würde lange dauern, bis er sein Gleichgewicht wiedergewonnen hätte nach dem, was Fleur ihm angetan hatte.

Er fuhr nach Castletownbere und parkte den Consul auf dem Platz gegenüber MacCarthy's. Warum nicht? dachte er und ging in die Kneipe. Obwohl es noch Morgen war und Fastenzeit obendrein, standen ein paar Männer an der Bar hinter dem Laden. Francey stellte sich neben sie und bestellte ein Pint. Obwohl jeder der Männer ihm zur Begrüßung zunickte, kannte er keinen von ihnen, und als das Bier gebracht wurde, nahm er es mit zu der Polsterbank gegenüber der Theke und genoß es Schluck für Schluck.

MacCarthy's war die Art Einrichtung, die Francey liebte – und die in Irland im Zuge der Modernisierung rasch verschwand. Die alten Holzregale und breiten braunen Theken verströmten zeitlose Weisheit. Dieser Ort hatte mitbekommen, wie die britische Armee und Marine durch einheimische Streitkräfte ersetzt wurden, viele vergangene Generationen hatten dort Totenwache gehalten und Hochzeit gefeiert, und für diese alten Wände gab es wenig menschliche Erfahrungen, die ihnen neu waren. Es war möglich, die Einkaufsliste vorne an der

Eingangstheke liegen zu lassen und dann hinten einen Drink zu genießen, während die Bestellung ausgeführt wurde. Da das Geschäft Bauers- und Fischersfrauen und deren Männer zu Stammkunden hatte, tauschte man dort Neuigkeiten aus, wartete Stürme ab oder paßte die richtige Zeit der Flut ab. Ständig wurden Sammlungen veranstaltet, Lose verkauft, und jeder, der jemanden suchte, konnte eine Nachricht hinterlassen und sicher sein, daß sie ausgerichtet wurde.

Francey bestellte ein zweites Pint und setzte sich damit hin, um über seine Zukunft nachzudenken. Diesmal mußte er Entscheidungen treffen und nicht nur mit den Möglichkeiten herumspielen, wie er es seit vergangenem Oktober getan hatte. So viel war in dieser kurzen Zeit geschehen, daß es manchmal schwierig war, zu begreifen, daß es weniger als fünf Monate waren.

Völlig klar war, daß diese Existenz ein Ende finden mußte. Sein Mangel an Richtung, sein Lebensstil, der eher passiv als aktiv war, mußten wohl der Grund sein, warum seine Gefühle so bloßlagen und er gebeutelt wurde wie Wäsche auf der Leine im Wind. Er hatte zuviel Zeit, um nachzudenken über Liebe, Verletzungen und Verrat, über sich selbst. Es war drei Monate her, seit er einen Tag lang richtig gearbeitet hatte. Kein Wunder, daß er nicht wußte, wo oben und unten war.

Er schaute auf die wettergegerbten Männer vor ihm: Sie schienen ruhig und voller Frieden zu sein, Männer, die sich ihres Platzes in der Welt sicher waren und Franceys Meinung nach in einer Million Jahre die selbstsüchtigen und zerstörerischen Leidenschaften, denen er sich hingab, nicht verstanden hätten.

Was wurde also aus der Zukunft? Während der vergangenen Tage hatte seine Mutter immer wieder angedeutet, daß sie den Bauernhof verlassen wollte, um wieder in der Stadt zu leben, und daß jetzt die Zeit gekommen war, falls er den Hof übernehmen wollte. Er konnte sich nichts vorstellen, was er weniger wollte. Das war zumindest eine Entscheidung.

Entscheidung Nummer zwei war schwieriger. Was wollte er dann? In seiner gegenwärtigen Stimmung erschien sein Traum, die Shires nach Irland zu bringen, weit hergeholt und zu egoistisch. Auf jeden Fall war er in diesem Gebiet von Dessie ausgestochen worden. Francey sah, daß es für alle Beteiligten besser war, wenn er Dessie half, sich mit den Pferden irgendwie einzurichten. Eine Reitschule vielleicht, mit den Shires als besonderer Zierde?

Weg mit den Shires. Das war Entscheidung Nummer zwei.

Aber als er weiter über seinen Möglichkeiten brütete, war Francey gezwungen, festzustellen, daß ein Träumer und Exverkäufer eines Baubedarfshandels für herzlich wenig qualifiziert war, und obwohl er sich von seinem Wechselgeld ein eigenes Geschäft oder sogar eine Kneipe kaufen könnte, wenn er wollte, erschien ihm diese Art von Leben nicht attraktiv.

Aber der Gedanke, wie ein Gentleman von seinem Geld zu leben, ging ihm ganz und gar gegen den Strich.

Hazel hatte erwähnt, daß sie ihm helfen wollte, etwas im Musikgeschäft zu finden. Vielleicht sollte er sie das nächste Mal, wenn sie miteinander sprachen, daran erinnern? Selbst den Bus der High Rollers oder irgendeiner anderen Showband zu fahren wäre besser, als einfach ziellos herumzuhängen, zumindest bis er wußte, was er wollte. Francey trank sein Bier aus und trat in den strahlend hellen Tag hinaus.

Er ging zum Hafen hinunter, wo die Netze zur Reparatur aufgespannt waren. Aber selbst dort wurde er an sein eigenes Versagen erinnert. Die meisten Fischerboote trugen Frauennamen – die *Nora Ann*, die *Máire Rua*, die *Stella Marie* –, vermutlich zu Ehren von Frauen oder Töchtern. Einmal während der langen Tage des Kummers rief Francey, wie um sich noch weiter zu strafen, die Bilder ihres gemeinsamen Lebens wach, die er sich ausgemalt hatte, falls alles so gekommen wäre, wie er es sich gewünscht hatte. In keinem kam ein Boot vor, aber diese blumigen Aufschriften auf den bemalten Schiffsrümpfen erinnerten ihn daran, was Zusammengehörigkeitsgefühl bedeutete.

Weil er so groß und bequem war, entschlossen sie sich, Franceys Ford zu benutzen, um Abigail zu dem Kloster zu fahren.

Jede Handlung an jenem Sonntag bekam eine besondere Bedeutung, eine Letztmaligkeit. Zum letzten Mal gingen sie mit Abby in Eyeris zur Sonntagsmesse, zum letzten Mal aßen sie gemeinsam den Sonntagsbraten, zum letzten Mal ging Abby mit Rex spazieren.

Nachdem er ihre Aussteuerkiste in den Kofferraum geladen und seine schweigende Mutter, Margaret und Connie ins Auto gesetzt hatte, beobachtete Francey vom Hof aus durch die offene Tür, wie Abby, die darum gebeten hatte, ein paar Minuten im Haus allein gelassen zu werden, durch die Küche ging, als wolle sie jede Kleinigkeit ihrem Gedächtnis einprägen. Sie nahm den alten Wecker vom Kaminsims und stellte ihn zurück, rückte die Stühle um den Tisch gerade, an dem sie so viele Mahlzeiten gegessen und früher ihre Hausaufgaben gemacht hatte. Abby würde es nie wieder gestattet werden, einen Fuß in ihr altes Zuhause zu setzen; sie könnte, so hatte sie ihnen gesagt, falls die Gelegenheit sich bieten sollte, von draußen durch das Fenster hineinschauen.

Außerstande, diesen scharfen Schmerz zu ertragen, wandte Francey sich ab und setzte sich hinter das Steuer. Nach einer Weile kam seine Schwester mit gefaßtem Gesichtsausdruck heraus, zog die Tür hinter sich zu und stieg ohne einen Blick zurück ins Auto.

Das Kloster, das im Norden des Landes lag, war ein großes quadratisches Gebäude in einer hügeligen Parklandschaft. Francey parkte den Wagen auf dem Kies vor der Eingangstür und ging zum Heck des Wagens, um Abigails Aussteuertruhe herauszuheben. »Bist du die einzige neue Gefangene?« fragte er und warf einen forschenden Blick über die leeren Fensterreihen.

»Da sind noch zwei andere Mädchen«, Abbys gepreßte Stimme paßte so gar nicht zu ihrer sonnigen Natur, daß Francey, der hin und her schwankte zwischen Traurigkeit und dem Bemühen, das ganze Abenteuer lässig und unbekümmert hinter sich zu bringen, seine Schnodderigkeit bereute. »Überreiche ich die Mitgift, oder nimmst du sie?« Sein Ton war sanfter, als er den Umschlag mit dem Scheck aus der Tasche zog.

»Das werden sie uns sicher sagen.« Abigail zog die Jacke ihres guten Kostüms glatt und schluckte. »Los jetzt«, befahl sie ihnen allen, »bringen wir es hinter uns.« Sie läutete die Glocke an der Eingangstür, die sofort geöffnet wurde und den Blick auf eine Gruppe strahlender Nonnen freigab, mindestens zehn oder elf in allen Altersstufen.

Die nächste halbe Stunde verbrachte Francey in äußerstem Unbehagen, als er und seine Familie in das Sprechzimmer geführt wurden und Erfrischungen gereicht bekamen von zwei Nonnen, die ihnen vorgestellt wurden als die Ehrwürdige Mutter und die Vorsteherin der Novizinnen. Abigail wurde weggeführt, um sich ihres Eigentums zu entledigen, die Mitgift wechselte ohne Probleme die Hände, die Vorsteherin der Novizinnen nahm sie im Namen der Quästur an sich.

Abigail wurde zurückgebracht, und die Zeit war gekommen, auf Wiedersehen zu sagen. Es war ein ernstes Abschiednehmen, da sie sie in ihrer Probezeit und als Novizin nur wenig würden sehen dürfen.

Als Francey an die Reihe kam, sie zu umarmen, bemerkte er, daß sein Gesicht naß war von Tränen. Obwohl ihm Johanna während seiner Kindheit nähergestanden hatte, war Abby in seiner Vorstellung doch stets seine kleine Schwester gewesen, um die er sich kümmerte, die er liebte und mit der er spielte. Ihre sanfte Gegenwart war das Beste an Lahersheen. »Paß auf dich auf«, flüsterte er in ihre weichen Locken, »wir werden dich alle vermissen. Und hab keine Angst, deine Meinung zu ändern.«

»Oh, Francey«, ihr Gesicht war verzerrt, »ich werde euch auch alle vermissen. Ich werde für dich und dein besonderes Vorhaben beten. Gott segne dich.«

Francey nahm Connie und Margaret mit aus dem Sprechzimmer, damit ihre Mutter ungestört Abschied nehmen konnte.

Etwa um acht Uhr an jenem Abend rief Hazel aus Liverpool an, und beim Klang ihrer Stimme hob sich Franceys Laune. Die Band hatte einen Abend frei, er konnte die Geräusche einer Party im Hintergrund hören. »Ich wollte, ich wäre da«, sagte er halb im Scherz, »hört sich an, als würdet ihr euch alle phantastisch amüsieren.« Ausnahmsweise war er allein in der Küche, seine Mutter war früh zu Bett gegangen, Margaret machte einen Besuch, und Connie war zu einer ihrer Schulfreundinnen gegangen, um die Hausaufgaben zu vergleichen.

»Du bist jederzeit willkommen, das weißt du.« Hazels Stimme wurde gedämpft, als sie den Hörer bedeckte und brüllte, daß die anderen die Luft anhalten sollten – sie könnte ihr eigenes Wort nicht verstehen. »Entschuldige bitte«, sie war wieder da, »warum kommst du nicht für ein paar Tage herüber? Es ist eine gute Tour, wir machen ein tolles Geschäft. Geh mal aus dir heraus, Francey, es würde dir gefallen.«

»Ich kann nicht – also zumindest noch nicht«, Francey war sich nicht sicher, warum, »aber vielleicht komme ich bald.«

»Gibt's was Neues? Kannst du reden?« Hazel senkte die Stimme, soweit der Hintergrundlärm es zuließ. Francey wußte recht gut, was sie meinte, und zögerte, dann entschied er, daß er alles lang genug unterdrückt hatte.

Hazel hörte ohne Kommentar zu, als er ihr außer seiner eigenen Reaktion alles berichtete, was zwischen ihm und Fleur auf der Treppe in der Kensingtoner Wohnung vorgefallen war. »Und die arme Abby«, ihm war bewußt geworden, wieviel Selbstmitleid durchgeklungen hatte, und er versuchte, die Stimmung ein wenig aufzuhellen, »betet sich noch immer die Kniescheiben wund für etwas, das gar nicht mehr in Erfüllung gehen kann.«

»Ach, ich weiß nicht«, meinte Hazel in besänftigendem Ton, »wo Leben ist, ist auch Hoffnung. Du hast sie in Verlegenheit gebracht, vielleicht hat sie dich mißverstanden. Du solltest es vielleicht noch mal versuchen, noch mal mit ihr reden –«

»Nein!«

»Schon gut, schon gut, beiß mir nicht die Nase ab.« Hazel bedeckte erneut das Mundstück des Hörers, um ein gemeinsames schallendes Gelächter hinter sich niederzuschreien.

Alles hörte sich so normal, so unbeschwert an, daß Francey seine eigene Seele so schwer wie Blei spürte. »Ich werde kommen«, sagte er mit plötzlicher Entschlossenheit, als Hazel wieder zuhörte. »Ein oder zwei Sachen habe ich noch zu erledigen, aber danach komme ich. Gib mir deinen Terminplan.« Er schrieb sich die Orte und Daten auf, die sie ihm nannte, versprach seiner Mutter, ihre Grüße auszurichten, und legte auf.

Am nächsten Tag war Francey selbst überrascht, in welchem Tempo er Entscheidungen traf. Seine Stimmung übertrug sich auf die anderen im Haus, und als der Abend hereinbrach und sie zum Tee um den Tisch saßen, war alles arrangiert.

Da wenig Zweifel bestand, daß Connie von September an einen Platz am University College in Cork haben würde, hatte seine Mutter angekündigt, daß sie gerne dort in der Nähe wohnen würde. Francey war so fest entschlossen, geschäftsmäßig zu reagieren, daß er sich auf alle Einzelheiten konzentrierte und das Abwägen der Konsequenzen auf später verschob. Als seine Mutter Einwände dagegen erhob, daß er ihr ein Haus ihrer Wahl kaufte und Connies Studiengebühren bezahlte, trieb er beide Probleme so energisch voran, daß es nicht lange dauerte, bis sie nachgab. Die nächste Angelegenheit war Margaret. Sie beschlossen, daß sie weiterhin auf dem Bauernhof leben sollte, da sie in der Gegend blieb, aber das Land rundherum würde verpachtet und die verbleibenden Tiere verkauft werden.

»Was geschieht mit Rex?« wollte Connie am Schluß wissen.

»Ich komme und gehe den ganzen Tag, ihm wird es gutgehen«, versicherte Margaret ihr. »Ich könnte sowieso einen Hund zur Gesellschaft gebrauchen …«

»Maggie!« Zum ersten Mal seit Ewigkeiten lachte Francey. »Du wirst ja auf deine alten Tage sentimental.« Dann mußte er sich ducken, als sie ein Stück Tomate nach ihm warf.

Draußen war es noch hell, sie hatten das elektrische Licht noch nicht angemacht, die Arbeit war getan, Frieden senkte sich herab. Sie alle zögerten, vom Tisch aufzustehen, und trödelten über ihrer letzten Tasse Tee; sie fragten sich, was Abby wohl in diesem Augenblick tat.

Da wurde Francey bewußt, daß er gerade einen entscheidenden Wendepunkt in seinem Leben hinter sich gebracht hatte.

Ganz plötzlich zerstreute seine Familie sich in alle Winde, die emotionalen Grundlagen seines Lebens standen unter Beschuß. »Bist du sicher, daß du das wirklich möchtest, Mam?« fragte er sie. »Was ist mit deinen Freunden, Tilly, all den Nachbarn?«

Auch der Bauernhof würde nie wieder derselbe sein. Obwohl er in den Händen der Familie blieb, würde er nie wieder ein Zuhause sein.

»Ich habe den Rest meines Lebens noch vor mir.« Der Ton seiner Mutter klang entschieden, als sei dies etwas, das kommen müßte und mit dem sie fertig werden würde. »Ich habe nie davon gesprochen, aber ich vermisse das gesellschaftliche Leben der Stadt, die öffentlichen Verkehrsmittel, die Geschäfte an der Ecke, das Kino, solche Dinge. Ja, ich werde Tilly sehr vermissen – dich auch, Maggie –, aber ich werde euch soviel wie möglich besuchen. Und ich hoffe, ihr werdet mich alle besuchen. Da ihr jetzt alle euer eigenes Leben lebt, bin ich jetzt frei.

Ich habe nie hierhergehört«, fügte sie ruhig hinzu, eine Eröffnung, die für Francey in gewisser Weise genauso schockierend war wie Fleurs Zurückweisung. Mam und Lahersheen waren in seiner Vorstellung stets untrennbar miteinander verbunden, und es war ihm nie in den Sinn gekommen, daß sie auf dem Bauernhof auf der Stelle trat. Für ihn war es in Ordnung gewesen wegzuziehen, aber der Gedanke, daß sie dasselbe tat, war beunruhigend.

Später am Abend, bevor sie zu Bett gingen, diskutierte Francey diese Wendung der Ereignisse mit Margaret. Sie war mitfühlend, aber bestimmt.

»Nimm doch mal Jackie Kennedy«, sagte sie. »Wie sie hat auch Mam das ganze Leben noch vor sich. Und wann hast du sie zum letzten Mal angeschaut – *richtig* angeschaut? Sie ist eine schöne Frau, Francey. Es ist durchaus möglich, daß sie noch einmal heiratet.«

Wenn sie es so formulierte, konnte Francey ihr nicht widersprechen, aber irgendwie mußte er sich an die Vorstellung, daß seine Mutter wie ein junger Mensch herumhüpfte, gewöhnen.

Bevor er und Maggie die Küche verließen, stellte er ihr einen

Scheck aus, ein Äquivalent zu der Mitgift, die er Abby gegeben hatte. Überwältigt blickte Margaret auf die Summe. »Was soll ich mit all dem Geld machen? Francey, du bist viel zu gut. Ich hoffe, du hast nicht gedacht, daß ich es die ganze Zeit darauf abgesehen hatte.«

»Kauf dir ein anständiges Auto, eine Yacht, alles, was du möchtest«, jetzt, da solche folgenschweren Veränderungen vor sich gingen, war Francey ungeduldig, »aber genieß es, um Gottes willen. Wenn du irgend etwas anderes brauchst, sag es einfach«, fügte er hinzu.

»Lach nicht – ich besorge mir vielleicht einen Mann. Mam und ich gehen vielleicht paarweise auf die Jagd.« Francey lachte, aber diesmal warf ihm Margaret nichts an den Kopf, sondern kicherte mit. »Es ist schön, dich lachen zu hören, Francey«, sagte sie. »Ich habe schon angefangen, mir um dich Sorgen zu machen, wir alle.«

»Ich war drauf und dran, das Leben zu ernst zu nehmen«, gab Francey zu, »aber das wird sich alles ändern.« Er fragte sich, wie oft er das in den letzten sechs Monaten gesagt oder gedacht hatte, und erzählte ihr von seinen Plänen, Hazel und die High Rollers einige Tage auf ihrer Tour zu begleiten.

»Gut«, meinte Margaret, als er fertig war. »Wir alle mögen Hazel.«

»Was ist los?« Francey wurde wieder ärgerlich. »Erst Abby und jetzt du, sie ist eine Freundin, mehr nicht.«

»Ja, ja!« Margaret stand auf und steckte den Scheck in ihre Handtasche. »Ich werde deinen Rat beherzigen, ich kann es gar nicht abwarten, das Geld auszugeben.«

Francey seufzte und dachte, es sei besser, nichts mehr über Hazel Slye zu sagen.

Spät am nächsten Abend stieß er in Birmingham zu den High Rollers.

Obwohl Hazel erwähnt hatte, wie nah es bis zum Inverary Manor war, hatte er nicht die Absicht, auch nur in die Nähe des Hauses zu kommen, sondern plante, in einem Hotel in der Innenstadt von Birmingham zu übernachten. Sein Gewissen hatte ihn jedoch geplagt, und als er von einem öffentlichen Fernsprecher im Flughafen von Cork in Inverary anrief, hatte er festgestellt, daß George in London war, und Dessie, zu dem der Butler ihn durchstellte, in den Ställen zu beschäftigt war, um ans Telefon zu kommen. Lächelnd hatte Francey den Stallburschen, der das Gespräch entgegennahm, gebeten, ihm auszurichten, daß er morgen wieder anrufen würde, und war leichten Herzens ins Flugzeug gestiegen.

Zum ersten Mal seit Tagen, Wochen, ja vielleicht Monaten fühlte Francey sich wie ein junger Mann, als er die Stadt erkundete, nachdem er sich ein Hotelzimmer genommen hatte. Seiner Einschätzung nach war Birmingham nicht besonders schön, aber es pulsierte vor Leben und jungen Leuten, und an diesem frischen sonnigen Tag trug sogar die Kakophonie der Preßlufthämmer auf den zahlreichen Baustellen zum Eindruck von Bewegung und Leben bei.

Überall sah er, daß der Voraustrupp der High Rollers aktiv gewesen war: Die Bauzäune waren mit Handzetteln beklebt, und er konnte keine Straße hinuntergehen, ohne auf Hazels fröhlichen Blick zu stoßen. Immer wenn Fleurs Gesicht vor seinem inneren Auge auftauchte oder wenn er ein Mädchen sah, das ihn an sie erinnerte, vertrieb er dieses Bild, indem er sich auf andere Dinge konzentrierte: ein Vogelkäfig, der auf dem Gepäckträger eines Fahrrades vorüberfuhr, eine Hose in einem Schaufenster, die Kurzhaarfrisuren so wie Hazels, die die meisten Mädchen hier hatten. Diese neue Fähigkeit war eine Art von Fortschritt, vermutete er. Und es ging noch weiter. Wenn er sah, wie ein Paar sich küßte, wenn er die ekstatische Verbindung eines Körpers mit einem anderen beobachtete, konnte er der Erkenntnis ins Gesicht sehen, daß seine Liebe zu Fleur auf der Höhe seiner Besessenheit gefährlich nahe an Leiden grenzte.

Francey hatte das Gefühl, als sei er in Ferien. Als er ins Hotel zurückging, um zu essen, wurde ihm klar, daß er während der nächsten Stunden, ja selbst Tage zum ersten Mal seit langer, langer Zeit keine Pflichten zu erfüllen hatte, keine Aufgaben zu erledigen, außer zu einer Tanzveranstaltung zu gehen, wo er sich amüsieren konnte. Als privilegierter Insider konnte er an der Bühne herumlungern und mußte sich nicht einmal der Qual unterziehen, Mädchen aufzufordern.

Sein Hotelzimmer hatte einen Fernseher, und von dieser Neuheit fasziniert, aß er davor zu Abend, dann machte er ein Nickerchen, bevor er sich duschte und umzog. Es war nach zehn Uhr, als er sich voller Vorfreude auf den Weg zum Tanzsaal machte. Etwa um Viertel vor elf war er dort und stellte fest, daß die Rollers als Hauptgruppe des Abends erst in einer Viertelstunde dran waren und eine lokale Beatgruppe als Vorgruppe auftrat. Die Halle war jedoch bereits voll, und er erkannte am Akzent in der Schlange, die immer noch an der Kasse vorbeikroch, daß die meisten Iren waren.

Der Türsteher, den er gefragt hatte, wies ihn zu einer kleinen Bar im Foyer, wo er Hazel finden könne. Da war sie auch, auf einem Barhocker an der Theke am entgegengesetzten Ende des Raumes, die Beine gekreuzt, Zigarettenstummel im Mund, die Ziermünzen auf ihrem Minikleid und den passenden Stiefeln blitzten im bunten Licht über der Bar. Erfreut, sie zu sehen, winkte Francey ihr zu.

Er war sicher, daß sie ihn gesehen haben mußte, aber statt seinen Gruß zu erwidern, drehte Hazel sich zur Theke um, um ihre Zigarette in einem Aschenbecher auszudrücken. Mitten im Schritt zögerte er und entschied dann, daß er unter Verfolgungswahn litt. »Hallo, Hazel.« Er klopfte ihr auf die Schulter.

»Ja, wen haben wir denn da?« Mit einem breiten Lächeln musterte sie ihn von Kopf bis Fuß. »Hallo, Francey!«

»Du hast mich eingeladen.« Er grinste.

»He, Leute!« Hazel winkte den Mitgliedern ihrer Gruppe zu, die neben ihr an der Bar standen. »Erinnert ihr euch an Herkules?«

Francey wußte, daß dieser Begriff nicht abfällig gemeint war. Außer Hazels Freund Vinnie hatte er seit dem Unfall mit dem Kleinbus keinen der Männer gesehen. »Wie geht's, Kumpel!« Sie scharten sich um ihn, boten ihm Drinks an, schlugen ihm auf den

Rücken. Nur einer von ihnen hatte sichtbare Narben, eine blasse Strieme vom Haaransatz bis oberhalb des Wangenknochens.

»Ich dachte, du hättest gesagt, diese Tanzsäle sind Absteigen?« sagte er zu Hazel, als die Begrüßung vorbei war. »Hier ist es doch sehr chic.«

»Ja, aber wir sind in England«, Hazel klimperte mit ihren falschen Wimpern, »hier sieht das ganz anders aus. Natürlich muß man auf die Tür achten, sie fallen über dich her, sobald sie dich sehen, aber die Räumlichkeiten sind besser. Ich habe sogar eine eigene Garderobe.«

Sie bestand darauf, ihm einen Drink zu kaufen, dann stellte sie ihn einer Reihe Leute vor, dem Besitzer des Tanzsaales, dem Veranstalter und einigen Frauen, die sich gewaltig in Schale geworfen hatten und mit einzelnen Bandmitgliedern liiert zu sein schienen. »Bevor du ins Fettnäpfchen trittst«, flüsterte Hazel ihm leise zu, als sie seinen Drink bezahlte, »stell diesen Mädchen keine Fragen, lächele nur und halt den Mund.«

»Trau mir doch mal etwas zu«, Francey war gekränkt, daß sie ihn für so naiv hielt. »Ich hatte nicht vor, auch nur ein Wort zu sagen.«

»Ja?« Hazel gab ihm einen liebevollen Puff, dann sah sie über seine Schulter, daß sie aufgerufen wurden. »Trink aus«, befahl sie, »du könntest dich nützlich machen beim Aufbauen – oder möchtest du hierbleiben und warten, bis wir loslegen?«

»Ich möchte gern mit hinauskommen und helfen.« Er freute sich, daß er dadurch als Teil der Gruppe akzeptiert wurde. Amüsiert bemerkte er, wie ein Fläschchen Atemspray unter den Musikern von Hand zu Hand gereicht wurde, während sie ihre Krawatten zurechtrückten und auf den Handlanger zugingen, der ihnen die Tür offenhielt.

Die Mädchen korrigierten ihre Frisur und ihren Lippenstift, als sie ihnen in einem unsicheren kleinen Häufchen folgten, und Francey hätte sich über sie amüsiert, wenn ihm nicht bewußt geworden wäre, daß er eine entsprechende Rolle einnahm, als er hinter Hazel hinausmarschierte. Mit einem gewissen Grad an Selbstgefälligkeit sagte er sich, daß es doch nicht ganz dasselbe war. Anders als diese Mädchen hatte er keine Absichten auf ein Bandmitglied.

Die Beatband, fünf schlaksige Jungen, deren magere Schultern und Pickel auf ihre Jugend hindeuteten, räumten gerade die große Bühne, als Francey dem Drummer der Rollers half, sein sperriges Equipment hereinzutragen. »Viel Glück, Kumpel«, sagte einer von ihnen zu Francey, als sie vorbeigingen, und Francey, der darüber erfreut war, klärte ihn nicht über seinen Irrtum auf.

Der Lärm im Saal donnerte wie Meeresrauschen in seinen Ohren, während der Drummer geschickt mit Flügelmuttern, Metallteleskopbeinen und kleinen Riegeln manövrierte. Vor der Bühne drängten die Zuschauer sich bereits zehn Reihen tief, und Francey, dem alles außerordentlich gut gefiel, besonders die Wellen der Erwartung, die sich durch die Zuschauer fortpflanzten, während sie beim Aufbau zuschauten, war begeistert, daß er gekommen war. Er amüsierte sich, ein rares Vorkommnis während der letzten Monate.

Er verließ die Bühne, als alles startbereit war, und stand neben Hazel während einer kurzen Pause, in der die Musiker im übertragenen Sinne noch einmal Luft holten. Eine eindrucksvolle Ankündigung dröhnte durch den Saal, die Menge brüllte auf, und die Männer sprangen durch die sich teilenden Vorhänge auf die Bühne. Hazel ließ sie gehen, verpaßte Francey einen ihrer schnellen Stöße, hob den Kopf, zählte »eins-zwei-*drei*« und verschwand auch schon.

Francey erschauerte, als das Gebrüll sich noch steigerte.

Er schlüpfte durch die Vorhänge hinaus, stand mit dem Rücken zur Wand des Saales da und beobachtete, wie die High Rollers in vielgeübter Routine ihre Instrumente ergriffen und sich ohne Vorspiel in ihre Eröffnungsnummer stürzten, ein fünfminütiges Medley, das einen kleinen Dixieland, Rock 'n' Roll und eine schnelle Polka umfaßte und mit einem blitzschnellen Arrangement einer irischen Tanzmusik endete. Der Jubel am Ende war so laut, daß Francey das Gefühl hatte, sein Trommelfell würde platzen.

Von da an konnte die Band nichts mehr falsch machen, als sie zweieinhalb Stunden lang die Fans mit Solos, Duetten, Trios, selbst Sextetten ihrer Versionen der Hitparadennummern von Lonnie Donegan, Petula Clark, Kenny Ball, Cilla Black, Dionne Warwick und Hazels Lieblingssängerin Brenda Lee einseiften. Sie spielten Nummern von Elvis, Cliff Richard und Louis Armstrong, den Platters, selbst Bing Crosby und dem irischen Tenor John McCormack.

Der Rhythmusgitarrist nahm ein Banjo zur Hand und begann ein Potpourri irischer Tanzweisen zu spielen, das den Laden endgültig in Flammen setzte. Als die Tänzer schwitzten und keuchten, Kondenswasser von den Stahlkonstruktionen an der Decke herabtropfte, ließ Hazel sie Luft schnappen und trug eine A-capella-Version von Gounods »Ave Maria« vor. Als die Menge dann gerade dabei war, in Ehrfurcht vor ihrer künstlerischen Leistung zu versinken, peitschte sie sie wieder auf, indem sie mit dem Saxophonspieler im Duett »Cathy's Clown« sang.

Eine Tanzveranstaltung aus dieser ungewöhnlichen Perspektive zu genießen, war eine wundervolle Erfahrung für Francey. Erhöht wurde sein Genuß noch dadurch, daß verschiedene Mädchen gekommen waren und ihn aufgefordert hatten, selbst während der Damenwahl – etwas, das ihm bis dahin noch nie widerfahren war. Offenbar spiegelte sich seine Laune auf seinem Gesicht wider, und er schwelgte in dem Luxus, ablehnen zu können, ohne ihre Gefühle zu verletzen. Voller Bedauern deutete er auf die Bühne und murmelte: »Ich kann nicht.« Es vermittelte ihnen, ohne wirklich eine Lüge zu sein, den Eindruck, daß er ein entscheidendes Rädchen im Getriebe der Band war und seinen Posten nicht verlassen durfte.

Aber ein Gefühl überwog alle anderen: Francey war in Bewunderung für Hazel versunken. Da er damals in Dublin so spät zu der Veranstaltung gegangen war, hatte er sie noch nie arbeiten sehen, und er konnte verstehen, warum genauso viele Männer wie Frauen sich wie die Sardinen in der Menge vor ihr drängten. Hazel sah nicht nur gut aus und war talentiert, sie trat erfahren und sehr sexy auf. Ihr Haar war zurückgekämmt, so daß es länger und dichter wirkte, als es war. Häufig fuhr sie mit den Fingern hindurch, eine einstudierte Geste, die die Aufmerksamkeit auf ihren geschmeidigen Körper lenkte, wenn sie synchron mit den anderen Bandmitgliedern umherhopste. Sie achtete jedoch sorgfältig darauf, nicht zu nahe an den Rand der Bühne in Reichweite der zupackenden Hände zu kommen. Eitelkeit begann sich in ihm zu regen, daß er derjenige gewesen war, den sie auserkoren hatte, mit ihr ins Bett zu gehen.

Von da an ließ er die Augen nicht mehr von ihr. Etwa eine halbe Stunde, bevor der Auftritt vorüber sein sollte, beugte sich Hazel mit geschlossenen Augen über das Mikrophon, als sei es eine Rettungsleine, und sang jammernd und wehklagend eine schnulzige Version von »Anyone Who Had A Heart«, als sie sich verrechnete und dem Bühnenrand zu nahe kam.

Vor Franceys entsetzten Augen wurde sie bei den Füßen gepackt und in die Menge gezogen. Einen Augenblick lang hopste sie wie ein silberner Korken auf einem dunklen See auf und ab, bevor sie verschwand. Die drei Musiker, die vorne standen, hörten auf zu spielen, rannten los, um sie zu retten, und sprangen von der Bühne herunter.

Aber Francey war vor ihnen da; mit fliegenden Ellenbogen und Fäusten watete er in das Gemenge um Hazel und fand sie auf dem Boden, wo sie gegen den Klammergriff eines großen, rotgesichtigen Jugendlichen ankämpfte, der sie zu küssen versuchte. Während andere Männer und Frauen drückten und schoben, als spielten sie Rugby, packte Francey den jungen Mann am Kragen und riß ihn so leicht hoch, als sei er ein junges Kätzchen. Dann hob er Hazel hoch, schob sich durch die Menge und trug sie zur Seite in Sicherheit. »Ist mit dir alles in Ordnung?« fragte er, als er sie absetzte.

»Danke«, sie schien weder verängstigt noch ärgerlich, »das ist jetzt das dritte Mal in diesem Monat. Verdammte Tiere.« Und damit strich sie zuerst ihre Haare und dann ihr Kleid glatt, sprang auf die Bühne zurück, wartete, bis die Musiker zurückkamen, und der Auftritt ging da weiter, wo er unterbrochen worden war.

Nach der Veranstaltung schien niemand aus der Band, am wenigsten Hazel, den Vorfall ernst zu nehmen. Sie war nur ein wenig betrübt darüber, daß zwei ihrer Fingernägel abgebrochen waren. Sie zogen sich in die kleine Bar zurück, die jetzt belagert war und ein phantastisches Geschäft machte mit Bier und doppelten Schnäpsen. »Du hättest dich verletzen können«, meinte Francey vorwurfsvoll, als er ihr einen großen Gin Tonic brachte, während sie gerade den Fans Autogramme gab, die privilegiert genug waren, in die Bar vorgelassen zu werden.

»Daran sind wir alle gewöhnt – danke, mein Lieber«, sie tauschte die Autogrammbücher aus, »es gibt nur ein paar Mädchen, die singen, und das passiert uns allen. Den Männern passiert es auch – ich muß einfach vorsichtiger sein.«

»Du brauchst einen Leibwächter wie Frank Sinatra, Hazel.« Eines der Mädchen in der Menge um sie herum hatte einen genauso starken Akzent wie Hazel selbst. Kichernd deutete sie auf Francey. »Dein Mann hier würde ja King Kong das Fürchten beibringen.«

»Da könnte was dran sein«, amüsiert warf Hazel Francey einen Blick zu, »ich bezweifle allerdings, ob er dafür zu haben ist.« Wieder tauschte sie die Bücher aus.

»Wer ist dein Manager?« Francey wollte jetzt nicht von dem Thema ablassen. »Er sollte so was nicht zulassen –«

»Dieser Volltrottel?« spottete Hazel. »Der sitzt doch drüben in Dublin an seinem riesigen Schreibtisch. Dem ist doch alles egal, solange die Flöhe reinkommen und er in seinem großen Haus wohnen und mit seinem Mercedes durch die Gegend kutschieren kann – vielen Dank.« Sie lächelte und nahm das nächste Blatt entgegen, das ihr hingehalten wurde. »Wir sind nicht seine einzige Gruppe, er hat zehn unter Vertrag, und auf alle muß er ein Auge haben.«

Sie kritzelte das letzte Autogramm und zog sich mit Francey an die Theke zurück, wo bereits einige der Bandmitglieder und der Veranstalter waren. »Ich finde trotzdem, er sollte bei euch sein – oder jemand anders.« Francey zog sie am Ellenbogen zurück.

»Also, wenn du dir nur darüber Sorgen machst«, Hazel schaute ihn mit neckendem Blick an, »warum übernimmst du das nicht selbst, wie das Mädel da drüben es vorgeschlagen hat? Ein Roadie, hm? Vergiß es, in Ordnung?« Sie wandte sich ab. »Es ist eben eines der Risiken in dem Geschäft. Erinnere mich daran, daß ich Gefahrenzulage verlange ...« Dann schien sie all das zu vergessen und stürzte sich in eine hitzige Diskussion mit dem Rest der Gruppe.

Das Resultat dieses Abends war jedoch, daß Francey während der nächsten zwei Wochen als Ersatzfahrer, Wachhund und Mädchen für alles mit den High Rollers fuhr. Er lernte es, auf die Betrüger und Gauner zu achten, die offenbar mit zum Geschäft gehörten, zu kontrollieren, daß alle Fans durch die offiziellen Eingänge in den Saal gelangten und daß die Veranstalter keine Eintrittskarten an anderen Eingängen, auf Parkplätzen oder in Charterbussen verkauften, um die Band um ihre Prozente zu betrügen. Jedes Mal, wenn er sich die Frage stellte, warum er das eigentlich tat, redete Francey sich ein, daß dies eine gute Übung in den geschäftlichen Belangen des Showbusineß sei, die ihm nützen würde, wenn seine eigene Zeit käme. Es machte ihm nichts aus, daß der abwesende Manager sich weigerte, ihn für seine inoffiziellen Pflichten zu zahlen; Hazel und den anderen gegenüber beharrte er darauf, daß er aus Spaß mit ihnen reiste.

Was er auch tat.

Dessie bei George zu lassen stellte sich als ein geschickter Schachzug heraus, von dem beide profitierten. George, der immer noch kein Heiliger und häufig nicht in Inverary war, kümmerte sich wenigstens darum, Dessie zu seinen Konsultationen beim Facharzt zu bringen, eine Aufgabe, die er wahrscheinlich delegiert hätte, wenn Francey noch dagewesen wäre und sich bereit erklärt hätte, sie zu übernehmen. Vielleicht wurde George doch endlich erwachsen.

Dessie selbst, der zwar manchmal furchtbar nervös war und eine Abwehrhaltung einnahm, schien sich ohne Zweifel psychisch zu erholen und war auf dem Pferdehof bei dem, was er seine Arbeit nannte, glücklich. Francey hatte in Ruhe mit

Mick O'Dowd gesprochen, der ihm versicherte, daß sein Bruder sich wirklich nützlich machte und keinesfalls im Wege oder lästig war.

In persönlichen Angelegenheiten wartete Francey die Zeit ab. Er war so beschäftigt, daß er hoffte, nach und nach über Fleur Mannering hinwegzukommen. Manchmal erlitt er Rückschläge: Wenn er nicht schlafen konnte, dröhnten ihm die gräßlichen Worte, mit denen sie sich seiner entledigt hatte, wieder und wieder wie eine hängengebliebene Schallplatte in den Ohren, und hin und wieder suchte sie ihn im Traum heim. Im großen und ganzen aber ließ der Schmerz jeden Tag ein bißchen mehr nach, obwohl ihn ihre Zurückweisung immer noch kränkte.

Er wußte jedoch nicht, wie er reagieren würde, wenn er ihr von Angesicht zu Angesicht gegenüberstünde, und im Augenblick hatte er auch nicht die Absicht, es darauf ankommen zu lassen. Zwar hatte er vorgehabt, mit Hazel darüber zu reden, was Shottley ihr an jenem Abend gesagt hatte, aber durch die folgenden Ereignisse wurde dies unwichtig, und er hatte das Gefühl, wenn er dieses Thema jetzt noch einmal anspräche, würde er die Wunde wieder aufreißen.

Falls Hazel sich wunderte, warum er keine Lösung erzwang, sagte sie es nicht. Francey stellte sogar fest, daß Hazel in bezug auf Fleur ganz untypisch zurückhaltend und taktvoll war. Als sie einen vorsichtigen Versuch unternahm, das Thema auszusprechen, hatte sie es, wie er überrascht feststellte, ganz schnell wieder fallenlassen, als sie seine Qual bemerkte, und ihm nur versichert, daß sie jederzeit bereit sei, darüber zu reden, wenn ihm danach sei. Davon abgesehen und trotz des ständigen Reisens, der ewig gleichen Hotels, der wiederholten Witze der Band, fühlte Francey sich während dieser zwei Wochen im März beinahe glücklich.

Und als er dieses Leben auf Tour näher kennenlernte, stellte er auch mit einiger Überraschung fest, daß Hazel stets allein ins Bett ging, während die meisten Männer die sich bietenden Möglichkeiten ausnutzten.

19

Fleur stellte fest, daß sie noch einmal nach Inverary Manor fahren mußte, obwohl sie seit jener unglückseligen Party am St. Valentinstag nicht mehr dort gewesen war und sich geschworen hatte, nie wieder dort hinzukommen, wenn es sich vermeiden ließ.

Colins Vater, der spät in seinem Leben offensichtlich die Bedeutung väterlicher Pflichten entdeckt hatte, hatte es sich in den Kopf gesetzt, Dessies wegen den St.-Patricks-Tag zu feiern. Da er stets die große Geste liebte, hatte er sie und Colin, der ausnahmsweise einmal zu Hause war, gebeten, zu einem Festmahl nach Warwickshire zu kommen. Francey war ebenfalls eingeladen, aber er war immer noch im Norden und zog mit der Band dieser gräßlichen kleinen Frau durch die Gegend – lächerlich und völlig unverantwortlich.

Fleur war jedoch froh, daß Colins Bruder weg war; eine mögliche Komplikation war damit aus dem Weg geräumt, und das betraf nicht nur Francey selbst. Es hätte sie nicht überrascht, wenn er diese Frau im Schlepptau gehabt hätte, wenn er aufgetaucht wäre.

Sie und Colin würden Tommy mitnehmen, da er wegen einer Erkältung nicht zur Schule ging. Und wo Tommy hinging, da ging sein Kindermädchen auch hin. Fleur machte sich ein wenig Sorgen, wie Tommy darauf reagieren würde, von seinem Kindermädchen getrennt zu sein, wenn sie zu ihrem großen Abenteuer aufbrachen, aber insgesamt war sie sich sicher, daß er sein neues Leben im Sonnenschein genießen und sich bei ihr wohl fühlen würde. Auf alle Fälle hatten sie jetzt so viel Geld, daß er ein neues Kindermädchen bekommen konnte oder sie das derzeitige holen lassen konnten, falls das Mädchen bereit war, ihnen zu folgen.

Aber das war noch Zukunftsmusik, weil natürlich niemand außer Fleur selbst und ihrem Freund in Hatton Garden, der ihr für vier Jahre eine Villa auf den Caymaninseln gemietet hatte, wußten, daß ihre Planung abgeschlossen war. Für diese besondere Gegend hatte sie sich entschieden, nicht weil es ein Steuerparadies war, sondern weil es dort eine exklusive Klosterschule für Reiche gab, die eine besondere Klasse für behinderte Kinder hatte.

Mit Colins ahnungsloser Mithilfe – er und Fleur hatten über einen möglichen Urlaub in Südfrankreich gesprochen – war Tommy von Colins in Fleurs Paß übertragen worden; der Rest ihrer Papiere war in Ordnung und ruhte im Safe ihres Boudoirs. Die Flugtickets waren gebucht und konnten im Flughafen abgeholt werden. Obwohl sie die richtigen Namen angeben mußte, hatte sie nicht ihre richtige Adresse hinterlassen, falls jemand wegen einer Nachfrage zu Hause anrufen sollte, sondern erklärt, daß sie im Moment viel reiste und bis zum Tag ihrer Abreise nicht zu erreichen sei. Damit das Reisebüro oder die Fluglinie sich keine Gedanken machte, daß sie möglicherweise nicht erschien, und ihre Plätze weggab, rief sie jeden Tag an, um ihre Buchung zu bestätigen.

Fleur hatte Jools Perlen behalten, weil sie wußte, daß sie ihr standen, aber die restlichen Juwelen, die sie von der alten Dame geerbt hatte, tauschte sie zusammen mit ihren eigenen Diamanten ein und besaß nun drei prachtvolle, blauweiße lupenreine Solitäre, die jeder etwa vier Karat wogen und zusammen etwa eine halbe Million Pfund wert waren. Diese hatte sie in einen Beutel aus schwarzer Seide eingenäht, der etwa so lang und so schmal wie ein Finger war, und diesen wiederum unten im Innenfutter der Perlengeldbörse ihrer Mutter befestigt. Der Beutel schmiegte sich so an den Saum, daß jeder annehmen mußte, die Wölbungen, die durch die Edelsteine hervorgerufen wurden, seien große Jett- oder Bergkristallstücke, mit denen die Börse außen besetzt war. Das Futter war so abgetragen, daß keiner Verdacht schöpfen würde, weil es kürzlich geflickt worden war.

Sie mußte nur noch ihr Bargeld von ihrem Girokonto abheben und mit ihrer Bank Vereinbarungen treffen, daß ihr und Tommys Einkommen auf das Konto, das sie mit Hilfe ihres Juwelierfreundes bereits auf der Insel eröffnet hatte, überwiesen wurde.

Mit militärischer Präzision hatte sie die Abreise zum Flughafen geplant, zwei ganze Stunden hatte sie sich auf dem Weg Zeit gelassen für ihre finanziellen Transaktionen, eine Vorsichtsmaßnahme, die ihr notwendig erschien, falls es in der Bank neugierige Menschen gab, die glaubten, angesichts der Summen, um die es ging, die Zustimmung ihrer Vorgesetzten einholen zu müssen – oder sogar ihres Ehemannes.

Letzterer war kein Problem. Früh am Morgen würde Colin sich auf den Weg nach Singapur machen und nichts erfahren, bis er zurückkam oder anrief. Dann befanden sie und Tommy sich längst wohlbehalten in ihrem neuen Zuhause.

Je näher der Abflugtermin rückte – jetzt waren es nur noch weniger als sechsunddreißig Stunden –, desto nervöser wurde Fleur, daß etwas schieflaufen könnte. Am Nachmittag des 17. März, kurz vor der Abfahrt zum Essen in Inverary, war sie in ihrem Boudoir und kontrollierte noch einmal ihren Safe. Dieses kleinliche Verhalten sah ihr gar nicht ähnlich, das wußte sie, aber die Größenordnung dieses Abenteuers stellte alles in den Schatten, was sie bisher ausgeheckt hatte. Im Vergleich dazu war selbst ihre erfolgreiche Flucht aus dem Lily Garden ein Kinderspiel.

Die Eleganz dieses Plans lag in seiner Einfachheit. Sie tat nichts Illegales, sie stahl weder ihrem Mann noch sonst jemandem etwas. Immer wenn sie über die moralische Seite ihres Planes nachdachte, was selten der Fall war, konnte sie keinen Fehler entdecken. Alles, was sie tat, war doch nur, ihre schwerverdienten Gewinne und ihren Sohn zu nehmen, um unabhängig in einem anderen, angenehmeren Klima zu leben. Niemand würde leiden, außer vielleicht Colin eine Weile, weil er glaubte, sie zu lieben, aber romantische Liebe war ein bourgeoises Spielzeug. Die einzige Liebe, die zählte, war die Liebe einer Mutter zu ihrem Sohn. Für seine Spielchen konnte Colin eine neue Herrin finden.

Nachdem sie die Dokumente überprüft hatte und die bestickte Börse zum zigsten Male befühlt hatte, um sich zu vergewissern, daß die Diamanten noch da waren, hörte sie, wie jemand ins Wohnzimmer kam. Schnell schloß sie die kleine

Falltür, unter der sich der Safe verbarg, schob den seidenen Läufer darüber und zog die Tagesdecke herunter, als es an der Tür klopfte. »Wer ist da?« Die unmittelbar bevorstehende Abreise machte sie so nervös, daß ihre eigene Stimme ihr fremd klang.

»Colin.« Durch die dicke Tür hörte man die Stimme nur schwach. »Wir sind fertig zur Abfahrt, Fleur, darf ich hereinkommen?«

»Ich komme schon.« Fleur stand auf, schloß die Tür auf und saß, daß Colin bereits seinen Mantel trug. »Tommy sitzt schon im Auto.« Dann fiel sein Blick nach unten: »Die Geldbörse deiner Mutter?«

Fleur merkte, daß sie sie immer noch in der Hand hielt. »Ja.« Sie schaute sie an, als sei sie selbst überrascht und erfreut, sie zu sehen. »Ich hatte sie verlegt, aber sie erst vor kurzem wiedergefunden. Ich dachte, ich wollte sie einmal Tommy zeigen, da sie doch seiner Großmutter gehört hatte.«

»Ich habe sie seit Jahren nicht mehr gesehen!«

Fleur hätte sich wegen ihrer Unachtsamkeit umbringen können. »Sollen wir gehen?« Als sie an ihm vorbeiging, ermahnte sie sich, vorsichtig zu sein: Dies war kein ernsthafter Fehler, ließ aber erkennen, was passieren konnte, wenn sie ihren Verstand während der nächsten vierundzwanzig Stunden nicht beieinanderhielt. Es war lästig, daß sie die Geldbörse jetzt mit nach Inverary nehmen mußte, da sie nun einmal diese Lüge erzählt hatte, aber sie wußte, daß sie dort sicher war.

Hazel lächelte so breit wie möglich, während Francey mit erhobener Stimme, um die Motorengeräusche zu übertönen, mit den anderen Bandmitgliedern plauderte. Nachdem sie zwei Wochen lang mit ihm bester Freund und Lieblingsschwester gespielt hatte, spürte sie die Anspannung, war aber entschlossen, es bis zum Ende durchzuhalten, zumindest bis zum Ende der Tournee, oder bis Francey sein Pensum erreicht hatte. Dann würde sie entscheiden, wie ihr nächster Schachzug aussah. Im Augenblick freute sie sich darüber, wie lebhaft sein Gesicht wirkte, eine großartige Verbesserung im Vergleich zu der Anspannung in seinen Zügen in den ersten Tagen nach der Veranstaltung in Birmingham. Und es war schon eine Weile her, daß sie ihn mit jenem stieren Gesichtsausdruck erwischt hatte, wenn er, wie sie wußte, die alten Geschichten wieder aufwärmte, was aus ihm und dem siamesischen Zwilling hätte werden können. Hazel wagte zu hoffen, daß er über die Frau hinwegkommen würde, obwohl sie es als schlechtes Zeichen betrachtete, daß er nicht zum St.-Patricks-Tag-Festessen für seinen Bruder gehen wollte. Ihr wäre es lieber gewesen, wenn es ihm nichts mehr ausmachte, Fleur zu sehen.

Die katholische Kirche Irlands erteilte für den St.-Patricks-Tag einen Dispens der Fastenzeit, und zwei Drittel des Landes ging tanzen. In diesem Jahr hatte das Management der Rollers jedoch einen lukrativen Vertrag mit einer Kette von Tanzsälen in den Zentren irischer Bevölkerung in Großbritannien ausgehandelt, und da hätte es sich für die Band nicht gelohnt, nach Hause zu fahren. Daher waren sie auf dem Weg nach Coventry, wo sie zusammen mit einer anderen Band, die ihr Manager unter Vertrag hatte, auftraten. Normalerweise traten die Rollers als Hauptgruppe zuletzt auf, aber in diesem Fall hatten sie vereinbart, daß die Vorgruppe in Conventry beginnen und auch nach ihnen noch einmal auftreten würde, weil die Rollers zu einem Auftritt in Brighton am folgenden Abend weiterreisen und in Cricklewood anhalten wollten, um mit einer anderen Band eine private Paddy-Night-Fête zu veranstalten.

Die Straße nach London führte in dreißig Kilometer Entfernung an Little Staunton vorbei, so daß die Band einen kleinen Umweg hätte machen und Francey abholen können, wenn er zu der Familienfeier gegangen wäre. Es wäre dann relativ früh gewesen – noch vor halb eins –, und er hätte nicht einmal unter dem Dach seines Vaters übernachten müssen. Aber er hatte sich ganz entschieden geweigert, die Möglichkeit auch nur zu diskutieren, und Hazel, deren Feldzug so sorgfältig austariert war wie ein Uhrwerk, wußte, daß es besser war, ihn nicht zu drängen.

Sie hatte ihn jetzt eine längere Zeit ganz genau beobachten

können – selbst wenn er es nicht merkte –, daß sie Francey langsam gut kannte, wenn nicht besser, als er sich selbst. Der Wandel, den er durchgemacht hatte, seit er damals in Dublin im Tanzsaal zu ihr gekommen war, war geradezu verblüffend. In weniger als sechs Monaten war ein neuer Francey vor Hazels Augen entstanden, als hätte sie in einer Dunkelkammer beobachtet, wie ein Abzug sich entwickelte.

Der neue Francey war nicht länger ein unsicherer, übergroßer Junge. Hazel spürte, daß man ihn nicht länger manipulieren konnte und daß er ein ganzes Stück härter geworden war. Sie fand das nicht schlecht. Zwar wollte sie nicht, daß er seine Freundlichkeit tief in seinem Inneren verbarg, aber dem Francey, den sie mit ins Bett genommen hatte, hatte man viel zu leicht etwas vormachen können, und das war vielleicht eine seiner anziehendsten Eigenschaften. Jetzt war er nicht mehr naiv, er fiel nicht länger auf jeden, der ihm eine traurige Geschichte erzählte, herein. Falls Fleur das erreicht hatte, hatte sie ihm unwissentlich einen Gefallen getan.

Der Riesennachteil war natürlich, daß er jetzt zu sehr ins andere Extrem verfallen war und wie ein Mönch lebte. Während alle Leute um sie herum es auf Teufel komm raus trieben, hätte Franceys Verhalten einem Kartäusermönch zur Ehre gereicht. Von ihrem Aussichtspunkt auf der Bühne hatte Hazel jeden Abend ein Auge auf ihn und war teils erleichtert, teils amüsiert über seine beharrliche, wenn auch charmante Weigerung, irgendeine der zahlreichen Einladungen anzunehmen, die er von den Mädchen erhielt, die sich um die Bühne drängten.

Hazel, die keinerlei Anlaß hatte, in den Fans potentielle Rivalinnen zu sehen, war auch von dem Eifer begeistert, mit dem er sie beschützte, damit sie nicht wieder in die Menge gezerrt wurde. Sie war einmal bei einem Konzert einer aufstrebenden jungen Rock-'n'-Roll-Gruppe namens Rolling Stones gewesen, die ihr Publikum bis zur Raserei trieben. Franceys Verhalten erinnerte sie an das der Gorillas, die während des Auftrittes der Stones vor dem Publikum auf und ab liefen, um sie gegen ihre Fans zu schützen.

Ihr war noch nie etwas passiert, und sie hatte in ihren Auftritt, um die Wahrheit zu sagen, eine kleine Wird-sie-fallen-oder-nicht-Nummer eingebaut. Aber wenn es Francey glücklich machte, den Gorilla zu spielen, warum sollte sie ihn dann nicht lassen?

Der Musiker, der fuhr, lenkte den Bus auf einen Parkplatz direkt außerhalb Sheffields, so daß jemand anders das Steuer übernehmen konnte und sie sich alle ein wenig die Beine vertreten konnten. Hazel stieg mit den übrigen aus und trank einen Schluck Wasser aus der Flasche, die sie in ihrer Tasche bei sich trug. Eines der Showbusineßgebote, die ihr von klein auf eingetrichtert worden waren, lautete, wenn man eine faltenlose Haut behalten wollte, mußte man faßweise Wasser trinken. »Möchtest du was?« Sie bot Francey ihre Flasche an.

»Danke.« Er trank, gab ihr die Flasche zurück und streckte sich mit einem gewaltigen Gähnen, so daß Hazel, die auf der Fahrt flache Schuhe trug, jeden Zentimeter spürte, der ihr oberhalb ihrer ein Meter siebenundvierzig fehlte.

»Nimm, um Himmels willen, deine Arme runter«, beklagte sie sich. »Willst du mich zum Gespött machen? Du siehst ja aus wie Stonehenge.«

»So fühle ich mich auch.« Francey grinste. »Ich glaube, meine Gelenke verkalken, weil ich so viel in dem verdammten Auto sitze. Ich hoffe, ich kann fahren – scheint eine Ewigkeit herzusein, daß ich zwei Nächte hintereinander in demselben Bett geschlafen habe.«

Hazel bereitete es ein diebisches Vergnügen, mit welcher Selbstverständlichkeit Francey den Tour-Jargon der Band benutzte, aber er war so stolz darauf, dazuzugehören, daß sie nicht im Traum daran dachte, ihn damit aufzuziehen. »Wenn du müde bist, laß jemand anders fahren«, erwiderte sie.

»Absolut nicht, ich bin an der Reihe und will meine Rolle auch spielen.«

»Wie du meinst.«

»Das ist toll von dir, Queenie.« Liebevoll zerzauste er ihr Haar.

»Laß das«, warnte sie ihn und haute ihm auf die Hand.

»Tut mir leid.« Er beugte sich vor und vergrößerte zu Hazels Verdruß die Beleidigung noch, indem er ihr ein Küßchen auf die Wange gab.

Wart's ab, Francey Sullivan, dachte sie, als sie in den Kombi zurückkletterte und ihren Platz wieder einnahm, *das zahle ich dir eines Nachts in nicht allzu ferner Zukunft heim.*

Die erotische Vorstellung ließ ihr einen Schauer den Rücken hinunterlaufen, und sie mußte einen weiteren Schluck Wasser aus ihrer Flasche nehmen, damit man nichts merkte.

Als Colin und Fleur am Ende der Auffahrt zum Inverary Manor über die Viehsperre ratterten, wurden sie mit einem besonderen Anblick belohnt, der ihnen seit Jools Tod nicht mehr vergönnt gewesen war – George, der mit einem Gespann Shires auf sie zufuhr.

George, der auf dem hohen Sitz des Wagens hockte – Dessie stand hinter ihm – und die komplette Fahrerausstattung mit Bowler Hat, Kniedecke und allem trug, sah aus wie eine Holzschnittillustration aus einem Buch, das um die Jahrhundertwende veröffentlicht worden war.

»Sieh mal einer an!« Colin fuhr langsamer und warf Fleur einen Seitenblick zu, um sie in sein Amüsement einzubeziehen, aber sie schaute von dem entgegenkommenden Gespann weg aus dem Fenster hinaus über die Felder. Seit der Termin feststand, an dem sie aufbrechen würde, fiel es ihr schwer, ihre häusliche Scharade mit Colin aufrechtzuerhalten, und fast alles, das er sagte oder tat, irritierte sie. Dann gab Tommy auf den Rücksitz aufgeregte Geräusche von sich und zeigte ihr, indem er an ihrem Rücken zupfte, daß er aussteigen wollte. Also war sie schließlich doch noch gezwungen, mit Colin zu reden, und bat ihn, anzuhalten.

Tommy rannte geradewegs auf den Wagen zu und kletterte mit Dessies Hilfe hinauf. Als Colin dann das Auto um das Gespann herumlenkte, winkte Fleurs Sohn ihr so voller Freude zu, daß ihr Ärger verschwand.

Dessie juckte es in den Fingern, die Zügel des Gespanns in die Hände zu bekommen. Er hatte jedoch immer noch gewaltigen Respekt vor seinem Vater und mochte ihn nicht geradeheraus fragen. Er lächelte Tommy zu, als George das Gespann am Tor wendete. In der Gesellschaft des kleinen Jungen war er ganz entspannt. Er hatte ihn erst einmal getroffen, aber sofort gespürt, daß sie sich auf eine Art, die er nicht genauer bestimmen konnte, verstanden. Die einzig mögliche Erklärung dafür war, daß sie einander als Leidensgenossen erkannten, obwohl ihre Herkunft und ihr Hintergrund so verschieden wie nur möglich waren. Jeder von ihnen hatte mit einem Handicap zu kämpfen: Tommy war taub, Dessie Alkoholiker.

Daß er Alkoholiker war, daran bestand für Dessie kein Zweifel mehr. Seit Wochen war er jetzt nüchtern, und seine Ärztin in London, die er manchmal haßte und manchmal liebte, war seine wirklich beste Freundin geworden. Er traf sich zweimal in der Woche mit seiner Therapeutin, und sie begannen, Gebiete zu erkunden, die schmerzlich für Dessie waren, aber über die er nach Ansicht seiner Ärztin nachdenken mußte, ganz gleich, wie schrecklich dieser Prozeß auch war, bevor er sich um das Alkoholproblem kümmern konnte. Viel von dieser Qual hatte mit Dessies Mutter zu tun. Die Ärztin stocherte immer weiter in dieser Wunde herum, selbst wenn Dessie sich weigerte, darüber zu reden, selbst wenn er wütend wurde. Nach und nach brachte sie ihn zu dem Entschluß, daß er herausfinden mußte, was mit Kathleen Scollard geschehen war. Selbst wenn sie tot war, wäre das eine Tatsache, mit der man fertig werden konnte, ein Schlußstrich, den man ziehen konnte, damit er sein neues Leben angehen konnte. Dessie hatte dies zögernd in einem Telefongespräch mit Francey erwähnt, der sich bereit erklärt hatte, ihm zu helfen, sobald Dessie soweit war.

Aber häufig war Dessie wütend und ängstlich, und oft weinte er in der Praxis der Ärztin, und hinterher fühlte er sich stets ausgelaugt. Aber irgendwie half sie ihm, Pläne zu schmieden, wirkliche Pläne. Dessie sah zum Beispiel ein, daß eine der ersten praktischen Aufgaben, die er in naher Zukunft in Angriff nehmen mußte, war, lesen und schreiben zu lernen. Die Ärztin war der Ansicht, daß er keinerlei Schwierigkeiten damit haben würde, sobald er sich dazu entschlossen hatte, und bot ihm an, einen entsprechenden Lehrer für ihn zu finden. Sie fand auch seine Arbeit mit den Pferden wertvoll und schien zu verstehen, was er für die großen Tiere empfand. Dessie fühlte sich warm und glücklich, wie er so Tommys kleinen Arm festhielt, neben seinem Vater stand und die Bewegungen der farbigen Ohrschützer von Samson und Goliath beobachtete, während sie wie Champions, die sie ja waren, über den Asphalt klapperten. Selbstbewußt genug, um seinen Vater zu fragen, ob er lenken durfte.

»Wenn du glaubst, daß du es schaffst.« George hielt die Pferde an, gab ihm die Zügel und die Kniedecke, dann zeigte er ihm, wie man sie anlegte und die Lederschlaufen an der Taille befestigte, um sicheren Halt auf dem Sitz zu haben. »Bitte schön«, er drückte ihm den Bowler-Hut auf den Kopf, »paßt wie angegossen. Nach Hause, James!«

Dessie schnalzte mit der Zunge und spürte voller Erregung den Zug zwischen seinen Fingern, als die Pferde reagierten. Auf dem Rücken eines der Pferde zu reiten war eine Sache; eine ganz andere war es, die gewaltige Kraft und Stärke zu spüren, wenn zwei von ihnen gemeinsam sich ins Geschirr legten.

»Das machst du gut, mein Sohn«, bemerkte George einige Minuten später, als sie in gemächlichem Tempo mit rumpelnden Rädern die Auffahrt entlangrollten. »Mach weiter so, und ich lasse dich das Vierergespann fahren.«

»Das möchte ich schrecklich gerne.« Dessies Blut raste vor Aufregung. Seiner Umgebung hatte er nie viel Aufmerksamkeit gewidmet, aber jetzt spürte er die Wärme der Frühlingsluft, die an seinem Gesicht vorüberwehte, und bemerkte, wie lange die Sonne brauchte, um unterzugehen, er sah sogar, daß während der vergangenen Tage, als niemand darauf geachtet hatte, Osterglocken an den Rändern der Koppeln an der Auffahrt aus dem Boden geschossen waren.

Hoch oben auf dem thronartigen Sitz mit dem kleinen Jungen

neben sich, der hin und wieder nach seinem rechten Bein griff, um das Gleichgewicht zu halten, und seinem Vater zu seiner Linken fühlte Dessie sich wie der König der Welt. Auch Samson und Goliath schienen sich zu amüsieren, als sie mit hocherhobenen Köpfen in schnellem Trab auf das Haus zuliefen.

Als sie zum Teich kamen, fühlte sich Dessie nicht sicher genug, gleichzeitig um ihn herum zu steuern und sich mit dem Jungen zu verständigen, daher zog er die Zügel an. »Sachte.« George griff ein und verminderte den Druck. »Du brauchst nicht so fest zu ziehen. Sie sind darauf trainiert, auf das geringste Zeichen zu reagieren.«

»Kann Tommy es jetzt einmal versuchen?« Dessie löste die Schlaufe an seiner Taille.

»Ich bin mir nicht sicher, ob er stark genug dafür ist«, George betrachtete seinen Enkel zweifelnd, »warum setzt du ihn nicht auf deinen Schoß?«

Sie hoben Tommy hoch, und Dessie hielt seine Hände auf den Zügeln, während die Pferde im Schritt um den Teich gingen. Tommys Mutter und sein Kindermädchen standen an der Tür, um zuzusehen.

»Seid bitte vorsichtig«, rief Fleur, als Samson plötzlich den Kopf hochwarf und Tommy am anderen Ende der Leine beinahe aus dem Gleichgewicht brachte. Dessie hielt ihn fester in den Armen, und die zwei schafften es, das Wasser noch einmal erfolgreich zu umsteuern. »Gut gemacht!« rief das Kindermädchen und sagte es Tommy auch in Gebärdensprache, aber das Kind war zu vertieft, um es zu bemerken.

»Können wir noch einmal die Auffahrt hinunterfahren?« bat Dessie seinen Vater.

»Ich muß telefonieren.« George sah auf die Uhr. »Meinst du, du schaffst es allein?«

»Ich lasse sie nicht schneller als Schritt laufen«, versprach Dessie.

George stieg ab, nachdem er genaue Anweisungen gegeben hatte, daß er nicht versuchen sollte, das Gespann am Tor zu wenden, sondern es an der Hand herumführen sollte, und ging zur

Haustür. Er, Fleur und das Kindermädchen beobachteten, wie Dessie Tommy zwischen seine Schenkel stellte, dann warteten sie, bis der Wagen in gemütlichem Schrittempo die Auffahrt hinunterrumpelte, und gingen alle drei ins Haus.

Zehn Minuten später – Fleur war gerade dabei, das grüne Kleid, das sie bei dieser Gelegenheit zum Abendessen tragen wollte, auszuschütteln – wurde sie von plötzlicher Furcht gepackt. Tommy. Tommy war etwas passiert.

»Was ist los? Wo willst du hin?« Beunruhigt rief Colin hinter ihr her, als sie das Kleid zu Boden fallen ließ und aus dem Zimmer stürmte.

Fleur antwortete nicht, als sie den Flur entlang in die Eingangshalle rannte. Die Tür ließ sich nicht öffnen. Mit klopfendem Herzen riß sie an dem Sicherheitsschloß, bis ihr klar wurde, daß sie in ihrer Panik den Griff falsch herumgedreht hatte.

Endlich ging die Tür auf, und sie rannte hinaus.

Sie sah den Wagen am entgegengesetzten Ende des Teiches, beide Pferde schritten ruhig aus, Tommy saß sicher auf dem Schoß seines Onkels.

»Komm da runter!« In ihrer Panik rannte Fleur auf das Fahrzeug zu, vergaß völlig, entweder die Gebärdensprache zu verwenden oder so zu sprechen, daß Tommy ihr von den Lippen ablesen konnte, sondern schrie Tommy an. Überrascht schaute er sie an. »Los, komm runter!«

Diesmal benutzte sie die Gebärdensprache, aber Dessie schritt ein. »Mit ihm ist alles in Ordnung, Fleur, ich passe auf ihn auf.«

»Ich bestehe darauf, daß er sofort herunterkommt.« Fleur griff nach oben, aber Tommy war zu hoch oben, außerhalb ihrer Reichweite. »Halt den Wagen sofort an!« schrie sie Dessie an. Dabei mußte sie neben dem Wagen herlaufen, weil die Pferde zwar immer noch im Schritt gingen, aber so groß waren, daß sie mit einem einzigen Schritt ein großes Stück Weges zurücklegten.

Schließlich tat Dessie, worum sie ihn gebeten hatte, und half dem widerstrebenden Tommy abzusteigen. »Was habe ich getan?« fragte er, als sie Tommy an sich preßte.

»Nichts.« Dann sah Fleur Dessies verletzten Gesichtsausdruck. »Es tut mir leid.« Mit den Fingern kämmte sie durch das feine Haar ihres Sohnes und drückte ihn dann noch fester an sich. »Ich hatte auf einmal Angst.«

»Er war sicher, Fleur«, beharrte Colins Bruder, »ich weiß, wie man auf ein Kind aufpaßt.«

»Das weiß ich. Komm, Tommy, es ist Zeit hineinzugehen.« Sie versuchte, mit Tommy wegzugehen, aber er leistete Widerstand und machte ihr Zeichen, daß er bei Dessie und den Pferden bleiben wollte, erklärte ihr, daß sie auf dem Weg zurück in den Stall seien.

Fleur, deren Furcht etwas nachgelassen hatte, blickte in sein entschlossenes junges Gesicht. Sie zögerte noch immer, ihn gehen zu lassen, aber in der letzten Zeit hatte er begonnen, sich durchzusetzen, und sie wollte keine Szene. »Wenn du versprichst, daß du in fünfzehn Minuten drinnen bist«, signalisierte sie ihm, »und du darfst nicht mehr fahren, einverstanden?«

Tommys schwarzes Haar flog ihm über die Augen, als er voller Temperament in Gebärdensprache erwiderte: »Zwanzig Minuten?« Fleur konnte an seinen energischen Lippen erkennen, daß sie zustimmen mußte oder einem langen, erschöpfenden Streit entgegensehen würde. Wenn sie auf den Caymaninseln waren, würde sie ein wenig Zeit darauf verwenden müssen, Tommy, der bis vor kurzem so fügsam war, wieder richtig zu erziehen. »Hier, putz dir die Nase.« Offensichtlich war er noch immer erkältet. Sie reichte ihm ein Taschentuch und wartete, während er sich die Nase putzte, dann half sie ihm, auf den Wagen zurückzuklettern. Obwohl sie sich erneut bei Dessie entschuldigte, begann Fleurs Herz wieder in irrationaler Furcht zu jagen, als sie beobachtete, wie das Fahrzeug mit ihrem Sohn gemächlich den Ställen zusteuerte. Sie wußte, daß sie überreagierte – zweifelsohne weil ihre Abreise so kurz bevorstand. So viel konnte immer noch schiefgehen: Tommys Erkältung konnte sich verschlimmern, sich sogar zu einer Lungenentzündung entwickeln; er konnte sich einen Arm oder ein Bein brechen oder – noch schlimmer – wenn er von dem Wagen fiel …

Zu ihrer heftigen Verärgerung bemerkte Fleur, daß Colin von der Haustür auf sie zueilte. »Ist alles in Ordnung?«

»Alles ist gut«, sie zwang sich zu einem schiefen Lächeln. »Es war nur die Torheit einer Mutter.«

Das Essen an jenem Abend war keine so schwere Prüfung, wie sie befürchtet hatte. George hatte sich die Mühe gemacht, Guinness zu besorgen, und bestand darauf, daß alle außer Dessie davon probierten. Er war in Topform, plauderte, machte Scherze und stellte sich so unterhaltsam wie möglich zur Schau. Als Folge davon wurden die Drinks vor dem Essen hinausgezögert, und die kleine Gesellschaft setzte sich erst gegen zehn Uhr zum Essen hin. Sie alle trugen Grün oder etwas Grünes zu Ehren von St. Patrick, von dem niemand einschließlich Dessie auch nur die mindeste Ahnung hatte. Fleur haßte Grün, weil sie dachte, es bringt Unglück, und fand das Kleid scheußlich, das sie in letzter Minute in einer der Boutiquen in der King's Road gekauft hatte. Aber an ihrem letzten Abend in England wollte sie nicht die Aufmerksamkeit auf sich lenken, nicht einmal, indem sie zu Bemerkungen oder Kommentaren herausforderte. Sie hatte sich der vorherrschenden Stimmung so weit angepaßt, daß sie sogar dem widerspenstigen Tommy eine grüne Fliege um den Hals gebunden hatte.

Das Personal hatte sich ebenfalls auf den Tag eingestimmt: Die Hausmädchen trugen kleine grüne Schleifen an ihren Häubchen, und selbst Lewis präsentierte an seinem Revers ein grünes Satinband. Beim Essen und den Tischdekorationen hatten sie sich selbst übertroffen. Ein kleines Sträußchen welkender Kleeblätter war neben jedes Gedeck gestellt worden, das Tischgesteck bestand aus Kiefernzweigen und gefärbten Nelken, und auf dem Sideboard stand ein riesiger Kuchen mit grünem Zuckerguß. Salatsuppe bildete die Vorspeise, als Hauptgang gab es Corned beef und Kohl, was, wie George jedermann versicherte, das irische Nationalgericht sei, als Beilage dazu wurde jedes grüne Gemüse gereicht, dessen die Köchin habhaft werden konnte.

Der Ehrengast saß am Kopf der Tafel und qualmte diese entsetzlichen Zigaretten, aber selbst er schien sich heute abend besonders anzustrengen. Zumindest rauchte er nur zwischen den Gängen und nicht die ganze Zeit. Fleur bemerkte, daß Colins Bruder, seit sie ihn zuletzt gesehen hatte, zugenommen hatte und sein Haar gewachsen war. Jetzt war er ganz präsentabel, entschied sie und erinnerte sich daran, daß sie viel schlimmere Leute unterhalten hatte und auch von solchen unterhalten worden war. Und als sie sein erfreutes Gesicht beobachtete, war sie gezwungen, zuzugestehen, daß Colins Vater ausnahmsweise einmal und aus welchem Motiv auch immer die richtige Entscheidung getroffen hatte, als er dieses Essen organisierte.

Als das Personal die Teller nach dem Hauptgang entfernte, stand George auf, um eine kleine Rede zu halten, die so fließend und gewandt war, daß Fleur wußte, sie mußte eingeübt worden sein. Allerdings mußte sie zugeben, daß dieser seit neuestem verantwortungsbewußte George eine Verbesserung gegenüber dem alten darstellte.

Aber dann, als er sich wieder hingesetzt hatte, konnte er es nicht dabei bewenden lassen. Jetzt, da die Aufmerksamkeit einmal ihm gehörte, gab er sie nicht wieder preis und stürzte sich in seinen irischen Lieblingswitz, den langen über den irischen Farmer, der einen Stier von seinem Nachbarn leiht, um eine seiner Kühe decken zu lassen, und ihn nicht zurückgibt. »Und als der Nachbar kam, um nachzusehen, was passiert war, fand er die arme Kreatur vor einen Pflug gespannt, wie sie sich auf einem morastigen Feld abrackerte, und der Bauer knallte hinter ihr die Peitsche und schrie: ›Dir werde ich beibringen, daß es im Leben noch was anderes gibt als Liebesabenteuer!‹«

Er warf den Kopf zurück, brüllte vor Lachen und wischte sich die Freudentränen aus dem Gesicht. »Der gefällt mir wirklich«, sprudelte er heraus. »Natürlich habe ich ihn von einem Iren.« Und schon ging es weiter, er schwelgte in Erinnerungen über seine Tage auf Tournee in Irland.

Wenn sie ihm zuhörte, fragte Fleur sich, was sein Sohn, der heftig seine Zigaretten qualmte, wirklich empfand bei Georges rosigen Erzählungen über seine Abenteuer in Irland und anderswo. Wie seine beiden irischen Söhne das empfanden. Schließlich mußte er beide während der Kriegszeit, die er jetzt so nostalgisch fand, unter dubiosen Umständen gezeugt haben.

Und wie war Colin damit fertig geworden, daß er ausgelassen wurde, als sich George nach dem Auftauchen seines Jüngsten so plötzlich auf seine Vaterpflichten besann? Sie hatte mit Colin nie viel über George gesprochen. Nach den ersten Monaten ihres Zusammenlebens, als sie ihn in dem Glauben gelassen hatte, sie ehre jede Silbe, die über seine Lippen kam, hatten sie weniger und weniger ernsthaft miteinander geredet. Colin schien glücklich zu sein, eine Unterhaltung durch Sex zu ersetzen, von dem er nicht genug bekommen konnte und bei dem Fleur ihm willfährige Dienste leistete. Daher hatte sie kaum eine Ahnung, was er wirklich für George empfand, aber sie vermutete, er fühlte sich einsam und übergangen – besonders seit Jool gestorben und diese anderen beiden aufgetaucht waren.

Nachdem jeder eine Portion grünes Eis erhalten hatte, brachte eines der Hausmädchen den Kuchen, der die Form eines Kleeblattes hatte, auf den Tisch und stellte ihn mit einem Kuchenmesser vor den Ehrengast, der ihn anschneiden sollte. Dessie wurde rot, drückte seine Zigarette aus und tauchte das Messer ohne jegliche Zeremonie, die von ihm erwartet wurde, so fest mitten in das Gebäck, daß es zerbröselte und auseinanderbrach. »Laß Lewis das machen.« George gab dem Butler ein Zeichen und erzählte dann eine weitere Anekdote, um Dessies Verlegenheit zu kaschieren.

»Hat es dir gut geschmeckt?« Als der Butler dem Hausmädchen ein Zeichen gab, zog Fleur sich ein wenig von dem Geschehen zurück und stellte Tommy, der an ihrer Seite anfing zu zappeln, diese Frage. Nachdem er aus den Ställen zurückgekommen war, hatte sie ihn bei sich behalten und so die Gegenwart des Kindermädchens überflüssig gemacht. Das Mädchen, das an Tommys anderer Seite saß, reichte ihm ein Taschentuch, als er seiner Mutter signalisierte, daß es bei seiner Erkältung schwierig sei, überhaupt etwas zu schmecken.

Fleur fühlte an seiner Stirn. Sie war heiß, was an der Erkältung liegen konnte oder auch an der Zentralheizung, die wie immer zu hoch eingestellt war. »Möchtest du nach dem Pudding ins Bett gehen?« signalisierte sie ihm.

Er nickte.

Sobald er das Eis und seine Portion Kuchen aufgegessen hatte, bat Fleur darum, sie beide zu entschuldigen, und ging mit ihm in sein Zimmer. Sie half ihm, sich auszuziehen, und paßte auf ihn auf, während er die Zähne putzte und dann ins Bett ging.

Fleur wußte, daß Tommy, obwohl er in vielerlei Hinsicht für sein Alter sehr vernünftig war, von ihr und allen anderen in der Familie, besonders von der alten amerikanischen Dame, so verwöhnt worden war, daß er gefühlsmäßig jünger war als seine Jahre. Wenn er zum Beispiel zu Hause im Bett lag, scharte er liebend gerne ein Regiment Plüschtiere um sich, die er wie ein kleiner General herumkommandierte. Das tat er auch jetzt. Aus einer riesigen Anzahl bunter, teurer Stofftiere, die das Zimmer bevölkerten, wählte er sich seine Ehrenwache für die heutige Nacht aus. Als sie sein freches, zufriedenes Lächeln sah, mußte Fleur ihren Impuls unterdrücken, ihm zu sagen, er solle das heute genießen, weil er zum letzten Mal in diesem Kinderparadies war, das nur für ihn erschaffen worden war. Statt dessen beugte sie sich über ihn und küßte ihn. »Schlaf jetzt ...«

»Fragst du Dessie und Großvater, ob ich morgen wieder mit den Pferden fahren darf?« signalisierte er zurück.

»Wir werden sehen.« Fleur wußte, daß sie morgen früh fahren mußten, und ausgerechnet morgen wünschte sie keinerlei Verzögerung. »Hier ist dein Buch, jetzt putz dir die Nase.« Sie reichte ihm das Buch und ein Taschentuch vom Nachttisch, dann sagte sie »Gute Nacht«, küßte ihn noch einmal auf die Stirn und ging.

Als sie ins Eßzimmer zurückkam, blickte Colin von seinem Teller auf. »Ist alles in Ordnung?«

»Es geht ihm gut. Er ist ein wenig erkältet.« Sie setzte sich wieder hin und spielte mit ihrer Mokkatasse. Langsam wurde sie wirklich ungeduldig und kümmerte sich einen Dreck um Georges Essen. Sie nippte an ihrem Kaffee und betete darum, daß es bald vorbei sein möge.

Die anderen, so bemerkte sie, blieben weiter beim Thema »Grün«; in den Gläsern vor ihnen befand sich in reichlichem Maße Chartreuse oder Crème de Menthe – außer in Dessies, das mit Coca-Cola gefüllt zu sein schien. Fleur hatte nicht die Absicht, heute abend Alkohol zu trinken. Da sie einen klaren Kopf brauchte, hatte sie sogar den Wein, der während der Mahlzeit angeboten worden war, abgelehnt.

Ihr fiel jedoch auf, daß Colin ziemlich viel getrunken hatte. Seine Augen glänzten stärker als normal, und seine Wangen waren erhitzt, als er sich vom Butler erneut einschenken ließ.

Fleur mußte noch weitere anderthalb Stunden irische Witze über sich ergehen lassen, mußte ertragen, wie die Gäste betrunken wurden und anfingen zu singen. Selbst das Kindermädchen, das Fleur noch nie trinken gesehen hatte, ließ sich von der Stimmung des Abends einfangen und gab eine unsichere Version von »Flow Gently Sweet Afton« zum besten, und als Dessie, der schon glasige Augen hatte und zwischen seinen Gläsern Cola rauchte wie eine Dampfmaschine, gedrängt wurde, etwas zu singen, bot er ihnen »Daisy, Daisy« in einem klaren, aber stockenden Tenor.

Wenn es ihr nicht völlig gleichgültig wäre, dachte Fleur, als sie beobachtete, wie seine Hände nervös zitterten, hätte sie sich für ihn erwärmen können. Sie verstand, warum Tommy sich mit ihm angefreundet hatte. Dessie war nur wenig mehr als ein Kind. Sie hatte sich geweigert, zu singen oder etwas vorzutragen, als George versuchte, sie zu überreden. Zu ihrer Erleichterung schien die Party zu Ende zu gehen, aber dann, etwa um halb eins, wurde die Frage erörtert, ob man nicht ins Empfangszimmer gehen und Scharade spielen sollte, und von allen mit Begeisterung aufgenommen außer von Dessie, dem man das Spiel erklären mußte. Fleur sah ihre Chance und bat, sie zu entschuldigen.

Colin sagte, er würde mit ihr kommen, aber sie lächelte ihr strahlendstes und vertrauensvollstes Lächeln und bestand darauf, daß er bleiben sollte. Er gab nach und folgte dem Kindermädchen und Dessie aus dem Zimmer.

Fleur wollte auch gerade gehen, als George, der zurückgeblieben war, um am entgegengesetzten Ende des Zimmers etwas nachzuschauen, hinter ihr herrief: »Hast du einen Augenblick Zeit, Fleur?«

»Ich bin sehr müde.« Fleur ließ ihre Stimme entschlossen klingen. Was auch immer er wollte, sie war nicht in der Stimmung, sich irgendwelche Vertraulichkeiten über Georges Probleme anzuhören.

»Es dauert nicht lange.« Als er auf sie zukam, fiel Fleur auf, daß George heute abend trotz seiner Jovialität am Eßtisch, an die sie schon lange gewöhnt war, ein wenig anders zu sein schien. Irgendwie umsichtiger. »Wann fahrt ihr morgen?« fragte er und warf dann einen Blick hinter sie in Richtung Tür, als wolle er kontrollieren, daß niemand mithörte.

»So früh wie möglich.« Fleur war vom Ausdruck in seinen Augen verwirrt.

»Bevor du fährst, möchte ich noch ein Wort mit dir reden. Allein.«

»Wie du möchtest.« Aber Fleur war nicht so ruhig, wie sie erschien. Als sie davoneilte, machte Fleur sich Sorgen, daß George irgendwie von ihrer unmittelbar bevorstehenden Abfahrt erfahren hatte, obwohl sie wußte, daß das unmöglich war.

Tommys Zimmer lag neben dem, das sie mit Colin teilte, und als sie an der Tür vorbeikam, steckte sie spontan den Kopf hinein, um nach ihm zu schauen. Auf dem Bett sah sie aber nur ein Tohuwabohu von Plüschtieren.

Tommys Badezimmer war ebenfalls leer.

20

Gott sei Dank, dachte Dessie, als alle Anstalten machten, vom Tisch aufzustehen. Er mußte dringend zur Toilette und hatte das Gefühl, noch nie in seinem Leben so viel Flüssigkeit zu sich genommen zu haben. Er wünschte, sein alter Freund Petey wäre heute abend hier.

Vor dem Lied hätte er ein paar Drinks gut gebrauchen können. Es war eine Qual für ihn gewesen, vor allen zu singen, und »Daisy« war das einzige Lied, bei dem er sich an den ganzen Text erinnern konnte. Es war Petey McCanns Hymne gewesen.

Diese Fische im Aquarium wären für Petey genau das richtige gewesen. Ewig hatte er von den Seen in Cavan erzählt und wie er als Junge Forellen und sogar Lachse geangelt hatte. Dessie war im Augenblick nicht so scharf auf Wasser: Der Anblick und das Geräusch des Plätscherns und Gurgelns nicht nur im Aquarium, sondern auch die Wand zu seiner Linken hinunter war nicht gerade hilfreich, das unbehagliche Gefühl in seiner Blase zu ertragen.

Das Kindermädchen war toll, dachte er, und warf ihr verstohlene Blicke zu, während er sich bemühte, nicht wie ein Kind auf seinem Stuhl zu zappeln. Eines Tages, das hatte Dessie sich versprochen – und seine Ärztin fand das gar nicht dumm –, würde er vielleicht eine eigene Freundin haben. Ein nettes Mädchen wie dieses hier, keine abgenutzte wie die Schlampen, mit denen er in verkommenen Wohnungen und Geräteschuppen ins Bett gegangen war.

Weitere fünf Minuten der Qual mußte er erdulden und so tun, als verstände er, worüber sie redeten, als sie das Spiel erklärten, das sie im Empfangszimmer spielen wollten – es hatte irgend etwas damit zu tun, Worte aus Liedern und Gedichten zu spielen. Oh, ja, Petey hätte sich bei dieser Party großartig amüsiert ...

Er sah, daß Colins Frau vor den anderen ging. Sie war ein seltsamer kleiner Vogel, wunderschön, aber niemand, den man als Freundin haben wollte. Sie hatte etwas an sich, das einen im Inneren ein wenig frieren ließ. Ihr Kind war allerdings toll, ein netter kleiner Bursche. Verzogen, natürlich, aber wer würde das bei einem tauben Kind nicht tun? Als er darüber nachdachte, verstand Dessie, warum Fleur vorhin wegen der Pferde so herumgeschrien hatte. Einem tauben Kind konnte wer weiß was zustoßen, wenn es nur über die Straße ging.

In dem Tumult, als alle vom Tisch aufstanden, gelang es ihm, ins Badezimmer zu entkommen. Als er herauskam, war er überrascht, Fleur wieder zu sehen. Mit wehendem Haar rannte sie vom entgegengesetzten Ende des Ganges auf ihn zu. Sie sah aus, als hätte sie ein Gespenst gesehen.

Tommy konnte einfach nicht schlafen. Jedes Mal, wenn er sich hinlegte, schwoll seine Nase zu, und hinter der Nase tat es ihm weh. Und ihm war auch zu heiß. Er warf einige der Plüschtiere aus dem Bett, als sei es ihre Schuld. Er putzte sich zum hunderttausendsten Mal die Nase und sprang aus dem Bett, um sich im Badezimmer Wasser zu holen. Neben dem Spiegel über dem Waschbecken war ein Fenster, und weil der Mond hell leuchtete und er sich nicht die Mühe gemacht hatte, das Licht anzuschalten, konnte er hindurchsehen in Richtung Spielplatz und Wald.

Während Tommy schluckweise das Wasser trank, glaubte er einen Augenblick tatsächlich, die Stimme seiner Großmutter Jool zu hören. Sie sagte nicht viel, nur daß er ein guter Junge war, wie sie es früher auch immer getan hatte. Hätte er doch an dem Tag, als sie ihn mit in den Stall nahm, gewußt, daß sie sterben würde, dann hätte er ihn vielleicht besser in Erinnerung behalten können. Es war seine Gewohnheit, Gefühle in seiner Erinnerung zu horten. Genau wie Stimmen.

In seinem Kopf befand sich ein Repertoire von Stimmen: In seiner Vorstellung hörten sie sich wie Schwerter an, von riesengroßen bis zu winzigkleinen. Die Stimme seiner Mami klang wie das hübsche kleine Schwert, das Sir Lancelot in dem Bilderbuch über die Ritter der Tafelrunde trug, die seines Daddys wie König Artus' großes Schwert, die seines Kindermädchens wie das von Sir Gawain. Sein Großvater hörte sich so gewaltig und wohltönend an wie Ali Babas Krummsäbel.

Die Stimme seiner Großmutter Jool war lang und gerade gewesen mit einer breiten flachen Klinge, eine Stimme, der man trauen konnte. Es fiel ihm schwer, sich vorzustellen, daß er sie nie wiedersehen würde. Seine Mami und seine Lehrerin hatten ihm erzählt, daß man in den Himmel kommt, wenn man stirbt, aber soweit Tommy es erkennen konnte, war das eine Schwindelei. Immer flunkerten sie einem etwas vor, wenn sie glaubten, man sei nicht alt genug für die Wahrheit.

Mit eigenen Augen hatte er im Fernsehen gesehen, daß man in ein Grab kam, wenn man starb, nicht nur in Spielfilmen, sondern auch in den Nachrichten über Präsident Kennedy und das Erdbeben in Jugoslawien im vergangenen Jahr. In gewisser Weise war Tommy froh, daß seine Mami ihn nicht hatte mitnehmen lassen, als seine Oma Jool in die Erde gesenkt wurde, aber andererseits war er auch neugierig und hätte es gerne gesehen. Er vermißte sie sehr. Manchmal glaubte er nachts, so wie jetzt, ihre Stimme in seinem Kopf gehört zu haben. Sie hatte die Gebärdensprache erlernt, aber ihre Stimme war auch da.

Draußen bewegte sich etwas, hinter dem Trampolin. Eine halbe Sekunde lang stellte Tommy sich vor, es sei seine Oma Jool, die zurückgekommen sei, um ihn mit in den kleinen Wald mit der gelben Ziegelstraße zu nehmen, den sie für ihn hatte anlegen lassen. Er beschattete seine Augen mit der Hand und lehnte sich mit der Stirn gegen die Fensterscheibe, um besser sehen zu können, mußte aber niesen.

Er ging ins Schlafzimmer zurück und schaute auf das Bett mit all den Kuscheltieren. Er war kein bißchen müde, kein bißchen. Und er war noch nie nachts allein im Wald gewesen. Das wäre ein Spaß, ein Abenteuer.

Seine Mami würde es nie erfahren, wenn er sich für ein paar Minuten hinausstehlen würde.

Da er in London lebte, hatte Tommy keinerlei Raum für Abenteuer. Dies konnte ein richtiges Jungenabenteuer werden, von dem Erwachsene überhaupt nichts wußten. Gerade als er sich rasch wieder anziehen wollte, hielt Tommy inne. Er glaubte wieder, Oma Jools Stimme gehört zu haben. Konnten die Menschen im Himmel sehen, was du tust?

Egal, auch wenn sie ihn sehen konnte, wäre sie nicht ärgerlich, weil sie doch diejenige war, die die gelbe Ziegelstraße für ihn angelegt hatte. Und er würde nur eine Minute draußen bleiben. Nein, eine Sekunde. Nur eine Sekunde.

Aufgeregt zog er sich jetzt an, schlüpfte in Schuhe und Mantel und öffnete die Schlafzimmertür nur einen Spalt, um festzustellen, ob die Luft rein war.

Den Flur hinunter, an all den anderen Schlafzimmertüren und der Eingangshalle vorbei, mußte er auf Zehenspitzen gehen. Sie waren noch immer im Eßzimmer, die Tür war nicht ganz geschlossen, und durch den kleinen Spalt konnte er einen winzigen Teil des Tisches und den Ärmel des grünen Jacketts seines Großvaters sehen. Er hielt die Luft an, bis er sicher vorbei war.

Der normale Weg nach hinten hinaus führte durch die Küche, aber in letzter Minute erinnerte Tommy sich daran, daß das Personal dort drinnen sein würde, und er mußte sich zurückziehen, an der Gefahrenzone des Eßzimmers vorbei, den ganzen Weg zur Eingangshalle zurück. Seine Schuhe hatten Ledersohlen und machten eine Menge Lärm, als er auf dem Marmorboden der Tür entgegen schlich.

Er wagte es nicht, sie hinter sich zu schließen, falls sie ein Geräusch machte, aber er zog sie so weit wie möglich zu.

Ein oder zwei Sekunden später rannte er um das Haus herum. Das Gefühl von Freiheit und Abenteuer war überwältigend – er hörte es, als er rannte, in seinen Ohren, eine Art schwirrendes Geräusch. Es war die Art Laut, die in seiner Vorstellung die höchsten Sterne machten oder die Lichter von Leuchttürmen. Es tat ihm nur leid, daß er keine Süßigkeiten mitgebracht hatte. Die Jungen in den Abenteuerserien im Fernsehen planten immer alles ganz genau und hatten immer Süßigkeiten bei sich.

Als er an dem großen, stillen Stallgebäude vorüberlief, zögerte er. Das war toll gewesen, mit Samson und Goliath zu fahren. Vielleicht sollte er, statt in das Wäldchen zu gehen, den Pferden gute Nacht sagen. Das wäre doch etwas Richtiges, nicht nur an einem albernen Haufen Ziegelsteine entlangzulaufen.

Bis er groß wurde, etwa acht Jahre alt, hatte Tommy Angst vor den Pferden gehabt, aber eines Tages hatte Oma Jool ihn auf ihren Armen in den Stall getragen und ihn festgehalten, während sie an den Boxen entlanggingen und die Shires mit Zuckerstücken und großen Möhren fütterten. Anfangs war er ein wenig ängstlich gewesen, ihre Lippen waren so dick und haarig, aber sobald man sich an sie gewöhnt hatte, waren sie sehr sanft.

Aber heute abend entdeckte Tommy, daß der Stall ganz anders

war als bei Tag. Alle Boxen waren geschlossen, alles war in einem unheimlichen Grau und Schwarz, wie in einem Boris-Karloff-Film, statt der verschiedenen Farben, die er sonst immer sah. Es war eine windige Nacht, und obwohl wie immer alles sauber und aufgeräumt war, flog ein Stück Papier in Kreisen mitten im Hof umher, stieg höher und fiel wieder herab und erinnerte Tommy an einen großen weißen Vogel mit einem gebrochenen Flügel.

Er war schon dabei, sich abzuwenden, als er sich erinnerte, daß die Jungen in den Abenteuerserien Mut hatten und nicht die Nerven verloren, weil kein Licht brannte. Er schämte sich. Er war hierhergekommen, um die Pferde zu sehen, traute sich zu, es zu tun, und würde es tun.

Ein Pferd würde genügen, fand er, und er brauchte auch nicht lange zu bleiben.

Aber als er mit den starren Riegeln an der nächsten Box kämpfte, mußte Tommy sich gewaltig anstrengen, um durchzuhalten. Eine dumme Mutprobe war das: Ihm war kalt, er hatte vergessen, ein Taschentuch mitzubringen, so daß Nase und Augen liefen und er sie am Ärmel seines Mantels abwischen mußte, und er wußte, daß sein Kindermädchen darüber verärgert sein würde. Er mußte auch dauernd niesen, was alles noch schlimmer machte ...

Die Größe der Aufgabe, die er sich selbst gestellt hatte, schrumpfte mit jedem Augenblick. Alles, was er tun mußte, um seine Ehre zu retten, war, diese Riegel zu öffnen, eine Sekunde hineinzugehen, den millionstel Bruchteil einer Sekunde, und dem Pferd einen Klaps zu geben. Um die Wahrheit zu sagen, wünschte Tommy sich jetzt, er läge gut eingepackt in seinem warmen Bett mit seinem kleinen Plüschtierzoo um sich.

Beeilt euch, sagte er zu den Riegeln.

Endlich gab der zweite nach, und er konnte beide Türhälften aufziehen.

Er spähte in das dunkle Innere der Box. Er wußte nicht einmal, welches Pferd es war, aber für seine Mutprobe war das auch gleichgültig.

Welches Pferd es auch war, es stand ruhig da, mit dem Kopf

zur Rückwand. Im düsteren Licht sah er die weißen Haare um seine Beine und ein bißchen Weiß oben um seinen Schwanz. Aber als er sich vorwärts bewegte, um dem Pferd den vorgeschriebenen Klaps zu verabreichen, wirbelte der Wind von draußen die Streu auf, und er mußte niesen, zweimal.

Amazone scheute, keilte dann mit einem ihrer Hinterhufe aus und traf Tommy an der Seite des Gesichtes.

Als er hinfiel, trat sie noch einmal, diesmal mit beiden Hufen, und traf ihn hart am Kopf, so daß er nach hinten flog. Mit geblähten Nüstern schaute sie sich um, als der Störenfried, der sie aus ihrem Schlaf hochgeschreckt hatte, knapp zwei Meter entfernt im weichen Stroh landete. Sein Fall verursachte nur ein Rascheln, aber Tommy war bereits tot, bevor sein Schädel auf dem Boden der Box aufschlug.

»Juhu, phantastisch, wow!« Hazel fühlte sich in Topform, als sie durch die Tür platzte, die den Saal von den Garderobenräumen trennte. »Das war mal ’ne Vorstellung, was Jungs? Los, los, bewegt euch, wir wollen doch auf eine Party.« Sie hetzte umher, sammelte ihre Habseligkeiten ein und warf sie kunterbunt durcheinander in ihren Kosmetikkoffer.

Einigen Fans war es gelungen, sich mit hereinzuquetschen, und sie wirbelten mit durch das Chaos, als die Rollers der nachfolgenden Band Platz machten und jede Gruppe ihre sperrige Ausrüstung durch den winzigen Raum schleppte. »Wo ist mein Leibwä-hä-hächter?« sang Hazel und rief damit Francey, dessen hellblonder Kopf wie ein Vollmond über allen anderen schwebte.

»Ich bin hier.« Er wandte sich ihr zu, und Hazel mußte lächeln, als sie sah, wie sein blondes Haar in Strähnen um sein Gesicht hing. Wegen des besonderen Anlasses hatten sie mehr als ihr übliches Quantum an irischer Tanzmusik gespielt, und der Saal tobte. Durch die Wand konnte sie hören, wie die Fans auch ohne Band auf la-la-la eine weitere Strophe der »Walls of Limerick« sangen.

»Brauchst du etwas?« Francey hatte sie erreicht.

»Nicht viel, ich will nur endlich los.« Sie zog seinen Kopf herunter und gab ihm einen Kuß auf die Lippen. »Fröhlichen St.-Patricks-Tag, Jungchen! Vielen Dank, daß du so gut auf mich aufpaßt – jippi!«

»Diddli-ei, di-ei di-ei dei, diddli ei di ei di ei«, zwitscherte Hazel und konnte dabei die Füße nicht stillhalten, die zum Klang eines imaginären Dudelsackes tanzten. Die Hände legte sie auf Franceys Brust, um das Gleichgewicht zu halten. Sie liebte es, wie ihre Brust und die silbernen Fransen ihres Kleides wippten, wie ihre Füße mit den ungeeigneten Stiefeln im Rhythmus auf den Boden stampften. Als sie die Sequenz beendet hatte, ließ sie ihn los.

Francey grinste: »Bist du fertig? Ich muß den Wagen packen.«

»Fertig, fertig«, sang Hazel. »›Oh, what a beau-tiful evening.‹« Mit lauter Stimme trällerte sie ein *Oklahoma*-Potpourri und drehte Pirouetten auf dem Weg zu den unvermeidlichen Autogrammbüchern.

Bis es soweit war, in den Bus zu klettern, hatte sie sich ein wenig beruhigt und war ausnahmsweise die erste draußen auf dem Parkplatz. »Es ist lächerlich«, sagte sie zu Francey und Vinnie, die mit ihr draußen warteten, »warum kommen sie denn nicht?«

»Geduld, Queenie«, riet ihr der High Roller, »wir sind erst weniger als zehn Minuten von der Bühne.«

»Hast du dein Telefonat erledigt?« Hazel wandte sich Francey zu. Sie überwachte seine täglichen Kontakte mit Inverary Manor, und heute hatte sie einen besonderen Grund, weil Fleur dort zu der Dinnerparty war.

»Ich konnte nicht durchkommen.« Francey schaute weg, und sie wußte, daß er log. Sie war unentschlossen, ob sie die Sache forcieren sollte, und entschloß sich dafür. »Geh rein«, sie gab Francey einen kleinen Schubs, »sag den anderen, wir fahren ohne sie, wenn sie nicht kommen. Und versuch noch mal anzurufen.«

»Jetzt ist es zu spät.« Francey schaute auf die Uhr.

»Quatsch!« Hazel wußte genau, was er vorhatte, aber Teil ihres eigenen Plans, ihn von dem siamesischen Zwilling zu lösen, war es, daß er versuchen sollte, die Frau als eine Exfreundin zu behandeln, mit der der Kontakt nicht traumatisch war, was offensichtlich noch der Fall war. »Es ist noch keine fünfundzwanzig Minuten nach zwölf«, sie duldete keine weiteren Einwände, »sie sind bestimmt noch auf – es ist doch eine Party, oder? Nun los, wünsch ihnen einen glücklichen St.-Paddys-Tag auch von mir.«

Sie wartete, bis er gegangen war, und zündete sich dann eine Zigarette an. »Paß gut auf, Hazel«, warnte Vinnie sie, als er die Flamme seines Feuerzeugs an die Spitze ihrer Zigarette hielt. »Übertreib es nicht.«

»Ich weiß, was ich tue.« Ruhig geworden, zog Hazel tief an der Zigarette und atmete den warmen beißenden Rauch durch die Nase aus.

»Solange du das tust.« Der High Roller kletterte in den Bus, knipste das kleine Licht über einem der Tische an und breitete seine *News of the World* aus.

Hazel lehnte ihren Rücken gegen die Seite des Busses. Für März war es eine milde Nacht, obwohl ihr der Wind den Rauch ihrer Zigarette in die Augen wehte, bis sie sich abwandte. Der Parkplatz war nicht besonders gut beleuchtet, und durch die Schatten konnte sie schmusende Pärchen nur ausmachen, wenn sie ihre Augen sehr anstrengte. Die armen Teufel, dachte sie. Sie hörte nie auf, darüber zu staunen, daß in Irland jeder glaubte, England sei eine Brutstätte von Sex und Freiheit, während außerhalb Londons die Jugendlichen genauso schüchtern und zaghaft waren – und genauso wenige Liebesnester hatten – wie die in Bohola und Cahirciveen. Zu Hause gab es auf dem Lande zumindest keinen Tanzsaal, der weit von einem Feld entfernt war, und es kam nur selten vor, daß die Scheinwerfer des Tourneebusses nicht auf Paaren landeten, die es in den irischen Gräben trieben. Und den Jungen in der Band fiel es in Irland viel leichter, ein Mädchen für eine Nacht oder sogar eine Geliebte zu finden als hier.

Hazel war das alles leid. Francey war ihr letztes großes Projekt, und wenn sie bei ihm versagte, wollte sie sich von der Spielwiese der Romantik zurückziehen. Wie immer, wenn sie unmittelbar nach der Show in euphorischer Stimmung war, verfiel sie danach rasch in Grübeleien oder sogar Depressionen. Heute nacht war keine Ausnahme, und als sie in den Kleinbus kletterte und zum Rücksitz ging, den sie seit dem Unfall bevorzugte, fühlte sie sich völlig ausgelaugt. Sie ließ ihre Lampe ausgeschaltet, zündete sich eine zweite Zigarette am Stummel der ersten an, rollte sich zusammen und beobachtete, ob Francey mit den anderen Bandmitgliedern oder ohne sie zurückkehrte.

Eine Schwierigkeit beim Francey-Projekt war, daß er möglicherweise glaubte, sie sei hinter seinem Geld her. Dabei machte sich Hazel überhaupt nichts aus Geld. Sie besaß ihre eigene Wohnung und hatte genug Geld zur Seite gelegt, um über ein paar magere Jahre hinwegzukommen. Wenn sie erst soweit kamen, über eine gemeinsame Zukunft zu reden, mußte sie ihn überzeugen können, daß sie nicht hinter seinen Millionen her war, obwohl sie bereits wußte, daß Francey, was Geld betraf, so ähnlich veranlagt war wie sie. Aber sie vermutete, daß es noch zu früh war, das endgültig zu beurteilen. Ihrer Erfahrung nach konnte man nie wissen, wie Geld die Leute veränderte.

So oder so mußte sie sich um ihre Zukunft kümmern. Sie sah bereits die Zeichen an der Wand für die High Rollers – nicht weil die Konkurrenz ihnen so dicht auf den Fersen war, die konnten die Rollers jederzeit deklassieren, sondern weil sich im Showgeschäft die Mode so schnell änderte. Hazel wußte, woher der Wind wehte, und akzeptierte anders als viele ihrer Zeitgenossen, daß Gruppen wie die Beatles und die Rolling Stones kein vorübergehendes Phänomen waren. Diese fünf pickeligen Jungen, die in Birmingham als Vorgruppe der Rollers gespielt hatten, waren noch so jung, daß sie eigentlich noch zur Schule gehen mußten, aber sie hatte erkannt, daß ihre Musik vor Energie pulsierte und wie ein wilder Schrei des Urwalds die Gleichaltrigen zu sich rief.

Drei, vielleicht vier weitere gute Jahre auf Tournee rechnete Hazel sich noch aus – wenn sie Glück hatte. Möglicherweise war sogar das zu optimistisch. Diese Beatles waren aus dem Nichts aufgetaucht. Ihr Aufstieg war so schnell vor sich gegangen, daß die großen Orchester und Tanzbands, die sich zumindest hier in

Großbritannien für unantastbar hielten, in Angst und Schrecken versetzt wurden. Und alles, was in Großbritannien geschah, passierte früher oder später auch in Irland.

Hazel erspähte Francey, der mit allen sechs Bummlern auf den Kleinbus zukam, und drückte ihre zweite Zigarette im Aschenbecher, der in ihren Tisch eingelassen war, aus. Sie rief Francey zu sich und klopfte auf dem Sitz neben ihrem. »Wie war es am Telefon?«

»Keine Antwort«, sagte er so, daß sie sich geschlagen gab, weil sie wußte, daß er die Wahrheit sagte.

Behutsam führte Dessie Amazone aus ihrer Box. Sie war immer noch nervös, zog an ihrem Halfter, das er ihr nur mit Mühe hatte umlegen können.

Als er sie weiter in den Hof hinaus lockte, hielt er seinen Blick von der Ecke der Box abgewendet, in der Fleur, bei der man wie bei einem wilden Tier das Weiße in den Augen sah, ihren toten Sohn in den Armen wiegte. Sie hatte sich geweigert wegzugehen und ließ auch niemanden in ihre Nähe, nicht einmal Colin, der hilflos schluchzend in den Armen seines eigenen Vaters lag. Um sie herum standen die restlichen Gäste jener unglückseligen Party.

Dessie war entschlossen, daß niemand es an Amazone auslassen sollte. So entsetzlich der Tod des Kindes auch war, das änderte nichts an der Tatsache, daß nicht das Pferd die Schuld daran trug. Was hatte Tommy mitten in der Nacht überhaupt hier drinnen gemacht? Jeder wußte, wie nervös Amazone war und daß sie bald ihr Fohlen werfen würde. Erst heute nachmittag nach ihrer Ausfahrt hatte Dessie dem Jungen mit einer unbeholfenen Pantomime deutlich gemacht, daß das Fohlen bald kam. Er hatte auch versucht, ihm einzuschärfen, daß Amazone bis dahin mit Glacéhandschuhen angefaßt werden müsse.

Als er und die übrigen aus dem Haus begonnen hatten, das Kind zu suchen, nachdem Fleur ihn als vermißt gemeldet hatte, war es seine Idee gewesen, es in den Ställen zu versuchen. Und es war Dessie gewesen, der ihn gefunden hatte: Amazone ließ niemanden sonst in ihre Box. Fleur war nur an ihr vorbeigekommen, weil sie ohne Gedanken an ihre eigene Sicherheit hineingestürmt war. Dessie war es dann gelungen, das Halfter mit der einen Hand, das Pferd mit der anderen Hand an der dicken Mähne zu packen.

»Schon gut, mein Mädchen«, beruhigte er die Stute, die ein wenig tänzelte, als sie an den Leuten vorüberging, die um Colin herumstanden. Kein Wunder, daß sie nervös war. Man hatte nicht nur ihre Ruhe gestört, sondern ganz offensichtlich wußten einige der Gäste nicht, wie man sich in der Umgebung von Pferden verhielt. Der Wind hatte auch so stark aufgefrischt, daß er beinahe ein Sturm war, und alle Lichter im Hof brannten, daß es so hell war wie auf dem Markt von Covent Garden.

Alle Pferde reagierten wahrscheinlich darauf, obwohl sie von Natur aus ruhig waren, dachte Dessie. Wie zum Beweis erzitterte die obere Türhälfte von Trojaners Box, als er Amazone vorüberführte, weil das Pferd mit dem Kopf dagegenstieß, um zu sehen, was los war.

Dessie führte seine Schutzbefohlene in eine unbenutzte Box in einer Ecke des Hofes, wo normalerweise Futter und Ballen mit Streu aufbewahrt wurden. Er schloß die Tür hinter sich, drehte das Licht an und rieb sie mit einer Strohgarbe ab. Als er ihr dann eine Handvoll Futter gab, dachte er, daß dies alles nicht hätte passieren müssen. In den vergangenen Wochen war das Gras gewachsen, und sie hatten vor, die Pferde in den nächsten Tagen auf die Weiden zu bringen. Zu spät, um sich das noch zu wünschen, hätte Petey gesagt. Dessie wünschte, Mick O'Dowd käme her. Mick wußte, was zu tun war.

Er nahm Amazone das Halfter ab und hängte es an einen Nagel vor die Tür. Als er sicher war, daß sie ruhig genug war, um wieder allein gelassen zu werden, riegelte er die Tür zu und mußte dann seinen ganzen Mut zusammennehmen, um sich wieder zu der Menge zu gesellen, die sich um den Eingang der Box geschart hatte, in der Fleur immer noch den kleinen Jungen in den Armen hielt. Mit Tieren konnte man so viel leichter umgehen als mit Menschen.

In der Ecke, in der Fleur kauerte und ihren Sohn in den Armen wiegte, war es dunkel. Er war so kalt. Sie drückte ihn so fest sie konnte an sich, um ihn wieder zu erwärmen. Und mit seinem Hals stimmte etwas nicht: Sein Kopf hing nach hinten, wie er es auch getan hatte, als er noch ein Baby war, das feine, seidige Haar fiel ihm aus dem Gesicht. Fleur versuchte, es zu ordnen.

»Du bist wunderbar, du bist mein Liebling«, flüsterte sie ihm zu, »du bist mein Leben und meine Freude, du bist alles, das ich mir erträumt habe.« Sie ignorierte die besorgten weißen Gesichter, die wie ein monströser Kranz Pilze um den Türrahmen hingen und sie anstarrten, und küßte sein blasses Gesicht. Sie würden ihn nicht bekommen. Sie hatten es bereits versucht, aber sie würde ihn nicht hergeben.

Zumindest hatte seine Erkältung sich gebessert, dachte sie, seine Nase lief nicht mehr. Das war ein kleiner Trost.

Seine Augen standen offen, solche wunderbaren Augen, schwarz wie Oliven, aber sie konnte ihn nicht dazu bringen, sie anzuschauen, er schaute nach oben hinter ihre Schulter. »Schau mich an, mein kleiner Liebling, schau mich doch an.« Sie weinte jetzt, die Tränen flossen, als sie versuchte, seinen Kopf so zu halten, daß er direkt in ihre Augen blickte, aber sein Kopf fiel ständig nach hinten.

Verzweifelt lockerte sie den Mantelkragen, der ihm am Hals zu eng sein mußte, wenn sein Kopf so zurückhing.

Das Licht von der Tür verdunkelte sich, als jemand versuchte, in das kleine Refugium einzudringen, das sie für sie beide in der Ecke geschaffen hatte. Wütend blickte Fleur hoch. Es war George.

Dann wurde der Stall plötzlich auf obszöne Weise von Licht durchflutet, als er auf den Lichtschalter an der Innenseite der Tür drückte.

»Mach es aus!« Obwohl Fleur wußte, daß sie gesprochen hatte, erkannte sie die Stimme nicht. »Mach es aus!« Sie richtete sich halb auf, packte ihr Kind, um es zu beschützen, und spuckte voller Wut auf Colins Vater. Das Licht war so grell, daß es Tommy in den Augen weh tun mußte.

Als George das Licht ausgeschaltet und sich zur Tür zurückgezogen hatte, setzte Fleur sich wieder ins Stroh, diesmal mit dem Rücken zum Eingang, um sie beide gegen die anderen abzuschirmen. Sie lagerte ihren Sohn in eine bequemere Stellung an ihre Schulter. »Na also«, flüsterte sie, »mein kleiner Liebling, ich habe dich so lieb«, sie signalisierte die Worte direkt vor seinen Augen, damit er sie auch bestimmt richtig entziffern konnte. »Halt noch ein bißchen länger durch«, bettelte sie, »morgen sind wir im Sonnenschein.«

Sie wartete auf eine Reaktion von ihm, irgend etwas, eine Geste, die zeigte, daß er sie verstanden hatte. »Mein kleiner Liebling«, sagte sie noch einmal, »bitte antworte mir, mein kleiner Eichkater, bitte ...«

»Bitte, Tommy«, ihre eigene Nase lief jetzt, »bitte –« Sie barg ihr Gesicht in seinem weichen Haar, an der Stelle, wo früher seine Fontanelle gewesen war, ihre Lippen konnten spüren, wo die Knochen zusammengewachsen waren. »Bitte.« Einige Haare gerieten in ihren Mund und wurden naß, aber um was sie ihn bat, war so dringend, daß das ganz egal war, sie konnte es später wieder waschen. »Wach bitte auf, nur für ein paar Minuten.« Sie wiegte sich heftiger über ihm hin und her und zwang ihn, ihr zuzuhören. »Bitte, nur einmal, einmal ist genug, ich will nicht gierig sein, das verspreche ich.« Sie drückte Tommys Kopf an ihre Brust. »Eine Minute, ja? Dreißig Sekunden, bitte, du bist solch ein guter Junge, du bist so klug. Ich möchte doch nur dreißig Sekunden. Dann kannst du gehen. Dreißig Sekunden – du kannst doch nicht gehen, ohne Squeaky auf Wiedersehen gesagt zu haben.« Das war ein kleiner bunter Clown, den Tommy geliebt hatte, seit er ein kleines Baby war. »Tommy?« Sie schüttelte ihn ein wenig. »Wir haben vergessen, Squeaky mitzubringen. Er ist noch zu Hause und wartet auf uns, wir müssen ihm auf Wiedersehen sagen.«

Aber wie sehr sie auch bettelte und weinte, Tommys Augen blieben geöffnet, und er antwortete nicht.

Die Eindringlinge waren jetzt hinter ihr, sie konnte sie spüren, es war mehr als nur einer. Als sie einen wütenden Blick über die

Schulter warf, sah sie durch die Tür die pulsierenden Lichter eines Krankenwagens. Wie eine Katze fauchte sie sie an, zu gehen und sie und Tommy in Ruhe zu lassen.

Aber sie gingen nicht fort; da war jetzt noch ein anderer bei George, ein Mann, den sie nicht erkannte, in einem dunklen Mantel. Er trug einen weichen Filzhut, und aus irgendeinem Grund betrachtete Fleur diesen Hut als die größte Bedrohung. Der weiche Filzhut ließ den Mann aussehen wie einen Armeeangehörigen oder einen Polizisten, der gekommen war, um ihren Sohn zu verhaften, um ihn ihr für immer wegzunehmen, als hätte er etwas Schlimmes getan. »Geht weg«, kreischte sie, »geht alle weg.«

Der Mann mit dem dunklen Mantel und dem Hut stellte sich vor als Doktor Soundso, aber Fleur war so damit beschäftigt, Tommy festzuhalten und niemanden an ihn heranzulassen, daß sie den Namen nicht verstand. Er hockte sich jetzt hin und redete mit leiser Stimme mit ihr, wie man mit einer Verrückten reden würde. Glaubten sie, sie sei verrückt? »Geht weg!« Sie spuckte auf den Mann, wie sie zuvor auf George gespuckt hatte.

Er reagierte nicht auf den Speichel, der ihm über das Gesicht lief, und wischte ihn auch nicht vom Kragen seines Mantels. Er sprach weiter mit ihr mit dieser leisen, beleidigenden Stimme. Fleur bedeckte Tommys Gesicht mit einer Hand, damit er diesen Fremden nicht anschauen mußte, während sie versuchte, ihn anzustarren, bis er ihrem Blick nicht mehr standhielt, ihre ganze Konzentration richtete sie darauf, bis sie das Gefühl hatte, daß ihr Blick wie ein schmaler Lichtstrahl durch die weiße Scheibe seines Gesichtes brach. Jede Faser ihres Wesens setzte sie ein, um den Mann zum Weggehen zu bewegen. Aber wie sehr sie sich konzentrierte, immer, wenn sie wieder hinschaute, war der Mann noch da.

Er streckte die Hände aus, um ihr Tommy fortzunehmen, während George sie an den Schultern packte. Sie kämpfte gegen die beiden, kämpfte mit Nägeln, Zähnen und Füßen, und versuchte die ganze Zeit, ihren Sohn festzuhalten. Aber sie gewannen ...

Jetzt war auch noch ein dritter da, Colin. Sie hatte immer gewußt, daß sie Colin nicht trauen konnte. Auch er versuchte, sie von ihrem Sohn loszureißen, er war genauso schlimm wie alle anderen, genau wie alle anderen. Wieder hörte Fleur ihre Stimme, ein hoher Schrei wie von einer Möwe oder einem der Geier, an die sie sich aus ihrer Kindheit erinnerte. Sie trat, biß und kratzte mit der Hand, mit der sie Tommy nicht beschützte, aber sie waren zu viele und sie waren zu groß. Als man ihr Tommy entrang, war es, als schlachte man sie aus, raubte ihr nicht nur ihre Eingeweide, sondern alles, selbst das Innere ihrer Augen.

Tommys Körper wurde in den Krankenwagen gelegt, und etliche Minuten, nachdem das Auto abgefahren war, kämpfte Fleur immer noch wie besessen. George wollte sie festhalten, als der Arzt ihr eine Spritze zu geben versuchte, aber sie wehrte sich so heftig, schlug wild um sich und wand sich in seinem Griff, daß der Arzt die Spritze nicht benutzen konnte und schließlich aufgeben mußte.

Und dann, als hätte jemand einen Schalter umgelegt und die Zufuhr magischer Energie gestoppt, wurde Fleur ruhig, schloß die Augen und wurde ohnmächtig. Der Doktor, ein Arzt aus Little Staunton, versuchte ohne Erfolg, sie zu wecken. Er sagte George, daß sie sich nicht in Gefahr befand, da die Atmung normal und der Puls gleichmäßig war, und daß er sie unter den gegebenen Umständen nur sehr ungern ins Krankenhaus bringen lassen würde. Er gab ihm einen Vorrat an Beruhigungstabletten, die hilfreich sein könnten, wenn sie wieder hysterisch würde.

Dann hinterließ er etliche Telefonnummern, unter denen er während des Restes der Nacht erreicht werden konnte, und fuhr hinter dem Krankenwagen her zum Krankenhaus, in dem am Morgen die Obduktion von Tommys Leichnam erfolgen sollte.

Da Colin im Krankenwagen mitgefahren war, blieb es George überlassen, Fleur ins Haus zurückzutragen. Ausnahmsweise dachte er einmal nicht an den Ärger, den er hatte, sondern weinte. Das hatte er nicht mehr getan seit jener Nacht, als er vor all den Jahren von zu Hause weggelaufen war und begriff, wie ungeheuerlich das war, was er getan hatte.

Ohne einen Versuch, seine Tränen zu verbergen, legte er Fleur auf das Bett in dem Zimmer, das sie mit Colin teilte, und zog die Bettdecke hoch. Dann beobachtete er sie, von Mitgefühl darüber zerrissen, was ihr bevorstand, wenn sie aufwachte. Er wartete etwa eine Viertelstunde, aber als Fleur sich nicht rührte, schlich George auf Zehenspitzen aus dem Zimmer, weil er überzeugt war, daß tiefer Schlaf das beste und gnädigste Heilmittel für sie war.

Fleur schlief aber nicht. Nachdem sie ihr Tommy weggenommen hatten, verwandelte sich ihre Wut zu Eis. Sie würden sie nicht von ihm fernhalten können. Sie würde ins Krankenhaus fahren, um bei ihm zu sein, aber noch nicht.

Sie heftete ihren Blick auf eine kleine Unebenheit an der Decke über dem Bett, ein kleiner Knoten im Putz neben einem freiliegenden weißen Balken. Fünf oder zehn Minuten lang – wer zählte jetzt schon die Minuten? – legte sich Fleur ihren Plan zurecht. Die Pferde würden die ersten sein, die zahlen mußten.

Sie hörte, wie jemand näher kam, schloß ihre Augen wieder und atmete tief. Als sie hörte, wie die Schlafzimmertür sich öffnete, zwang sie sich, ihre Augenlider nicht zu bewegen. Es war George, sie erkannte es an seinem Atmen. Fleur stöhnte ein wenig, als träume sie, und drehte ihren Kopf von der Tür weg. Nach ein paar unendlichen Sekunden ging George und schloß die Tür hinter sich.

Sofort stand Fleur auf, ging zur Tür und zählte bis zehn, bevor sie sie öffnete. Der Flur war leer, allerdings hörte sie Stimmengemurmel hinter der Empfangszimmertür. Sie überquerte den Flur und war binnen Sekunden in dem gefliesten Foyer. Die Haustür stand offen, sie mußte sie nicht einmal öffnen.

Dicht an der Wand des Hauses entlang huschte sie zu den Garagen. Colins Auto war achtlos vor Georges geparkt, und da es nie abgeschlossen wurde, wenn sie hier waren – es war nicht einmal nötig, den Zündschlüssel abzuziehen –, brauchte sie nur einen Augenblick, um den Kofferraum zu öffnen. Sie wußte, daß Colin immer einen Ersatzkanister Benzin bei sich hatte.

Dann mußte sie wertvolle Zeit vergeuden, indem sie zum Wagen zurückging und das Handschuhfach öffnete, in dem, wie sie wußte, etliche Streichholzheftchen lagen, die im Laufe der Jahre in Restaurants gesammelt worden waren.

Fleur war hin und her gerissen, welchen Weg sie einschlagen sollte: Der direkte Weg führte zurück an der Haustür vorbei, die aber offenstand, so daß sie möglicherweise von jemandem gesehen wurde, der drinnen vorbeiging. Sie konnte sich nicht daran erinnern, ob die Vorhänge vor den riesigen Fenstern des Salons zugezogen worden waren. Wenn sie es abwägte, fand sie es weniger gefährlich, das Risiko einzugehen, vom Butler oder einem der Hausmädchen am entgegengesetzten Ende des Hauses gesehen zu werden.

Fleur, die, so schnell sie konnte, ging und weder rechts noch links schaute, vertraute auf ihr Glück. Ohne Schwierigkeiten gelangte sie um das Haus herum. Sobald die Ställe in Sicht kamen, rannte sie los und mußte sich dabei gegen den beträchtlich wehenden Wind stemmen.

Als sie den Stall betrat, sah sie niemanden, die Türen zu den Boxen, selbst zu der verhängnisvollen, waren verriegelt. Nicht daß es einen Unterschied gemacht hätte, wenn jemand sie gesehen hätte. Sie war wild entschlossen, alles auf ihrem Weg auszulöschen. Solange man sie nicht erschoß, würde sie sich nicht aufhalten lassen.

Sie ging geradewegs auf die Türen zu, hinter denen Tommy angegriffen worden war, und öffnete nicht ohne Schwierigkeit die starren Riegel. Sie hakte sie an der Außenwand fest, damit der Wind sie nicht zuschlagen konnte, wandte den Blick von der Ecke ab, in der sie um Tommy gekämpft hatte, und machte sich daran, Benzin auf das Stroh zu sprenkeln. Obwohl die Boxen aus Ziegel und Beton waren, wurde ihr die Aufgabe erleichtert durch die Konstruktion der Boxen. Die Wände zwischen den Boxen reichten nicht ganz bis zum Dach, es blieb eine Lücke von einem oder anderthalb Metern, und sie erinnerte sich daran, daß das überall im Stall der Fall war. Um es noch leichter zu machen, lagen, genau wie im Haus, die Dachbalken frei.

Um jedoch völlig sicherzugehen, daß das Feuer sich ausbreitete, goß Fleur Benzin auf das Heu, das in einem Netz hoch in einer Ecke neben der Trennwand hing. Dann stellte sie den Benzinkanister sorgfältig hinter sich draußen vor die Tür – sie würde ihn noch im Haus brauchen – und zündete ein Streichholz an.

Sie hatte vorgehabt, das Streichholz durch die Stalltür hineinzuwerfen, aber der starke Wind vereitelte das, und um ein Streichholz zum Brennen zu kriegen, mußte sie in die Box zurückkehren und die winzige Flamme mit ihrem Körper abschirmen.

Das gelang auch, sie warf das Steichholz und wartete nur lange genug, um zu sehen, wie die ersten Garben Feuer fingen.

Als sie den Benzinkanister gepackt hatte, zum Tor gelaufen war und sich umschaute, brannte das Feuer hell, angefacht vom Wind, der durch die offene Tür wehte.

Fleur hastete zum Haus zurück. Der Wind stand jetzt hinter ihr und blies ihr die dünne Seide ihres grünen Kleides die Schenkel hoch. Sie versuchte, es unten zu halten, während sie ging, gab den Versuch auf und hoffte, daß niemand ihre Unschicklichkeit sah, und konzentrierte sich darauf, so schnell wie möglich zur Haustür zurückzugelangen.

Sie verstaute den Benzinkanister hinter der Konifere in einem der Zierkübel vor der Tür und gelangte ohne Zwischenfall in den äußeren Vorraum, als sie das Klappern von zwei Paar Absätzen auf dem Marmor des Foyers hörte und sich in den Vorraum zurückziehen mußte, um sich hinter einer Säule zu verstecken. Sie hielt die Luft an, als sie die Schritte hörte, offensichtlich die zweier Frauen, die in Richtung Salon gingen und dann innehielten. Dann lief eine eilends zur Haustür. Fleur wagte es nicht, aus ihrem Versteck herauszuschauen, sah aber, wie die Ecke eines schwarzen Kleides vorbeiwirbelte, bevor die Tür mit einem dumpfen Knall zufiel. Es war ein Hausmädchen, das bemerkt hatte, daß die Tür offenstand, und seine Pflicht tat.

Es schien, als würde das Mädchen vorbeigehen, aber dann hielt es wieder an. Fleur preßte sich dichter gegen die Wand hinter dem Pfeiler, als sie hörte, wie das Hausmädchen seine Begleiterin fragte, ob sie nichts riechen würde.

»Nein«, erwiderte die andere und kam auch näher.

»Ich dachte, es würde nach Öl oder so was riechen«, fuhr das erste Mädchen fort, »muß ich mir wohl eingebildet haben.«

Dann verließen beide zu Fleurs Erleichterung das Foyer und gingen zum Salon. Sie rannte in ihr Schlafzimmer, ging geradewegs ins Bad und schloß sich ein.

Das Badezimmerfenster führte wie alle Schlafzimmer in diesem Haus außer Georges nach hinten hinaus. Fleur blickte hinaus, bis sie sah, wie ein orangefarbener Schein sich von den Stallgebäuden erhob.

Dann wartete sie.

Bald war im Haus der Teufel los. Erst klingelte das Telefon im Flur draußen, dann hörte sie, wie Leute den Flur auf und ab liefen, laute Stimmen, Schreie ... von Frauen und Männern ...

Sie zählte bis hundert, bis sie ins Schlafzimmer zurückging.

Durch das Fenster dort sah sie, daß das Leuchten am Himmel heller geworden war.

Der nächste Schritt war leicht. Fleur wußte, daß alle drüben bei den Ställen sein würden oder auf dem Weg dorthin. Um sicher zu sein, kontrollierte sie jedoch den Flur noch einmal.

Danach mußte sie nur noch in aller Ruhe zur Haustür gehen, den Benzinkanister hereinholen, den Flur im Haus entlanggehen, alle Türen öffnen und etwas vom Inhalt des Kanisters in jeden Raum und auf den Boden des Flurs selbst sprenkeln. Dank der Zentralheizung war das Haus trocken wie Zunder, und bei all den Teppichen, Vorhängen, freiliegenden Balken und der Holzverkleidung der Vorderwand brauchte sie nicht einmal Zündmaterial. Sie bearbeitete auf diese Weise nur die Ostseite des Hauses, um sich einen Fluchtweg zu lassen, und vertraute darauf, daß das Feuer den Rest für sie erledigen würde.

Neben ihr auf einem Beistelltisch direkt vor dem Salon fing eines der drei Telefone im Flur an zu läuten. Fleur, die gerade ihr erstes Streichholz anzündete, ignorierte es. Sie warf die Flamme auf den Flecken benzingetränkten Teppichbodens im Schlafzimmer des Hausherrn, ein zweites in das Arbeitszimmer, dann ein drittes in den Salon. Sie wartete, bis alle drei Stellen Feuer gefangen hatten, und ging dann zum nächsten Punkt weiter, zurück den Flur entlang. Bevor sie das Foyer erreichte, hatte das Telefon aufgehört zu klingeln. Mittlerweile begannen acht kleine Feuer vor ihr zu wachsen, und das in Georges Schlafzimmer entwickelte sich besonders gut.

Weil sie nicht erwischt werden wollte, warf sie noch zwei Streichhölzer auf den Teppich im Flur auf der einen Seite der Eingangshalle. Als sie sicher war, daß es reichte, wartete sie nicht, bis er Feuer gefangen hatte, sondern ging durch die Eingangshalle in die Nacht hinaus.

Sie schloß die Tür hinter sich, ging zu Colins Auto und startete. Sie war eine ungeübte Fahrerin, und das Getriebe knirschte, als sie den ersten Gang einlegte. Als sie den Wagen in Richtung Ausfahrt wendete, würgte sie den Motor ab, startete ihn aber wieder und fuhr ohne einen Blick zurück mit knirschendem Getriebe davon.

21

Dessie, der ein sehr gutes Gehör hatte, bemerkte die Erregung der Pferde als erster. Er und Mick hockten im Sattelraum bei einer Tasse Tee und redeten über die gräßlichen Ereignisse der vergangenen halben Stunde. Wenn ihm nicht so elend zumute gewesen wäre, hätte er das ungewohnte Gefühl an diesem Ort genossen, die Insel aus Licht von einer einzigen Glühbirne über ihnen, die Gemütlichkeit des Heizstrahlers, der sie gegen den Sturm draußen schützte. Er wußte nicht, wie er es schaffen sollte, wieder ins Haus zu gehen, aber er würde es auf keinen Fall zulassen, so sagte er Mick, daß Amazone die Schuld gegeben würde für das, was geschehen war.

Dann glaubte er durch das Heulen des Windes das Ausschlagen der Stute gegen die Wand der leeren Box zu hören, neben der sie saßen.

Er ging in den Hof hinaus, um sie zu beruhigen – und dann sah Dessie, warum Amazone so erregt war und warum auch all die anderen Pferde ausschlugen.

Flammen schossen vom entgegengesetzten Ende, wo die Tragödie sich ereignet hatte, aus dem offenen Eingang der Ställe.

Im nächsten Augenblick bemerkte Dessie zu seinem Entsetzen, daß der Rauch auch durch die Türritze der Box daneben drang. Er rannte wieder hinein und schrie: »Feuer! Feuer!« Dann brüllte er Mick zu, sich zu beeilen, und rief: »Ich hole Trojaner heraus.«

Mit Mick dicht hinter sich, der nur kurz angehalten hatte, um zwei Feuerlöscher zu packen, rannte Dessie über das Kopfsteinpflaster auf die lodernden Flammen zu.

Als er die Türen öffnete, war der Rauch um seinen Kopf so dicht, daß er kaum die Blesse auf Trojaners Stirn ausmachen konnte, als der Shire im rückwärtigen Teil der Box hin und her sprang und den Kopf warf. Hustend und halb blind konnte Dessie jedoch erkennen, daß das Pferd noch nicht so in Panik geraten war, daß es außer Kontrolle gewesen wäre.

Er ging ein wenig zurück, zog sein Jackett aus und hängte es sich über den Kopf. Dann nahm er das Halfter draußen vom Haken an der Wand, benutzte den Ärmel seines Anzuges als Luftblase und stürzte hinein. Trotz des Schutzes stach der Rauch so schrecklich in seinen Augen, daß er Mühe hatte, sie offen zu halten, aber er sah, daß die Streu in einer Ecke der Box in Flammen stand und die Flammen sich in rasender Eile über den Boden ausbreiteten. Ihm blieben nur ein paar Sekunden.

Er machte das leise, schnarrende Geräusch, das er von Mick gelernt hatte, als er die paar Schritte auf das Pferd zuging. Den Schmerz in seinem Fuß, als Trojaner mit einem seiner riesigen Hufe die Kappe seines Schuhs streifte, ignorierte er einfach. Er packte die Mähne des Shires, und obwohl das Tier heftig zog, gelang es ihm, das Halfter über seinen Kopf gleiten zu lassen. »Komm schon, komm schon«, drängte er und zog am Zügel.

Trojaner rührte sich nicht von der Stelle, sondern wollte rückwärts ausweichen in Richtung auf die Rückwand der Box, die für ihn ganz klar Sicherheit zu bedeuten schien. Die Flammen hatten sich jetzt richtig entwickelt, kräuselten sich nicht länger als kleine Flämmchen, sondern loderten etliche Zentimeter hoch und wurden vom Wind auf die offene Tür zugetrieben. Dessie wußte, daß er sofort von hier verschwinden mußte, wenn er nicht verbrennen wollte. Instinktiv oder weil er sich an etwas erinnerte, das Petey ihm über panische Pferde und Rennkurse erzählt hatte, atmete er noch ein letztes Mal die relativ reine Luft aus dem Ärmel tief ein und riß sich dann das Jackett herunter. Während er sich mit aller Kraft an das Halfter hängte, zog er den Kopf des Pferdes tief genug herunter, um das Jackett hinaufzuschleudern und die Augen des Pferdes zu bedecken.

Verwirrt zögerte Trojaner, gerade lange genug, damit Dessie, dessen Lungen bereits stachen, diese letzte Chance ergreifen konnte. »Los jetzt, beweg dich!« Er würgte die letzten Worte heraus, dann warf er sich nach hinten, als nehme er an einem Tauziehwettbewerb teil.

Trojaner schüttelte den Kopf, als wollte er die Binde loswerden, machte dann aber einen zögernden Schritt nach vorne. Dessie verlor das Gleichgewicht und stolperte beinahe rückwärts ins Feuer, das sich jetzt überall um seine Füße ausgebreitet hatte. Es gelang ihm jedoch, sich wieder aufzurichten, und er lehnte sich wieder nach hinten. Das Pferd machte einen weiteren Schritt, dann einen dritten ...

Die beiden entkamen durch die Tür, gerade als all die kleinen Rinnsale und Feuerringe sich vereinigten und durch die Tür hinter ihnen herzischten, als seien sie auf einem Rachefeldzug. Hustend und keuchend, als er an die frische Luft kam, führte Dessie das Pferd mit dem Jackett auf dem Kopf quer über den Hof und band ihn an einem der Ringe draußen vor Amazones vorübergehendem Quartier an – dem Ort, der am weitesten vom Feuer entfernt war. Amazone war jetzt völlig außer sich, die Tür der Box erzitterte unter ihren wiederholten Attacken.

Dessie ließ sich keine Zeit, sie zu beruhigen, sondern raste über den Hof zurück, um Mick zu helfen, der den tänzelnden Goliath aus der Box neben der Trojaners führte. »Hier ist alles in Ordnung«, rief Mick Dessie zu, als der Goliath am Halfter packen wollte. »Die nächste Box ist leer. Aber es wird nicht lange dauern, bis das Feuer Jumbo erreicht. Geh dorthin und sieh zu, was du tun kannst. Ich nehme dann das nächste.«

Wegen des Windes und all des brennbaren Materials erwiesen sich die Feuerlöscher als völlig unzureichend, um das Feuer zu löschen, aber mit ihrer Hilfe gelang es den beiden, es unter Kontrolle zu halten, um Jumbo und John zu befreien, die verbleibenden beiden Pferde auf der Seite des Hofes, die das Feuer erfaßt hatte. »Wir müssen Hilfe holen, da ist mehr nötig«, schrie Mick über den Wind und das Knistern der Flammen hinweg, die jetzt aus der Tür der ersten Box schlugen. Er warf den Feuerlöscher, den er in der Hand hielt, beiseite und rief: »Kümmer dich um die da« und rannte zur Sattelkammer. »Laß sie auf die Weide hinaus und hol dann die anderen. Du brauchst die Gatter nicht zu schließen. Los, los, beeil dich! Ich mache den Wasserschlauch fertig.«

Dessie, dessen Füße genauso wund waren und schmerzten wie seine Lungen, band die Halfter der vier Pferde los, die beunruhigt in ihrer Ecke hin und her tänzelten und sich aneinanderdrängten. Er schnalzte mit der Zunge und zwang sie, ihm zu folgen, als er sich in die Zügel lehnte und rückwärts ging, damit er ihnen in die Augen schauen konnte. Irgendwie funktionierte der Trick, entweder weil sie sich sicher fühlten oder weil sie ihm vertrauten, und so sanft wie Lämmer klapperten die vier Riesentiere hinter ihm her, als Funken von den Dachbalken der Boxen wie Feuerwerk auf das Kopfsteinpflaster um sie herum niederprasselten.

Sobald er den Hof verlassen hatte, rannte Dessie los und brachte sie zur nächsten Weide, deren Gatter etwa hundertachtzig Meter die Straße hinunter lag. Als er es öffnete, brauchte er die Pferde nicht drängen, hineinzugehen, sondern mußte beiseite springen, um nicht niedergetrampelt zu werden, als sie aneinander vorbei auf die Weide drängten.

Dessie machte nur eine kurze Pause, um das Gatter zu schließen; um die Zügel, die bei allen von den Nasenriemen hinunterhingen und auf dem Gras schleiften, kümmerte er sich nicht, sondern rannte in den Hof zurück, wo Mick gerade dabei war, Samson, Odysseus und Richard hinauszuführen, die jetzt, da sie sich in guten Händen wußten, genauso fügsam waren wie die ersten vier. »Ich habe im Haus angerufen«, rief der Vormann ihm zu, als er ihn sah, »sie holen die Feuerwehr. Glaubst du, du wirst allein mit Amazone fertig? Ich komme dann zurück und fange an, mit dem Schlauch zu löschen.«

»Klar!« Dessie duckte sich vor einem brennenden Strohbüschel, das der Wind durch die Luft trug, und rannte los. Er bemerkte, daß Rauch sich aus der letzten Tür in der Reihe, die am weitesten entfernt war, kräuselte, und wußte, daß es nicht mehr lange dauern würde, bis der ganze Hof einschließlich der Sattelkammer und den Quartieren der Stallburschen in Flammen stehen würde. Bevor er zu Amazone hineinging, nahm er den Wasserschlauch, drehte den Hahn auf und durchnäßte sich selbst für den Fall, daß er mit der Stute zu lange aufgehalten wurde und das Feuer sich noch schneller ausbreitete als bisher. Dann hakte er das Halfter von dem Nagel los, an den er es erst vor kurzer Zeit gehängt hatte, und öffnete die Boxentür.

Er sah das Weiße in Amazones Augen, als sie ihm an der Rückwand der Box mit zurückgelegten Ohren wie angewachsen gegenüberstand. Da er wußte, daß keine Zeit zu verlieren war, verließ Dessie sich wiederum auf seine Instinkte. Er hob beide Arme über Kreuz hoch, ohne recht zu wissen, warum, aber er hatte das Gefühl, daß er der Stute dadurch zeigte, daß er nichts zu verbergen hatte und auf ihrer Seite war. Als er auf sie zuging, machte er wieder das schnarrende Geräusch, indem er die Zunge gegen den Gaumen rollte. Amazone scharrte erst mit dem rechten, dann mit dem linken Huf.

Dessies Ansicht nach war sie nicht in Panik, sondern schlicht und einfach wütend. Das, fand er, war ein gutes Zeichen. Als wollte sie das beweisen, schnaubte sie, dann trat sie ein wenig mit beiden Hinterhänden aus und geriet dabei an die Abtrennung zur nächsten Box, danach wiederholte sie das Ganze noch einmal.

»Gutes Mädchen, gutes Mädchen.« Während Dessie die linke Hand in der Luft hielt, um sie abzulenken, führte er seine rechte, in der er Halfter und Zügel hielt, vorsichtig in Richtung Kopf. »Hör zu«, sagte er zu ihr, als er nur noch wenige Zentimeter entfernt war, »du mußt kommen, du mußt beweisen, daß du nicht das Monster bist, für das dich alle halten.«

Amazone scharrte wieder mit den Hufen, dann spielten ihre Ohren ein wenig, als denke sie darüber nach, was er ihr gesagt hatte. Sie senkte den Kopf, und Dessie ließ das Halfter darübergleiten, bevor sie ihn wieder anheben konnte, und zog daran.

Gefangen, warf Amazone den Kopf nur einmal hoch und wurde dann ruhig. Sie ließ sich von ihm nach draußen führen, als sei ihre vorige schlechte Laune nur ein Täuschungsmanöver gewesen.

Dessie führte sie, so schnell er es wagte, denn die beiden mußten durch brennendes Heu und Stroh, das in wachsender Menge durch den Wind umhergewirbelt wurde. Da sie sich entschlossen hatte, mit ihm zusammenzuarbeiten, schien Amazone von dem Feuersturm weniger gestört zu werden als ihr Hüter.

Als er sie durch den gewölbten Torweg führte, sah Dessie eine Menschenmenge, angeführt von seinem Vater und dem Butler Lewis, auf sich zulaufen. George gestikulierte und rief ihm etwas zu, aber seine Worte wurden weggerissen, und Dessie konzentrierte sich nicht auf sie, sondern auf seine Aufgabe und trabte neben der Stute die Straße entlang auf die anderen Pferde zu. Er brachte Amazone sicher in das Refugium auf dem Feld, dann ging er herum und nahm allen die Halfter ab, eine leichte Aufgabe, da sich alle mit Ausnahme von Amazone in der Ecke des Feldes, die am weitesten vom Feuer entfernt war, zusammendrängten.

Dessie schleppte sich mühsam zum Gatter zurück, als seine Knie nachgaben und er sich ins Gras setzen mußte. Er hatte ein Gefühl, als müsse er sich erbrechen, senkte den Kopf auf die Knie und kauerte sich zusammen. Der Anfall von Übelkeit ließ nach, aber sein Herz jagte weiter, als er die letzten fünfundvierzig Minuten in seiner Phantasie nochmals ablaufen ließ. Dann spürte er, wie er am Kopf angestupst wurde, schaute auf und sah Amazone mit fliegender Mähne und Schweif, die Ohren hochgestellt. Als sie seine Aufmerksamkeit erregt hatte, stieß sie ihn erneut an.

Dessie hatte das Gefühl, seine Beine würden ihn nicht tragen, wenn er aufzustehen versuchte. Der Schmerz in seinen Füßen wurde stärker, und er wagte nicht, sie anzuschauen, aus Furcht, was er wohl sehen würde. »Du bist ein tolles Mädchen.« Er streichelte das Maul der Stute. Amazone wieherte und zupfte dann ein Maulvoll Gras.

Während sie es kaute, beobachteten sie beide das Feuerwerk jenseits der gestutzten Hecke, die das Feld begrenzte. Weil Dessie nur wenig hörte außer dem Wind, der ihm um die Ohren pfiff, schienen die funkensprühenden Flammen, die vor dem orangefarbenen Himmel über den Stallgebäuden explodierten, zu spektakulär, um wirklich zu sein.

Er wartete, bis er sich ein wenig stärker fühlte, und führte Amazone dann auf ein anderes Feld, damit sie ein bißchen Ruhe finden konnte. Da sie so kurz davor stand zu fohlen, wollte er nicht, daß sie von den anderen Pferden geärgert wurde. Als er sie zu ihrer neuen Weide führte, sah er, daß auch das Dach des Hauses in Flammen stand. Dessie hatte keine Kraft mehr, deswegen etwas zu unternehmen. Das mußte er den anderen überlassen. In der Ferne hörte er bereits Sirenen.

Obwohl der Ort, an den er Amazone führte, ganz in der Nähe des lodernden Hauses war, schien ihr das nichts auszumachen, sie drehte ihm den Rücken zu. Und obwohl es mitten in der Nacht war, trottete sie von Dessie weg und begann sofort, von dem saftigen frischen Gras zu weiden. Dessie ließ sie gehen. Er hatte nicht mehr die Kraft, ihr zu folgen, um ihr das Halfter abzunehmen. Seine Lungen taten ihm nicht mehr so weh, aber seine Füße brachten ihn um – und trotz all des Rauches, den er inhaliert hatte, dachte Dessie, daß er eine Zigarette verdammt gut gebrauchen könnte.

Fünf Minuten lang tobte der Hochgeschwindigkeitskampf der High Rollers gegen die Shades, eine andere irische Band, die ebenfalls nach London raste. Beide Gruppen hatten vereinbart, sich auf der Party in Cricklewood zu treffen. Die Shades kamen aus Birmingham und waren auf dem Weg nach London etwa acht Kilometer südlich von Coventry mit ihrem Bus an den Rollers vorbeigerast. Der Fahrer der Rollers hatte die Herausforderung angenommen und, da ihr Mercedes-Motor neuer und stärker war als der im Commer der Shades, seinen Rivalen leicht eingeholt. Er überholte sie, scherte vor dem Commer ein und wackelte triumphierend mit dem Steuerrad hin und her, wodurch im Mercedes ein Kartenspiel durcheinanderflog und Hazel halb verärgert und halb erschreckt aufschrie. Er ignorierte sie, und als er etwa hundert Meter Vorsprung vor seinem Gegner hatte, ließ der Fahrer der Rollers sein Fahrzeug wieder zurückfallen, damit der Commer wieder aufholen konnte. Als diese Herausforderung angenommen wurde, gab er erneut Vollgas. Dieses Spielchen wiederholte sich ein paar Mal, wurde jedoch abrupt beendet, als ein Polizeiauto sie stellte.

Sie hatten Glück. Der verantwortliche Offizier war gerade von einer erfolgreichen Lachsfischtour in Westirland zurückgekehrt, und weil die Straßen frei waren und es St.-Patricks-Tag war, ließ er die beiden Fahrer mit einer strengen Verwarnung davonkommen.

Der Bus der Shades fuhr direkt nach dem Polizeiwagen ab, aber zwei der Rollers verspürten ein menschliches Bedürfnis.

»Mach das Radio an«, rief Hazel vom Rücksitz, während sie darauf warteten, daß die Männer zurückkehrten. Der Fahrer schaltete einen Sender ein, in dem der Sprecher mit samtiger Stimme eine Sturmwarnung verlas. »Um Himmels willen«, beschwerte sich Hazel, »wir wissen alles über diese verdammten Stürme, wir können sie schließlich hören, oder? Such mal ein bißchen Musik, ja? Ist ja hier wie bei 'ner Totenwache, nicht wie bei 'ner Party.«

»Einen Augenblick, Queenie, ich möchte erst die Nachrichten hören.« Der Fahrer beugte sich vor, um die Tür zu öffnen, als die beiden Männer hinter den Büschen wieder auftauchten. Dann ließ er den Motor aufheulen, so daß das Zeitzeichen von den Nachrichten übertönt wurde.

Der Roller mit dem Spitznamen »Der Intellektuelle«, da er eine Brille trug, schob die Karten zusammen, um ein neues Spiel zu beginnen, und rief dem Fahrer zu, das Radio lauter zu drehen – auch er wollte die Nachrichten hören. Müßig hörte Francey dem Katalog von Krieg, Katastrophen und politischem Mumpitz in Kambodscha, Zypern, bei den Vereinten Nationen und in London zu. Mods kämpfte noch immer gegen Rocker, der Königin und ihrem neugeborenen Sohn ging es gut – er hörte nichts, was ihn interessierte. Von der Bewegung des Wagens eingelullt, der jetzt in einem mäßigen Tempo weiterfuhr, spürte er, wie er in einen erfreulichen, vagen Tagtraum hinüberglitt.

Die ganze Nacht hatte er sich gefragt, ob er sich richtig entschieden hatte, nicht zu der St.-Patricks-Tag-Party seines Vaters zu gehen. Hazels Vorschlag, daß er hingehen sollte und sie ihn wieder abholen würden, war vernünftig gewesen, aber Francey hatte seinem eigenen Verhalten in Gegenwart von Fleur und ihrem Mann nicht getraut. Er war sich sicher, daß Dessie ihm seine Abwesenheit nicht vorwerfen würde. Das einzige, was Dessie interessierte, war das Wohlergehen der Pferde. Aber alles, was Dessie half, gesund zu werden und auf dem Pfad der Tugend zu bleiben, war willkommen.

Er war müde und die Nacht hatte gerade erst begonnen. Er schloß die Augen in der Hoffnung, ein kleines Nickerchen zu machen, als er glaubte, aus dem Lautsprecher hinter sich die Worte »Little Staunton« gehört zu haben. Er war sofort hellwach und hörte, daß jeder Löschzug im Umkreis aufgeboten wurde, um ein riesiges Feuer im Inverary Manor zu löschen.

»Halt an!« Hazel hatte es auch gehört.

»Was?« Der Fahrer warf einen Blick über die Schulter. »Verdammt noch mal, Queenie, warum bist du nicht gegangen, als wir vor fünf Minuten angehalten haben –«

»Halt an!« schrie Hazel.

»In Ordnung, reg dich ab.« Der Fahrer lenkte den Wagen auf den Seitenstreifen.

Francey saß starr auf seinem Platz und wartete auf weitere Informationen. Aber der Nachrichtensprecher sagte nichts weiter, nur daß »weitere Einzelheiten« in späteren Nachrichtensendungen mitgeteilt würden. Dann wiederholte er die Sturmwarnungen.

Francey wurde bewußt, daß Hazel mit ihm redete. »Was willst du tun? Willst du anrufen?«

»Ich muß hin.«

»Natürlich, und ich komme mit dir.«

Hazel befahl dem Fahrer, sie so schnell wie möglich nach Leamington Spa zu bringen. Der Musiker bot ihnen sofort an, sie den ganzen Weg zu fahren, und auch einige der anderen wollten helfen, aber Francey schlug alle Angebote aus. Hazel war jedoch entschlossen, ihn zu begleiten, und ließ sich nicht davon abbringen, und er hatte bereits zu große Befürchtungen, was er wohl vorfinden würde, um Zeit mit Streitereien zu verschwenden.

Sie brauchten etwa zwanzig Minuten bis zum Stadtrand und fuhren dann weiter, bis Hazel vor einem kleinen Büro ein Taxi mit erleuchtetem Schild auf dem Dach erspähte. Das Fahrzeug war beinahe so alt wie der junge Fahrer, und obwohl letzterer sein Bestes gab, schien die Fahrt zum Manor ewig zu dauern.

Als der Wagen an einer Kreuzung anderthalb Kilometer hinter Little Staunton abbog, drehte sich Francey der Magen um. Sie waren immer noch drei Kilometer vom Haus entfernt, aber über die Felder konnte er tief am Himmel bereits den orangefarbenen Schein erkennen. Hazels Hand lag in seiner, und er drückte sie fest, als der Fahrer seine alte Kiste um die scharfen Kurven der engen Straßen schaukelte.

Sie waren noch ein paar hundert Meter vom Haus entfernt, als der Fahrer nahe an den Rand der engen Straße lenken mußte, um ein Polizeiauto mit Blaulicht und Martinshorn an ihnen vorbeizulassen. Dabei fiel Franceys Blick auf Colins Gesicht. Da stimmte doch etwas nicht. Sein Bruder sollte mit Fleur bei der Dinnerparty sein. Er hatte jedoch wenig Zeit, darüber zu spekulieren, da sie binnen Minuten in die Tore des Manors einbogen.

Auf den letzten hundert Metern auf der Einfahrt fuhren sie an vielen Autos vorbei, auch an seinem eigenen, und andere, die mehr schlecht als recht geparkt waren, erkannte Francey als Fahrzeuge der Familie.

Aber er konnte seine Blicke nicht von dem entsetzlichen Feuerwerk im Haus abwenden.

Mehr als zur Hälfte, größtenteils rechts von der Eingangstür, stand es in Flammen. Um den Teich herum wimmelte es vor hektischer Aktivität, als dunkle Gestalten zwischen Polizeifahrzeugen, Feuerwehrwagen und zwei Krankenwagen hin und her hasteten. Francey sah zwar, daß einige der Feuerwehrmänner auf das Dach über Küche und Eßzimmer geklettert waren, erkannte aber auch, daß weder die Wasserstrahlen aus ihren Schläuchen noch diejenigen der Männer am Boden viel Wirkung zeigten.

An der Empfangszimmerseite des Hauses schossen hohe Stichflammen, die vom starken Wind angefacht wurden, aus den meisten Fenstern und aus dem Gebälk des Dachstuhls. Der Sturm blies von rechts nach links, was nicht zum Vorteil der Feuerwehrleute war. Wo das Feuer am heftigsten tobte, sah Francey, daß einige der äußeren Ziegelmauern zusammengebrochen waren und die entsetzliche Tatsache aufdeckten, daß die Ziegel nur Verkleidung waren und Jool, ihrer nationalen Tradition folgend, ihr Haus in Fachwerkstruktur hatte bauen lassen. Wenn man danach urteilte, wie die Feuerbrunst bereits von dem Haus Besitz ergriffen hatte, würde es nicht lange dauern, so fürchtete Francey, bis es vollständig davon erfaßt war.

Der Lärm war entsetzlich: Brüllen und Schreien, das scharfe Knallen berstender Fensterscheiben, das Summen der Feuerwehrausrüstung – in Franceys Ohren so laut wie das Dröhnen eines Preßlufthammers –, das hohe Zischen des Wasserdrucks in den Schläuchen. Am entsetzlichsten aber war das Knacken und Brüllen der vom Wind getriebenen Flammen, die ihre Beute verzehrten.

Er hatte Hazel gesagt, sie sollte zurückbleiben, und rannte zu der nächsten Gruppe Feuerwehrleute, die Wasser auf den Empfangsraum richteten, als er eine gewaltige Explosion hörte, sich instinktiv duckte und den Kopf bedeckte. Eine der riesigen Panoramascheiben war nach außen geflogen und gab einen Feuerball frei.

Als Francey wieder hochschaute, sah er, daß die Männer vor dem Empfangszimmer ihre Schläuche hatten fallen lassen und sich in Sicherheit gebracht hatten.

Drei lagen auf dem Boden.

Francey vergaß seine eigene Furcht, rannte auf sie zu und half, einen, dessen Gesicht verbrannt war, zu einem Krankenwagen zu tragen.

Als das Fahrzeug unter Heulen des Martinshorns die Auffahrt hinabfuhr, ging Francey zurück und suchte seine Familie. Er fand seinen Vater, Colin und Tommys Kindermädchen mit Hazel neben ihnen, die wie versteinert dastanden. George Gallaher hielt Franceys Bruder zurück, der sich brüllend und schreiend losreißen und zum Haus laufen wollte.

Francey rannte direkt auf George zu. »Ich bin hergekommen, sobald ich es gehört habe.«

Niemand in der Gruppe schien überrascht zu sein, ihn zu sehen. »Sie ist da drinnen, Francey, bitte tu doch was.« Während er immer noch gegen den eisernen Griff seines Vaters ankämpfte, versuchte Colin, seinen Bruder zu packen.

»Wer ist da drin?« Franceys Entsetzen wurde noch größer.

»Wir können Fleur nicht finden«, erwiderte George. »Sie war im Schlafzimmer, und niemand hat sie gesehen, seit das Feuer entdeckt wurde. Wir waren in den Ställen so beschäftigt, daß uns das erst klar wurde, als Colin zurückkam. Lewis sagt es den Feuerwehrleuten. Hast du gehört –?« George hielt Colin noch fester und schien sich überlegt zu haben, was er sagen wollte.

Francey zog voreilige Schlüsse: »Wo ist Dessie?«

»Soweit ich weiß, ist er immer noch bei den Ställen. Sie sind völlig ausgebrannt.« Das war das Kindermädchen.

»Seid ihr sicher, daß es ihm gutgeht?« schrie Francey.

»Ich habe ihn in der letzten Zeit nicht mehr gesehen«, rief das

Mädchen, das sich bei dem Lärm verständlich machen wollte, »aber ich glaube schon. Ich habe gesehen, wie er eines der Pferde vom Feuer wegführte auf ein Feld.«

Bei diesen Worten kam Dessie selbst ins Blickfeld. Kaum zu erkennen, mit schwarzem Gesicht, in zerrissener, verdreckter Kleidung kam er vom brennenden Ende des Hauses auf sie zugehumpelt. Er war barfuß.

»Dessie?« Als Francey auf ihn zurannte, sah er im flackernden Licht, daß die Haut an beiden Füßen sich schwarz verfärbt hatte und sich abschälte. »Was ist passiert? Du bist verletzt –«

»Oh, Francey!« Dessies Gesicht verzog sich. Er warf die Arme um Franceys Taille und weinte an seiner Brust wie ein Baby.

»Was ist mit Fleur? *Was ist mit Fleur?*« Hinter sich hörte Francey Colins Schrei.

»Wo ist sie genau?« So sanft wie möglich schob Francey Dessie beiseite und wandte sich seinem Vater zu.

»Sei doch nicht verrückt, du kannst jetzt nichts für sie tun –«

»Das wäre Selbstmord –«

George und Hazel brüllten gemeinsam, aber Colin schrie mit vor plötzlicher Hoffnung noch lauterer Stimme, daß Fleur wahrscheinlich in ihrem Schlafzimmer neben dem Empfangszimmer schlief.

Francey blickte auf das Inferno am Ende des Hauses. Er schärfte sich selbst ein, nicht über die Folgen nachzudenken oder über Fleurs Zustand, sondern machte ein paar Schritte auf das Haus zu, als mit einem Krachen ein Teil des Daches über dem Empfangszimmer einstürzte. Flammen und Funken schossen zehn Meter hoch, bevor sie wieder zu Boden stürzten und lodernd brannten.

»Nichts und niemand könnte da drinnen überleben«, flüsterte George.

»Wir könnten von der anderen Seite hineingehen – am Eßzimmerende ist es nicht so schlimm.« Dessie zog an Franceys Ärmel.

Francey blickte zum entferntesten Ende des Hauses. Dessie hatte recht, das Eßzimmer und die Küche waren noch intakt.

Und obwohl das Feuer sich erbarmungslos darauf zubewegte und nicht mehr aufzuhalten war, sah Francey, daß die Flammen noch ein gutes Stück zurückzulegen hatten.

Vielleicht gab es noch eine Chance für Fleur – wer weiß? Die Eingangstür stand in Flammen, und statt das Risiko einzugehen, dort herauszukommen, war sie vielleicht zu jenem Ende des Hauses geflüchtet und saß jetzt hinter den versiegelten Fenstern in der Falle. Dort gab es auch einige Badezimmer. Badezimmer bedeuteten Wasser.

Wasser: das Eßzimmer, die Wasserwand, das Aquarium, sie konnte auch dort sein ...

Bevor Francey einen Plan fassen konnte, hörte er seinen Vater hinter sich rufen: »Laßt ihn, um Gottes willen, nicht dort hineingehen!« und wirbelte herum, aber es war zu spät. Colin hatte es sich zunutze gemacht, daß George einen Augenblick abgelenkt war, und sich seinem Griff entwunden. Er schnappte sich eine der Zementkugeln vom Geländer des Zierteiches und rannte damit wie ein Rugbyspieler los, wich den Gegnern aus und schlängelte sich zwischen Feuerwehrwagen und -leuten hindurch.

»Haltet ihn auf!« Der gemeinsame Schrei kam zu spät. Mit aller Kraft schleuderte Colin den schweren Ball gegen eines der Fenster des Frühstücksraumes und zertrümmerte es. Dann trat er das Loch breiter, tauchte hindurch und verschwand.

Ein oder zwei Sekunden lang waren die Zuschauer, selbst die Feuerwehrleute, zu geschockt, um zu reagieren. Dann rannten einige der Feuerwehrleute los, als wollten sie ihm folgen, hielten aber kurz vor dem Eingang inne, um sich mit ihrem Vorgesetzten zu beraten.

»Bleib hier!« Francey schob Dessie auf seinen Vater zu, falls er auch irgendwelche grandiosen Einfälle haben sollte, und rannte zum Haus, ungeachtet der Rufe, stehenzubleiben. Vage nahm er wahr, daß die Feuerwehrmänner eilends andere Kleidung anlegten und Gegenstände auf ihre Rücken schnallten, als er an ihnen vorbeiraste und durch das zertrümmerte Fenster sprang.

Außer den Glasscherben und der Beleuchtung durch die Feuerwehr wirkte die Einrichtung des Frühstückszimmers unverhältnismäßig normal, aber das Feuer donnerte wie ein einlaufender Zug. Sofort spürte Francey die Hitze.

Von Colin keine Spur.

Die Tür zu dem Raum öffnete sich von einer kleinen Diele aus, die im rechten Winkel zum Hauptflur lag, nach innen. Auf der anderen Seite der Diele führte eine ähnliche Tür ins Eßzimmer. Diese Tür war geschlossen.

Francey beschloß willkürlich, sich im Haus vier Minuten Zeit zu geben, das sollte ausreichen, jemanden zu retten, und es lag innerhalb der Sicherheitsgrenzen.

Er fühlte keine Angst; er fühlte überhaupt nichts. Er stellte sich drei Aufgaben. Fleur herausholen. Colin herausholen. Sich selbst herausholen.

Als erstes, wohin? Er hakte die verschiedenen Möglichkeiten ab. Es war unwahrscheinlich, daß Colin, wenn er ins Eßzimmer gegangen und Fleur dort entdeckt hätte, die Tür hinter sich geschlossen hätte.

Daraus folgte, daß sie nicht dort drinnen waren.

Es war wahrscheinlicher, daß Colin in seinem hysterischen Zustand geradewegs zu ihrem Schlafzimmer neben dem Empfangsraum gestürmt war.

Er, Francey, mußte ihm folgen.

Als Francey die Tür des Frühstückszimmers öffnete und in die kleine Diele ging, traf er auf Wolken beißend schwarzen Rauches, der aus dem eigentlichen Flur um die Ecke wehte. Mund und Nase mit einem Ellenbogen bedeckt, riskierte er einen Blick.

Es war, als schaue man in einen Hochofen.

Eine solide Feuerwand erstreckte sich von Wand zu Wand des Flures. In allen Farben von Hellgelb bis Dunkelrot mit schwarzen Schnörkeln an den Rändern fauchte sie dahin und sammelte in ihrem Schlund all die kleinen Feuer, die aus den offenen Schlafzimmertüren entlang des Weges drangen.

Noch störender waren jedoch die Voraustrupps des Feuers, die die freiliegenden Deckenbalken entlangtobten, Kohorten, die bis zum Ende des Ganges, an dem Francey sich befand, Flammen auf den Teppichboden unter sich tropfen ließen. Die

Hitze war nahezu unerträglich, und obwohl er glaubte, weniger als vier Minuten im Haus zu sein, lief ihm der Schweiß in Strömen von der Stirn in die Augen.

Hastig wischte er ihn weg. Colin lag mit dem Gesicht nach unten vor einer der drei Türen zum Eßzimmer, der Tür direkt hinter dem Aquarium. Kleine Feuer brannten hinter ihm, aber soweit Francey sehen konnte, berührten sie ihn noch nicht.

Irgendwo hatte Francey gelesen, daß man tief unten bleiben mußte, wenn man ein Feuer überleben wollte. Er duckte sich, rannte zu Colin, packte einen seiner Füße und begann ihn rückwärts zum »sicheren« Ende des Flures zu ziehen.

Unglücklicherweise hatten die lodernden Flammen ihn in den wenigen Sekunden überholt, und die kleinen Feuer auf dem Teppichboden hatten sich vereint. Dort konnte er Colin nicht hindurchziehen. Und er wußte auch, daß es zu gefährlich war, sich aufzurichten und ihn zu tragen.

Statt dessen stieß er mit der Schulter die Tür zum Eßzimmer auf und trat sie, nachdem er Colin hereingezogen hatte, wieder zu.

Hier drinnen war es relativ ruhig, obwohl die Luft genauso rauchig und sengend war wie draußen. Die Fische befanden sich im Dunkeln. Die gesamte Elektrizität war offenbar ausgefallen, aber soweit Francey sehen konnte, war bis jetzt noch kein Schaden entstanden, obwohl er durch seine Schuhsohlen die Hitze der Acrylglasur auf den Fliesen spüren konnte. Würde sie schmelzen? Die Glasplatte des Tisches?

Francey, der vermutete, daß er jetzt zwei, vielleicht zweieinhalb Minuten im Haus war, vergeudete keine Zeit mit Spekulationen. Obwohl er langsam Schwierigkeiten mit der Atmung bekam, fühlte er sich noch stark. Um sich selbst und Colin herauszuholen, mußte er nur eines der Fenster zertrümmern.

Er hatte etwas vergessen. Fleur? Wo war Fleur? Er hatte anderthalb Minuten Zeit, Fleur zu finden. Er warf einen Blick durch das Fenster und sah, daß Feuerwehrmänner, die wie Taucher gekleidet waren, sich in Richtung Frühstücksraum bewegten. Gut. Die Hilfe kam.

Francey zerrte Colin von der Tür weg auf die Wasserwand zu. Das Wasser lief zwar nicht mehr, aber die Wand war feucht und aus Marmor. Unten an der Wand ließ er seine Last fallen und ging dann wieder zur Tür, um Fleur zu suchen.

Als er sie öffnete, explodierte um ihn herum ein Gebirge von schwarzem Rauch.

Sofort ließ Francey sich wieder auf den Boden fallen und trat die Tür zu, aber jetzt war ihm übel, er fühlte sich wie erschlagen und orientierungslos. Er krabbelte zur Tür zur Diele hinüber, die an einem Ende der Wasserwand lag, aber obwohl er an ihr zog, konnte er sie nicht öffnen. Wenn man sie berührte, war sie heiß, und er vermutete, daß das Feuer sich draußen ausgebreitet hatte.

Francey kroch das kurze Stück zu Colin zurück, während er überlegte, was er tun sollte. Es war ein Fehler gewesen, die erste Tür zu öffnen. Die Luft hier drinnen war jetzt so voller Rauch, daß es schwieriger war denn je, zu atmen. Er wußte, daß seine Unentschlossenheit ihn kostbare Sekunden kostete. Seine selbstauferlegte Vierminutenfrist näherte sich ihrem Ende.

Zu seinem Entsetzen sah er, wie ein riesiger, gezackter Riß oben in der Wand am entgegengesetzten Ende des Raumes erschien. Der Riß glühte rot und orange.

Francey kam auf die Füße. Er mußte jetzt einfach daran glauben, daß Fleur, wo auch immer in diesem Haus sie sich befand, in Sicherheit war. Er konnte dort nicht mehr hinausgehen. Die dringlichste Aufgabe war jetzt, mit Colin hier herauszukommen.

Das Fenster.

Er schaute sich nach etwas um, das er gegen das Fenster schleudern konnte. Die Luft wurde dicker, er wurde auch schwächer. Er nahm einen Stuhl und warf ihn gegen das Fenster, der Wurf war aber zu kurz. Er packte einen weiteren und strengte sich gewaltig an. Dieser traf, prallte aber ohne jegliche Wirkung von der schweren Doppelverglasung ab. Francey senkte den Kopf, um zu atmen. Seine Lungen schienen Luft nur noch in geringen Mengen aufnehmen zu können. Das Acryl unter seinen Händen fühlte sich heiß und fettig an, und selbst in dem stechenden Rauch roch es seltsam. Eine Flamme fiel von der Decke auf einen der gepolsterten Stühle neben ihm. Glücklicherweise brannte er nicht, aber aus dem schwelenden Stoff stieg dicker brauner Rauch auf, der Franceys Probleme beim Atmen und seine Desorientierung noch vergrößerten.

Dann hatte er eine letzte Idee: Wenn er die Fensterscheibe schon nicht zerbrechen konnte, dann doch zumindest die Scheibe des Aquariums. All das Wasser ... er konnte all dieses Wasser freisetzen ...

Francey krabbelte zum Aquarium hinüber und schob dabei einen Stuhl vor sich her, als die ganze Welt um ihn herum zu explodieren schien. Die Explosion ging weiter und weiter und weiter, und als sie aufhörte, hörte er andere Geräusche, fremdartige, hohe, die er nicht zuordnen konnte.

Er hob den Kopf, so daß er sah, wie das Feuer die Dachbalken entlangraste und mit zischenden Geräuschen um ihn herum herabfiel. Aber da war noch etwas anderes.

Francey glaubte, Halluzinationen zu haben. Durch Rauch und Feuer tänzelte von dem Fenster aus, das er nicht hatte zertrümmern können, ein riesiges zweiköpfiges Untier auf ihn zu. Es schrie und brüllte ihn an und hatte kleinere Monster mit Buckeln im Gefolge.

Sobald er sah, daß Francey ins Haus gegangen war, rannte auch Dessie los. Der Schmerz in seinen Füßen war verschwunden, als er an dem brennenden Empfangszimmer vorbei zu dem Feld zurückrannte, auf dem er Amazone gelassen hatte. Er spürte, daß er eine Chance bekommen würde.

Amazone schaute mit dem Kopf über die Hecke neben dem Gatter. Dessie verschwendete keine Zeit damit, das Gatter zu öffnen, und hievte sich auf ihren Rücken. Auf wunderbare Weise schienen seine Schenkel und Fußgelenke Federn bekommen zu haben. Er beugte sich über Amazones Hals, packte ihr Halfter mit einer Hand und trieb sie mit den Knien durch das Gatter.

Während sie den kleinen Weg entlang und um das Haus herum

trotteten, flüsterte Dessie ihr die ganze Zeit ins Ohr. Als sie zur Vorderfront gelangten, glitt er von ihr hinab und führte sie zum Eßzimmer hinüber. Das Dach über der Küche stand nun ebenfalls in Flammen, und das Eßzimmer wurde jetzt in einer Art Zangenbewegung von beiden Seiten bedroht. Aus dem Augenwinkel sah Dessie, daß einige der Feuerwehrmänner ihre sperrige Ausrüstung angelegt hatten und sich jetzt zu dem zerbrochenen Frühstücksraumfenster auf den Weg machten, aber er glaubte, daß der einzig sichere Weg hinein durch die massive Glasscheibe des Eßzimmerfensters führte.

»Was macht das Pferd hier?« Er ignorierte diesen Ruf, der von irgendwoher zu seiner Rechten kam. Amazone begann ein wenig zu tänzeln und zu bocken, aber er redete weiter auf sie ein und behielt Augenkontakt zu ihr, als er sie herumdrehte und ihr Hinterteil in Richtung Eßzimmer schob. »Gutes Mädchen, du bist wundervoll, du bist mein gutes, gutes Mädchen ...« Er hielt ihren Kopf unten und drückte seine Brust an ihre Stirn. Sie leistete ein wenig Widerstand, aber Dessie zwang sie mit seiner ganzen Willenskraft, rückwärts zu gehen, immer weiter rückwärts ...

Sie tänzelte jetzt stärker, trat aus, zerrte am Zügel, aber er packte sie an ihrem Hinterkopf an der Mähne, zog mit einer Hand und starrte so beschwörend er konnte in ihre Augen. Sie stand kurz vor der Glasscheibe, als einer der Feuerwehrmänner zu ihm kam und drohend etwas hin und her schwang.

Amazone machte einen Satz und trat aus, aber Dessie gelang es, sie festzuhalten, als sie ausweichen wollte und sich ein wenig aufbäumte. Dann machte sie wieder einen Satz, und diesmal traf ihr Tritt nach hinten die Scheibe. Rasch hintereinander trat sie noch zweimal aus. Diese zweite Attacke zertrümmerte das Fenster, wie Dessie gehofft hatte. Jetzt bäumte sie sich hoch auf und keilte wild in alle Richtungen um sich, wobei sie sich durch das riesige Loch, da sie gemacht hatte, rückwärts bewegte und die größeren Scherben unter sich zermalmte. Die Feuerwehrmänner verteilten sich, aber Dessie, der Angst hatte, daß sie sich an den zackigen Rändern des Fensters schnitt, ging mit ihr, hielt sie fest und redete die ganze Zeit mit ihr. »Nicht, mein Liebling, nicht«, redete, redete ...

Er zerrte ihren Kopf herunter, aber Amazone leistete Widerstand, strebte weiter rückwärts in das Zimmer. Da Dessie glaubte, sie von ihrem Rücken aus besser kontrollieren zu können, schaffte er es, sie zu besteigen, aber er kam zu spät, mit noch größerer Geschwindigkeit ging sie rückwärts in das Zimmer hinein und schlitterte mit den Hufen über die schmierige Oberfläche. Als die beiden beinahe stürzten, hörte Dessie die Feuerwehrmänner hinter sich hereinkommen, war aber zu sehr damit beschäftigt, das Gleichgewicht zu halten und Amazone vor einem Sturz zu bewahren, um sich umzuschauen.

Noch einmal legte er sich in voller Länge auf ihren Hals und zerrte an ihrem Kopf. Mit einem hohen, fürchterlichen Wiehern drehte sich Amazone, bis sie in das Zimmer blickte – obwohl das nicht Dessies Absicht gewesen war –, und machte ein paar Schritte hinein. Sie war bereits drinnen, als ihr klar wurde, welchen Fehler sie gemacht hatte. Sie wirbelte herum und steuerte wiehernd mit Dessie auf ihrem Rücken hinaus.

Als Amazone festen Boden unter sich spürte, fiel sie in einen Galopp und rannte den Kies entlang, umrundete den Teich und scheuchte alle auf ihrem Weg auseinander. Mit Dessie auf dem Rücken, der sich an ihre Mähne und den Kopfriemen klammerte, raste sie in unvermindertem Tempo weiter, die halbe Auffahrt hinunter.

Francey fühlte, wie er gepackt wurde, und als nächstes erinnerte er sich daran, daß sein Kopf auf etwas Weichem ruhte und seine Lunge von so reiner, kalter Luft versengt wurde, daß er das Gefühl hatte, sie würde in Stücke geschnitten. Er sah, daß Colin auf einer Trage abtransportiert wurde, und nahm schwach wahr, wie Hazels besorgtes Gesicht über seinem schwebte. »Fleur?« krächzte er.

»Jemand anders kümmert sich darum.« Hazel kauerte sich über ihn und nahm ihn bei der Hand, die keinen Widerstand leistete. »Oh, Francey, Francey«, schluchzte sie, »du warst stundenlang da drin, ich dachte schon – wenn Dessie nicht gewesen wäre –«

»Nicht stundenlang. Vier Minuten.« Franceys Hals schmerzte, aber es war dringend notwendig, daß sie wußte, wie geplant er vorgegangen war. Es gelang ihm, den Kopf anzuheben, und er sah das Dach in seiner gesamten Länge in Flammen stehen. Dann sah er Dessie. Sein Bruder hatte einen Zügel in der Hand, an dessen anderem Ende einer der Shires war.

Amazone, die von dem Feuer und dem ganzen Theater um sie herum völlig ungerührt war, zog hart an der Leine, um an das frische Gras entlang der Auffahrt zu gelangen.

22

Francey wurde am nächsten Morgen aus dem Krankenhaus entlassen, aber Colin mußte noch vierundzwanzig Stunden zur Beobachtung dableiben. Wenn man bedachte, was die beiden mitgemacht hatten, befanden sie sich bei bemerkenswert guter Gesundheit. Dessie hatte sich glattweg geweigert, über Nacht im Krankenhaus zu bleiben, und war zum Manor zurückgekehrt.

Weil sein Vater eine Besprechung mit der Polizei und Ermittlern der Versicherung hatte und weil Dessie Verbände um seine verbrannten Füße hatte, sie hochlegen mußte und keine Schuhe tragen konnte, holte Hazel Francey in Georges Wagen, der vom Chauffeur gefahren wurde, ab. Sie war es auch, die ihm die Nachricht von Tommys Tod überbrachte.

Bevor er reagieren konnte, nahm Hazel eine seiner Hände in ihre beiden. »Ich fürchte, da ist noch etwas, Francey.«

Sie saßen in der Eingangshalle des Krankenhauses auf einer kleinen Bank, und er sah, daß Hazel sein Gesicht beobachtete. »Es gibt keine einfache Möglichkeit, dir das zu sagen«, sie drückte seine Hand, »aber es gibt gute Gründe für die Annahme, daß die Feuer gelegt worden sind. Und es hat jetzt den Anschein, daß Fleur nicht drinnen war. Sie haben gesucht und gesucht, sie aber nicht gefunden.«

Sie machte eine Pause, um auf ihn wirken zu lassen, was sie damit andeutete. »Niemand weiß, wo sie jetzt ist«, fügte sie dann hinzu, »vergangene Nacht kam sie ins Krankenhaus, etwa zu der Zeit, als das Feuer seinen Höhepunkt erreichte, und versuchte, Tommy aus der Leichenhalle zu holen, aber sie haben sie aufgehalten, und sie rannte fort. Seitdem ist sie nicht wieder gesehen worden. Ihr Auto ist auch verschwunden.«

Das war zuviel auf einmal. »Willst du damit sagen, daß Fleur es getan hat?« Franceys Stimme war so heiser, daß man ihn kaum verstehen konnte. Hazels Worte schienen wie durch eine Schicht Watte zu dringen. Als er im Krankenhaus aufgenommen worden war, hatte man ihm Beruhigungsmittel verabreicht, die ihn völlig umgehauen hatten; er hatte stundenlang geschlafen und hätte auch jetzt leicht wieder einschlafen können.

»Nein, das will ich nicht damit sagen«, Hazel schluckte, »aber ich fürchte, daß im Augenblick alles auf sie hindeutet. Es tut mir leid«, flüsterte sie, »aber sie haben im Haus die Überreste eines Benzinkanisters gefunden. Colin hatte immer einen Benzinkanister im Kofferraum dieses Autos.«

Francey wußte nicht, was er denken sollte. Das Trauma der vergangenen Nacht war noch so frisch, daß er nicht erfaßte, daß Tommy gestorben war, und noch viel weniger, daß Fleur die Feuer gelegt hatte.

Wie konnte Tommy gestorben sein? Und warum sollte Fleur Feuer legen? In seiner benebelten Wahrnehmung schienen beide Vorstellungen so grotesk zu sein wie das Muster der gewachsten Fliesen auf dem Boden und die Schwingtüren, die sich ständig vorwärts und rückwärts bewegten, wenn Leute das Krankenhausfoyer betraten oder verließen. Selbst die Art, wie das Sonnenlicht Hazels Hinterkopf beleuchtete, schien seltsam. Nichts war wirklich, außer den klaren, rotgeränderten Bildern, die jetzt geschrumpft und still waren, als blättere jemand die Seiten in einem Fotoalbum um, die unaufhörlich in dem Nebel hinter seiner Stirn herumwirbelten.

»Natürlich war sie über Tommys Tod völlig außer sich«, meinte Hazel, als könne sie Gedanken lesen.

Irgendwie kam Francey in den Sinn, daß er fragen sollte, wie Tommy gestorben sei, aber dann erschien ihm die Vorstellung, daß er tot sei, so lächerlich, daß es einfacher war, nichts zu sagen. Er schaute auf das ernste schwankende Gesicht vor sich und entschied, daß er einfach abwarten würde, ob er es sagen oder etwas anderes tun würde.

»Ist mit dir alles in Ordnung? Francey, du bist ja so weiß wie die Wand.« Hazel hielt noch immer seine Hand. »Ich fürchte, ich muß nach Brighton weiterfahren – du weißt, daß wir da heute eine Show haben –, aber ich komme morgen früh wieder, um dich zu sehen. Morgen haben wir keinen Auftritt, und am Freitag sind wir in Leeds, dann kann ich noch ein bißchen hier bleiben.«

»Bleibst du im Manor?« Francey schüttelte den Kopf, um den Druck in seinem Kopf loszuwerden.

Hazel schaute nieder auf seine Hand. »Es gibt kein Manor mehr, Francey.«

Francey starrte sie an. Wie hatte er das vergessen können?

»Wir wohnen alle in einer der Kneipen in Little Staunton«, fuhr sie sanft fort. »Wir haben auch für dich ein Zimmer gebucht, und der Arzt kommt später, um nach dir zu sehen.«

Es war Zeit, zu gehen. Francey versuchte aufzustehen, aber einer seiner Füße glitt auf den Fliesen aus, und er wäre hingefallen, wenn sie ihn nicht festgehalten hätte. »Der Rolls ist draußen.« Hazel stützte ihn an einem Ellenbogen.

Francey blickte auf sie nieder. Auch das erschien ihm absurd, daß er sich auf solch einen winzigen Körper wie ihren stützte. Aber bevor er sich freimachen konnte, hatte sie ihn im Schlepptau, und er war gezwungen, einen Fuß vor den anderen zu setzen, oder er wäre hingefallen.

Sie half Francey aus dem kleinen Krankenhaus heraus, als sei er ein alter Mann.

Er schlief auf dem bequemen Rücksitz des Autos, und den ganzen Tag über glitt er in dem Zimmer, in das sie ihn gesteckt hatten, immer wieder in den Schlaf hinüber. Von Zeit zu Zeit kamen und gingen Leute, aber er nahm nur undeutlich wahr, was sie sagten. Einmal wachte er auf und sah George am Fußende seines Bettes sitzen. Er sagte etwas über »Meine drei Söhne«, eine Ausdrucksweise, die ihm sehr fremdartig erschien. Auf der Tagesdecke waren Rosen so groß wie Kohlköpfe, und in seinem halbschlafenden Zustand glaubte Francey zu sehen, wie einige Rosen zum Leben erwachten und über die Brust und den Kopf seines Vaters krochen. Da er wußte, daß dies ein Trugbild sein mußte, versuchte er sich zu konzentrieren, aber seine Augenlider waren schwer und reagierten nicht richtig. Es war soviel einfacher, wieder in einen netten Schlummer zu sinken.

Als er schließlich richtig wach wurde, hatte er einen Riesenhunger. Und er erinnerte sich an das Entsetzen über das, was Hazel ihm über Tommy und Fleur erzählt hatte. Was man über Fleur mutmaßte.

Durch das Zimmerfenster sah er, daß der Himmel rot und pinkfarben war, und fürchtete einen Augenblick lang das Schlimmste. Aber dann schaute er auf seine Uhr und sah, daß es kurz nach sechs war, und schloß daraus, daß die Farbe des Himmels einfach der Sonnenuntergang war.

Jemand – Hazel? – hatte dafür gesorgt, daß seine Reisetaschen in sein Zimmer gestellt wurden. Francey, der sich gebückt bewegen mußte, um nicht an die Decke zu stoßen, zog sich schnell an und stieg die Treppe zum kleinen Foyer des Hotels hinunter. Als ersten sah er Lewis, der ihm mitteilte, daß sein Vater Colin besuche und in Fleurs Abwesenheit Vorbereitungen treffe für die Beerdigung seines Enkels – aber Dessie sei an der Bar. »Und Miss Slye hinterließ dies hier für Sie, Sir.« Der Butler zog einen Umschlag aus der Tasche.

In Hazels Nachricht hieß es nur, daß er sich so gut wie moglich erholen sollte und daß sie ihn früh am nächsten Tag besuchen würde. Sie gab auch den Namen und die Telefonnummer des Hotels der Rollers in Brighton an, falls er sie sprechen wollte.

Trotz aller anderen Sorgen, die ihn bedrückten, war er erleichtert, als er Dessie bei einer Coca-Cola vorfand und er keinen Alkohol trank, wie Francey befürchtet hatte.

»Erzähl mir von Fleur – und Tommy.« Francey, der zwei

Sandwiches bestellt hatte, um die Zeit bis zum Abendessen zu überbrücken, brachte sein Getränk mit und setzte sich neben ihn.

»Es war nicht Amazones Schuld.« Dessie, dessen bandagierte Füße auf einem Schemel lagen, ging sofort in die Defensive, und es dauerte eine Weile, ihm zu entlocken, was dem kleinen Jungen zugestoßen war.

Obwohl Tommy ihm nicht besonders nahegestanden hatte, war Francey dennoch sehr aufgebracht. Er konnte sich vorstellen, was Fleur empfunden haben mochte – noch durchmachte, wenn die Mutmaßungen zutrafen. Aber im Augenblick fühlte er sich dem nicht gewachsen, und so schob er es auf, zu ergründen, was er für Fleur empfand oder von den Mutmaßungen über sie hielt.

Dessie hatte jedoch keine Ahnung, wo sie sich aufhielt, und er konnte auch nicht genauer ausführen, warum jeder glaubte, sie sei es gewesen. Soweit Francey es beurteilen konnte, wußte sein Bruder nicht nur recht wenig über das, was passiert war, es war ihm auch egal – solange mit seinen geliebten Pferden alles in Ordnung war. »Was wird mit ihnen geschehen, Francey?« fragte er jetzt. »Gott sei Dank, ist es bald Sommer und sie können eine Weile draußen bleiben, aber als Mick mich vorhin besuchen kam, war er genauso besorgt wie ich.«

Francey verkniff es sich, ihn darauf hinzuweisen, daß die Pferde wahrscheinlich bei niemandem als besonders dringlicher Punkt auf der Tagesordnung standen, da der kleine Junge tot war, seine Mutter vermißt wurde und das Herrenhaus in Schutt und Asche lag. »Sind deine Füße wund?« fragte er. »Ich habe dir noch nicht einmal dafür gedankt, daß du mich gerettet hast, daß du uns beide gerettet hast, Colin und mich. Du hast mir das Leben gerettet, Dessie.«

»Ich habe dich nicht gerettet«, Dessie sah überrascht aus, »das war Amazone. Deshalb darf ihr auch nichts passieren. Weißt du, ich glaube nicht, daß irgendein anderes Pferd in der Lage gewesen wäre, das zu tun. Es liegt an der Rasse. Meine Füße sind prima, danke. Sie sind ein bißchen wund, aber der Doc hat mir ganz tolle Tabletten gegeben. Noch mehr Tabletten!« Er grinste. »Gerade als du dachtest, ich hätte es geschafft.«

Francey grinste zurück. Dieses Gespräch, das knisternde Feuer im Kamin neben ihnen, die Chintzmöbel, die junge Frau hinter der Bar, die ruhig hin und her ging, bildeten solch einen krassen Gegensatz zu den Ereignissen der letzten vierundzwanzig Stunden, daß es gleichzeitig tröstlich und irritierend war. Francey fand, daß er nicht imstande sein sollte zu lächeln, oder den Käse und die eingelegten Zwiebelchen zwischen den beiden Brotscheiben oder den milden Geschmack des Bieres so sehr zu genießen. Und dennoch hatte er, während er aß und trank und sie miteinander plauderten, zum ersten Mal, seit er seinen Bruder kannte, das Gefühl, ihm nahe zu sein. Die völlige Belanglosigkeit ihres Gespräches schien diese Vertraulichkeit auszumachen. Außerdem hatte sich ihre Beziehung zueinander verändert. Nicht länger war nur einer der Wohltäter und der andere von ihm abhängig, sie waren ebenbürtig.

Der Haushalt von Inverary hatte die meisten Zimmer des Gasthofes übernommen. George war von seinem Besuch bei Colin im Krankenhaus noch nicht zurückgekehrt, und das Kindermädchen war offensichtlich nach London zurückgefahren, aber als Francey Dessie etwa eine halbe Stunde später half, in den Speisesaal zu humpeln, stellte er fest, daß auch der Butler und sechs Mitglieder des Personals, die im Haus gewohnt hatten, dort waren. Jedoch nicht an ihrem Tisch. Obwohl Francey sie einlud, beharrte Lewis, der im Namen des Personals sprach, darauf, daß sie nicht im Traum daran dächten, sich zu den Brüdern zu gesellen; also bestand Francey auch nicht darauf, da er das Gefühl hatte, eine unsichtbare Linie überschritten zu haben.

Der Gasthof hatte keine anderen Gäste, und da Dessie und Georges Personal weitgehend schweigend aßen, herrschte während der ganzen Mahlzeit eine gedrückte Atmosphäre. Francey machte das jedoch nichts aus, da er seinen eigenen Gedanken nachhing und immer noch so hungrig war, daß er das Essen gar nicht schnell genug in sich hineinschaufeln konnte.

Als sie fertig waren, half er Dessie in sein Zimmer hinauf und ging dann wieder die Treppe hinunter, um den Butler zu fragen, was mit seinem Auto geschehen war. Er fand heraus, daß es, soweit Lewis wußte, immer noch vor dem Haus stand. »Die Polizei hat das Gebiet abgesperrt«, warnte der Butler ihn, aber Francey achtete nicht darauf. Das Auto zurückzubekommen war nur einer der Gründe, warum er zum Haus wollte. Da er auf dem Höhepunkt des Feuers ins Krankenhaus transportiert worden war, verspürte er den Drang, das ganze Ausmaß der Zerstörung mit eigenen Augen zu sehen.

Er nahm ein Taxi und bat den Fahrer, ihn am Eingangstor hinauszulassen, weil er das Gefühl hatte, wenn er die Auffahrt zu Fuß hinaufginge, würde er einen klaren Kopf bekommen und wäre ein wenig auf das vorbereitet, was er zu sehen bekäme.

Zuerst deutete nichts darauf hin, daß irgend etwas anders war. Die Osterglocken erhoben zu beiden Seiten der Auffahrt unter einem großen ruhigen Mond die Köpfe. Die einzige Spur des Infernos der vergangenen Nacht waren Reifenspuren auf dem Rasen.

Das erste Fahrzeug, auf das Francey stieß, war sein eigenes Auto. Es war hinter Jools Jaguar vor der letzten Kurve der Auffahrt geparkt und startete sofort, als er den Zündschlüssel drehte. Er stellte den Motor wieder ab, stieg aus und ging auf die Kurve zu. Auf der Fahrt hierher hatte er versucht, sich den Schaden vorzustellen, und dann hatte er etwas wie das ausgebrannte Gerippe einer Küstenwachstation in der Nähe von Eyeris vor Augen, eine Hülle aus gezackten Schornsteinen und schwarzen Wänden. Vielleicht rauchte es noch …

Als er um die Kurve kam, sah er, daß ein Polizeiauto quer vor der Auffahrt stand. Die Innenbeleuchtung war eingeschaltet, und er konnte erkennen, wie ein Mann sich drinnen aus einer Thermosflasche etwas in einen Becher goß. Dahinter war buchstäblich nichts mehr übriggeblieben als ein riesiger, unregelmäßig geformter Haufen verkohlten Schutts. Francey hatte vergessen, daß es ein Fachwerkhaus und der einzige Kamin der gasbetriebene im Salon gewesen war, der wahrscheinlich gar keinen richtigen Schornstein benötigte.

Geschockt ging er auf das Polizeiauto zu. Als er näher kam, konnte er in größerer Entfernung hinter dem Schutt die Stallgebäude erkennen, die, da sie aus Ziegeln und Zement gebaut worden waren, mehr seinen Vorstellungen entsprachen. Sie lagen jedoch zu weit entfernt, um das Ausmaß des Schadens abschätzen zu können.

»'n Abend!« Der Polizeibeamte, der Francey hatte kommen sehen, sprach ihn durch das geöffnete Fenster an. Er trank seinen Becher leer, schraubte ihn wieder oben auf seine Thermoskanne und stieg dann aus dem Auto aus. »Tut mir leid, Sir«, sagte er, »aber Sie dürfen nur bis hierher gehen.«

»Ich bin Mr. Gallahers Sohn.« Francey schaute noch immer über den Mann hinweg auf den Schlackehaufen, der früher Inverary Manor gewesen war. »Ich war gestern nacht bei dem Feuer hier.«

»Hat schon jemand mit Ihnen gesprochen?« Der Polizist sah ihn scharf an.

»Sie meinen die Polizei?« Francey schüttelte den Kopf. »Noch nicht. Ich war bis vor kurzem im Krankenhaus.«

»Ich bin sicher, daß man sich mit Ihnen in Verbindung setzen wird, Sir, aber Sie dürfen nicht weitergehen. Tut mir leid.«

Francey wollte sich schon mit ihm streiten, änderte aber seine Meinung. Der Mann tat nur seine Arbeit, und er konnte bei Tageslicht wiederkommen. »Ich nehme meinen Wagen mit«, sagte er dann, falls der Polizist glauben sollte, daß er ihn stahl, »den Morris Oxford.«

Das schien in Ordnung zu sein, und nach einem letzten Blick wünschte er dem Mann gute Nacht und ging die Auffahrt wieder hinunter.

Als er jedoch versuchte, den Wagen zu starten, begannen seine Hände so stark zu zittern, daß er es nicht wagte, loszufahren, sondern saß da und starrte durch die Windschutzscheibe auf das Heck von Jools Jaguar. Was hatte er erwartet? Daß er einfach hier herauskommen, herumlaufen und wieder weggehen konnte, ohne davon betroffen zu sein? Er saß eine Weile da und versuchte, seine Fassung wiederzugewinnen.

»Ist mit Ihnen alles in Ordnung, Sir?« Es war wieder der Polizist, der an das Seitenfenster seines Autos klopfte.

Mit zitternden Händen drehte Francey die Scheibe herunter. »Ja – ja, danke, Officer«, er versuchte sich zusammenzureißen. »Mir war nicht klar, wie schlimm der Schaden wirklich sein würde.«

»Sind Sie sicher, daß Sie fahren können?« Der Polizist hockte sich neben das Auto, so daß sein Gesicht auf einer Höhe mit Franceys war. »Ich kann jemanden herbestellen, der Sie fährt, wenn Sie möchten.«

»Nein, mir geht es gut, wirklich, das war nur der Schock.« Francey versuchte zu lächeln. Um dem Mann zu beweisen, daß er sich wieder erholt hatte, drehte er den Zündschlüssel um, erfolgreich diesmal, und legte den Gang ein.

Der Polizist erhob sich. »Passen Sie gut auf.«

»Das werde ich, danke, Officer.« Francey machte mit dem Oxford eine Dreipunktwendung und fuhr langsam davon.

Als er sicher war, daß der Polizist ihn nicht mehr sehen und hören konnte, hielt er den Wagen am Rande der Auffahrt etwa vierzig Meter vor dem Tor an. Er konnte nicht weinen, seine Gefühle gingen zu tief für Tränen. Obwohl das einzige Geräusch im Wagen das Klappern der Schlüssel war, wenn das Steuerrad auf seine zitternden Hände reagierte, hörte Francey, wie er Namen rief: Fleurs, Tommys, Dessies, Mossies, Neeley Scollards, Kathleens, den seiner Mutter, sogar Georges und seinen eigenen. Und Hazels.

Es war, als habe er während der tumultartigen vergangenen sechs Monate Gefühle aufgeschichtet – nicht nur schmerzliche und tragische, sondern auch die glücklichen und bittersüßen – zu einem Haufen, der so groß war wie die Ruine hinter ihn.

Jetzt löste sich alles auf. *Sei still! Sei still!* schrie Francey sich selbst schweigend an. Wenn er es noch ein oder zwei Minuten so aushalten würde, würde es vorübergehen.

Die Aufregung legte sich nach ein paar Minuten, und er löste Finger um Finger vom Steuerrad. Handflächen und Knöchel schmerzten, aber abgesehen davon fühlte er sich frei.

Gerade wollte er wieder losfahren, als ein weiteres Paar Scheinwerfer langsam durch das Tor bog und im Schneckentempo auf ihn zukam. Da er glaubte, es sei ein Gaffer, änderte sich Franceys Laune auf der Stelle, er kochte vor Unwillen; er brauchte einen Sündenbock und verachtete solche Leichenfledderei.

Er blendete die eigenen Scheinwerfer voll auf, um den Fahrer des anderen Autos zu blenden, aber dessen Reaktion traf ihn unvorbereitet. Statt die Lichthupe zu betätigen oder abzublenden, gingen die Scheinwerfer des anderen Wagens ganz aus. Dann wurde das Fahrzeug an die Seite gelenkt und der Motor abgewürgt.

Francey, der immer noch aufgebracht war, sprang aus seinem eigenen Auto, um den Störenfried in Empfang zu nehmen. Als er sich dem Auto jedoch näherte, blieb er wie angewurzelt stehen. Durch die Windschutzscheibe sah er Fleur.

»Was tust du hier?« Wütend riß er die Tür des Rover auf, den er als den Colins erkannte, aber als er sah, in welchem Zustand sie sich befand, war er so schockiert, daß sein Zorn versickerte. Sie sah aus, als hätte sie sich seit einer Woche nicht gewaschen oder die Haare gekämmt. Ihr Kleid war zerknittert und voller Flecken, und über dem Auge hatte sie eine Schnittwunde. »Was ist mit dir passiert?« fragte Francey und bedauerte seine Frage dann sofort. Was war ihr nicht widerfahren? Was auch immer sie getan oder nicht getan hatte, dies war eine Frau, deren Kind gerade gestorben war.

Als sie aus dem Auto stieg, schien sie trotz ihres ungepflegten Äußeren ruhig zu sein, viel ruhiger als er und viel beherrschter, als jemand sein sollte, der seinen Sohn verloren und danach mutmaßlich ein Herrenhaus niedergebrannt hatte. Die Muskeln ihres normalerweise so beherrschten Gesichtes zuckten jedoch, als versuche sie, eine Entscheidung zu treffen. »Ich mußte bis nach Einbruch der Dunkelheit warten«, sagte sie. »Ist es möglich, ins Haus zu kommen?«

Francey starrte auf sie hinab. Schauspielerte sie? Oder war es möglich, daß sie ihr alle unrecht taten und sie wirklich nicht wußte, was geschehen war? Dies war nicht die Zeit für Ausflüchte oder Spekulationen. »Ist es wahr, Fleur?« fragte er. »Hast du den Brand gelegt?«

»Ja.« Sie starrte ihn an, ihre Augen lagen halb verborgen unter ihrem zerzausten Haar. »Aber jetzt muß ich etwas holen.«

Francey, der völlig aus der Fassung gebracht war, traute seinen Ohren nicht. »Was?« Er war bestürzt darüber, daß seine Stimme so krächzte. »Was mußt du denn holen?«

»Kann ich dir trauen?« Fleur schaute immer noch zu ihm hoch, und Francey, der kein Wort herausgebracht hätte, auch wenn einer der Shires es aus ihm herausgezogen hätte, konnte nur nicken.

»Gestern habe ich drei Diamanten hierher mitgebracht«, sagte Fleur mit monotoner Stimme. »Sie waren in eine kleine schwarze Geldbörse eingenäht. Ich habe sie zurückgelassen, aber jetzt brauche ich sie.«

Sie war verrückt, entschied Francey. Der Kummer hatte ihren Verstand aus dem Gleichgewicht gebracht. »Warum brauchst du sie jetzt?« Er versuchte sich ihrem Ton anzupassen, aber es hörte sich schräg an. Dies war die Frau, die er geliebt hatte, geliebt ...

»Ohne Zweifel überwachen sie meine Bank«, sagte Fleur. »Ich brauche Geld.« Dann zeigte sie zum ersten Mal Gefühle. »Bitte hilf mir, Francey –« Ihre Stimme brach. »Ich wollte – das heißt, Tommy und ich wollten –« Sie schluckte, dann: »Sie wollten nicht gestatten, daß ich Tommy mit nach Hause nehme. Sie haben ihn mir weggenommen und nicht gestattet, daß ich ihn mit zurücknehme.« Sie legte Francey die Hand auf den Arm, um ihrem Appell Nachdruck zu verleihen, zog sie aber wieder zurück, als sei ihr klargeworden, daß sie eine Indiskretion begangen hatte. »Ich habe meinen Paß und meine Papiere, ich habe es geschafft, durch einen Hintereingang in die Wohnung zu gelangen. Ich weiß, daß sie mich vielleicht ins Gefängnis werfen für das, was ich getan habe, Francey. Eher bringe ich mich um, als das zuzulassen. Ich kann mich nicht entschuldigen für das, was ich getan habe, weil das nicht aufrichtig wäre. Weißt du, ich würde es wahrscheinlich wieder tun, wenn – wenn –«

Sie konnte nicht weiterreden, aber Francey, der wie versteinert war, fühlte sich außerstande, ihr weiterzuhelfen.

Zitternd holte Fleur tief Luft. »Und wenn ich zur Bank gehe«, fuhr sie schließlich fort, »werden sie mich finden. Um mir ein Flugticket zu kaufen, muß ich diese Diamanten haben. Wirst du mir helfen?«

Francey bezweifelte nicht, daß sie ihre Drohung, sich umzubringen, wahr machen würde. »Woher weißt du, daß sie deine Bank beobachten, Fleur?« Er versuchte, Zeit zu gewinnen, um nachzudenken. »Das stellst du dir sicher nur vor. Und außerdem bin ich sicher, daß sie dir zugute halten werden, daß –«

Wieder hing er unausgesprochen zwischen ihnen: der Tod des Kindes.

»Sie wollen dich einfach nur befragen«, schaffte es Francey zu sagen, dann fuhr er beiläufig fort: »Was ist mit Colin? Hast du an ihn gedacht, Fleur? Er muß außer sich sein vor Sorge.«

»Mit dieser Familie bin ich fertig«, schrie Fleur. »Ich bin fertig mit England und muß sofort hier weg, morgen. Hilfst du mir bitte?«

Francey dachte daran, wie Colin sich kopfüber ins Feuer gestürzt hatte, an seine eigenen Anstrengungen, an die von Dessie. »Was ist mit der Beerdigung?« fragte er. »Willst du nicht einmal hierbleiben zur Beerdigung deines eigenen Sohnes?«

»Sprich bitte nicht von Tommy.« Fleur verlor beinahe wieder die Fassung. »Tommy ist tot. Er ist weitergewandert. Eine Beerdigung hilft ihm nicht.«

Francey mußte entscheiden, was er als nächstes tun oder sagen sollte, und versuchte es mit einem unverfänglichen Thema. »Vom Haus ist nichts übrig, Fleur«, sagte er. Schlagartig wurde ihm klar, wie absurd diese Verhandlung war. Abgesehen von der Qual, die sie ihm bereitet hatte, hatte sie mit voller Absicht einen Palast völlig zerstört, der viele Millionen Pfund wert war. Wieso redete er eigentlich mit ihr, als sei sie ein vernünftiger Mensch? »Um Gottes willen, Fleur!« rief er so heftig, wie seine Heiserkeit es zuließ. »Verlang das bitte nicht von mir, bitte nicht.«

Fleur blickte zu Boden und zuckte dann fast unmerklich die

Schultern. »Auf Wiedersehen, Francey, ich muß meine Diamanten holen.« Sie begann die Auffahrt hinaufzugehen.

Francey, der sie am liebsten geschüttelt hätte, ging instinktiv hinter ihr her. »Geht das nicht in deinen Schädel, daß dort nur noch ein Müllhaufen ist?« rief er. »Da würdest du nicht einmal einen Bulldozer finden, geschweige denn drei Diamanten. Wir hätten alle umkommen können«, mittlerweile hatte er sie erreicht, »beinahe wären wir das auch.«

»Tommy ist umgekommen.« Fleur blieb stehen und schaute beiseite, als sei ihre Unterhaltung beendet. Im fahlen, stillen Mondlicht sah sie trotz ihres aufgelösten Zustandes, trotz allem, was sie ihm und den anderen angetan hatte, wunderschön aus.

Und jetzt haßte er diese Schönheit.

Hinter ihm wurde das Leerlaufgeräusch seines Motors lauter in der Stille. Und ganz deutlich hörte Francey plötzlich die Worte aus dem Brief der alten Dame: *Also paß auf alle auf ... besonders auf den kleinen Tommy und seine Mutter. Ich habe so ein komisches Gefühl, daß sie Dich am meisten brauchen werden ...* Damals hatten diese Worte ihn begeistert, er hatte sie als ein gutes Omen betrachtet.

Während Fleur wartete und weiterhin auf den Boden starrte, schüttelte er den Kopf, als wolle er Jool Gallahers Ermahnungen loswerden, aber gnadenlos kam ihr Brief zu ihm zurück. *Geh weg*, dachte Francey wild, *das hat nichts mit mir zu tun*. Aber je mehr er sich gegen Jools Worte wehrte, desto mehr verfolgten sie ihn.

Er blickte auf diese Frau nieder, die er so total geliebt hatte, und erkannte, daß er Fleur genausowenig hassen konnte wie eine verletzte Amsel.

»Auf Wiedersehen, Francey.« Da Fleur gespürt hatte, wie er mit sich kämpfte, und wohl glaubte, die Schlacht sei verloren, ging sie weiter, als Francey oberhalb der Umfassungsmauer zwei Lichtkegel den Himmel durchdringen sah. Ein weiterer Wagen näherte sich dem Anwesen. Von seinem Aussichtspunkt aus sah er die rasche blaue Reflektion eines nicht erleuchteten Blaulichtes und wußte, daß es ein weiteres Polizeiauto war. Vielleicht fuhr es vorüber; vielleicht kam es aber auch, um den Polizeibeamten oben an der Auffahrt abzulösen oder um sich mit ihm zu besprechen.

Franceys natürliche Veranlagung, rasch zu handeln, übernahm die Kontrolle. »Polizei! Schnell!« Bevor Fleur etwas sagen konnte, hatte er sie in die Arme genommen und war mit ihr zum Morris gelaufen. Er öffnete die rückwärtige Tür und warf sie hinein. »Runter mit dir, so weit wie möglich – auf den Boden.« Dann huschte er auf den Fahrersitz, ließ den Motor aufheulen und riß die Räder herum, um den Wagen in Gang zu setzen.

Es war zu spät, das Polizeiauto bog bereits durch das Tor ein.

»'n Abend.« Er stellte den Motor ab und kurbelte das Fenster herunter, als der Streifenwagen neben ihm anhielt.

»Guten Abend, Sir.« Der Beamte auf dem Beifahrersitz setzte seine Mütze auf und stieg aus. »Ich bin George Gallahers Sohn«, sagte Francey, bevor der Mann irgendwelche peinlichen Fragen stellen konnte. »Das hatte ich Ihrem Kollegen im anderen Auto bereits gesagt.« Er deutete mit dem Daumen über die Schulter in Richtung Haus. »Ich war vergangene Nacht hier, aber dann mußte ich ins Krankenhaus, und dies ist für mich die erste Gelegenheit, den Schaden zu inspizieren.«

»Ich verstehe.« Der Polizist zögerte. »Gehört dieses Auto der Familie, Sir?« Er lenkte den Lichtstrahl seiner Taschenlampe über die Auffahrt auf Colins Rover.

Francey dankte Gott, daß Fleur nicht den auffälligen MGB genommen hatte, und schaute besorgt drein. »Das habe ich mich auch schon gefragt, Officer«, sagte er und hoffte, daß er sich in dem Bemühen, seine Nervosität zu überspielen, nicht zu übertrieben anhörte. »Ich habe es noch nie gesehen. Ich dachte schon, es ist vielleicht einer dieser Gaffer oder vielleicht sogar ein Plünderer, deshalb habe ich angehalten. Es scheint jedoch niemand drinnen zu sein«, fügte er hinzu und hielt die Luft an, als der Polizeibeamte zum Rover hinüberging, die Tür öffnete und die Zündschlüssel abzog.

»Er kann nicht weit gekommen sein, wer immer er ist«, der Polizist wog die Schlüssel in seiner Hand, »und jetzt geht er nirgendwo mehr hin. Keine Sorge, wir werden ihn schon finden. Ich möchte Ihnen meine Anteilnahme aussprechen.«

»Danke.« Francey kurbelte das Fenster wieder herunter, als er davonfuhr. Er warnte Fleur, unten zu bleiben, und fuhr etwa fünf Kilometer, bevor er an einer Auffahrt an einem geraden Straßenstück anhielt. »In Ordnung«, sagte er, nachdem er den Himmel auf Anzeichen sich nähernder Scheinwerfer kontrolliert hatte, »du kannst jetzt rauskommen.« Er hörte ein schwaches Rascheln und sah dann im Rückspiegel Fleur auf dem Rücksitz. »Was jetzt?« Er hatte sich in sein Schicksal ergeben.

»Ich bin in deinen Händen.« Fleurs Stimme hörte sich dumpf und hoffnungslos an. Francey wußte, daß er bereits so sehr in die Sache verwickelt war, daß er das hier soweit wie möglich durchziehen mußte. »Hast du irgendwelche Freunde, bei denen du die Nacht verbringen könntest?« fragte er sie, aber zu seinem Entsetzen schüttelte sie den Kopf.

»Ich habe einen Freund in Hatton Garden, aber der ist nicht da. Du bist jetzt mein einziger Freund.«

Francey dachte bitter, daß er noch vor sechs Wochen sein ganzes Vermögen hingegeben hätte, um diesen Satz aus ihrem Mund zu hören. »Du kommst besser auf den Beifahrersitz«, sagte er. »Es sieht seltsam aus, wenn du allein hinten sitzt. Und wir müssen losfahren, wir ziehen die Aufmerksamkeit auf uns, wenn wir hier herumtrödeln.«

Fleur kletterte nach vorne und kauerte sich mit bedecktem Gesicht, als weinte sie, auf den Sitz, eine Haltung, in der sie kleiner denn je wirkte. »Das mit Tommy tut mir wirklich leid«, sagte Francey sanft, wagte es aber nicht, sie zu berühren. Sie nickte, nahm ihre Hände aber nicht vom Gesicht. Wenn sie tatsächlich weinte, tat sie es ohne einen Laut, und er konnte es nicht länger ertragen, sie anzusehen.

»War das dein eigenes Auto, mit dem du gefahren bist?« fragte er, als er den Gang einlegte.

»Colins.« Ihre Stimme klang hinter ihren Händen gedämpft.

Da Fleurs Mann im Krankenhaus lag, überlegte Francey rasch, würde die Polizei nicht lange brauchen, um sich auszurechnen, wer den Rover gefahren hatte. Und weil sie das Pech gehabt hatten, dem zweiten Streifenwagen zu begegnen, war er sich auch sicher, daß man eher früher als später vermuten würde, daß auch er darin verwickelt war. Er war nicht gerade unauffällig. Wenn Fleur sicher außer Landes gebracht werden sollte, mußte das mit Hilfe einer dritten Partei geschehen.

Grimmig stellte er fest, Fleur und sich selbst als Verschworene in dieser Angelegenheit zu betrachten, ob er es wollte oder nicht. Danke, Oma, dachte er, das war deine Idee – hol mich also auch wieder hier raus ...

Francey fand, daß er genauso aus dem Gleichgewicht geraten war wie sein Passagier – er redete mit Toten. Beinahe mußte er lachen über die Situation, in der er sich befand. Seine Schwester Johanna, die seltsame Geschichten liebte und sie mit Wonne erzählte, hätte mit dieser hier bestimmt einen phantastischen Erfolg. »Wenn ich dir helfen soll, Fleur«, sagte er jetzt, »mußt du genau tun, was ich dir sage, in Ordnung?« Sie sah so jammervoll aus, als sie zustimmend nickte, daß Francey seinen Haß auf sie beinahe vergaß.

Sie kamen an eine Kreuzung in einem jener Bilderbuchdörfer, die ihm während seines Umherstreifens in Warwickshire so gefallen hatten. Dieses hier war ihm nicht vertraut, aber er sah, daß es eine Telefonzelle an einem relativ verborgenen Ort hatte, in einen rechten Winkel hineingestopft, den zwei Mauern neben dem Postamt bildeten. Das Pub-Schild auf der anderen Seite der Straße war erleuchtet, aber soweit er sehen konnte, war niemand in der Nähe. »Bleib sitzen«, sagte er zu Fleur, nachdem er sich rasch entschlossen hatte. »Ich werde mal telefonieren. In einer Minute bin ich zurück.«

Er nahm Hazels Notiz aus seiner Brusttasche und las die Nummer, die sie ihm gegeben hatte, der Vermittlung vor. Es war erst fünf nach acht. Mit etwas Glück würde er sie erwischen.

Als das Hotel sich meldete, folgte ein unendliches Palaver wegen der Münzen und dann ein nervöses Warten, während der Mann an der Rezeption versuchte, sie zu erreichen. Er hätte jubeln können, als er ihren atemlosen Dubliner Akzent hörte. »Francey? Was ist passiert?«

»Ich habe nicht viel Zeit und bin in einer Telefonzelle. Hazel, hör mir bitte zu. Ich muß dich um einen ganz großen Gefallen bitten, und wenn du mir helfen kannst, stehe ich für immer in deiner Schuld.«

»Als du mich gerettet hast, habe ich dir doch gesagt, daß ich in deiner Schuld bin, Kemo Sabay!« Aber er merkte, daß sich hinter Hazels Unbeschwertheit Zweifel verbargen. Trotzdem hatte er keine Alternative, als ihr zu vertrauen, also umriß er kurz die Ereignisse des Abends und was er vorhatte.

Hazel zögerte keinen Moment. »Ich treffe dich, sobald ich kann, nach dem Auftritt«, sagte sie. »Geh zum Lorna Doone Hotel am Eaton Square, ich buche für dich.« Dann hörte Francey sie zögern. »Brauchst du ein Zimmer oder zwei?« Ihre Stimme klang sachlich.

»Zwei.« Franceys Antwort war heftiger, als er geplant hatte.

»In Ordnung«, sagte Hazel, »du kannst ihnen dort vertrauen, aber sobald du drinnen bist, solltest du darauf achten, daß sie außer Sichtweite bleibt. Ich veranlasse das Nötige und komme so schnell wie möglich hin. Wahrscheinlich schon vor drei.«

Francey rief danach im Gasthaus in Little Staunton an und verlangte nach Dessie. Er sagte seinem Bruder, daß er sich viel besser fühle und daß Dessie sagen sollte, falls jemand ihn suchte, die Polizei oder sonst jemand, er sei nach Leeds gefahren, um auf Hazel und die Band zu warten, und daß er rechtzeitig zu Tommys Beerdigung zurück sei.

Während der Autofahrt nach London war Fleur still, und Francey, der zu durcheinander war, um sich mit ihr zu unterhalten, konzentrierte sich aufs Fahren. Wie zuvor bereitete ihm die Vorstellung, sich in der riesigen Stadt zurechtfinden zu müssen, Unbehagen, und als sie nach Watford kamen, folgte er einem Hinweisschild zum Bahnhof. Bahnhöfe bedeuteten Taxistände.

Er parkte in der Nähe und gab Fleur dann seine Schaffelljacke, die sie sich wie einen Umhang um die Schultern legen sollte, damit sie mit ihrem ruinierten Kleid nicht unnötig Aufmerksamkeit erregte. »Und diesen Kratzer in deinem Gesicht solltest du besser ein wenig saubermachen. Hast du einen Kamm?«

Fleur schüttelte den Kopf, also holte er seinen aus der Tasche und reichte ihn ihr zusammen mit einem Taschentuch aus dem Handschuhfach. Er wartete, bis sie sich ein wenig zurechtgemacht hatte, dann machte er sich mit ihr auf die Suche nach einem Taxi.

Das Hotel war klein und ähnelte demjenigen, in dem Francey übernachtet hatte, als er seine finanziellen Angelegenheiten geregelt hatte. Hazel hatte Wort gehalten und die Reservierungen vorgenommen. Der Mann an der Rezeption gab keinerlei Kommentar ab, als er sie anmeldete, sondern meinte nur, als er ihnen die Schlüssel aushändigte, daß Miss Slye sich bei ihm melden würde, sobald sie käme. Francey stellte fest, daß er einen irischen Akzent hatte.

Er brachte Fleur in ihr Zimmer, wies sie an, dort zu bleiben und zu versuchen, ein wenig zu schlafen; dann ging er in sein eigenes Zimmer.

Als er sich auf das schmale Bett fallen ließ, fragte er sich, wessen man ihn beschuldigen konnte – gemeinschaftlich begangene Brandstiftung? Beihilfe zur Brandstiftung? Was auch immer ... Er steckte jetzt tief drinnen. Und Hazel ebenfalls. Der Gedanke tröstete ihn. Nach etwa zehn Minuten holten ihn die Anspannung und die Emotionen der vergangenen Stunden ein, und er fiel in einen leichten Schlaf. Etwas später wachte er durch ein sanftes Klopfen an der Tür wieder auf.

Hazel ...

Er sprang vom Bett auf und rannte zur Tür.

Es war jedoch nicht Hazel, die dort stand, sondern Fleur. Sie trug immer noch die Schaffelljacke um die Schultern.

Francey öffnete die Tür weiter. »Kannst du nicht schlafen?«

Fleur wartete, bis er die Tür hinter ihnen geschlossen hatte, dann ging sie zum Bett, setzte sich und ließ die Jacke hinabgleiten. »Ich habe kein Geld, um dir deine Hilfe zu bezahlen. Zumindest für eine gewisse Zeit.«

»Das macht doch nichts«, begann Francey, dann wurde ihm klar, was sie ihm anbot, und seine Stimme versagte vor Entsetzen. Er betrachtete ihr ernsthaftes Gesicht, das wie das eines verwahrlosten Kindes wirkte. »Es tut mir leid, Fleur«, sagte er so ruhig wie möglich, »danke, nein.«

»Bist du sicher?« Ihr Gesichtsausdruck veränderte sich nicht.

Zunächst traute Francey sich kaum zu sprechen. Dann sagte er: »Geh zurück in dein Zimmer, Fleur.« Als sie in der Tür an ihm vorbeiging, hielt er den Blick abgewandt. Nachdem sie gegangen war, starrte er auf die geschlossene Türe, als ob in den Scharten und Kratzern, die im Laufe der Jahre verursacht worden waren, der Schlüssel zu dem läge, was geschehen war.

Er war wütend – nicht auf sie, sondern auf sich selbst. Durch sein Verhalten ihr gegenüber hatte er um solch eine Behandlung gebettelt. Er war der größte Trottel aller Zeiten. Wie ein Bär in einem Käfig lief Francey in dem kleinen Raum auf und ab. Ihm war danach, das kleine Fenster einzuschlagen, den geblümten Plastiklampenschirm zu zerstampfen, den billigen Holzfrisiertisch zu zertrümmern. Er erblickte sich selbst im Spiegel – ein riesiger, schlurfender, hellblonder, gutgläubiger Trottel.

Er erinnerte sich daran, daß man ihm im Krankenhaus Tabletten mitgegeben hatte, falls er nicht schlafen konnte. Francey ging in das Badezimmer von der Größe eines Kiosks und nahm zum ersten Mal in seinem Leben auf eigenen Wunsch ein Beruhigungsmittel. Obwohl auf dem Flaschenetikett stand, er solle zwei Tabletten nehmen, tat er nach einigem Zögern die zweite in das Fläschchen zurück. Er wollte sich beruhigen, aber nicht so dahinvegetieren wie heute morgen.

Er zog Schuhe, Socken und Jackett aus, öffnete die Hose und ging zu Bett. Als Hazel einige Stunden später an seine Tür klopfte, schlief er fest.

Trotz des Medikamentes mußte er unbewußt ihr Klopfen gehört haben, denn er wachte ohne Schwierigkeit auf, sprang durch das Zimmer und öffnete die Tür. Dort stand sie im trüben Flur. Direkt vom Auftritt der Rollers war sie noch in voller Montur hergekommen. Die mit künstlichen Steinen besetzten Stiefel paßten nicht so recht zu dem normalen Tuchmantel, den sie trug. Eine Tasche mit Kleidung und Toilettenartikeln hatte sie bereits bei Fleur abgeliefert. »Wir sind gleich groß und haben in etwa die gleiche Konfektionsgröße«, erklärte sie Francey. »Mein Geschmack scheint ihr nicht besonders zu gefallen, aber sie wird sich, verdammt noch mal, damit abfinden müssen.«

Francey konnte kaum glauben, wie erleichtert und froh er war, sie zu sehen. »Ich bin sicher, daß sie dir wirklich dankbar ist.« Er lächelte sie an. »Wie bist du hergekommen?«

Falls Hazel überrascht war, wie herzlich sie willkommen geheißen wurde, ließ sie sich das nicht anmerken. »Vinnie hat mich hergefahren.« Sie schaute sich im Zimmer um. »Tut mir übrigens leid, daß es hier so eng ist. Tja«, fuhr sie fort und ließ sich auf der Bettkante nieder, »Vinnie ist ein echter Kumpel.«

»Ganz bestimmt.« Es dämmerte Francey, daß zwischen Hazel und Vinnie, der viel um sie herum war, vielleicht mehr existierte als nur Freundschaft. Er war sich nicht sicher, was er davon halten sollte. Soweit er wußte, war der Saxophonist verheiratet, aber unter den gegebenen Umständen stand es ihm wohl kaum zu, kleinliche moralische Urteile zu fällen oder seine Nase in anderer Leute Angelegenheiten zu stecken.

Obwohl der Vorfall vorhin mit Fleur ein unangenehmes Gefühl hinterlassen hatte, zwang er sich, auf Details zu achten, als er mit Hazel den Plan für morgen entwarf. Er sah, daß Hazel die Situation behandelte, als sei Fleur ein dringendes Paket, das so schnell und diskret wie möglich befördert werden mußte, und bewunderte Hazels praktische Art und ihre beißenden Kommentare zu seinen Vorschlägen. Francey stellte fest, daß dies die beste Methode war, Emotionen zu verdrängen.

»Bist du sicher, daß du das durchziehen willst?« fragte Hazel ihn an einem Punkt.

»Ja.« Mit Hazel in der Nähe, die alles so einfach machte, war für Francey bereits entschieden, daß es ihn nicht sehr kompromittierte, wenn er Fleur half, dem Gesetz zu entgehen. »Außerdem ist ja auch niemand getötet worden – außer dem armen Tommy natürlich. Und das hatte nichts mit dem Feuer zu tun. Um Himmels willen, es ist doch nur ein Haus, Ziegel und Mörtel – und so wie die Dinge liegen, hat die Familie danach noch nicht einmal weniger Kleingeld.«

»Genau.« Hazel tätschelte seine Hand, die neben ihr auf der Bettdecke lag. Sie hatte eine Flasche Whisky mitgebracht, die sie sich teilten. Da im Badezimmer nur ein Glas war, hatte sie das genommen, und Francey trank aus der Flasche. Seltsamerweise kam es nicht zu einer unangenehmen Reaktion des Alkohols mit der Tablette, die er eingenommen hatte, im Gegenteil, er fühlte sich hellwach und voller Energie. Beschienen von einer einzigen schäbigen Nachttischlampe, Seite an Seite auf dem Bett sitzend, der einzigen Möglichkeit, sich in diesem kleinen Zimmer hinzusetzen, begann er sich Hazel sehr nahe zu fühlen, die ihm gerade erklärte, daß Fleur vorgehabt hatte, sich auf die Cayman-Inseln abzusetzen.

Jetzt hatten sie jedoch den Plan, daß Fleur für eine Weile in Kanada abtauchen sollte. »Sie hat einen britischen Paß«, fuhr Hazel fort, »und sie kann später immer noch in die Karibik – die Glückliche! –, wenn das Theater sich etwas gelegt hat.«

»War sie damit einverstanden?« Francey war überrascht. »Zwischen den Cayman-Inseln und Kanada besteht ein Riesenunterschied. Sie hat sich immer über die Kälte beklagt.«

»Sie hat keine Wahl«, meinte Hazel knapp.

Als sie alles geklärt hatten, versuchte er ihr zu sagen, wie sehr er es zu schätzen wußte, daß sie sofort und ohne Fragen zu stellen seiner Bitte gefolgt war, aber sie wimmelte ihn ab: »Ich sagte ja bereits, daß ich dir das schulde.« Als Hazel aufstand, griff sie ihm zärtlich an die Wange. »Nach dieser Geschichte«, sie klimperte dicht vor seinem Gesicht mit den Wimpern, »sind wir aber quitt, in Ordnung? Nach der Nummer morgen heißt es, jeder Mann – und jede Frau – für sich!«

»In Ordnung.« Franceys Herz wurde noch leichter, als er sie umarmte. Sie gab ihm einen raschen Kuß auf die Wange, und er stand auf, um sie zur Tür zu begleiten.

Als sie gegangen war, lag er wieder schlaflos da, die Hände hinter dem Kopf. Der Alkohol hatte gewirkt, aber nicht unangenehm. Er hatte das Gefühl, daß alles klappen würde. Es fiel ihm immer noch schwer, hinzunehmen, daß Fleur imstande war, nicht zur Beerdigung ihres eigenen Sohnes zu gehen, aber Hazel hatte den Nagel wahrscheinlich auf den Kopf getroffen. Ohne Zweifel hatte das mit Fleurs Vergangenheit zu tun, wo Leben und Tod anders gesehen wurden. Und Fleur hatte sogar selbst darauf hingewiesen, daß alle Blumen und Tränen der Welt Tommy jetzt nichts mehr nützten.

Je mehr er darüber nachdachte, desto mehr begriff er, warum Tommys Mutter getan hatte, was sie getan hatte. Wer konnte denn sagen, wie er unter ähnlichen Umständen reagieren würde? Keine Jury im Land würde eine Mutter verurteilen, die gerade die Leiche ihres einzigen Sohnes in den Armen gehalten hatte. Je mehr er darüber nachdachte, desto mehr gelangte Francey zu der Überzeugung, daß er und Hazel keine Beihilfe zu einem Verbrechen begingen oder das Recht beugten, oder wie auch immer die Gesetzesausdrücke lauteten. Er war jetzt mit Hazel einer Meinung, daß sie keinerlei Risiko eingingen, da trotz Fleurs eigenen Befürchtungen ihr Verbrechen nicht so schwerwiegend war, daß die Polizei eine Ringfahndung rund um die Hauptstadt einleiten würde. Hazel hatte ganz richtig gesagt, daß die Polizei sich mehr damit befassen sollte, richtige Kriminelle zu fangen, als verzweifelte Mütter zu suchen, die vor Kummer völlig außer sich waren und deshalb die Landhäuser von Millionären anzündeten – Millionäre, die die halbe Zeit nicht zu Hause waren und denen ihre verdammten Häuser scheißegal waren, weil sie nur ein neues zu bestellen brauchten.

Hazel in dieser Krise um sich zu haben, veränderte die Situation völlig.

Liebe war ein seltsames Ding, dachte Francey. In Fleur war er bis über beide Ohren verliebt gewesen und hatte sich die ganze Zeit elend gefühlt. In Hazels Gesellschaft dagegen, in die er nicht bis über beide Ohren verliebt war, fühlte er sich stets warm und sicher und amüsierte sich köstlich. Francey drehte sich um, um ein paar Stunden zu schlafen, und seufzte. Es war alles so verwirrend. Ein hinterwäldlerischer, unerfahrener, vielversprechender junger Mann zu sein, war so viel einfacher gewesen.

Am Abend, bevor Hazel ihren Exmann geheiratet hatte, war sie auf ein paar Gläser mit einigen Freundinnen ausgegangen. Zwischen all den Zoten und derben Späßen gab ihr eine der Frauen, ein Exrevuegirl, die jetzt in einer Keksfabrik arbeitete und den einzigen anständigen Mann geheiratet hatte, der ihr je über den Weg gelaufen war, einen Rat, den sie nie vergessen hatte. »Hör mal«, die Frau hatte an ihrem Gin genippt, »in der Ehe mußt du immer daran denken: Wenn du einen Vorteil hast, nutz ihn nicht aus.«

Etwas an diesem Spruch hatte Hazel gefallen, und als die Zeiten schlecht waren, als sie nicht umhinkonnte, sich überlegen zu fühlen oder erfahrener oder sogar intelligenter als der Mann, den sie geheiratet hatte, hatte sie versucht, ihn in die Tat umzusetzen.

Natürlich hatte es nicht funktioniert, aber es war immer noch eine Regel, die sie hin und wieder herauszog und abstaubte. Dies war eine solche Gelegenheit.

Es wäre so leicht gewesen, der Polizei einen Tip zu geben.

Oder überhaupt nichts zu tun und der Gerechtigkeit ihren Lauf zu lassen.

Oder Francey, der sowieso schon desillusioniert war – soviel hatte sie heute abend mitbekommen –, zu enthüllen, womit er sich eigentlich abgab. Aber Hazel wußte, daß er ihr das auf lange Sicht nicht danken würde. Selbst wenn er nie herausfand, daß Fleur war, was sie war, welcher Schaden erwuchs daraus?

Auf dem Bett liegend beobachtete Hazel, wie der Rauch aus ihrer Zigarette in Kringeln aufstieg und sich dann unter dem gerüschten Betthimmel ausbreitete. Das arme Schwein hatte schon mit genug Schwierigkeiten zu kämpfen, ohne auch noch eingesperrt zu werden. Hazel, die in der letzten Zeit darüber nachdachte, selbst ein Kind zu bekommen, bevor es zu spät war, versuchte sich vorzustellen, wie es wohl wäre, eines zu haben und es dann zu verlieren. Das mußte wohl der entsetzlichste, gräßlichste Verlust sein, den man sich vorstellen konnte – schlimmer als die längste Gefängnisstrafe.

Sie setzte sich auf und drückte ihre Zigarette aus. Ihr ursprüngliches Einverständnis, Francey zu helfen, die Frau außer Landes zu schaffen, mochte selbstsüchtigen Motiven entsprungen sein, aber Hazel erkannte jetzt, daß sie allen einen Gefallen tat, wenn sie Fleur rasch auf ihren Weg brachte, sogar der unglücklichen Frau selbst.

23

Am nächsten Morgen fuhren Feuerwehrfachleute und Versicherungssachverständige in ihrer entmutigenden Arbeit fort, Schutt und Asche durchzusieben, während in Heathrow alles mit der Präzision einer militärischen Aktion ablief. Weil das Haus so groß und der Versicherungsanspruch, den die Versicherungsgesellschaft wohl bestreiten würde, sich wahrscheinlich auf eine siebenstellige Summe belaufen würde, wurden die Untersuchungen sorgfältig durchgeführt. Der Benzinkanister, der am Tag zuvor gefunden worden war, war nicht der einzige Hinweis. Anscheinend war das Feuer beinahe gleichzeitig an verschiedenen Stellen auf einer Seite des Hauses ausgebrochen.

Der einzige Bereich des Schutthaufens, aus dem irgend etwas Erkennbares herausgezogen worden war, lag beim Eßzimmer. Hier entdeckten die Sachverständigen einen riesigen massiven Glastisch auf Stahlbeinen, die Rahmen einer Garnitur von Eßtischstühlen, ebenfalls aus Stahl, und ein abstraktes Ölgemälde, das offenbar neben einem Aquarium gehangen hatte. Als das Aquarium zersprang, hatte das herausstürzende Wasser die Glastischplatte vor dem Schmelzen bewahrt und auch das Gemälde durchtränkt; obwohl die Leinwand mit Ruß bedeckt war und der Rahmen sich nicht mehr reparieren ließ, konnte man das Werk selbst sehr wohl restaurieren.

»He, sieh dir das mal an.« Einer der Männer, der am anderen Ende der Brandstätte arbeitete, hatte einen seltsam geformten Klumpen aus einem verschrumpelten, glitzernden Material aufgehoben, das wie geschmolzenes Plastik aussah. Die Hitze hatte den Gegenstand zu einem Objekt geformt, das an ein etwas unregelmäßiges zebragestreiftes Hühnerei erinnerte. Der Mann, der es gefunden hatte, gab es seinem Vorgesetzten, der den Grundriß des Hauses, den er in der Hand hielt, zu Rate zog. »Eines der Schlafzimmer«, meinte er und drehte den Gegenstand in den Fingern. »Vielleicht war es ein Ziergegenstand, ein Türknauf oder so etwas.« Er zupfte drei kleine Steinchen ab, die an der Oberfläche des Gegenstandes klebten und so rußig waren, daß sie wie winzige Kohlestückchen aussahen, warf sie weg und rieb das Ding an seinem Ärmel blank. Dann hielt er es ins Sonnenlicht, in dem es mit einem matten Schimmer glänzte. »Hübsch«, sagte er, »aber ich glaube nicht, daß es etwas ist, über das wir uns Gedanken machen müßten, bestimmt nichts Wertvolles, aber um sicher zu sein, legen wir es für den Augenblick zur Seite und kontrollieren es später anhand der Inventarliste.«

Der Mann, der den Gegenstand gefunden hatte, war einverstanden und siebte weiter die Ascheschichten durch.

Francey, Hazel und Fleur hatten ihre Ankunft am Flughafen so terminiert, daß sie zusammenfiel mit dem Zeitpunkt, an dem das Personal von Franceys Bank in der City die Arbeit aufnahm.

Sofort nach ihrer Ankunft ging er zum Schalter von Lloyds am Flughafen und bat darum, mit dem Geschäftsführer zu sprechen. Er erklärte, daß er eine beträchtliche Geldsumme von seinem Konto in seiner Filiale abheben wolle, und fragte, ob man ihm das Geld hierher überweisen könne. Es gab eine Diskussion, Francey mußte selbst mit dem Geschäftsführer seiner Bankfiliale telefonieren, aber nach etwa zwanzig Minuten ging er vom Schalter weg mit einem Bündel großer Scheine in seiner Tasche. Er fühlte sich wie ein Spion in einem Thriller, als er Hazel in der Nähe des Air-Lingus-Schalters traf und ihr genug Bargeld gab, um Fleurs Transatlantikticket zu bezahlen.

Es war Hazels Idee gewesen, daß Fleur mit der Air Lingus via

Dublin nach New York reisen sollte und von dort aus mit einer kanadischen Maschine nach Kanada, falls Fleur recht hatte und die Behörden wirklich nach ihr suchten. Niemand, so hatte Hazel überlegt, würde vermuten, daß sie nach Irland reiste – »Wer, zum Teufel, würde schon dorthin auswandern?« –, und als Transitreisende würden die Beamten der Einwanderungsbehörde sie nicht behelligen.

Während Hazel die Tickets buchte und bezahlte, sah Francey sich um, ob es irgendwelche Polizeiaktivitäten gab. Als er nichts Ungewöhnliches bemerkte, gesellte er sich zu Fleur, die wie abgesprochen an einem kleinen Tisch in der Snackbar saß. Obwohl Hazel recht damit hatte, daß sie und Fleur etwa gleich groß waren, war ihre Figur doch beträchtlich üppiger, und Hazels Kleider hingen lose um die vogelartige Gestalt der anderen Frau. Fleurs Haar hing ordentlich, aber ungewaschen in dicken Strähnen zu beiden Seiten ihres Elfengesichtes herab. Sie sah aus wie der Flüchtling, der sie war.

Sie sah nicht, wie Francey näher kam, sondern starrte über ihre unberührte Teetasse hinweg. Nach einem weiteren schnellen Blick in die Runde, um doppelt sicherzugehen, daß keine verdächtig aussehenden Gestalten mit Walkie-talkies in der Nähe waren, setzte er sich ihr gegenüber hin und reichte ihr – »Damit du über die Runden kommst« – den Rest des Geldes, das er abgehoben hatte. »Tu es schnell weg – paß auf, daß niemand es sieht.« Um die Wahrheit zu sagen, machte Francey sich mehr Sorgen darüber, was Hazel wohl von seiner schlappschwänzigen Großzügigkeit hielt, als daß irgend jemand mißtrauisch würde. Zum ersten Mal, seit er sie kannte, sah Francey, wie sich Fleurs Augen mit Tränen füllten. »Es ist doch nur Geld«, es war ihm jetzt peinlich, »du hast noch ein paar Minuten Zeit, bevor dein Flug geht. Möchtest du noch eine Tasse Tee?« Ohne ihre Antwort abzuwarten, stand er auf und ging zur Theke hinüber.

Als er zurückkam, war Hazel bei Fleur, aber sie wollte nichts von Tee oder Kaffee oder sonstiger Zeitverschwendung wissen. »Komm jetzt, Fleur«, sagte sie forsch. »Steck deine Haare unter den Hut, wie ich dir gesagt habe.« Gehorsam nahm Fleur eine weiche Baskenmütze heraus, unter die sie ihre Haare steckte. Als Ergebnis sah sie aus wie eine traurige Fünfzehnjährige. Francey merkte, daß dies sogar Hazel auffiel. »Nun komm«, sagte sie sanft, »wird Zeit, daß diese Show in Gang kommt.«

Francey hatte das Gefühl, er sollte etwas Angemessenes oder Denkwürdiges sagen, aber es fiel ihm nichts ein, also streckte er einfach die Hand aus, um Fleurs Hand zu schütteln. »Auf Wiedersehen«, sagte er förmlich und hielt ihre Hand nur so lange, als unbedingt notwendig war, und kritzelte dann spontan die Telefonnummer des Hauses in Lahersheen hinten auf den Bankbeleg. »Falls es je nötig sein sollte, mit mir in Kontakt zu treten, kann ich unter dieser Nummer immer erreicht werden.«

Als Fleur den Zettel entgegennahm, warf Francey einen Blick auf Hazels versteinertes Gesicht und murmelte: »Ich sehe dich später draußen?« Der Plan sah vor, daß sie sie zum Flugsteig begleiten sollte, da er zu sehr auffiel. Sie reagierte nicht, und als er ihre Mißbilligung wie eine kalte Woge über sich hinwegschwappen fühlte, wandte er den Blick ab und spürte mehr, als daß er sah, wie sie zustimmend nickte und Fleur bat, mit ihr zum Abfluggate zu kommen.

Francey beobachtete, wie die beiden auf den Flugsteig zugingen, beide in Hazels Kleidung. Hazel trug Fleurs einziges, mitleiderregendes Gepäckstück, ebenfalls ein Geschenk. Obwohl er wartete, bis sie um eine Ecke verschwunden waren, schaute keine sich um.

Dann mußte Francey sich seine eigenen Tränen verkneifen, als er sah, wie eine Frau mittleren Alters sich von einer Gruppe weinender Kinder und einem Mann, der wahrscheinlich ihr Ehemann war, verabschiedete. Er hatte sich solche traurigen Abschiede oder, noch schlimmer, Ankunftsszenen auf Flughäfen, Bahnsteigen oder Busstationen nie anschauen können, ohne Gefahr zu laufen, selbst in Tränen auszubrechen. Er wandte sich ab, und ihm wurde klar, daß er sich den ganzen Morgen hindurch so sehr darauf konzentriert hatte, eine selbstgestellte Aufgabe nach der anderen zu absolvieren, daß er sich keine Zeit für Gefühle gelassen hatte. Und er hatte auch nicht darüber nachgedacht, was in seinem Leben eigentlich vor sich ging.

Francey entschloß sich, in Lahersheen anzurufen. Er brauchte den Klang einer vertrauten Stimme, und er wäre weniger auffällig, als wenn er einfach neben der Reihe von Münzfernsprechern stand und alle normalgroßen Leute in der Halle wie ein Telegrafenmast überragte.

Die Nummer in Lahersheen war beim ersten und zweiten Mal besetzt, und als er beim dritten Mal durchkam, war er nicht überrascht, daß Margaret ans Telefon kam, da es zu Hause Zeit war zum Abendessen. Aber ihre Stimme klang ungewöhnlich scharf, selbst für sie. »Francey!« schrie sie. »Gott sei Dank, wir haben den ganzen Morgen versucht, dich zu erreichen. Ist mit dir alles in Ordnung? Wir waren völlig in Panik.«

Es war Francey nie in den Sinn gekommen, daß die Nachricht vom Feuer bis nach Irland gedrungen war. »Woher weißt du das?«

»Tilly Harringtons Cousine in Birmingham hat es in den Fernsehnachrichten gesehen.« Margaret schimpfte weiter mit ihm, weil er sich nicht eher gemeldet hatte, und beklagte sich, daß sie jede Polizeidienststelle in weitem Umkreis um Coventry angerufen hatten, und obwohl die Polizei sich heute morgen mit Dessie in Verbindung gesetzt hatte, hatte der ihnen erzählt, Francey sei in Leeds. »Was, zum Teufel, treibst du in Leeds?« wollte sie wissen.

Aber Francey konnte immer nur daran denken, daß seine Familie die Polizei in Coventry informiert hatte, daß Fleur Verbindungen in Irland besaß. »Ich kann jetzt nicht reden«, sagte er abrupt. »Ich rufe später am Abend noch einmal an. Liebe Grüße an Mum.«

Die nächsten zehn Minuten, als Francey darauf wartete, daß Hazel vom Abfluggate zurückkehrte, waren eine Tortur. Wenn sie nicht bald kam, bedeutete das, daß für Fleur alles verloren war, und er war sich sicher, daß auch er nicht gegen Strafe gefeit war. Selbst Hazel würde Schwierigkeiten bekommen – sie hatte jedes Recht, ihn abzulehnen.

Warum, ach warum nur war er so ein Weichling gewesen? Er war ein Fußabtreter, genau das war er – schwach, schwach, schwach …

Er zog sein Taschenbuch aus seiner Innentasche – er las gerade *Lord Jim* –, aber er konnte sich nicht konzentrieren und mußte es wieder schließen. Er sprang vor Erleichterung auf, als er Hazels blonden Kopf unbeschwert auf ihn zuwippen sah. »Hat alles geklappt?« überfiel er sie, als sie in Hörweite kam.

»Reg dich ab, es ging alles wie geschmiert.« Offensichtlich hatte sie ihm seine frühere Verfehlung vergeben und grinste zu ihm hoch. Rasch schloß Francey sie in die Arme.

Voller Zuneigung hörte Hazel Franceys sich überstürzenden Worten zu, während sie gemeinsam zum Taxistand gingen. Jetzt, da Fleur sicher aus dem Weg war, wurde es Zeit, ihre eigene Strategie weiterzuverfolgen. Alles in allem genommen, hielt Hazel die Wahrscheinlichkeit, daß die Polizei Fleur so dicht auf der Spur war, wie Francey und Fleur befürchteten, für ziemlich gering. Sie war bei der Polizei nie auf einen Flash Gordon getroffen, und ihrer Erfahrung nach bewegten sich Polizisten eher mit der Geschwindigkeit von Schildkröten als der von Hasen.

Ihre Sorge war das jetzt nicht mehr, und sie würde verdammt sichergehen, daß Franceys Obsession nicht andauerte. Sie erzählte ihm nicht, wie während der letzten Momente vor dem Besteigen des Flugzeuges Fleurs eherne Maske vom Gesicht geglitten war und Hazel deutlich geworden war, daß das arme Mädchen, Hure hin oder her, sehr gelitten hatte. Um die Wahrheit zu sagen, am Ende war Hazels Herz geschmolzen. In letzter Minute hatte sie sie umarmt, und Fleur flog nicht nur mit Franceys Telefonnummer, sondern auch mit der von Hazel ab.

Aber all dieser sentimentale Kram lag jetzt hinter Hazel, und sie wollte verdammt sein, wenn sie aus ihren Möglichkeiten bei Francey nicht das Beste machte, jetzt, da sie freie Bahn hatte. Auf der anderen Seite wußte sie, daß sie noch immer vorsichtig sein mußte. Aus der Art, wie er über seine frühere Geliebte sprach, zu schließen, lebte in ihm immer noch ein kleiner Funken Leidenschaft, daher antwortete Hazel auf seine Frage, wie Fleur sich verhalten habe, völlig sachlich und unspezifisch. Sie erzählte ihm nur, daß es ihr gutginge und alles glatt gelaufen sei. Selbst der Flug sei pünktlich gewesen. »Komm«, sagte sie dann und packte ihn am Ellenbogen, »es ist so ein schöner Tag, und ich habe bis morgen abend um neun frei. Und du auch. Wir haben uns nach unserer guten Tat eine Belohnung verdient.«

»Eine Belohnung, was ist das?«

Hazel beobachtete Francey genau und sah, daß er ein wenig lächelte, obwohl sein Blick noch immer sorgenvoll war. »Spaß, Francey«, drängte sie ihn, »zur Abwechselung ein bißchen Spaß. Nur wir beide, was meinst du dazu? Wir könnten irgendwo auf dem Land in eine Kneipe gehen, ein paar Bier trinken, etwas lachen. Die Jungens erwarten mich erst morgen abend vor dem Auftritt im Hotel zurück.«

»In Ordnung, aber ich muß noch ein Telefonat führen«, Francey wirkte gehetzt, »ich will mich vergewissern, daß es Dessie gutgeht.«

Hazel runzelte die Stirn, als sie seinen Gesichtsausdruck sah. Es lag ihr auf der Zunge, zu sagen, er solle sich seine Telefongespräche sonstwo hinstecken, verbiß es sich aber. »Nur zu«, ermutigte sie ihn, »aber beeil dich. In diesen Breitengraden erlebt man nicht oft blauen Himmel.«

Während er eine Telefonzelle suchte, setzte Hazel sich auf die Betonbrüstung neben einer der Zufahrtsstraßen zum Parkhaus und trommelte mit den Fingern auf den Oberschenkel. Franceys überentwickeltes Verantwortungsgefühl wäre beinahe komisch gewesen, wenn es ihn nicht so mitnehmen würde. Darum mußte sie sich kümmern, nachdem –

Nachdem was? Mit einem Schock stellte Hazel fest, daß sie in ihrer Phantasie bereits gemeinsam in den Sonnenuntergang ritten. Und in ihrer Phantasie ging sie bereits wieder an den Problemen zugrunde, an denen sie mit ihrem ersten Ehemann gescheitert war. Francey war jemand, der sich ständig um andere unnötige Sorgen machte, sein Gefühl, sich um andere kümmern zu müssen, war Teil seines butterweichen Herzens. Sie wäre eine Idiotin, wenn sie versuchte, ihn zu ändern. An Ort und Stelle sprach Hazel ein rasches Gebet, daß ihr, wenn alles sich so entwickelte, wie sie hoffte, die Kraft gegeben sein möge, davon abzulassen, anderer Leute Persönlichkeiten zu verändern.

Außerdem kannte sie diesen Mann bereits gut genug, um zu wissen, daß jeglicher derartiger Versuch zum Scheitern verurteilt wäre. Er mochte wohl sanft und tolerant sein, aber hin und wieder hatte Hazel in Francey etwas erspäht, daß sie sich fragte, wie weit er sich in eine Richtung drängen ließ, die ihm nicht paßte.

Zehn, fünfzehn Minuten vergingen, und immer noch keine Spur von ihm. Zum zigsten Male schaute Hazel auf die Uhr. Sie versuchte sich damit abzufinden, daß sich wahrscheinlich wieder jemand bei ihm Gehör verschaffte.

Es dauerte eine ganze Weile, bis Dessie im Gasthof in Little Staunton ans Telefon kam, und dann drückte er sich noch unverständlicher aus als sonst.

Nachdem die Botschaften aus Lahersheen erledigt waren, erahnte Francey, daß die Nachricht, die der Notar Mr. Solomons für ihn hinterlassen hatte, am dringlichsten war. Dessie schweifte dann unvermittelt ab und erzählte etwas über Geld und Pferde. »Sag das bitte noch einmal, langsam«, unterbrach Francey ihn.

Dessie machte eine Pause, und Francey konnte hören, wie er tief Luft holte. »Ich werde jetzt noch reicher«, sagte Dessie vorsichtig. »Mr. Solomons hat auch mit mir geredet. Er sagt, es wird eine Weile dauern, aber daß Tommy nicht mehr ist, ändert alles im«, er machte wieder eine Pause, »im Testament der Frau unseres Dad.«

Bevor Francey reagieren konnte, hörte er gedämpfte Stimmen, und dann kam sein Vater an den Apparat. »Bist du das, Francey?«

»Ja.« Francey hatte auf die »Wenns«, »Jedochs« und »Wohingegens« in Jools Testament nicht geachtet. Jetzt wünschte er, er hätte es getan.

»Wo bist du?« fragte ihn George dann.

»Ich bin in einer Telefonzelle«, antwortete Francey vorsichtig. Die Frage seines Vaters ließ etwas vermuten, das er vielleicht gar nicht hören wollte.

»Dessie sagt mir, du seiest in Leeds«, fuhr George fort. »Francey, wie bald kannst du hierher zurückkommen? Nimm ein Taxi, wenn du möchtest, ich zahle. Aber Colin kommt heute morgen aus dem Krankenhaus – ich muß ihn binnen der nächsten halben Stunde abholen –, und ich hänge hier mit Dessie fest und gehe hier unter vor lauter Polizei, die mir Fragen über Fleur stellt, und der Beerdigung, die geplant werden muß, und dem Anwalt und den Leuten von der Versicherung und allem übrigen. Jool war immer diejenige, die sich ums Geschäftliche gekümmert hat.«

»Ist die Polizei jetzt da?« Francey, dem aufgefallen war, daß die Stimme seines Vaters nichts von ihrer üblichen Verbindlichkeit hatte, packte den Hörer fester.

»Nein, seit gestern abend nicht mehr. Sie waren in der Wohnung in London, haben aber nichts gefunden. Sie machen sich jetzt Sorgen, daß Fleur vielleicht – also, um nicht um den heißen Brei herumzureden, sie fragen sich, ob sie der Typ ist, der sich etwas antut. Das hat uns gerade noch gefehlt.« Georges Stimme nahm einen bedrückten Ton an, erholte sich dann aber wieder ein wenig. »Übrigens, ich weiß nicht, ob Dessie es dir erzählt hat, es sieht aus, als seiest du der einzige, von dem etwas aus dem Trümmerhaufen gerettet werden konnte. Das Gemälde, das Jool dir hinterlassen hat.«

»Das ist gut.« Das war alles, was Francey dazu einfiel.

»Was glaubst du, um welche Zeit kannst du hiersein?« Sein Vater hörte sich jetzt beinahe unbeschwert an.

Francey dachte an Hazel, die draußen wartete, und daran, was sie vorhatten. Spaß. »Es tut mir leid, aber ich kann nicht kommen, George«, sagte er.

»Wie bitte?« fragte George, und Francey konnte ganz genau hören, wie sein Vater vor Verblüffung keuchte. »Ich sagte, ich kann nicht kommen, George«, wiederholte er. »Es tut mir leid, aber ich habe andere Pläne. Zur Beerdigung bin ich bestimmt da.«

»Aber Dessie – was ist mit –« George schien verloren.

»Dessie ist dein Sohn, George. Ihr werdet prima miteinander klarkommen.«

»Das kannst du mir doch nicht antun ...« Während George ihm Vorhaltungen machte, blieb Francey unnachgiebig. Er wiederholte, daß es ihm leid tue, daß George verärgert sei, aber er könne wenig daran ändern. Er habe andere Pläne, und damit hätte es sich.

Während er zuhörte, wie George begriff, daß er die Dinge tatsächlich selbst in die Hand nehmen mußte, überlegte Francey, daß er vielleicht zum ersten Mal eine erwachsene Entscheidung getroffen hatte.

Das Außergewöhnliche an der ganzen Angelegenheit war, daß er überhaupt kein Schuldgefühl verspürte, nicht einmal, was Colin betraf. Zwar erkannte Francey Colins Bedürfnis nach Zärtlichkeit und Fürsorge an, aber er war im Augenblick nicht geneigt, diese Aufgabe zu übernehmen. Und was Dessie betraf, ein paar Zigaretten und ein Plausch mit den Pferden war alles, was sein Bruder vom Leben verlangte. »Um Dessie brauchst du dir nicht viele Gedanken zu machen«, sagte er zu seinem Vater, als er einmal zu Wort kam. »Er kann auf sich selbst aufpassen.«

Als er am anderen Ende der Leitung nur Atmen hörte, fügte er hinzu: »Hast du mich gehört, George?«

Während er auf eine Reaktion wartete, ermahnte er sich, kein verräterisches Mitgefühl in sein Herz zu lassen. Es wurde Zeit, daß George Gallaher herausfand, daß mehr dazu gehörte, Vater dreier Söhne zu sein, als Partys zu veranstalten. Das ist für dich, Mam, dachte er.

»Wenn es sonst nichts mehr gibt, sage ich jetzt auf Wiedersehen«, sagte er, als George anscheinend nichts mehr zu sagen hatte, »aber ich bleibe telefonisch in Verbindung mit euch. Dann bis zur Beerdigung. Gib mir bitte Dessie noch einmal.« Er mußte weitere Münzen in den Schlitz stecken. Während er das tat, stellte er sich Georges Gesicht vor.

»Wie geht es deinen Füßen?« fragte er, als die Verbindung wiederhergestellt und Dessie am Apparat war.

»Prima, prima. Ich höre, du kommst nicht?« Dessie hörte sich nicht so außer sich an wie George, und Francey wurde milder gestimmt.

»Nicht im Augenblick«, erwiderte er, »aber ich werde mit dir telefonieren. Ich möchte, daß du etwas für mich tust, etwas Besonderes.«

»Klar, Francey, wenn ich kann.«

»Offenbar kommt Colin heute nachmittag raus, und du mußt George helfen, auf ihn aufzupassen. Er braucht dich, Dessie.«

»Natürlich Francey, mach dir keine Sorgen. Ich passe schon auf ihn auf. Wir beide werden das tun.«

»Wie kommst du mit unserem Vater zurecht?«

»Toll, ganz toll!« Dessie meinte es ganz eindeutig auch so. »Er ist sehr nett zu mir, Francey, sehr nett. Und er erklärt mir eine ganze Menge, über Geld und alles ...« Francey grinste, als Dessie weiter über George redete. Er konnte sich gut vorstellen, wie Dessie ihren Vater verfolgte. »Hast du es geschafft, zu den Pferden hinauszukommen?« fragte er, dann bedauerte er seine Frage. Ja, Dessie war draußen gewesen, zweimal, mit einem Taxi; Tiere wie sie gab es auf Erden nicht noch einmal; Mick und er und ein paar von den anderen Jungen hatten die Köpfe zusammengesteckt und beraten, ob sie keine anständige Behausung für die Pferde vor dem Herbst finden konnten; Kaltblüter wie die Shires waren die einzige Rasse, der man in Notfällen, wie im Krieg oder bei einem Feuer, vertrauen konnte ...

Franceys Geld ging zu Ende, während Dessie noch mitten im Erzählen war. Als er zu Hazel zurückging, beschloß er, damit aufzuhören, sich über ihn Sorgen zu machen. Dessies Persönlichkeit, von seinem Selbstvertrauen ganz zu schweigen, wuchs von Tag zu Tag. Es würde George und ihm guttun, sich um Colin zu kümmern.

Hazel, die ihr Gesicht in die unzeitgemäß warme Sonne hielt, öffnete die Augen, als Francey riesengroß vor ihr stand mit einem Gesichtsausdruck, den sie nur als verblüfft beschreiben konnte. »Was ist denn?« fragte sie und blinzelte zu ihm hoch. »Sag's nicht. Dein Tantchen ist gestorben und du mußt ihren Sarg tragen. Nein – das ist es nicht –, du hast ein Heim für Obdachlose eröffnet, und wir müssen alle spenden?«

»So etwas Ähnliches.« Rasch korrigierte Francey sich: »Aber keine Sorge, ich habe nein gesagt. Ich habe gesagt, daß ich hier bei dir bleibe.«

»Bei mir? Du hast mich erwähnt?« Hazel klang ungläubig.

»Nein«, Francey grinste, »das habe ich niemandem erzählt. Ich habe einfach nein gesagt. Hazel, ich fühle mich toll.«

»Ernsthaft? Du hast wirklich nein gesagt?«

»Hm-hm«, Francey nickte.

»Gut für dich.« Hazel sprang von der Betonbrüstung. »Auf geht's.«

»Da ist nur noch eines.« Francey hielt sie zurück, und als sie sah, daß sein Gesicht wieder ernst war, dachte Hazel: *Aha, es geht wieder los.*

»Raus damit«, sagte sie resigniert, »was ist es?«

»Anscheinend bin ich jetzt, da der arme Tommy tot ist, reicher denn je«, sagte er mit einem Gesichtsausdruck, der so seltsam zwischen kläglich und verrucht lag, daß Hazel das Gefühl hatte, ihm einen wirklich festen Knuff verpassen zu müssen.

George saß zusammengesackt in einem Sessel in dem kleinen Empfangsbereich des Gasthauses und starrte in die Luft. Er hatte gewaltige Probleme, sich damit abzufinden, was passiert war. Warum hatte Francey nicht ein bißchen mithelfen können?

Bis vor zwei Tagen war das einzige wirkliche Trauma, mit dem George hatte fertig werden müssen, Jools Tod und Beerdigung gewesen, und selbst das war relativ einfach gewesen. Sie war mit genausowenig Getue gestorben, wie sie gelebt hatte, und den Großteil der Organisation hatte er dem Bestattungsunternehmer und den Anwälten überlassen. Für Geld konnte man sich vieles kaufen.

Jetzt war binnen weniger Stunden alles zusammengebrochen,

und obwohl noch immer Geld da war – mehr denn je –, falls er nicht ebenfalls wie seine Schwiegertochter weglief, bot es ihm keine Flucht vor dem, was ihm bevorstand.

Zum ersten Mal in seinem Leben stand George der Tatsache gegenüber, daß er die emotionalen Bedürfnisse anderer Menschen erfüllen mußte, wenn er ein Mann sein wollte: Colin brauchte ihn, Dessie brauchte ihn auch.

Und gerade jetzt, als er selbst jemanden brauchte. Weil George, viel zu spät, Tommy schrecklich vermißte.

Die Identifizierung im Leichenschauhaus war ein Alptraum gewesen, der weiße glatte Körper, so bleich und ohne jedes Anzeichen von Leben oder eines gewaltsamen Todes, das seidige schwarze Haar, das im Licht glänzte, hatten George erledigt. Nicht länger als eine Sekunde hatte er seinen Enkel anschauen können, bevor er sich tränenüberströmt abwandte. In den vergangenen sechsunddreißig Stunden hatte er mehr geweint als in den gesamten vorhergehenden dreiundsechzig Jahren. Und Bedauern, welches sein ganzes Leben lang ein Fremdwort für ihn gewesen war, nagte und zerrte unaufhörlich an ihm. Er war mit dem Geschenk eines Enkels achtlos umgegangen. Jetzt zahlte er dafür.

Er blickte aus trüben Augen hoch und sah, daß Dessie durch das Foyer auf ihn zukam. »Francey sagt, er kommt in ein paar Tagen.«

George hievte sich aus seinem Sessel hoch. »Kommst du mit mir, Colin im Krankenhaus abholen?«

»Natürlich.«

George, der nicht wirklich erwartet hatte, daß Dessie zustimmte, war überrascht, wie bereitwillig die Antwort erfolgte. »Fühlst du dich dazu auch imstande?« fragte er zweifelnd. »Was ist mit deinen Füßen?«

»Du brauchst ein wenig Unterstützung«, Dessie schaute ihn ernsthaft an, »und Colin hat alle Hilfe nötig, die er bekommen kann. Armer Colin«, fügte er mit trauriger Stimme hinzu, »er wird uns alle brauchen, wir müssen zusammenhalten. Francey ist bald wieder zurück«, wiederholte er, »aber ich bin ja hier.«

»Ja.« Peinlich berührt von seinem eigenen Bedürfnis, legte George den Arm um Dessies schmale Schultern.

Diese Geste erwies sich jedoch als zuviel für ihn. Sie hatte zu sehr den Beigeschmack zu vieler schlechter Stücke. Aber als er den Arm sinken ließ, blickte er seinem jüngsten Sohn direkt in die Augen. »Ich glaube, wir werden alle gut miteinander auskommen, oder?«

»Wir werden es ganz bestimmt versuchen«, Dessie nickte heftig. »Soll ich ein Taxi rufen oder machst du das? Oder nehmen wir den Chauffeur?«

Francey und Hazel kauften sich gerade einen Morgan.

Sie waren auf dem Weg nach Watford gewesen, um Franceys Morris Oxford abzuholen, als sie durch irgendeine Stadt fuhren, und da stand er im Schaufenster eines Ausstellungsraumes, rotglänzend, Räder mit Sportfelgen, lockend wie eine Sirene, die Krone all dessen, was er sich immer gewünscht hatte. »Oh, Gott«, stöhnte er, verrenkte sich den Hals und spähte durch die Heckscheibe des Taxis, um das Auto so lange wie möglich zu sehen.

»Was?« Hazel hatte sich auf ihrem Sitz ebenfalls umgedreht, um den Verkehr hinter ihnen kritisch zu prüfen.

»Da hinten bei dem Autohändler steht ein Wagen, den ich schon immer haben wollte.«

»Stop!« Hazel klopfte dem Taxifahrer auf die Schulter.

»Das können wir doch nicht!« Aber Erregung erwachte in ihm, als Francey klar wurde, daß er sehr wohl konnte.

Die gesamte Transaktion dauerte weniger als eine Stunde. Sie hatten keine Einwände gegen den Preis, und der Händler, der einen guten Kunden erkannte, wenn er mit dem Scheckbuch in der Hand in seinen Laden marschierte, arrangierte die Versicherung und sorgte dafür, daß der Oxford dort abgeholt wurde, wo Francey ihn geparkt hatte. Francey versicherte dem Mann, daß er irgendwann wiederkommen und sich um den Verkauf kümmern würde, und fünfundvierzig Minuten, nachdem sie in den Ausstellungsraum gekommen waren, waren Hazel und er unterwegs, eine Gratisflasche Champagner zwischen Hazels Füßen und eine Straßenkarte auf ihrem Schoß.

Es war solch ein schöner Tag, daß Francey das Verdeck herunterließ und den Wind und das sportliche Röhren des Motors in vollen Zügen genoß. Die Motorhaube vor ihm hatte die schönste Form der Welt, das Walnußarmaturenbrett die üppigste. Verglichen mit dem Reisen im Oxford, war diese wunderbare Maschine so lebhaft und lag so flach auf der Straße, daß man sich daran gewöhnen mußte, mit ihr umzugehen.

»Verdammt noch mal, Fangio, immer mit der Ruhe, bring uns nicht um«, schrie Hazel an einem Stopschild, als die Bremsen sich als reaktionsfreudiger als die des Oxford erwiesen. Dann grinste sie ihn an, um ihrer Kritik die Spitze zu nehmen, und Francey, der sich an die Nacht erinnerte, als er den Namen des Rennfahrers zum ersten Mal von ihr gehört hatte, grinste zurück.

Francey lenkte den Wagen in Richtung Norden, dann stellte er fest, daß er das Gebiet zum Ziel hatte, das er am meisten meiden wollte. »Oh, nein«, er stieß mit dem Finger auf die Karte über ihren Knien, »versuch mich von der Coventry-Birmingham-Richtung wegzubekommen.«

»In Ordnung«, Hazel brütete über der Karte, »nimm die nächste rechts, und wir können nach – mal sehen – Cambridge fahren. Ich wollte schon immer mal nach Cambridge.«

Sie nahmen die kleineren Nebenstraßen und schlängelten sich in einer relativ gemütlichen Geschwindigkeit dahin, bis er sich an das Fahrzeug gewöhnt hatte, und mit jedem Kilometer spürte Francey, wie er sich entspannte. Es war wundervoll, draußen zu sein, frei zu sein, Vokabeln, die in seinem Wortschatz in jüngster Zeit nicht mehr vorgekommen waren. Noch dazu im Auto seiner Träume. Die Gegend, die nicht so hübsch war wie die um Little Staunton, hätte trotzdem an diesem Tag von einem Kind gemalt worden sein können, um den Frühling darzustellen: grüne Felder, weiße Lämmer, Primeln an den Wegesrändern, blühende Hecken, Vogelpärchen und weiße Schäfchenwolken, die am blauen Himmel dahinzogen. »Phantastisch, nicht wahr?«

Nach einer halben Stunde oder so gab Francey Gas und fuhr ein wenig schneller.

Aus Spaß fing er wieder an, Ortsnamen zu sammeln, wie er es bei seinen Touren um Little Staunton bereits getan hatte. Hazel weihte er in diesen Sport ein, indem er einen Namen, der ihm gefiel, laut rief, damit sie ihn in sein Notizbuch schreiben konnte. Hazel nahm das Spiel dann auf mit Namen, die ihr zusagten.

Aus ihrem Mund klangen alle Namen doppeldeutig, bis jedes Schild, ganz gleich, ob von Dörfern, Vororten oder Kreuzungen, eine schreiend komische sexuelle Anspielung bot. »Das ist ja toll«, gackerte sie los, »und die haben die Stirn, unsere Namen komisch zu finden? *Throck* –ing«, intonierte sie, »hast du in der letzten Zeit gut gethrockt, Francey?« Danach schüttelte sie sich vor Lachen, das so ansteckend war, daß auch Francey losbrüllte.

Francey wußte, daß ihr Benehmen kindisch und verrückt war, aber es war so lange her, daß er sich so verhalten hatte, daß er es genoß.

»Halt deine Höschen fest!« schrie er, als sie über eine buckelige Brücke holperten, so daß sie von ihrem Sitz hopste, und sie ihm zur Revanche eins mit ihrer Handtasche versetzte.

»Ich verhungere, laß uns essen gehen«, verkündete er, als sie durch ein nettes kleines Dörfchen namens Bishop's Slipper fuhren.

»Ich auch, aber jetzt wird nicht gegessen, erst wird gethrockt!« Da konnten sich beide nicht mehr halten, und Francey kicherte weiter in sich hinein, bis er auf dem Parkplatz eines Landgasthofs mit Kneipe, die dem Dorfgeschäft gegenüberlag, den Motor abstellte. »Bis später.« Er streichelte die warme Motorhaube, als er den Wagen stehen ließ und hineinging.

Es war mitten am Nachmittag, die Bar war geschlossen, aber die zuvorkommende Frau an der Rezeption des Gasthofes sagte, sie wolle einmal sehen, ob sie ihnen nicht etwas zu essen besorgen könne. Nach zehn Minuten kehrte sie zurück mit Tee und Kaffee, schottischen Eiern und den unvermeidlichen Käse-Zwiebel-Sandwiches.

»Ich werde ein Haus in Dublin kaufen«, verkündete Francey,

während er sich über die Sandwiches hermachte. Während er auf einer eingelegten Zwiebel herumkaute, schaute er durch das Fenster in den sonnigen Hof des Gasthofes. »Und vielleicht eine kleine Wohnung irgendwo in London. Ich habe es satt, in Hotels herumzuhängen. Verdammt noch mal, ich weiß, George hat es nicht verdient, aber ich muß ein bißchen in der Nähe sein. Auch wegen Dessie.«

»Schön für dich«, sagte Hazel und nahm sich ein Ei. »Und wenn du dich niedergelassen hast, startest du diese Sache mit den Pferden?«

»Habe ich dir das nicht erzählt? Ich glaube, Dessie ist dafür das Naturtalent. Eine Weile war das ja eine ganz nette Idee, aber später ist mir klargeworden, daß es nicht das ist, was ich wirklich will. Ich werde Dessie soviel helfen wie nötig, aber ich glaube, er braucht mich gar nicht. Schließlich hat er Mick O'Dowd und genausoviel Geld wie ich. Nein. Ich möchte etwas anderes. Ich bewerbe mich an der Uni.«

Dazu hatte Francey sich gerade erst entschlossen, aber es hörte sich für ihn so richtig an, daß er wußte, er hatte endlich etwas gefunden, was er wirklich wollte. Etwas, das nicht nur möglich war, sondern so attraktiv, daß sich ihm die Nackenhaare kräuselten, als er es aussprach.

»Mit all dem Geld?« Hazel konnte es nicht fassen. »Das ist, wie wieder zur Schule zu gehen! Warum lehnst du dich nicht einfach zurück und genießt das Leben?«

»Zuerst macht es Spaß«, erklärte Francey, »das Geld, meine ich, aber es ist auch eine Verantwortung, und ich werde mich gut beraten lassen müssen, was ich damit tun soll. Ich kann nur in einem Bett gleichzeitig schlafen, weißt du, und nur eine Hose tragen.«

»Aber du hast doch nicht etwas Dummes vor, wie es zu verschenken?«

»Nein«, erwiderte Francey nachdenklich, »aber ich werde einiges davon verteilen müssen. Ich habe nur den Schulabschluß, Hazel. Wenn ich diese phantastische Gelegenheit wirklich nutzen will, muß ich mich niederlassen und etwas Sinnvolles tun.«

Schüchtern, als erzählte er ihr ein schändliches Geheimnis, warf er ihr einen Blick zu. »Ich möchte etwas oder jemand sein, und ich dachte, das schaffte ich nie. Jetzt kann ich es. Auf jeden Fall habe ich das Gefühl, daß es meine Pflicht ist, etwas Konstruktives zu tun. Die Universität ist ein Anfang.«

»Gott, ich muß dich bewundern.« Francey sah am Ausdruck ihrer Augen, daß sie es wirklich so meinte. »Deine Mutter wird entzückt sein. Was wirst du studieren?«

»Das ist leicht«, Francey goß sich eine Tasse Tee ein. »Englisch. Lach nicht, Hazel, aber vielleicht werde ich eines Tages sogar ein Schriftsteller.«

»Warum sollte ich darüber lachen? Du liest doch immer verdammte Bücher!«

Sie ließen die Unterhaltung verebben, während Francey das kribbelige, glückliche Gefühl in seiner Magengrube erforschte. Es war nicht richtig, daß er im Gefolge des Chaos der letzten Tage so glücklich war.

»Jetzt bloß nicht grübeln!« Warnend legte Hazel ihm die Hand auf den Arm.

»Woher wußtest du das?«

»Weibliche Intuition.« Hazel klopfte sich an die Seite ihrer Nase.

»Du bist ein Wunder, Hazel!« Francey schlang ein weiteres Sandwich hinunter. »Ich amüsiere mich großartig«, sagte er glücklich, »es ist wie Ferien.«

»Das freut mich. Wir nehmen uns heute beide einen Tag Urlaub und reden über nichts Ernstes.«

»Über was wollen wir denn reden? Über Throcken fällt mir nichts Neues ein.« Er stupste sie spielerisch an.

»Wirklich nicht?« Etwas an Hazels Antwort ließ ihn im Kauen innehalten. Er warf ihr einen Blick zu und erinnerte sich, wo er diesen Gesichtsausdruck schon einmal gesehen hatte, und augenblicklich hatte das Essen in seinem Mund keinerlei Geschmack mehr.

»Hazel?«

»Ich muß mal zur Toilette«, sagte sie, stand auf und stieß in ihrer Hast, hinter dem kleinen Tisch vorzukommen, beinahe ihre Kaffeetasse um.

Langsam legte Francey sein halbgegessenes Sandwich beiseite. Er brauchte nicht zu fragen, was los war. Der Ausdruck auf Hazels Gesicht hatte ihm einen elektrischen Schlag versetzt, und binnen einer halben Sekunde hatten sich die Regeln von Verpflichtung und Freundschaft um hundertachtzig Grad gedreht.

Er betrachtete das gewöhnliche, leicht abgenutzte Mobiliar der kleinen Bar, die gleichmäßigen Jalousien, die den Tresen verschlossen, die altmodischen Schnapsmaße unter den Flaschen. Die Sonne brach sich auf den Steinen draußen, auch wenn es erst März war. Leidenschaft war solch einer Umgebung fremd, und dennoch war sie da und starrte ihn an. Und diesmal konnte man dem Alkohol nicht die Schuld geben.

Und war es nur Leidenschaft? Er dachte an all die schönen Unterhaltungen mit Hazel, den Spaß, die Kameradschaft. Wie sehr er ihren Mut und ihren Elan bewunderte, welches warme Gefühl sie ihm gab.

Zog Hazel ihn wirklich an, oder fühlte er sich von Hazel nur angezogen, weil er, um es drastisch auszudrücken, so lange mit keiner Frau mehr geschlafen hatte? War es wie in der alten *Finian's-Rainbow*-Nummer, die Mick Harrington bei den Partys in Lahersheen in der Küche gesungen hatte, wo es hieß, wenn man nicht mit dem Mädchen zusammen war, das man liebte, liebte man das Mädchen, mit dem man zusammen war? War es Liebe oder einfach nur Sex? Und wenn es Liebe war, wie kam es, daß er das vorher nicht bemerkt hatte?

Hatte er es zuvor nicht bemerkt, weil der Sex mit Fleur ihn blind gemacht hatte? War es ein Fall von Liebe kontra Sex?

Weiter kam er mit seiner Checkliste nicht, weil Hazel zurückkehrte, die kühl und gelassen wirkte, als sei die Temperatur im Raum nicht um mindestens zehn Grad gestiegen.

Sie trug eine enge weiße Hose – wie ihn das an Fleur erinnerte –, aber damit endete die Ähnlichkeit auch schon. Die Hosenbeine hatte Hazel in weiße Stiefeletten gestopft, über der Hose trug sie eine enge schwarze Bluse aus einem dehnbaren Material, das unter ihrer Brust im Zickzack verarbeitet war und dadurch die Aufmerksamkeit darauf lenkte. »Ist mit dir alles in Ordnung?« Sie schlüpfte wieder hinter den Tisch und mußte sich dabei ein wenig vorbeugen, so daß ihre Brüste über den V-Ausschnitt der Bluse hervorlugten. Francey konnte seinen Blick nicht davon abwenden.

Während ihres Aufenthaltes auf der Toilette hatte Hazel beschlossen, daß sie dieses Spiel sehr sorgfältig spielen würde. Sie liebte ihn, dessen war sie sich ganz sicher – und sie war sich auch sicher, daß sie ihn nur entdecken lassen mußte, daß auch er sie liebte. Sex hatte eine Menge damit zu tun, konnte aber auch alles verderben. Sexuelle Anmachspielchen hatte sie nie mit sich spielen lassen, sie hielt das für dumm und unnötig. Keuschheit war ihrer Natur fremd, und sie sah keinen Sinn darin, so zu tun, als würde man erobert: Entweder mochte sie einen Typen oder nicht.

Sie machte sich ein wenig Sorgen, daß Francey glauben könnte, sie ginge wahllos sexuelle Beziehungen ein, obwohl ihr das nicht den Schlaf raubte, da sie die Wahrheit kannte. Die lautete, daß ihre sexuelle Ausbeute mit der Ausnahme von ein oder zwei verständlichen Ausrutschern in ihren unmittelbaren Nach-Ehemann- und Nach-Francey-Phasen, gemessen an den Standards der Kreise, in denen sie verkehrte, sehr bescheiden war.

Sie starrte sich im Spiegel an. Da war auch noch die Kleinigkeit ihres Altersunterschiedes. Sie störte das ganz gewiß nicht, und sie war sich fast sicher, daß es ihn auch nicht störte. Was Hazel betraf, waren alle Beziehungen wie eine Lotterie. Du zogst das große Los oder eine Niete, und wenn es das große Los war, mußtest du dafür sorgen, daß das Glück dir auch treu blieb. Wenn das hier jetzt klappte, wollte sie alles daran setzen.

Sie wußte genau, was zwischen ihnen da draußen passiert war, hatte gewollt, daß es passiert, und sie spürte jetzt, daß die nächste Stunde sehr wichtig, wenn nicht entscheidend sein würde. Alles stimmte, der Ort, die Zeit, die Stimmung, selbst das Wetter, Gott sei es gedankt. Niemand auf Erden wußte, wo sie waren. Wenn es ihr jetzt nicht gelang, etwas zu organisieren, hatten sie und Francey wahrscheinlich keine gemeinsame Zukunft.

Hazel fühlte sich überraschend ruhig, wenn man bedachte, was auf dem Spiel stand. »Na ja.« Sie sprach laut mit ihrem Spiegelbild, spuckte auf einen Finger und glättete damit eine ihrer Augenbrauen. Sie stopfte die Bluse fester in den Hosenbund und war dann zum Kampf bereit.

»Du schaust mich ja an!« sagte sie, als sie sich wieder hinsetzte.

Francey nahm ihre Hand.

Hazel mußte ihren Impuls zu kichern unterdrücken. Er sah so geschockt aus. »Sag doch was«, ermunterte sie ihn.

»Was soll ich sagen? Ich fühle mich wie erschlagen, Hazel.«

»Verstehe.« Hazel spürte, wie die Luft zwischen ihnen knisterte und dichter wurde. Obwohl jeder Nerv ihres Körpers danach schrie, ihre Nägel in seinen Handrücken zu graben, ihn zu kratzen und zu beißen, blieb sie ruhig. »Was können wir denn dagegen tun?« fragte sie im Plauderton und zwang ihre Hand, die unter seiner lag, locker zu bleiben. »Oder sollen wir einfach weiterfahren, was meinst du?«

»Was wir dagegen tun können?« Francey fuhr mit dem Zeigefinger seiner freien Hand über das dünne Gewebe, das Hazels Schenkel bedeckte, und ließ die Hand dann sanft darauf ruhen.

Ihr Körper erzitterte, aber es gelang ihr, ruhig zu bleiben. »Ich weiß es nicht«, sie zuckte die Achseln. »Sag es mir.«

»Was denkst du darüber? Findest du, ich bin unverschämt? Du weißt alles über mich – über Fl–«

»Du weißt auch alles über mich.« Hazel unterbrach ihn, bevor er den Namen aussprechen konnte. »Nichts Ernstes, weißt du noch?«

»Das hier ist ernst, Hazel.«

»Jaa?« Sie ließ die Silbe baumeln wie eine Birne, die bald vom Baum fällt.

»Mir fällt nichts ein, das ich sagen könnte und das nicht entweder aus einem Buch oder einem Lied stammt.«

Hazel wartete, während die Luft noch dichter wurde. Sie

konnte spüren, wie sie jetzt vibrierte, genau wie heiße Sommerluft über einem Asphaltband wie Wasser schimmerte. »Ich kenne all die Songs, damit kannst du mich nicht überraschen.«

»Ich glaube, was ich jetzt denke, würde dich überraschen.«

»Warum stellst du mich nicht auf die Probe?« Ihre Zurückhaltung war in großer Gefahr, und Hazel überkreuzte ihre Beine. Das war ein Fehler; als sie sich nämlich darauf konzentrierte, ihn nicht neben sich zu spüren, hatte sie seine Hand auf ihrem Schenkel ganz vergessen, und die saß jetzt zwischen den Beinen in der Falle. Sie fühlte ihrer beider Puls schlagen, aber um nichts in der Welt konnte sie ihre Beine bewegen. »Niemand außer mir hört zu, und ich bin keine Petze.« Sie versuchte zu lachen.

»Ich liebe dich, Hazel.«

Hazel holte tief Luft, während das Blut in ihrem Kopf vor Jubel explodierte. »Ich wette, das sagst du allen Mädchen«, brachte sie dann heraus. »Klar, ich bin alt genug, um deine – also – deine ältere Schwester ...«

»Ich habe das nur einer anderen gesagt. Und da habe ich nicht die Wahrheit gesagt. Ich dachte es allerdings.« Er packte ihren Oberschenkel. »Und dein Alter ist mir scheißegal. Ich habe mir allerdings Gedanken gemacht über dich und Vinnie.«

Hazel konnte ihren Jubel nicht länger im Zaum halten. »Oh, Francey!« schrie sie. »Du großer Lümmel! Natürlich liebst du mich, und ich liebe dich, ich liebe dich, liebe dich, liebe dich.« Sie warf ihm die Arme um den Hals und küßte ihn. »Ich dachte schon, ich bekäme das nie von dir zu hören. Ich wäre gestorben, wenn du es nicht bald gesagt hättest.«

Sie küßte ihn wieder, zog ihn an den Haaren, den Ohren, überall, wo sie ihn packen konnte. »Vinnie?« fragte sie atemlos, als sie nach Luft schnappte. »Der ist ein Kumpel, das habe ich dir doch gesagt.« Sie mußte zurückweichen, weil die Frau, die ihren Schrei gehört hatte und glaubte, sie riefe nach der Bedienung, in die Bar gekommen war. Als sie sah, daß die beiden ineinander verschlungen waren, blieb sie abrupt am Ende des Tresens stehen. Hazel war hoch erfreut über ihre Verlegenheit. »Wir sind verliebt«, verkündete sie und küßte Franceys

Hand. »Es ist alles in Ordnung, Missis, dies ist mein Bräutigam. Wir haben uns gerade verlobt.«

»Herzlichen Glückwunsch.« Die Frau zögerte und zog sich dann zurück. Francey starrte Hazel mit einem Ausdruck komischer Verblüffung an, daß sie vor Lachen losplatzte. »Um Himmels willen«, beschwichtigte sie ihn, »ich mußte doch irgend etwas sagen. Ich habe es nicht so gemeint. Außerdem ist meine Scheidung noch nicht durch.«

»Ich meine es aber so.« Francey sprang von der schmalen Bank, auf der sie beide saßen, auf und kniete sich auf den Holzboden. Bevor er die entscheidenden Worte herausbrachte, gab Hazel ihm einen Klaps auf die Schulter.

»Jesus, Maria und Josef«, sie wandte ihren Blick gen Himmel, »selbst wenn du kniest, bist du größer als ich.«

ROCHELLE MAJER KRICH

Eine Mordserie erschüttert Los Angeles.
Die Opfer sind junge Anwältinnen.
Auch die Strafverteidigerin Debra Laslow gerät in das Visier des Mörders...

»Ihre Bücher sind brillant konstruiert und halten mehr Überraschungen bereit als die verschlungenen Highways von L.A.« *Jonathan Kellerman*

GOLDMANN

43585

JUNGE AUTORINNEN BEI GOLDMANN –

Freche, turbulente und umwerfend komische Einblicke in die Macken der Männer und die Tricks der Frauen

43750

43518

43608

43569

GOLDMANN

JOHN SANDFORD

Seit Monaten verfolgen Inspektor Davenport und seine Männer die gerissene Bankräuberin Candy. Als sie bei einem Schußwechsel ums Leben kommt, schwört ihr Mann ewige Rache.

Dieser Thriller jagt Schockwellen durch den Leser...

GOLDMANN

43708

MAEVE HARAN

»... ist eine wundervolle Erzählerin!«

The Sunday Times

Exklusiv im Goldmann Verlag

41398

43584

42964

43055

GOLDMANN